A COROA DE OSSOS DOURADOS

JENNIFER L. ARMENTROUT

A COROA DE OSSOS DOURADOS

Tradução
Flavia de Lavor

9ª edição

— Galera —
RIO DE JANEIRO
2025

PREPARAÇÃO
Emanoelle Veloso

REVISÃO
Mauro Borges

CAPA
Adaptada do original de Hang Le

TÍTULO ORIGINAL
The Crown of Gilded Bones

CIP-BRASIL. CATALOGAÇÃO NA PUBLICAÇÃO
SINDICATO NACIONAL DOS EDITORES DE LIVROS, RJ

	Armentrout, Jennifer L., 1980-
A76c	A coroa de ossos dourados / Jennifer L. Armentrout; tradução Flavia de Lavor. – 9. ed. – Rio de Janeiro: Galera Record, 2025.
	(Sangue e cinzas ; 3)
	Tradução de: The crown of gilded bones
	Sequência de: Um reino de carne e fogo
	ISBN 978-65-5981-136-6
	1. Romance americano. I. Lavor, Flavia de. II. Título. III. Série.
22-76963	CDD: 813
	CDU: 82-3(73)

Meri Gleice Rodrigues de Souza – Bibliotecária – CRB-7/6439

Copyright © 2021 by Jennifer L. Armentrout

Direitos de tradução mediante acordo com Taryn Fagerness Agency
e Sandra Bruna Agência Literária, SL.

Todos os direitos reservados.
Proibida a reprodução, no todo ou em parte, através de quaisquer meios.
Os direitos morais da autora foram assegurados.

Texto revisado segundo o novo Acordo Ortográfico da Língua Portuguesa.

Direitos exclusivos de publicação em língua portuguesa somente para o Brasil
adquiridos pela
EDITORA GALERA RECORD LTDA.
Rua Argentina, 120 – Rio de Janeiro, RJ – 20921-380 – Tel.: (21) 2585-2000,
que se reserva a propriedade literária desta tradução.

Impresso no Brasil

ISBN 978-65-5981-136-6

Seja um leitor preferencial Record.
Cadastre-se e receba informações sobre nossos
lançamentos e nossas promoções.

Atendimento e venda direta ao leitor:
sac@record.com.br

Dedicado aos heróis: os profissionais da saúde, socorristas, trabalhadores essenciais e pesquisadores que trabalharam árdua e incessantemente para salvar vidas e manter o comércio aberto em todo o mundo, com grande risco para suas próprias vidas e as dos seus entes queridos. Obrigada.

Capítulo Um

— Abaixem as espadas — ordenou a Rainha Eloana, com os cabelos pretos brilhando como ônix sob o sol enquanto se ajoelhava no chão. A emoção crua que emanava dela se infiltrou no piso do templo das Câmaras de Nyktos, amarga e quente, com gosto de angústia e de uma espécie de raiva desamparada. Aquilo se estendeu até mim, fazendo a minha pele pinicar e roçando alguma coisa... *primitiva* dentro de mim. — E curvem-se diante da... diante da *última* descendente dos deuses mais antigos, aquela que tem o sangue do Rei dos Deuses nas veias. Curvem-se diante de sua nova Rainha.

O sangue do Rei dos Deuses? Sua nova Rainha? Nada daquilo fazia sentido. Nem as suas palavras nem o fato de que ela havia tirado sua coroa.

Uma respiração débil queimou a minha garganta quando olhei para o homem parado ao lado da Rainha de Atlântia. A coroa ainda estava na cabeça de cabelos loiros do Rei, mas os ossos continuavam de um branco desbotado. Bem diferente da coroa reluzente e dourada que a Rainha havia colocado aos pés da estátua de Nyktos. Vi de relance as coisas horríveis e despedaçadas dispostas sobre o piso branco, antes imaculado. O que eu tinha feito com eles, acrescentando o seu sangue ao que caiu do céu, preenchendo as leves fissuras no mármore. Então desviei os olhos daquilo. Não olhei para mais nada nem para mais ninguém — todo o meu ser se concentrou *nele*.

Casteel permaneceu ajoelhado, olhando para mim por entre o V das espadas que cruzou sobre o peito. Seu cabelo úmido, preto-azulado à luz do sol Atlante, cacheava sobre a pele cor de areia da testa. O vermelho coloria aquelas maçãs do rosto altas e angulosas e a curva orgulhosa do maxilar e descia por lábios que já haviam partido o meu coração. Lábios que juntaram aqueles cacos com a verdade. Com os olhos dourados e brilhantes fixos nos meus, e até mesmo curvado diante de mim, tão imóvel que eu não tinha certeza se estava vivo, ele ainda me fazia lembrar de um daqueles belos e selvagens gatos das cavernas que vi enjaulados no palácio da Rainha Ileana quando era criança.

Ele havia sido muitas coisas para mim. Um estranho em um quarto mal iluminado em quem dei o meu primeiro beijo. Um guarda que jurou dar a vida pela minha. Um amigo que olhou além do véu da Donzela para ver quem eu realmente era ali embaixo, que me entregou uma espada para que eu pudesse me defender em vez de me forçar a permanecer em uma gaiola de ouro. Uma lenda envolta em escuridão e pesadelos que pretendia me trair. O Príncipe de um reino que se acreditava perdido no tempo e na guerra, que sofreu horrores inimagináveis e ainda assim conseguiu encontrar os pedaços de quem costumava ser. Um irmão que faria qualquer coisa, qualquer façanha necessária para salvar sua família. Seu povo. Um homem que desnudou a alma e abriu o coração para mim — e somente para mim.

Meu primeiro.

Meu guarda.

Meu amigo.

Meu traidor.

Meu parceiro.

Meu marido.

Meu coração gêmeo.

Meu *tudo*.

Casteel Da'Neer se curvou diante de mim e me olhou como se eu fosse a única pessoa em todo o reino. Não precisei me concentrar como antes para saber o que ele estava sentindo. Tudo o que ele sentia era evidente para mim. Suas emoções eram um caleidoscópio de sabores em constante mutação — fresco e ácido, pesado e apimentado, doce como frutas vermelhas banhadas em chocolate. Ele entreabriu aqueles lábios inflexivelmente firmes e implacavelmente tenros, exibindo um vislumbre das presas afiadas.

— Minha Rainha — sussurrou ele, e aquelas duas palavras nebulosas acalmaram a minha pele. A melodia da sua voz sufocou aquela coisa antiga dentro de mim que queria pegar a raiva e o medo que irradiava de todos os outros e voltar aquelas emoções contra eles, dando-lhes algo para temer de verdade e acrescentando-os às coisas despedaçadas e espalhadas pelo assoalho. Ele repuxou um canto dos lábios e uma covinha profunda apareceu na sua bochecha direita.

Tonta de alívio por ver aquela covinha irritantemente idiota e adorável, meu corpo inteiro estremeceu. Receava que ele ficasse com medo de mim quando visse o que eu tinha feito. E não poderia culpá-lo por isso. O que eu tinha feito deveria aterrorizar qualquer um, mas não Casteel. O calor que deixou os seus olhos da cor do mel quente me dizia que o medo era a última coisa em que ele estava pensando. O que também era um pouco perturbador. Mas ele era o Senhor das Trevas, quer gostasse de ser chamado assim ou não.

Um pouco do choque se dissipou e a adrenalina pulsante diminuiu. E, nesse momento, percebi que estava ferida. Meu ombro e a lateral da minha cabeça latejavam. O lado esquerdo do meu rosto parecia inchado, e não tinha nada a ver com as velhas cicatrizes. Senti uma ligeira dor nas pernas e braços e o meu corpo ficou estranho, como se meus joelhos estivessem bambos. Cambaleei na brisa quente e salgada... Casteel se levantou rapidamente e eu não deveria ter ficado surpresa com a rapidez com que ele se moveu, mas fiquei. Em um piscar de olhos, ele se ergueu, uns trinta centímetros mais perto de mim, e várias coisas aconteceram ao mesmo tempo.

Os homens e mulheres atrás dos pais de Casteel, que usavam as mesmas túnicas brancas e calças largas daqueles que estavam caídos no chão, também se moveram. A luz se refletiu nos braceletes dourados que adornavam seus bíceps quando eles ergueram as espadas, aproximando-se dos pais de Casteel para protegê-los. Alguns deles pegaram as bestas presas nas costas. Deveriam ser alguma espécie de guardas.

Um súbito rosnado de alerta veio do maior lupino que eu já tinha visto. O pai de Kieran e Vonetta se postou a minha direita. Jasper havia celebrado o casamento entre Casteel e eu no Pontal de Spessa. Ele estava presente quando Nyktos demonstrou a sua aprovação, transformando o dia em noite. Mas agora o lupino repuxou os lábios cor de aço, exibindo dentes capazes de rasgar a carne e quebrar ossos. Ele era leal a Casteel, e ainda assim o instinto me dizia que o sinal de alerta não era apenas para os guardas.

Outro rosnado veio da esquerda. Sob a sombra da árvore de sangue que brotou onde o meu sangue havia caído — e então cresceu até uma altura enorme em questão de segundos —, um lupino de pelos fulvos surgiu no meu campo de visão, de cabeça baixa e com os olhos azuis iridescentes. *Kieran*. Ele olhou fixamente para Casteel. Não entendi por que eles estavam se comportando daquela maneira com o Príncipe, ainda mais Kieran. Ele estava vinculado a Casteel desde o nascimento, tinha o dever de obedecer-lhe e protegê-lo a todo custo. Mas ele era mais que um lupino vinculado a Casteel. Eles eram irmãos, se não de sangue, então por amizade, e eu sabia que os dois se amavam.

No momento, a maneira como as orelhas de Kieran estavam puxadas para trás não era nada *amorosa*.

A inquietação tomou conta de mim quando Kieran armou o bote, retesando os músculos elegantes das pernas enquanto se preparava para atacar... Casteel.

Senti o estômago revirado. Isso estava errado. Estava tudo errado.

— Não — murmurei, com a voz rouca e quase irreconhecível, mesmo para mim.

Kieran não pareceu me ouvir nem se importar. Se ele estivesse agindo normalmente, eu teria presumido que ele estava tentando me ignorar, mas aquilo era diferente. *Ele* estava diferente. Os olhos dele estavam mais brilhantes do que eu me lembrava de ter visto, e havia algo de errado porque... não eram apenas azuis agora. Suas pupilas tinham um brilho prateado, uma aura que penetrava no azul em faixas estreitas. Virei a cabeça na direção de Jasper. Os olhos dele também haviam mudado. Eu já tinha visto aquela luz estranha antes. Era a mesma cor da minha pele quando curei as pernas quebradas de Beckett — o mesmo brilho prateado que irradiara de mim minutos antes.

Uma explosão de surpresa tomou conta de Casteel enquanto ele olhava para os lupinos, e então eu senti... *alívio* emanando dele.

— Vocês sabiam. — A voz de Casteel se encheu de assombro, algo que ninguém atrás dele sentia. Até mesmo o sorriso fácil estava ausente do rosto do Atlante ruivo. Emil olhou para nós de olhos arregalados, transmitindo uma dose saudável de medo, assim como Naill, que sempre parecia imperturbável, mesmo quando estava em menor número durante uma batalha. Casteel embainhou as espadas ao lado do corpo lentamente. Manteve as mãos vazias abaixadas. — Vocês sabiam que estava acontecendo alguma coisa com ela. É por isso que... — Ele parou de falar e retesou o maxilar.

Vários guardas se postaram na frente do Rei e da Rainha, cercando-os completamente.

Uma profusão de pelos brancos avançou. Delano enfiou o rabo entre as pernas enquanto batia as patas no mármore. Ergueu a cabeça e uivou. O som lúgubre e belo me deixou toda arrepiada.

Ao longe, os sons fracos de ganidos e latidos responderam, ficando mais altos a cada segundo. As folhas das árvores altas em forma de cone que separavam o Templo e a Enseada de Saion estremeceram quando um estrondo ecoou do solo abaixo. Pássaros de asas azuis e amarelas alçaram voo das árvores, se espalhando pelo céu.

— Caramba. — Emil se virou para os degraus do Templo. Desembainhou as espadas ao lado do corpo. — Eles estão convocando a cidade inteira.

— É ela. — A cicatriz profunda que cortava a testa do lupino mais velho se destacou. Uma forte incredulidade emanou de Alastir quando do ele saiu do círculo de guardas que se formou em torno dos pais de Casteel.

— Não é ela — retrucou Casteel.

— É, sim — confirmou o Rei Valyn enquanto olhava para mim com o rosto que Casteel um dia teria. — Eles estão respondendo a ela. É por isso que aqueles que estavam na estrada conosco mudaram do nada. Ela os chamou.

— Eu... eu não chamei ninguém — disse a Casteel, com a voz falhando.

— Eu sei. — O tom de voz de Casteel se suavizou quando os olhos dele encontraram os meus.

— Chamou, sim — insistiu a mãe dele. — Pode até não perceber, mas você os convocou.

Virei-me para ela e senti um aperto no peito. Ela era tudo o que eu imaginava que a mãe de Casteel fosse. Deslumbrante. Régia. Poderosa.

Calma agora, mesmo enquanto permanecia ajoelhada, mésmo quando me viu pela primeira vez e perguntou para o filho: *O que foi que você fez? O que foi que você trouxe de volta?* Estremeci, temendo que aquelas palavras ficassem comigo por muito tempo depois de hoje.

As feições de Casteel se destacaram conforme seus olhos dourados estudavam o meu rosto.

— Se os idiotas atrás de mim largassem as espadas em vez de brandi-las contra a minha *esposa*, uma colônia inteira de lupinos não estaria prestes a nos atacar — disparou ele. — Eles estão apenas reagindo à ameaça.

— Você tem razão — concordou o pai dele enquanto ajudava a esposa a ficar de pé. O sangue empapava o joelho e a bainha do seu vestido lilás. — Mas pergunte a si mesmo por que o seu lupino vinculado está protegendo alguém que não seja *você*.

— Eu não me importo nem um pouco com isso nesse momento — respondeu Casteel enquanto o som de centenas, se não mais, de patas batendo na terra soou ainda mais perto. Ele não podia estar falando sério. Tinha de se importar, pois era uma ótima pergunta.

— Você precisa se preocupar — advertiu a mãe dele, com um leve tremor na voz firme. — Os vínculos foram quebrados.

Os vínculos? Com as mãos trêmulas, virei os olhos arregalados para os degraus do Templo, para onde Emil recuou lentamente. Naill estava empunhando suas espadas agora.

— Ela tem razão — proferiu Alastir, com a pele em torno da boca parecendo ainda mais branca. — Eu consigo... eu consigo sentir... o Estigma Primordial. A marca dela. Bons deuses. — Sua voz tremia quando ele tropeçou para trás, quase pisando na coroa. — Estão todos quebrados.

Eu não fazia a menor ideia do que era esse Estigma, mas, em meio à confusão e ao pânico crescente, havia algo estranho no que Alastir havia declarado. Se fosse verdade, então por que ele não estava na forma de lupino? Será que era porque ele já havia quebrado o vínculo de lupino com o antigo Rei de Atlântia anos atrás?

— Veja os olhos deles — ordenou a Rainha suavemente, apontando para o que eu já tinha visto. — Sei que você não entende. Há coisas que você nunca precisou saber, Hawke. — Sua voz falhou nesse momento, engrossando ao pronunciar o apelido dele, um nome que eu já havia acreditado não passar de uma mentira. — Mas o que você precisa saber agora é que eles não servem mais à linhagem fundamental. Você não está seguro. Por favor — implorou ela. — Por favor. Preste atenção, Hawke.

— Como? — balbuciei. — Como o vínculo poderia se quebrar?

— Isso não importa agora. — O âmbar dos olhos de Casteel estava quase luminoso. — Você está sangrando — disse ele, como se essa fosse a coisa mais importante em questão.

Só que não era.

— Como? — repeti.

— É por causa do que você é. — Eloana enrolou a mão esquerda nas saias do vestido. — Você tem sangue de um deus nas veias...

— Eu sou mortal — interrompi.

Uma mecha grossa de cabelo escuro caiu do seu coque quando ela sacudiu a cabeça.

— Sim, você é mortal, mas descende de uma divindade, dos filhos dos deuses. Só é preciso uma gota do sangue de um deus... — Ela engoliu em seco. — Você pode ter mais que apenas uma gota, mas o que existe no seu sangue, o que existe em *você*, suplanta qualquer juramento que os lupinos tenham feito.

Foi então que me lembrei do que Kieran dissera a respeito dos lupinos em Novo Paraíso. Os deuses deram uma forma mortal aos outrora selvagens lobos kiyou para que servissem como guias e protetores de seus filhos, as divindades. Outra coisa que Kieran dissera naquela ocasião explicava a reação da Rainha.

Olhei para a coroa que jazia aos pés de Nyktos. Uma gota de sangue de uma divindade revogava qualquer reivindicação ao trono Atlante.

Ah, deuses, havia uma boa chance de que eu desmaiasse. E isso não seria constrangedor?

Eloana se virou para as costas rígidas do filho.

— Se você se aproximar dela agora, eles o verão como uma ameaça. Eles vão te trucidar.

Meu coração palpitou até quase parar de pânico. Casteel parecia estar prestes a fazer isso. Atrás de mim, um dos lupinos menores avançou, latindo e mordendo o ar.

Senti todos os músculos do corpo retesados.

— Casteel...

— Tudo bem. — Casteel não tirou os olhos de mim. — Ninguém vai machucar Poppy. Eu não vou permitir isso. — O peito dele subiu com uma respiração funda e pesada. — E você sabe disso, certo?

Assenti enquanto respirava de modo rápido e superficial. Era a única coisa que eu entendia naquele momento.

— Está tudo bem. Eles só estão protegendo você. — Foi então que Casteel sorriu para mim, mas foi um sorriso tenso. Ele olhou para a minha esquerda, para Kieran. — Não sei de tudo que está acontecendo agora, mas você, todos vocês, querem mantê-la em segurança. E isso é tudo que quero. Vocês sabem que eu nunca a machucaria. Prefiro arrancar o meu próprio coração a fazer algo do tipo. Ela está ferida. Preciso me certificar de que ela esteja bem e nada vai me impedir de fazer isso. — Ele não pestanejou enquanto sustentava o olhar de Kieran, enquanto o trovão dos passos dos outros lupinos alcançava os degraus do Templo. — Nem mesmo você. Qualquer um de vocês. Vou destruir todos que ficarem no nosso caminho.

O rosnado de Kieran se intensificou, e uma emoção que eu nunca senti emanando dele antes se derramou em mim. Era como raiva, mas mais antigo. E se parecia com aquele zumbido no meu sangue. Ancestral. Primordial.

Em um instante, pude ver tudo se desenrolando na minha mente como se estivesse acontecendo diante de mim. Kieran iria atacar. Ou talvez Jasper. Eu já tinha visto o tipo de dano que um lupino era capaz de infligir, mas Casteel não morreria facilmente. Ele faria exatamente o que havia prometido. Destruiria tudo o que estava entre nós dois. Lupinos morreriam, e, se ele machucasse Kieran — se fizesse pior do que isso, o sangue do lupino não mancharia apenas as mãos de Casteel. Mas marcaria a sua alma até o dia da sua morte.

Uma onda de lupinos atingiu o topo das escadas do Templo, tanto pequenos quanto grandes, de várias cores diferentes. A chegada deles trouxe um conhecimento aterrorizante. Casteel era incrivelmente forte e ágil. Ele derrubaria muitos. Mas cairia com eles.

Ele morreria.

Casteel morreria por minha causa — porque convoquei aqueles lupinos e não sabia como detê-los. Meu coração bateu descompassado. Um lupino perto da escada seguiu Emil enquanto ele continuava recuando. Outro rastreou Naill enquanto ele falava baixinho com o lupino, tentando argumentar com a criatura. Os outros tinham se concentrado nos guardas que cercavam o Rei e a Rainha, e alguns... Ah, deuses, vários deles se aproximaram de Casteel por trás. Aquilo havia virado um caos, ninguém tinha controle sobre os lupinos.

Respirei fundo conforme minha mente disparava, se libertando da dor e da inquietação. Alguma coisa aconteceu dentro de mim para fazer com que aquela gota de sangue de um deus quebrasse os vínculos. Eu suplantei os juramentos prévios e isso tinha... tinha de significar que eles agora *me* obedeciam.

— Pare — ordenei enquanto Kieran vociferava para Casteel, cujos lábios também estavam repuxados agora. — Kieran! Pare! Você não vai machucar Casteel. — Elevei a voz quando um zumbido suave voltou ao meu sangue. — Parem todos. Agora! Nenhum de vocês vai atacar. — Foi como se um interruptor tivesse sido acionado na mente dos lupinos. Em um instante, eles estavam preparados para atacar, no seguinte, eles se deitaram de barriga no chão, enfiando a cabeça entre as patas dianteiras. Eu ainda conseguia sentir a raiva deles, o antigo poder, mas já tinha diminuído, se dissipando em um fluxo constante.

Emil abaixou a espada.

— Isso... isso foi oportuno. Obrigado.

Dei um suspiro entrecortado enquanto um tremor percorria os meus braços. Mal pude acreditar que aquilo tinha dado certo conforme examinava o Templo, vendo todos os lupinos deitados. Todo o meu ser queria se rebelar contra uma confirmação do que a Rainha tinha afirmado, mas, deuses, havia um limite para o que eu poderia negar. Olhei para Casteel, com a garganta seca.

Ele olhou para mim de olhos arregalados mais uma vez. Eu não conseguia respirar. Meu coração não desacelerava o suficiente para que eu compreendesse o que ele estava sentindo.

— Ele não vai me machucar. Vocês sabem disso — falei, com a voz embargada conforme olhava para Jasper e depois para Kieran. — Você me disse que ele era a única pessoa em ambos os reinos com quem eu estava a salvo. Isso não mudou.

Kieran agitou as orelhas e então se levantou, recuando. Ele se virou, cutucando a minha mão com o focinho.

— Obrigada — sussurrei, fechando os olhos por um breve instante.

— Só para você saber — murmurou Casteel, com os cílios volumosos semicerrados. — O que você acabou de fazer e dizer me fez sentir um monte de coisas completamente inapropriadas nesse momento.

Dei uma risada débil e trêmula.

— Tem alguma coisa muito errada com você.

— Eu sei. — Ele repuxou o canto esquerdo dos lábios e a covinha apareceu. — Mas você ama isso em mim.

Amava, sim. Deuses, e como amava.

Jasper sacudiu o pelo enquanto virava a enorme cabeça de mim para Casteel. Ele se virou de lado, fazendo um som áspero e bufante. Foi então que os outros lupinos se mexeram, saindo de trás da árvore de sangue. Eu os observei passar por mim — assim como por Casteel e pelos outros — de orelha em pé e balançando o rabo conforme se juntavam àqueles que desciam as escadas e saíam do Templo. Dos lupinos, apenas Jasper, o filho e Delano permaneceram ali, e a sensação de tensão caótica se dissipou.

Uma mecha de cabelo escuro caiu sobre a testa de Casteel.

— Você estava brilhando como prata de novo. Quando ordenou que os lupinos parassem — disse ele. — Não muito, não como antes, mas você ainda parecia o luar.

Estava mesmo? Olhei para as minhas mãos. Elas pareciam normais.

— Eu... eu não sei o que está acontecendo — sussurrei, com as pernas bambas. — Eu não sei o que está acontecendo. — Ergui o olhar até ele e o vi dar um passo em frente e depois mais outro. Não houve nenhum rosnado de alerta. Nada. Minha garganta começou a arder. Eu podia sentir as lágrimas brotando nos meus olhos. Não podia chorar. Eu me *recusava*. Tudo já tinha virado uma bagunça enorme sem que eu soluçasse histericamente. Mas eu estava tão cansada. Eu estava *ferida*, e mais do que fisicamente.

Quando entrei naquele Templo pela primeira vez e olhei para as águas cristalinas dos Mares de Saion, me senti em *casa*. E eu sabia que as coisas seriam complicadas. Provar que a nossa união era verdadeira não seria nem de longe tão difícil quanto obter a aceitação dos pais de

Casteel e do seu reino. Nós ainda precisávamos encontrar o irmão dele, o Príncipe Malik. E o meu. Tínhamos que lidar com a Rainha e o Rei dos Ascendidos. Nada seria fácil no nosso futuro, mas eu tinha esperança. Agora, me sentia uma tola. Tão ingênua. O lupino mais velho do Pontal de Spessa, aquele que ajudei a se curar depois da batalha, tinha me avisado sobre o povo de Atlântia. *Eles não escolheram você*. E agora eu duvidava de que algum dia o fizessem.

Respirei de modo entrecortado e sussurrei:

— Eu não queria nada disso.

Rugas de tensão envolveram a boca de Casteel.

— Eu sei. — A voz dele soou áspera, mas seu toque foi delicado quando ele colocou a palma da mão sobre a bochecha que não parecia inchada. Casteel encostou a testa na minha, e eu senti o choque de percepção das nossas peles unidas percorrendo o meu corpo enquanto ele deslizava a mão no meu cabelo emaranhado. — Eu sei, Princesa — sussurrou ele, e fechei os olhos com força para conter uma onda de lágrimas ainda mais forte. — Tudo bem. Vai ficar tudo bem. Eu prometo a você.

Assenti, mesmo sabendo que ele não podia garantir isso. Não mais. Eu me obriguei a engolir o nó de emoção que surgiu na minha garganta.

Casteel beijou a minha testa manchada de sangue e então ergueu a cabeça.

— Emil? Você pode pegar as roupas de Delano e Kieran dos cavalos para que eles possam mudar de forma sem traumatizar ninguém?

— Ficarei muito feliz em fazer isso — respondeu o Atlante.

Eu quase ri.

— Acho que a nudez deles será a coisa menos traumatizante a acontecer hoje.

Casteel não disse nada enquanto tocava na minha bochecha outra vez, inclinando a minha cabeça delicadamente para o lado. Em seguida, ele olhou para as pedras ainda jogadas no chão aos meus pés. Um músculo saltou em seu maxilar. Ele ergueu os olhos para mim, e eu vi que as suas pupilas estavam dilatadas, com apenas uma estreita faixa de âmbar visível.

— Eles tentaram *apedrejar* você?

Ouvi um suspiro suave que pensei ter vindo da mãe de Casteel, mas não olhei para conferir. Eu não queria ver o rosto deles. Não queria saber o que eles sentiam naquele momento.

— Eles me acusaram de tramar com os Ascendidos e me chamaram de Devoradora de Almas. Eu neguei, tentei falar com eles. — As palavras saíram da minha boca apressadamente conforme eu erguia as mãos para tocá-lo, mas me detive. Eu não sabia o que o meu toque era capaz de fazer. Inferno, eu nem sabia o que era capaz de fazer *sem* tocar em alguém. — Tentei argumentar, mas eles começaram a atirar pedras. Mandei-os parar com aquilo. Disse que já bastava e... Não sei o que fiz... — Comecei a olhar por cima do ombro dele, mas Casteel parecia saber o que eu procurava. Ele me deteve. — Não tive intenção de matá-los.

— Você estava se defendendo. — Ele estreitou as pupilas quando viu o meu olhar. — Você fez o que tinha que fazer. Você estava se defendendo...

— Mas eu não toquei neles, Casteel — sussurrei. — Foi como durante a batalha no Pontal de Spessa. Lembra-se dos soldados que nos cercaram? Quando eles tombaram, eu senti alguma coisa dentro de mim. E senti isso de novo aqui. Foi como se algo em mim soubesse o que fazer. Peguei a raiva deles e... e fiz exatamente o que uma Devoradora de Almas *faria*. Peguei a raiva e então a virei contra eles.

— Você não é uma Devoradora de Almas — disse a Rainha Eloana de algum lugar não muito distante. — No momento em que o éter no seu sangue se tornou visível, aqueles que a atacaram deveriam saber exatamente o que você era. O que você é.

— Éter?

— É o que algumas pessoas chamam de mágica — respondeu Casteel, mudando de posição como se estivesse bloqueando a mãe de mim. — Você já viu isso antes.

— A névoa?

Ele assentiu.

— É a essência dos deuses, o que existe no sangue deles e que lhes concede as suas habilidades e o poder de criação que todos eles tinham. Ninguém mais chama assim desde que os deuses foram hibernar e as divindades morreram. — Ele me encarou. — Eu já devia saber. Deuses, eu devia ter percebido...

— É fácil falar agora — declarou a Rainha. — Mas por que você pensaria nessa possibilidade? Ninguém esperaria uma coisa dessas.

— A não ser por você — acusou Casteel. E ele tinha razão. Ela sabia, sem sombra de dúvida. E é claro que eu estava brilhando no momento da sua chegada, mas ela sabia com uma certeza inquestionável.

— Eu posso explicar — afirmou a mãe de Casteel, quando Emil apareceu, carregando dois alforjes. Ele se manteve longe de nós enquanto os deixava perto de Jasper e então recuava.

— Parece que muita coisa precisa ser explicada — declarou Casteel friamente. — Mas teremos que fazer isso outra hora. — O olhar dele vagou sobre a minha bochecha esquerda, e aquele músculo pulsou ao longo do seu maxilar mais uma vez. — Preciso levá-la para um lugar seguro onde eu possa... Onde eu possa cuidar de você.

— Você pode levá-la para o seu antigo quarto na minha casa — anunciou Jasper, e me sobressaltei. Eu sequer o ouvira mudar de forma. Comecei a olhar para ele, mas avistei pelo enquanto ele estendia a mão para o alforje.

— Vai nos servir bem. — Casteel pegou o que parecia ser um par de calças de Jasper. — Obrigado.

— É seguro para você lá? — perguntei, e um sorriso irônico surgiu nos lábios de Casteel.

— Sim, ele estará seguro lá — afirmou Kieran.

Fiquei tão chocada ao ouvir a voz de Kieran que me virei. E não me detive. Havia muita pele negra à mostra, mas ele ficou parado ali como se não estivesse nu na frente de todo mundo. Pela primeira vez, eu não tive nenhuma dificuldade para ignorar o fato de que ele estava pelado. Olhei para os olhos dele. Estavam normais — de um azul vívido e marcante e sem a aura prateada.

— Você estava prestes a atacar Casteel.

Kieran assentiu enquanto pegava as calças das mãos de Casteel.

— Estava mesmo — confirmou Casteel.

Olhei de volta para o meu marido.

— E você ameaçou acabar com ele.

A covinha surgiu na bochecha esquerda dele outra vez.

— Ameacei, sim.

— Por que você está sorrindo? Isso não devia fazê-lo sorrir. — Eu o encarei, com lágrimas idiotas ardendo nos olhos. Não me importava que tivéssemos plateia. — Isso não pode acontecer nunca mais. Você está me ouvindo? — Virei-me para Kieran, que arqueou a sobrancelha enquanto puxava a calça para cima sobre os quadris esguios. — Vocês dois estão me ouvindo? Eu não vou permitir. Não vou...

— Shh. — O toque leve de Casteel na minha bochecha atraiu o meu olhar de volta para ele conforme se aproximava de mim. Ele estava perto o suficiente para que o seu peito roçasse no meu com cada fôlego. — Não vai acontecer de novo, Poppy. — Ele deslizou o polegar rapidamente sob o meu olho esquerdo. — Combinado?

— Combinado. — Kieran pigarreou. — Eu não... — E então se calou.

Mas o pai dele não.

— Contanto que o Príncipe não dê nenhum motivo para nos comportarmos de forma diferente, nós o protegeremos tão ferozmente quanto protegeremos você.

Nós. Toda a raça dos lupinos. Era disso que Alastir estava falando quando disse que todos os vínculos tinham sido quebrados. Eu tinha um monte de perguntas para fazer, mas repousei a cabeça no peito de Casteel. Não foi muito bom, porque senti uma explosão de dor na cabeça. Mas não me importei pois, quando respirei fundo, eu só senti o cheiro de especiarias e pinho. Casteel passou o braço cuidadosamente em volta das minhas costas, e eu achei... Pensei tê-lo sentido estremecer.

— Espere aí — interrompeu Kieran. — Onde está Beckett? Ele estava com você quando partiu.

Casteel recuou ligeiramente.

— É verdade. Beckett se ofereceu para mostrar o Templo a você. — Ele estreitou os olhos enquanto olhava para mim. — Foi quem a trouxe até aqui.

Uma onda de arrepios percorreu a minha pele. *Beckett.* Senti um aperto no peito ao pensar no jovem lupino que passou a maior parte da viagem atrás de borboletas. Eu ainda não conseguia acreditar que ele havia me levado até ali sabendo o que esperava por mim. Mas me lembrei do gosto amargo do seu medo naquele dia no Pontal de Spessa. Ele tinha pavor de mim.

Ou será que estava com medo de outra coisa?

Suas emoções eram confusas. Ele passou de agir de modo normal perto de mim, todo feliz e sorridente, para de repente sentir medo e ansiedade, como estava quando me levou até ali.

— Ele sumiu antes que os outros aparecessem — disse a Casteel. — Não sei para onde foi.

— Encontre Beckett — ordenou ele, e Delano, ainda na forma de lupino, inclinou a cabeça. — Naill? Emil? Vão com ele. Certifiquem-se de que Beckett seja trazido vivo até mim.

Os dois Atlantes assentiram e fizeram uma reverência. Nada no tom de voz de Casteel sugeria que a parte sobre ser trazido *vivo* fosse uma coisa boa.

— Ele é só um garoto. — Observei Delano sair correndo, desaparecendo rapidamente com Naill e Emil. — Ele estava assustado. E pensando bem...

— Poppy. — Casteel colocou as pontas dos dedos na minha bochecha, logo abaixo de um ponto dolorido. Ele abaixou a cabeça, roçando os lábios no corte. — Tenho duas coisas a dizer. Se Beckett teve alguma coisa a ver com isso, eu não me importo com o que nem com quem ele é, e muito menos com os seus sentimentos. — Ele ergueu a voz até que todos que continuavam no Templo pudessem ouvi-lo, incluindo os seus pais. — Uma ação contra a minha esposa é uma proclamação de guerra contra *mim*. Seu destino já está selado. E em segundo lugar? — Ele abaixou a cabeça ainda mais. Dessa vez, os lábios dele roçaram nos meus em um beijo suave. Eu quase não o senti, mas ainda assim meu estômago se revirou. Então ele levantou a cabeça, e eu vi nas suas feições a imobilidade total de um predador concentrado na sua presa. Eu já tinha visto aquilo antes, antes que ele arrancasse o coração de Landell em Novo Paraíso.

Casteel virou a cabeça para o lado, olhando para o único lupino que continuava ali, agora de pé sobre as duas pernas.

— *Você*.

Capítulo Dois

Alastir Davenwell era o conselheiro dos pais de Casteel. E quando o Rei Malec Ascendeu a amante, Isbeth, foi Alastir quem alertou a Rainha Eloana, quebrando o vínculo entre ele e o agora exilado — e provavelmente morto — Rei. Só os deuses sabiam quantos Atlantes Alastir havia salvado ao longo dos anos, ajudando-os a fugir de Solis e dos Ascendidos, que usavam o seu sangue para fazer mais vampiros.

Quem sabe como as coisas poderiam ter sido diferentes para a minha família se eles tivessem encontrado Alastir? Eles ainda poderiam estar vivos, vivendo uma vida feliz e próspera em Atlântia. E o meu irmão Ian também estaria lá. Em vez disso, ele estava na Carsodônia e provavelmente era um deles agora — um Ascendido.

Engoli em seco, deixando esses pensamentos de lado. Não era a hora para isso. Eu gostava de Alastir. Ele fora gentil comigo desde o início. Além do mais, eu sabia que Casteel o respeitava e se importava com o lupino. Se Alastir tivesse participado daquilo, isso magoaria Casteel profundamente.

Para falar a verdade, eu esperava que nem Alastir, nem Beckett tivessem nada a ver com isso, mas não acreditava em coincidências há muito tempo. E naquela noite em que os Ascendidos chegaram ao Pontal de Spessa? Eu me dei conta de uma coisa a respeito de Alastir que não me agradou nem um pouco. Aquilo havia caído no esquecimento quando os Ascendidos chegaram e com tudo o que aconteceu depois, mas veio à tona outra vez.

Casteel pretendia se casar com Shea — a filha de Alastir — mas então foi capturado pelos Ascendidos e Shea traiu a ele e ao irmão para tentar salvar a própria vida. Todo mundo, incluindo Alastir, acreditava que Shea havia morrido de modo heroico, mas eu sabia da verdadeira tragédia de como ela morrera. No entanto, Alastir também tinha uma sobrinha-neta, uma lupina com quem ele e o Rei Valyn esperavam que Casteel se casasse após o seu retorno ao reino. Algo que ele havia mencionado durante o jantar, alegando que acreditava que Casteel já tivesse me contado. Eu não sabia muito bem se ele realmente acreditava naquilo, mas esse não é o ponto.

Eu não podia ser a única pessoa que achava isso tudo... estranho. A filha de Alastir? E agora a sua sobrinha-neta? Eu duvidava muito que não houvesse um monte de lupinas ou Atlantes que também seriam adequadas para se casar com Casteel, ainda mais quando ele não havia dado nenhuma indicação de que estaria interessado em tal união.

Nada disso tornava Alastir culpado, mas *era* esquisito.

Agora o lupino parecia absolutamente pasmo enquanto retribuía o olhar de Casteel.

— Eu não sei o que você acha que Beckett fez ou como isso teria alguma coisa a ver comigo, mas o meu sobrinho nunca se envolveria em algo assim. Ele é um filhote. E eu iria...

— Cale a porra da boca — rosnou Casteel enquanto eu espiava por cima do ombro dele. O lupino empalideceu.

— Casteel...

— Não me faça repetir — interrompeu ele, se virando para os guardas. — Prendam Alastir.

— O quê? — explodiu Alastir quando metade dos guardas se viraram para ele enquanto os outros olhavam nervosamente de Casteel para o único Rei e Rainha que conheciam.

O Rei estreitou os olhos para o filho.

— Até onde sabemos, Alastir não cometeu nenhum crime.

— Talvez não. Talvez ele seja completamente inocente, assim como o sobrinho-neto. Mas, até que tenhamos certeza, quero que ele seja detido — afirmou Casteel. — Prendam-no ou eu mesmo o farei.

Jasper avançou, rosnando baixo enquanto retesava os músculos sob a pele humana. Os guardas se mexeram nervosamente.

— Esperem! — gritou Alastir, com o rosto afogueado conforme a raiva pulsava ao seu redor. — Ele não tem a autoridade necessária para dar ordens aos Guardas da Coroa.

Imaginei que a Guarda da Coroa fosse muito parecida com a Guarda Real que servia aos Ascendidos. Eles só recebiam ordens da Rainha Ileana, do Rei Jalara e dos Ascendidos que governassem uma cidade ou vila.

— Corrija-me se eu estiver errado. Acho que não, mas coisas estranhas acontecem — disse Casteel, e eu franzi as sobrancelhas. — Minha mãe retirou a coroa e mandou que todos aqui se curvassem diante da nova Rainha, que por acaso é minha esposa. Sendo assim, de acordo com a tradição de Atlântia, isso me torna o Rei, não importa em que cabeça a coroa esteja.

Meu coração despencou dentro do peito. Rei. Rainha. Aquilo não poderia ser sobre nós.

— Você nunca quis o trono nem as obrigações que acompanham a Coroa — disparou Alastir. — Você passou décadas tentando libertar o seu irmão para que ele pudesse assumir o trono. E agora quer reivindicá-lo? Quer dizer que desistiu do seu irmão?

Respirei fundo quando a raiva tomou conta de mim. Alastir, mais do que qualquer um, sabia o quanto encontrar e libertar Malik significava para Casteel. E as suas palavras o magoaram profundamente. Senti de Casteel o que captei na primeira vez em que o vi: uma frieza que se parecia com gelo na minha pele. Casteel estava em constante sofrimento e, embora diminuísse um pouco a cada dia, a agonia que ele sentia por causa do irmão nunca estava longe da superfície. Fazia pouco tempo que ele havia se permitido sentir algo que não fosse culpa, vergonha e angústia.

Eu nem percebi que tinha avançado até que vi que não estava mais sob a sombra da árvore de sangue.

— Casteel não desistiu de Malik — retruquei antes que pudesse encontrar a minha maldita adaga e atirá-la pelo Templo. — Nós vamos encontrar e libertar o irmão dele. Malik não tem nada a ver com isso.

— Ah, deuses. — Eloana levou a mão até a boca enquanto se virava na direção do filho. A dor contraía as suas feições e, de repente, uma tristeza profunda emanou dela em uma onda intensa. Eu não era capaz de ver, mas o sofrimento dela era como uma sombra constante que a seguia, assim como acontecia com Casteel. Ele martelou os meus sentidos, arranhando a minha pele como vidro quebrado. — *Hawke*, o que foi que você fez?

Minha concentração se voltou para Valyn quando interrompi a conexão com a mãe de Casteel antes que ela me oprimisse. Uma pulsação de dor o cercava, permeada por uma explosão de raiva desesperada. Mas ele a bloqueou com uma força que eu não podia deixar de admirar e invejar. Valyn se inclinou e sussurrou no ouvido da esposa, que fechou os olhos e assentiu para o que quer que ele tenha dito.

Ah, deuses, eu não deveria ter dito aquilo.

— Sinto muito. — Entrelacei as mãos com força. — Eu não...

— Você não tem motivo para se desculpar — interrompeu Casteel, olhando por cima do ombro para mim e retribuindo o meu olhar. O que emanava dele era quente e doce, ofuscando um pouco da dor gélida.

— Sou eu quem deveria pedir desculpas — afirmou Alastir com a voz áspera, me surpreendendo. — Não deveria ter mencionado Malik. Você tem razão.

Casteel o encarou, e eu percebi que ele não sabia o que fazer com o pedido de desculpas de Alastir. Nem eu. Em vez disso, ele se voltou para os pais.

— Sei o que vocês devem estar pensando. Alastir também achava isso. Vocês acreditam que o meu casamento com Penellaphe é mais um plano em vão para libertar Malik.

— Não é? — sussurrou a mãe dele, com os olhos cheios de lágrimas. — Nós sabemos que você a sequestrou para usá-la.

— De fato — confirmou Casteel. — Mas não foi por isso que nos casamos. Não é por isso que estamos juntos.

Ouvir aquilo costumava me incomodar. A verdade sobre como Casteel e eu chegamos àquele ponto era incômoda, mas já não me fazia sentir como se eu não merecesse estar ali. Olhei para a aliança no meu dedo indicador e para o redemoinho dourado na palma esquerda. Repuxei os cantos dos lábios. Casteel tinha vindo atrás de mim com a intenção de me usar, mas isso mudou muito antes que nós dois nos déssemos conta. O *como* não importava mais.

— Eu quero acreditar nisso — sussurrou a mãe dele. Sua preocupação era opressiva, como um cobertor grosso e áspero. Talvez ela até *quisesse* acreditar, mas ficou evidente que não acreditava.

— Isso é outra coisa que precisamos debater. — Valyn pigarreou e deu para perceber que ele também duvidava da motivação do filho. — Por enquanto, você não é o Rei, nem ela é a Rainha. Eloana teve um rompante de comoção quando tirou a coroa — afirmou ele, apertando os ombros da esposa. O modo como ela contraiu o rosto inteiro ao ouvir o comentário do marido foi algo que senti no fundo da alma. — É preciso haver uma coroação, e a Coroa não pode ser contestada.

— Contestar a coroação *dela*? — Jasper riu enquanto cruzava os braços sobre o peito. — Mesmo que ela não fosse casada com um herdeiro, sua reivindicação ao trono não pode ser contestada. Você sabe disso. Todos nós sabemos disso.

Senti o estômago embrulhado como se estivesse na beira do precipício nas Montanhas Skotos. Eu não queria o trono. Nem Casteel.

— Seja como for — continuou Valyn lentamente, estreitando os olhos —, até descobrirmos quem está envolvido nisso e tivermos tempo de conversar, Alastir deve ser mantido em um lugar seguro.

Alastir se virou para ele.

— Isso é...

— Algo que você vai aceitar de bom grado. — Valyn silenciou o lupino com um olhar, e era evidente de quem Casteel havia herdado aquela habilidade. — É tanto para o seu benefício quanto o dos outros. Lute contra isso, e aposto que Jasper, Kieran ou o meu filho vão pular na sua garganta em questão de segundos. E não posso prometer fazer nada para impedi-los.

Casteel abaixou o queixo e abriu um sorriso tão frio quanto o primeiro sopro do inverno. As pontas das suas presas apareceram.

— Serei eu.

Alastir olhou de Jasper para o Príncipe. Pousou as mãos ao lado do corpo, com o peito subindo em uma respiração pesada. Fixou os olhos azuis invernais em Casteel.

— Você é como um filho para mim. Você teria sido meu filho se o destino não tivesse reservado outra coisa para nós — afirmou ele, e eu sabia que ele estava pensando na filha. A sinceridade das suas palavras, a crueza da dor que ele sentia penetraram nele, cortando-o profundamente, e caíram como uma chuva gélida, aumentando ainda mais quando Casteel não disse nada. O modo como ele havia mantido aquele grau de sofrimento oculto de mim era impressionante. — A verdade sobre o que está acontecendo aqui vai ser revelada. Todos saberão que eu não sou a ameaça.

Foi então que senti aquilo conforme olhava para Alastir. Uma onda de... determinação e firmeza bombeando ardentemente nas suas veias. Foi rápido, mas o instinto explodiu dentro de mim, me dando um sinal de alerta que não entendi completamente. Dei um passo em frente.

— Casteel...

Não fui rápida o bastante.

— Protejam o Rei e a Rainha — comandou Alastir.

Vários dos guardas se moveram, cercando os pais de Casteel. Um deles estendeu a mão por trás das costas. Valyn girou o corpo.

— Não!

Jasper disparou para a frente, mudando de forma no meio de um salto enquanto Eloana dava um grito rouco.

— Não!

Uma flecha atingiu o lupino no ombro, detendo-o em pleno ar. Ele caiu, voltando à forma humana antes de se chocar contra o mármore rachado. Cambaleei para trás, chocada quando Jasper ficou imóvel, com uma cor cinza pálida tomando conta da sua pele. Ele estava...?

Meu coração congelou quando ouvi o som de ganidos e rosnados agudos vindos de baixo do Templo. Os outros lupinos...

Uma flecha zuniu no ar, atingindo Kieran enquanto ele saltava em minha direção. Um grito ficou preso na minha garganta conforme eu seguia até ele. Kieran se equilibrou antes de cair, endireitando as costas e então se curvando. Os tendões do seu pescoço se projetaram quando eu o encarei. Seus olhos tinham um tom de azul prateado luminoso quando ele esticou a mão para a flecha que se projetava do ombro — uma haste fina contendo um líquido acinzentado.

— Fuja — rosnou ele, dando um passo rígido e estranho na minha direção. — *Fuja*.

Corri na direção dele, pegando-o pelo braço quando uma de suas pernas se dobrou sob o peso do corpo. A pele dele... deuses, ele parecia um bloco de gelo. Tentei segurá-lo, mas ele era pesado demais e caiu de costas no chão enquanto Casteel se aproximava de mim e passava o braço pela minha cintura. Horrorizada, vi a palidez acinzentada tomando conta da pele negra de Kieran e... não senti nada. Nem emanando dele. Nem de Jasper. Eles não podiam estar... isso não podia estar acontecendo.

— Kieran...?

De repente, Casteel me colocou atrás de si, dando um rugido de fúria com o gosto de raiva ardente. Alguma coisa o atingiu, afastando-o de mim. A mãe dele gritou, e ergui a cabeça a tempo de ver a Rainha Eloana dando uma cotovelada no rosto de um guarda. Ossos estalaram e cederam conforme ela começou a correr, mas outro guarda a agarrou por trás.

— Parem! Parem com isso agora! — ordenou Eloana. — Eu ordeno!

O pânico cravou as garras em mim quando vi a flecha se projetando da lombar de Casteel — também vazando aquela estranha substância acinzentada. Mas ele continuava postado diante de mim, brandindo a espada. O som que reverberou dele prometia morte. Ele deu um passo à frente...

Outra flecha veio da entrada do Templo, atingindo Casteel no ombro no instante em que vi Valyn cravar a espada no abdômen de um homem empunhando um arco. O projétil perfurou a perna de Casteel, empurrando-o para trás. Eu o peguei pela cintura enquanto ele perdia o equilíbrio, mas, assim como Kieran, ele era pesado demais. A espada tilintou no mármore quando ele tombou com força no chão, seu corpo comprido arqueando conforme ele jogava a cabeça para trás. Os tendões do seu pescoço incharam enquanto eu caía ao lado dele, sem nem sentir o impacto nos joelhos. O líquido acinzentado gotejava das feridas, se misturando ao sangue. Ele repuxava os lábios sobre as presas. As veias inchavam e escureciam sob a pele.

Não. Não. Não.

Eu não consegui respirar quando os olhos dilatados e selvagens dele encontraram os meus. *Isso não está acontecendo.* Essas palavras se repetiam sem parar na minha mente conforme eu me inclinava sobre ele, segurando o seu rosto com as mãos trêmulas. Gritei ao sentir a sua pele fria. Nada vivo era tão frio assim. Ah, deuses, a pele dele nem se parecia mais com carne.

— Poppy, eu... — arfou ele enquanto estendia a mão para mim. Uma película cinza se infiltrou no branco dos seus olhos e depois nas íris, embotando o âmbar vibrante.

Ele ficou imóvel, com o olhar fixo em algum ponto ao longe. Seu peito não se mexia.

— Casteel — sussurrei, tentando sacudi-lo, mas a pele dele, o corpo inteiro, tinha... tinha endurecido como pedra. Ele estava congelado, com as costas arqueadas, uma perna dobrada e um braço levantado na minha direção. — *Casteel*.

Não houve resposta.

Aguçei os sentidos para ele, procurando desesperadamente por qualquer indício de emoção, qualquer coisa. Mas não havia nada. Era como se ele tivesse entrado no nível mais profundo do sono ou estivesse...

Não. Não. Não. Ele não podia ter partido. Ele não podia estar morto.

Apenas alguns segundos se passaram do momento em que Alastir proferiu a sua ordem inicial até Casteel estar deitado diante de mim, com o corpo desprovido da vibração da vida.

Olhei rapidamente por cima do ombro. Nem Jasper, nem Kieran se mexiam, e a pele deles havia assumido um tom cinza-escuro, cor de ferro.

A agonia alimentada pelo pânico tomou conta de mim, se entrincheirando ao redor do meu coração acelerado enquanto eu passava a mão pelo peito de Casteel, procurando por batimentos cardíacos.

— Por favor. Por favor — sussurrei, com lágrimas nos olhos. — *Por favor*. Não faça isso comigo. Por favor.

Nada.

Eu não conseguia sentir nada nele, nem em Kieran, nem em Jasper. Um zumbido surgiu no âmago do meu ser enquanto eu olhava para Casteel — para o meu marido. Meu coração gêmeo. Meu *tudo*.

Eu o havia perdido.

Minha pele começou a vibrar conforme uma raiva sombria vinda do fundo da alma emergia de dentro de mim. Deixava um gosto metálico no fundo da minha garganta e queimava como fogo nas minhas veias. Senti o gosto da *morte*. E não do tipo que tinha acontecido ali — mas do tipo final.

A fúria cresceu e se expandiu até que não pude mais contê-la. Eu nem tentei detê-la enquanto lágrimas escorriam pelo meu rosto e caíam na pele cor de ferro de Casteel. A raiva chicoteou, golpeando o ar e se infiltrando na pedra. Embaixo de mim, senti o Templo começar a tremer ligeiramente outra vez. Alguém estava gritando, mas eu não conseguia entender mais nada.

Inclinei-me sobre Casteel e peguei sua espada caída enquanto roçava meus lábios nos lábios frios e imóveis dele. Aquela coisa *ancestral* dentro de mim pulsou e latejou como antes quando eu me levantei e me virei. Um vento forte soprou no chão do Templo, apagando o fogo das tochas. As folhas da árvore de sangue farfalharam como ossos secos conforme eu segurava a espada curta com força. Eu não vi os pais de Casteel. E nem mesmo Alastir.

Havia dezenas de pessoas diante de mim, todas vestidas de branco, empunhando espadas e adagas. Máscaras de metal familiares, aquelas usadas pelos Descendidos, cobriam os seus rostos. Vê-las agora deveria ter me deixado apavorada.

Mas só me deixou *furiosa*.

Aquele poder primitivo emergiu, tomando todos os meus sentidos. Silenciou todas as emoções dentro de mim até que restasse apenas uma: *vingança*. Não havia mais nada. Nenhuma empatia. Nenhuma compaixão.

Eu ainda era eu mesma.

E, no entanto, eu era algo completamente diferente.

Não havia nuvens no céu de um tom deslumbrante de azul. Não choveu sangue, mas a minha carne *faiscou*. Brasas prateadas dançaram sobre a minha pele e crepitaram quando cordões finos se estenderam de mim, envolvendo as colunas como teias de aranha reluzentes e fluindo pelo chão em uma rede de veias brilhantes. Minha raiva havia se tornado uma entidade tangível, uma força viva da qual ninguém poderia escapar. Dei um passo em frente e a camada superior da pedra se estilhaçou sob a minha bota.

Minúsculos pedaços de pedra e poeira se soltaram e afundaram. Vários dos agressores mascarados recuaram quando fissuras estreitas surgiram nas estátuas dos deuses. As rachaduras no chão aumentaram.

Um agressor mascarado saiu do cerco e correu na minha direção. A luz do sol refletiu na lâmina de sua espada quando ele a ergueu no ar. Não me mexi quando o vento levantou as mechas emaranhadas do meu cabelo. Ele berrou quando abaixou o cabo da arma na minha direção... Eu o peguei pelo braço, detendo o golpe enquanto cravava a lâmina de Casteel em seu peito. O vermelho se derramou na frente de sua túnica e ele estremeceu, caindo para o lado. Mais quatro me atacaram, e eu me esquivei sob o braço de um deles enquanto brandia a lâmina para cima, cortando a garganta de outro. O sangue espirrou quando girei o corpo, enfiando a espada através da máscara de metal. Senti uma dor aguda e pungente nas costas quando pisei no peito do homem e fiz força para tirar a lâmina do seu crânio.

A mão de alguém me agarrou e girei o corpo, enterrando a lâmina no abdômen do agressor. Puxei o punho da espada bruscamente enquanto a arrastava pelo estômago do homem, expressando a raiva dentro de mim com um grito. A raiva pulsou no ar ao meu redor, e uma estátua aos fundos do Templo se partiu em duas. Pedaços de pedra despencaram no chão.

Outra onda de dor percorreu minha perna. Eu me virei, brandindo a espada em um arco alto. A lâmina não encontrou muita resistência. Uma adaga caiu na minha mão enquanto uma cabeça e uma máscara rolavam na direção contrária. Com o canto do olho, vi um dos Descendidos pegando o corpo rígido de Kieran pelos braços. Girei a adaga na mão, levei o braço para trás e a atirei. A lâmina o atingiu na garganta e o agressor cambaleou para trás, levando a mão ao pescoço.

Um movimento chamou a minha atenção. Uma turba de agressores mascarados corria pelo Templo. Luz prateada surgiu no meu campo de visão quando ouvi uma voz — uma voz feminina — sussurrando dentro de mim. *Não era para ser assim.*

Em um vislumbre, eu a vi, com os cabelos como o luar enquanto enfiava as mãos no chão. Algum conhecimento inerente me informou que ela estava onde esse Templo ficava agora, mas em outra época, quando o mundo era um lugar desconhecido. Ela jogou a cabeça para trás, gritando com uma espécie de fúria dolorosa que latejava implacavelmente dentro de mim. Luz prateada se infiltrou no solo, irradiando a partir do seu toque. O chão se abriu e dedos finos e descorados cavaram a terra ao seu redor, nada além de ossos. As palavras chegaram até mim mais uma vez. *Eu estou cheia disso, cheia de tudo.*

Assim como eu estava.

Estremeci, e a imagem da mulher desapareceu assim que larguei a espada. Na minha mente vazia, imaginei os cordões reluzentes se afastando das colunas. Eles fizeram isso diante de mim, cobrindo uma dúzia de agressores como uma teia fina. Eu queria que eles sentissem como me sentia por dentro. Destroçada. Confusa. Perdida.

Ossos se partiram. Braços e pernas estalaram. Colunas se quebraram. Eles tombaram como mudas arrancadas.

Outros se afastaram de mim para correr. Fugir. Eu não permitiria isso. Eles iriam pagar. Todos sentiriam o gosto da minha ira e se afogariam nela. Eu ia derrubar aquela estrutura e, em seguida, destruir o reino inteiro para garantir que continuasse assim. Eles sentiriam o que havia dentro de mim, o que eles causaram. Três vezes mais.

A raiva se derramou de mim com mais um berro conforme eu avançava, levantando os braços. Os cordões se ergueram do chão. Na minha mente, eles cresceram e se multiplicaram, se estendendo das Câmaras de Nyktos até as árvores e a cidade lá embaixo. Comecei a subir...

No meio do caos, eu o vi. Alastir estava na frente do Templo, fora do alcance da raiva e energia pulsantes. Não senti medo emanando dele, apenas aceitação, enquanto ele olhava para mim como se esperasse por isso.

Alastir retribuiu o meu olhar.

— Eu não sou uma ameaça para Atlântia — falou. — Você é. Você sempre foi a ameaça.

A dor explodiu na parte de trás da minha cabeça, tão repentina e avassaladora que nada poderia impedir que a escuridão tomasse conta de mim.

Despenquei naquele abismo.

Capítulo Três

Que florzinha linda.
   Que linda papoula.
   Colha e veja-a sangrar.
   Já não é mais tão bonita.
Despertei inalando um ar que tinha cheiro de terra molhada e decomposição. A terrível estrofe ainda ecoava em minha cabeça dolorida quando abri os olhos e arfei, sufocando um grito.

Órbitas vazias e escuras olhavam para mim de um crânio empoeirado e sujo.

Com o coração martelando contra as costelas, eu me endireitei e rastejei para trás. Havia me movido cerca de trinta centímetros quando algo me apertou dolorosamente, sacudindo meus braços e pernas. Cerrei os dentes, reprimindo um gemido quando a pele dos meus pulsos e abaixo dos joelhos começou a arder. Alguém havia tirado o meu suéter e me deixado apenas com a combinação fina que eu usava por baixo da blusa. Qualquer preocupação que eu pudesse ter sobre onde estavam o suéter e as minhas calças ou sobre como o corpete justo da combinação não escondia quase nada desapareceu assim que olhei para as minhas mãos.

Ossos... Ossos polidos da cor de marfim prendiam os meus pulsos. Ossos e... e vinhas. E uma parte deles estava cravada na minha pele. Levantei uma perna com cuidado, com o peito arfando quando vi a mesma coisa logo abaixo dos joelhos. Após uma inspeção mais atenta, percebi que não eram vinhas. Pareciam ser alguma espécie de raiz. O sangue seco sujou as minhas panturrilhas quando estendi a mão até a algema.

Uma dor ardente percorreu os meus pulsos, me detendo.

— Deuses — sibilei por entre os dentes enquanto me recostava cuidadosamente em algo duro, úmido e frio. Uma parede?

Com a garganta seca, meu olhar seguiu o emaranhado de ossos e raízes até o ponto onde se conectavam com a parede. Soltei arquejos curtos e entrecortados quando avistei a... a *coisa* ao meu lado.

Fios de cabelos loiros finos e oleosos pendiam em tufos do crânio. Restavam apenas algumas peças de roupas esfarrapadas, escurecidas pelo tempo e pela sujeira. Eu não fazia a menor ideia se era um homem ou uma mulher, mas era evidente que o esqueleto estava ali há décadas — talvez até mesmo séculos. Havia um tipo de lança sobre o peito do cadáver, com a lâmina preta como carvão. Todo o meu ser ficou gelado quando vi os mesmos ossos e raízes ao redor dos pulsos e tornozelos. Prendi o fôlego quando vi o que havia do outro lado do corpo. Mais restos, presos da mesma maneira. E havia outro e mais outro, encostados ao longo de toda a extensão da parede. Dezenas deles.

Ah, deuses.

Vasculhei os arredores com os olhos arregalados. Tochas se projetavam das colunas preto-acinzentadas no centro do aposento e mais para trás, lançando um brilho laranja sobre...

O horror tomou conta de mim quando vi inúmeras lajes de pedra erguidas — caixas compridas e retangulares situadas entre duas fileiras de colunas. Ah, deuses. Eu sabia o que eram. *Sarcófagos*. Sarcófagos envoltos por ossos retorcidos e correntes de raízes, as amarras cobrindo cada um deles.

Eu estava em uma cripta.

E estava óbvio que eu não era a primeira a ficar detida ali.

O pânico subiu pela minha garganta, tornando ainda mais difícil respirar no ar frio e úmido. Meu coração batia assustadoramente rápido. A náusea aumentou, fazendo meu estômago se contrair enquanto eu examinava as sombras atrás dos sarcófagos e colunas. Eu não me lembrava como tinha ido parar ali nem há quanto tempo estava...

Casteel.

Uma imagem dele se formou na minha mente, estendendo a mão para mim enquanto a sua pele ficava cinza e endurecida. A pressão se agarrou ao meu peito, apertando meu coração. Fechei os olhos com força para conter as lágrimas, mas foi inútil. Eu ainda o via, as costas arqueadas e o corpo contorcido, os olhos embotados, o olhar fixo. Ele não podia estar morto. Nem Kieran ou Jasper. Eles tinham que estar bem. Eu só precisava sair dali e encontrá-los.

Tentei ficar de pé. As amarras estalaram contra a minha pele, cravando ainda mais fundo. Entreabri os lábios secos com um grito rouco conforme caía de costas contra a parede. Respirei fundo e levantei o braço para ver melhor a corrente. Esporas. Os ossos tinham esporas afiadas.

— Merda — sussurrei, estremecendo ao ouvir a minha própria voz.

Precisava me acalmar. Não podia entrar em pânico. Os lupinos... eles me ouviriam, não é? Ao menos foi o que Casteel e os outros sugeriram. Que eles tinham ouvido ou sentido meu desespero e respondido. E eu estava *definitivamente* desesperada agora.

Mas eu os ouvi ganindo de dor assim que Jasper e Kieran foram atingidos. Nenhum deles alcançou o topo do Templo depois disso. E se eles também estivessem...?

Levei as mãos até o rosto. A corrente cedeu o suficiente para que eu pudesse tocá-lo sem sentir dor.

— Pare com isso — eu disse a mim mesma. Eles não podiam ter matado todos os lupinos.

Eles.

Ou seja, Alastir.

A raiva e a incredulidade conflitavam dentro de mim enquanto eu me concentrava em estabilizar a respiração. Eu ia sair dali. Encontraria Casteel, Kieran e os outros. Eles tinham que estar bem.

Em seguida, ia matar Alastir. De modo lento e doloroso.

Guardei essa promessa no coração, soltei o ar lentamente e abaixei as mãos. Eu já tinha sido acorrentada antes. Aquela vez em Novo Paraíso não fora tão ruim quanto naquele momento, mas eu já tinha estado em situações ruins antes com o Duque Teerman e o Lorde Mazeen. Como na carruagem com o Lorde Chaney, que estava prestes a ceder à sede de sangue. Eu tinha que manter a calma. Não podia me entregar ao pânico. Se fizesse isso, eu perderia o controle.

Como havia perdido nas Câmaras de Nyktos.

Não. Eu não tinha perdido o controle quando matei aquelas pessoas. Eu ainda estava lá. Eu só não... não tentei me conter nem restringir o poder que havia nascido dentro de mim. Eu nem me sentia mais culpada. Também não achava que ficaria com remorso mais tarde.

Minhas pernas e costas latejavam por causa das feridas que aquelas lâminas haviam causado quando olhei para o ponto onde as amarras se conectavam com a parede. Nenhum elo segurava a corrente no lugar. Ela não estava apenas fundida à parede, mas era uma *parte* dela — como um apêndice.

Que tipo de cripta era aquela?

Eu não conseguiria quebrar uma pedra, mas ossos... ossos e raízes eram frágeis em comparação. Girei o pulso com cuidado para criar uma tensão que não pressionasse a pele. Segurei o outro pedaço de ossos e raízes com a outra mão...

— Eu não faria isso se fosse você.

Virei a cabeça na direção da voz masculina. O som vinha das sombras atrás das colunas iluminadas.

— Os ossos que você está segurando não são ossos comuns — continuou a voz masculina. — São os ossos dos antigos deuses.

Repuxei os lábios e larguei as amarras imediatamente.

Uma gargalhada ecoou das sombras, e eu fiquei paralisada outra vez. Aquela risada... me parecia familiar. Assim como a voz.

— E, por serem os ossos das divindades, eles contêm a magia primitiva, o éter — acrescentou ele. — Você sabe o que isso significa, Penellaphe? Esses ossos são inquebráveis, imbuídos por aqueles que têm o sangue dos deuses nas veias. — A voz soou mais perto, e eu me retesei. — Era uma técnica bastante arcaica criada pelos próprios deuses, destinada a imobilizar aqueles que se tornaram muito perigosos, uma ameaça grande demais. Dizem que foi o próprio Nyktos quem conferiu o poder aos ossos dos mortos. Uma proeza que realizou enquanto reinava sobre os mortos nas Terras Sombrias. Quando ele era o Sombrio, Aquele que é Abençoado, o Portador da Morte e o Guardião das Almas. O Deus Primordial do Povo e dos Términos.

As... as Terras Sombrias? Reinava sobre os mortos? Nyktos era o Deus da Vida, o Rei de todos os deuses. Rhain era o Deus do Povo e dos Términos. Eu nunca tinha ouvido falar das Terras Sombrias antes, mas só pelo nome não me parecia um lugar sobre o qual eu quisesse saber.

— Mas estou divagando — prosseguiu o estranho, e eu vi a silhueta escura e nebulosa de um homem na escuridão. Apertei os olhos e me concentrei, mas... não senti nada emanando dele. — Se você puxar essas amarras, elas vão apertar ainda mais. Se continuar fazendo isso, elas vão cortar sua carne e ossos. Mais cedo ou mais tarde, vão acabar decepando os seus membros. Não precisa acreditar em mim, é só olhar com atenção para o cadáver ao seu lado.

Eu não queria olhar nem tirar os olhos da forma sombria, mas não pude evitar. Espiei o corpo ao meu lado e baixei os olhos para o chão. Havia o esqueleto de uma mão ali.

Ah, deuses.

— Para a sua sorte, você só tem o sangue dos deuses nas veias. Não é uma divindade como eles. Você iria sangrar e morrer bem rápido. Sabe a divindade que está ao seu lado? — perguntou o homem, e eu voltei a atenção para ele. A massa sombria estava mais perto agora, tendo parado perto da luz do fogo. — Ele... bem, ele ficou cada vez mais fraco e faminto até que o seu corpo começou a se canibalizar. Esse processo deve ter levado séculos.

Séculos? Estremeci.

— Você deve estar se perguntando o que ele poderia ter feito para justificar uma punição tão terrível. O que será que ele e os outros que preenchem as paredes e os caixões fizeram? — perguntou ele. E, sim, uma parte de mim estava imaginando isso. — Eles se tornaram perigosos demais. Muito poderosos. Muito... imprevisíveis. — Ele fez uma pausa e eu engoli em seco. Não precisei pensar muito para presumir que aqueles contra a parede e diante de mim eram divindades. — Uma ameaça enorme. Assim como você.

— Eu não sou uma ameaça — rosnei.

— Ah, não? Você matou muitas pessoas.

Fechei a mão em punho.

— Eles me atacaram sem nenhum motivo. Eles feriram... — Minha voz falhou. — Eles feriram os lupinos. O Príncipe. O meu...

— O seu coração gêmeo? — sugeriu ele. — Uma união não apenas de coração, mas também da alma. Algo raro e mais poderoso que qualquer linhagem. Muitas pessoas considerariam tal coisa um milagre. Diga-me, você acha que isso é um milagre agora?

— Sim — rosnei sem nenhuma hesitação.

Ele riu, e alguma coisa evocou as minhas lembranças outra vez.

— Sendo assim, você vai ficar aliviada ao saber que estão todos a salvo. O Rei e a Rainha, aqueles dois lupinos e até mesmo o Príncipe — afirmou, e eu devo ter parado de respirar. — Se não acredita nisso, você pode confiar na gravação de casamento.

Meu coração palpitou. Eu nem tinha pensado nisso. Casteel havia me dito que a marca desapareceria com a morte de um dos parceiros. Era assim que algumas pessoas ficavam sabendo da morte do seu coração gêmeo.

Parte de mim não queria olhar, mas eu precisava. Senti um vazio no estômago ao olhar para a minha mão esquerda. Ela tremia quando a virei para cima. O redemoinho dourado na minha palma brilhou debilmente.

O alívio tomou conta de mim tão rapidamente que tive que levar a mão até a boca para impedir que o choro saísse das profundezas do meu ser. A gravação ainda estava ali. Casteel estava vivo. Estremeci de novo, com as lágrimas ardendo na garganta. Ele estava *vivo*.

— Que adorável — sussurrou o estranho. — Tão adorável.

Uma sensação desconfortável percorreu a minha pele, usurpando uma parte do alívio.

— Mas ele teria ficado gravemente ferido se você não fosse detida — prosseguiu. — Você teria derrubado o Templo inteiro. E ele tombaria junto. Talvez você até mesmo o matasse. Seria capaz disso, sabe? Você tem o poder dentro de si.

Meu coração deu um salto dentro do peito.

— Eu nunca o machucaria.

— Talvez não intencionalmente. Mas, pelo que soube, você parece ter pouco controle sobre si mesma. Como você sabe o que teria feito?

Fiz menção de negar o que ele havia dito, mas encostei a cabeça na parede, perturbada. Não... não sabia muito bem o que havia me tornado naquele Templo, mas eu estava no controle. E também estava tomada pela vingança, assim como a estranha mulher que vi na minha mente. Eu estava preparada para matar aqueles que fugiam de mim. Preparada para destruir o reino inteiro. Será que eu teria feito isso? A Enseada de Saion estava cheia de pessoas inocentes. Eu certamente teria parado antes que chegasse a esse ponto.

Mas eu mentia para mim mesma.

Achava que Casteel tinha sido gravemente ferido, talvez morto. Eu não teria parado. Não até que tivesse saciado a sede de vingança. E não fazia a menor ideia do que seria necessário para que isso acontecesse.

O ar que respirava ficou azedo, e tive que me esforçar para refletir sobre aquilo somente mais tarde.

— O que você fez com ele? Com os outros?

— Eu não fiz nada.

— Mentira — vociferei.

— Eu não disparei nenhuma flecha. Nem estava lá — respondeu ele. — O que *eles* fizeram foi usar uma toxina derivada da sombrália, uma flor que cresce na região ao leste das Montanhas de Nyktos. Ela causa convulsões e paralisia antes de endurecer a pele. É bastante doloroso antes que entrem em um sono profundo. Fiquei sabendo que o Príncipe vai demorar um pouco mais que o normal para despertar. Alguns dias. Então imagino que acorde amanhã, quem sabe?

Alguns... alguns dias? Amanhã?

— Quanto tempo fiquei desacordada?

— Dois dias. Talvez três.

Bons deuses.

Eu não queria nem pensar no dano feito a minha cabeça para me derrubar por tanto tempo. Mas os outros não tinham sido atingidos tantas vezes quanto Casteel. Kieran devia estar acordado a essa altura. Jasper também. E talvez os outros...

— Sei o que está pensando. — O homem interrompeu meus pensamentos. — Que os lupinos vão ouvir o seu chamado. Que eles virão atrás de você. Não virão, não. Os ossos anulam o Estigma Primordial. Também anulam toda e qualquer habilidade, reduzindo-a ao que você é na sua essência. Mortal.

Foi por isso que não senti nada emanando daquele homem? Não era exatamente o que eu queria ouvir. O pânico ameaçou cravar as garras em mim mais uma vez, mas a forma sombria se aproximou, surgindo sobre a luz da tocha. Meu corpo inteiro se retesou com a visão do homem vestido de preto. Cada parte de mim se rebelou contra o que vi. Aquilo não fazia sentido. Era impossível. Mas reconheci o cabelo escuro e curto, o maxilar firme e os lábios finos. Agora eu entendia por que a sua risada me parecia tão familiar.

Era o comandante da Guarda Real. O Comandante Jansen.

— Você está morto — arfei, olhando para o homem conforme ele espreitava entre as colunas.

Ele arqueou uma sobrancelha escura.

— O que te faz pensar isso, Penellaphe?

— Os Ascendidos descobriram que Hawke não era quem dizia ser logo depois de partirmos. — Lembrei-me do que o Lorde Chaney me contou na carruagem. — Eles disseram que os Descendidos haviam se infiltrado nos mais altos escalões da Guarda Real.

— Sim, mas eles não me pegaram. — Jansen repuxou o canto dos lábios conforme avançava, passando os dedos pela lateral de um caixão.

A confusão tomou conta de mim enquanto eu olhava para ele.

— Eu... eu não estou entendendo. Você é um Descendido? Você apoia o Príncipe...?

— Eu apoio Atlântia. — Ele se moveu rapidamente, atravessando a distância em menos tempo do que um coração levaria para bater. E então se ajoelhou para que ficássemos no mesmo nível. — Não sou um Descendido.

— É mesmo? — A supervelocidade dele meio que entregou isso. — Então o que você *é*?

O sorriso de lábios franzidos se alargou. Suas feições se aguçaram, estreitaram e então ele se *transformou*. Encolhendo em altura e largura, o novo corpo se afogou nas roupas que Jansen usava. Sua pele ficou mais escura e lisa. Em um instante, os cabelos dele ficaram pretos e mais compridos e os olhos clarearam até assumir um tom de azul.

Em questão de segundos, Beckett se ajoelhou diante de mim.

Capítulo Quatro

— Bons deuses — disparei, me afastando daquela... daquela *coisa* diante de mim.

— Assustei você? — perguntou Jansen/Beckett na voz do jovem lupino... vindo de um rosto idêntico ao do sobrinho-neto de Alastir.

— Você é... Você é um metamorfo.

Ele assentiu.

Eu não conseguia parar de olhar para ele, incapaz de digerir a percepção de que era Jansen ali na minha frente, e não Beckett.

— Eu... eu não sabia que vocês podiam se parecer com outras pessoas.

— A maior parte da linhagem metamorfa que restou só consegue assumir a forma animal ou realizar... outras proezas — explicou. — Sou um dos poucos capazes de fazer isso e manter a forma de outra pessoa por longos períodos de tempo. Quer saber como?

Eu realmente queria, mas não disse nada.

Para a minha sorte, ele estava com vontade de conversar.

— Eu só preciso de algo que pertença à pessoa. Uma mecha de cabelo costuma ser suficiente. Os lupinos são muito fáceis de replicar.

Nenhuma parte de mim podia compreender como alguém poderia ser facilmente replicado.

— E a pessoa... percebe que você fez isso? Assumiu a sua aparência?

Jansen fez que não com a cabeça, ainda sorrindo com as feições juvenis de Beckett.

— Geralmente, não.

Eu não conseguia nem começar a entender como seria assumir a identidade de outra pessoa ou como alguém poderia fazer isso sem a permissão do outro. Parecia uma grave violação para mim, ainda mais quando feito para enganar alguém...

A compreensão passou por mim com uma onda de raiva renovada.

— Era *você* — vociferei. — Não foi o Beckett verdadeiro quem me levou até o Templo. Foi você.

— Eu sempre soube que havia uma garota inteligente atrás do véu — comentou Jansen e então assumiu as características que pertenciam a ele outra vez. Não foi menos chocante do que antes.

A percepção de que não havia sido o jovem lupino brincalhão quem me levou para aquela armadilha trouxe uma boa dose de alívio.

— Como? Como é que ninguém percebeu? Como é que eu...? — Parei de falar. Quando li as emoções dele no Templo, elas se pareciam exatamente como as de Beckett.

— Como nem você, nem o Príncipe perceberam? Ou mesmo Kieran ou Jasper? Quando os metamorfos assumem a identidade de outra pessoa, nós nos apropriamos tanto de suas características que fica extremamente difícil descobrir a verdade. Às vezes, pode ser difícil até nos lembrarmos de quem realmente somos. — Uma expressão apreensiva surgiu no rosto dele, mas desapareceu tão rápido que não tive certeza de tê-la visto. — O Príncipe obviamente sabia que eu era um metamorfo. Assim como muitos outros. Mas certamente ninguém esperava tamanha manipulação. Ninguém estava nem prestando atenção nisso.

— Beckett está bem?

Jansen desviou o olhar.

— Deveria estar. Demos a ele uma poção para dormir. Esse era o plano. Que ele dormisse tempo suficiente para que eu tomasse o seu lugar.

Senti um aperto no coração.

— Mas isso não aconteceu?

— Não. — Jansen fechou os olhos por um breve instante. — Calculei mal a dose de poção de que um jovem lupino precisaria para continuar dormindo. Ele acordou assim que entrei em seu quarto. — Ele se recostou e passou a mão pelo rosto. — O que aconteceu foi uma tragédia.

Bile subiu pela minha garganta.

— Você o matou?

— Foi necessário.

Perdi o fôlego, incrédula, conforme olhava para o metamorfo.

— Ele era só um menino!

— Eu sei. — Ele abaixou a mão. — Ninguém gostou de fazer isso, mas era preciso.

— Não era preciso. — As lágrimas brotaram nos meus olhos. — Ele era um menino, ele era inocente.

— Inocentes morrem o tempo todo. Você passou toda a sua vida em Solis. Sabe que isso é verdade.

— E isso faz com que seja certo machucar outra pessoa?

— Não. Mas os fins justificam os meios. O povo de Atlântia vai entender — retrucou Jansen. Eu não conseguia imaginar como alguém poderia *entender* o assassinato de uma criança. — E por que você se importa? Você ficou parada vendo as pessoas passarem fome, serem abusadas e entregues durante o Ritual. E não fez nada.

— Eu não sabia da verdade — disparei, piscando para conter as lágrimas.

— E isso faz com que seja certo?

— Não. Não faz — respondi, e ele arregalou os olhos de leve. — Mas nem sempre fiquei parada sem fazer nada. Eu fiz o que pude.

— Não foi o suficiente.

— Eu não disse que era. — Dei um suspiro entrecortado. — Por que você está fazendo isso?

— É meu dever impedir toda e qualquer ameaça a Atlântia.

Soltei uma risada rouca de incredulidade.

— Você me conhece. Há anos. Sabe que não sou uma ameaça. Eu não faria nada naquele Templo se não tivesse sido ameaçada.

— Isso é o que você diz agora. Um dia, isso vai mudar — afirmou ele. — Mas é estranho como o mundo é pequeno. O propósito de assumir o papel de comandante era abrir um caminho entre Casteel e você. Passei anos vivendo uma mentira, tudo para que ele pudesse capturar a Donzela e usá-la para libertar o irmão e retomar parte das nossas terras roubadas. Eu não fazia a menor ideia do que você era nem por que era a Donzela.

— E ele se casar comigo pareceu uma traição? — presumi.

— Na verdade, não — respondeu ele, me surpreendendo. — Ele ainda poderia realizar o que pretendia fazer. É provável que ficasse em melhor posição para fazer isso, tendo você como esposa em vez de prisioneira.

— Então por quê? Porque eu... porque eu tenho um pingo de sangue dos deuses nas veias?

— Um pingo? — Jansen riu. — Menina, eu sei o que você fez naquele Templo. Você tem que se dar mais valor.

Meu mau gênio disparou e eu o acolhi, me atendo à raiva. Era uma companhia muito melhor do que a dor crescente.

— Eu não sou mais uma *menina* há anos, então não me chame assim.

— Peço desculpas. — Ele abaixou a cabeça. — Aposto que você tem muito mais que uma gota. Sua linhagem deve ter permanecido muito pura para você exibir aquele tipo de habilidade divina. — Ele se moveu de repente e me segurou pelo queixo. Tentei me desvencilhar, mas ele me manteve presa ali. Seus olhos escuros estudaram o meu rosto como se ele estivesse procurando por alguma coisa. — É estranho que eu não tenha percebido isso antes. Deveria ter notado.

Ergui a mão e agarrei o antebraço dele. A algema no meu pulso se apertou em advertência.

— Tire a mão de mim.

— Ou o quê, Donzela? — O sorriso dele se alargou enquanto a minha raiva fervilhava. — Não há nada que você possa fazer comigo que não vá deixá-la ferida. Eu acabei de dizer que você sempre foi inteligente. Não me torne um mentiroso.

A raiva impotente incitou o desespero enraizado que eu sentia por não ser capaz de me defender.

— Me largue!

Jansen soltou o meu rosto e se levantou de repente. Ele olhou para a pilha de ossos ao meu lado enquanto eu respirava fundo. Meu coração batia descompassado.

44

— Eu sabia que não seria sensato ficar na Masadônia — explicou. — Então parti logo depois de vocês. Encontrei Alastir na estrada para o Pontal de Spessa. Foi então que descobri o que você era.

Cravei as unhas na palma da mão.

— Quer dizer que Alastir sabia o que eu era?

— Não quando ele a viu pela primeira vez. — Ele cutucou alguma coisa com o pé, chutando-a pelo chão empoeirado. Era a mão desmembrada. Senti o estômago revirar. — Fiquei escondido até que chegasse a hora, e então assumi a identidade de Beckett.

— Você ficou parado quando quase fomos derrotados pelo exército dos Ascendidos. Pessoas morreram e você não fez nada? — O desprezo escorria do meu tom de voz.

Ele olhou de volta para mim.

— Eu não sou um covarde.

— Foi você quem disse isso. — Dei um sorriso tênue. — Não eu.

Ele permaneceu imóvel por um bom tempo.

— Ver aqueles exércitos atacarem o Pontal de Spessa não foi fácil. Ficar escondido foi uma das coisas mais difíceis que já fiz. Mas, ao contrário daquelas falsas Guardiãs, eu sou um Protetor de Atlântia, um verdadeiro Guardião do reino. Sabia que o meu propósito era muito mais importante do que a eventual queda do Pontal de Spessa ou mesmo do que a morte do nosso Príncipe.

— Verdadeiro Guardião? — Pensei nas mulheres que descendiam de uma longa linhagem de guerreiras, mulheres que saltaram da Colina que cercava o Pontal de Spessa e brandiram espadas mais destemidamente do que eu jamais vira o comandante fazer. Dei uma risada áspera. — Você é patético comparado às Guardiãs.

A dor que irrompeu no meu rosto foi o único aviso de que ele havia se mexido — e me dado um soco. Senti um gosto metálico na boca.

— Entendo que as coisas devam ser muito confusas e estressantes para você — declarou, com a voz cheia de uma falsa simpatia conforme se levantava e dava um passo para trás. — Mas, se você me insultar mais uma vez, eu não vou me responsabilizar pelas minhas ações.

Uma sensação incandescente percorreu a minha pele. Minha bochecha latejava quando virei a cabeça para ele e retribuí o seu olhar.

— Você vai morrer — jurei, sorrindo para o rubor vermelho de raiva nas bochechas dele. — Eu mesma farei isso, e será uma morte digna de um *covarde* como você.

Ele disparou na minha direção. Dessa vez, a escuridão acompanhou a dor cortante, da qual eu não poderia escapar, não importava o quanto tentasse.

•

Rangi os dentes contra a pressão das amarras ao redor dos pulsos e deslizei a mão lentamente para a esquerda enquanto olhava para a lança no peito do esqueleto. Sangue fresco pingou na pedra e eu parei, respirando com dificuldade.

Aguardei, tendo aprendido que as amarras se afrouxavam um pouco a cada centímetro ganho. Adquirir esse conhecimento foi um processo lento e doloroso.

Eu me concentrei em respirar fundo e regularmente, e repousei a lateral da cabeça contra a parede conforme meu braço inteiro latejava. Não fazia a menor ideia de quanto tempo havia se passado desde que havia perdido a consciência. Devia fazer horas. Talvez mais, já que as pontadas de fome passaram de ondas esporádicas para uma dor baixa e constante no meu estômago. Além disso, eu estava com frio — sentia o corpo todo enregelado.

Espiei os caixões de pedra. Por que será que eles receberam a honra de um lugar de descanso adequado e os que estavam contra a parede não? Era uma das muitas perguntas que eu tinha. Certamente não era nem de longe a mais importante, mas preferia pensar sobre isso a ficar imaginando por que ainda estava viva.

Jansen havia afirmado que eu era uma ameaça. E talvez o que quer que tivesse despertado em mim no Templo realmente fosse. Talvez eu *fosse* uma ameaça. Mas por que me manter viva? Ou será que era isso que eles pretendiam fazer desde o começo? Me jogar naquela cripta e me deixar ali até que eu morresse de inanição, virando mais uma pilha de ossos empoeirados contra a parede.

O pânico parecia garras em volta da minha garganta, dificultando a respiração. Mas eu o afastei. Não podia me entregar ao medo que havia formado uma sombra devastadora lá no fundo da minha mente. Eu ia sair dali — por conta própria ou com a ajuda de Casteel.

Sabia que ele devia estar procurando por mim. Devia ter iniciado a busca no momento em que acordou. E ele destruiria o reino inteiro, se fosse necessário. Ele ia me encontrar.

Eu ia sair dali.

Mas, antes de tudo, eu precisava de uma arma.

Preparei-me para a dor e estiquei o braço lentamente. Meus dedos roçaram no cabo empoeirado da lança. A excitação tomou conta de mim enquanto as amarras apertavam com mais força ao redor do meu pulso, cravando-se na minha carne. A dor aumentou... Pedras deslizaram em algum lugar na escuridão da cripta, interrompendo a minha tentativa. Ignorei a dor intensa no braço e puxei a mão de volta para o colo, onde o sangue fresco se acumulou, encharcando a minha combinação. Fiquei olhando para as sombras, me esforçando para ver quem havia chegado.

— Vejo que você finalmente acordou. — Fechei as mãos em punhos ao ouvir o som da voz de Alastir. Um instante depois, ele passou sob a luz de uma das tochas. Estava com a mesma aparência que tinha no Templo, exceto pela túnica preta entremeada com fios de ouro, que não tinha mangas. — Vim vê-la mais cedo, mas você estava dormindo.

— Seu filho da puta traidor — disparei.

Alastir parou entre duas tumbas de pedra.

— Sei que você está com raiva. Tem todo o direito de estar. Jansen me confessou que perdeu a paciência e deu um soco em você. Peço desculpas por isso. Bater em alguém incapaz de se defender não faz parte do juramento que fizemos.

— Não estou nem aí se ele me deu um soco — sibilei, olhando de cara feia para Alastir. — Eu me importo com o fato de você ter traído Casteel. E sido responsável pela morte do próprio sobrinho-neto.

Alastir inclinou a cabeça e as sombras esconderam a cicatriz irregular na sua testa.

— Você vê aquilo em que tomei parte como uma traição. Eu vejo como uma necessidade complicada para garantir a segurança de Atlântia.

A fúria percorreu o meu peito e se espalhou pelas veias.

— Como disse a Jansen, eu apenas me defendi. Eu apenas defendi Casteel, Kieran e Jasper. Eu...

— Você nunca teria feito o que fez a menos que acreditasse que a reação era justificada? — interrompeu ele. — Você foi forçada a usar o poder no seu sangue contra os outros?

Meu peito subiu e desceu pesadamente.

— Sim.

— Há muito tempo, quando os deuses de nomes há muito esquecidos estavam despertos e coexistiam com os mortais, havia regras que governavam as ações dos mortais. Os deuses atuavam como protetores, auxiliando-os nos momentos de crise e até mesmo concedendo favores aos mais fiéis — explicou ele.

— Eu não me importaria com essa aula de história nem se a minha própria vida dependesse disso — bufei.

— Mas eles também agiam como juízes e carrascos dos mortais se as suas ações fossem consideradas ofensivas ou injustificadas — continuou Alastir como se eu não tivesse falado. — O problema é que só os deuses decidiam o que era um ato punível. Inúmeros mortais morreram nas mãos dos deuses por ofensas tão pequenas quanto despertar a ira de um deles. No final das contas, a geração mais jovem se rebelou contra aqueles deuses. Mas a tendência de reagir sem pensar, muitas vezes alimentada pela paixão ou por outras emoções voláteis e imprevisíveis, e de reagir com violência era uma característica da qual até mesmo os deuses eram vítimas, principalmente os mais velhos. É por isso que eles foram hibernar.

— Obrigada por me contar — debochei. — Mas você ainda não explicou por que traiu o Príncipe. Nem por que usou Beckett para fazer isso.

— Eu fiz o que era preciso, pois a violência dos deuses foi passada para os seus filhos — afirmou ele. — As divindades eram ainda mais caóticas no modo de pensar e agir do que os seus predecessores. Algumas pessoas acreditavam que era por causa da influência mortal, já que os deuses antes deles coexistiam com os mortais, mas não viviam entre eles. Eles habitavam o Iliseu, enquanto os filhos viviam no plano mortal.

Iliseu? As Terras Sombrias? Tudo isso parecia delírio, e a minha paciência já estava por um fio. Eu estava *prestes* a me arriscar a perder a mão para que pudesse pegar a lança e atirá-la naquele desgraçado.

— Não sei se foi por causa da influência mortal ou não, mas, depois que os deuses decidiram hibernar, as divindades se tornaram...

— Poderosas e perigosas demais — interrompi. — Eu sei. Já ouvi isso antes.

— Mas Jansen contou a você o que eles fizeram para merecer esse destino? Tenho certeza de que já percebeu que todos os sepultados aqui são divindades. — Alastir levantou os braços, gesticulando na direção dos sarcófagos e cadáveres. — Contou por que os Atlantes fundamentais se rebelaram contra eles, assim como os seus antepassados se rebelaram contra os deuses originais? Ele contou a você o tipo de monstro que eles se tornaram?

— Ele estava ocupado demais me socando para chegar a esse ponto — desdenhei. — Então, não.

— Sinto que devo me desculpar por isso mais uma vez.

— Vai se foder — consegui dizer, detestando o pedido de desculpas dele, a aparente sinceridade das suas palavras. E ele realmente estava falando a verdade. Eu não precisava da minha habilidade para saber disso.

Alastir arqueou as sobrancelhas e em seguida suavizou a expressão.

— As divindades construíram Atlântia, mas quase a destruíram com a sua ganância e sede de vida, o desejo insaciável por mais. Sempre *mais*. Eles não tinham limites. Se queriam alguma coisa, eles a tomavam ou criavam. Às vezes, para beneficiar o reino. Muito da estrutura interna que você vê aqui existe por causa deles. Mas, na maioria das vezes, suas ações beneficiavam somente a si próprios.

O que ele disse me lembrou muito dos Ascendidos. Eles governavam tendo o próprio desejo como prioridade.

Eu o encarei.

— Então, eu sou uma ameaça que deve ser enfrentada pois descendo de uma divindade que pode ou não ter dificuldade em controlar a própria raiva? — Deixei escapar uma risada estrangulada. — Como se eu não tivesse autonomia e fosse apenas um subproduto do que existe no meu sangue?

— Isso pode parecer inacreditável agora, Penellaphe, mas você acabou de entrar na Seleção. Mais cedo ou mais tarde, vai começar a exibir os mesmos impulsos caóticos e violentos que eles exibiam. Você é perigosa agora, mas eventualmente vai se tornar algo completamente diferente.

A imagem da estranha mulher de cabelos como o luar surgiu diante de mim.

— Pior ainda, lá no fundo, você é mortal, muito mais facilmente influenciável do que um Atlante ou lupino. E, por causa dessa mortalidade, você ficará ainda mais sujeita a fazer escolhas impulsivas.

A mulher sumiu da minha mente quando olhei para ele.

— Você está errado. Os mortais são muito mais cautelosos e cuidadosos com a vida.

Ele arqueou a sobrancelha.

— Mesmo se fosse verdade, você descende daqueles nascidos da carne e do fogo dos deuses mais poderosos. Suas habilidades são surpreendentemente similares às daqueles que, quando irritados, poderiam rapidamente se tornar catastróficos por causa do seu temperamento devastador. Famílias foram dizimadas porque alguém ofendeu um deles. Cidades foram destruídas porque uma pessoa cometeu um crime contra eles. Mas todos pagaram o preço, homens, mulheres e crianças — afirmou ele, e a inquietação brotou sob a minha raiva.

— Em seguida, eles começaram a se virar uns contra os outros, se atacando mutuamente enquanto lutavam para reinar sobre Atlântia. No processo, eles erradicaram linhagens inteiras. Quando os descendentes de Saion foram mortos, as sirenas se rebelaram contra as divindades responsáveis. Elas não morreram porque ficaram deprimidas ou porque a sua linhagem se tornou tão diluída que acabou perecendo. Outra divindade as matou. Muitas linhagens morreram nas mãos de uma divindade. Por causa daquela que tantos acreditavam ser diferente. — A raiva contraiu as rugas em torno da boca dele. — Até mesmo eu. Como poderia não acreditar que ele fosse diferente? Afinal, ele descendia do Rei dos Deuses. Não podia ser como os outros.

— Malec? — presumi.

Alastir assentiu.

— Mas as pessoas estavam erradas. *Eu* estava errado. Ele era o pior de todos.

Tensa, eu o vi se aproximar e se sentar no chão de pedra diante de mim. Ele deu um suspiro pesado, descansando o braço sobre o joelho dobrado enquanto me estudava.

— Poucas pessoas sabiam do que Malec era capaz. Como eram os seus poderes divinos. Quando os usava, ele deixava pouquíssimas testemunhas para trás. Mas eu sabia o que ele podia fazer. A Rainha Eloana sabia. O Rei Valyn também. — Os frios olhos azuis dele encontraram os meus. — As habilidades dele eram muito parecidas com as suas.

Ofeguei subitamente.

— Não.

— Ele podia sentir as emoções dos outros, assim como a linhagem empática. Acreditava-se que a linhagem deles havia se ramificado daquela que deu origem a Malec, tendo se misturado com uma linhagem metamorfa. Alguns acreditavam que era por isso que os deuses favoreciam os empáticos. Por eles terem mais éter que a maioria — continuou ele. — Malec podia curar feridas com o toque, mas raramente fazia isso, pois não era apenas descendente do Deus da Vida, como também do Deus da Morte. Nyktos. O Rei dos Deuses é ambas as coisas. Além disso, as habilidades de Malec tinham um lado sombrio. Ele podia pegar uma emoção e virá-la contra os outros, como os empáticos. E muito mais do que isso.

Era impossível.

— Ele era capaz de exercer a sua vontade sobre os outros, dilacerando e despedaçando seus corpos sem sequer tocar neles. Ele podia se tornar a *própria* morte. — Alastir sustentou o meu olhar enquanto eu sacudia a cabeça. — Eu gosto de você. Sei que você pode até não acreditar nisso, e entendo se não acreditar. Mas lamento porque sei que Casteel se importa muito com você. Eu não acreditava, a princípio, mas agora sei que o relacionamento de vocês é verdadeiro. Isso vai magoá-lo. Mas esse é o sangue que você tem nas veias, Penellaphe. Você é descendente de Nyktos. Você tem o sangue do Rei Malec dentro de si — declarou, me observando. — Eu pertenço a uma longa linhagem de pessoas que juraram proteger Atlântia e os seus segredos. Foi por isso que quebrei o vínculo com Malec. E é por isso que não posso permitir que você faça o que ele quase conseguiu realizar.

Era difícil aceitar que eu tinha sangue divino nas veias. Tudo bem que eu não podia negar que eu era mais do que só meio Atlante e meio mortal. Uma pessoa de descendência mista não seria capaz de fazer o que eu fiz. Nem mesmo um Atlante fundamental era capaz disso. Mas e alguém que descendia de Nyktos? Do Rei Malec? A divindade que criou o primeiro Ascendido? As ações dele provocaram milhares de mortes, se não mais.

Aquilo estava no meu sangue?

Eu não conseguia acreditar no que Alastir estava me dizendo. Parecia tão impossível quanto o que a Duquesa Teerman havia afirmado sobre a Rainha de Solis ser a minha avó. *Aquilo* era impossível. Os Ascendidos não podiam ter filhos.

— Como eu poderia descender de Malec? — perguntei, mesmo que parecesse impossível.

— Malec tinha muitas amantes, Penellaphe. Algumas eram mortais. Outras, não — respondeu ele. — E ele teve filhos com algumas delas. Descendentes que se espalharam por todo o reino, se estabelecendo em áreas a oeste daqui. Não é nada impossível. Há muitos outros como você. Outros que nunca chegaram à idade da Seleção. Você é descendente dele.

— Outros que nunca chegaram à... — Parei de falar quando um novo horror começou a se formar na minha mente. Bons deuses, será que Alastir e Jansen... e quem sabe quantos outros, eram responsáveis pela morte de... de crianças ao longo dos séculos?

— Mas não é só por causa da sua linhagem, Penellaphe. Nós fomos avisados sobre você há muito tempo. Estava escrito nos ossos da sua homônima antes que os deuses fossem hibernar — disse Alastir. Minha pele se arrepiou toda.

— "Com o sangue derramado da última Escolhida, o grande conspirador nascido da carne e do fogo dos Primordiais despertará como o Arauto e o Mensageiro da Morte e da Destruição das terras cedidas pelos deuses. Cuidado, pois o fim virá do oeste para destruir o leste e devastar tudo o que existe entre esses dois pontos."

Eu o encarei em um silêncio atônito.

— Você é a Escolhida, nascida da carne e do fogo dos deuses. E veio do oeste para as terras concedidas pelos deuses — declarou Alastir. — Foi sobre você que sua homônima nos alertou.

— Você... você está fazendo tudo isso por causa da minha linhagem e de uma *profecia*? — Dei uma risada áspera. Havia parábolas sobre profecias e histórias de destruição em todas as gerações. Não passavam de fábulas.

— Você não precisa acreditar em mim, mas eu sabia. Acho que sempre soube. — Ele franziu o cenho e estreitou os olhos de leve. — Senti isso quando a encarei nos olhos pela primeira vez. Eram velhos. Primordiais. Eu vi a morte nos seus olhos, tantos anos atrás.

Meu coração palpitou e depois acelerou.

— O quê?

— Nós já nos encontramos antes. Ou você era nova demais para se lembrar ou os eventos daquela noite foram muito traumáticos — falou Alastir, e eu senti o corpo inteiro quente, e depois frio. — Não percebi que era você quando a vi pela primeira vez em Novo Paraíso. Achei que você me parecia familiar, e isso me inquietava. Havia algo nos seus olhos. Mas foi só quando me disse o nome dos seus pais que eu soube exatamente quem você era. Coralena e Leopold. Cora e o *leão* dela.

Estremeci, como se o chão da cripta tivesse se movido embaixo de mim. Eu não conseguia falar.

— Eu menti para você — falou, suavemente. — Quando disse que iria perguntar para ver se alguém sabia a respeito deles ou tinha tentado ajudá-los a fugir para Atlântia. Eu nunca pretendi perguntar a ninguém. Não precisava fazer isso, pois fui eu mesmo.

Saí do meu estupor, com o coração acelerado.

— Você estava lá naquela noite? Na noite em que os Vorazes atacaram a estalagem?

Alastir assentiu enquanto as tochas tremeluziam atrás dele.

A imagem do meu pai surgiu na minha mente, com as feições embaçadas enquanto ele olhava pela janela da estalagem, procurando por algo ou alguém. Mais tarde naquela noite, ele disse a alguém que vivia nas profundezas da minha memória: "Essa é a minha filha." Eu mal conseguia... Eu mal conseguia respirar enquanto olhava para Alastir. A voz e a risada dele sempre me pareceram tão familiares. Achei que ele me lembrasse de Vikter. Eu estava errada.

— Eu fui encontrá-los para que viajassem em segurança — revelou ele, com a voz cada vez mais cansada.

Ela não sabe, disse o meu pai para aquela sombra na minha memória que eu nunca conseguia recuperar por completo. Relances passaram por trás dos meus olhos, lampejos de lembranças — recordações que eu não sabia muito bem se eram reais ou fragmentos de pesadelos. Meu pai... o sorriso dele parecia estranho antes que ele olhasse por cima do ombro. *Compreendo* foi a resposta da voz do fantasma. Agora eu sabia a quem aquela voz pertencia.

— Seus pais deveriam ser mais sensatos e não compartilhar o que sabiam com qualquer um. — Alastir sacudiu a cabeça de novo, dessa vez com tristeza. — E você tinha razão ao presumir que eles estavam tentando fugir de Solis para ficar o mais longe possível do reino. Eles tentaram. Sabiam da verdade. Mas, veja bem, Penellaphe, a sua mãe e o seu pai sempre souberam exatamente o que os Ascendidos eram.

Recuei, mal sentindo a dor nos pulsos e pernas.

— Não.

— Sim — insistiu ele.

Mas era impossível que aquilo fosse verdade. Eu sabia que os meus pais eram boas pessoas. Eu me *lembrava* disso. Boas pessoas não teriam ficado paradas, sem fazer nada, se soubessem a verdade sobre os Ascendidos. Se percebessem o que acontecia quando as crianças eram entregues durante o Ritual. Boas pessoas não ficavam em silêncio. *Não* eram cúmplices.

— A sua mãe era a favorita da falsa Rainha, mas não era uma dama de companhia destinada a Ascender. Ela era uma Aia da Rainha.

Aia? Aquilo me parecia familiar. Através do caos da minha mente, eu vi... Mulheres que sempre estavam com a Rainha. Mulheres de preto que nunca falavam nada e vagavam pelos corredores do palácio como sombras. Elas... elas me assustavam quando eu era criança. *Sim.* Eu me lembrava disso. Como é que eu havia me esquecido delas?

— As Aias eram suas guardas pessoais. — Alastir franziu o cenho e a cicatriz na testa dele se aprofundou. — Casteel sabe que elas eram um tipo todo especial de pesadelo.

Ergui a mão e fiquei paralisada. Casteel foi mantido em cativeiro pela Rainha por cinco décadas, torturado e usado por ela e pelos outros. Ele foi libertado antes do nascimento da minha mãe, mas o irmão ficou no seu lugar.

A minha mãe, minha gentil, bondosa e indefesa... Ela não pode ter sido assim. Se fosse uma das guardas pessoais da Rainha, pesadelo ou não, ela teria recebido treinamento para lutar. Ela teria...

Ela teria sido capaz de se defender.

Eu não entendia. Não sabia se aquilo era verdade. Mas sabia o que *era*.

— Você — arfei, com todo o meu ser entorpecido enquanto olhava para o homem com quem tinha feito amizade. E em quem havia confiado. — Foi você. *Você* os traiu, não foi?

— Não fui eu quem feriu o seu pai. Nem quem traiu a sua mãe — respondeu ele. — Mas, no final das contas, isso não importa. Eu os teria matado de qualquer maneira. Eu teria te matado.

Dei uma risada áspera enquanto a fúria e a incredulidade retorciam as minhas entranhas.

— Se não foi você, então quem? Os Vorazes?

— Havia Vorazes lá naquela noite. Você tem as cicatrizes para provar. Eles foram atraídos até as portas da estalagem. — Ele não piscou. Nem sequer uma vez. — *Ele* os levou até lá. O Senhor das Trevas.

— Mentiroso! — gritei. — Casteel não teve nada a ver com o que aconteceu.

— Eu não disse que foi Casteel. Sei que não foi ele, embora não tenha visto o rosto por trás da capa e capuz que ele usava quando foi até aquela estalagem — respondeu Alastir. — Havia outras coisas em jogo naquela noite. Uma ameaça que estava longe da minha alçada. Eu estava lá para ajudar os seus pais. Foi o que fiz na ocasião. Mas, quando eles me contaram o que você podia fazer, eu logo soube... eu *soube* de quem você descendia. Então, quando a ameaça bateu àquela porta, eu deixei que ela entrasse.

Eu não sabia se acreditava em Alastir nem se importava que os meus pais tivessem morrido pelas mãos dele ou não. Ele ainda havia tomado parte na morte dos meus pais, abandonando Ian e a mim e a todos os outros ali à própria sorte. Deixando que eu fosse dilacerada por garras e presas. A dor daquela noite havia me assombrado por toda a minha vida.

Alastir deu um suspiro trêmulo.

— Eu deixei que ela entrasse e fui embora, acreditando que a parte mais suja do meu dever tivesse sido cumprida. Mas você sobreviveu, e aqui estamos.

— *Sim*. — A palavra retumbou de mim em um rosnado que teria me surpreendido em outra ocasião. — Aqui estou. E agora? Você vai me matar? Ou me deixar aqui para apodrecer?

— Se fosse simples assim... — Alastir se apoiou em uma das mãos. — E eu jamais deixaria você aqui para ter uma morte tão lenta. É bárbaro demais.

Será que ele ouvia o que estava dizendo?

— E me acorrentar a esses ossos e raízes não é? Deixar que a minha família morresse não foi bárbaro?

— Foi um mal necessário — afirmou ele. — Mas não podemos simplesmente matá-la. Talvez antes que você chegasse... antes que o Estigma Primordial se estabelecesse. Mas agora não. Os lupinos a viram. Sentiram a sua presença.

Olhei fixamente para ele.

— Por que você não se transformou como os outros? Do jeito que o Rei e a Rainha falaram era como se os lupinos não tivessem controle sobre a própria forma. Eles tinham que atender ao meu chamado.

— Porque eu não posso mais assumir a forma de lupino. Ao quebrar o juramento que fiz ao Rei Malec, cortei a conexão entre mim e o meu lado lupino. Então não fui capaz de sentir o Estigma Primordial.

O choque tomou conta de mim. Eu não sabia disso.

— Mas você... você ainda é um lupino?

— Eu ainda possuo a longevidade e a força de um lupino, mas não posso assumir a minha verdadeira forma. — O olhar dele ficou anuviado. — Às vezes, parece que perdi um membro... Essa incapacidade de sentir a mudança me assola. Mas sabia muito bem quais seriam as consequências do que fiz. Muitos não o teriam feito.

Deuses, aquilo deveria ser insuportável. Devia ser como... como eu me sentia quando eles me forçavam a usar o véu. Parte de mim ficou impressionada com a lealdade de Alastir a Atlântia e à Rainha. Aquilo dizia muito sobre o seu caráter — sobre quem ele era como homem, como lupino, e o que estava disposto a fazer a serviço do reino.

— Você fez uma coisa dessas, mas se recusa a me matar?

— Se nós a matássemos, você se tornaria uma mártir. Haveria uma revolta e outra guerra, quando a verdadeira batalha está a oeste. — Ele estava falando de Solis, dos Ascendidos. — Eu quero evitar isso. E não criar ainda mais problemas para o nosso reino. E, logo, você não será mais problema nosso.

— Se você não vai me matar nem me abandonar aqui à própria sorte, eu estou um pouco confusa com o que você pretende fazer — disparei.

— Vou entregar aos Ascendidos o que eles estavam tão desesperados para ter — revelou. — Vou entregar você a eles.

Capítulo Cinco

Eu não devia ter ouvido direito. Era impossível que ele pretendesse fazer o que tinha afirmado.

— Ninguém vai saber até que seja tarde demais — avisou ele. — Você vai ficar fora do alcance deles, assim como todos os outros que os Ascendidos levaram.

— Isso... isso não faz sentido — falei, atônita, assim que me dei conta de que ele estava falando sério.

— Não?

— Não! — exclamei. — Por vários motivos. Por exemplo: como você pretende me levar até lá?

Alastir sorriu para mim e minha preocupação aumentou.

— Penellaphe, querida, você não está mais dentro dos Pilares de Atlântia. Você está na Cripta dos Esquecidos, nas profundezas das Montanhas Skotos. Mesmo se descobrirem que você está aqui, ninguém a encontrará. Nós teremos partido antes disso.

Um frio percorreu minha espinha conforme a incredulidade crescia dentro de mim.

— Como você passou pelas Guardiãs?

— Aquelas que não notaram a nossa presença receberam o beijo das sombrálias.

— E as que notaram? — perguntei, já deduzindo o que havia acontecido com elas. — Você matou Guardiãs?

— Nós fizemos o que foi preciso.

— Deuses — sussurrei, reprimindo a raiva e o pânico que tomavam conta de mim. — Elas protegiam Atlântia. Elas...

— Não eram as verdadeiras Guardiãs de Atlântia — interrompeu ele. — Se fossem, elas teriam matado você no momento em que apareceu.

Franzi os lábios e controlei a respiração.

— Mesmo que você me entregue a eles, como é que não serei um problema de Atlântia se você me devolver às pessoas que pretendem usar o meu sangue para criar mais vampiros?

Ele tirou a mão do chão e se sentou ereto.

— É isso que eles pretendem fazer?

— E o que mais poderia ser? — exigi saber. De repente, eu me lembrei das palavras da Duquesa Teerman no Pontal de Spessa. Ela disse que a Rainha Ileana ficaria emocionada ao saber que eu havia me casado com o Príncipe. Que eu seria capaz de fazer algo que ela nunca conseguiu: destruir o reino por dentro. Antes que aquelas palavras pudessem se misturar com o que Alastir dissera sobre eu ser uma ameaça, eu as afastei. A Duquesa Teerman tinha contado um monte de mentiras antes de morrer, começando pelo fato de ter dito que a Rainha Ileana, uma vampira incapaz de ter filhos, era minha avó. Ela também afirmou que Tawny havia passado pela Ascensão, usando o sangue do Príncipe Malik. Eu também não conseguia acreditar nisso.

Alastir me estudou em silêncio por um momento.

— Ora, Penellaphe. Você acha mesmo que os Ascendidos não faziam a menor ideia de que tinham a descendente de Nyktos nas garras por quase 19 anos? Ou ainda por mais tempo?

Ian.

Perdi o fôlego. Ele estava falando de Ian.

— Eles me disseram que Ian Ascendeu.

— Eu não sei nada a respeito disso.

— Mas você acha que a Rainha Ileana e o Rei Jalara sabiam que nós éramos descendentes de Nyktos? — Quando Alastir não respondeu, eu me controlei para não avançar em cima dele. — O que saber disso mudaria, afinal de contas?

— Eles poderiam usá-la para criar mais vampiros — concordou ele. — Ou talvez saibam do que você é capaz. Saibam da profecia a seu respeito e pretendam usá-la contra Atlântia.

Senti meu estômago revirar. A ideia de ser entregue aos Ascendidos já era aterrorizante demais. Mas ser usada contra Atlântia, contra Casteel?

— Então vou perguntar de novo: como é que não é problema de Atlântia se eles...? — Eu me sobressaltei contra a parede, de olhos arregalados. — Espere aí. Você me disse que poucas pessoas sabiam do que Malec era capaz, que os meus dons eram parecidos com os dele. Eles poderiam até presumir que Ian e eu tínhamos o sangue de um deus nas veias, mas como é que iriam saber sobre a nossa linhagem? — Inclinei-me na direção dele o máximo que consegui. — Você está conspirando com os Ascendidos, não é?

Ele estreitou os lábios.

— Alguns Ascendidos estavam vivos na época em que Malec reinava.

— Quando Jalara lutou contra os Atlantes em Pompeia, Malec não estava mais no trono — retruquei. — Além disso, ele conseguiu ocultar as suas habilidades, e sua origem, da maioria dos Atlantes. Mas será que algum Ascendido sabia? Alguém que conseguiu sobreviver à guerra? Porque com certeza não eram Jalara nem Ileana. Eles vieram do Arquipélago de Vodina, onde devem ter Ascendido. — Repuxei os lábios de nojo. — Você diz que é o verdadeiro Protetor de Atlântia, mas conspirou com os inimigos do reino. Com aqueles que mantiveram ambos seus Príncipes em cativeiro? Aqueles que...

— Isso não tem nada a ver com a minha filha — interrompeu ele, e eu apertei os lábios. — Tudo o que fiz foi pela Coroa e pelo reino.

A Coroa? Uma frieza terrível assolou o meu peito conforme a minha mente girava de uma descoberta para a outra. Abri e fechei a boca antes de fazer uma pergunta para a qual não sabia muito bem se queria ouvir a resposta.

— O que foi? — perguntou Alastir. — Não precisa bancar a reservada agora. Nós dois sabemos que você não é assim.

Encolhi os ombros quando olhei para ele.

— Os pais de Casteel sabiam que você ia fazer isso? — Eles haviam lutado no Templo, mas podia ter sido fingimento. — Sabiam?

Alastir me estudou.

— Isso importa?

Importava, sim.

— Sim.

— Eles não sabem disso — respondeu ele. — Podem até ter especulado que a nossa... irmandade havia ressurgido, mas não tiveram nenhuma participação. Eles não vão gostar de saber em que tomei parte, mas acredito que vão entender a necessidade. — Ele respirou fundo e inclinou a cabeça para trás. — Se não entenderem, também serão tratados como uma ameaça.

Arregalei os olhos mais uma vez.

— Você... você está tramando um golpe.

Ele me encarou de volta.

— Não. Eu estou salvando Atlântia.

— Você está salvando Atlântia enquanto conspira com os Ascendidos, põe o povo do reino em perigo e derruba ou faz algo pior ainda com a Coroa se eles discordarem das suas ações? Isso é um golpe. E também é traição.

— Só se você jurou lealdade às cabeças que carregam a coroa — retrucou ele. — E não acredito que as coisas chegarão a esse ponto. Tanto Eloana quanto Valyn sabem que proteger Atlântia pode envolver algumas ações bastante desagradáveis.

— E você acha que Casteel vai concordar com isso? — questionei. — Que depois que você me entregar aos Ascendidos ele vai simplesmente desistir e seguir com a vida? Casar com a sua sobrinha-neta depois que a sua filha... — Parei de falar antes que contasse o que Shea havia feito. Não ocultei aquela informação por causa dele. De jeito nenhum. Eu estava morrendo de vontade de ver a cara de Alastir quando ele descobrisse a verdade sobre a filha, mas parei por respeito a Casteel. Pelo que ele teve de fazer.

Alastir olhou para mim com o maxilar retesado.

— Você seria boa para Casteel, mas nunca chegaria aos pés da minha filha.

— Isso é verdade — exclamei, cravando as unhas na palma da mão. Levei alguns minutos antes que conseguisse me controlar para falar outra vez. — Casteel me escolheu. Ele não vai se casar com a sua sobrinha-neta nem com nenhum membro da família que você atire em cima dele. Você só está fazendo com que ele arrisque a própria vida e o futuro de Atlântia. Porque ele virá atrás de mim.

Os olhos claros dele encontraram os meus.

— Não acredito que chegaremos a esse ponto.

— Você está delirando se acredita nisso.

— Não é que eu acredite que ele vá desistir de você — ponderou ele. — Só não acho que ele terá a chance de empreender uma tentativa de resgate.

Meu corpo inteiro congelou.

— Se você o ferir...

— Você não vai fazer nada, Penellaphe. Você não está em posição de fazer nada — salientou ele, e eu reprimi um grito de raiva e frustração. — Mas não tenho a menor intenção de ferir o Príncipe. E faço preces aos deuses para que não chegue a esse ponto.

— E o que vai acontecer...? — Pensei naquele momento. — Você acha que os Ascendidos vão me matar?

Alastir não disse nada.

— Você *está* delirando. — Encostei a cabeça na parede. — Os Ascendidos precisam de mim. Eles precisam de sangue Atlante.

— Me diga uma coisa, Penellaphe: o que você vai fazer quando estiver nas mãos deles? No instante em que se livrar dos ossos? Você vai atacá-los, não vai? Vai matar o maior número de Ascendidos que puder para se libertar e voltar para o Príncipe.

Ele tinha razão.

Eu mataria qualquer um que ficasse entre Casteel e eu, porque nós merecíamos ficar juntos. Merecíamos um futuro, uma chance de explorar os segredos um do outro. De amar um ao outro. Nós merecíamos simplesmente... *viver*. Eu faria qualquer coisa para garantir isso.

Alastir continuou me observando.

— E o que você acha que é a única coisa que os Ascendidos valorizam mais que o poder? A sobrevivência. Eles não terão esses ossos para prendê-la. E, se acreditarem que não podem controlá-la e que você é um risco grande demais, eles vão acabar com você. Mas, antes que isso aconteça, imagino que você vá levar muitos para o túmulo.

Eu forcei minhas mãos a relaxar, enojada.

— Assim você mata dois coelhos com uma cajadada só?

Ele assentiu.

— Mesmo que seja bem-sucedido, o seu plano ainda vai fracassar. Você acha que Casteel não vai descobrir que você e os outros supostos protetores me entregaram para eles? Que os lupinos não vão descobrir?

— Ainda existe o risco de uma revolta — admitiu ele. — Mas é pequeno. Veja bem, vamos levá-los a acreditar que você fugiu do cativeiro e caiu nas mãos dos Ascendidos. Eles nunca vão descobrir que nós a entregamos. Vão direcionar a raiva para os Ascendidos, de onde ela nunca deveria ter saído. Todos os Ascendidos serão mortos e qualquer um que os apoie perecerá junto com eles. Atlântia vai retomar o que nos pertence. Seremos um grande reino mais uma vez.

O modo como Alastir falava me dizia que eu sentiria orgulho e arrogância emanando dele se pudesse usar o meu dom. Também tive a impressão de que sentiria a sede por *mais*. Não acreditei nem por um segundo que a única motivação dele fosse salvar Atlântia. Não quando o seu plano colocava o reino em risco. Não quando esse mesmo plano poderia beneficiá-lo se ele continuasse vivo.

— Quero fazer uma pergunta — disse enquanto o meu estômago vazio roncava.

Ele arqueou a sobrancelha.

— O que vai acontecer com você se Malik ou Casteel assumirem o trono? Você ainda será o conselheiro?

— O Rei ou a Rainha é que decidem. O conselheiro costuma ser um lupino vinculado ou um aliado confiável.

— Em outras palavras, não seria você? — Quando Alastir continuou calado, eu soube que estava no caminho certo. — Então a influência que você tem sobre a Coroa, sobre Atlântia, poderia diminuir ou acabar por completo?

Ele permaneceu em silêncio.

E, já que era Jasper quem falava em nome dos lupinos, que impacto Alastir teria? E que tipo de poder ele queria exercer?

— Aonde você quer chegar, Penellaphe?

— Ao crescer no meio da Realeza e dos Ascendidos, eu aprendi desde cedo que toda amizade e relacionamento, toda festa ou jantar para o qual uma pessoa era convidada ou anfitriã, e todo casamento determinado pelo Rei e pela Rainha eram estratagemas de poder. Todas as escolhas e decisões eram baseadas em como alguém poderia ganhar ou manter o poder e a influência. Não acredito que seja uma característica única dos Ascendidos. Já vi isso entre os mortais abastados. E entre os Guardas Reais. Duvido que os lupinos e Atlantes sejam diferentes.

— Alguns não são — confirmou Alastir.

— Você acha que eu sou uma ameaça por causa do sangue que tenho nas veias e do que sou capaz de fazer. Mas nunca me deu a chance de provar que não sou apenas a soma do que os meus ancestrais fizeram. Você pode decidir me julgar levando em conta o que fiz para defender a mim mesma e àqueles que amo, mas eu não me arrependo das minhas ações — disse a ele. — Você pode até não ser capaz de sentir o Estigma Primordial, mas, se tinha planos de que Casteel se casasse com a sua sobrinha-neta para unir os lupinos e os Atlantes, então não vejo por que não apoiaria o nosso casamento. Não daria uma chance para que fortalecesse a Coroa e Atlântia. Mas não é só isso que você quer, é?

As narinas de Alastir inflaram conforme ele continuava me encarando.

— O pai de Casteel quer vingança, assim como você. Certo? Pelo que eles fizeram com a sua filha. Mas Casteel não deseja guerra. Você sabe disso. Ele está tentando salvar vidas enquanto retoma as suas terras. Como fez no Pontal de Spessa.

Era o que Casteel pretendia fazer. Nós negociaríamos as terras e a libertação do Príncipe Malik. Eu encontraria o meu irmão e lidaria com o que ele poderia ter se transformado ou não. O Rei Jalara e a Rainha Ileana não continuariam no trono, nem mesmo se concordassem com tudo que Casteel propusesse. Não podiam. Ele iria matá-los pelo que fizeram consigo e com o irmão. Estranhamente, essa ideia não me deixava mais em conflito. Ainda era difícil conciliar a Rainha que cuidou de mim depois que os meus pais morreram com aquela que torturou Casteel e vários outros, mas eu tinha visto o bastante para saber que o modo como ela me tratava não era suficiente para apagar os horrores que infligira às outras pessoas.

Mas agora, se Alastir conseguisse o que queria, aquele plano poderia não se tornar uma realidade.

— O que ele fez no Pontal de Spessa foi impressionante, mas não o suficiente — afirmou Alastir, sem emoção. — Mesmo se conseguíssemos recuperar mais terras, não bastaria. O Rei Valyn e eu queremos que Solis pague, não só pelas nossas perdas pessoais, mas pelo que os Ascendidos fizeram com muitos dos nossos.

— É compreensível. — Perceber no que Ian pode ter se tornado já era difícil. Mas Tawny também? A minha amiga tão gentil e cheia de vida e amor? Se eles a tivessem transformado em uma Ascendida, como a Duquesa Teerman alegara, seria difícil não querer ver Solis em chamas. — Então você não apoia o plano de Casteel. Você quer sangue mas, mais do que isso, quer ter influência para conseguir o que deseja. E está vendo o poder escorregando por entre os dedos, muito embora eu não tenha feito um movimento sequer para reivindicar a Coroa.

— Não importa que você queira a Coroa ou não. Enquanto estiver viva, ela é sua. É seu direito de nascença, e os lupinos vão se certificar de que ela esteja sobre a sua cabeça — disse Alastir, falando do seu povo como se não fosse mais um deles. E talvez ele não sentisse mesmo que era. Eu não sabia nem me importava. — Assim como era de Casteel. Não importa que você deteste a responsabilidade tanto quanto o Príncipe.

— Casteel não detesta a responsabilidade. Tenho certeza de que ele fez mais pelo povo de Atlântia do que você desde que quebrou o juramento a Malec — vociferei, enfurecida. — Ele só...

— Se recusa a acreditar que o irmão é uma causa perdida e, portanto, a assumir a responsabilidade do trono, o que seria do interesse de Atlântia. — Um músculo pulsou no maxilar dele. — De modo que cabe a mim fazer o que é melhor para o reino.

— Você? — Dei uma gargalhada. — Você quer o que é melhor para si mesmo. Sua motivação não é altruísta. Você não é diferente de nenhum outro com fome de poder e vingança. E sabe de uma coisa?

— O quê? — rosnou ele conforme a sua fachada de calma começava a rachar.

— Esse seu plano vai fracassar.

— Você acha mesmo?

Fiz que sim com a cabeça.

— E você não vai sobreviver a isso. Se não pela minha mão, então pela de Casteel. Ele vai matá-lo. E não vai arrancar o seu coração do peito. Seria muito rápido e indolor. Ele vai fazê-lo sofrer.

— Não fiz nada pelo qual não esteja disposto a aceitar as consequências — respondeu ele, erguendo o queixo. — Se o meu destino for a morte, então que seja. Atlântia ainda estará a salvo de você.

Suas palavras teriam me perturbado se eu não tivesse visto o modo como ele franziu a boca e engoliu em seco. Foi então que sorri, assim como tinha sorrido enquanto olhava para o Duque Teerman.

Alastir se levantou de súbito.

— O meu plano pode fracassar. É uma possibilidade. Eu seria um tolo se não levasse isso em consideração. E eu levo. — Ele me encarou. — Mas, mesmo que fracasse, você não vai ficar livre outra vez, Penellaphe. Prefiro ver uma guerra entre o meu povo a ter a coroa na sua cabeça e você solta por Atlântia.

Em algum momento, um homem ou uma mulher que usava a máscara de bronze dos Descendidos me trouxe comida. Colocou a bandeja ao meu alcance e se afastou rapidamente sem dizer uma palavra. Fiquei imaginando se Alastir e os *Protetores* haviam participado do ataque durante o Ritual. Casteel não ordenou que o ataque fosse realizado em nome do Senhor das Trevas, mas ele foi muito bem organizado e planejado, de qualquer modo. Alguém havia provocado um incêndio para atrair os Guardas da Colina para longe dali — algo que Jansen poderia ter garantido que acontecesse.

Cerrei o maxilar conforme olhava para a fatia de queijo e o pedaço de pão embrulhados em um pano frouxo ao lado de um copo de água. Quando Casteel descobrisse que Alastir e Jansen o traíram, sua raiva seria implacável.

E sua dor?

Tão intensa quanto.

Mas e o que eu sentia quando pensava sobre o envolvimento de Alastir na noite em que os meus pais morreram? A raiva chamuscava minha pele. Ele estava lá. Foi ajudar a minha família e, em vez disso, os traiu. E o que ele disse sobre os meus pais saberem a verdade a respeito dos Ascendidos? É óbvio que eles descobriram a verdade e então fugiram. Não significava que já soubessem há anos e não haviam feito nada.

E a minha mãe? Uma Aia? Se aquilo era verdade, por que ela não havia lutado naquela noite?

Ou eu só não me lembrava de que ela havia feito isso?

Havia tantas coisas que eu não conseguia lembrar sobre aquela noite, coisas que não sabia dizer se eram reais ou parte de um pesadelo. Eu não podia acreditar que tinha esquecido. Será que eu havia bloqueado as lembranças porque tinha medo delas? O que mais eu havia esquecido?

Seja como for, eu não fazia a menor ideia se as Aias da Rainha eram guardas ou não. E não acreditava que nenhuma ameaça — além de Alastir — tivesse envolvimento naquela noite. Seu senso distorcido de honra e retidão o impediu de confessar o que havia feito. De alguma maneira, ele tinha levado os Vorazes até nós e então abandonado todos naquela estalagem para morrer. Só porque eu tinha o sangue dos deuses.

Só porque eu era descendente do Rei Malec.

Parte de mim ainda não conseguia acreditar em nada disso — aquela velha parte que não era capaz de compreender o que havia a meu respeito, além de um dom que eu não tinha permissão para usar ou de ter nascido dentro de uma membrana fetal, que havia feito com que eu fosse especial a ponto de ser a Escolhida. A Abençoada. A Donzela. E essa parte me lembrou de quando eu era criança e costumava me esconder atrás do trono da Rainha Ileana em vez de ir para o meu quarto à noite porque a escuridão me deixava assustada. Era a mesma parte que me permitia passar as tardes com o meu irmão, fingindo que os nossos pais estavam caminhando juntos no jardim em vez de terem sumido para sempre. Parecia algo incrivelmente jovem e ingênuo.

Mas eu não era mais aquela garotinha. Eu não era a jovem Donzela. O sangue nas minhas veias explicava os dons com os quais nasci e por que me tornei a Donzela — como o meu dom tinha evoluído e por que a minha pele brilhava. Também explicava a incredulidade e a agonia que senti emanando da Rainha Eloana. Ela sabia exatamente de quem eu descendia e deve ter se sentido enojada ao pensar que o filho havia se casado com a descendente de um homem que a traiu repetidamente e quase destruiu o reino inteiro no processo.

Como ela poderia me acolher depois de saber a verdade?

Será que Casteel conseguiria olhar para mim como antes?

Senti um aperto no peito enquanto encarava a comida. Será que eu veria Casteel outra vez? Segundos se transformaram em minutos enquanto eu tentava evitar que meus pensamentos se voltassem para o que Alastir pretendia fazer. Eu não podia ficar pensando naquilo — na pior das hipóteses que se desenrolava na minha mente. Se fizesse isso, o pânico contra o qual eu estava lutando tomaria o controle sobre mim.

Eu não deixaria que o plano de Alastir desse certo. Não *podia* deixar. Tinha que fugir ou lutar no instante em que pudesse. O que significava que precisava das minhas forças. Precisava comer.

Estendi a mão com cuidado, parti uma fatia de queijo e provei. Não tinha muito sabor. O pedaço de pão que experimentei em seguida estava definitivamente duro, mas logo comi os dois e bebi a água, tentando não prestar atenção no gosto arenoso nem em como devia estar suja.

Assim que terminei, voltei a atenção para a lança. Não poderia escondê-la mesmo que conseguisse libertá-la da pobre alma ao meu lado. Mas, se conseguisse quebrar a lâmina, talvez eu tivesse uma chance. Respirei fundo, me sentindo... estranhamente pesada, deslizei a mão na direção da lança e parei de repente. Não por causa das amarras. Elas não tinham me apertado.

Engoli em seco e o meu coração deu um salto. Havia uma estranha doçura na minha garganta e os meus... os meus lábios estavam formigando. Passei as pontas dos dedos neles e não senti a pressão. Tentei engolir de novo, mas foi estranho — como se o mecanismo da minha garganta tivesse desacelerado.

A comida. O gosto *arenoso* da água.

Ah, deuses.

Aquele gosto doce. As poções para dormir que os Curandeiros preparavam na Masadônia tinham um gosto adocicado. Eu tinha um bom motivo para recusar os remédios, não importava como dormisse pouco. Eram poderosos e a deixavam desacordada por horas a fio — completamente indefesa.

Eles tinham me drogado.

Era assim que Alastir pretendia me levar. Como pretendia me entregar aos Ascendidos. Ele poderia tirar as minhas amarras em segurança enquanto eu estivesse inconsciente. E quando eu acordasse...

Havia uma boa chance de já estar nas mãos dos Ascendidos outra vez.

E o plano de Alastir provavelmente se concretizaria, pois eu jamais permitiria que eles me usassem para *qualquer coisa*.

A raiva deles — e de mim mesma — explodiu dentro de mim e logo deu lugar ao pânico conforme eu cambaleava na direção da parede. Mal senti a dor do aperto das amarras. Desesperada, tentei pegar a lança. Se conseguisse pegar aquela lâmina, eu não ficaria desarmada, mesmo com as malditas algemas de ossos e raízes. Tentei agarrá-la, mas não consegui levantar o braço. Não parecia mais fazer parte de mim. Minhas pernas ficaram pesadas e dormentes.

— Não, não — sussurrei, lutando contra o calor insidioso que penetrava nos meus músculos e pele.

Mas de nada adiantou.

A dormência tomou conta do meu corpo, abaixando as minhas pálpebras. Não senti nenhuma dor quando o nada veio me buscar dessa vez. Eu simplesmente adormeci, sabendo que acordaria em um pesadelo.

Capítulo Seis

Luzes cintilantes recobriam o teto da cripta quando abri os olhos. Entreabri os lábios conforme tragava golfadas de... ar fresco e limpo. O que via não era o teto nem luzes. Eram estrelas. Eu estava lá fora, não mais na cripta.

— Merda — praguejou um homem a minha direita. — Ela acordou.

Meu corpo reagiu imediatamente ao ouvir aquela voz. Tentei me levantar...

Uma pressão forçou meu corpo para baixo, seguida por uma onda aguda e pungente. Cerrei o maxilar para sufocar o grito de dor enquanto erguia a cabeça de uma superfície plana e dura. Havia ossos brancos como marfim entrelaçados a raízes grossas e escuras do meu peito até os joelhos.

— Tudo bem. Ela não vai se libertar.

Olhei na direção da voz. O Comandante Jansen estava a minha esquerda, com uma máscara prateada de lupino escondendo o rosto. Ele inclinou o corpo na direção do meu. Atrás dele, vi as ruínas de uma muralha de pedra banhada pelo luar e adiante nada além da escuridão.

— Onde estou? — murmurei.

Jansen inclinou a cabeça para o lado, seus olhos não passavam de sombras dentro das pequenas fendas da máscara.

— Você está nas ruínas da cidade de Irelone. Isso — respondeu ele enquanto estendia os braços — foi o que restou do grande Castelo Bauer...

Irelone? O nome me parecia vagamente familiar. Levei alguns minutos antes que a minha mente desanuviasse o suficiente para que os velhos mapas com tinta desbotada, criados antes da Guerra dos Dois Reis, se formassem. Irelone... Sim, eu conhecia esse nome. Era uma cidade portuária que ficava ao norte e a leste da Carsodônia. A cidade havia tombado diante de Pompeia durante a guerra. Bons deuses, isso significava que...

Eu estava nas Terras Devastadas.

Meu coração disparou dentro do peito. Quanto tempo eu havia estado desacordada? Horas ou dias? Eu não sabia em que lugar das Montanhas Skotos ficava a Cripta dos Esquecidos. Até onde sabia, as criptas poderiam ficar no sopé das montanhas, a meio dia de cavalgada para o norte da fronteira com as Terras Devastadas.

Com a garganta seca, levantei somente a cabeça para olhar ao redor. Havia dezenas de autointitulados Protetores no meio do que devia ter sido o Salão Principal do castelo e pelos cantos da estrutura decadente, todos se escondendo atrás de reluzentes máscaras de bronze. Era o tipo de visão evocada das profundezas dos pesadelos mais sombrios. Será que Alastir estava no meio deles?

Na escuridão além das ruínas, uma única tocha se acendeu.

— Eles estão aqui — anunciou um homem mascarado. — Os Ascendidos.

Perdi o fôlego quando inúmeras tochas pegaram fogo, lançando um brilho alaranjado sobre os montes de terra e rochas caídas que se recusaram a abrigar uma vida nova nas centenas de anos que haviam se passado. Sombras surgiram, e eu ouvi o som de cascos e rodas sobre a terra batida.

— Acredite se quiser — Jansen se aproximou, colocando as mãos na pedra enquanto se inclinava sobre mim —, eu não desejaria o seu destino a ninguém.

Dirigi o olhar para ele enquanto a raiva me invadia.

— Se fosse você, eu ficaria mais preocupado com o seu próprio destino do que com o meu.

Jansen olhou para mim por um momento e depois enfiou a mão no bolso das calças.

— Sabe de uma coisa? — disse ele, erguendo a mão que agora segurava um pedaço de pano. — Pelo menos você sabia quando ficar de boca fechada quando era a Donzela.

— Eu vou... — Ele enfiou o chumaço de tecido na minha boca, prendendo as pontas atrás da minha cabeça e silenciando a minha ameaça. A náusea se agitou dentro de mim com o gosto e a pontada de impotência que senti.

O comandante arqueou a sobrancelha para mim antes de se afastar da laje de pedra, pousando a mão sobre o punho de uma espada curta. Os ombros dele se retesaram, e eu desejei poder ver a expressão no seu rosto. Ele se afastou de mim conforme os outros desembainhavam as espadas.

— Fiquem alerta — rosnou ele. — Mas não ataquem.

Os homens mascarados saíram do meu campo de visão quando o rangido das rodas da carruagem cessou. Eu não podia me permitir pensar além do próximo segundo, daquele exato momento, enquanto observava as tochas avançarem e serem enterradas no chão ao redor das ruínas do Castelo Bauer. Meu coração estava disparado. Não podia acreditar que aquilo estava acontecendo. Virei a cabeça para o lado, na esperança de deslocar as amarras, mas elas nem se mexeram.

O pânico cresceu em mim quando uma sombra escura se aproximou do que restava dos degraus e os subiu lentamente. Havia uma figura encapuzada vestida de preto e vermelho no meio das paredes caídas. Parei de me mexer, mas meu coração continuou martelando contra minhas costelas.

Aquilo não podia estar acontecendo.

Duas mãos pálidas ergueram o capuz do manto, abaixando o tecido para revelar uma mulher que não reconheci, de cabelos da cor do sol penteados para trás em um rosto todo anguloso e frio. Ela avançou, com os saltos dos sapatos tilintando na pedra. Não dirigiu o olhar para os outros. Parecia não ter medo nenhum da sua presença nem das espadas que empunhavam. Toda a sua atenção estava voltada para mim, e eu fiquei imaginando como um dos lados conseguia dividir o mesmo espaço que o outro. Será que a necessidade daqueles falsos Protetores de se livrar de mim e a vontade dos Ascendidos de me recuperar eram tão grandes assim? E será que os Ascendidos me levariam sem tentar capturar os Atlantes que estavam ali, todos tão cheios do sangue pelo qual eles ansiavam tão desesperadamente?

Deuses, uma parte doentia de mim esperava que fosse uma armadilha. Que os Ascendidos se voltassem contra eles. Seria bem-feito.

Eu me forcei a não demonstrar nenhuma reação quando a Ascendida passou pelas minhas pernas, franzindo os lábios conforme olhava para as correntes de ossos e raízes.

— O que é isso? — perguntou ela com frieza.

— É para deixá-la... calma — respondeu Jansen de algum lugar atrás de mim. — Você vai ter que tirar as amarras. Já a mordaça? Bem, ela estava sendo muito grosseira. Sugiro que a mantenha amordaçada pelo maior tempo possível.

Desgraçado, sibilei em silêncio enquanto observava a Ascendida que se aproximava.

— Ela parece estar calma agora. — Ela olhou para mim, para as minhas cicatrizes, com olhos que engoliam a noite. Deu um suspiro trêmulo. — É realmente ela — gritou para aqueles que continuaram na escuridão conforme estendia a mão para mim. Dedos frios tocaram na minha testa, fazendo com que eu estremecesse. Lábios vermelho--sangue se abriram em um sorriso. — Vai ficar tudo bem agora, Donzela. Vamos levá-la para casa. Onde é o seu lugar. A Rainha vai ficar tão...

A Ascendida recuou de repente quando algo úmido e quente pulverizou o meu rosto e pescoço. Ela olhou para baixo ao mesmo tempo que eu, surpresa ao ver a grossa estaca cravada bem no meio do seu peito.

Ela repuxou os lábios e soltou um grunhido agudo, exibindo as presas afiadas.

— O que é...?

Outro projétil atingiu sua cabeça, despedaçando ossos e tecidos. A visão foi tão inesperada e repentina que, a princípio, eu nem ouvi os gritos. Tudo o que fiz foi olhar para o local onde ela estava — onde a sua cabeça *estivera*. De repente, algo grande e branco saltou no meu campo de visão, derrubando um homem mascarado.

Delano.

Um alívio enorme tomou conta de mim tão rapidamente que gritei, o som abafado pela mordaça. Eles estavam aqui. Tinham me encontrado.

Virei a cabeça para o lado e para trás, me esforçando para enxergar o mais longe que podia. Outro lupino veio em disparada, um lupino grande e escuro. Ele correu pelo chão em ruínas do castelo, com os músculos fortes retesados conforme se lançava sobre uma das paredes caídas. O lupino desapareceu no meio da noite, mas um grito agudo emergiu da escuridão logo depois. Ele havia capturado um Ascendido.

— *Poppy.*

Virei a cabeça para a direita e estremeci ao ver Kieran. Ele estava muito diferente da última vez em que o vi, com a pele de um tom quente de marrom contrastando com a roupa preta. Fiz menção de estender a mão para ele, e o gesto terminou em um silvo de dor.

Com um palavrão, ele puxou a mordaça e a tirou da minha boca enquanto olhava para mim com os olhos claros.

— Você está muito ferida?

— Não. — Eu me forcei a permanecer imóvel enquanto ignorava a sensação de algodão que a mordaça tinha deixado na minha boca. — São essas amarras. Elas são feitas...

— Dos ossos de uma divindade. — Ele franziu os lábios de nojo conforme tocava no osso logo abaixo da minha garganta. — Eu sei o que são.

— Tome cuidado — alertei. — Eles têm esporas.

— Eu vou ficar bem. Apenas... não se mexa — ordenou ele, flexionando os músculos do braço nu enquanto puxava a primeira fileira de amarras.

Mil perguntas surgiram na minha mente, mas a mais importante veio primeiro.

— Casteel...?

— No momento está estripando algum idiota com uma maldita máscara dos Descendidos — respondeu ele, segurando os ossos e as raízes com ambas as mãos. Embora aquilo parecesse incrivelmente grotesco, virei a cabeça para o outro lado, tentando encontrá-lo.

— Fique quieta, Poppy.

— Eu estou tentando.

— Então tente com mais vontade — vociferou Kieran, inspecionando a pele destroçada dos meus pulsos. — Há quanto tempo você está usando essa coisa?

— Não sei. Nem tanto tempo assim — respondi. O olhar que Kieran me lançou me dizia que ele sabia que eu estava mentindo. — Estão todos bem? E o seu pai?

Kieran assentiu no instante em que um homem de ombros largos apareceu alguns metros atrás dele, com os cabelos loiros presos em um rabo atrás da nuca. O choque tomou conta de mim quando o homem se virou para o lado, cravando a espada no peito de um homem enquanto arrancava sua máscara de Descendido.

Era o pai de Casteel. Ele estava ali. Talvez fosse por causa da fome ou do pânico residual por ficar prestes a cair nas garras dos Ascendidos mais uma vez. Talvez fosse por causa de tudo o que Alastir me contou. De qualquer modo, as lágrimas subiram pela minha garganta conforme eu olhava para o Rei Valyn. Ele estava ali, lutando para me libertar.

— Acho que o meu pai deve estar extravasando a raiva enquanto dilacera os Ascendidos com Naill e Emil — respondeu Kieran.

— Parece que o pai de Casteel está fazendo a mesma coisa — arfei, apesar da intensa emoção que passava por mim. Eu não conseguia acreditar que Valyn estivesse ali. Era perigoso demais ficar tão longe de Atlântia. Se os Ascendidos soubessem quem era aquele homem todo vestido de preto, eles o cercariam. Ele devia saber dos riscos, mas estava ali mesmo assim, ajudando Casteel. *Me* ajudando.

Kieran bufou.

— Você não faz a menor ideia.

Eu tinha muitas perguntas para fazer, mas precisava me certificar de que Kieran soubesse com o que estavam lidando.

— Não foi só Alastir. Não sei se ele está aqui, mas o Comandante Jansen está. Com uma máscara prateada dos Descendidos.

Kieran retesou o maxilar quando partiu as amarras ao meio. As pontas caíram para o lado.

— Você reconheceu mais alguém?

— Não. — Meu coração bateu descompassado. — Mas Beckett... não era ele no Templo. Ele está... — Minha voz falhou. — Não foi ele.

Kieran puxou a segunda fileira das amarras.

— Poppy...

— Beckett está morto — contei a ele, e Kieran olhou para mim, imóvel. — Eles o mataram, Kieran. Acho que não pretendiam fazer isso, mas aconteceu. Ele está morto.

— Puta merda — rosnou ele, saindo da imobilidade.

— Jansen assumiu a forma de Beckett. Foi ele quem partiu do Pontal de Spessa conosco. Não Beckett. Jansen admitiu tudo e Alastir disse que pretendia me entregar aos Ascendidos.

— Bem, isso é óbvio — respondeu Kieran, sarcástico, enquanto partia mais uma camada de ossos e raízes. — Idiota desgraçado.

Dei uma risada, mas o som saiu rouco e estranho em meio aos gritos de dor e rosnados de raiva. Parecia errado, mas estranhamente maravilhoso, poder rir de novo. O riso se dissipou assim que vi o cenho franzido de Kieran. O que eu disse a seguir saiu em um sussurro:

— Alastir me disse que sou descendente de Nyktos. Parente do Rei Malec. E que ele estava lá na noite em que os meus pais morreram. Foi... — Um movimento atrás de Kieran chamou a minha atenção. Um homem mascarado estava correndo até nós.

Antes que eu conseguisse gritar para alertar Kieran, *ele* já estava ali, alto e escuro como a noite que se insinuava pelas ruínas, com o cabelo preto-azulado ao vento. Todo o meu ser se concentrou em Casteel conforme ele mergulhava a espada carmesim no abdômen do Protetor, cravando-a na parede atrás da figura mascarada. Casteel virou o corpo e agarrou outro pelo braço. Soltou um rosnado assustador enquanto arrastava o homem na sua direção. Com as presas à mostra, ele abaixou a cabeça sobre a garganta do homem, rasgando a pele enquanto enfiava a mão no peito dele. Levantou a cabeça e cuspiu um bocado de sangue no rosto do Protetor.

Casteel jogou o corpo no chão e olhou para outro homem, com o sangue escorrendo da boca.

— O que foi?

O mascarado se virou e saiu correndo.

Casteel foi mais rápido, alcançando-o em um piscar de olhos. Ele enfiou o punho nas costas do homem e puxou o braço para trás bruscamente, arrancando algo branco e manchado de sangue e tecido. A coluna dele. Bons deuses, era a *coluna vertebral* do homem.

Os olhos de Kieran encontraram os meus.

— Ele está um pouco bravo.

— Um pouco? — sussurrei.

— Ok. Ele está muito bravo — corrigiu Kieran, puxando as amarras logo abaixo dos meus seios. — Ele estava perdendo a cabeça enquanto procurava por você. Eu nunca o vi assim antes. — As mãos dele tremeram de leve ao se dobrarem sobre as amarras de ossos e raízes. — *Nunca*, Poppy.

— Eu... — Parei de falar quando Casteel se virou na minha direção. Nossos olhares se encontraram, e o próprio Nyktos poderia surgir diante de mim que eu não seria capaz de tirar os olhos de Casteel. Havia tanta raiva no seu rosto anguloso. Somente uma faixa estreita de âmbar era visível, mas também vi alívio e algo tão intenso e poderoso no olhar dele que nem precisava do meu dom para sentir.

O vento levantou a bainha da sua capa quando ele começou a correr na minha direção. Um guarda saiu da penumbra — vestido com o uniforme preto da Guarda da Colina e acompanhando os Ascendidos. Casteel girou o corpo, pegando o guarda pela garganta enquanto enfiava a lâmina no peito do homem.

— Eu o amo — sussurrei.

Kieran parou perto das minhas pernas.

— Você só descobriu isso agora?

— Não. — Segui Casteel com o olhar conforme ele desembainhava uma adaga da lateral do corpo e a atirava em meio à noite. Um grito agudo e curto me informou que ele tinha acertado o alvo. Todo o meu corpo fervilhava com o desejo de tocá-lo, de sentir a carne dele sob a minha para que eu pudesse apagar da memória a sensação da sua pele na última vez em que o toquei. Dei um suspiro trêmulo. — Como foi que vocês me encontraram?

— Casteel sabia que outros Guardas da Coroa deveriam estar envolvidos — explicou Kieran. — Ele foi bastante convincente ao dizer que começaria a matar todos eles se não descobrisse quem eram.

Meu estômago afundou enquanto olhava para Kieran. Não tive que perguntar.

— Ele usou de persuasão. Desmascarou quatro homens desse jeito, mas só um deles sabia de alguma coisa — continuou. — Ele nos contou onde você estava aprisionada e quais eram os planos. Chegamos à cripta poucas horas depois que vocês partiram, mas não saímos de mãos vazias.

Eu tinha esperanças demais para perguntar, mas perguntei assim mesmo:

— Alastir?

Um sorriso selvagem surgiu nos lábios dele.

— Sim.

Graças aos deuses. Fechei os olhos por um momento. Eu detestava o modo como Casteel devia estar se sentindo traído, mas pelo menos Alastir não estava lá fora.

— Poppy? — As mãos de Kieran estavam sobre as últimas amarras de ossos. — Presumo que, mesmo que eu peça com educação para ficar fora dessa batalha, você não vai me dar ouvidos, vai?

Sentei, hesitante, esperando sentir dor. Mas não senti nada além das dores antigas.

— Por quanto tempo eles me mantiveram em cativeiro?

As narinas de Kieran se inflaram.

— Já se passaram seis dias e oito horas.

Seis dias.

Meu peito subiu bruscamente.

— Eles me mantiveram acorrentada à parede de uma cripta cheia de esqueletos de divindades. Eles me drogaram e pretendiam me entregar aos Ascendidos — declarei. — Eu não vou ficar de fora.

— É lógico que não. — Ele deu um suspiro.

O último osso se quebrou e então Kieran o afastou de mim. Nesse instante, senti um formigamento da nuca até a espinha, que se ramificou e seguiu o caminho dos nervos. Meu peito se aqueceu, e eu não tinha me dado conta até aquele momento de que o frio que sentia não era só por causa da umidade da cripta. Mas também por causa dos ossos. Era como se o meu sangue voltasse a correr para as partes do meu corpo que estavam dormentes. Só que não era o sangue, era? Era o... o éter. A sensação de formigamento não era nem um pouco dolorosa, se parecia mais com uma onda de relaxamento.

Meu peito começou a zumbir e a vibração escapou dos meus lábios. Meus sentidos se aguçaram e expandiram, conectando com aqueles ao meu redor. Senti o gosto amargo do medo empapado de suor e a acidez ardente do ódio. Não tentei impedir. Deixei que o instinto — o conhecimento Primordial que havia despertado nas Câmaras de Nyktos — assumisse o controle. Sacudi as pernas na beira da laje elevada enquanto Casteel derrubava um Ascendido, com o pai lutando ao seu lado. Eu me levantei, sentindo uma explosão de poder só por ser capaz de ficar de pé depois de ter ficado presa pelos ossos e raízes por tanto tempo.

Kieran pegou uma espada caída, franzindo a testa enquanto olhava para a lâmina.

— Toma. — Ele ofereceu a arma para mim.

Sacudi a cabeça e dei um passo adiante, com as pernas bambas por não apoiar o peso do meu corpo por muito tempo. O zumbido aumentou no meu peito e o éter se intensificou no meu sangue enquanto eu mantinha os sentidos bem aguçados. Aquelas pessoas queriam me machucar. Elas *tinham* me machucado. E ferido Casteel, Kieran e os outros. Eles haviam matado Beckett. Nenhum deles merecia continuar vivo.

O branco invadiu minha visão periférica e visualizei os finos cordões prateados saindo de mim, estalando no chão e se reconectando aos outros. A raiva se juntou à forte emoção que inundava os meus sentidos. Respirei fundo, absorvendo os sentimentos de todos, deixando que o ódio, o medo e o senso distorcido de retidão penetrassem na minha pele e se tornassem parte de mim. Essas emoções se entrelaçaram com os cordões na minha mente. Absorvi tudo, sentindo a tempestade tóxica que vibrava dentro de mim. Eles não teriam chance de se arrepender do que haviam feito. Eu iria destruí-los. Aniquilá-los.

Naquele momento, eu me lembrei do que Alastir tinha me dito.

Você já é perigosa, mas vai se tornar algo muito pior no final.

A inquietação tomou conta das minhas entranhas, dispersando os cordões prateados na minha mente. Aquelas pessoas mereciam tudo o que eu pretendia fazer com elas. O que Alastir havia me dito não importava. Se eu as matasse, não seria porque não fui capaz de me controlar. Nem porque eu era imprevisível e violenta como as divindades supostamente eram. Eu só queria que elas experimentassem as próprias emoções, que aquela feiura fosse a última coisa que sentissem. Eu queria aquilo mais do que...

Eu queria aquilo demais, quando não deveria querer de jeito nenhum.

Eu não gostava de matar, nem mesmo os Vorazes. A matança era uma dura realidade que não deveria ser desejada nem desfrutada.

Perturbada, respirei fundo e fiz o que tinha de fazer quando estava no meio de uma multidão ou perto de alguém que projetava as emoções no ambiente ao redor. Bloqueei os sentidos, expulsando a teia prateada de luz da minha mente. O zumbido no meu peito se acalmou, mas a minha mente não. Eu tinha parado. Era tudo o que precisava saber para provar que o que Alastir dissera não era verdade. Eu não era uma entidade caótica e violenta, incapaz de me controlar.

Kieran se aproximou de mim, posicionando o corpo de modo que conseguisse olhar para mim e para tudo que acontecia ao nosso redor. Ele abriu a capa.

— Você está bem?

— Eu não sou um monstro — sussurrei.

Ele se retesou.

— O que foi que você disse?

Sacudi a cabeça, engolindo em seco.

— N-nada. Eu... — Vi o Rei Valyn golpeando outro homem mascarado. Ele e o filho lutavam com a mesma força bruta e graciosa. — Eu estou bem.

Kieran ajeitou o tecido macio sobre os meus ombros, me fazendo sobressaltar.

— Tem certeza?

— Sim. — Eu o encarei enquanto ele fechava o botão logo abaixo do meu pescoço. Foi então que me lembrei de que não estava usando nada além de uma combinação fina e ensanguentada. Ele juntou as duas metades. — Obrigada. Eu... eu vou ficar de fora dessa vez.

— Tenho vontade de agradecer aos deuses — murmurou Kieran. — Mas agora você me deixou preocupado.

— Eu estou bem. — Olhei para Casteel conforme ele girava o corpo, derrubando a espada da mão de um Protetor. A lâmina tilintou no chão de pedra quando Casteel puxou a espada para trás, prestes a desferir um golpe fatal. O luar refletiu na cobertura facial do homem: uma máscara prateada.

Jansen.

— Casteel, pare! — gritei. Ele parou, com o peito arfando enquanto apontava a espada para Jansen. Mais tarde, eu ficaria impressionada por ele ter parado sem nenhuma hesitação. Nenhuma dúvida. Segui na direção de Casteel. — Fiz uma promessa a ele.

— Pensei que você fosse ficar de fora da batalha — afirmou Kieran conforme me acompanhava.

— E vou — falei. — Mas ele é especial.

Casteel retesou o corpo quando ouviu o que eu disse e avançou tão rápido que pensei que ele fosse desferir o golpe fatal de qualquer maneira. Mas não fez isso. Segurou a parte da frente da máscara prateada e a puxou para o lado.

— Filho da puta. — Ele jogou a máscara no chão.

Os olhos de Jansen passaram de Casteel para o pai.

— Ela vai...

— É melhor calar a porra da boca — rosnou Casteel conforme abria caminho.

Segui em frente, sentindo a pedra fria sob os pés descalços enquanto Kieran seguia. Assim que passei por Casteel, ele colocou o punho da espada na minha mão e roçou os lábios ensanguentados na minha bochecha.

— Poppy... — disse ele, e o som da sua voz abriu um pequeno buraco na barreira que ergui em torno do meu dom. Tudo o que ele estava sentindo chegou até mim. A acidez quente da raiva, a sensação refrescante e amadeirada do alívio e o calor de tudo que ele sentia por mim. E, pelo que ele tinha vivenciado antes, o gosto amargo do medo e do pânico.

Estremeci enquanto olhava para Jansen.

— Está tudo certo.

Casteel apertou a mão que empunhava a espada.

— Não tem nada de certo nisso.

Ele tinha razão. Não tinha mesmo.

Mas eu sabia o que tornaria tudo um pouco melhor, por mais errado que fosse.

Eu me desvencilhei de Casteel.

— O que foi que prometi a você? — perguntei a Jansen. O comandante da Guarda Real tentou recuperar a espada caída, mas eu fui mais rápida e a chutei para longe. Ele soltou um grunhido e cambaleou para trás, caindo de joelhos no chão. Olhou para mim, me fuzilando com o olhar, e fechou as mãos sobre a lâmina como se pudesse impedir o que estava prestes a acontecer. — Eu disse que *eu* iria matá-lo. — Empurrei a lâmina lentamente no peito dele, sorrindo ao sentir os ossos se quebrarem com a pressão da espada que encontrava um tecido mais tenro. O sangue borbulhou do canto da sua boca. — E cumpro as promessas que faço.

— Eu também — murmurou ele, com a vida sumindo dos olhos conforme suas mãos escorregavam da lâmina, a pele das palmas e a dos dedos cortadas pelas pontas afiadas.

Eu também?

Do nada, alguma coisa me puxou para trás com tanta força que uma dor ardente irrompeu no meu peito. Soltei a espada sem querer. O movimento foi tão repentino e intenso que não senti nada por um momento, como se eu tivesse sido separada do meu corpo. Senti o tempo parar, mas as pessoas continuaram se movendo, e vi Jasper de relance quando ele saltou nas costas de um Protetor, enfiando os dentes na garganta do mascarado. Algo caiu da mão do homem. Um arco... uma besta.

Olhei para baixo, devagar. Vermelho. Sangue vermelho por toda a parte. Havia um projétil cravado no meu peito.

Capítulo Sete

Ergui o olhar, atordoada, e me deparei com os olhos de Casteel. Não vi quase nada de âmbar conforme uma espécie de terror que eu nunca tinha visto antes tomava conta da sua expressão. O choque dele implodiu a minha barreira protetora, sobrecarregando meus sentidos.

Abri a boca e senti um gosto metálico horrível na garganta. Um líquido viscoso borbulhava a cada respiração que eu tentava dar, se derramando nos meus lábios.

— Casteel...?

A dor explodiu por todo o meu corpo, devastadora e total. A agonia veio em ondas, abreviando a minha respiração. Eu nunca havia sentido nada parecido antes. Nem mesmo naquela noite na estalagem. Meus sentidos entraram em curto, bloqueando meu dom. Eu não conseguia sentir nada além do suplício lancinante que ardia no meu peito, pulmões e nervos.

Ah, deuses, aquele tipo de dor vinha acompanhado de um terror pungente. Uma percepção da qual não podia fugir. Eu me sentia escorregadia, úmida e fria *por dentro*. Respirei fundo e estendi a mão na direção do projétil. Ou pelo menos tentei. Engasguei com o ar que consegui inalar, e o que passou pela minha garganta estalou e borbulhou no meu peito. Meus dedos escorregaram na superfície lisa da flecha de pedra de sangue e as minhas pernas... elas simplesmente *desapareceram*. Ou foi o que pareceu. Os joelhos cederam sob o meu peso.

Braços me pegaram, impedindo que eu caísse, e, por um segundo, o aroma de especiarias e pinho ofuscou o cheiro ferroso do sangue que jorrava da ferida. Levantei a cabeça.

— Estou aqui. Está tudo bem. Eu estou com você. — Olhos cor de âmbar grandes e arregalados encararam os meus. De um jeito selvagem. Seu olhar era *selvagem* quando olhou de relance para o meu peito. Assim que voltou a se concentrar no meu rosto, ele disse: — Vai ficar tudo bem.

Eu não me sentia bem. Ah, deuses, eu não me sentia nada bem.

Uma movimentação agitou o ar quando Kieran apareceu do nosso lado, com a pele normalmente escura muito pálida. Ele colocou a mão na base do projétil, tentando estancar o sangue.

O toque foi um tormento. Eu me contorci, tentando me afastar.

— Isso... isso *dói*.

— Eu sei. Sinto muito. Eu sei que dói. — Casteel olhou para Kieran. — Você consegue ver até onde entrou?

— Não estou vendo as arestas do projétil — respondeu ele, olhando por cima do meu ombro. Estremeci, sabendo que aquelas flechas se pareciam com as hastes denteadas de algumas flechas que já disparei antes, feitas para causar o máximo de dano.

— O sangue, Cas. É muito sangue.

— Eu sei — disparou Casteel quando um som rosnado, *visceral* e *úmido* soou em algum lugar atrás de nós e abafou o que ele disse em seguida.

Kieran me segurou pelo ombro esquerdo e meu corpo inteiro teve um espasmo de dor. Dei um berro. Ou talvez tenha sido só um suspiro. Senti um líquido quente respingando nos lábios, e isso era muito ruim. Olhei de olhos arregalados de Casteel para Kieran. Eu sabia que era grave. Podia sentir. Podia sentir o projétil, mas não conseguia respirar fundo nem... nem sentir as pontas dos dedos.

— Desculpe. Estou tentando manter o seu corpo estável para não movermos a flecha. Desculpe. Sinto muito, Poppy — repetiu Kieran várias vezes. O lupino ficava dizendo aquilo, e eu quis que ele parasse pois parecia tão ofegante e nervoso. Kieran nunca se abalava. Ele parecia já saber o que meu corpo estava tentando me dizer.

Casteel começou a se mexer, e eu tentei me encolher para afastar a dor e usar as pernas. Mas... Minha pulsação acelerou, e eu revirei os olhos freneticamente conforme o pânico tomava conta de mim.

— Eu... eu não consigo sentir... as pernas.

— Eu vou dar um jeito nisso. Prometo a você. Vou dar um jeito em tudo — jurou Casteel, e eu olhei para o céu noturno por cima do ombro dele, para cada estrela brilhante como um diamante desaparecendo.

Casteel se ajoelhou e me deitou no chão lentamente. Ele me posicionou de modo que o seu peito embalasse o lado direito do meu corpo.

— É muito grave? — O pai de Casteel surgiu atrás dele, com os traços familiares bem definidos quando olhou para baixo de olhos arregalados.

— Não podemos remover o projétil — informou Casteel.

— Não — concordou Kieran, com a voz grossa, grave e um tanto tensa. Naquele momento, as nuvens que cobriam as estrelas eram escuras como o breu. A mão de Kieran escorregou pelo meu peito e ele logo a colocou de volta no lugar. Dessa vez, não doeu tanto assim. — Cas, cara...

— Não atingiu o coração dela — interrompeu Casteel. — Ela não estaria... — A voz dele falhou, e eu estremeci e me forcei a prestar atenção nele. Ele tinha perdido toda a cor. — Não atingiu o coração dela.

— Cas...

Ele sacudiu a cabeça enquanto tocava na minha bochecha, enxugando a minha boca.

— Eu posso dar sangue a ela...

— *Cas* — repetiu Kieran enquanto o Rei Valyn pousava a mão no ombro de Casteel.

— Você vai ficar bem — ele me disse. — Eu vou aliviar a sua dor. Prometo. — Sua mão tremia no meu queixo, e Casteel... ele raramente tremia, mas o seu corpo inteiro se sacudia agora. — Eu prometo a você, Poppy.

Eu queria tocá-lo, mas sentia os braços pesados e inúteis. Puxei o ar, mas minha respiração estava úmida e débil.

— Eu... eu não estou com tanta... dor.

— Que bom. — Ele sorriu. Ou pelo menos tentou. — Tente não falar, viu? Eu vou te dar um pouco de sangue...

— Filho — começou o pai dele. — Você não pode fazer isso. E mesmo se pudesse...

Casteel repuxou os lábios sobre as presas e se desvencilhou do toque do pai.

— Saia de perto de nós dois.

— Sinto muito — sussurrou o Rei Valyn e logo Jasper apareceu, rosnando e forçando o pai de Casteel a recuar. Um relâmpago atravessou o céu escuro. — Eu não queria que isso acontecesse com vocês. Com nenhum dos dois. Sinto muito...

— Cas — murmurou Kieran, suplicante.

Casteel mordeu o pulso, rasgando a pele. O sangue vermelho jorrou, e foi então que eu me dei conta, enquanto observava as faixas do raio prateado atravessarem o céu, que não sentia mais dor. Meu corpo estava dormente e...

— *Frio*. Eu estou... com frio de novo.

— Eu sei. — O sangue fresco manchava os lábios e o queixo de Casteel. Ele levou o pulso até a minha boca enquanto posicionava a minha cabeça de modo a repousar na dobra do seu cotovelo. — Beba, Princesa. Beba, por mim.

O sangue dele tocou nos meus lábios, quente e exuberante. Desceu pela minha garganta, mas não consegui sentir o gosto nem engolir. Já havia tanta coisa ali. O pânico aumentou.

— Cas...

— O que foi? — retumbou ele.

— Preste atenção. Por favor, Cas. Preste atenção. O projétil pode não ter atingido o coração dela. — Kieran se inclinou e apertou a nuca de Casteel. — Olhe para o sangue. Atingiu uma artéria e pelo menos um dos pulmões. Você sabe disso...

Um clarão de luz explodiu sobre as ruínas, me cegando por um instante, e foi seguido por um estrondo. Pedras racharam. Alguém berrou. Eu ouvi um grito. O piso de pedra estremeceu quando seja lá o que fosse que o relâmpago tivesse atingido tombou no chão.

— *Não. Não. Não*. Abra os olhos — implorou Casteel. Eu tinha fechado os olhos? — Vamos. Não faça isso. Não faça isso comigo. *Por favor*. Abra os olhos. Por favor, Poppy. Beba. — Ele se curvou sobre mim, pressionando o pulso sobre a minha boca. — Por favor, Poppy. Beba.

As feições de Casteel se recompuseram, mas estavam embaçadas como se os contornos e ângulos tivessem sido borrados. Pisquei repetidamente, tentando desanuviar a visão.

— Aí está você — disse ele, com o peito arfando. — Fique comigo, está bem? Mantenha os olhos abertos. Fique comigo.

Eu queria ficar. Deuses, eu queria isso mais do que tudo, mas estava cansada. Sonolenta. Sussurrei isso. Ou pelo menos achei que sim. Não sabia muito bem, mas não importava. Concentrei-me no rosto dele, na mecha de cabelos pretos, nas sobrancelhas arqueadas e expressivas. Mergulhei naqueles cílios volumosos e nas maçãs do rosto altas e angulosas. Estudei cada centímetro do seu rosto marcante, do contorno rígido do maxilar até a boca volumosa e bem-feita, guardando-o na memória. Porque eu sabia... eu sabia que, quando fechassem os olhos outra vez, eles não se abririam mais. Eu queria me lembrar do rosto dele quando o mundo escurecesse. Queria me lembrar de como era estar nos seus braços, ouvir a sua voz e sentir a sua boca na minha. Queria me lembrar de como ele sorria quando eu o ameaçava e de como seus olhos se iluminavam toda vez que eu o desafiava. Queria me lembrar do orgulho que sentia emanando dele toda vez que eu silenciava aqueles ao meu redor com palavras ou com uma lâmina. Queria me lembrar de como ele tocava nas minhas cicatrizes de modo reverente, como se não fosse digno delas, de mim.

Outro raio atravessou o céu lá em cima, atingindo o chão e energizando o ar. Nacos de pedra voaram pelos ares. O pai de Casteel deu um grito, e eu ouvi um coro de uivos que vinha por toda a parte. Mas me concentrei em Casteel. Seus olhos estavam brilhantes e os cílios, úmidos.

Ele estava chorando. Casteel estava *chorando*.

As lágrimas escorriam pelas suas bochechas, criando rastros cintilantes no sangue seco conforme desciam... e eu soube... eu soube que estava morrendo. Casteel também sabia. Tinha de saber. Havia tanta coisa que eu queria dizer, tanta coisa que queria fazer e mudar junto com ele. O futuro do seu irmão. De Ian. Do povo de Atlântia e de Solis. O *nosso* futuro. Será que alguma vez eu havia agradecido a ele por ter me visto além do véu? Ou por nunca ter me obrigado a recuar? Será que eu havia dito a ele como ele tinha mudado a minha vida e como aquilo era importante para mim, mesmo quando eu achava que o odiava — mesmo quando *queria* odiá-lo? Acho que sim, mas não parecia suficiente. E tinha mais. Eu queria mais um beijo. Mais um sorriso. Queria ver aquelas covinhas idiotas de novo e beijá-las. Queria provar que ele era digno de mim, do amor e da vida, não importava o que havia acontecido no seu passado nem o que ele tinha feito. Mas, ah deuses, não existia mais tempo.

Me esforcei para ignorar o pânico e aquela sensação de desvanecimento, de que nada daquilo fosse real. Meus lábios se mexeram. Eu me esforcei, mas não consegui emitir nenhum som.

Casteel... *desabou*.

Ele jogou a cabeça para trás e rugiu. Ele *rugiu*, e o som ecoou ao nosso redor e através de mim. Debaixo de mim, a pedra rachou e se abriu. Raízes grossas e nodosas saíram dali, da cor das cinzas. Kieran caiu sentado para trás assim que elas subiram pelas minhas pernas e sobre as costas de Casteel. Uma árvore cresceu. Rapidamente. Outro relâmpago rasgou o céu e então mais uma vez, um raio após o outro, transformando a noite em dia conforme um tronco grosso e reluzente se erguia, formando centenas de galhos. Minúsculos botões dourados brotaram, preenchendo-os. E então floresceram, desabrochando em folhas vermelho-sangue.

Casteel abaixou a cabeça, com os olhos ferozes e perdidos como na manhã em que acordou do pesadelo. Ele pegou uma das raízes que havia subido pelo meu abdômen e olhou para ela por um instante antes de arrancá-la e deixá-la de lado.

— Não posso deixar que você se vá. Não vou deixar. Nem agora, nem nunca. — Ele levou a mão até a minha bochecha, mas eu mal a senti. — Kieran, preciso que você arranque a flecha. Eu... eu não consigo... — A voz dele falhou. — Preciso de você. Eu não posso fazer isso.

— Você vai... — Kieran balançou o corpo para a frente. — Merda. Sim. Tá bom. — Ele passou pelas raízes. — Vamos fazer isso.

Fazer... fazer o quê?

Kieran segurou a flecha.

— Que os deuses nos perdoem — balbuciou ele. — Você tem que ser rápido. Com sorte, terá apenas alguns segundos e então...

— Antes de enfrentar o que vier em seguida — disse Casteel sem rodeios.

— Não — retrucou Kieran. — *Nós* dois vamos enfrentar o que vier em seguida. Juntos.

— Casteel, pare! — gritou o pai dele. — Sinto muito, mas você não pode fazer isso! — Eu ouvi o pânico. Havia tanto pânico na sua voz que inundava o ar. — Você sabe o que vai acontecer. Eu não vou permitir isso. Você pode me odiar pelo resto da vida, mas não vou permitir isso. Guardas, prendam-no!

— Tire-os de perto de mim — rosnou Casteel. — Tire todo mundo de perto de nós dois, ou eu juro pelos deuses que vou arrancar seus corações do peito. Não me importo se um dos corações pertencer àquele que me deu a vida. Você não vai me impedir.

— Olhe ao redor! — gritou o pai dele. — Os deuses estão falando conosco nesse momento. Você não pode fazer isso...

— Nem os deuses vão me impedir — jurou Casteel.

O estrondo fez o chão tremer, mais rápido e intenso. Uivos e ganidos explodiram entre as rajadas de trovão. Ouvi... ouvi *gritos*. Lamentos agudos de dor e rosnados guturais e reverberantes. Jasper entrou no meu campo de visão, se agachando de modo a se posicionar sobre as minhas pernas, entre Kieran e Casteel. Vi um vislumbre de pelo branco circulando ali por perto. Os sons que os lupinos emitiam — os uivos desolados e lamentosos — assombravam cada respiração minha.

— Ninguém vai se aproximar de nós. — Kieran chegou para a frente. — Se fizerem isso, não vão continuar vivos por muito tempo.

— Ótimo — disse Casteel. — Eu não vou ser muito... — Um véu de escuridão passou por mim, e eu senti que estava prestes a cair. Ele sumiu de vista e então voltou. — ... ela pode ser diferente... Prometa que vai mantê-la em segurança.

— Vou garantir que *vocês dois* fiquem em segurança — Kieran assegurou a ele.

A próxima coisa que ouvi foi a voz de Casteel.

— Olhe para mim — ordenou ele, virando a minha cabeça na sua direção. Minhas pálpebras estavam muito pesadas. — Abra os olhos e olhe para mim.

Meus olhos se abriram, respondendo à sua vontade, e eu... eu não consegui desviar o olhar conforme suas pupilas contraíam.

— Olhe para mim, Poppy, e preste atenção. — A voz dele era suave e grave e estava *por toda a parte*, ao meu redor e dentro de mim. Tudo o que eu podia fazer era obedecer. — Eu amo você, Penellaphe. *Você*. Seu coração destemido, sua inteligência e sua força. Amo a sua capacidade infinita para a bondade. Amo como você me aceita. A sua compreensão. Estou apaixonado por você e continuarei apaixonado quando der o último suspiro e muito depois no Vale. — Casteel abaixou a cabeça e pressionou os lábios nos meus. Algo úmido resvalou na minha bochecha. — Mas não tenho a menor intenção de entrar no Vale tão cedo. E *não* vou perder você. *Jamais*. Eu te amo, Princesa, e, mesmo que você me odeie pelo que estou prestes a fazer, eu vou passar o resto das nossas vidas compensando isso. — Ele recuou, respirando pesadamente. — Agora!

Kieran arrancou o projétil, e aquilo... *aquilo* dissolveu a dormência que envolvia meu corpo. Meu corpo inteiro estremeceu e continuou se sacudindo e se contorcendo. Senti uma pressão no crânio e no peito, que se expandiu e contorceu...

Casteel agiu de modo tão rápido quanto o relâmpago. Ele puxou a minha cabeça para trás e cravou os dentes na minha garganta. A confusão tomou conta de mim. Já não tinha perdido sangue demais? Meus pensamentos estavam turvos, e eu demorei a entender o que Casteel estava fazendo. Ele ia...

Ah, deuses, ele iria me Ascender.

O terror cravou as garras em mim. Eu não queria morrer, mas também não queria me transformar em algo desumano. Frio, violento e sem alma. E era isso que faltava aos Ascendidos, não era? Por isso que eu não conseguia sentir nada deles. Não havia alma para alimentar as emoções. Eles eram incapazes de ter os sentimentos mais básicos. Eu não...

Uma dor lancinante dispersou os meus pensamentos, sobressaltando o meu coração já vacilante. A ardência da mordida não diminuiu quando ele fechou a boca sobre o ferimento. Não foi substituída pela sucção lânguida e sensual conforme ele chupava o meu sangue para dentro de si. Não senti nenhum calor glorioso e sedutor. Havia apenas fogo na minha pele e dentro de mim, invadindo todas as células do meu corpo. Era muito pior do que quando fiquei presa na carruagem com Lorde Chaney, só que eu não conseguia lutar agora. Nada funcionava. Eu não conseguia me afastar da dor. Era forte demais, e o grito que não consegui dar ricocheteou no meu crânio e explodiu pelos céus em um relâmpago prateado que passou de nuvem em nuvem e atingiu as ruínas do castelo e tudo ao redor. O mundo inteiro pareceu estremecer quando as folhas vermelhas se desprenderam da árvore, caindo sobre os ombros de Casteel e cobrindo as costas de Kieran e o pelo branco de Jasper.

Meu coração... parou. Eu pude sentir. Ah, deuses, senti que ele pulou uma batida, duas, e depois tentou manter o ritmo vagarosamente, reiniciar o compasso. E então falhou. Tudo parou dentro de mim. Meus pulmões. Meus músculos. Cada um dos órgãos. Eu estava de olhos arregalados, com o olhar fixo enquanto o meu corpo inteiro se esforçava para respirar, para obter alívio, e então... a morte veio tão docemente que me engoliu por inteiro. Eu me afoguei nas suas exuberantes e sombrias especiarias.

Capítulo Oito

Não havia luz nem cor, e eu pairei ali por algum tempo, sem amarras, vazia e fria. Não pensei em nada. Não senti nada. Apenas existi em meio ao vazio...

Até que vi uma partícula de luz prateada que parecia muito distante de mim. A iluminação pulsava e se expandia a cada batida. Gavinhas entraram pelas beiradas, penetrando no vácuo. Pouco a pouco, flutuei em sua direção.

O som voltou de repente. Uma voz tão grave e poderosa que me encontrou no meio do nada e me segurou para que eu não vagasse mais na direção da luz prateada. A voz me manteve cativa.

— Beba. Continue bebendo — ordenou a voz. — Isso mesmo. Continue engolindo. Beba, Princesa. Beba, por mim...

As palavras se repetiram indefinidamente pelo que me pareceu uma eternidade antes de desaparecerem e me deixarem em meio ao silêncio outra vez. Não havia mais luz prateada. Nada além de uma escuridão cálida e vazia com o aroma doce e reconfortante de... lilases.

Fiquei ali até ser cercada por vislumbres de cores suaves. Vermelho. Prateado. Dourado. As cores giraram e eu escorreguei por elas, voltando através das noites e dos anos até ficar pequena e indefesa, parada diante do meu pai.

Eu podia vê-lo nitidamente, com os cabelos acobreados sob a luz da lamparina. O queixo quadrado coberto por uma barba de vários dias. Nariz reto. Olhos da cor de pinheiros.

— *Que florzinha linda. Que linda papoula.* — Papai se inclinou, encostando os lábios no topo da minha cabeça. — *Eu te amo mais do que todas as estrelas no céu.*

— *Eu te amo mais do que todos os peixes do mar.*

— *Essa é minha garota.* — *As mãos de papai tremeram nas minhas bochechas.* — *Cora?*

Mamãe se aproximou com o rosto pálido.

— *Você já devia saber que ela encontraria o caminho até aqui.* — *Ela olhou para trás.* — *Você confia nele?*

— *Confio* — *disse ele enquanto Mamãe pegava a minha mão.* — *Ele vai nos levar para um lugar seguro...*

O vento rugia como um trovão pela estalagem, vindo de um lugar que não era ali. Ouvi vozes que não vinham do Papai nem da Mamãe, mas de cima, de algum lugar além do redemoinho de cores do outro lado do vazio.

— Quem ainda está aqui? — ouvi dizer uma voz masculina, a mesma que havia me encontrado quando eu estava vagando na direção da luz prateada, mas agora soava rouca e fraca, cansada e debilitada.

— Só nós três — respondeu outra voz grave e tensa. — Não precisamos nos preocupar com os guardas. Acho que Jasper decidiu que seria melhor se eles... não existissem mais.

— E o meu pai?

— Não é um problema por enquanto. — Ele fez uma pausa. — Não vamos conseguir voltar para a Enseada, mas há... — Não consegui ouvir o que ele disse. — Vamos ter que dar um jeito caso ela... Você acha que consegue se mexer?

Não houve resposta por um bom tempo.

— Eu... eu não sei.

Escorreguei de novo, voltando através dos anos mais uma vez.

— *Fique com a sua mãe, querida.* — *Papai tocou nas minhas bochechas, me afastando das vozes.* — *Fique com ela e encontre o seu irmão. Voltarei para buscá-la em breve.* — *Papai se levantou e se virou na direção da porta, do homem que estava parado ali, observando pela fresta entre os painéis.* — *Você o vê?*

O homem na porta, cujos cabelos me faziam lembrar das praias do Mar de Stroud, acenou com a cabeça.

— *Ele sabe que você está aqui.*

— *Ele sabe que ela está aqui.*

— *De qualquer modo, ele vai trazê-los até aqui. Se eles entrarem...*

— *Não vamos deixar que isso aconteça* — disse Papai, estendendo a mão até o punho de uma espada. — *Eles não podem ficar com ela. Não podemos deixar que isso aconteça.*

— *Não* — concordou o homem, baixinho, olhando por cima do ombro para mim com estranhos olhos azuis. — *Eu não vou deixar.*

— *Venha, Poppy.* — *Mamãe me puxou pela mão...*

A voz me puxou para longe das cores e do vazio.

— Não sei o que vai acontecer agora. — Ele parecia estar mais perto, mas ainda mais cansado do que na última vez em que a sua voz me alcançou. Cada palavra parecia exigir um esforço além das suas capacidades. — Ela está respirando e com o coração batendo. Ela está viva.

— É só o que importa — disse a outra voz, menos tensa. — Você precisa se alimentar.

— Eu estou bem...

— Porra nenhuma. Você mal vai conseguir montar no seu cavalo e continuar em cima dele. Perdeu sangue demais — argumentou o outro. — Ela vai acordar mais cedo ou mais tarde, e você sabe o que vai acontecer. Você não vai conseguir cuidar dela. Gostaria que Naill ou Emil o atendessem ou prefere que eles atendam...?

— Naill — rosnou ele. — Traga Naill, caramba.

Houve uma risada áspera e eu me perdi novamente, só para ouvir, um momento depois:

— Descanse. Eu vou cuidar de vocês dois.

*

Fui embora de novo, mas dessa vez foi diferente. Caí no sono. Dormi profundamente, e apenas alguns fragmentos de palavras chegaram até mim. Mas, naquele lugar, eu tomei... ciência das minhas partes. Do meu corpo. Senti algo quente e úmido na testa e nas bochechas. Macio. Um pano. Ele deslizou sobre os meus lábios, ao longo da garganta e entre os seios. Sumiu, e então ouvi um som. Um gotejar de água. Em seguida, o pano voltou, passando pelos meus braços nus e entre os dedos. O toque era agradável. Aquilo me embalou e me fez cair no sono outra vez.

Voltei a ser aquela criança, segurando o braço ensanguentado da minha mãe. *Eles tinham entrado, como o homem alertara. Os gritos... Havia tantos gritos, além dos guinchos daquelas coisas do lado de fora da janela, arranhando e passando as garras no vidro.*

— *Você tem que me soltar, querida. Precisa se esconder, Poppy...* — *Mamãe* ficou paralisada *e então soltou o braço.*

Mamãe enfiou a mão nas botas de couro de criança que eu gostava de usar, fingindo que era mais velha e crescida. Ela tirou alguma coisa dali — *um objeto fino, afiado e escuro como a noite. Ela se moveu muito rápido* — *mais rápido do que eu jamais tinha visto antes, girando o corpo conforme se punha de pé, com a estaca preta na mão.*

— *Como você pôde fazer isso?* — *perguntou Mamãe enquanto eu corria até a beira do armário.*

E então pairei acima das cores, mais uma vez em meio ao vazio, mas não estava sozinha.

Havia uma mulher ali, com os cabelos longos flutuando ao redor dela, tão claros que se pareciam com o luar. Seu rosto me era familiar. Eu já a tinha visto antes, em minha mente, quando estava no Templo. Mas dessa vez achei que ela se parecia um pouco comigo. Ela tinha sardas no nariz e nas bochechas. Seus olhos eram da cor da grama beijada pelo orvalho, mas havia uma luz atrás das pupilas. Um brilho prateado que escapava dali, quebrando o tom vibrante de verde.

Seus lábios se moveram e ela falou comigo. Seus cílios baixaram quando ela olhou para o chão e uma lágrima escorreu do canto de um olho — uma lágrima vermelho-sangue. Suas palavras disparam um raio gelado de choque por mim. Mas então ela se foi, e eu também.

*

A primeira coisa que senti foi um formigamento. A sensação começou nos pés e em seguida subiu pelas panturrilhas até se espalhar por todo o meu corpo. O calor o acompanhou. Uma febre tomou conta de mim, ressecando a minha garganta já muito seca. Sede. Eu estava com muita *sede*. Tentei abrir a boca, mas meus lábios pareciam selados.

Encolhi os dedos dos pés e não gostei da sensação. Ela fez com que o resto da minha carne se desse conta do cobertor e do colchão. Minha pele parecia sensível demais, e o tecido, muito áspero.

Eu estava com tanta sede.

Meus dedos se curvaram sobre meu abdômen nu. A pele parecia irregular, assimétrica. Eu me concentrei na minha boca, me esforçando para abrir os lábios. Se conseguisse abri-los, eu poderia pedir... água. Não. Eu não queria água. Queria outra coisa.

Eu não estava com sede. Estava com fome. *Morrendo de fome.* Forcei meus lábios a se entreabrirem e puxei o ar de leve. Havia aromas ali. Pinho fresco. Algo selvagem. Minha pele começou a formigar e se retesar, ficando ainda mais sensível. Meus ouvidos vibraram com o som. O farfalhar de uma brisa. Um ventilador que girava preguiçosamente. O som era agradável, mas eu estava oca, sentindo um vazio profundo.

Eu estava com muita fome.

Estava com tanta fome que *doía*. O interior da minha boca latejava e os meus órgãos pareciam ressequidos, se tornando atrofiados e frágeis. Senti os músculos contraídos quando me esforcei para abrir os olhos. Eles pareciam costurados nas pálpebras, mas eu estava com fome e precisava abri-los. Levei uma eternidade para conseguir desgrudar as pálpebras.

Tudo era um leque vago e difuso de sombras e borrões de luz. Pisquei várias vezes, com medo de que os meus olhos não abrissem de novo em cada uma delas, mas eles abriram. Minha visão desanuviou. A luz suave de uma lâmpada a gás fluía pelas paredes cinzas e sobre uma poltrona velha e puída...

Uma poltrona que não estava vazia.

Havia um homem afundado ali, com a pele negra clara e o cabelo preto cortado rente ao crânio. Ele esfregou os olhos e eu tive uma sensação estranha, que tentei compreender. Mas seja lá o que fosse, a compreensão escorregava por entre os meus dedos. Eu estava faminta demais para me concentrar. Tinha que...

O homem deu um suspiro e meus músculos se retesaram. Dobrei as pernas, e a dor na boca do estômago e no peito aumentou ainda mais. Com a garganta apertada, meu coração começou a bater pesadamente contra as costelas conforme a fome me dominava. Não me dei conta de que tinha me mexido e sentado na cama até que os cabelos caíram sobre os meus ombros, pinicando a minha pele. O homem abaixou a mão.

O choque ficou estampado no rosto dele e respingou na minha pele quente como se fosse uma chuva gélida. Dobrei as pernas debaixo do corpo, tensa.

Ele se inclinou para a frente, segurando os braços da poltrona com força até que os tendões saltassem e as veias...

— Eu ainda consigo sentir o seu Estigma.

As palavras não me importavam. A fome invadiu o meu peito, e eu abaixei o queixo e repuxei os lábios. Todo o meu ser se concentrou na garganta dele, onde eu podia jurar que tinha visto o seu pulso latejando.

— Merda — sussurrou ele, se pondo de pé.

Pulei da cama e avancei sobre ele. O homem cambaleou para trás e me segurou pelos pulsos. A parte de trás dos seus joelhos bateram na poltrona. Desequilibrado, ele caiu no assento e eu fui junto, esticando o corpo para a frente enquanto me acomodava na cadeira.

— Deuses. Como você é rápida. E forte pra caramba — grunhiu ele, com os braços tremendo enquanto me segurava. Mechas de cabelo acobreado caíram no meu rosto quando levantei a cabeça.

Ele arfou, com os olhos azuis arregalados.

— Puta merda.

Eu me atirei em cima dele. A poltrona gemeu sob o peso de nós dois. Um dos braços dele cedeu e eu avancei na direção da sua garganta, escancarando a boca, o estômago se contraindo...

O braço de alguém envolveu a minha cintura e me pegou. Outro braço se fechou sobre os meus seios, me puxando de encontro a uma pele rígida e quente. Uma carga de energia passou para mim durante o contato, me sobressaltando. Aquela sensação... aquele cheiro de especiarias e pinho. Um som agudo e choroso rasgou a minha garganta conforme eu esticava o corpo, tentando agarrar o homem que pulava da poltrona, com a túnica preta amassada e manchada de... de alguma coisa. Sangue? O meu sangue. Eu o encarei, sentindo que ele não era mortal. Ele era *outra* coisa. Uma coisa que pertencia a mim.

— Você não o quer — cantou uma voz no meu ouvido. — Ele não é muito saboroso. Você *me* quer.

— Em outra situação — disse o homem de olhos azuis invernais —, eu poderia ficar ofendido.

A fome açoitou as minhas entranhas. O desespero empolou a minha pele. Eu estava morrendo de fome e doía. Tudo *doía*. Minha pele, meus ossos, meus músculos. Meus cabelos. Emiti um zumbido baixo, finalmente pronunciando palavras roucas e guturais.

— Isso *dói*.

— Eu sei. Você está com fome. Mas não pode se alimentar de Kieran. Isso me deixaria meio triste.

Eu não me importava se ele ficaria triste. Joguei a cabeça para trás, batendo no seu maxilar. Ele grunhiu, mas não afrouxou as mãos sobre mim. Só me apertou ainda mais.

— Cuidado — alertou o tal Kieran. — Ela está mais forte.

— Eu dou conta — disparou ele, me prendendo com força na frente do corpo. — Você deveria se afastar dela.

O outro não se mexeu quando aquele que me segurava mudou o braço de posição e passou o pulso por cima do meu ombro. Um aroma tomou conta do ambiente. Meu coração disparou e eu parei de me mexer, respirando fundo. O cheiro era *maravilhoso*, exuberante e decadente. A dor torturante se intensificou.

— Os olhos dela — disse o outro enquanto aquele que me segurava abaixava o braço, o pulso. O pulso que *sangrava*. — Eles não ficaram pretos. Ainda são verdes.

O homem se retesou contra mim.

— *O quê?*

Eu me esqueci do homem a minha frente, agarrei aquele braço e ataquei, fechando a boca sobre as duas feridas abertas e chupando o sangue com vontade. O homem estremeceu e arfou.

— *Deuses.*

O primeiro gosto do sangue dele foi um choque para os meus sentidos, ácido e doce. O sangue dele desceu pela minha garganta, quente e espesso. Encheu o vazio no meu peito e o buraco no meu estômago, aliviando a dor. Soltei um gemido, estremecendo quando as cãibras nos meus músculos começaram a sumir. As sombras vermelhas na minha mente começaram a se dissipar e fragmentos de pensamento começaram a passar pela barreira da fome. Partes de...

Ele fechou a mão sob o meu queixo, afastando minha boca do seu pulso.

— Não! — Entrei em pânico. A fome dolorosa voltou a tomar conta de mim. Eu precisava... eu precisava de *mais*.

— Olhe para mim.

Lutei contra ele, resistindo ao seu aperto, mas ele era *forte*.

O homem virou a minha cabeça.

— *Pare*. — O hálito dele dançou sobre os meus lábios, e havia algo diferente em suas palavras, mais suave e grave. Sua voz ecoou por mim. — Pare de lutar comigo e abra os olhos, Penellaphe.

A voz atravessou a barreira da fome como havia feito antes, quando eu estava vagando pela escuridão. Minha respiração desacelerou conforme o meu corpo obedecia ao seu comando. Olhos cor de âmbar se fixaram nos meus, brilhantes e repletos de manchas douradas. Eu não consegui desviar o olhar — não consegui me mexer nem mesmo quando uma angústia penetrante tomou conta de mim.

— *Poppy* — sussurrou ele, com aqueles olhos estranhos e agitados cintilando de umidade. — Você não Ascendeu.

Eu sabia que aquelas palavras deveriam fazer sentido. Uma parte distante e fragmentada de mim sabia que eu deveria entender. Mas não conseguia pensar por causa da fome — não conseguia me concentrar em nada além disso.

— Eu não entendo — disse o outro homem. — Mesmo com o sangue dos deuses nas veias, ela ainda era mortal.

Aquele que me segurava tirou a mão do meu queixo e tocou nos meus lábios. A necessidade de abocanhar o seu dedo se abateu sobre mim, mas eu não podia lutar contra ele. O domínio que ele tinha sobre mim não permitira que eu fizesse isso enquanto ele repuxava o meu lábio superior com delicadeza.

— Ela não tem presas — disse ele, voltando a olhar para mim. Senti... Senti quando o sabor amargo da sua confusão deu lugar a uma sensação de alívio terrosa e amadeirada. — Eu sei o que é. É sede de sangue. Ela está com sede de sangue, mas não Ascendeu. Por isso que você ainda sente o Estigma Primordial. — Ele afastou o polegar e estremeceu. — Alimente-se — sussurrou ele, se entregando.

Amarras que eu não podia ver nem sentir me soltaram. Consegui me mexer. Ele ergueu o pulso de novo e eu me agarrei a ele. Fechei a boca sobre a ferida. O sangue não fluía livremente como antes, mas eu bebi sofregamente mesmo assim, sugando-o.

— Cuidado — alertou o outro... o lupino. — Você doou muito sangue e não bebeu o suficiente ainda.

— Eu estou bem. É melhor que você vá embora.

— Nem pensar — rosnou o lupino. — Ela pode machucar você.

Aquele que me alimentava deu uma risada áspera.

— Você não deveria estar mais preocupado com o bem-estar dela agora?

— Eu estou preocupado com vocês dois.

O homem suspirou.

— Isso pode ficar... complicado.

Houve um momento de silêncio.

— Já está.

Havia algo a respeito do que o lupino havia dito e da grosseria com que aquele de quem eu me alimentava tinha falado que deveria ter me deixado preocupada. E deixou um pouco. Eu não sabia muito bem por quê, mas então me perdi novamente naquele que me segurava, no seu gosto e essência. Quase não senti quando ele se mexeu, sentando e me puxando para o colo, me aninhando contra o peito enquanto mantinha o pulso encostado à minha boca. Seu sangue era só o que importava. Era um despertar. Um *presente* que faiscava nas minhas veias, preenchendo aquele vazio mais uma vez e alcançando os confins da minha mente. A camada espessa de escuridão se rachou e diminutos pedaços de mim entraram ali.

Os dedos dele roçaram na minha bochecha, apanhando as mechas do meu cabelo e passando para trás dos ombros. Eu me retesei, mas relaxei quando ele não me afastou. Ele me tocou novamente, deslizando os dedos pelos meus cabelos em carícias suaves e reconfortantes. Eu gostei daquilo. O toque era... era especial para mim. Costumava ser proibido, mas ele... *ele* quebrou aquela regra desde o começo.

— Poppy — sussurrou ele. *Poppy*. Era eu. — Sinto muito — disse ele, com a voz áspera. — Lamento que você tenha acordado nesse estado e eu não estivesse aqui. Acho que... devo ter desmaiado. Sinto muito. Sei como é a sede de sangue. Sei que você pode se perder nela. Mas vai se encontrar outra vez. Não duvido disso nem por um segundo. Você é tão forte. — Os dedos dele continuaram deslizando pelo meu couro cabeludo e eu afrouxei o aperto no seu braço enquanto ele falava. O gosto do seu sangue era tudo e o vazio dentro de mim diminuía e as sombras se dissipavam ainda mais na minha mente com cada gole. — Deuses, espero que você compreenda o quanto é forte. Eu não paro de me surpreender com você. Estou maravilhado com você desde a noite no Pérola Vermelha.

Minha respiração entrecortada se regularizou. O ritmo acelerado do meu coração começou a diminuir, e eu vi cores na minha mente — um céu azul e sem nuvens e a luz quente do sol. Águas pretas que reluziam como poças de obsidiana e uma areia quente sob os meus pés. Mãos dadas e ele sussurrando: "Indigno." Aquelas imagens e pensamentos pertenciam a ele, que falava baixinho:

— Você é corajosa, tão corajosa! Percebi isso no Pérola Vermelha. Só por ser a Donzela e ter sido criada como foi e ainda assim querer experimentar a vida já me dizia que você era corajosa. E aquela noite na Colina, quando você foi até lá com aquela... aquela maldita camisola? — Ele deu uma risada rouca. — Você nunca se escondeu. Nem naquele momento nem quando saía para aliviar a dor daqueles amaldiçoados pelos Vorazes. Você toma decisões sozinha há mais tempo do que imagina, Poppy. Há mais tempo do que acredita. Você sempre fez isso quando era importante, independente das consequências. Porque você é corajosa. Você nunca foi a Donzela. Nunca foi indefesa. Você era inteligente, forte e corajosa.

Ele soltou o ar pesadamente.

— Acho que não contei isso a você. Não tive a oportunidade. Sabe quando você me pediu que a beijasse debaixo do salgueiro? No fundo, eu sabia que lhe daria qualquer coisa que você me pedisse. E ainda vou fazer isso. Seja lá o que você quiser — prometeu ele bruscamente, com os dedos emaranhados no meu cabelo. — Você pode ter. Tudo. Você pode ficar com tudo. Eu garanto.

O calor percorreu o meu corpo, acabando com a sensação de formigamento na minha pele. Engoli a essência dele e em seguida respirei pelo que parecia ser a primeira vez. Não senti ardência nem tive aquela sensação de vazio. Mas algo completamente diferente. *O sangue...*

O sangue *dele...*

Era como fogo líquido, incitando um tipo diferente de urgência, na qual caí de cabeça. Inclinei-me para a frente, pressionando os seios contra o seu peito nu. O contato me deixou com uma fome muito diferente da anterior, mas de mesma intensidade. Eu me remexi no colo dele. Nós dois gememos. O instinto assumiu o controle; meu corpo sabia muito bem o que eu queria — e do que *precisava* — enquanto bebia do pulso dele. Esfreguei os quadris contra os dele, estremecendo com a sensação intensa de ondulação no baixo-ventre.

O sangue dele... Deuses! Minha pele inteira formigava, extremamente sensível. Os bicos dos meus seios latejaram quando roçaram nos pelos finos do seu peito. Gemi, me esfregando contra a rigidez que esticava as calças finas dele. Eu queria... não, eu precisava *dele*.

— O que quer que você queira — declarou, as palavras soando como uma promessa — eu vou te dar.

Ele. Era ele que eu queria.

Mantive o pulso dele na boca, espalmei a mão no seu peito e empurrei — com vontade. Ele caiu de costas enquanto eu inclinava os quadris, me esfregando contra ele. Com uma força surpreendente, ele nos levantou o suficiente para que pudesse abaixar as calças até as coxas. A sensação dele quente e duro contra a parte de baixo do meu corpo me fez dar um gemido fraco.

— Caralho — arfou ele, com o corpo trêmulo. Em seguida, ele se moveu novamente, me levantando com um movimento fluido e posicionando os meus quadris. Ele desceu o meu corpo em cima de si, deslizando para dentro de mim. Seu pulso sufocou o meu grito de surpresa quando ele flexionou os quadris e deu uma estocada. Encolhi os dedos dos pés e retribuí o movimento, acompanhando o seu ritmo enquanto me agarrava ao seu braço, bebendo sofregamente.

— Ela está bebendo demais — disse o outro homem, com a voz soando mais perto. — Você tem que impedi-la.

Mesmo com a mente confusa pela luxúria conforme a tensão crescia cada vez mais, eu sabia que aquele que se movia dentro de mim não iria me deter. Ele deixaria que eu tirasse tudo dele. Ele deixaria que eu o drenasse. Ele faria isso porque...

— Que inferno — rosnou o lupino. Um segundo depois, senti o braço dele apertando a minha cintura enquanto ele pressionava a pele do meu maxilar. Ele puxou a minha cabeça para trás, mas eu não lutei contra ele porque o sangue daquele homem era tudo para mim.

Aquele que estava embaixo de mim se sentou e passou o braço em volta dos meus quadris, logo abaixo do braço do outro. Uma pontada aguda de latejamento percorreu o meu corpo. Ele passou pelo enlace do lupino, me puxando pelos cabelos conforme encostava a testa na minha. Embaixo de mim, ele moveu o corpo magnífico com um ritmo furioso. Meu corpo inteiro se retesou e então um raio disparou pelas minhas veias. Meus músculos se apertaram contra ele com um espasmo. Meu gemido se misturou ao grito rouco dele conforme seus quadris bombeavam furiosamente, e ele me acompanhou até o êxtase selvagem e irracional que assolou o meu corpo inteiro. Pouco a pouco, a tensão me abandonou, liquefazendo os meus músculos. Não sei quanto tempo se passou, mas a mão no meu queixo finalmente relaxou e um dos braços se afastou de mim. Encostei a bochecha sobre um ombro quente e fiquei parada ali, de olhos fechados e respirando de leve enquanto ele me segurava de encontro ao peito, com a mão ainda emaranhada nos cabelos atrás da minha cabeça. Ele acenou com a cabeça e o lupino saiu. O clique de uma porta ali perto sinalizou a sua partida, mas eu continuei ali, saciada e relaxada. O calor do sangue que corria nas minhas veias esfriou. O sangue dele...

Sangue de Hawke.

Sangue de *Casteel*.

O vazio da minha mente se estilhaçou em um segundo. Os pensamentos tomaram conta de mim, se conectando com as lembranças. Elas alcançaram as partes mais profundas de mim, criando um senso de identidade. O choque me encontrou primeiro — a incredulidade e angústia a respeito do que Alastir havia feito quando estávamos nas Câmaras de Nyktos e tudo o que aconteceu depois daquilo.

Eu tinha confiado nele.

Eu... eu queria ser aceita pelas pessoas no Templo, mas eles me chamaram de Devoradora de Almas. Eles me chamaram de *prostituta*. Eles... eles me chamaram de Donzela, e eu não era nada disso. A raiva superou o horror. Uma raiva que se cravou em cada osso do meu corpo. A fúria zumbia no meu interior, incitando a selvageria que crescia dentro de mim. Eles iriam pagar pelo que haviam feito comigo. Cada um deles iria descobrir exatamente o que eu era. Eu nunca mais seria derrubada daquele jeito. Eles não teriam sucesso...

Mas será que já não tiveram?

Eu ainda podia sentir o projétil atingindo a minha carne, dilacerando uma parte vital do meu corpo. Eu havia sentido o gosto da morte. A *própria* morte — a respiração que eu não conseguia dar, o coração que não batia mais e as palavras que não conseguia falar. Eu estava morrendo, mas também senti uma dor diferente, uma dor ardente que me rasgou por inteiro. *Beba. Continue bebendo. Isso mesmo. Continue engolindo. Beba, Poppy. Beba, por mim...* O gosto de frutas cítricas e neve ainda enchia a minha garganta e lábios. Ainda aquecia e preenchia aquele vazio corrosivo e doloroso dentro de mim. Estremeci e a mão na parte de trás da minha cabeça parou de se mexer.

Ah, deuses, eles conseguiram. Ele... me Ascendeu.

O que será que ele tinha na cabeça? *Eu não vou perder você. Jamais. Eu te amo, Princesa.* Ele não estava pensando. Estava apenas... sentindo.

De repente, foi como se um baú tivesse sido destrancado na minha mente e a tampa, arrancada. As emoções se derramaram sobre mim — quase 19 anos de emoções que iam além do que tinha acontecido no Templo, lembranças e crenças, experiências e sentimentos. Os pesadelos também vieram, carregados de desespero e desamparo. Mas o mesmo aconteceu com os sonhos cheios de maravilhas e possibilidades. Sonhos repletos de necessidade, desejo e *amor*.

Levantei tão rapidamente que perdi o equilíbrio. Ele levou o braço até a minha cintura, me segurando antes que eu caísse do seu colo. Através das mechas emaranhadas dos meus cabelos, eu o vi *de verdade*.

Cabelos pretos e desgrenhados caíram sobre a testa dele. Havia rugas de tensão em torno da sua boca e sombras escuras manchavam a pele sob os seus olhos de um tom vívido de topázio conforme ele sustentava o meu olhar. Nenhum dos dois se mexeu nem falou nada enquanto olhávamos um para o outro. Eu não fazia a menor ideia do que ele estava pensando e mal conhecia os *meus* pensamentos naquele momento. Tanta coisa tinha acontecido, muitas das quais eu não compreendia. Por exemplo, o que eu estava fazendo ali depois de ter Ascendido. Depois que ele fez o impensável para me salvar. Lembrei-me do pânico na voz de seu pai quando implorou para que ele não fizesse isso — para que não repetisse a história. Mas ele arriscou — deuses, ele arriscou tudo. E eu estava viva por causa dele. Eu estava ali por causa dele. Só que isso não fazia sentido.

Os Ascendidos ficavam incontroláveis depois de serem transformados, perigosos para os mortais e ainda mais para um Atlante fundamental. Eles podiam levar anos para controlar a sua sede, mas o mais inacreditável era que eu ainda podia sentir todas aquelas emoções inebriantes, estimulantes e aterrorizantes dentro de mim. Eu podia sentir *amor* e não achava que um Ascendido fosse capaz de sentir tal milagre. Não estava entendendo nada.

Será que aquilo era sonho? Talvez eu tivesse morrido e estivesse no Vale, com uma eternidade no paraíso esperando por mim. Não sabia muito bem se queria saber se era isso mesmo.

Ergui a mão trêmula e pressionei os dedos na pele quente da bochecha dele.

— *Casteel.*

Capítulo Nove

Casteel estremeceu e sussurrou:

— Poppy.

— Isso é real? — perguntei.

As manchas douradas nos olhos dele se agitaram ferozmente.

— Não há nada mais verdadeiro do que esse momento.

Não sei quem fez o primeiro movimento. Eu? Ele? Nós dois ao mesmo tempo? Não importa. Nossas bocas se encontraram, e nós nos unimos de um jeito nada suave. Ele me agarrou pela nuca, puxando os meus cabelos. Eu me segurei a ele, afundando os dedos na pele dos seus ombros. Foi um beijo avassalador, exigente e intenso. Estávamos reivindicando um ao outro. Nossos lábios apertados um contra o outro. Nossos dentes se chocando. Nossos braços envolveram o corpo do outro com ferocidade, e o beijo e o modo como nos abraçamos se tornaram algo completamente diferente. Ele desceu as mãos por mim até chegar aos meus quadris enquanto me puxava de encontro a si, e eu o senti endurecer mais uma vez.

— Eu preciso de você — grunhiu ele contra minha boca. — Eu preciso de você, Poppy.

— Você me tem — eu disse a ele, ecoando as palavras que já havia dito antes. Agora, elas pareciam ser uma promessa indissolúvel. — Para sempre.

— Para sempre — repetiu ele.

Casteel me ergueu de seu colo, se levantou e se virou, me deitando no meio do que percebi ser uma cama bastante estreita. Vi de relance as paredes escuras e a réstia de luz do sol que entrava pelas tábuas racha-das da porta do quarto, mas então tudo que eu via era ele.

Casteel.

Meu marido.

Meu coração gêmeo.

Meu salvador.

Deuses, ele... ele *havia* me salvado, acreditando que tivesse cometi-do o ato proibido da Ascensão. Ele assumiu aquele risco, sabendo que eu me tornaria uma vampira. Seu pai não conseguiu detê-lo. Nem os deuses. Ninguém seria capaz de fazer isso, pois ele não desistiria de mim. Ele se recusava a me perder.

Porque me amava.

E naquele momento ele se ergueu sobre mim, com uma concentra-ção feroz e possessiva. Todos os músculos do meu corpo se retesaram. Dobrei a perna quando ele passou a mão pela minha coxa, provocando uma fricção deliciosa com a pele áspera da palma. Eu não conseguia desviar o olhar do fogo em seus olhos. Fiquei absolutamente hipnoti-zada por eles — por ele. Casteel passou o braço sob a minha cintura e me virou de bruços. A surpresa tomou conta de mim. Fiz menção de me levantar, mas o calor do corpo dele nas minhas costas me pressio-nou contra o cobertor puído. Casteel plantou beijos na minha coluna, nos meus quadris e então contornando a curva da minha bunda, pro-vocando um arrepio.

— Se algum dia você for me mandar tomar no cu — disse ele —, lembre-se disso aqui.

Dei uma gargalhada, me surpreendendo com o som e o gesto.

— Acho que não vou me esquecer.

— Ótimo. — Ele me colocou de joelhos, usando a coxa para afastar as minhas pernas. Afundei os dedos no tecido áspero enquanto um tremor de expectativa percorria o meu corpo. — Não vou conseguir durar muito — avisou ele. — Mas você também não.

Não consegui pensar nem respirar quando ele passou o braço pela minha cintura enquanto segurava o meu quadril com a outra mão. Ele não se mexeu. Minha pulsação disparou.

— Cas... — Seu nome terminou em um gemido agudo quando ele me penetrou.

Casteel me puxou contra si conforme mergulhava em mim cada vez mais, num ritmo perversamente selvagem. Ele puxou as minhas costas de encontro ao peito e esfregou os quadris na minha bunda enquanto tirava a mão do quadril e a levava até a minha garganta. Em seguida, pressionou os lábios na minha têmpora suada.

— Eu te amo.

Eu explodi, me partindo em mil pedaços quando o êxtase me atingiu com tanta força que um grunhido retumbou do peito dele. Seus braços me apertaram ainda mais. Ele deu mais uma estocada profunda e então gozou, chamando o meu nome. Ofegante e coberto por uma fina camada de suor, ele nos deitou na cama. O cobertor pinicava a minha pele, mas eu estava satisfeita, mole e tão aliviada por estar viva que não conseguia me incomodar com a aspereza do tecido. Não sei quanto tempo ficamos ali, eu de bruços e Casteel meio que deitado em cima de mim, mas a sensação do peso dele me deixava fascinada, assim como o seu coração batendo descontroladamente contra minhas costas.

Algum tempo depois, acabei sentada de novo em seus braços, aninhada contra ele. Estávamos na cabeceira da cama estreita. Não lembro como fomos parar ali, mas ele me abraçou enquanto passava a mão trêmula sobre a minha cabeça e pelos meus cabelos. Ficamos assim por muito tempo — me pareceram horas.

— Como você está se sentindo? — perguntou Casteel, com a voz rouca. — Sente alguma dor?

Sacudi a cabeça de leve.

— Na verdade, não. — Eu estava levemente dolorida, mas não era nada demais. — Eu... não entendo. Eu estava morrendo. — Desencostei a cabeça dele e olhei para o meu peito enquanto afastava as mechas emaranhadas de cabelo para o lado. Vi uma pele rosada e brilhante na forma de um círculo disforme entre os seios. O projétil havia me trespassado. — E você... você bebeu o meu sangue até que senti o coração parar e então me deu o seu de volta.

— Sim. — Ele pressionou os dedos logo abaixo do ferimento quase invisível, e uma onda de percepção tomou conta de mim. — Eu não podia deixar você morrer. Jamais deixaria que isso acontecesse.

Olhei de volta para Casteel, mas ele estava olhando para a ferida, com a testa franzida.

— Mas eu não estou com sede de sangue... Bem, eu *estava*. Eu estava com tanta fome. Nunca senti tanta fome assim antes. — Engoli em seco, querendo esquecer aquela sensação. Querendo esquecer que Casteel havia passado por aquilo repetidamente por décadas a fio. Como foi que ele conseguiu se reencontrar? Eu estava admirada e apaixonada por ele.

Eu te amo. Aquelas palavras se repetiram indefinidamente na minha mente — palavras que estavam tatuadas na minha pele e entalhadas nos meus ossos. O que eu sentia por ele era muito mais poderoso do que as palavras, mas elas não deixavam de ser importantes. Mais do que ninguém, eu sabia da importância de falar abertamente, de ser capaz de fazer isso de forma franca e sincera, sem hesitação. Sabia da importância de não me conter mais, pois quando eu estava naquelas ruínas, com o sangue se esvaindo do meu corpo, pensei que nunca mais teria a chance de dizer aquilo para ele.

Eu o abracei com força e retribuí o seu olhar mais uma vez.

— Eu te amo.

Casteel cessou o movimento da mão nos meus cabelos e no meio das costas.

— O que foi que você disse? — sussurrou ele. Ele estava de olhos ligeiramente arregalados e com as pupilas um tanto dilatadas. Pude ver a surpresa dele e a senti como uma lufada de ar frio na pele. Por que ele parecia tão atônito? Já deveria saber disso.

Só que Casteel não conseguia ler emoções como eu. Eu havia dito a ele como me sentia e demonstrei os meus sentimentos quando coloquei a lâmina na minha garganta durante a batalha no Pontal de Spessa, mais do que disposta a acabar com a minha própria vida para salvar a dele. Mas nunca havia dito aquelas palavras.

E precisava fazer isso. Desesperadamente.

Encostei as pontas dos dedos na bochecha dele e puxei o ar de leve.

— Eu te amo, Casteel — repeti. O peito dele parou de se mover contra o meu e então subiu bruscamente. — Eu amo...

Casteel me beijou, movendo os lábios sobre os meus de um jeito tão suave e terno. Foi um beijo doce e lento, como se fosse a primeira vez que os nossos lábios se encontravam, como se ele estivesse descobrindo o formato e a sensação da minha boca contra a dele. Ele estremeceu, e eu senti as lágrimas aflorarem nos meus olhos.

Ele se afastou o bastante para encostar a testa na minha.

— Eu não... — Ele pigarreou enquanto eu deslizava os dedos ao longo do seu maxilar. — Quer dizer, eu... eu achava que você amava. Acreditava nisso... ou talvez precisasse acreditar, mas não acho que soubesse de fato. — Sua voz ficou rouca quando ele estendeu a mão entre nós dois, enxugando uma lágrima que tinha escapado. Um momento se passou, e então ele respirou fundo. As máscaras que Casteel usava racharam e caíram do seu rosto, como havia acontecido nas ruínas quando ele jogou a cabeça para trás e urrou. — Eu sabia que você se importava comigo. Mas amor? Eu não sabia se você poderia me amar depois de... de tudo que aconteceu. Não a culparia se você não fosse capaz de sentir isso por mim. Não depois do que...

— Eu não me importo com o que você fez no passado. Entendo por que você teve de agir daquele jeito. Já superei isso. — Afundei os dedos nas mechas macias em sua nuca. — Eu te amo. Eu faria... — Engoli em seco. — Eu faria qualquer coisa por você, Cas. Assim como você fez por mim. Qualquer coisa...

Sua boca encontrou a minha de novo e dessa vez... ah, deuses, o beijo foi mais intenso. Eu me derreti nele conforme a sua língua acariciava os meus lábios, abrindo-os. Arrepios explodiram pelo meu corpo inteiro e nos beijamos até ficarmos os dois sem fôlego.

— *Cas* — repetiu ele sobre os meus lábios. — Você não faz a menor ideia de quanto tempo esperei para ouvi-la me chamar assim.

— Por quê? — Eu nem tinha percebido que havia usado o apelido dele.

— Não sei. Só as pessoas em quem mais confio me chamam assim. — Ele deu uma risada suave e então se afastou ainda mais, segurando as minhas bochechas com cuidado. — Você sabe, não é? — Ele estudou a minha expressão. — O que significa para mim? O que eu sinto por você?

— Sei.

Ele enxugou outra lágrima com o polegar.

— Jamais imaginei que pudesse ser assim. Que eu pudesse sentir isso por alguém. Mas eu sinto. Eu te amo.

Estremeci conforme o meu peito se enchia de amor, esperança, expectativa e uma centena de emoções arrebatadoras que pareciam tão estranhas depois de tudo o que tinha acontecido. E, ao mesmo tempo, tão perfeitas.

— Acho que talvez eu comece a chorar um pouco mais.

Ele abaixou a cabeça, beijando uma lágrima que havia se desprendido dos meus cílios. Consegui me recompor quando ele deu um beijo na minha têmpora, na testa e depois na ponta do meu nariz enquanto pegava a minha mão esquerda. Casteel ficou de olhos fechados enquanto dava pequenos beijos por toda a marca dourada do casamento. Eu o observei em silêncio por um bom tempo, absorta nele.

Ele tocou na aliança no meu dedo indicador.

— Eu não... não queria que o primeiro vislumbre de Atlântia, do *seu* lar, fosse algo tão horrível. Queria que você visse a beleza da *nossa* terra, do nosso povo. Sabia que não seria fácil. — Ele engoliu em seco. — Alastir tinha razão quando disse que parte do nosso povo é supersticiosa e desconfiada dos recém-chegados, mas eu queria que você se sentisse bem-vinda. Acima de tudo, queria que você se sentisse segura. Detesto que isso tenha acontecido e sinto muito. Sinto muito mesmo.

— Não é culpa sua. Você fez de tudo para garantir que eu estivesse em segurança.

— Fiz mesmo? — retrucou ele. — Eu sabia que poderia haver resistência. Sabia que haveria pessoas sedentas de vingança. Mas superestimei o desejo de sobrevivência delas. Não deveria ter deixado que você andasse sozinha daquele jeito. Deveria ter ido com você. Não consegui protegê-la...

— Pare com isso. — Eu me inclinei na direção dele e toquei na sua bochecha com a mão que ele não estava segurando. — Não foi culpa sua — repeti. — Por favor, não pense assim. Eu... — Respirei fundo. Abrir o meu coração nunca foi fácil, nem mesmo depois de dizer aquelas palavras tão poderosas. Como poderia ser se fui ensinada a nunca fazer isso? Mas eu tinha que continuar a pronunciar aquelas palavras, pois já conseguia sentir o gosto amargo da culpa. — Eu não vou suportar que você ache que é o responsável. Não quero que isso o corroa por dentro. Você não falhou comigo. Eu não sei onde estaria agora se não fosse por você. Não sei nem se ainda estaria viva.

Ele não disse nada enquanto fechava os olhos, virando a cabeça para aninhar a bochecha na minha mão.

Passei o polegar ao longo do seu lábio inferior.

— Mas sei que eu seria... eu seria *menos*. Não me sentiria assim... completa. E é por sua causa. — Puxei o ar de novo. — Quando vi os Pilares pela primeira vez e fui até as Câmaras, eu me senti em casa. Foi uma sensação de pertencimento, como o que sinto por você. Parecia *certo* estar ali. E talvez isso tenha a ver com minha ancestralidade. Eu... eu não sei o que Atlântia significa para mim agora nem o que vai se tornar, mas não importa. — Eu me dei conta de como aquela afirmação era verdadeira naquele exato momento e a percepção tirou um peso das minhas costas. Ter a aceitação de Atlântia e dos pais de Casteel seria maravilhoso, mas a aceitação um do outro era muito mais importante. Era só o que me importava quando eu fechava os olhos à noite e os abria pela manhã. — Você é a fundação que me ajuda a me manter de pé. Você é as minhas paredes e o meu telhado. O meu abrigo. *Você* é o meu lar.

Seus cílios se ergueram e o âmbar dos seus olhos se agitou descontroladamente.

— E você é o meu, Poppy.

— Então não se culpe. Por favor. Se fizer isso, eu... não sei o que vou fazer, mas aposto que você não vai gostar.

— Tem alguma coisa a ver com me apunhalar?

Eu o encarei.

— Porque eu provavelmente ia gostar disso.

Suspirei.

— Cas.

Um ligeiro sorriso surgiu nos lábios dele.

— Vou tentar não me culpar, tá? Minha culpa não é algo que vai passar imediatamente, mas vou tentar. Por você.

— Por nós dois — eu o corrigi.

— Por nós dois.

Soltei o ar e assenti, embora quisesse que a culpa passasse, sim, imediatamente.

— Eu sabia que ia te ver outra vez, mesmo quando estava presa naquela masmorra. — Deslizei a mão pela rigidez aveludada do peito dele. — Sabia que eu iria me libertar ou que você iria me encontrar. E você me encontrou.

— Como poderia não a encontrar? — perguntou ele. — Eu sempre vou te encontrar. Não importa o que aconteça.

Senti um aperto no peito enquanto segurava a sua bochecha.

— Mas, quando aquele projétil me atingiu e eu tombei no chão, pensei que nunca mais sentiria o seu abraço. Que nunca mais sentiria o gosto do seu beijo nem veria as suas covinhas idiotas.

Ele deu um sorriso, e a covinha idiota apareceu na sua bochecha esquerda.

— Você adora as minhas covinhas.

Passei o polegar pelo sulco.

— Adoro mesmo. — Abaixei a cabeça e rocei os lábios onde o meu polegar estava um segundo antes. — Aquilo que senti quando acordei mais cedo, quando eu estava... com fome é algo que nunca senti antes. Aquela necessidade era assustadora, e eu... — Fechei os olhos por um instante. — Você sabe muito bem como é. Foi levado até esse ponto várias vezes quando os Ascendidos o mantiveram em cativeiro. Não sei como aguentou isso. — Meus olhos encontraram os dele. — Você me disse que sou forte, mas você... você é a pessoa mais forte que conheço.

— Detesto que você teve de descobrir como era essa sensação. Eu sabia que isso iria acontecer, ainda mais se você Ascendesse. Eu deveria ter...

— Você me ajudou. Você teria deixado que eu continuasse me alimentando.

Ele continuou a sustentar o meu olhar.

— Eu lhe daria a última gota de sangue do meu corpo se você precisasse.

Perdi o fôlego.

— Você não pode fazer isso. Não deveria ter deixado que eu bebesse por tanto tempo. Você teve que receber sangue, não foi? — Eu me lembrei daquela conversa agora. — Você... você se alimentou de Naill.

— Sim, e estou bem. Meu volume de sangue se recupera muito rápido — afirmou ele, e eu não sabia se acreditava nele ou não. Casteel respirou fundo e colocou a mão em cima da minha, levantando-a e beijando o meio da palma. — Você ainda está com fome?

— Não. Não me sinto mais assim agora. Tudo o que sinto é você.

— O meu sangue...

— Não. Não é isso. — Bem, eu conseguia sentir o sangue dele dentro de mim, escuro e exuberante, mas a sensação tinha abrandado. Não me deixava mais... Não deixava mais nós dois naquele estado desenfreado...

Ah, meus deuses.

Foi então que me dei conta de que Kieran estava lá. Ele estava no quarto na primeira vez que nós... que Casteel e eu nos unimos. Ele me impediu de beber sangue demais. Com a coluna retesada, olhei por cima do ombro, esperando que o lupino estivesse ali. O quarto não era nada familiar.

— Kieran já saiu — disse Casteel, espalmando os dedos na minha bochecha. Ele atraiu o meu olhar de volta para si. — Ele ficou porque estava preocupado.

— Eu... eu sei. — Eu me lembrava. *Eu estou preocupado com vocês dois.* Esperei que a vergonha tomasse conta de mim e senti um certo constrangimento, mas não tinha nada a ver com o que Kieran havia testemunhado. — Eu... eu tentei beber Kieran.

— Ele não vai guardar rancor.

— Eu tentei me alimentar de Kieran enquanto estava nua.

— E provavelmente é por isso que ele não vai guardar rancor.

— Isso não tem a menor graça. — Eu o encarei.

— Ah, não? — Ele repuxou um canto dos lábios e a covinha apareceu na sua bochecha.

Aquela covinha idiota.

— Eu não entendo. Como passei de tentar me alimentar dele e me alimentar de você para esse ponto? Quer dizer, eu tenho emoções. Eu me sinto *normal*. Não é assim que um vampiro recém-criado se sente, certo? Ou será que é porque eu me alimentei de você? — Meu coração martelou dentro do peito. — Você acha que a minha pele está fria? Eu tenho presas? — Eu me lembrava vagamente de ter ouvido um deles dizer que não, mas levei a mão até a boca mesmo assim, só para ter certeza.

Casteel pegou a minha mão, afastando-a do meu rosto.

— Você não tem presas, Poppy. E os seus olhos... ainda são da cor da primavera em Atlântia. Vampiros recém-transformados nunca ficam saciados, não importa quanto sangue bebam. Sei disso. Eu os vi nas horas e dias logo após terem sido transformados — disse ele, e eu detestava que ele tivesse passado por aquilo. — Você saltaria sobre a minha garganta agora mesmo se fosse uma vampira. Você não estaria tão quente e macia nos meus braços ou ao redor do meu pau — continuou ele, e eu senti minhas bochechas esquentarem. — Você não Ascendeu.

— Mas isso não... — Olhei da cama para a porta. *Luz do sol.* Os Ascendidos podiam ficar sob a luz indireta do sol sem se machucar. Mas e sob a luz direta? Bem, essa já era outra história.

Eu me movi antes mesmo de me dar conta do que estava fazendo e saí do colo de Casteel. Devo tê-lo pego de surpresa porque ele estendeu a mão na minha direção, mas eu escapei ao seu alcance. Ou talvez tivesse me tornado muito rápida. Eu não tinha certeza.

— Poppy! — gritou Casteel quando cheguei à porta. — Não se atreva...

Segurei a maçaneta e abri a porta. O ar frio entrou quando saí para uma pequena varanda. O sol se insinuava, banhando a pedra rachada do piso com uma luz fria. Estiquei o braço enquanto o palavrão de Casteel retumbava nos meus ouvidos. A luz atingiu os meus dedos e depois a minha mão.

Casteel passou o braço em volta da minha cintura, me puxando contra o peito.

— Puta merda, Poppy.

Fiquei olhando para a minha mão, para a minha pele, esperando que ela fizesse algo apavorante.

— Não está acontecendo nada.

— Graças aos deuses — rosnou ele, me apertando com força. — Mas acho que estou tendo um ataque do coração.

Franzi o cenho.

— Os Atlantes infartam?

— Não.

— Então você vai ficar bem — respondi, mordendo o lábio quando percebi a umidade no meio das pernas.

Ele encostou a testa na lateral da minha cabeça.

— Isso é discutível. Parece que o meu coração está prestes a sair do peito.

Ouvi um ruído áspero e ofegante, que atraiu o meu olhar para a densa fileira de árvores meio mortas. Parecia ser uma risada. Por um momento, esqueci o que estava fazendo. Examinei os galhos desprovidos de folhas e parecidos com esqueletos, tão caídos que arrastavam no chão. Havia um lupino todo branco sentado no meio das árvores.

Delano.

Suas orelhas se moveram e ele inclinou a cabeça para o lado.

E foi então que eu me dei conta de que não estava usando nem sequer uma peça de roupa.

— Ah, meus deuses. — Um rubor percorreu o meu corpo inteiro. — Eu estou pelada.

— Bem pelada — murmurou Casteel, posicionando o corpo de modo que pudesse me cobrir. Ele segurou a porta. — Desculpe por isso — disse ele a Delano.

O lupino fez aquele som áspero de riso outra vez assim que Casteel fechou a porta. Ele girou o meu corpo para que eu o encarasse no mesmo instante.

— Não acredito que você fez isso.

— Não acredito que mais uma pessoa acabou de me ver pelada — murmurei, e Casteel olhou para mim como se as minhas prioridades estivessem erradas. E talvez estivessem mesmo. Voltei a me concentrar. — Mas você me disse que eu não Ascendi...

— Não quer dizer que eu saiba exatamente o que aconteceu. Eu não fazia a menor ideia do que iria acontecer se você ficasse sob a luz do sol. — Ele me segurou pelos ombros e meus sentidos dispersos se conectaram com as suas emoções. Senti o peso da preocupação misturado com o frescor do alívio. Por baixo, um sabor picante e defumado entremeado com a doçura. — Talvez não acontecesse nada. Ou então a sua pele começasse a se deteriorar e eu perderia você *de novo*. — O peito dele inflou enquanto as manchas douradas nos seus olhos ardiam intensamente. — Porque eu *perdi* você, Poppy. Senti o seu coração parar. A marca na palma da minha mão começou a desaparecer. Eu a estava perdendo, e você é tudo para mim.

Estremeci.

— Desculpa.

— Não se desculpe — pediu ele. — Nada do que aconteceu foi culpa sua, Poppy. Eu só... não posso sentir aquilo outra vez.

— Eu não quero que você sinta. — Eu me aproximei de Casteel e ele me abraçou. — E não tive a intenção de fazer isso.

— Eu sei. — Ele beijou a minha têmpora. — Eu sei. Vamos nos sentar, que tal? — Ele me levou de volta para a cama.

Fiquei sentada enquanto ele se abaixava para pegar as calças. Mordi o lábio enquanto o via puxá-las para cima, deixando os botões abertos. As calças ficaram penduradas de modo indecentemente baixo na sua cintura quando ele se virou. Havia outra cadeira no quarto, essa de madeira, e vi um montinho de roupas ali em cima.

— Jasper encontrou roupas e botas que achou que você pudesse usar. É uma combinação, um par de calças e um suéter. Não faço a menor ideia de onde ele encontrou isso nem sei se quero saber. — Ele me entregou a combinação e um suéter marrom-escuro. — Mas estão limpas.

— Onde estamos? — perguntei enquanto ele fazia um gesto para que eu levantasse os braços. Fiz o que ele pediu. — Nós estávamos em... Irelone, certo? Foi para lá que eles me levaram?

Na penumbra, vi Casteel flexionar um músculo do maxilar conforme passava a combinação pela cabeça. O tecido era macio e tinha cheiro de ar fresco.

— Não estamos mais em Irelone nem nas Terras Devastadas. Mas no sopé das Montanhas Skotos. Em uma velha cabana de caça que usamos às vezes quando viajamos pelas montanhas. Na verdade, não estamos muito longe do Pontal de Spessa, mas não queríamos...

Casteel não terminou o que estava dizendo, e eu fiquei de joelhos para deixar que a roupa deslizasse para o lugar certo. Sabia o que ele estava pensando. Eles não queriam me levar para o Pontal de Spessa, caso eu tivesse Ascendido e me tornasse incontrolável.

Ainda pasma por estar viva sem ter me transformado em vampira, eu não disse nada enquanto ele puxava o suéter grosso pela minha cabeça. Era um pouco áspero, mas quente. Levantei a gola e a cheirei. A roupa tinha cheiro de lenha queimada, mas, por algum motivo, achei que também cheirasse a... lilases.

Foi então que me *lembrei*.

Ergui o olhar e vi Casteel me observando com a sobrancelha arqueada enquanto finalmente abotoava as calças. Larguei o suéter.

— Quando você me deu o seu sangue pela primeira vez em Novo Paraíso, acho... acho que vi as suas lembranças. Ou senti as suas emoções. Senti o cheiro de lilases naquela ocasião e depois disso também — contei a ele, pensando nas flores que tomavam conta da caverna no Pontal de Spessa. — Você estava pensando no nosso casamento quando... quando bebi o seu sangue dessa vez?

— Estava.

— Mas como foi que eu vi as suas lembranças? Antes e agora? Não é como ler emoções.

— Pode acontecer quando dois Atlantes se alimentam. — Ele abaixou a cabeça, roçando os lábios na minha testa. — Um pode captar as lembranças do outro. Acho que foi isso que aconteceu.

Pensei naquela primeira vez em Novo Paraíso. Ele me deteve assim que alcancei as suas lembranças.

Mas não fez isso dessa vez.

— Será que você conseguiria ler as minhas? — perguntei.

— Eu nunca me alimentei de você por tempo suficiente para tentar — respondeu ele, e eu senti uma estranha pontada de expectativa. — Mas gostaria de saber o que você está pensando agora.

— Eu estava pensando... — Respirei fundo. Deuses, eu estava pensando em tudo. Meus pensamentos saltavam de um acontecimento e discussão para outro. — Você sabe o que eu fiz nas Câmaras? Depois... depois que você foi atacado?

Ele se sentou ao meu lado.

— Eu fiquei sabendo.

Baixei as mãos para o suéter amontoado no meu colo. Elas tinham uma aparência normal.

— Quando estávamos nas Câmaras de Nyktos e aquela flecha acertou você e o seu corpo ficou frio e cinza, pensei que você tivesse morrido. Achei que nunca mais ficaria bem de novo. Eu me esqueci da gravação — admiti, virando a mão para cima. Lá estava o redemoinho dourado brilhando suavemente. — Eu meio que... não sei. Perdi o controle.

— Você se defendeu — corrigiu ele. — Foi isso que fez.

Assenti, ainda olhando para a marca enquanto a minha mente saltava do Templo para as criptas e então para Alastir, tão confiante de que eu seria tão caoticamente violenta quanto os antigos deuses.

Capítulo Dez

— Sei que muita coisa aconteceu — admitiu Casteel, pegando uma mecha de cabelo e colocando atrás da minha orelha com delicadeza. — E sei que as coisas estão confusas pra caralho agora, mas você acha que consegue me contar o que aconteceu? Eu sei de algumas coisas — continuou ele. — Consegui obter algumas informações de Alastir e dos outros usando de persuasão, mas não é a mesma coisa que um soro da verdade e nem posso forçá-los a me contar tudo. Tenho que fazer as perguntas certas, e estava mais preocupado em encontrar você e saber quem mais poderia estar envolvido. Então gostaria de ouvir a sua versão. Acho que é a única maneira de descobrirmos o que aconteceu aqui, analisando uma coisa de cada vez.

Afastei os olhos das minhas mãos e o encarei.

— Eu posso contar a você.

Ele sorriu para mim enquanto tocava na minha bochecha.

— Posso chamar o Kieran? Ele precisa ouvir essas informações.

Fiz que sim com a cabeça.

Casteel beijou a pele que seus dedos tocaram um segundo antes e então se levantou, caminhando até a porta enquanto eu voltava a olhar para as minhas mãos. Alguns minutos se passaram antes que Kieran voltasse para o quarto. Olhei de relance para o lupino, aguçando os sentidos ligeiramente enquanto ele olhava para mim e se aproximava da cama. Não sei o que esperava sentir dele, mas tudo o que senti foi o peso da preocupação e um frescor que me fazia lembrar do ar da primavera. Alívio.

Kieran se ajoelhou na minha frente enquanto Casteel voltava a se sentar ao meu lado.

— Como você está se sentindo?

— Bem, e um pouco confusa — admiti. — Eu tenho um monte de perguntas para fazer.

O lupino repuxou um canto dos lábios.

— Não me diga — murmurou ele, com os olhos claros brilhando de divertimento.

— Desculpe por tentar beber você. — Senti as bochechas afogueadas. Kieran abriu um sorriso.

— Tá tudo bem.

— Eu te disse que ele não ia guardar rancor — repetiu Casteel.

— Não é a primeira vez que um Atlante faminto tenta me devorar — afirmou Kieran, e arqueei as sobrancelhas. Agora eu tinha ainda mais perguntas, mas me lembrei de uma coisa.

Quando acordei, eu estava tão consumida pela sede de sangue que nem percebi que não estava ensanguentada. E deveria estar. Havia muito sangue na ferida.

— Você me limpou, não foi? Você limpou o sangue.

— Não me pareceu certo deixar que vocês ficassem ensanguentados — respondeu ele com um encolher de ombros, como se o ato não tivesse importância. — Eu não queria que vissem isso quando acordassem.

Senti um nó na garganta enquanto olhava para Kieran. Agi sem pensar e me lancei sobre ele. Não soube se ele pressentiu o que eu estava prestes a fazer ou se ficou preocupado que eu tentasse rasgar a sua garganta de novo, mas ele me pegou sem cair no chão, embora tenha oscilado um pouco. Ele passou os braços em volta de mim sem nem um segundo de hesitação, me abraçando tão forte quanto eu o abraçava. Senti a mão de Casteel na minha lombar, logo abaixo dos braços de Kieran, e nós três ficamos daquele jeito por um bom tempo.

— Obrigada — sussurrei.

— Você não precisa me agradecer. — Ele levou a mão até a minha nuca e se afastou o suficiente para que o seu olhar encontrasse o meu. — Era o mínimo que eu podia fazer.

— Mas não foi só isso — interrompeu Casteel, se aproximando e pousando a mão no ombro do lupino. — Você se certificou de que chegássemos aqui em segurança e ficou de vigília. Você fez tudo de que precisávamos e muito mais. Eu estou em dívida com você.

Kieran tirou a mão da minha nuca e apertou o antebraço de Casteel enquanto o seu olhar pálido encontrava os olhos cor de âmbar do meu marido.

— Fiz tudo o que pude — reiterou ele.

Ver os dois juntos provocou outra onda de emoção em mim. Eu me lembrei do que ouvi nas Câmaras de Nyktos a respeito da quebra dos vínculos. Senti uma dor no peito conforme me desvencilhava de Kieran e olhava de um para o outro.

— O vínculo foi quebrado mesmo? — perguntei. — Entre vocês dois?

Casteel olhou para Kieran por um momento que pareceu interminável.

— Sim.

A dor no meu peito aumentou.

— O que isso significa? De verdade?

Kieran olhou de relance para mim.

— Essa conversa pode esperar...

— Essa conversa pode acontecer agora. — Cruzei os braços. — Alastir e Jansen me contaram algumas coisas enquanto eu estava nas criptas — falei, estremecendo por dentro ao sentir um surto de raiva na pele. — Não sei o que é verdade, mas nenhum dos dois me explicou como ser descendente de uma divindade... — Respirei fundo quando lembrei quem Alastir afirmava fazer parte da minha ancestralidade. Será que Casteel já sabia disso? — Não entendo como isso suplanta algo que existe há séculos. Eu não sou uma divindade.

— Acho que não sabemos exatamente o que você é — afirmou Casteel.

— Eu não sou uma divindade — protestei.

— Só por você estar aqui e não ser uma vampira, isso significa que nada está fora de questão — acrescentou Kieran. Eu tiraria aquilo de questão, *sim*. — Mas, de qualquer forma, você descende dos deuses. É a única descendente viva. Você tem...

— Se ouvir que tenho o sangue de um deus nas veias mais uma vez, eu vou gritar — avisei.

— Certo. — Kieran coçou o rosto enquanto se levantava e sentava ao meu lado. Havia uma sombra de barba no seu maxilar. — Por causa do sangue que você carrega, os kiyou receberam uma forma mortal. Não para servir à linhagem fundamental, mas para servir aos filhos dos deuses. Se as divindades não tivessem... — Ele parou de falar e sacudiu a cabeça. — Quando os deuses deram aos kiyou uma forma mortal, nós ficamos vinculados a eles e aos seus filhos em um nível instintivo que é transmitido de geração para geração. E esse vínculo instintivo reconhece você.

Eu compreendia o que ele estava dizendo na teoria, mas na prática parecia uma insensatez.

— Isso é... eu sou só a Poppy, tenha sangue dos deuses ou não...

— Você não é só a Poppy, e isso não tem nada a ver com não ter se transformado em vampira. — Casteel colocou a mão no meu ombro. — Eu estou falando sério, Princesa. Não posso afirmar com toda a certeza que você não é uma espécie de divindade. E o que eu vi você fazer? O que eu *vi* e fiquei sabendo que você fez? Você é diferente de todos nós, e ainda não consigo acreditar que não percebi isso quando vi aquela luz ao seu redor pela primeira vez.

— Como é que você não sabia? — Olhei para Kieran. — Se o meu sangue é tão poderoso assim, como é que nenhum lupino sabia o que eu era?

— Acho que nós sabíamos, Poppy — respondeu Kieran. — Mas, assim como Casteel, não percebemos o que estávamos vendo ou sentindo quando ficávamos perto de você.

A compreensão irrompeu em mim.

— É por isso que você disse que eu tinha cheiro de coisa morta...

— Eu disse que você tinha cheiro *de* morte — corrigiu Kieran com um suspiro. — Não que você tinha cheiro de coisa morta. Morte é poder, do tipo antigo.

— Morte é poder? — repeti, sem entender o sentido daquilo a princípio. Mas então me dei conta. — A morte e a vida são duas faces da mesma moeda. Nyktos é...

— Ele é o Deus da Vida e da Morte. — O olhar de Kieran se voltou para Casteel. — E isso explica por que você achou que o sangue dela tivesse gosto de algo velho.

— Antigo — murmurou Casteel, e eu comecei a franzir a testa. — O sangue dela tem um gosto antigo.

Eu realmente não queria que eles continuassem discutindo o gosto do meu sangue.

— Delano achou que tivesse me ouvido chamar por ele quando eu estava presa naquele quarto em Novo Paraíso...

— Para sua segurança — acrescentou Casteel.

Ignorei o comentário dele, ainda irritada por ter ficado presa naquele quarto.

— Eu estava bastante... emotiva naquela ocasião. Essa coisa da convocação é isso? Vocês reagem às minhas emoções?

Kieran assentiu.

— De certa forma, sim. É semelhante ao vínculo que temos com os Atlantes. Emoções extremas costumam ser um alerta de que aquele a quem estamos vinculados está sob ameaça. Nós conseguimos sentir essas emoções.

Refleti a respeito daquilo.

— Havia os choques de estática toda vez que um lupino tocava em mim — murmurei. Os sinais estavam lá, mas, como a mãe de Casteel havia me dito, por que alguém suspeitaria disso quando a última divindade tinha morrido há tanto tempo? A magnitude dos meus... poderes parecia ter confundido até mesmo Alastir. Mas como é que eu não tinha outras habilidades incríveis se era de fato uma descendente do Rei dos Deuses?

Bem, matar pessoas voltando suas emoções contra si mesmas devia contar como uma habilidade incrível — e assustadora — mas por que eu não conseguia me transformar em algo como um dragão?

Isso sim seria incrível.

— Eu sou mesmo descendente de Nyktos? Alastir disse que sim, mas como Nyktos é o pai dos deuses...

— Isso é modo de dizer — corrigiu Casteel. — Nyktos não é o pai dos deuses. É o Rei deles. Alastir falou a verdade, ou pelo menos o que acredita que seja a verdade — concluiu, retesando o maxilar.

Soltei o ar pesadamente.

— Por que eu consegui fazer o que fiz nas Câmaras? O que foi que mudou? Foi por causa da Seleção? — perguntei, me referindo ao processo pelo qual os Atlantes passavam quando deixavam de envelhecer como os mortais e começavam a desenvolver os sentidos, além de passar por várias mudanças físicas. Era por isso que Casteel acreditava que os Ascendidos haviam esperado até aquele momento para que eu passasse pela Ascensão. O meu sangue seria mais útil para eles agora, capaz de criar mais Ascendidos. Será que eles sabiam sobre o sangue que eu tinha nas veias? Será que a Rainha Ileana sabia disso o tempo todo? Alastir havia entrado em contato com os Ascendidos. Eu acreditava nisso. Será que o meu sangue ainda serviria agora que eu quase tinha...

Eu quase tinha morrido.

E talvez tivesse morrido um pouco. Eu me lembrava de vagar na direção de uma luz prateada, sem corpo nem mente. E sabia que se tivesse seguido o caminho até lá nem mesmo Casteel seria capaz de me alcançar.

— Acho que sim — respondeu Casteel enquanto o calor do seu corpo pressionava a lateral do meu, me afastando dos meus pensamentos. — Acho que estar em solo Atlante combinado com o sangue que dei a você teve um papel importante no fortalecimento do seu sangue.

— E imagino que o que aconteceu nas Câmaras de Nyktos levou tudo ao limite, não foi? — Eu me aproximei de Casteel. — Despertando essa... coisa dentro de mim.

— Você não tem uma *coisa* dentro de si, Poppy. — Casteel olhou para mim. — É um poder. Magia. É o éter despertando dentro de você, tornando-se parte de quem você é.

— Não sei se isso faz eu me sentir melhor.

Um sorriso enviesado surgiu nos lábios dele.

— Faria se você parasse de pensar na sua ancestralidade como uma coisa. Mas, levando em consideração tudo o que aconteceu, você não teve muito tempo para digerir nada disso.

Eu não tinha certeza se conseguiria digerir aquilo nem se tivesse tempo.

— Eu não...

— Você não quer isso — concluiu Kieran por mim, com o olhar invernal encontrando o meu.

125

— Eu não quero... — Fechei os olhos por um instante — Eu não quero ficar entre vocês dois. Não quero ficar entre um lupino e o Atlante ao qual ele estava vinculado. Não quero ser o monstro que Alastir disse que vou me tornar.

— Poppy — começou Casteel.

— Não vai me dizer que ter o vínculo com Kieran quebrado não o afetou — interrompi. — Vocês estavam prestes a se atracar lá no Templo. Isso não foi certo. — Senti um nó na garganta. — Eu não gostei.

— Se nos conhecesse quando éramos mais jovens, você iria achar que nós nos detestávamos. — Casteel apertou o meu ombro com delicadeza. — Nós brigávamos por coisas muito menos importantes do que você.

— Isso é para fazer eu me sentir melhor? — perguntei. — Porque você está fazendo um péssimo trabalho.

— Imagino que não. — Casteel tocou na minha bochecha, inclinando a minha cabeça para trás para que nossos olhares se encontrassem. — Olha só, saber que o vínculo não existe mais é estranho. Eu não vou mentir. Mas saber que o vínculo passou para você, que não apenas Kieran, mas todos os lupinos vão protegê-la, é um alívio. Foi assim que rastreamos você até as criptas nas Montanhas Skotos e nas Terras Devastadas. Eles sentiram você. Se não pudessem fazer isso, nós não teríamos chegado até você a tempo — revelou, e aquilo deixou o meu estômago revirado. — Não posso ficar bravo nem irritado com isso. Não quando sei até onde Kieran irá chegar para garantir que você fique a salvo.

Meu lábio inferior tremeu.

— Mas ele é o seu melhor amigo. Ele é como um irmão para você.

— E ainda sou. Vínculos são coisas estranhas, Poppy. — Kieran colocou a mão em cima da mão de Casteel no meu ombro. Estremeci. — Mas a minha lealdade a Cas não tem nada a ver com um vínculo criado quando nenhum dos dois tinha idade para andar. E nunca terá. Você não precisa se preocupar conosco. E duvido que precise se preocupar com os outros lupinos vinculados. A maioria cultivou uma amizade que não pode ser quebrada. De modo que nós apenas... abrimos espaço para você.

Espaço para mim.

126

— Eu... eu gostei disso — sussurrei roucamente.

Kieran deu um tapinha no meu ombro ou, melhor dizendo, na mão de Casteel. Talvez em ambos.

— Você acha que consegue nos contar tudo de que se lembra? — perguntou Casteel depois de um momento, e eu disse a ele que sim. — Preciso saber o que aconteceu no Templo. Sobre o que você e aquele filho da puta do Jansen conversaram enquanto ele estava disfarçado de Beckett. Como ele agiu. Quero saber o que aquelas pessoas lhe disseram. — Ele sustentou o meu olhar. — Sei que não é fácil, mas preciso saber de tudo que você se lembra.

Assenti. Contei tudo a ele e foi mais fácil do que pensei. Os acontecimentos provocaram uma dor no meu peito, mas não deixei que aquela sensação aumentasse ou me atrapalhasse. Casteel não permitiria isso. Eu não senti quase nada emanando dele enquanto falava. Agora não era hora de ser emotivo. Somente os fatos eram necessários.

— A profecia que ele mencionou? — perguntei, olhando de um para o outro. — Vocês já ouviram falar nisso?

— Não. — Casteel balançou a cabeça em negativa. — Parece um monte de baboseira, principalmente a parte sobre a Deusa Penellaphe. É um insulto conectar um absurdo desses à Deusa da Sabedoria.

Eu não poderia concordar mais.

— Mas pode ser algo de que vocês não sabem a respeito?

— Não. Nós não temos profecia nenhuma — confirmou Kieran. — Não acreditamos nelas. Parece ser coisa dos mortais.

— As pessoas também não acreditam muito em profecias em Solis, mas elas existem — afirmei. — Eu também não acreditei nisso. Tudo parecia muito conveniente e exato, mas há muitas coisas que não sei ou nas quais não acredito.

— Bem, acho que você não precisa se preocupar com isso — afirmou Casteel.

Assenti, e os meus pensamentos mudaram de rumo.

— Quando começou a chover sangue, eles disseram que eram as lágrimas dos deuses — comentei. — Interpretaram isso como um sinal de que estavam fazendo o que era certo.

— Eles estavam errados.

— Eu sei — concordei.

— Você sabe como foi capaz de detê-los? — perguntou Kieran. — Como usou as suas habilidades?

— Essa é uma pergunta difícil. Eu... eu não sei como explicar além de dizer que foi como se eu soubesse o que fazer. — Franzi as sobrancelhas conforme pressionava a palma da mão no meu peito. — Ou como se fosse um instinto que eu não sabia que tinha. Eu simplesmente sabia o que fazer.

— O éter — corrigiu Casteel com delicadeza.

— O éter — repeti. — Eu meio que... visualizei na minha mente, e aquilo aconteceu. Sei que parece bizarro...

— Na verdade, não. — Ele voltou a ficar de pé na minha frente. — Quando eu uso de persuasão, o éter me dá a habilidade para fazer isso. Eu visualizo o que quero que a pessoa faça enquanto falo.

— Ah. Então é... é como projetar os pensamentos?

Ele assentiu.

— Parece que você fez a mesma coisa. É assim que sabemos se estamos lidando com um fundamental ou alguém de outra linhagem, com base na quantidade de éter que sentimos.

— Está escrito que os deuses também conseguem sentir quando o éter é usado — disse Kieran. — É como um abalo sísmico para eles.

Parei por um momento, refletindo sobre tudo o que eles disseram.

— Mas é estranho. Quando alivio a dor de alguém, eu tenho pensamentos felizes, pensamentos bons. E então... — Revirei os olhos e dei um suspiro. — Então projeto esses sentimentos para a pessoa.

Casteel sorriu para mim.

— Acho que não é tão diferente assim.

Ele sacudiu a cabeça.

— Você acha que consegue fazer isso de novo?

Senti o estômago embrulhado.

— Não sei. Não sei se eu quero...

— Mas deveria — sugeriu Casteel, retesando o maxilar enquanto sustentava o meu olhar. — Se ficar em uma situação semelhante outra vez em que não possa se defender fisicamente, não hesite. Preste atenção ao seu instinto. Deixe que ele a guie. Ele não vai levá-la para o mal, Poppy. Ele a manterá viva, e isso é tudo que importa.

— Concordo com tudo que Cas acabou de dizer — acrescentou Kieran. — Mas sei que você é capaz de usar esses poderes. Que sabe o que fazer. Você ia usá-los nas ruínas antes de ver o Jansen, mas se conteve. — Ele me estudou. — Você se conteve e disse que não era um monstro.

Senti uma imobilidade inusitada do outro lado.

— Por quê? — questionou Casteel. — Por que você diria uma coisa dessas?

Kieran tinha razão. Eu sabia como usar o éter. Só precisava usar a imaginação. O conhecimento era como um instinto ancestral.

— Poppy — chamou Casteel, com o tom de voz mais suave. — Fale comigo. Fale com a gente.

— Eu... — Eu não sabia muito bem por onde começar. Meus pensamentos ainda estavam tão dispersos. Olhei de um para o outro. — Vocês entraram nas criptas?

— Sim — confirmou Casteel. — Brevemente.

— Então vocês viram as divindades acorrentadas lá, abandonadas à própria sorte? — O destino delas ainda me deixava enjoada. — Fiquei presa ali com elas. Não sei por quanto tempo. Alguns dias? Alastir e Jansen me disseram que as divindades haviam se tornado perigosas. — Contei a história a eles, repetindo o que Jansen e Alastir haviam me dito sobre os filhos dos deuses. — Eles me disseram que eu também seria perigosa. Que eu era uma ameaça para Atlântia, e por isso eles estavam... fazendo aquilo. As divindades eram tão violentas assim?

Kieran olhou para Casteel por cima da minha cabeça quando disse:

— As divindades já haviam perecido quando nós nascemos.

— Mas? — insisti.

— Mas ouvi dizer que eram propensas a atos de fúria e violência. Elas podiam ser imprevisíveis — afirmou Casteel com cuidado, e eu me retesei. — Mas não eram sempre assim. E nem todas eram desse jeito. E isso não tinha nada a ver com o sangue. Era por causa da idade.

Franzi o cenho.

— O que você quer dizer com isso?

Casteel soltou o ar pesadamente.

— Você acha que a expectativa de vida de um Atlante é inimaginável, mas uma divindade é como um deus. Elas são imortais. Em vez de viver dois ou três mil anos, elas vivem o dobro ou o triplo disso — explicou, e o meu coração palpitou. — Viver tanto tempo assim tornaria qualquer pessoa apática ou entediada, impaciente e intolerante. Elas apenas... viveram demais e se tornaram frias.

— Frias? Como os Ascendidos?

— De certa forma, sim — concordou. — Por isso que os deuses foram hibernar. Era a única maneira de manterem algum senso de empatia e compaixão. As divindades não decidiram fazer isso.

— Então, mesmo que isso acontecesse — começou Kieran, atraindo o meu olhar para ele —, você teria milhares de anos antes que chegasse a hora de tirar uma soneca longa e agradável.

Comecei a franzir a testa, mas o que Kieran disse me atingiu com a velocidade e o peso de uma carruagem desgovernada. Meu coração disparou dentro do peito quando olhei primeiro para ele e depois para Casteel. Senti um formigamento por toda pele e a boca seca.

— Eu sou... eu sou imortal agora?

Capítulo Onze

O peito de Casteel subiu quando ele respirou fundo.

— Tudo o que sei é que bebi o que restava de sangue no seu corpo. E, quando senti o seu coração parar — disse ele, pigarreando —, eu lhe dei o meu. Foi o meu sangue que fez o seu coração voltar à vida e continuar batendo, e foi o meu sangue que alimentou o seu corpo. Não há mais nenhuma gota de sangue mortal nas suas veias.

Entreabri os lábios enquanto tentava entender o que ele estava dizendo — e o que isso significava.

— E não é só isso — continuou ele, e eu senti um leve tremor por todo o corpo. — Você... você não parece mortal para mim.

— Nem para mim — acrescentou Kieran. — Você não tem mais cheiro de mortal.

— Com o que... com o que eu me pareço? Qual é o meu cheiro? — perguntei, e Kieran fez cara de quem não queria responder àquela pergunta. — Estou com mais cheiro de morte ainda?

Ele fechou os olhos por um segundo.

— Eu gostaria de nunca ter dito isso.

— Estou? — exigi saber.

Kieran deu um suspiro.

— Você está com cheiro de poder. Absoluto. Final. Eu nunca senti um cheiro desses antes.

— Você não se parece com um Atlante nem com um Ascendido — completou Casteel, aninhando o meu queixo nos dedos e virando meu rosto na sua direção. — Eu nunca senti nada parecido com você antes. Não sei se isso significa que você seja uma divindade. Meus pais saberiam dizer. Talvez até mesmo Jasper, mas ele era muito novo quando as divindades ainda estavam vivas, então não tenho tanta certeza a respeito dele.

Antes que eu pudesse exigir que ele encontrasse Jasper imediatamente, Casteel continuou:

— E nem sei se você vai continuar precisando de sangue.

Ah, deuses.

— Eu nem tinha pensado nisso. — Meu coração recém-reiniciado estava prestes a falhar. Os vampiros precisavam de sangue, mortal ou Atlante, quase todos os dias, enquanto um Atlante podia passar semanas sem se alimentar. Eu não sabia como era com as divindades e os deuses. Não tinha certeza se precisavam de sangue ou não. Ninguém tinha mencionado isso, e eu nem pensei a respeito. — As divindades e os deuses precisam de sangue?

— Acho que não — respondeu Casteel. — Mas as divindades eram reservadas a respeito de suas fraquezas e necessidades. E os deuses mais ainda. É possível.

Eu podia apostar que a mãe dele saberia a resposta. Mas não importava se eles precisavam de sangue ou não. Eu não era nem uma coisa, nem outra.

— Não sei se consigo pensar nisso agora. Não porque ache nojento ou algo do tipo...

— Eu sei. É apenas diferente e mais uma coisa para pensar além de tudo o mais. Mas vamos descobrir juntos. — Ele afastou uma mecha de cabelo do meu rosto. — De todo modo, não sei se você é imortal ou não, Poppy. Vamos ter que responder a essa pergunta com o passar dos dias.

Imortal.

Viver milhares de anos? Eu não conseguia digerir aquilo. Não conseguia compreender nem quando era a Donzela e acreditava que passaria por uma Ascensão. A ideia de viver centenas de anos me assustava naquela época. E uma grande parte disso tinha a ver com o jeito frio e intocável dos Ascendidos. Eu sabia que os Atlantes e os lupinos não eram assim, mas ainda era muita coisa para uma cabeça só.

Se eu fosse imortal... Casteel não era, mesmo que pudesse viver uma centena de vidas mortais antes de começar a envelhecer. Ele iria envelhecer. E morrer. Se eu fosse outra... coisa, não envelheceria como ele.

Reprimi o pânico desnecessário para que pudesse me preocupar outro dia — quem sabe depois de confirmar que eu era mesmo imortal.

Assenti, me sentindo bastante sensata naquele momento.

— Certo — concordei, respirando fundo e lentamente. — Faremos isso com o passar dos dias. — Foi então que eu me lembrei de uma coisa e olhei para Kieran. — Você vai ficar feliz em ouvir isso. Eu tenho uma pergunta.

— Mal consigo conter minha empolgação. — Só o brilho nos olhos de Kieran me dizia que ele estava feliz por eu estar viva e capaz de fazer perguntas.

— Se os lupinos estavam vinculados às divindades, por que eles não as protegeram durante a guerra? — perguntei.

— Muitos protegeram e morreram fazendo isso — respondeu Kieran, e eu contraí os ombros. — Mas nem todas as divindades foram mortas. Restaram muitas divindades depois da guerra, divindades que não tinham o menor interesse de reinar. Os lupinos se tornaram muito protetores em relação a elas, mas houve um período difícil após a guerra durante o qual as relações entre os lupinos e os Atlantes ficaram tensas. De acordo com a nossa história, um ancestral da família do seu marido cuidou disso.

— O quê? — Olhei para Casteel.

— Sim. Elian Da'Neer. Ele convocou um deus para ajudar a acalmar a situação.

— E o deus respondeu?

— O próprio Nyktos, junto com Theon e Lailah, o Deus dos Tratados e da Guerra e a Deusa da Paz e da Vingança — afirmou ele, e eu sabia que meus olhos estavam arregalados. — Eles falaram com os lupinos. Eu não faço a menor ideia do que foi dito, nem se os lupinos que ainda estão vivos sabem, mas o primeiro vínculo entre um lupino e um Atlante foi feito durante aquela reunião, e as coisas se acalmaram.

— O seu ancestral foi o primeiro a ser vinculado?

Casteel sorriu e fez que sim com a cabeça.

— Sim.

— Uau. — Pisquei, surpresa. — Eu gostaria muito de saber o que foi dito.

— Eu também. — O olhar de Casteel encontrou o meu e ele sorriu de novo, mas o sorriso não chegou até os olhos que me encaravam. — Poppy.

— O que foi? — Fiquei imaginando se havia começando a brilhar, então olhei para a minha pele e vi que ela tinha uma aparência normal.

— Você não é um monstro — disse ele, e eu prendi a respiração. — Nem hoje. Nem amanhã. Nem daqui a uma eternidade, se for o caso.

Sorri ao ouvir aquelas palavras, com o coração cheio de amor. Eu sabia que ele acreditava nisso. Podia sentir a sua sinceridade, mas também sabia que Alastir não estava mentindo quando falou a respeito das divindades. Ele havia me dito a verdade, fosse aquela em que acreditava ou a história verdadeira. No entanto, existiam outras pessoas vivas que tinham conhecido as divindades. Elas deveriam saber se aquilo aconteceu porque as divindades ficaram muito velhas e amarguradas ou se foi por algum outro motivo.

Os pais de Casteel deveriam saber.

— Sei que é um pouco difícil sair desse assunto — começou Kieran, e eu tive vontade de rir da secura no seu tom de voz.

— Não, eu quero mudar de assunto — falei, passando algumas mechas de cabelo para trás da orelha de novo. — Tenho que fazer isso para que a minha cabeça não acabe explodindo.

Um sorriso irônico surgiu no rosto de Kieran.

— Não queremos que isso aconteça. Seria uma bagunça tremenda e não temos mais toalhas limpas — debochou, e eu ri de leve. Seus olhos claros se aqueceram. — Jansen mencionou mais algum envolvido? Cas persuadiu Alastir a nos contar tudo o que sabia, mas ou ele não fazia a menor ideia de quem estava envolvido, ou eles foram inteligentes o bastante para garantir que as suas identidades não fossem conhecidas.

— Como se eles soubessem que alguém poderia usar de persuasão? — perguntei, e eles assentiram. Aquilo foi muito perspicaz.

Franzi os lábios, pensando nas conversas que tive com eles.

— Não. Não pelo nome, mas os dois falavam como se fizessem parte de uma... organização ou algo do tipo. Sei lá. Acho que Alastir mencionou uma irmandade, e todos aqueles que vi, a não ser quando cheguei às Câmaras, eram homens. Pelo menos até onde pude perceber. Não sei se eles faziam parte do que Alastir me contou ou se foram manipulados de algum modo. Mas sei que Alastir devia estar colaborando com os Ascendidos. Ele insinuou que eles sabiam do que eu era capaz e que pretendiam me usar contra Atlântia. — Contei a eles o que Alastir acreditava que os Ascendidos iriam fazer, minha mente sempre trazendo de volta a memória da Duquesa. — Ele imaginava que os Ascendidos fossem me matar quando eu os atacasse, mas também tinha um plano B. Eu não entendi quando ele me disse que eu nunca mais seria livre. Ele deve ter dado uma ordem para que os outros me matassem caso o plano com os Ascendidos fracassasse. Ele me disse que preferia ver uma guerra entre o seu povo do que me ver... solta em Atlântia.

— Ele é um idiota do caralho — rosnou Casteel, se levantando da cama. — Parte de mim quis dar a Alastir o benefício da dúvida lá nas Câmaras. Eu não queria acreditar que ele fosse tão burro.

— Acho que nenhum de nós pensou que ele seria capaz de fazer uma coisa dessas — declarou Kieran. — De ir tão longe a ponto de trair você... os seus pais. De matar Beckett? Esse não é o homem que eu conheço.

Casteel xingou outra vez, passando a mão pelos cabelos. A tristeza me fez encolher os ombros. Não pude deixar de pensar em Beckett na forma de lupino, abanando o rabo enquanto saltitava ao nosso lado assim que chegamos ao Pontal de Spessa. A raiva se misturou à angústia.

— Sinto muito.

Casteel se virou para mim.

— Por que você está pedindo desculpa?

— Você respeita e se importa com Alastir. Sei que deve estar incomodado com isso.

— Sim, mas as coisas são como são. — Ele inclinou a cabeça para o lado. — Não é como se fosse a primeira traição de alguém com o sangue dele.

Senti uma dor no peito, embora ele tivesse bloqueado as emoções.

— E isso me deixa ainda mais triste porque você passou as últimas décadas protegendo-o da verdade.

Casteel flexionou um músculo no maxilar e um bom tempo se passou antes que Kieran dissesse:

— Acredito que Alastir se importe com a sua família, mas ele é leal ao reino antes de tudo. Em seguida, aos pais de Casteel, depois a ele e Malik. O único motivo em que consigo pensar para ele estar envolvido em algo assim é por ter percebido o que você era antes de qualquer um e saber o que isso significava para Atlântia e a Coroa.

Eu não tinha contado a eles sobre o envolvimento de Alastir e não achava que ele teria mencionando isso nem por meio de persuasão. Senti um nó no estômago e meu peito pareceu zumbir.

— É porque ele sabia.

Os dois olharam para mim.

— Ele estava lá na noite em que os Vorazes atacaram a estalagem. Para ajudar meus pais a se mudar para Atlântia — contei, meneando a cabeça. — Eles confiaram nele. Contaram o que eu podia fazer, e ele logo soube o que isso significava. Ele me disse que meus pais sabiam o que os Ascendidos faziam... Que a minha mãe era uma... uma Aia. — Olhei para Casteel e vi que ele tinha ficado imóvel. — Eu não me lembrava delas até que Alastir as mencionou, mas então me lembrei de ver essas mulheres vestidas de preto ao redor da Rainha Ileana. Não sei se essa lembrança é verdadeira.

Rugas de tensão contornaram a boca de Casteel.

— As Aias realmente existem. São as guardas particulares e parte da corte da Rainha de Sangue — explicou, e eu estremeci. — Não sei se a sua mãe era uma delas. Não vejo como poderia ser. Você me disse que ela não se defendeu, e aquelas mulheres eram treinadas para executar todo tipo de morte conhecida pelo homem.

— Não sei — admiti. — Não me lembro de vê-la lutando, mas... — Tive aqueles vislumbres da minha mãe empunhando alguma coisa naquela noite. — Não sei mesmo, mas Alastir me disse que não os matou. Que outra coisa levou os Vorazes até lá. Ele me disse que foi o Senhor das Trevas. Não você, mas outra pessoa.

— Isso parece um monte de baboseiras — murmurou Kieran. — Parece que ele teve a sorte de os Vorazes aparecerem para fazer o seu trabalho sujo.

Concordei com ele, mas ainda havia aqueles vislumbres na minha consciência. Eram como fumaça. Quando eu tentava agarrá-los, eles escorregavam por entre os meus dedos.

Dei um suspiro.

— O jeito como ele me tratava era só fingimento. — Aquilo tinha me deixado magoada, pois Alastir... me lembrava um pouco de Vikter. — Ele me perguntou mais de uma vez se eu queria ajuda para fugir, dizendo que não tomaria parte em um casamento forçado. Pensei que isso fizesse dele um bom homem.

— Pode ter sido uma proposta sincera no início — disse Kieran. — Quem sabe?

— Mas será que ele não tinha uma segunda intenção? — Olhei para Casteel. — Não acha estranho que ele quisesse que você se casasse com a sua sobrinha-neta?

— Não era só ele — afirmou Casteel. — Meu pai também queria.

— Mas ele é o conselheiro do seu pai — Lembrei-o. — Eu só acho estranho que ele quisesse isso depois de você ter sido noivo da filha dele. Talvez não seja tão esquisito assim já que tantos anos se passaram, mas... eu acho estranho.

— É esquisito, mas não sem precedentes. — Ele semicerrou os olhos, pensativo. — Posso pensar em vários exemplos de viúvas e viúvos que, anos depois, se envolveram com os irmãos e irmãs dos falecidos.

Eu não conseguia nem imaginar uma coisa dessas. Não porque julgasse alguém nessa situação, mas eu ficaria muito preocupada que a pessoa pudesse cogitar a possibilidade de ser apenas uma substituta.

— Sei que Alastir teria mais influência sobre a Coroa se você se casasse com alguém que ele controlasse. Ele estava prestes a perder a influência que tinha sobre Atlântia depois que você se casasse comigo, ainda mais sabendo a verdade a meu respeito. Não acredito nem por um segundo que a única motivação dele fosse proteger Atlântia. Acho que ele queria manter o poder e estava praticamente tramando um golpe. E disse a ele que pensava assim.

Um sorriso lento e sombrio assomou nas feições de Casteel.

— Você disse isso?

— Disse. — Um sorrisinho repuxou os meus lábios. — Ele não ficou muito feliz com isso. Protestou muito.

— Até demais? — perguntou Kieran.

Assenti.

— Acho que ele acreditava que estava fazendo a coisa certa, mas também queria manter a influência e se vingar.

— Faz sentido — concordou Casteel. — Meu pai também quer se vingar, assim como Alastir. Malik não ia querer uma guerra, e ele sabia que eu também não. Tanto meu pai quanto Alastir ficaram impressionados com o que fizemos no Pontal de Spessa.

— Mas Alastir não acreditava que fosse o bastante — falei, lembrando como Alastir tinha reagido. — Ele me disse que o seu pai também não achava que fosse.

— Não é — admitiu Casteel. — E Alastir não gostava do meu plano de negociar. Ele quer ver o sangue de Solis. Meu pai também. Alastir acha que o meu irmão é uma causa perdida. — Ele cruzou os braços sobre o peito, e eu senti o gosto ácido da angústia. Fiz menção de tocá-lo para aliviar a sua dor, mas me detive, pois ele já tinha me pedido que não fizesse isso. Entrelacei as mãos conforme ele continuava: — E talvez achasse que seria capaz de exercer a sua influência se Gianna fosse minha noiva.

Gianna.

Eu não sabia o que pensar da lupina que nunca havia encontrado ou visto, até onde sabia. Casteel nunca teve a intenção de se casar com ela e, de acordo com ele, ela também não tinha demonstrado nenhum interesse por ele. Ela não tinha culpa do que o pai dele e Alastir queriam. Ou pelo menos era o que eu dizia a mim mesma. Alastir nunca havia falado sobre ela.

— Seja lá quais fossem as motivações dele — interrompeu Kieran —, agora não importa mais.

Eu supunha que não. Porque Casteel o encontrou, e eu sabia que o lupino não estava mais vivo.

Nesse momento, Casteel avançou e se ajoelhou diante de mim. Ele pegou as minhas mãos e, enquanto eu olhava para ele, senti a raiva de si mesmo e da família. Contudo, a raiva pelo que eles haviam feito comigo e a sua preocupação eram ainda maiores.

— Lamento que você tenha descoberto a verdade desse jeito. — Ele ergueu as minhas mãos, segurando-as nas suas. — Não consigo nem imaginar como você deve ter se sentido.

— Eu tive vontade de matá-lo — admiti.

Ele levou minhas mãos até os lábios, beijando ambas.

— Bem, Princesa, lembra quando eu disse que lhe daria tudo que você quisesse?

— Sim?

Ele sorriu de novo, e dessa vez era um sorriso que prometia sangue.

— Alastir ainda está vivo.

— O quê? — sussurrei.

— Nós garantimos que ele fosse preso antes de irmos para as Terras Devastadas — revelou Kieran. — Imaginamos que seria melhor mantê-lo vivo para o caso de não chegarmos até você a tempo.

O olhar de Casteel se fixou no meu.

— Ele é todo seu, Poppy.

*

Descobri que atravessaríamos as Montanhas Skotos sem parar. De acordo com Kieran, chegaríamos ao outro lado ao anoitecer por causa da proximidade das montanhas. Fiquei aliviada ao ouvir isso, pois não estava animada para passar outra noite em meio à névoa. O fato de que quase caí de um penhasco da última vez ainda me assombrava, e eu realmente não precisava passar por aquilo de novo.

Minha mente continuava a mil quando Kieran saiu para aprontar o resto dos lupinos e Atlantes que estavam ali — saltando de uma descoberta para outra. Havia três coisas em que eu me recusava a pensar enquanto usava a pequena sala de banho e voltava para o quarto pouco mobiliado.

A coisa da imortalidade e tudo relacionado a isso. Surpreendentemente, era fácil não pensar nisso porque eu não me sentia diferente de antes de o projétil me atingir no peito. E não achava que tivesse uma aparência diferente. Não havia espelho na sala de banho para que eu pudesse confirmar, mas Casteel não mencionou nada. Eu me sentia igual.

Também me recusava a pensar sobre aquele negócio de Rainha, algo que nem Kieran nem Casteel haviam mencionado, graças aos deuses. Eu teria acabado no canto da cabana de caça se eles tivessem feito isso.

Mas não estava conseguindo parar de pensar na terceira coisa. A cada dois minutos, eu me lembrava de quem Alastir dissera que eu descendia. Observei Casteel vestir uma túnica grossa. Será que ele sabia? Será que Alastir havia lhe contado quando ele capturou o lupino? Talvez não. Eu não precisava contar nada. Seria melhor que Casteel não soubesse. Como ele se sentiria ao saber que estava casado com a descendente do Rei que quase destruiu Atlântia? E a mãe dele? Senti o estômago embrulhado. O que ela acharia disso?

Ou será que ela já sabia? Foi por isso que perguntou a Casteel o que ele tinha trazido de volta? O Rei Valyn lutou ao seu lado, mas não quer dizer que não soubesse. Alastir havia chegado antes de nós e, mesmo que os pais dele não estivessem envolvidos, eles ainda poderiam saber de quem eu descendia.

E o pai dele... Eu me lembrava dele gritando para que Casteel parasse — para que não me desse o sangue. Ele sabia o que Casteel estava prestes a fazer e, deuses, era a mesma coisa que Malec havia feito centenas de anos atrás, transformando, em um ato de desespero, a amante, Isbeth, na primeira vampira.

Era como uma repetição trágica da história, só que eu não tinha me transformado em vampira.

Mas o Rei Valyn não sabia disso.

— Onde está o seu pai? — perguntei a Casteel enquanto pegava uma das botas que Jasper havia trazido.

— Emil e os outros o escoltaram de volta para Atlântia. Ele está sendo vigiado — respondeu.

Ergui os olhos da bota.

— Você acha que isso é necessário? Mantê-lo sob vigilância?

Casteel fez que sim com a cabeça enquanto embainhava uma espada ao lado do corpo.

— Ele deve estar pensando que eu a transformei em vampira — explicou, ecoando os meus pensamentos. — Se nós apenas o mandássemos de volta para Atlântia, ele voltaria para cá imediatamente.

— Para fazer o quê? — Calcei a bota de couro macio e gasto. Estava um pouco apertada ao redor da panturrilha, mas cabia. — Cortar a minha cabeça? — perguntei, meio brincando.

— Ele morreria tentando — afirmou ele sem rodeios.

Fiquei paralisada.

— Casteel...

— Sei que parece cruel. — Ele se abaixou, pegou a outra bota e a trouxe até onde eu estava sentada na beira da cadeira de madeira. — Mas mesmo que você fosse uma Ascendida sedenta de sangue, tentando rasgar a garganta de todos que se aproximassem, eu ainda destruiria qualquer um que tentasse feri-la.

Meu coração palpitou e deu um salto dentro do peito enquanto eu olhava para ele.

— Não sei se devo ficar preocupada ou lisonjeada.

— Vamos de lisonjeada. — Ele se ajoelhou, segurando a minha bota. — E seja grata por não chegarmos a esse ponto. Assim que a vir, ele vai saber que você não Ascendeu, pelo menos não em uma vampira.

Mas em quê? Eu esperava que ele ou outra pessoa pudesse me responder.

— Posso calçar a bota sozinha.

— Eu sei. Mas assim eu me sinto útil. Me deixe ser útil, por favor.

— Só porque você pediu "por favor" — murmurei, levantando a perna.

Ele me lançou um sorriso rápido.

— Como você está? De verdade? E não estou perguntando apenas fisicamente.

Fiquei quieta enquanto ele puxava o cano da bota para cima.

— Eu... eu estou bem — respondi, olhando para os cachos escuros da sua cabeça curvada. — Só é meio estranho porque eu... eu me sinto igual a antes. Parece que nada mudou. Quer dizer, será que nada mudou? — perguntei. — Talvez você só tenha me curado...

— Eu não só curei você, Poppy. — Ele olhou para mim enquanto ajeitava a bota. — O seu coração parou. Se eu tivesse demorado mais um ou dois segundos, você teria morrido. — Ele sustentou o meu olhar, e eu senti o estômago revirado. — Você não é mais a mesma.

Agarrei a beira da cadeira.

— Não entendo o que você quer dizer com isso. Eu me sinto igual a antes.

— É difícil de explicar, mas é uma combinação de cheiro e instinto. — Ele colocou as mãos nos meus joelhos. — Quando toco em você, eu reconheço a sensação da sua pele na alma e no coração. Você ainda é a Poppy, mas eu não sinto o sangue mortal nas suas veias, e você não parece mais a mesma a nível instintivo.

— Ah — respondi baixinho.

Ele me encarou por um momento.

— É só isso que você tem a dizer sobre esse assunto?

— No momento é só no que consigo pensar.

Ele me estudou enquanto acenava com a cabeça.

— Não consigo nem imaginar as coisas que devem estar passando pela sua cabeça agora.

Dei uma risada seca.

— É demais. Posso deixar algumas coisas de lado para me preocupar depois. Mas...

— O quê? — incitou ele baixinho.

Abri e fechei a boca, então tentei mais uma vez. Parte de mim queria ficar calada e não mencionar o Rei Malec, mas... eu não queria que houvesse segredos entre nós. Não depois do que aconteceu. Não depois do que ele arriscou por minha causa. Não depois que chegamos tão perto de perder um a outro.

E, mesmo que o que eu tinha a dizer o chocasse, eu não acreditava que aquilo criaria uma barreira entre nós dois. Nós estávamos... juntos. Éramos fortes demais para isso.

Segurei a beira da cadeira com força.

— Alastir lhe contou alguma coisa quando você o pegou? A meu respeito? Além daquela história de ser-um-perigo-para-Atlântia, que eu aposto que ele enfatizou bem.

— Ele me contou algumas coisas — respondeu ele. — Mas não havia muito tempo e eu não estava a fim de ouvir nada além do que precisava saber para encontrar você. — Ele apertou os meus joelhos. — Por quê?

Engoli em seco.

— Ele me disse que eu era descendente de Nyktos e que... também sou descendente do Rei Malec.

Nenhuma explosão de choque ou horror irradiou de Casteel conforme ele olhava para mim.

— Ele também me disse isso.

142

— Disse? — Assim que Casteel assentiu, perguntei: — E isso não o incomoda?

Ele baixou as sobrancelhas.

— Por que me incomodaria?

— Por quê? — repeti, espantada. — Foi o Rei Malec quem criou o primeiro vampiro. Ele traiu a sua mãe...

— Sim, *ele* fez essas coisas. Não você. — Casteel tirou as mãos dos meus joelhos e as colocou sobre as minhas. Soltou os meus dedos da cadeira lentamente. — Nós nem sabemos se isso é verdade.

— Alastir me disse que as habilidades de Malec eram muito parecidas com as minhas, que ele era capaz de curar com o toque e de usar as habilidades para ferir as pessoas sem nem tocar nelas — falei.

— Nunca ouvi falar nisso. — Casteel entrelaçou os dedos nos meus.

— Ele me disse que somente algumas pessoas sabiam do que Malec era capaz. E que os seus pais sabiam.

— Então precisamos que eles confirmem isso.

Fiquei tensa.

— A sua mãe...

— Minha mãe não vai usar o seu ancestral contra você — interrompeu ele. — Pode ser um choque para ela. Pode até mesmo fazê-la pensar em coisas que se esforçou para esquecer, mas ela não vai responsabilizá-la pelos atos de um parente distante.

Eu queria tanto acreditar nisso. E talvez Casteel tivesse razão. Ele conhecia a mãe, mas o modo como ela olhou para mim quando me viu pela primeira vez continuava voltando a minha mente, assim como o que havia me dito. Se bem que pode ter sido apenas o choque.

— Por que você não disse nada sobre isso?

— Porque não achei que importasse — respondeu ele, e a sinceridade das suas palavras tinha gosto de baunilha. — Não fazia a menor ideia de que ele tivesse dito isso para você nem se era verdade. Para ser sincero, não faz sentido para mim. Não explica as suas habilidades nem a potência delas, até onde sei. Só porque os dois têm dons semelhantes não quer dizer que você seja descendente dele.

Casteel se levantou, me puxou da cadeira e passou os braços em volta da minha cintura.

143

— Mesmo que você seja da linhagem do Rei Malec, isso não importa. Não muda quem você é. — Seus olhos estavam de um tom reluzente de âmbar quando ele olhou para mim. — Você achou mesmo que isso iria me incomodar?

— Não achei que isso fosse ficar entre nós — admiti. — Eu só... não quero ser parente dele. Não quero deixar a sua mãe ainda mais desconfortável do que já deixei.

— Eu entendo, mas sabe de uma coisa? — Ele encostou a testa na minha. — Não estou preocupado com os sentimentos dela. Eu estou preocupado com você, com tudo que aconteceu com você. Você tem sido forte pra caramba. Você foi atacada, aprisionada e depois quase perdeu a vida. — Ele pousou a mão na minha bochecha, logo acima das cicatrizes. — Nós não fazemos a menor ideia do motivo pelo qual você não Ascendeu ou se Ascendeu e ainda não sabemos em que se transformou. Além disso, você recebeu um choque atrás do outro, de descobrir a verdade a respeito dos Ascendidos e temer pelo seu irmão e por Tawny até saber que tem o sangue de um deus nas veias.

— Bem, quando você faz uma lista assim, fico achando que é melhor me sentar — comentei.

Ele beijou a ponta do meu nariz.

— Só que você não está sentada. Você continua de pé. Você está enfrentando tudo, e, cacete, como estou impressionado. Mas também sei que nada disso a atingiu ainda, e isso me preocupa. Você fica me dizendo que está bem toda vez que eu pergunto como você está quando sei que isso não pode ser verdade.

— Eu estou bem. — *No geral*. Pousei a bochecha no peito dele. Eu precisava ficar bem porque nada do que tinha acontecido desde o momento em que pisei nas Câmaras de Nyktos mudava o fato de que precisávamos encontrar o irmão dele e o meu...

Ian.

Eu me afastei dele, de olhos arregalados.

— Ah, meus deuses. Eu não tinha pensado nisso. — A esperança explodiu dentro de mim, relaxando os músculos tensos. — Se eu não me tornei uma vampira, então talvez Ian também não tenha se transformado. Ele pode ser como eu. O que eu sou. Ele pode não ser como eles.

A cautela ecoou por Casteel.

— É possível, Poppy — começou ele, com um tom de voz cauteloso. — Mas ele só foi visto durante a noite. E está casado com uma Ascendida.

As palavras não ditas pairaram no ar da cabana de caça empoeirada. Ian podia não ser meu irmão de sangue ou podíamos não ser filhos do mesmo pai que carregava o éter nas veias. Eu não sabia. Mas só porque Casteel não tinha visto Ian durante o dia e ele estava casado com uma Ascendida, isso não significava que tivesse se tornado um deles. A esperança que eu sentia agora não era tão frágil e ingênua como há uma semana, e eu podia me ater a isso.

Então foi o que fiz.

*

Casteel se certificou de que eu não corresse para o sol do fim da manhã quando saímos na pequena alcova de uma varanda e vimos Kieran à espera entre um enorme cavalo preto — Setti — e outro marrom. Setti relinchou baixinho, balançando a crina preta e lustrosa. Casteel me deteve, deixando que eu caminhasse para o sol pouco a pouco.

Além da sensação prazerosa do sol no meu rosto, nada aconteceu.

Acariciei Setti por um momento, coçando-o atrás da orelha enquanto vasculhava as árvores ao redor da cabana. De vez em quando, eu via um lampejo prateado, branco ou preto entre os galhos retorcidos e caídos. Folhas marrons e enroscadas ou verdes e brilhantes recobriam a mata em torno da cabana. Era como se uma onda de frio extremo tivesse atingido a folhagem. Mas estávamos no sopé das Montanhas Skotos e eu podia vê-las banhadas pela névoa pairando acima das árvores. A vegetação dali não deveria estar acostumada com o ar frio?

Montei em Setti, agarrando a sela enquanto Casteel terminava de prender os alforjes. Assim que me ajeitei, vi que, além de Kieran e Casteel, um Atlante de pele negra também estava me encarando. Naill tinha contornado a lateral da cabana de caça. Os três estavam olhando para mim como se eu tivesse dado um salto mortal sobre o cavalo.

— O que foi? — perguntei, tocando nos meus cabelos emaranhados. Não havia nenhum pente lá dentro, e eu podia apostar que estava parecendo que tinha passado por um túnel de vento.

Naill arqueou as sobrancelhas enquanto piscava, incrédulo.

— Isso foi... impressionante.

Franzi o cenho.

— O quê?

— Você acabou de montar em Setti — respondeu Casteel.

— E daí? — Repuxei os cantos dos lábios para baixo.

— Você não usou o estribo — comentou Kieran enquanto Naill montava no cavalo ao seu lado.

— O quê? — Apertei ainda mais os olhos. — Tem certeza que não? — Eu devo ter usado. Não é possível que eu tenha montado em Setti sem colocar o pé no estribo ou receber ajuda. O cavalo era alto demais para isso, e eu não tinha a força necessária na parte superior do corpo para realizar esse tipo de proeza sem dar um bom impulso antes.

E provavelmente teria levado um tombo espetacular.

— Absoluta — confirmou Naill. Ele olhou para mim com uma admiração que imaginei que tivesse mais a ver com o fato de eu não ser uma vampira.

— Aqui. — Casteel se esticou, agitando as mãos. — Desça aqui um segundo.

— Eu acabei de subir.

— Eu sei, mas só vai demorar um segundo. — Ele agitou os dedos de novo. — Quero ver uma coisa.

Com um suspiro, coloquei as mãos nas de Casteel e deixei que ele me tirasse de cima de Setti, que ficou olhando com um ar de curiosidade. Esperava que eles não quisessem que eu montasse outra vez enquanto ficavam assistindo.

— O quê?

Casteel largou as minhas mãos e deu um passo para trás.

— Bata em mim. Com força. Como se você realmente quisesse me machucar.

Franzi o cenho de novo.

— Por que você quer que eu bata em você?

Naill cruzou os braços sobre a sela.

— É uma boa pergunta.

— Bata em mim — insistiu Casteel.

— Eu não quero bater em você.

— Isso é novidade — respondeu ele, com os olhos cintilando à luz do sol.

— Eu não quero bater em você *agora* — corrigi.

Casteel ficou em silêncio por um instante e então se virou para Kieran e Naill.

— Já contei a vocês sobre a vez em que encontrei Poppy empoleirada do lado de fora de uma janela, segurando um livro contra o peito?

Estreitei os olhos quando Naill disse:

— Não, mas tenho muitas perguntas a respeito disso.

— Cas — comecei.

Ele me lançou um lento sorriso de advertência.

— Ela estava com um livro... É o livro preferido dela. Até trouxe na bagagem quando saímos da Masadônia.

— Não trouxe, não — retruquei.

— Ela tem vergonha — continuou ele — porque é um livro sobre sexo. E não qualquer um. É um livro cheio de atos indecentes e inimagináveis...

Avancei e dei um soco no abdômen dele.

— Puta merda. — Casteel dobrou o corpo com um grunhido e Naill soltou um assobio baixo. — Deuses.

Cruzei os braços.

— Você está satisfeito agora?

— Sim. — Ele soltou o ar pesadamente. — Vou ficar assim que conseguir respirar outra vez.

Revirei os olhos.

— Caramba. — Casteel olhou para mim com os olhos ligeiramente arregalados. — Você está... forte.

— Eu te avisei — comentou Kieran. — Eu te disse que ela estava forte.

Lembrei-me de Kieran dizendo aquilo a Casteel depois que tentei me alimentar dele. Senti um nó no estômago enquanto deixava os braços caírem ao lado do corpo.

— Você acha que eu fiquei mais forte?

— Se eu acho? — Casteel deu uma risada. — Eu tenho certeza. Você sempre foi capaz de bater com força, mas isso foi diferente.

— Na verdade, não bati em você com toda a força... — confessei.

Ele olhou para mim.

— Bem, caramba...

— Não me peça para bater em você de novo. Eu não vou fazer isso — afirmei.

Um sorriso lento surgiu no rosto dele e eu senti um gosto de... especiarias na língua.

— Tem alguma coisa muito errada com você — murmurei.

Uma covinha idiota apareceu na sua bochecha direita quando me afastei dele. Um instante depois, Casteel estava ao meu lado, beijando o canto dos meus lábios.

— Gosto disso — revelou, colocando as mãos nos meus quadris. — Muito.

Corei até a raiz dos cabelos, mas não disse nada enquanto segurava a sela. Dessa vez, Casteel me deu o impulso do qual talvez não precisasse. Ele montou atrás de mim e pegou as rédeas. Para falar a verdade, eu não sabia o que pensar sobre a possibilidade de estar mais forte. Não tinha espaço na cabeça para isso. Então acrescentei aquela informação à lista de coisas para pensar mais tarde e me voltei na direção de Naill.

— Obrigada.

Ele olhou para mim, franzindo a testa.

— Pelo quê?

— Por ajudar Casteel em Irelone. E por me ajudar — respondi.

Um sorriso surgiu nos seus lábios conforme ele olhava de Casteel para mim e balançava a cabeça.

— De nada, Penellaphe.

— Pode me chamar de Poppy — pedi, pensando que poderia considerar como amigos todos aqueles que nos auxiliaram. Não importava se tivessem ajudado porque sentiam uma obrigação em relação a Casteel. Ao menos não para mim.

O sorriso dele tomou conta do rosto inteiro.

— De nada, *Poppy.*

Senti as bochechas esquentarem mais uma vez e olhei ao redor.

— Onde estão Delano e Jasper? — perguntei enquanto Casteel conduzia Setti na direção de floresta. — E os outros?

— Eles estão à nossa volta — respondeu Casteel, incitando Setti a seguir em frente.

— Eles não têm cavalos? — Fiz uma careta ao ver o topo da cabeça de Kieran. — Onde está o seu cavalo?

Kieran fez que não com a cabeça.

— A viagem pelas Montanhas Skotos vai ser rápida e difícil. Nós gastamos menos energia na forma de lupino. Além disso, somos muito mais rápidos assim.

Ah. Eu não sabia disso. Observei Kieran caminhando na nossa frente. Ao se aproximar das árvores, ele estendeu a mão e segurou a bainha da túnica. Percebi que já estava descalço. Em seguida, ele puxou a túnica pela cabeça e a tirou. Os músculos esguios das costas se contraíram e o seu braço se retesou quando ele jogou a camisa no chão.

— Que desperdício — murmurei, observando a túnica preta flutuar por alguns segundos antes de cair no chão. Suas calças se juntaram a ela pouco depois.

Naill suspirou conforme incitava o cavalo. Ele mudou de posição na sela, estendeu o braço e se abaixou para apanhar as roupas descartadas.

— Eu deveria deixá-las ali para que você voltasse para o reino de bunda de fora.

Com o canto do olho, vi Kieran levantar o braço e estender o dedo médio. Disse a mim mesma para não ficar olhando, mas sabia que ele estava prestes a mudar de forma e havia algo fascinante nisso. Não consegui me conter. Eu o espiei, mantendo o olhar para o norte.

Não que adiantasse de alguma coisa.

Kieran saltou para a frente e, por um momento, vi muito mais do que deveria. Em seguida, ele se transformou, com a pele ficando mais fina e escura. Ossos estalaram e se alongaram, voltando a se fundir. O pelo castanho-amarelado brotou nas costas dele, cobrindo músculos que encorpavam e cresciam. As garras se cravaram no chão, levantando folhas e terra. Segundos. Aquilo levou apenas alguns segundos, e então Kieran disparou na nossa frente na forma de lupino.

— Acho que nunca vou me acostumar a ver isso — sussurrei.

— Qual parte? — perguntou Casteel. — A transformação ou Kieran tirando a roupa?

Naill bufou enquanto se endireitava na sela, enfiando as roupas de Kieran dentro da bolsa.

— As duas coisas — admiti, olhando para as árvores conforme entrávamos na floresta. As copas estavam deformadas, com os galhos torcidos para baixo como se uma mão enorme tivesse pousado sobre eles, tentando empurrá-los para dentro do solo. — As árvores daqui são sempre assim?

— Elas estavam assim quando chegamos à cabana — respondeu Casteel, passando o braço em volta da minha cintura enquanto folhas e galhos finos eram esmagados sob os cascos de Setti. — Mas nunca tiveram essa aparência antes.

— O que pode ter causado isso?

— Uma tempestade terrível deve ter passado por aqui — respondeu ele, e, quando olhei para Naill, vi que ele também estava olhando para elas. Até onde podíamos ver, as árvores estavam todas tortas e deformadas.

Que tipo de tempestade podia fazer isso? Incomodada com aquela visão, fiquei em silêncio enquanto seguíamos adiante. Não demorou muito tempo até chegarmos à névoa que encobria as montanhas. Era tão espessa e branca que parecia uma sopa. Mesmo sabendo que ela não iria me machucar, fiquei tensa enquanto Kieran avançava. Foi então que vi os outros lupinos, saindo da floresta assombrada ao redor e entrando na névoa com hesitação. Avistei Jasper e Delano quando eles vieram até nós, acompanhando os dois cavalos. Havia tênues filetes de névoa em torno das suas patas e corpos.

Delano ergueu a cabeça enquanto vagava entre o cavalo de Naill e Setti, olhando para mim. Acenei para ele, sem graça, enquanto pensava em Beckett desaparecendo em meio à névoa na primeira vez que entrei nas Montanhas Skotos.

Só que aquele não era Beckett.

Com o coração pesado, olhei para a frente, me preparando para entrar naquele vazio opaco. Estreitei os olhos. A névoa não parecia tão densa quanto eu me lembrava. Ou estava se *movendo*, girando e diminuindo.

— Isso é novidade — observou Casteel, apertando a minha cintura.

A névoa se dissipou assim que entramos, se espalhando e abrindo caminho para nós. Eu me virei e olhei para trás. A névoa se adensou outra vez, formando uma massa espessa e aparentemente impenetrável.

Girei o corpo e avistei vários lupinos logo adiante, com o pelo reluzindo sob a luz do sol.

Ansiosa pela visão impressionante das árvores douradas de Aios, olhei para cima assim que saímos do resto da névoa.

— Meus deuses — sussurrou Naill.

Casteel se retesou atrás de mim quando Setti diminuiu a velocidade, balançando a cabeça nervosamente. Na nossa frente, os lupinos também tinham parado de andar, com os corpos rígidos de tensão enquanto erguiam o olhar. Entreabri os lábios e fiquei toda arrepiada.

Vermelhas.

Folhas carmesim cintilavam como um milhão de poças de sangue sob a luz do sol.

As árvores douradas de Aios haviam se tornado árvores de sangue.

Capítulo Doze

Sob um dossel rubi cintilante em vez de dourado, nós subimos as Montanhas Skotos em um ritmo acelerado que não me permitia indagar o que tinha acontecido com as árvores de Aios. Não que Casteel ou Naill tivessem uma resposta. Eu podia sentir o choque e a inquietação deles com a mesma intensidade com que sentia essas emoções emanarem dos lupinos conforme o vermelho reluzia no tronco das árvores magníficas que deveriam ser da cor do ouro.

Nós nos dividimos em grupos, como antes, embora houvesse apenas tênues filetes de névoa se infiltrando pelos arbustos cheios de espinhos e rodopiando ao longo do musgo espesso que cobria o chão da floresta na montanha. Kieran e Delano ficaram conosco enquanto subíamos em um ritmo constante. Não ouvi o som de pássaros nem de outros animais e, embora os galhos cheios de folhas carmesim balançassem acima de nós, também não ouvi o farfalhar do vento. Ninguém disse nada, além de Casteel me perguntando se eu estava com fome e Naill me oferecendo o cantil, alegando que o uísque ajudaria a nos manter aquecidos conforme subíssemos. Depois de horas de viagem, paramos por tempo suficiente para cuidar das necessidades pessoais, alimentar os cavalos e para que Naill e Casteel vestissem suas capas. Assim que fui praticamente enrolada no cobertor que Casteel havia trazido da cabana, seguimos pelas montanhas que ainda eram belas, de um jeito silencioso e inquietante. Eu não conseguia parar de encarar as folhas vermelho-escuras nas árvores e as que tinham caído no chão, surgindo atrás das rochas e arbustos. Era como se a montanha inteira tivesse se transformado em uma enorme Floresta Sangrenta — só que sem Vorazes.

O que será que havia transformado as árvores douradas que haviam crescido no sopé, e em toda a cordilheira, depois que a deusa Aios foi hibernar em algum lugar da montanha? Essa pergunta me assombrava com o passar das horas. Eu normalmente gostava de ficar em negação, mas não podia ser mera coincidência a mudança que ocorreu ali e o que tinha acontecido comigo. Era a terceira vez que uma árvore havia crescido no lugar onde o meu sangue foi derramado. Além disso, as raízes da árvore nas ruínas do Castelo Bauer pareceram se unir ao meu redor — ao redor de Casteel e de mim, como se estivesse tentado nos puxar para dentro do solo ou nos proteger. Eu não sabia muito bem, mas me lembrava distintamente de Kieran cortando as raízes cinza-escuras.

Raízes que eram idênticas àquelas em torno das correntes de ossos.

Será que a minha quase morte tinha feito aquilo com as árvores dali? E com a vegetação deformada nos arredores da cabana de caça? Será que a perda da minha mortalidade foi a tempestade que tomou conta da floresta e transformou as árvores de Aios em árvores de sangue? Mas como? E por quê? E será que isso causou algum impacto na deusa que hibernava ali? Aquela que Casteel e Kieran acreditavam ter despertado para me impedir de cair no precipício?

Eu esperava que não.

Apesar da natureza inquietante das montanhas e do ritmo brutal da cavalgada, a exaustão se apoderou de mim e comecei a afundar cada vez mais no abraço de Casteel. Cada vez que eu piscava, ficava mais difícil voltar a abrir os olhos sob os raios de sol que penetravam pelos vãos nas folhas lá em cima.

Sob o cobertor, fechei os dedos ao redor do braço de Casteel enquanto olhava para Kieran e Delano, correndo lado a lado na nossa frente. Meus pensamentos vagaram e meus olhos começaram a se fechar. Eu não fazia a menor ideia de quanto tempo tinha dormido depois que Casteel me deu o sangue e chegamos à cabana. Nem pensei em perguntar, mas parecia que tinha sido bastante. Só que o sono não foi profundo. Pelo menos não o suficiente, já que eu tinha sonhado. Lembrei disso agora. Eu tinha sonhado com a noite em que meus pais morreram, e os sonhos foram diferentes dos anteriores. Minha mãe havia tirado alguma coisa da bota — um objeto comprido, fino e preto. Não conseguia ver a sua forma agora, não importava o quanto tentasse me lembrar, mas havia outra pessoa lá — alguém com quem ela falou e que não se parecia em nada com a voz que eu tinha ouvido antes —, aquela que havia falado com o meu pai e que eu agora sabia que pertencia a Alastir. Aquela pertencia a alguém vestido de preto. Eu sabia que tinha sonhado mais, mas os detalhes sumiam da minha mente cansada. Será que havia sonhado com velhas lembranças que estavam finalmente se revelando para mim? Ou será que foram lembranças implantadas que se tornaram parte da minha imaginação por causa do que Alastir tinha dito sobre o Senhor das Trevas?

O que não parecia um sonho, mas sim real, era a mulher que eu havia visto. Aquela de cabelos platinados e compridos que surgiu na minha mente quando eu estava nas Câmaras de Nyktos. Ela apareceu quando eu não era mais um corpo, não tinha substância nem pensamento, flutuando no vazio. Ela se parecia um pouco comigo. Tinha mais sardas, seus cabelos eram diferentes e os olhos estranhos — de um tom de verde entremeado ao prateado que me faziam lembrar dos olhos dos lupinos quando eles vieram até mim nas Câmaras.

Uma lágrima de sangue havia escorrido da sua bochecha. Isso significava que ela devia ser uma deusa, mas eu não conhecia nenhuma deusa retratada com os cabelos e traços dela. Fiz uma careta de cansaço quando tentei sentar direito na sela. Ela também tinha me dito algo — algo que foi um choque para mim. Eu quase podia ouvir a sua voz na minha mente, mas, assim como com os sonhos sobre a noite na estalagem, a exatidão das palavras escapava da minha consciência de modo frustrante.

Casteel me mudou de posição para que a minha cabeça descansasse melhor sobre o seu peito.

— Descanse — insistiu ele em um tom de voz suave. — Estou segurando você. Pode descansar.

Não parecia certo descansar quando mais ninguém podia, mas não consegui resistir. O sono não foi muito profundo. Coisas que eu queria esquecer me seguiram. Eu me vi de volta na cripta, acorrentada à parede. A bile subiu pela minha garganta quando virei a cabeça para o lado.

Ah, deuses.

Fiquei cara a cara com um dos cadáveres, as órbitas vazias como túneis para o nada enquanto ele *estremecia*.

A poeira se espalhou pelo ar quando o seu maxilar se soltou e uma voz rouca e seca saiu da boca sem lábios.

— Você é igual a nós. — Os dentes caíram da sua mandíbula e se desintegraram instantaneamente. — Vai acabar aqui como nós.

Recuei o máximo que pude, sentindo as amarras apertarem meus pulsos e pernas.

— Isso não é real...

— Você é igual a nós — repetiu outro cadáver enquanto virava a cabeça na minha direção. — Vai acabar aqui como nós.

— Não. Não. — Lutei contra as amarras, sentindo os ossos cortarem a minha pele. — Eu não sou um monstro. Não sou, não.

— *Não é, não* — disse uma voz suave, vinda de toda parte e de lugar nenhum enquanto os cadáveres ao longo da parede continuavam estremecendo e se mexendo, esfregando e rangendo os ossos. A voz parecia ser de... Delano? *Você é a meyaah Liessa. Acorde.*

A coisa ao meu lado abriu a boca e deu um grito que começou baixinho e logo se transformou em um uivo comprido e agudo.

— Acorde, Poppy. Pode acordar. Eu estou aqui. — *Casteel.* Ele apertou o braço em volta de mim e me puxou de encontro ao peito enquanto os músculos poderosos de Setti se moviam sob nós. — Você está a salvo. Ninguém vai machucá-la. — Ele pressionou a boca na minha têmpora, quente e reconfortante. — Nunca mais.

Respirei fundo, com o coração batendo descompassado. Será que havia gritado? Pisquei conforme me esforçava para soltar as mãos debaixo dos braços de Casteel e do cobertor. Consegui tirar uma das mãos e limpei apressadamente as bochechas frias enquanto meus olhos se ajustavam à fraca luz do sol e viam as folhas quase pretas acima de nós. Engoli em seco e olhei de relance para Naill, que cavalgava olhando adiante, e depois para a nossa frente. O lupino branco corria ao lado do de pelos fulvos, e virou a cabeça para trás para olhar para mim, de orelha em pé. Nossos olhares se encontraram por um instante e eu senti a sua preocupação. Um zumbido vibrou no meu peito quando um caminho singular se abriu ao longo da conexão com as emoções do lupino, um fio mais nítido que irradiava algo além de sentimentos. Uma sensação macia e leve que não tinha nada a ver com alívio. Era quase como uma assinatura — a marca de Delano, de quem ele era no âmago, somente dele.

O lupino interrompeu o contato visual comigo conforme saltava sobre uma pedra, ultrapassando Kieran. Soltei o ar de modo entrecortado.

— Poppy? — Casteel passou os dedos no meu queixo e depois na lateral do pescoço. — Você está bem? — perguntou ele, em voz baixa.

Afastei o olhar de Delano e assenti.

— Eu estou bem.

Seus dedos pararam de se mover e então ele abaixou a mão e pegou as mechas dos meus cabelos.

— Com o que você estava sonhando?

— Com as criptas — admiti, pigarreando. — Eu... eu gritei? Ou falei alguma coisa?

— Não — respondeu ele, e eu agradeci aos deuses em silêncio. — Você começou a se contorcer um pouco. E a estremecer. — Ele fez uma pausa. — Quer falar sobre isso?

Fiz que não com a cabeça.

Ele ficou em silêncio por alguns momentos e então disse:

— Eles sentiram você. Sentiram tudo que você estava sonhando. Tanto Kieran quanto Delano. Os dois não paravam de olhar para cá — explicou enquanto eu olhava de volta para os lupinos. Eles dispararam sobre o terreno que não tinha mais tanto musgo. — Delano começou a uivar. Foi quando eu te acordei.

— Eu... você acha que é por causa daquela coisa Primitiva? — perguntei, imaginando se tinha ouvido mesmo a voz de Delano. Aquilo não fazia sentido porque ele tinha respondido ao que eu havia dito durante o sonho.

— Do Estigma Primordial? Creio que sim.

Eu me recostei em Casteel e olhei para cima. As árvores estavam diminuindo e eu conseguia ver pedaços do céu pintados em um tom intenso de rosa e azul-escuro.

— Já atravessamos as Montanhas Skotos?

— Sim — confirmou ele. O ar não estava mais tão frio como antes de cair no sono.

Seguimos em frente, com o céu escurecendo e o solo ficando liso e nivelado. Casteel afrouxou o cobertor em volta de mim quando nos afastamos das últimas árvores, e os outros lupinos passaram entre elas e se juntaram ao grupo. Girei o corpo e olhei por trás de Casteel, mas estava escuro demais para que eu pudesse ver as árvores de Aios.

Não queria nem pensar no que as pessoas de Atlântia sentiram quando viram as árvores mudarem. Meu coração palpitou quando voltei a olhar para a frente, examinando o terreno rochoso e irregular. Não reconheci aquele lugar, embora o ar parecesse esquentar mais a cada momento.

— Onde nós estamos? — perguntei assim que avistei o grande lupino prateado logo adiante. Jasper passava facilmente pelas rochas, saltando de uma para a outra enquanto os outros lupinos o seguiam.

— Nós saímos ao sul da Enseada de Saion — explicou Casteel. — Mais perto do mar, nas Falésias de Ione. Há um antigo Templo aqui.

— Você deve ter visto as falésias lá das Câmaras — comentou Naill enquanto reduzia a velocidade do cavalo assim que o terreno se tornou mais irregular. — Mas provavelmente não o Templo.

— É aqui que o meu pai está esperando e Alastir, preso — revelou Casteel.

Eu me endireitei na sela, pegando o cobertor antes que ele caísse e se enroscasse nas pernas de Setti. Enormes ciprestes pontilhavam a paisagem, adensando mais ao longe. O ar tinha o cheiro característico de sal.

— Podemos parar aqui ou seguir viagem até a Enseada de Saion — disse Casteel. — Cuidar de Alastir agora ou depois. Você é quem sabe.

Não hesitei nem por um segundo, embora lidar com Alastir significasse enfrentar o pai de Casteel.

— Vamos cuidar dele agora.

— Tem certeza?

— Sim.

Algo parecido com orgulho passou de Casteel para mim quando os lábios dele tocaram na minha bochecha.

— Tão forte.

À esquerda, o som de água corrente chegou até nós. Sob o luar, a água cintilava na face das Montanhas Skotos e descia em direção à larga faixa de terra. A água caía e se derramava pelas falésias, alcançando as rochas lá embaixo.

As estrelas brilhavam no céu enquanto a luz tremeluzente de inúmeras tochas podia ser vista através das árvores enormes, lançando um brilho alaranjado sobre as colunas quase tão altas quanto os ciprestes ao redor.

Kieran se juntou ao pai e os dois dispararam no meio das árvores, correndo na direção dos amplos degraus do Templo. Havia pessoas vestidas de preto na colunata, e eu não precisava perguntar para saber que eram os homens de Casteel e as Guardiãs de Atlântia. Aqueles em quem ele confiava.

Enquanto os lupinos subiam os degraus, Casteel diminuiu o ritmo de Setti.

— Vamos nos encontrar com o meu pai primeiro. Ele precisa ver que você não Ascendeu.

Assenti enquanto um nervosismo e algo ainda mais poderoso zumbiam dentro de mim.

— *E então* vamos cuidar de Alastir — continuou Casteel, tirando o braço dos meus quadris. Ele deslizou a mão pelo meu abdômen, me deixando toda arrepiada. — Já consegui arrancar dele tudo que pode vir a ser útil para nós, então você sabe como essa noite vai acabar?

O nervosismo se dissipou assim que a decisão tomou conta de mim. Eu sabia como aquela noite iria acabar. A determinação se impregnou na minha pele, abrindo caminho até os meus ossos e enchendo o meu peito. Levantei o queixo.

— Com morte.

— Pelas suas mãos ou pelas minhas? — perguntou ele, com os lábios roçando a curva do meu maxilar.

— Pelas minhas.

*

Casteel e eu subimos os degraus do Templo de Saion de mãos dadas. Quase duas dúzias de lupinos rondavam a colunata enquanto Jasper e Kieran ficavam na frente de portas tão escuras quanto o céu e quase tão altas quanto o Templo.

A acidez da incerteza e o sabor mais fresco e cítrico da curiosidade saturaram o ar quando aqueles que esperavam entre as colunas notaram a nossa presença. O que quer que fosse que Casteel tivesse percebido de diferente em mim, eles também sentiram. Eu me dei conta disso pelo modo como as Guardiãs se retesaram, estendendo a mão na direção da espada e então parando e inclinando a cabeça para o lado enquanto tentavam entender o que sentiam. Não senti medo emanando de ninguém, nem das Guardiãs, nem dos outros. Tive vontade de perguntar o que elas sentiram assim que olharam para mim — o que fez com que tentassem desembainhar as espadas e depois parar. Mas Casteel apertou a minha mão com força, me impedindo de ir até uma das mulheres — o que aparentemente eu estava fazendo.

Por outro lado, só os deuses sabiam como estava a minha aparência naquele momento com os cabelos embaraçados e despenteados, as calças e botas justas demais e a capa de Casteel por cima de uma túnica emprestada grande demais para mim. Era bem possível que eles achassem que eu fosse um Voraz.

Um dos Atlantes deu um passo à frente quando chegamos ao topo da escada. Era Emil, com os cabelos ruivos ainda mais vermelhos sob a luz da tocha enquanto olhava de Casteel para mim. Ele inflou as narinas e engoliu em seco. Seu belo rosto empalideceu quando ele segurou o punho da espada e fez uma reverência.

— Estou aliviado por vê-la aqui, Vossa Alteza.

Estremeci de leve. A formalidade me pegou desprevenida e levei um instante para lembrar que, como esposa de Casteel, aquele era o meu título formal. Não havia nada a ver com a questão da Coroa.

— Eu também — falei, sorrindo. Senti outra explosão de choque de Emil, que olhava para mim como se não conseguisse acreditar que eu estivesse ali. Levando em conta o estado em que eu me encontrava na última vez que ele tinha me visto, não podia culpá-lo por isso. — Obrigada pela ajuda.

O mesmo olhar que Naill me lançou quando agradeci a ele mais cedo cruzou o rosto do Atlante, que fez um aceno de cabeça. Ele se virou para Casteel.

— Seu pai está lá dentro, e não está nada contente.

— Aposto que não — murmurou Casteel.

Emil repuxou um canto dos lábios quando Naill se juntou a nós.

— E nem os Atlantes e mortais que vieram até aqui tentando libertar Alastir.

— E como foi isso? — indagou Casteel.

— Foi um pouco... sangrento. — Os olhos de Emil brilharam sob a luz da tocha quando ele olhou para o Príncipe. — Aqueles que ainda estão vivos estão presos com Alastir para o seu... divertimento.

Um sorriso tenso e sombrio surgiu nos lábios de Casteel assim que ele inclinou a cabeça para trás.

— Alguém ficou sabendo que o meu pai está detido aqui?

— Não — respondeu Emil. — Sua mãe e os Guardas da Coroa acham que ele ainda está com você.

— Ótimo. — Casteel olhou para mim. — Você está pronta?

Fiz que sim com a cabeça.

Emil começou a recuar, mas se deteve.

— Eu quase esqueci. — Ele estendeu a mão por baixo da túnica. Eu me retesei ao ouvir o rosnado baixo de alerta quando Jasper deu um passo adiante, abaixando a cabeça. Casteel mudou de posição ao meu lado, tenso. O Atlante lançou um olhar nervoso por cima do ombro para o enorme lupino. — Isso pertence a ela — anunciou ele. — Eu só estou devolvendo.

Olhei para baixo e vi quando ele puxou uma lâmina, que tinha um brilho preto avermelhado sob a luz do fogo. Prendi a respiração quando ele a virou, me oferecendo o cabo de osso. Era a minha adaga de pedra de sangue. Aquela que Vikter havia me dado no meu aniversário de 16 anos. Além das lembranças do homem que arriscou a carreira e muito provavelmente a própria vida para garantir que eu soubesse me defender sozinha, era a única coisa que eu tinha dele.

— Como...? — Pigarreei enquanto fechava os dedos ao redor do osso frio de lupino. — Como você a encontrou?

— Acho que foi pura sorte — respondeu ele, recuando e quase esbarrando em Delano, que tinha se aproximado por trás dele silenciosamente. — Quando eu e os outros voltamos atrás de provas, eu a vi sob a árvore de sangue.

Engoli o nó na garganta.

— Obrigada.

Emil assentiu quando Casteel pousou a mão no ombro do Atlante. Guardei a adaga, enfiando-a sob a capa que vestia enquanto caminhávamos, atravessando a ampla colunata. Havia um jovem magro encostado na parede, e eu quase não reconheci os traços sombrios, suaves e quase frágeis do rosto de Quentyn Da'Lahr. Ele não estava sorrindo nem tagarelando, cheio de energia como de costume, quando veio na nossa direção com passos hesitantes. No instante em que os meus sentidos se conectaram às emoções dele, a acidez de sua angústia me deixou sem fôlego. Existia incerteza nele junto com o sabor azedo da culpa, assim como uma pontada de algo... amargo. *Medo*. Senti um aperto no peito enquanto os meus sentidos tentavam decifrar se o medo era dirigido a mim ou... Foi então que lembrei que ele era íntimo de Beckett. Os dois eram amigos. Será que ele sabia o que havia acontecido com o amigo? Ou ainda acreditava que Beckett tivesse participado do ataque? Eu não tinha certeza, mas não conseguia acreditar que Quentyn estivesse envolvido. Ele não estaria ali se fosse o caso.

O olhar frio e âmbar de Casteel se virou na direção do jovem Atlante, mas, antes que ele pudesse falar alguma coisa, Quentyn se ajoelhou no chão e curvou a cabeça dourada diante de nós.

— Sinto muito — disse ele, com a voz ligeiramente trêmula. — Eu não sabia o que Beckett iria fazer. Se soubesse, eu o teria impedido...

— Você não precisa pedir desculpas — falei, incapaz de permitir que o jovem Atlante carregasse uma culpa tão mal dirigida. Percebi que os outros não deveriam saber o que tinha acontecido de fato. — Beckett não teve culpa de nada.

— Mas ele... — Quentyn levantou a cabeça, com os olhos dourados úmidos. — Ele a levou até as Câmaras e...

— Não era ele — explicou Casteel. — Beckett não cometeu nenhum crime contra Penellaphe ou contra mim.

— Eu não entendo. — A confusão e o alívio tomaram conta do Atlante conforme ele se levantava de modo hesitante. — Então onde ele tem estado esse tempo todo, Vossa Alteza... Quero dizer, Casteel? Ele está com você?

Apertei a mão de Casteel quando um músculo pulsou em seu maxilar.

— Beckett nunca saiu do Pontal de Spessa, Quentyn. Ele foi morto por aqueles que conspiraram com o tio dele.

Não sei muito bem se os outros tiveram alguma reação à morte do jovem lupino. Tudo que senti foi a crescente onda de tristeza que se apoderou de Quentyn, após um golpe brutal de negação. A dor dele era tão crua e intensa que explodiu no ar salgado ao redor, adensando conforme se infiltrava na minha pele. Ouvi Casteel dizer a ele que sentia muito e vi Quentyn sacudindo a cabeça. Sua dor... era extrema, e uma parte distante de mim ficou imaginando se aquela era a primeira perda pela qual ele tinha passado. Ele era mais velho do que eu, embora parecesse mais jovem. Mas, em anos Atlantes, Quentyn ainda era tão jovem. Ele se esforçou para não demonstrar a dor, franzindo os lábios e retesando as costas de um jeito nada natural. Estava tentando se controlar enquanto o Príncipe falava com ele e enquanto os lupinos, Atlantes e Guardiãs o cercavam. Infelizmente, ele estava perdendo a batalha enquanto a angústia pulsava em ondas através dele. Casteel não o julgaria se ele desmoronasse, mas eu podia sentir que ele queria ser visto como alguém forte e valente. E odiei aquilo. Odiava os responsáveis pela dor que infligiram aos outros e pelas vidas que tinham roubado.

Reagi sem pensar, apenas por instinto. Mais tarde, eu iria refletir sobre tudo que poderia ter dado errado, já que não fazia a menor ideia do que o meu toque seria capaz agora. Soltei a mão de Casteel e a pousei no braço do Atlante. Ele me encarou de olhos arregalados. Havia lágrimas em seus olhos.

— Sinto muito — sussurrei, desejando que houvesse algo melhor para dizer, algo mais útil, mais inspirador. Mas as palavras raramente bastavam para aliviar a dor da perda. Fiz o que sabia fazer: pensei em momentos felizes, emoções calorosas e esperançosas. Pensei em como me senti quando Casteel disse que me amava, como me senti no Pontal de Spessa quando percebi que ele me amava. Peguei essas emoções e deixei que elas fluíssem do meu corpo para o de Quentyn.

Ele cambaleou quando senti a sua dor e incredulidade pulsarem intensamente e depois desaparecerem. A pele em torno da sua boca se suavizou e a tensão em seus ombros se dissipou. Ele soltou o ar pesadamente, e eu não senti mais tristeza. Soltei o braço dele, sabendo que o alívio não duraria para sempre. Com sorte, ele ganharia tempo para lidar com a morte do amigo em particular.

— Seus olhos — sussurrou Quentyn, piscando — estão estranhos...
— Suas bochechas coraram sob a luz da tocha. — Quero dizer, eles estão muito bonitos. Estranhos de um jeito bonito.

Franzi as sobrancelhas e olhei para Casteel.

Os contornos e ângulos do seu rosto se suavizaram.

— Eles estão brilhando — murmurou ele, se aproximando de mim. — Na verdade, não é o seu olho inteiro. — Ele inclinou a cabeça para o lado. — Há raios de luz prateada em suas íris.

Olhos radiantes.

Casteel olhou para Kieran e Delano e viu a mesma coisa que eu. Olhos azul-claros com raios prateados e luminosos. Olhos iguais aos da mulher que vi em um sonho que sabia que não era sonho — a mulher que tinha falado comigo. Naquele momento, todo o meu ser soube que o que ela havia me dito era a *resposta* para tudo.

Capítulo Treze

Casteel se virou para mim e pegou a minha mão de novo, levando-a até a boca.

— Eles não estão mais brilhando. — Casteel deu um beijo nos meus dedos, e o gesto aliviou bastante a tensão que já se apoderava de mim. Abaixou a cabeça, colocando a boca perto da minha orelha enquanto sussurrava: — Obrigado pelo que você fez por Quentyn.

Assenti e Casteel beijou a linha de pele irregular na minha bochecha. Com os dedos entrelaçados aos meus, ele acenou para as Guardiãs.

Duas delas avançaram, colocando a mão sobre o coração e se curvando enquanto seguravam a maçaneta das portas pretas. A pedra rangeu quando elas a abriram. A luz das velas se derramou sobre a colunata enquanto Jasper entrava, com o pelo prateado brilhando. Seu filho e Delano o seguiram enquanto Casteel e eu avançávamos, a adaga de lupino ainda apertada na minha mão, oculta pela capa. Os demais lupinos nos ladeavam, passando pelas grossas colunas que revestiam as quatro paredes da câmara interna — colunas de pedra preta tão reluzentes quanto as dos Templos em Solis. Observei os lupinos vagarem entre aqueles pilares brilhantes, de orelhas baixas e olhos de um tom luminoso de azul invernal conforme espreitavam a câmara, circulando o homem alto e de ombros largos sentado em um dos bancos de pedra no centro do Templo de Saion, virado de costas para nós.

— Pai — chamou Casteel quando a porta se fechou atrás de nós com um baque suave.

O Rei de Atlântia se levantou de modo lento e cauteloso e então se virou, com a mão vagando para onde a espada estaria embainhada. Foi difícil ler aquele homem nas Câmaras de Nyktos, mas agora ele não tinha tanto controle sobre as próprias emoções enquanto olhava do filho para mim.

Ele deu um passo para trás, batendo com as pernas no banco atrás de si.

— Você não... — Ele parou de falar e eu senti uma explosão de choque que deixou a minha pele gelada. Seus olhos estavam arregalados, as pupilas se dilataram tão rápido que somente uma faixa dourada era visível enquanto ele olhava para mim, boquiaberto.

Fiquei com a boca seca enquanto lutava contra o desejo de bloquear os sentidos. Eu os mantive abertos enquanto ele dava um passo à frente. Kieran virou a cabeça na sua direção e um rosnado baixo retumbou através da câmara, mas o pai de Casteel não parecia capaz de ouvir mais nada enquanto dizia com a voz rouca:

— Você estava morrendo.

Estremeci com o lembrete.

— Estava.

Mechas do cabelo loiro caíram sobre a barba áspera ao longo do seu maxilar e bochechas.

— Nada seria capaz de salvar sua vida — murmurou ele enquanto Kieran parecia relaxar, recuando, embora o pai de Casteel desse outro passo hesitante na nossa direção. — Eu a vi. Vi a sua ferida e o quanto você sangrou. Você não poderia ser salva, a menos que...

— Eu bebi o resto do sangue dela e lhe dei o meu — disse Casteel. — É por isso que ela está aqui. Eu a Ascendi.

— Mas... — O Rei parecia atônito.

Respirei fundo e encontrei minha voz.

— Eu posso andar sob o sol. Na verdade, nós cavalgamos o dia todo. Não tenho a pele fria ao toque e ainda tenho emoções — disse a ele. — Além disso, não sinto a necessidade de rasgar a garganta de ninguém.

Casteel olhou para mim e senti um ligeiro divertimento emanando dele.

— O que foi? — sussurrei. — Acho que é bom salientar isso.

— Eu não falei nada.

Estreitei os olhos na direção dele e então voltei a atenção para o seu pai.

— O que estou tentando dizer é que não sou uma vampira.

O Rei Valyn respirou fundo e, com essa respiração, senti o seu choque recuar a cada segundo, tornando-se mais fraco. Mas não acreditei que ele tivesse superado a surpresa tão rápido assim. Ele estava resguardando as emoções, escondendo-as onde eu não pudesse alcançá-las facilmente — fazendo a mesma coisa que o filho fazia quando não queria que eu conhecesse as suas emoções. Parte de mim, bem no meio do peito, zumbia de energia e vontade de derrubar as barreiras que ele tinha construído, encontrar as rachaduras e abri-las, expondo...

Não.

Eu não queria fazer isso.

Não queria fazer isso por uma série de motivos, principalmente pelo fato de que seria uma violação absurda. Se alguém me bloqueava, a pessoa tinha todo o direito. Era o único motivo que importava, mas eu nem tinha certeza se seria capaz de fazer algo do tipo.

Seu pai pigarreou, chamando a minha atenção de volta para ele.

— Não acredito que você fez isso, Casteel. — Ele recuou e se sentou no banco, esticando a perna. Não tentei ler as emoções dele. — Você sabia o que poderia ter acontecido.

— Eu sabia exatamente o que poderia ter acontecido — devolveu Casteel. — Eu conhecia os riscos e faria tudo de novo, mesmo que ela tivesse Ascendido.

Meu coração deu um salto de contentamento, mas o pai de Casteel não parecia muito impressionado.

— Você sabe o que aquele ato fez com o nosso reino... com o nosso povo. E estava disposto a arriscar tudo de novo?

— Se você está chocado com o que fiz, então precisa entender que eu faria qualquer coisa pela *minha esposa*. — O olhar de Casteel se fixou no do pai. — Nada é arriscado ou sagrado demais. Porque ela é *tudo* para mim. Não há nada maior do que ela, e eu estou falando sério quando digo *nada*.

Entreabri os lábios, ofegante, enquanto olhava para Casteel. Um nó de emoções subiu pela minha garganta.

— Não duvido disso, filho. Eu estava presente quando você acordou e percebeu que ela havia partido. Eu nunca o vi daquele jeito antes. Nunca vou me esquecer daquilo — confessou o pai de Casteel, e eu virei a cabeça na direção dele. Era a segunda vez que alguém dizia isso. — E até entendo a sua necessidade de protegê-la. Deuses, e como entendo. — Ele passou a mão pelo rosto, parando para coçar a barba. — Mas, enquanto Rei, eu não posso aprovar o que você fez.

A mão de Casteel escorregou da minha quando vários lupinos olharam para o Rei. Uma raiva fria e assustadora fervilhou dentro do Príncipe — o tipo de fúria que eu sabia que tinha sido uma das razões pelas quais ele passou a ser conhecido como Senhor das Trevas.

— Eu não sabia que havia pedido a sua aprovação.

Meu coração palpitou quando o pai dele bufou.

— Acho que isso é óbvio, levando em conta que o mal já foi feito.

— E daí? — desafiou Casteel com uma voz muito suave. Calma demais.

Fiquei toda arrepiada enquanto sentia a mão úmida em torno do cabo da adaga de lupino. Uma sensação avassaladora de cautela emanou dos lupinos. Eles ficaram assustadoramente imóveis.

— Espere aí — interrompi, sem saber se estava falando com eles ou com todas as criaturas vivas no aposento. — Casteel correu um risco enorme, que muitos concordariam que não deveria ter corrido, mas correu. Acabou. Eu não sou uma vampira. — Pensei na sede de sangue que vivenciei ao acordar. — Ou, pelo menos, não sou como os outros. E embora ele possa merecer uma bronca...

O Rei arqueou a sobrancelha enquanto Casteel franzia o cenho para mim.

— Parece um tanto quanto irrelevante agora — frisei.

— Você tem razão — concordou o Rei Valyn depois de um momento. — Ele teve sorte. Ou você teve. Ou eu e todo o reino tivemos porque você não é uma Ascendida. Disso eu sei. Se fosse, o meu filho sabe o que eu seria obrigado a fazer. — O olhar dele encontrou o meu. — E digo isso sabendo que seria muito improvável que eu conseguisse chegar até você antes que esses lupinos, que conheço há centenas de anos, me atacassem. — Ele desviou o olhar para o filho. — Você haveria começado uma guerra que teria nos enfraquecido para a verdadeira ameaça a oeste. Só precisa saber disso.

Casteel repuxou um canto dos lábios e eu fiquei tensa ao ver o seu sorriso irônico.

— Eu sei o que minhas ações teriam causado.

— E ainda assim?

— Aqui estamos nós — respondeu ele.

Respirei fundo quando senti a ardência da raiva atravessar as barreiras que o pai dele havia construído.

— Sim, aqui estamos nós, determinados a irritar um ao outro. Menos eu. Eu não quero irritar ninguém, vocês sabem, a pessoa que foi atacada duas vezes e depois atingida no peito por uma besta — falei subitamente, e os olhares de ambos se voltaram para mim. — E, no entanto, sou eu quem tem que dizer a vocês dois para deixar disso.

O Rei piscou algumas vezes para mim.

— Por que estou me lembrando da sua mãe, Cas?

— Porque parece algo que ela diria — respondeu ele. — Ou já disse, menos a parte sobre ser atingida.

Revirei os olhos.

— Bem, como disse antes, eu não sou uma Ascendida, ou pelo menos não como os outros. Todos concordamos com isso, certo? Então, será que você sabe o que eu sou? — perguntei, e então dei uma risada desajeitada. O som rendeu alguns olhares curiosos dos lupinos. — Foi muito estranho dizer isso em voz alta.

— Eu já ouvi coisas muito mais estranhas — comentou Casteel, e isso lhe rendeu um olhar curioso de *mim*. — Ela não se parece com nada que já senti antes — Casteel revelou ao pai, mudando o tom de voz daquela calma mortal que era sempre um prenúncio de coisas muito ruins. — Mas não é mais mortal.

Era muito bizarro ouvir aquilo, mesmo que eu já soubesse.

— Não, não é. — O pai dele me estudou tão atentamente que foi difícil ficar ali sem reagir. Especialmente porque aquele tipo de escrutínio costumava ser acompanhado por alguém olhando para as minhas cicatrizes. Mas acho que ele nem enxergava as marcas naquele momento. — E não é uma vampira. Nenhum deles é capaz de andar sob o sol ou de ficar entre a nossa espécie tão cedo após a transformação e permanecer tão calmo.

— Foi o que pensei — admitiu Casteel. — Você pode explicar o que aconteceu?

Seu pai não respondeu por um bom tempo, e, quando eu me concentrei, não senti nada emanando dele.

— Deve ser por causa da ancestralidade dela. Da sua linhagem — sugeriu. — Deve ter interferido nisso de alguma maneira. Ela parece... eu não compreendo o que ela parece ser.

Um sinal de alerta soou na minha cabeça e tinha tudo a ver com o gosto pungente de conflito que senti na boca. Será que ele sabia mais do que estava dizendo? O instinto me dizia que sim. Olhei ao redor da câmara e vi somente os lupinos ali. Respirei fundo.

— Alastir me contou de quem eu descendo...

— Posso apenas imaginar o que Alastir contou a você — interrompeu o Rei Valyn. — Uma parte pode ser verdade. Outra pode não ser. E há coisas que a minha esposa e eu podemos confirmar para você.

Senti uma palpitação no peito e o calor do corpo de Casteel quando ele se aproximou de mim.

— Mas?

— Mas não vou ter essa conversa sem a presença de Eloana — afirmou o Rei, e senti outro choque no peito. O olhar dele encontrou o meu. — Sei que é demais pedir que você espere, mas ela precisa fazer parte dessa conversa.

Ele estava me pedindo que esperasse antes de descobrir se eu descendia mesmo do Rei Malec, para retardar a possível descoberta do motivo pelo qual não me transformei em vampira quando Casteel me Ascendeu. Eu obviamente não queria esperar, mas olhei para Casteel. Ele olhou para mim por um instante e então se virou para o pai.

— Você está pedindo demais, pai.

— Eu sei, mas, assim como você faria qualquer coisa pela sua esposa, eu faria qualquer coisa para proteger a minha.

— Do que ela precisa ser protegida? — perguntou Casteel.

— De uma história que nos assombra há séculos — respondeu o pai, e eu estremeci. Ele se levantou devagar. — Você pode insistir, mas eu não vou falar sobre isso até que Eloana esteja presente. Você pode chamá-la agora, se quiser, mas imagino que tenha outros assuntos urgentes para resolver.

Alastir.

— E acredito que você queira que eu converse com a sua mãe antes que ela descubra que me prendeu aqui — continuou ele, com certa ironia no tom de voz. — Além disso, assim você terá tempo de descansar. Vocês dois. Vocês têm viajado sem parar e lidado com muita coisa. Mas é você quem sabe.

O olhar de Casteel encontrou o meu, e eu tive de me esforçar para assentir.

— Tem certeza? — perguntou ele, com a voz baixa.

— Tenho. — confirmei, mesmo que tivesse vontade de dar um berro de frustração.

O pai dele inflou o peito.

— Obrigado. Acho que nós precisamos desse tempo extra — declarou, e uma inquietação se apoderou de mim. Alastir me disse que os pais de Casteel não estavam envolvidos, mas havia um motivo pelo qual ele queria retardar aquela conversa. E que a esposa estivesse presente. — Acredito que seria sensato ocultar isso de qualquer um que não tenha estado presente nas ruínas — aconselhou ele. Em outras palavras, ninguém precisava saber que Casteel havia me Ascendido. — E que todos aqueles que estavam lá jurassem manter o segredo.

— Concordo — afirmou Casteel.

— Mas vocês sentem algo diferente em mim, não é? — Olhei de um para o outro. — Será que todos que sentirem isso não vão saber?

— Eles só vão saber que você não é nem vampira nem mortal. O que sentem não vai informar a eles o que aconteceu — explicou ele, e foi um conforto saber disso. Mas e as árvores de Aios? Aquilo deve ter alertado o povo de Atlântia de que alguma coisa tinha acontecido. — Então eu estou livre? — ele perguntou ao filho, e eu não soube dizer se era uma pergunta séria ou não.

Casteel assentiu. Kieran e os outros seguiram o Rei com o olhar enquanto ele caminhava na nossa direção, parando a alguns metros de distância enquanto olhava para o filho. Nenhum dos dois disse nada. Eu não era ingênua a ponto de acreditar que nenhum dano tivesse sido feito ao relacionamento deles, embora desejasse que não fosse o caso. Só esperava que eles pudessem consertar as coisas.

O Rei Valyn se virou na minha direção.

— Lamento pelo que eles fizeram com você assim que chegou e por tudo que aconteceu desde então. Atlântia não é assim. Nem Eloana nem eu teríamos permitido que algo assim acontecesse se soubéssemos o que Alastir pretendia fazer — afirmou ele enquanto a empatia atravessava as barreiras que ele havia construído, chegando até mim. — E eu sei que o meu pedido de desculpas não basta para mudar ou reparar o que aconteceu, o que poderia ter sido o resultado de tamanha traição e maldade. Foi isso que Alastir e aqueles que conspiraram com ele cometeram.

Assenti.

— Tudo... — Eu me contive antes de dizer a ele que estava tudo bem. Porque não estava. Não estava nada bem. Só o que consegui fazer foi acenar com a cabeça de novo.

O Rei Valyn se voltou para o filho.

— Posso apenas imaginar o que você pretende fazer com Alastir e os outros presos lá embaixo, mas quero que você me garanta que ele não vai sobreviver a essa noite. Se sobreviver, ele será executado pela manhã — avisou a Casteel. — E, já que a coroa ainda está na minha cabeça, é uma ordem que vou me certificar pessoalmente de que seja cumprida.

Embora eu tivesse ficado feliz por ele não pedir clemência para Alastir, a parte sobre a coroa me deixou ansiosa. Eu sabia o que ele queria dizer sem que precisasse dizer explicitamente. Ele não esperava suportar o peso da coroa por muito tempo.

— Ele não vai sobreviver a essa noite — assegurou Casteel. — Nenhum deles vai.

O Rei Valyn assentiu e então hesitou por um momento.

— Venham nos procurar assim que estiverem prontos. Nós estaremos esperando por vocês dois.

Observei o pai de Casteel passar por nós, com os lupinos abrindo caminho para ele.

— Espere. Por favor. — Ciente do olhar de Casteel, eu me virei na direção de seu pai, parado em frente à porta. Ele olhou para mim. — Você estava nas ruínas das Terras Devastadas. Obrigada por ajudar Casteel. E por me ajudar — falei, esperando não perceber mais tarde que tinha sido uma idiota por agradecer a ele. — Obrigada.

O Rei Valyn inclinou a cabeça para o lado.

— Você não precisa me agradecer. Faz parte da família agora. Eu certamente a ajudaria.

*

Casa.

Kieran se sentou ao meu lado na forma de lupino enquanto eu ficava de pé em meio aos ciprestes, sob o luar fragmentado pelas folhas. A beira do penhasco dava para as águas escuras da Enseada de Saion, que refletiam os tons de azul-escuro e preto do céu noturno. Dali, eu podia ver as luzes da cidade brilhando como estrelas que repousavam além das árvores e vales. A paisagem parecia uma pintura, bela e quase irreal. Me lembrava um pouco da Carsodônia, embora mesmo durante a noite a baía ficasse cheia de navios, transportando pessoas e mercadorias para dentro e fora da cidade. Por outro lado, ali era tranquilo, com o som das cachoeiras e o canto distante dos pássaros noturnos, e fiquei chocada e aliviada por me sentir como quando fui até as Câmaras de Nyktos.

Eu ainda me sentia em casa.

Será que era a minha linhagem — o éter nela — que reconhecia a terra, o ar e o mar? Será que a minha ancestralidade era tão poderosa assim? Porque eu não achava mesmo que me sentiria daquele jeito depois do ataque.

Uma brisa quente soprou uma mecha emaranhada de cabelo pelo meu rosto. Eu a afastei enquanto a mesma corrente de ar levantava as pontas da capa que vestia. Será que os meus pais — ou ao menos aquele que tinha sangue Atlante nas veias — se sentiram assim ao ver Atlântia? Isso se eles tivessem chegado até ali. Senti um aperto de tristeza e raiva no peito e tive de me esforçar para conter o sentimento e não deixar que ele me dominasse. Se eu deixasse, o nó de emoção avassaladora se libertaria e eu... eu não podia deixar que isso acontecesse. Não agora.

Senti um peso contra a minha perna e quadril, olhei para baixo e vi que Kieran havia se encostado em mim. Como acontecia com Delano, foi difícil de ignorar a vontade de acariciar e coçar a sua cabeça. Ele ficou ali fora comigo depois que Casteel me levou até um pavilhão de pedra atrás do Templo de Saion e então desceu com os outros para buscar Alastir nas criptas.

Não era a mesma cripta em que eles me aprisionaram, mas Casteel me pediu que ficasse na superfície. Imagino que tenha feito isso porque não queria que eu ficasse cercada pelos mortos de novo e me lembrasse do tempo que passei com eles. Eu ficaria eternamente grata pela perspicácia dele.

Olhei para o mar enquanto trazia à tona a esperança que senti ao me dar conta de que havia uma chance de que Ian fosse como eu. Se fosse, então ele poderia vir aqui. Ian iria adorar. Já sabia disso mesmo depois de ver tão pouco. Ele também sentiria aquela paz. E quando visse o mar tão límpido durante o dia e tão escuro à noite? Mal podia esperar para descobrir que histórias ele ficaria inspirado a contar. Um sorriso surgiu nos meus lábios.

Kieran se levantou, de orelha em pé, quando ouviu os passos muito antes de mim. Talvez eu estivesse mais forte, mas parece que não tinha desenvolvido as habilidades auditivas dos Atlantes... É óbvio que não tinha.

Espiei por cima do ombro. Emil se aproximou lentamente, ciente de que Kieran não era o único lupino no meio das árvores.

— Está na hora? — perguntei.

Emil fez que sim com a cabeça enquanto parava a vários metros de mim.

— Quando viu que Cas estava sozinho, Alastir pensou que você tivesse morrido. Nós não corrigimos tal suposição. Cas imaginou que a crença o deixaria mais inclinado a falar e incriminar os outros envolvidos. Mas o desgraçado não está falando muito.

— Mas ele falou alguma coisa?

Emil retesou o maxilar.

— Nada que mereça ser repetido.

— Posso adivinhar? Ele disse que só fez o que tinha de fazer para proteger Atlântia e que eu era uma ameaça? — presumi, e o Atlante ficou com um olhar de aço. — E imagino que tenha sido incrivelmente educado e apologético ao dizer essas coisas.

— Foi bem por aí — desdenhou Emil, e não fiquei surpresa nem desapontada. O que mais Alastir poderia dizer? Admitir que não havia mais ninguém naquela noite na estalagem? Não importaria. Não havia nada que nós tivéssemos que ouvir dele. Ao menos, nada que eu quisesse ouvir. — Também é por isso que acho que Casteel deixou que ele acreditasse que você está morta. Acho que já está se divertindo com a cara de Alastir quando ele perceber que fracassou. Venha. — Emil começou a se virar. — Cas vai nos chamar assim que quiser que a nossa presença seja notada.

Mas será que ele havia fracassado?

Sim.

Estremeci, e meu coração teve um sobressalto. Olhei para Kieran, toda arrepiada. Ele continuava observando Emil com aqueles olhos azul-prateados.

— Eu...? — Parei de falar. Era impossível que eu tivesse ouvido a voz de Kieran na minha cabeça. Nem Casteel conseguia se comunicar daquele jeito. Mas eu não tinha ouvido a voz de Delano antes? Só que estava dormindo na ocasião.

— Você está bem? — perguntou Emil, nitidamente preocupado.

— Sim. Sim. — Eu me curvei rapidamente, pegando a adaga de lupino que tinha colocado no chão. — Eu estou pronta.

Segui Emil em silêncio por entre o arvoredo, voltando para a luz do fogo no pavilhão. Parei assim que Emil ergueu a mão, pedindo silêncio. Nós estávamos a vários metros do pavilhão, mas consegui ver Casteel.

Ele estava no centro da estrutura, com os braços estendidos ao lado do corpo e a cabeça inclinada, revelando somente o contorno marcante da bochecha e um pedaço dos lábios carnudos. Vestido de preto, ele parecia um espírito da noite, convocado para executar a vingança.

Enfiei a adaga sob as dobras da capa quando vi as Guardiãs conduzirem cerca de meia dúzia de homens para fora do Templo, com as mãos amarradas atrás das costas. Contraí os músculos quando Naill trouxe o último. Não havia nenhuma emoção no rosto marcado por cicatrizes de Alastir enquanto o colocavam ao lado dos demais.

O ódio deixou a minha alma em brasas quando ele e os outros foram forçados a se ajoelhar. Meus pais. Casteel. Os pais dele. Eu. Todos nós havíamos confiado em Alastir, e ele não somente pretendia me entregar aos Ascendidos como também ordenara a minha morte. E, de certa forma, ele não havia fracassado. Eu fui morta. Casteel me salvou e eu acordei como algo diferente.

Não importa o que Alastir pense a meu respeito, disse a mim mesma enquanto observava Casteel avançar na direção dos homens desconhecidos que soltavam o gosto amargo de medo no ar. Eu não havia feito nada para merecer o que Alastir e eles fizeram comigo. Eu só tinha me defendido. Os meus pais apenas confiaram nele. Apertei a adaga com força.

Casteel era incrivelmente rápido.

Nem percebi o que ele tinha feito até que o homem mais distante de Alastir tombasse no chão. Os outros cinco caíram como dominós, e eu não vi o luar resplandecendo na sua espada até que ela parasse a poucos centímetros do pescoço de Alastir. Ele havia cortado a cabeça dos homens. De todos eles, exceto de Alastir. Em questão de segundos.

Inspirei subitamente o ar que pareceu escapar do corpo de Alastir. O lupino estava tão imóvel que parecia feito de pedra.

— Você traiu o Rei e a Rainha — anunciou Casteel, sem nenhuma emoção no tom de voz. E eu... eu não senti nada emanando dele conforme ele segurava a ponta da espada coberta de sangue contra o pescoço de Alastir. — Você me traiu e traiu Atlântia. Mas esse não é o pior dos seus pecados.

Alastir virou a cabeça o suficiente para olhar para Casteel.

— Eu fiz...

— O impensável — interrompeu Casteel.

— A profecia...

— É uma baboseira — rosnou Casteel.

Alastir ficou em silêncio por alguns segundos.

— Sinto muito pela dor que causei a você, Casteel. Eu precisava fazer isso. Ela tinha que ser detida. Espero que você entenda isso algum dia.

Um tremor percorreu o corpo de Casteel quando senti seu temperamento esquentar como o minério derretido usado para forjar o aço. Por um instante, pensei que ele fosse dar cabo disso e acabar com a vida de Alastir ali mesmo. E, para falar a verdade, eu não o culparia. Se Alastir tivesse feito isso com Casteel, eu não conseguiria me conter.

Mas Casteel se conteve.

Com um autocontrole digno de admiração, ele afastou a espada do pescoço de Alastir e a abaixou, usando a túnica do lupino para limpar a arma.

O insulto intensificou a cor nas bochechas de Alastir.

— Você é o responsável pelos anos de pesadelos que atormentam Poppy, não é? — perguntou Casteel quando acabou de limpar a espada. — E então fez amizade com ela. Você olhou e sorriu para ela, sabendo que a tinha abandonado para ter uma morte horrível.

Alastir olhava diretamente para a frente.

— Sim.

— Aqueles Vorazes rasgaram a pele dela, mas, em última análise, você foi o responsável pela sua dor... pelas cicatrizes visíveis e ocultas. Só por isso eu já devia matá-lo. — Casteel embainhou a espada. — Mas não vou fazer isso.

— O-o quê? — Alastir virou a cabeça na direção dele. — Você... você está me oferecendo um indulto?

— Sinto muito. — Casteel não soou nem um pouco arrependido. Emil tinha razão. Ele *estava* se divertindo. — Acho que você me entendeu mal. Eu disse que devia matá-lo, mas que não vou fazer isso. Não disse que você não iria morrer essa noite. — Ele olhou por cima do ombro na direção das árvores.

Onde eu estava.

Emil acenou com a cabeça e deu um passo para o lado.

Eu avancei.

O único som que ouvi foi de uma respiração áspera conforme caminhava até eles. Alastir arregalou os olhos. Nossos olhares se encontraram. Um rosnado gutural de advertência soou atrás de mim. O pelo quente roçou na minha mão quando Kieran se aproximou, parando ao meu lado.

Com o coração estranhamente calmo, segurei a adaga sob a capa enquanto Alastir olhava para mim em estado de choque.

— Como...? — O rosto bonito e cheio de cicatrizes dele se contorceu quando a surpresa se dissipou e a fúria estampou suas feições. Seu ódio era tangível. — Vá em frente. Eu a desafio. Não importa. Isso não termina comigo. Você vai provar que estou certo. Você vai...

Fiz um arco largo com o braço e então a pedra de sangue cortou a garganta dele profundamente, interrompendo suas palavras venenosas com um gorgolejo.

Eu me ajoelhei e segurei Alastir pelos ombros antes que ele tombasse para a frente. Ficamos no mesmo nível, e eu vi que o choque da ferida tomava o lugar do ódio nos olhos dele. Não fazia a menor ideia do que havia nos meus olhos — isso se havia alguma emoção neles.

— Eu nunca mais vou pensar em você depois dessa noite — jurei, limpando a lâmina na frente da túnica dele, como Casteel havia feito. — Só quero que você saiba disso.

Ele abriu a boca, mas apenas sangue saiu dela. Soltei-o e me levantei. Ele caiu no chão, estremecendo enquanto seu sangue se derramava livremente.

— Bem — anunciou Casteel de modo arrastado. — A morte dele não vai ser rápida.

Observei enquanto o piso de pedra escurecia sob o luar e olhei para Casteel.

— Eu estava errada. Certas pessoas não merecem a honra de uma morte rápida.

Ele repuxou um canto dos lábios, exibindo uma covinha enquanto estudava o meu rosto.

— Você é uma criaturinha tão deslumbrante e cruel.

Eu me virei quando Kieran passou por mim na direção do corpo que se debatia no chão. Ele pousou a pata enorme nas costas de Alastir, cravando as garras enquanto levantava a cabeça dele. Um uivo profundo rompeu o silêncio da noite, ecoando pelos vales e sobre o mar. Senti a pele arrepiada. O som era assustador, parecendo pairar no ar mesmo depois que ele abaixou a cabeça.

Um segundo se passou.

Lá embaixo, perto do mar escuro, um uivo longo e agudo respondeu. Outros soaram ao longe. Então, por toda a cidade, *centenas* de lupinos responderam ao chamado de Kieran, com os ganidos e latidos superados apenas pelo som das patas no chão, a pressa dos corpos correndo em meio às árvores. As milhares de garras cravando no solo e nas pedras.

Eles vieram.

Como as ondas implacáveis que arrebentavam sobre as rochas lá embaixo, eles vieram em lampejos de pelos e dentes, tanto os grandes quanto os pequenos. Eles vieram e devoraram.

Capítulo Catorze

O amanhecer chegou em tons vívidos de rosa e azul conforme seguíamos por uma trilha repleta de árvores que contornava o Templo de Saion, junto com a compreensão de que o prazer que advinha da vingança durava pouco.

Não que eu me arrependesse de tirar a vida de Alastir ou de não lhe conceder uma morte rápida. Só queria que não tivesse sido necessário. Conforme o sol nascia, desejei que ele nascesse em um dia que não estivesse obscurecido pela morte.

Não percebi que ainda estava empunhando a adaga de lupino até que Casteel a arrancasse dos meus dedos e a guardasse na bainha ao seu lado.

— Obrigada — sussurrei.

Ele se virou para mim, com os olhos de um tom reluzente de topázio. Pensei que fosse falar alguma coisa, mas ele não disse nada enquanto os lupinos surgiam no meio dos arbustos e das árvores. Havia tantos deles, alguns grandes e outros pequenos, pouco maiores que Beckett. Senti um aperto no peito enquanto via os lupinos correndo ao nosso lado. Todos estavam alertas, de orelha em pé.

Não conseguia parar de pensar no que eles tinham feito com Alastir e os outros — os sons de carne rasgada e ossos quebrados. Aquela noite ficaria na minha mente por muito tempo. Imaginei se aquilo atrapalharia a digestão deles.

Mas não perguntei nada, pois achei que fosse uma pergunta muito inadequada.

Naquele momento, estava mais concentrada em colocar um pé na frente do outro. Cada passo consumia uma energia que eu não tinha de sobra. O cansaço podia ser pela falta de sono quando atravessamos as Montanhas Skotos pela segunda vez, pela falta de descanso da primeira viagem ou por tudo que havia acontecido desde o momento em que cheguei a Atlântia. Ou uma combinação de tudo isso. Casteel também deveria estar exausto, mas a boa notícia era que eu estava exposta à luz do sol de novo e minha pele não estava apodrecendo nem fazendo nada igualmente perturbador. Então esse era um ponto positivo.

— Tudo bem aí? — perguntou ele em voz baixa conforme nos aproximávamos de Setti, o pelo do cavalo de um tom de ônix reluzente sob o sol da manhã. Ele estava pastando na grama.

Fiz que sim com a cabeça, pensando que aquela não deveria ser a recepção que Casteel gostaria de ter. Há quanto tempo ele não via os pais? Anos. E foi *assim* que teve que cumprimentá-los, com um ataque a ele, a mim, e uma possível rixa entre ele e o pai.

Senti um peso no peito enquanto uma das Guardiãs trazia Setti até nós. Olhei para as montanhas que pairavam adiante e vi uma copa de árvores vermelho-sangue.

A paisagem de Atlântia havia mudado para sempre, mas o que isso significava?

— Poppy? — A voz de Casteel soou baixa.

Ao me dar conta de que ele estava esperando por mim, tirei os olhos das montanhas e estendi a mão, agarrando a sela de Setti. Não descobri se tinha forças para montar sozinha como havia feito na cabana de caça. Casteel me levantou e então subiu atrás de mim.

Kieran se juntou a nós depois de voltar à forma humana, agora vestido com as roupas que Niall havia trazido conosco. Ele montou em um dos cavalos e vi olheiras sob seus olhos. Estávamos todos cansados, então não foi nenhuma surpresa quando partimos do Templo em silêncio, seguidos pelos lupinos. Não vi sinal de Emil, Niall e Quentyn quando seguimos viagem.

Levamos algum tempo para atravessar os penhascos e chegar ao campo de flores silvestres cor-de-rosa e azuis. Olhei para as árvores do outro lado do campo, mas não consegui ver as Câmaras de Nyktos da estrada. Fiquei imaginando qual seria o formato do Templo. Suspirei e olhei adiante. Meu coração palpitou quando vi os Pilares de Atlântia outra vez. As colunas de mármore e calcário eram tão altas que quase alcançavam as nuvens. Havia marcações escuras entalhadas na pedra em uma língua que eu não sabia ler. Aquele era o local de descanso de Theon, o Deus dos Tratados e da Guerra, e da sua irmã Lailah, a Deusa da Paz e da Vingança. As colunas eram conectadas a uma muralha tão grande quanto a Colina que cercava a capital de Solis e continuava até onde a vista alcançava.

Casa.

Eu ainda me sentia assim. Era o palpitar no meu peito. Aquela sensação de pertencimento. Olhei por cima do ombro para dizer isso a Casteel, mas percebi a raiva que fervilhava dentro dele. Senti o gosto ácido na boca, e a sua preocupação parecia um creme espesso na minha garganta.

— Estou bem — disse a ele.

— Gostaria que você parasse de dizer isso. — Ele apertou as rédeas com força. — Você não está bem.

— Estou, sim — insisti.

— Você está cansada. — Casteel passou o braço frouxamente ao redor da minha cintura. — Já passou por muita coisa. Não tem como você estar bem.

Baixei os olhos para as mãos dele. Às vezes, eu me perguntava se ele podia sentir minhas emoções ou ler meus pensamentos. Não podia, mas ele me conhecia melhor do que as pessoas que já me conheciam há anos. Era impressionante como aquilo tinha acontecido em um período tão curto de tempo. Mas agora quase desejei que ele não me conhecesse tão bem assim. Pisquei para conter a onda quente de lágrimas inúteis. Eu sequer entendia por que estava tão emotiva, mas não queria que ele se preocupasse com isso. Fiz menção de tocá-lo, mas me detive e pousei a mão no colo.

— Sinto muito — sussurrei.

— Pelo quê?

Engoli em seco e ergui o olhar para as costas de Kieran.

— Só... por tudo.

Casteel se retesou atrás de mim.

— Você está falando sério?

— Sim?

— O que é esse *tudo* pelo qual você está se desculpando?

Eu duvidava que repetir a palavra fosse suficiente.

— Eu só estava pensando que você não vê os seus pais há anos e que a sua volta deveria ter sido boa... feliz. Mas então tudo isso aconteceu. E Alastir... — Sacudi a cabeça. — Você o conhecia há muito mais tempo do que eu. A traição dele deve tê-lo incomodado. Além disso, eu estava pensando sobre as Câmaras de Nyktos e imaginando como devem estar danificadas agora. Aposto que o Templo existe há milhares de anos. E aí eu chego e...

— Poppy, pode parar por aí. Uma parte de mim tem vontade de rir...

— Eu também — comentou Kieran lá da frente.

Estreitei os olhos na direção do lupino.

— E a outra parte não acha a menor graça em você se desculpar por coisas sobre as quais não tem controle.

— Eu também concordo com isso — disparou Kieran.

— Essa conversa não envolve você, *Kieran* — retruquei.

O lupino encolheu os ombros.

— Eu só estava dando a minha opinião. Podem continuar. Meu pai e eu vamos fingir que não podemos ouvir vocês.

Fechei a cara para ele enquanto olhava para Jasper, que passava por nós na forma humana. Não fazia a menor ideia de quando ele havia se transformado.

— Olha só — começou Casteel em voz baixa —, vamos conversar sobre isso quando estivermos em um lugar privado e eu me certificar de que os seus ferimentos estejam curados.

— Que ferimentos?

Casteel suspirou atrás de mim.

— Já que não percebeu, você ainda estava coberta de hematomas depois de *descansar* na cabana de caça.

Depois que ele me Ascendeu e me transformou em... seja lá o que eu fosse agora.

— Eu estou...

— Não me diga de novo que você está bem, Poppy.

— Eu não ia dizer isso — menti.

— Ahan. — Casteel me puxou para perto de si e recostei em seu peito. — O que você precisa saber é que nada disso é culpa sua. Você não fez nada de errado, Poppy. Nada disso é culpa sua. Você entende isso? Acredita nisso?

— Eu sei. Não fiz nada para causar nada disso — disse a ele, falando a verdade. Não me culpava pelas ações das outras pessoas, mas eu ainda era uma presença perturbadora, tivesse a intenção ou não. Era um tipo diferente de culpa.

Ficamos em silêncio enquanto meu olhar vagava para além de Kieran, para a Enseada de Saion. Construções cor de marfim e areia — algumas quadradas e outras circulares — brilhavam sob o sol poente, pontilhando as colinas e vales ondulantes. Algumas estruturas eram tão compridas quanto altas, instaladas ao nível do solo. Lembrei-me mais uma vez dos Templos em Solis, embora não fossem feitos com aquela pedra preta e reluzente. Aquelas captavam o sol, venerando-o. Existiam construções mais altas que o Castelo Teerman, com torres estreitas se estendendo graciosamente na direção do céu. E todos os terraços que eu via estavam cobertos de vegetação. Havia árvores ali em cima enquanto as trepadeiras se derramavam dos terraços, repletas de flores cor-de-rosa, azuis e roxas.

A Enseada de Saion era quase do tamanho da Carsodônia e era só uma das cidades de Atlântia. Eu não conseguia nem imaginar como deveria ser Evaemon, a capital do Reino.

Os primeiros sinais de vida que vimos vieram das fazendas nos arredores da cidade. Vacas e ovelhas felpudas pastavam nos campos. As cabras mordiscavam as ervas daninhas e os galhos caídos perto da estrada. Pomares de frutas amarelas se misturavam a várias plantações e, afastadas da estrada principal, as paredes cor de creme das casas apareciam por trás dos ciprestes cheios de musgo. Existiam muitas construções no meio das árvores, todas espaçadas e grandes o suficiente para abrigar uma família de tamanho considerável. Não se parecia em nada com Masadônia e Carsodônia, onde havia uma prevalência de mansões e solares, e os trabalhadores ou precisavam percorrer uma grande distância até a cidade ou se hospedavam em cabanas quase inabitáveis dentro das propriedades.

O gado não deu atenção aos lupinos que nos acompanhavam assim que passamos pelas fazendas. Talvez estivessem acostumados com sua presença ou percebessem que eles não eram uma ameaça. Será que os fazendeiros e os habitantes da cidade tinham ouvido os lupinos no meio da noite quando eles chegaram ao Templo de Saion? Deve ter sido um barulho e tanto.

Mas deixei os pensamentos sobre o uivo dos lupinos de lado quando um nervosismo me invadiu. A cidade surgiu subitamente diante de nós.

Não existia portões nem muralhas internas ou construções empilhadas. O cheiro de pessoas forçadas a viver em espaços pequenos e apertados não sobrepujava o ar. Essa era a primeira coisa que alguém sentia quando entrava na Masadônia e na Carsodônia, e sempre me lembrava de miséria e desespero. No entanto, a Enseada de Saion tinha o aroma das frutas dos pomares ali perto e de sal marinho. As fazendas e os ciprestes cobertos de musgo simplesmente faziam a transição para a cidade, e aquilo era uma declaração.

Não existia separação entre aqueles que alimentavam a cidade e as mesas em que a comida era servida.

A visão me trouxe uma onda de fé e possibilidade, e me sentei um pouco mais ereta. Não sabia muito a respeito da política Atlante e sabia que o reino tinha problemas. Eles estavam ficando superpovoados, algo que Casteel esperava aliviar por meio das negociações com Solis e a reivindicação das terras a leste de Novo Paraíso — uma extensão praticamente desabitada do reino. Algumas pessoas podiam não perceber como aquela diferença era significativa, mas era imensa: provava que se Atlântia era capaz de fazer isso, então Solis também era.

Mas como isso poderia acontecer? Se Casteel e eu conseguíssemos derrubar a Coroa de Sangue, Solis permaneceria como estava, só que mais segura para os mortais, já que somente os Ascendidos que concordassem em controlar a sede de sangue sobreviveriam. Mas o poder continuaria nas mãos dos ricos. E os mais ricos eram os Ascendidos. Eles prosperavam por causa do sistema estratificado, que seria mais difícil de destruir do que acabar com os Rituais e o assassinato de inocentes.

E será que podíamos confiar que a maioria dos Ascendidos fosse mudar? Será que o novo Rei e Rainha que substituíssem aqueles que reinavam em Solis concordariam com isso? Será que Solis poderia ser diferente? De qualquer modo, nós tínhamos que tentar. Era a única maneira de evitar a guerra e impedir mais destruição e morte. Primeiro, nós tínhamos que convencer a Rainha Ileana e o Rei Jalara de que, ao contrário do que a Duquesa havia dito sobre o meu casamento com o Príncipe, aquela seria a ruína dos Ascendidos, e não a queda de Atlântia. Tanto a Duquesa quanto Alastir estavam errados — e mortos.

De certa forma, os Ascendidos deram início a sua queda quando inventaram a Donzela e convenceram o povo de Solis de que eu havia sido *Escolhida* pelos deuses — deuses que os mortais acreditavam estarem despertos e vigilantes. Os Ascendidos me escolheram como representante deles e símbolo de Solis para as pessoas que controlavam por meio da manipulação. Meu casamento com Casteel serviria a dois propósitos: provaria que os Atlantes não eram responsáveis pela praga conhecida como Vorazes — outra mentira que os Ascendidos inventaram a fim de encobrir seus atos malignos e incitar o medo de modo a controlar as pessoas mais facilmente. Além disso, o povo de Solis acreditaria que os deuses haviam aprovado a união da Escolhida com um Atlante. Por causa das mentiras dos Ascendidos, nós tínhamos uma vantagem. A única maneira de permanecer no poder seria se os Ascendidos entendessem isso. Porque, se eles se voltassem contra mim, o reinado de mentiras ruiria sob os seus pés. Casteel tinha razão quando disse que a Rainha Ileana era inteligente. Ela realmente era. E ela teria que concordar. Nós evitaríamos uma guerra catastrófica e talvez conseguíssemos mudar Solis para melhor.

Mas havia uma voz dentro de mim — uma voz estranha que se parecia muito com a minha, mas não era, e vinha do mesmo lugar daquela coisa ancestral que parecia ter despertado dentro de mim —, bem no fundo do meu ser. O que aquela voz sussurrou me deixou inquieta e tomada pelo pavor.

Às vezes, a guerra não pode ser evitada.

*

Havia dois imensos coliseus de cada lado da estrada por onde viajávamos, me fazendo lembrar das ruínas no Pontal de Spessa. Estátuas dos deuses revestiam o interior das colunas enquanto as paredes externas eram mais altas, tomadas por fileiras de assentos. Havia buquês cheios de flores roxas em cada um dos degraus que levavam até as construções. Os coliseus estavam vazios, assim como os pavilhões menores pelos quais passamos, com os dosséis dourados e azuis se agitando suavemente na brisa quente, e as construções com janelas e telhados, que não continuaram assim por muito tempo.

— Casteel — chamou Kieran, com um tom de alerta na voz.

— Eu sei. — Casteel apertou o braço em volta da minha cintura. — Esperava chegar mais longe antes de sermos notados. Mas não vai acontecer. As ruas estão prestes a ficar lotadas.

Aquela estranha voz dentro de mim e a inquietação que ela trazia sumiram assim que as pessoas começaram a sair das casas. Homens. Mulheres. Crianças. Elas não pareciam notar Jasper nem Kieran, como se a visão do lupino sem camisa e montado a cavalo fosse um acontecimento comum. E talvez fosse. Em vez disso, elas olharam para Casteel e para mim de olhos arregalados. A confusão irradiava de toda parte. Todos pareciam paralisados, e então um homem mais velho vestido de azul gritou:

— Nosso Príncipe! Príncipe Casteel! O nosso Príncipe está de volta!

Um suspiro percorreu a multidão como se fosse uma rajada de vento. Portas de lojas e casas se abriram ao longo da estrada. Eles não deviam saber que Casteel tinha se recuperado da sombrália. Fiquei imaginando o que sabiam a respeito do que havia acontecido nas Câmaras de Nyktos. Será que a chuva de sangue não tinha caído sobre a cidade? No entanto, eles deviam ter visto as árvores de Aios, embora as enormes construções bloqueassem a vista das montanhas.

Vivas e aplausos encheram as ruas conforme as pessoas clamavam e saíam das construções ou se posicionavam nas janelas, acenando, enquanto alguns bradavam o nome de Casteel e outros agradeciam aos deuses. Um idoso se ajoelhou no chão e uniu as mãos no peito. Ele estava *chorando*. E não era o único. Mulheres. Homens. Muitos choravam ostensivamente enquanto gritavam o nome dele. Casteel se remexeu atrás de mim enquanto meus olhos se arregalavam até ficarem do tamanho do sol. Eu... eu nunca tinha visto nada assim antes. Nunca.

— Eles... alguns deles estão chorando — sussurrei.

— Acho que eles temiam que eu estivesse morto — observou ele.

— Já faz um bom tempo que não volto para casa.

Não tinha certeza se era por causa disso. Pelo que eu tinha visto em Novo Paraíso e no Pontal de Spessa, ele era amado e respeitado pelo povo. Senti um nó na garganta enquanto olhava ao redor, vendo um borrão de rostos sorridentes e extasiados. Nada disso acontecia quando os Ascendidos cavalgavam pelas cidades. Nem mesmo quando a Rainha e o Rei saíam em público, o que, até onde eu me lembrava, era algo raro. Havia sempre um silêncio.

A algazarra parou de repente, e os vivas viraram sussurros. A princípio, não entendi qual era o motivo.

Os *lupinos*.

Eles deviam ter ficado para trás em algum momento, mas agora voltaram para o nosso lado. Vagaram pela rua e subiram nas calçadas, se misturando aos mortais e Atlantes. Não rosnaram nem ganiram, mas seus corpos estavam nitidamente tensos.

Minha pele ficou toda arrepiada quando os olhares passaram de Casteel para os lupinos e depois para mim. Eu me retesei, sentindo os olhares nas minhas roupas ensanguentadas e sujas e nos hematomas evidentes. Nas *cicatrizes*.

— Eu teria pego um caminho diferente para a casa de Jasper se fosse possível — disse Casteel em voz baixa quando viramos em uma rua onde as construções alcançavam as nuvens e as águas cristalinas dos Mares de Saion apareciam atrás das estruturas. Eu tinha me esquecido da proposta que Jasper fez nas Câmaras. Era revelador que Casteel fosse para lá e não para a propriedade da família. — Mas essa é a estrada menos povoada.

Aquela era a área menos povoada? Devia haver... deuses, devia haver *milhares* de pessoas nas ruas, nas janelas e em cima das varandas e terraços cobertos de hera.

— Sei que é muita coisa para digerir — continuou ele. — E sinto muito por não podermos passar por isso depois.

Estendi o braço na direção da mão dele sobre o meu quadril. Dessa vez, não me contive. Pousei a mão em cima da dele e a apertei. Casteel virou a mão para cima, retribuindo o gesto. Não soltamos a mão um do outro.

Parte de mim queria desviar o olhar e não sentir o que as pessoas estavam sentindo, mas isso seria covardia. Deixei os sentidos aguçados, abertos apenas o suficiente para ter um vislumbre de suas emoções no caso de perder o controle sobre... o que quer que eu fosse capaz de fazer. Era difícil me concentrar com o coração batendo descompassado e os pensamentos erráticos, porém depois de alguns momentos senti... o gosto ácido da confusão e o sabor mais leve e fresco da curiosidade emanando do povo de Atlântia.

Não havia medo. Nem ódio.

Apenas curiosidade e confusão. Não esperava por isso. Não depois do Templo. Recostei-me em Casteel e pousei a cabeça em seu peito. As emoções da multidão poderiam mudar assim que eles descobrissem o que eu havia feito e o que eu podia ou não ser. Mas não iria me preocupar com nada disso naquele momento. Comecei a fechar os olhos quando um tecido azul-escuro chamou a minha atenção. Havia uma mulher de cabelos brancos na sacada de um dos arranha-céus, com o vento soprando o vestido azul que ela vestia. Ela se segurou na grade preta e se ajoelhou lentamente, colocando o punho sobre o peito magro. Abaixou a cabeça conforme o vento açoitava os cabelos brancos como a neve. Em outra sacada, um homem de cabelos grisalhos presos em uma trança comprida e grossa fez a mesma coisa. E nas calçadas...

Homens e mulheres cuja pele e corpos apresentavam os sinais da idade se ajoelharam no chão no meio daqueles que estavam de pé.

— *Liessa!* — gritou um homem, batendo com a mão na calçada, me assustando. — *Meyaah Liessa!*

Setti virou a cabeça para trás quando duas crianças saíram correndo de um dos prédios — uma delas com menos de cinco anos — com os cabelos castanhos e compridos esvoaçando atrás de si. Uma delas se transformou ali mesmo, tombando para a frente conforme o pelo listrado de branco e marrom irrompia da pele. A lupina era tão pequena que latia e quicava, sacudindo as orelhas enquanto a criança um ano mais velha corria ao lado do filhote.

Casteel segurou as rédeas de Setti com firmeza quando a criança gritou:

— *Liessa! Liessa!*

Liessa. Eu já tinha ouvido aquilo antes, quando tive um pesadelo nas Montanhas Skotos e ouvi a voz de Delano. Ele havia dito aquela palavra. Ou eu sonhei com isso.

Uma criança mais velha pegou a mais jovem pela mão e se virou, perseguindo aquela que tinha se transformado. Homens e mulheres mais jovens apareceram nas calçadas, segurando bebês no colo enquanto se ajoelhavam no chão. O choque irradiou dos outros em uma onda gélida conforme o cântico de *Liessa* aumentava de volume.

— O que quer dizer isso? — perguntei a Casteel enquanto outra criança pequena se transformava em uma coisinha felpuda que foi empurrada de volta para a calçada por um dos lupinos maiores que nos seguiam. A menininha ou menininho deu um ganido e começou a perseguir o próprio rabo. — *Liessa*?

— É atlante antigo. O idioma dos deuses — respondeu Casteel, com a voz áspera. Ele pigarreou e apertou a minha mão de novo. — *Meyaah Liessa* quer dizer: minha Rainha.

Capítulo Quinze

A casa de Jasper ficava no topo de um penhasco com vista para o mar e para uma grande faixa das casas da cidade. Somente os arranha-céus e uma casa palaciana em outro penhasco eram mais altos. Presumi que o último fosse a residência do Rei e da Rainha, mas não fazia a menor ideia se eles já haviam chegado à Enseada de Saion ou se tinham ouvido os gritos.

Meyaah Liessa.

Minha Rainha.

Era uma das três coisas nas quais eu tinha conseguido não pensar desde que acordara na cabana de caça. *Rainha.* Eu não conseguia digerir isso e não iria sequer tentar enquanto examinava os caules das flores brancas e violetas penduradas nos cestos trançados e presos no meio das paredes do pátio. Não antes de tomar banho, dormir e colocar um pouco de comida no estômago.

Ao nos aproximarmos do estábulo, o centro do pátio chamou minha atenção. A água espirrava e se derramava sobre os andares de uma fonte de água feita de uma pedra da cor da meia-noite e ainda mais reluzente do que o material usado para construir os Templos em Solis.

Um homem de calça marrom e camisa branca larga saiu correndo de uma das baias. Seu olhar saltou de Jasper e Kieran para Casteel. A surpresa tomou conta dele, que fez uma reverência.

— Vossa Alteza.

— Harlan — cumprimentou Casteel. — Sei que faz um bom tempo desde a última vez que você me viu, mas não precisa me chamar assim.

Não pude deixar de tentar imaginar um dos Ascendidos — muito menos o Rei e a Rainha — permitindo uma intimidade dessas. Aqueles que não cumprimentavam o Duque Teerman de modo formal costumavam desaparecer logo em seguida.

Harlan assentiu enquanto Jasper descia do cavalo.

— Sim, Vossa... — Ele se conteve com um sorriso tímido. — Sim, faz um bom tempo.

Quando o homem pegou as rédeas de Setti, vi que seus olhos eram castanho-escuros. Ele era mortal ou de linhagem metamorfa. Eu queria perguntar, mas parecia uma pergunta um tanto indelicada. Ele olhou para mim, se demorando no meu rosto por um instante antes de seguir em frente.

— Harlan, gostaria de apresentá-lo a alguém muito importante para mim — anunciou Casteel enquanto Kieran nos encarava. — Essa é minha esposa, Penellaphe.

Minha esposa.

Apesar de tudo, meu coração deu um salto bobo dentro do peito.

— Sua esposa? — O homem pestanejou. Um sorriso cheio de dentes tomou conta do rosto dele. — Meus parabéns, Vossa... Meus parabéns. Uau. Não sei o que é mais surpreendente. A sua volta ou você estar casado.

— Ele gosta de causar — comentou Kieran enquanto dava tapinhas na lateral do cavalo. — Caso você tenha se esquecido disso.

Harlan deu uma risada e coçou os cabelos loiros desgrenhados.

— Acho que tinha me esquecido. — Ele olhou para mim outra vez. — É uma honra conhecê-la, Vossa Alteza. — Em seguida, ele fez uma reverência com muito mais floreios.

Kieran arqueou a sobrancelha na minha direção enquanto balbuciava sem emitir som: *Vossa Alteza.*

Se eu não estivesse tão cansada e sem a menor vontade de causar uma segunda má impressão, eu teria pulado de Setti e dado um soco na cara do lupino. Com força. Em vez disso, descolei a língua do céu da boca.

— Obrigada — consegui dizer, esperando que a minha voz não parecesse tão estranha para ele quanto para mim mesma. — Você também não precisa me chamar assim. Penellaphe já está bom.

O homem sorriu, mas eu tive a impressão de que a minha sugestão havia entrado por um ouvido e saído pelo outro.

— Setti está na estrada há um bom tempo. Ele poderia receber alguns cuidados a mais — comentou Casteel, desviando a atenção para longe de mim.

— Vou me certificar de que ele e os outros sejam bem cuidados. — Harlan pegou as rédeas e acariciou o focinho de Setti.

Casteel saltou do cavalo com uma graça fluida que me fez imaginar se ele era um poço de energia sem fim, e então estendeu a mão para mim. Tomei suas mãos e ele me levantou da sela e me colocou no chão ao seu lado. Suas mãos deslizaram até os meus quadris e permaneceram ali. Olhei para ele, que se abaixou e beijou a minha testa. O beijo carinhoso fez meu coração se apertar.

— Só mais alguns minutos — murmurou ele enquanto passava as mechas de cabelo emaranhado para trás dos meus ombros. — E ficaremos a sós.

Assenti. O braço dele continuou na minha cintura quando nos viramos.

Kieran e Jasper pararam na nossa frente, mas foram os lupinos que não estavam na forma humana que chamaram minha atenção. Eles tinham nos seguido até o pátio e havia... deuses, devia haver centenas deles, vagando pelo estábulo e pela propriedade. Dezenas saltaram sobre os muros do pátio. Outros subiram os degraus largos da mansão e ficaram no meio das colunas. Eles se separaram, abrindo caminho entre nós e as portas de bronze. Mas, antes que Casteel e eu déssemos um passo, todos se transformaram. De uma vez só. O pelo afinou e deu lugar à carne. Os ossos estalaram e se encolheram, voltando a se fundir. Os membros se esticaram e as garras viraram unhas. Em questão de segundos eles assumiram a forma humana. Havia muita pele à mostra. Mais do que eu precisava ver em toda a vida. Senti o rosto afogueado conforme tentava não olhar, bem... para lugar nenhum. Fiz menção de perguntar para Casteel o que estava acontecendo, mas os lupinos se moveram ao mesmo tempo. Eles fecharam a mão direita em punho, colocaram-na sobre o peito e se ajoelharam, curvando a cabeça como aqueles na rua. Todos eles — os lupinos no pátio, os que estavam em cima do muro, sobre os degraus e no meio das colunas.

Fiquei um pouco tonta quando Jasper e Kieran se viraram para nós e seguiram o exemplo.

— Eles nunca fizeram isso para mim — comentou Casteel baixinho.

Kieran levantou a cabeça ligeiramente para que eu visse que ele estava sorrindo.

— Não sei por que eles estão fazendo isso para mim.

Ele olhou para mim, com a testa franzida.

— Porque você tem o sangue...

— Eu sei — interrompi, com o coração começando a bater descompassado de novo. — Eu sei, mas... — Como eu poderia explicar o quanto aquilo me parecia bizarro? As pessoas se curvavam diante de mim quando eu era a Donzela, mas aquilo era diferente, e não tinha nada a ver com o fato de que havia gente *pelada* fazendo uma reverência para mim.

Embora isso também me parecesse importante.

Kieran se levantou, olhou para Casteel e então assentiu. Não fazia ideia de como eles se comunicavam, já que não existia mais vínculo. Ora, eu não fazia ideia de como eles faziam isso quando existia um. Ele disse alguma coisa para Jasper e seu pai assumiu a forma de lupino outra vez. Os outros seguiram o exemplo, e eu fiquei imaginando como eles agiam em uníssono. Observei os lupinos se afastarem da casa, se espalhando pelo pátio e para fora dos muros, imaginando se era um tipo de impulso instintivo ou algo mais.

Casteel deslizou a mão para o meio das minhas costas e começou a avançar.

— Bem, isso foi divertido, não foi?

Olhei para ele, com as sobrancelhas arqueadas.

— Foi muita... nudez.

Um sorrisinho surgiu em seus lábios quando ele olhou para mim.

— Você vai se acostumar com isso — garantiu Kieran conforme subia os degraus.

Eu não tinha tanta certeza disso.

— Melhor dizendo, você é forçada a se acostumar com isso — retrucou Casteel enquanto Kieran entrava pelas portas abertas. — Os lupinos costumam achar as roupas incômodas.

Pensei nas camadas de calças e camisas que eles pareciam usar e entendi por que se sentiam assim.

Uma brisa quente sacudiu as cortinas diáfanas enquanto Kieran nos conduzia por várias salas de estar cheias de poltronas enormes e de cores vibrantes. O ar tinha um toque de canela que nos acompanhou conforme o seguíamos por uma passagem coberta com dossel. Não vi sinal da mãe de Kieran nem de mais ninguém, e fiquei imaginando se ela estava entre os lupinos lá fora.

Acabamos entrando de novo, em uma ala diferente da casa, descendo outro corredor comprido e aparentemente interminável. Diminuí os passos e suspirei assim que passamos por mais uma porta.

— Quantas pessoas moram aqui?

— Depende da época do ano — respondeu Kieran. — Às vezes, todos os cômodos ficam ocupados, e há muitos lupinos que vêm e vão, aqueles que precisam de alojamento temporário.

— Ah — respondi, gemendo internamente quando passamos por mais duas portas. — Qual é o comprimento desse corredor?

— Agora falta pouco — respondeu ele, e a mão de Casteel se moveu em um círculo lento e reconfortante nas minhas costas. Um instante depois, o corredor fez uma curva e eu vi o fim. Graças aos deuses. Kieran parou na frente das portas duplas cor de creme. — Achei que você gostaria de ficar no seu velho quarto.

— Você já ficou muito aqui? — perguntei assim que Casteel afastou a mão das minhas costas. Senti falta dela imediatamente.

Ele fez que sim com a cabeça, abrindo um lado das portas.

— Meus pais não vêm muito aqui, ainda mais depois do que aconteceu com Malik — respondeu ele, e eu achei que fazia sentido. — Prefiro ficar aqui a ficar numa propriedade vazia.

Eu não conseguia nem imaginar o tamanho da casa dos pais dele ali ou na capital se aquela era a casa de Jasper.

— Vou garantir que suas coisas sejam trazidas do estábulo — ofereceu Kieran.

— Seria ótimo. Obrigado. — Casteel olhou de relance para ele enquanto se aproximava e me puxava pela mão. — Vamos precisar de um tempo antes de recebermos visitantes.

Um sorriso irônico surgiu no rosto de Kieran.

— Vou me certificar de que minha mãe compreenda isso.

Por algum motivo, senti um embrulho no estômago só de pensar em conhecer a mãe de Kieran.

Em seguida, Kieran saiu com uma rapidez impressionante. Talvez ele estivesse com medo de que eu começasse a fazer perguntas. Mal sabia ele que não precisava se preocupar com isso. Entrei no quarto assim que Casteel abriu mais a porta.

Onde estava a cama?

Era tudo em que eu conseguia pensar conforme caminhava pelo piso de azulejos cor de creme até o aposento onde havia um sofá em tom perolado e duas poltronas amplas bem no meio. Atrás da área de estar, existiam uma mesa com pernas de mármore esculpidas na forma de videiras e duas cadeiras de jantar de espaldar alto estofadas com um tecido cinza e grosso. Uma espreguiçadeira estava posicionada diante de uma porta de treliça fechada e, no teto, um ventilador girava preguiçosamente.

— O quarto é aqui. — Casteel passou por um arco à direita.

Eu quase tropecei ao entrar no cômodo.

— Essa é a maior cama de todos os tempos. — Fiquei olhando para a cama de dossel com suas cortinas brancas diáfanas.

— É mesmo? — perguntou ele, puxando as cortinas para o lado e prendendo-as ao pilar. — A cama da minha casa em Evaemon é maior.

— Bem... — Pigarrei. — Meus parabéns por isso.

Casteel me lançou um sorriso por cima do ombro enquanto desembainhava minha adaga e a colocava em cima da mesinha de cabeceira e em seguida guardava as próprias espadas. Ao lado de um enorme armário, reconheci os alforjes que trouxemos quando chegamos a Atlântia. Há quanto tempo eles estavam ali, esperando por nós? Olhei ao redor. Havia várias cadeiras do outro lado da cama. Portas duplas de treliça levavam ao que parecia ser uma varanda e um ventilador de teto ainda maior, com pás em forma de folha girando sem parar, movimentando o ar.

— Espere aí. — Olhei de volta para ele. — Você tem a sua própria casa?

— Tenho. — Depois de prender as cortinas da cama, ele se endireitou. — Tenho aposentos na casa da minha família, no palácio, mas também tenho uma casa menor na cidade.

Eu tinha certeza de que conhecia Casteel melhor do que a maioria das pessoas, mas ainda havia muito a aprender sobre ele. Coisas que não eram tão importantes e coisas que fizeram dele o homem que ele é. Nós só não havíamos tido tempo para descobrir os segredos um do outro, e eu queria esse momento tão dolorosamente como queria abraçar o meu irmão, ver Tawny outra vez e ter certeza de que ela não tinha Ascendido como a Duquesa me disse. Queria isso tanto quanto queria ver Casteel reencontrar o irmão e que Malik estivesse saudável e inteiro.

E quase perdemos a chance de ter esse tempo.

Casteel deu um passo para o lado, se virando para mim. Vi a porta aberta atrás dele. A tênue luz do sol banhava as paredes de azulejos cor de marfim e refletia em uma imensa banheira de porcelana. Hipnotizada, eu devo ter parado de respirar ao perceber como a banheira era grande e que os frascos nas prateleiras estavam cheios de sais de banho, loções e cremes coloridos. Mas o que eu não conseguia parar de olhar era o que existia no canto da sala de banho. Inúmeros canos desciam do teto, cada um com uma cabeça oval e cheio de pequenos orifícios. O piso embaixo deles era rebaixado e havia um... ralo enorme bem no meio. Debaixo da janela, havia um banco de azulejos embutido na parede.

— Esse é o chuveiro — indicou Casteel atrás de mim. — Quando ligado, a água vem de cima.

Fiquei olhando, estupefata.

— As torneiras da pia são iguais às do chuveiro e da banheira. A vermelha é para água quente e a azul, para fria. É só girar... Poppy? — Existia um sorriso na voz dele. — Olha só.

Pestanejei e tirei os olhos do chuveiro para vê-lo girar a torneira vermelha. A água se derramou na pia.

— Venha. — Casteel fez um sinal para que eu me aproximasse. — Sinta a água. Vai ficar fria por alguns segundos.

Caminhei até ele e coloquei a mão debaixo do jato de água. Estava fria e depois fresca antes de ficar morna e então quente. Ofegante, puxei a mão para trás enquanto olhava para ele.

A covinha idiota surgiu em sua bochecha direita.

— Bem-vinda à terra da água quente bem ao seu alcance.

Fiquei admirada. Tawny iria adorar aquela sala de banho. Ela nunca mais sairia dali, exigindo que a comida fosse servida no banheiro. A tristeza ameaçou tomar conta de mim e acabar com a minha alegria, e foi difícil deixá-la de lado e aproveitar aquele momento. Comecei a mergulhar a mão na água de novo, mas Casteel desligou a torneira.

— Ei...

Ele pegou a minha mão.

— Pode brincar com a torneira e a água o dia todo, mas me deixe cuidar de você antes.

Ergui o olhar e fiz menção de dizer a ele que não precisava, mas vi o meu reflexo e parei de me mexer e de pensar.

Era a primeira vez que eu olhava para mim mesma desde que tinha acordado na cabana. Não consegui parar de olhar, e não era por causa dos meus cabelos desgrenhados. Pousei as mãos na borda da pia e encarei o meu reflexo.

— O que você está fazendo? — perguntou Casteel.

— Eu... eu pareço a mesma — respondi, observando a testa forte, a linha do nariz e a largura da boca. — Mas não sou mais a mesma. — Ergui a mão, tocando na cicatriz da bochecha esquerda. O olhar dele seguiu o meu até o espelho. — As cicatrizes parecem... menores pra você? — perguntei, porque pareciam menores para mim. Elas ainda eram visíveis, uma perto do couro cabeludo, atravessando minha testa, e a outra na têmpora, me lembrando de como quase perdi o olho. As cicatrizes não pareciam mais claras que a minha pele como antes. Eram do mesmo tom de rosa que o resto do meu rosto, e a pele não parecia tão áspera e irregular.

— Eu não tinha reparado — observou Casteel, e eu olhei para ele no reflexo do espelho. Senti... senti surpresa emanando dele. Ele tinha falado a verdade. Não notou a diferença porque nunca tinha reparado nas cicatrizes, para início de conversa. Elas nunca foram uma *questão* para ele.

Eu teria me apaixonado ainda mais por ele naquele momento, se fosse possível.

— Elas estão um pouco mais fracas — continuou ele, com a cabeça inclinada. — Deve ter sido o meu sangue, a quantidade dada. Pode ter sarado um pouco dos antigos ferimentos.

Olhei para o meu braço e o examinei — examinei *com atenção*. A pele estava menos brilhante e irregular ali.

— Me espanta — comentou ele — que as cicatrizes sejam a primeira coisa que você reparou.

— Porque é a primeira coisa que todos parecem ver quando olham pra mim — declarei.

— Não acho que seja a primeira coisa, Poppy. Nem antes — afirmou ele, passando uma mecha de cabelo para trás dos meus ombros. — E muito menos agora.

Muito menos agora.

Ergui o olhar mais uma vez e olhei além das cicatrizes e do punhado de sardas no nariz para os meus olhos. Eram verdes, assim como os do meu pai, mas também estavam diferentes. Não era perceptível à primeira vista, mas agora eu via.

O brilho prateado atrás das pupilas.

— Meus olhos...

— Eles estão assim desde o Templo de Saion — explicou.

Pisquei duas vezes seguidas. Eles continuaram daquele jeito depois que voltei a abri-los.

— Não é assim que eles ficam quando brilham, certo?

Ele fez que não com a cabeça.

— A luz atrás das suas pupilas invade o verde. Fica muito mais intenso.

— Ah — sussurrei.

— Acho que é o éter em você — continuou, inclinando o corpo na direção do meu.

— Ah — repeti, pensando que devia ser a mesma coisa que fazia com que os olhos de Casteel e dos outros Atlantes ficassem luminosos e agitados.

Casteel arqueou a sobrancelha.

— É só isso que você tem a dizer ao ver os seus olhos? Ah?

— Meus olhos... não sinto nada de diferente neles — confessei, sem fazer a menor ideia do que falar.

Ele repuxou um canto dos lábios.

— E ainda são os olhos mais bonitos que já vi.

Eu me virei para ele, olhando para cima.

— Nada disso o incomoda? Minha ancestralidade? E o que quer que eu seja?

O sorrisinho sumiu do rosto dele.

— Nós já tivemos essa conversa quando falamos sobre Malec.

— Tivemos, mas... quando você me conheceu, eu era a Donzela. Você achava que eu fosse mortal e depois descobriu que eu era meio Atlante. Mas agora você sabe que sou descendente de um deus e nem ao menos sabe o que eu sou — enfatizei. — Meus dons não são mais os mesmos. Eu estou *mudando*.

— E daí?

— *E daí?*

— Quando me conheceu, você achava que eu era um guarda mortal que tinha jurado protegê-la. Mas depois descobriu que eu era um Atlante e o Príncipe — retrucou ele. — Isso mudou a maneira como você me via?

A princípio, sim, mas...

— Não. Não mudou.

— Então por que é tão difícil de acreditar que isso não muda nada pra mim? Você ainda é a Poppy. — Ele tocou na minha bochecha. — Não importa o quanto mude, você ainda é a Poppy no fundo do coração.

Olhei de volta para o espelho, vendo um rosto familiar que também me era desconhecido de certa maneira. Eu ainda me sentia a mesma no fundo do coração... e esperava que isso não mudasse.

Capítulo Dezesseis

— Vem — repetiu Casteel, me puxando pela mão. — Deixa eu cuidar de você.

— Já disse que estou bem.

Casteel me afastou do espelho e me levou de volta para o quarto.

— E eu já disse para parar de dizer isso quando sei que você não está bem.

— Nem sinto os hematomas que você mencionou — retruquei enquanto ele me posicionava ao lado da cama.

O olhar ocre de Casteel se virou para mim.

— Sei que há feridas que não são visíveis a olho nu e gostaria que você parasse de tentar escondê-las de mim.

Fechei a boca imediatamente.

— Acho que precisamos conversar a respeito de muita coisa. — Ele estendeu a mão para a bainha da minha túnica e a levantou. — Mas há algo realmente importante sobre a qual precisamos conversar antes de discutirmos qualquer assunto. — Casteel fez um sinal para que eu levantasse os braços e fiz o que ele pediu. O vento soprou sobre os meus braços nus enquanto eu o observava deixar a camisa de lado. A combinação simples que eu usava era muito mais fina e adequada para o clima, mas as alças finas e o corpete justo e quase transparente não escondiam muita coisa.

Ele passou o dedo ao longo da alça enquanto a examinava, deslizando-o sob o tecido frágil.

199

— Essas alcinhas finas e ridículas... — Ele passou a ponta das presas sobre o lábio inferior.

— É sobre isso que você quer falar? — Senti um formigamento na pele conforme ele deslizava o dedo ao longo do corpete da combinação, sobre as minhas curvas. Meus mamilos se retesaram e enrijeceram quando ele voltou o olhar para mim.

— Acho essas alcinhas muito importantes e extremamente perturbadoras, mas não é sobre isso que precisamos conversar — respondeu ele. — Sente-se, Poppy. Sei que você está exausta.

Olhei para a minha calça empoeirada.

— Vou sujar a cama se me sentar.

— Então você vai ter que tirar as calças.

Arqueei as sobrancelhas.

— Você está tentando me deixar pelada?

— Poppy — ronronou ele, passando as mechas do meu cabelo para trás dos ombros. — Eu estou *sempre* tentando deixar você pelada.

Dei uma risada suave.

— Verdade. — Estendi a mão para a braguilha da calça, sabendo que ele estava me provocando e se divertindo, e aliviada por ainda conseguir desfrutar daquilo, apesar de tudo o que tinha acontecido. Abri os botões.

— As botas — lembrou ele. — Aqui. Apoie-se nos meus ombros.

Casteel se ajoelhou diante de mim, e a visão dele — a largura dos ombros, o cabelo que tinha secado em um emaranhado de ondas e cachos soltos que caíam sobre a testa, e os cílios escuros e volumosos — quase acabou comigo. Ele era lindo. Corajoso. Inteligente. Gentil e acolhedor. Ele era feroz.

E ele era *meu*.

Pousei as mãos ligeiramente trêmulas nos seus ombros. Casteel tirou as botas rapidamente enquanto eu me equilibrava. As calças desceram em seguida e fiquei diante dele em uma combinação que só chegava até as coxas.

Casteel continuou onde estava, examinando as minhas pernas lentamente. Ele olhava não para as velhas cicatrizes da noite do ataque dos Vorazes, mas para as manchas azuladas na pele, machucadas por só os deuses sabiam o quê. Seu olhar vagou sobre mim — para os meus braços, a pele do meu colo, meu rosto.

Os olhos dele pareciam lascas de âmbar congeladas quando encontraram os meus.

— Se qualquer um daqueles que infligiram um segundo de dor a você ainda estivesse vivo, eu arrancaria todos os seus membros, um de cada vez. Faço preces para que a morte que você impôs a eles tenha sido lenta e dolorosa.

— Não foi lenta para a maioria. — A imagem deles segurando a cabeça e berrando, com os corpos retorcidos, surgiu em minha mente. — Mas foi dolorosa para todos.

— Ótimo. — Ele me encarou. — Não perca nem um segundo com culpa ou pena. Nenhum deles, principalmente Alastir, merece isso.

Assenti.

— Prometo a você que, se mais alguém estiver envolvido nisso, eu vou encontrar e castigar todos. O mesmo vale para qualquer pessoa que pretenda ameaçá-la. Não importa quem.

Ele estava falando sério, e o instinto me dizia que ninguém seria poupado. Nem mesmo seus pais.

— E eu prometo o mesmo a você. Não vou permitir que ninguém o machuque — jurei, um tremor percorrendo o meu peito.

— Eu sei. — Casteel pegou as minhas mãos e me puxou para baixo, de modo que eu ficasse sentada na beira da cama macia. Um bom tempo se passou. — Eu sou o seu marido, certo? — perguntou ele, ainda agachado.

Arqueei as sobrancelhas com a pergunta inesperada.

— Sim?

— Então, não sei muito bem como é ser um marido — confessou enquanto colocava minhas mãos sobre o colo, e eu não fazia a menor ideia sobre aonde ele queria chegar com aquilo. — Você sabe o que está gravado nas nossas alianças? É atlante antigo — contou ele quando fiz que não com a cabeça. — As duas têm a mesma inscrição. *Para todo o sempre*. É o que nós somos.

— Sim — sussurrei, com um nó na garganta. — Somos.

— Eu obviamente não tenho experiência com essa história de casamento, mas, seja como for, você é a minha esposa. Quer dizer que nós não estamos fingindo mais, certo? Que vamos ser sinceros um com o outro para todo o sempre.

— Sim — concordei.

— Sobre qualquer coisa. Mesmo quando você não quiser me preocupar. Sei que você é forte e tão resiliente que chega a ser inacreditável, mas não precisa ser sempre forte comigo. Não tem problema se você não estiver bem quando está comigo — pediu, e eu prendi a respiração. — É meu dever enquanto marido garantir que você se sinta segura o suficiente para ser sincera. Não precisa fingir que está bem depois de tudo o que aconteceu, Poppy.

Ah...

Ah, deuses.

As palavras dele me destruíram. Lágrimas arderam na minha garganta e subiram para os meus olhos. Então fiz a única coisa madura possível. Bati com as mãos contra o rosto.

— Poppy — sussurrou Casteel, fechando os dedos em volta dos meus pulsos. — Isso deve ter doído.

— Doeu, sim. — Minha voz estava abafada. — Eu não quero chorar.

— Bater no próprio rosto ajuda com isso?

— Não. — Dei uma risada, com os ombros tremendo conforme as lágrimas molhavam meus cílios.

— Eu não queria fazer você chorar. — Ele puxou os meus braços de leve.

Continuei com as mãos no rosto.

— Então não diga coisas tão doces e compreensivas.

— Você prefere que eu diga algo maldoso e pouco solidário?

— Sim.

— Poppy. — Ele pronunciou o meu nome devagar, afastando minhas mãos do rosto. Em seguida, me deu um sorriso torto, que o fez parecer incrivelmente jovem. — Não tem problema chorar. Não tem problema ser vulnerável. Deve ter sido a pior volta para casa de todos os tempos. A última semana foi foda, e não do jeito bom de costume.

Ri de novo, e a risada terminou em um soluço. Mas não contive a emoção dessa vez. Eu me despedacei, e, como tinha prometido, Casteel estava lá para recolher os pedaços, juntá-los e mantê-los em segurança até que eu conseguisse me recompor. De algum modo, acabei no colo dele, no chão, com os braços e pernas ao redor do seu corpo.

E parei de fingir.

Porque eu não estava bem.

Eu não estava bem com o que tinha acontecido, com o que aquilo poderia indicar aos outros ou com o que significava quando nem sabia mais o que eu era. Não estava bem com o fato de que os meus pais haviam sido traídos por uma pessoa em quem confiavam — que tentaram fugir de Solis comigo e Ian, mas não conseguiram, arriscando a vida por mim, por nós dois. Essa traição doeu, e a dor latejava intensamente. Todas as coisas em que tentei não pensar desabaram sobre mim, e quem... quem estaria bem?

Os segundos se transformaram em minutos, e os minutos se amontoaram. Minhas lágrimas molharam o peito de Casteel. A última vez que eu tinha chorado daquele jeito foi quando perdi Vikter. Aquele surto de emoção foi mais intenso, mas Casteel... ele também estava lá naquela ocasião. E conforme ele me segurava de encontro a si, com a bochecha no topo da minha cabeça e as mãos subindo e descendo pelas minhas costas, eu não me preocupei em ser vista como fraca. Não temi ser repreendida por demonstrar emoções enquanto ele nos embalava delicadamente. Jamais havia feito aquilo com Vikter e sabia que ele não teria me julgado. Ele teria deixado que eu chorasse e depois me dito para seguir em frente. E, às vezes, era disso que eu precisava. Mas não era um desses momentos, e eu não me sentia segura o bastante para ficar tão vulnerável assim desde que os meus pais morreram e Ian foi para a Carsodônia.

E sabia por que eu podia ser assim com Casteel. Era mais uma prova do que eu sentia profundamente quando aguçava os sentidos para ele agora. Eu estava me afogando no gosto de morangos banhados em chocolate.

Amor.

Amor e aceitação.

Não sei quanto tempo ficamos daquele jeito, mas me pareceu uma eternidade até que as lágrimas parassem de cair. Meus olhos doíam um pouco, mas eu me sentia mais leve.

Casteel virou a cabeça e me deu um beijo na bochecha.

— Você está pronta para tomar o seu primeiro banho de chuveiro? Depois vamos colocar um pouco de comida no estômago e por fim, e infelizmente, encontrar umas roupas para você. Só então vamos conversar sobre todo o resto.

A princípio, meu cérebro ficou empacado na parte do *chuveiro* e depois em *todo o resto*. Todo o resto significava nos encontrar com os pais dele, toda a coisa de ser Rainha e... bem, todo o resto.

— Ou podemos comer primeiro. Você que sabe — ofereceu ele. — O que você quer fazer?

— Acho que gostaria de tomar um banho, Cas. — Engasguei quando ele mordiscou o meu dedo.

Ele abriu os olhos, que brilhavam como citrinos.

— Desculpe. Ouvir você dizer isso... provoca algo em mim.

O calor percorreu as minhas veias, pois eu sabia muito bem o que ele estava querendo dizer. Espiei por cima do ombro dele e a excitação tomou conta de mim.

— Vai ser estranho tomar banho em pé.

— Você vai adorar. — Casteel se levantou, me levando junto consigo. Sua força nunca deixava de ser um choque, ao qual eu não sabia muito bem se algum dia iria me acostumar.

Eu o segui até o banheiro. Uma luz tênue entrava pela janela acima do banco. Casteel acendeu uma luminária sobre a penteadeira e um brilho dourado se derramou pelo chão de ladrilhos. Eu o vi colocar duas toalhas grossas em um banquinho entre a banheira e o chuveiro. Eu nem tinha notado o móvel antes.

Ele tirou a roupa com uma ausência total de inibição que era fascinante e invejável. Eu não conseguia tirar os olhos de Casteel quando ele entrou no boxe e começou a mexer nas torneiras da parede.

A água saiu dos canos ali em cima, resultando em um fluxo intenso. Eu deveria ter me concentrado na feitiçaria que tornava aquilo possível, mas fiquei hipnotizada por ele — os pelos escuros nas panturrilhas, a largura dos ombros e tórax, e os músculos esguios e definidos do abdômen. Seu corpo era a prova de que ele não tinha muitos dias tranquilos. Casteel me deixava fascinada, do contorno dos músculos no peito, ao seu membro vigoroso, até a vida que levou e que estava estampada na pele em um punhado de cicatrizes pálidas.

O corpo dele era... deuses, era uma obra-prima de perfeição e defeitos. Nem mesmo a marca a ferro do Brasão Real — o círculo com a flecha no meio — na parte superior da coxa direita prejudicava a sua beleza crua.

— Quando você olha para mim desse jeito, toda a boa intenção que eu tinha de deixá-la desfrutar do seu primeiro banho de chuveiro desaparece em questão de segundos — disse ele, com a água escorrendo pelos ombros enquanto ficava debaixo do jato do chuveiro. — E é substituída por outras bastante inadequadas.

O calor percorreu as minhas veias enquanto eu brincava com a bainha da combinação. Baixei o olhar para os músculos tensos do seu abdômen, abaixo do umbigo. Ele estava duro, com a pele de uma tonalidade mais intensa. Senti uma vibração aguda e repentina na boca do estômago e então no meio das pernas.

O peito dele subiu em uma respiração brusca.

— Acho que você está interessada nas minhas intenções inadequadas.

— E se eu estiver?

— Eu acharia muito difícil não ceder a elas. — Os olhos dele brilharam. — E isso seria um problema.

Minha pulsação estava muito acelerada.

— Não sei como isso poderia ser um problema.

— O problema é que, se eu penetrar você agora, acho que não vou conseguir me controlar. — Ele parou na minha frente e abaixou a cabeça. Seus lábios roçaram na concha da minha orelha enquanto ele deslizava o dedo sob a alça do corpete. — Eu a possuiria contra a parede, com o pau e as presas tão profundamente dentro de você que nenhum dos dois saberia onde um começa e o outro termina.

Uma vibração intensa e latejante percorreu o meu corpo em ondas reverberantes. A lembrança das presas dele na minha pele, da mordida e da breve dor que dava lugar ao prazer dominara a minha mente.

— Ainda não vejo como isso poderia ser um problema.

Ele emitiu um som grave e áspero.

— Porque você nunca me viu perder o controle.

— Você estava sob controle na carruagem? Depois da batalha no Pontal de Spessa?

— Sim. — Ele inclinou a cabeça e o meu corpo inteiro estremeceu ao sentir uma presa afiada no pescoço.

Aquela ardência tentadora desceu para o meio das minhas pernas, latejante.

— E na manhã em que você acordou com fome e...? — Engasguei quando a língua dele aliviou a área que a presa tinha incitado.

— E caí de boca no meio das suas coxas, sentindo o seu gosto descendo pela minha garganta?

Estremeci, fechando os olhos.

— Sim. E-essa manhã mesma. Você não estava sob controle na ocasião.

— Você conseguiu me alcançar, Poppy. — Ele passou os dedos sob as alças da minha combinação e a puxou para baixo lentamente, sobre os meus mamilos arrepiados. — Eu não perdi o controle.

— E depois... depois que eu me alimentei de você? — perguntei, com dificuldade de engolir. — Na cabana de caça?

— Eu ainda estava sob controle, Poppy.

Perdi o fôlego. Se ele não tinha perdido o controle nessas ocasiões, eu não podia nem imaginar como seria se perdesse. Conforme a combinação se amontoava ao redor da minha cintura e depois caía no chão, eu me dei conta de que queria saber.

— Eu perderia o controle agora. — Seus dedos patinaram pela curva do meu ombro e sobre o contorno do meu seio. O toque foi leve como uma pena, mas eu arqueei as costas. Ele roçou os lábios na minha bochecha enquanto seu polegar se movia em círculos enlouquecedores pelo meu mamilo. — Cairia de boca em você. Beberia da sua garganta. Beberia daqui — sussurrou ele nos meus lábios enquanto colocava a mão sobre o meu seio, massageando a carne. Engasguei quando senti sua outra mão deslizar no meio das minhas coxas. — E é claro que beberia daqui.

Ele podia... ele podia beber *de lá*?

— Não tenho problema com nada disso.

Ele emitiu aquele som áspero e desejoso de novo.

— O seu corpo passou por muita coisa, Poppy, e em um curto período de tempo. Você pode estar se sentindo bem e talvez esteja mesmo, mas, menos de dois dias atrás, mal tinha uma gota de sangue nas veias. Não vou me arriscar a me alimentar de você. Hoje, não. De modo que um dos dois precisa ser responsável.

Dei uma risada gutural.

— Você é o responsável?

— Óbvio. — Ele passou o dedo pela umidade acumulada no meio das minhas pernas, alimentando o fogo que já ardia nas minhas veias.

— Não acho que você saiba o que significa ser responsável.

— Talvez você tenha razão. — Casteel me beijou, puxando o meu lábio inferior com os dentes. — Então você precisa ser a responsável.

— Mas eu não quero.

Ele riu de encontro a minha boca e depois me beijou outra vez, tirando a mão do meio das minhas pernas.

— Chuveiro — lembrou ele, a mim ou a si mesmo.

O nível de desapontamento que senti quando Casteel me pegou pela mão foi vergonhoso, ainda mais quando ele se virou e a sua rigidez roçou na minha coxa. Outra pulsação desenfreada percorreu o meu corpo enquanto ele me levava para o boxe. Ele entrou no chuveiro e se virou para mim, com a água molhando seus cabelos, escorrendo pelos ombros e borrifando em gotas — gotas *mornas* — no meu braço esticado. Seu olhar era tão intenso que parecia uma carícia física quando ele olhou para mim.

Meu corpo tremeu enquanto eu ficava parada ali, deixando que ele me olhasse à vontade. Não foi nada fácil. Lutei contra a vontade de me esconder conforme ele segurava a minha mão. Não que eu me sentisse desconfortável com ele ou com vergonha das minhas inúmeras imperfeições. Não importava o quanto eu treinasse com armas e com o meu corpo, a minha cintura nunca seria fina e os meus quadris nunca seriam estreitos como os das Damas de Companhia em Solis.

Eu gostava demais de queijo, bacon e tudo com cobertura de chocolate para isso.

Também não fiquei com vergonha das minhas cicatrizes. Não quando ele olhava para mim daquele jeito, como se eu fosse uma divindade ou uma deusa. Não quando aquelas cicatrizes, assim como as dele, eram a prova da vida que levei e das coisas às quais sobrevivi.

É só que... aquela exposição era nova para mim. Eu tinha passado a maior parte da vida coberta do queixo até o pé e com mais da metade do rosto velado. Eu sabia como me esconder. Só agora estava aprendendo a ser vista. Lutei contra esse ímpeto, me sentindo tonta de orgulho e consciência de mim mesma, e a cada segundo eu ficava mais confortável.

— Você é linda. — A voz de Casteel era como uma noite amena de verão. — E é minha.

Eu era mesmo, completamente.

E aquilo não fez minha pele pinicar nem a minha língua queimar com a negação. Não era uma declaração de domínio e controle. Eu sabia muito bem o que era isso. Aquela era apenas a verdade. Eu *era* dele.

E ele era meu.

Casteel me puxou e eu avancei. A água caiu em cima de mim, e eu dei um gritinho ao sentir o borrifo na pele.

— Você esqueceu que estava no chuveiro? — perguntou ele, soltando a minha mão.

— Acho que sim. — Virei as mãos para cima, observando a água formar poças rasas. Estava quase quente demais, do jeito que eu gostava. Joguei a cabeça para trás e arfei quando a água caiu no meu rosto e cabelos. Parecia uma chuva aquecida. Girei o corpo lentamente, entusiasmada com a sensação da água na minha pele, até mesmo nas partes sensíveis e doloridas.

Abri os olhos e olhei de relance para ele. Ele estava sorrindo — um sorriso genuíno e raro, com as duas covinhas idiotas à mostra.

— Pareço uma boba?

— Você parece perfeita.

Sorri e fiquei embaixo do segundo cano, de onde a água caía com mais força. Meu cabelo ficou colado no rosto e eu dei uma gargalhada. Afastei as mechas para trás e o vi pegar uma das garrafas da prateleira perto das torneiras. O líquido era claro e tinha cheiro de limão e pinho.

Enquanto eu brincava na água, passando debaixo do que Casteel me disse que eram chuveiros, ele se banhou. Assim que terminou, ele se aproximou por trás de mim, com aquele sabonete sedutoramente perfumado nas mãos.

— Feche os olhos — ordenou ele.

Obedeci, apreciando a sensação dos seus dedos no meu couro cabeludo enquanto ele fazia espuma com o sabão.

— Eu poderia me acostumar com isso — sussurrei.

— Eu também. — Ele se aproximou e eu senti o seu calor na minha lombar. — Incline a cabeça para trás e fique de olhos fechados.

Fiz o que ele pediu. Seus lábios tocaram nos meus e eu sorri. Em seguida, ele juntou os meus cabelos, enxaguando o sabão. Era muito mais fácil fazer isso no chuveiro. Eu só tinha que ficar de pé ali.

Talvez eu me mudasse para debaixo de um chuveiro e nunca mais saísse dali.

A ideia ficou ainda mais atraente quando Casteel se afastou de mim por um instante e voltou com um quadrado de sabonete. A espuma acompanhou a esponja macia que ele passava nos meus braços, peito, abdômen e lombar. Ele foi cuidadoso com os pequenos cortes que as pedras tinham deixado na minha pele e a ternura do seu cuidado aqueceu o meu coração. Meu peito pareceu inflar com o amor que eu sentia por ele e ficou ainda mais dolorido e pesado quando a esponja pareceu desaparecer, substituída pela aspereza das mãos ensaboadas de Casteel.

Fechei os olhos de novo e a minha mente vagou por lugares puros e pecaminosos conforme as mãos dele seguiam o mesmo caminho que a esponja havia feito pouco antes. Pensei sobre o que ele disse que faria com as presas e... o pau. Meu sangue esquentou conforme o fogo ardia nas minhas veias mais uma vez. Será que ele podia fazer isso ali, embaixo do chuveiro? Parecia bastante escorregadio, mas se alguém podia fazer isso seria Casteel.

Ele deslizou as mãos sobre os meus seios. Encostei a cabeça no seu peito enquanto elas permaneciam ali. Mordi o lábio quando a mão dele passou pela minha barriga. Minha pele se contraiu quando a sensação desceu ainda mais. Dei um suspiro quando os dedos dele apertaram o meu mamilo enquanto sua outra mão descia pelo meu umbigo. Meu corpo reagiu por instinto, alargando o espaço entre as minhas pernas.

— Você está gostando do banho? — A voz dele parecia cheia de fumaça.

Casteel sabia muito bem como eu estava gostando e a percepção de que ele era capaz de sentir o cheiro da minha excitação me inflamou em vez de me envergonhar. Fiz que sim com a cabeça mesmo assim.

— Você está sendo responsável?

— É claro que sim. — Ele escorregou a mão no meio das minhas coxas. — Só estou sendo minucioso — disse ele, girando o polegar sobre o ponto entumecido que havia ali.

Ofeguei, ficando na ponta dos pés. Entreabri os lábios quando o latejamento reverberou profundamente. Soltei um gemido conforme erguia os quadris de encontro à mão dele.

Ele beijou o meu ombro e tirou as mãos de mim. Abri os olhos de repente e comecei a me virar na direção dele.

— Eu não terminei — avisou ele antes que eu pudesse falar alguma coisa. — Ainda preciso lavar as suas pernas.

Arqueei as sobrancelhas.

— É sério?

Os olhos dele pareciam poças de mel quente.

— Muito sério.

Eu não estava nem aí para as minhas pernas.

— Casteel...

— Eu nunca me perdoaria se você não achasse o seu primeiro banho de chuveiro tão eficaz quanto o de banheira — declarou, e eu resisti à vontade de revirar os olhos. — Mas você deveria se sentar. Está meio... corada.

— Eu nem imagino o porquê.

Casteel deu uma gargalhada e eu pensei em dar um soco nele, mas decidi não fazer isso, embora ele merecesse por me provocar daquele jeito. Deixei que ele me levasse até o banco e me sentei, arfando de surpresa quando me dei conta de que uma leve bruma de água espirrava ali.

Casteel colocou mais sabão nas mãos e se ajoelhou diante de mim.

— Confortável?

Olhei para o meio das pernas dele enquanto assentia. Ele não foi nem um pouco afetado por isso.

— Ótimo. O seu conforto é minha maior preocupação. — A água se prendeu aos seus cílios enquanto ele passava a mão em volta do meu tornozelo. Ele sorriu, olhando para mim e levantando a minha perna. Perdi o fôlego quando ele colocou o meu pé em cima do ombro. A posição me deixou... ah, deuses, me deixou completamente exposta para ele.

Dei um suspiro quando vi seu olhar se concentrar no meio das minhas pernas. Um vislumbre de suas presas surgiu por trás dos lábios entreabertos, e tudo dentro de mim se retorceu deliciosamente. Espalmei as mãos no banco liso enquanto ele subia as mãos ensaboadas pela panturrilha e depois pela minha coxa. Prendi a respiração quando seus dedos alcançaram a curva entre o quadril e a coxa. Ele passou a mão ao longo da parte interna da minha perna, com os nós dos dedos roçando no ponto mais sensível. O ar escapou dos meus pulmões.

A mão de Casteel parou ali enquanto ele olhava para mim.

— Ainda está confortável?

— Sim — sussurrei.

O sorriso sensualmente cruel dele surgiu nos seus lábios, e a tensão se acumulou docemente no meu corpo. Ele deslizou a mão para baixo enquanto a bruma de água continuava molhando a minha pele. Assim que terminou, Casteel colocou o meu pé de volta no chão e então levantou a outra perna. O ar frio soprou sobre a minha carne aquecida. Ele fez a mesma coisa que antes, deslizando o sabonete entre os meus dedos, sob a sola do pé e então perna acima. Eu me retesei, quase me contorcendo de expectativa, com o coração disparado conforme os nós dos dedos dele roçavam no meu sexo de novo. Ele deslizou a mão para baixo por toda a minha perna, enxaguou o sabão e abaixou a cabeça, beijando a cicatriz irregular na parte interna do meu joelho.

Então ele passou o braço em volta da minha panturrilha, mas não colocou o meu pé no chão. Ele se aproximou de mim, com os ombros largos abrindo as minhas pernas.

Meu coração palpitou e eu arregalei os olhos. Uma onda de arrepios percorreu o meu corpo. Nem mesmo na manhã em que ele acordou do pesadelo e estava no limite da sede de sangue eu fiquei tão exposta para ele. Uma vibração passou do meu peito para o estômago.

— Você... você ainda está sendo meticuloso? — perguntei, com a voz rouca.

— Sim. Acho que me esqueci de uma parte. — Ele beijou a pele acima da antiga cicatriz. — Estou vendo muitas partes que não lavei. E você sabe que eu sou perfeccionista. Além disso, não gostaria que essas partes se sentissem excluídas. E você?

— Não. — Meu coração batia tão forte dentro do peito que fiquei imaginando se ele conseguia ver, mas quando olhei para baixo tudo que vi foram meus mamilos entumecido entre as mechas encharcadas do cabelo acobreado. Perdi um pouco mais de fôlego quando olhei para mim mesma, os ombros encostados no azulejo, os seios projetados para a frente e as pernas abertas para Casteel. Fiquei de olhos abertos enquanto encostava a cabeça na parede. Eu o observei enquanto o seu cabelo molhado incitava a minha pele.

— Que tal aqui? — Ele beijou a parte interna da minha coxa enquanto subia a mão pela minha perna. — Ou aqui? — Seus lábios encontraram uma das cicatrizes irregulares no interior da minha coxa. Ele mudou a cabeça de posição enquanto roçava os lábios sobre a carne pulsante no meio das minhas pernas. Estremeci. — Sim, acho que essa parte está especialmente suja e solitária.

Fiquei sem palavras quando ele abaixou a cabeça. O deslizar úmido da sua língua arrancou um gemido gutural de mim. Fechei os olhos e os abri só pela metade quando ele disse:

— Preciso prestar atenção especial a essa área. — Ele passou a língua de novo, dessa vez girando-a em torno do meu clitóris. — Pode demorar um pouco.

Estremeci quando a sua língua acariciou a pele e então deslizou para dentro de mim. Uma explosão vertiginosa de prazer arrebatou os meus sentidos. Ele inclinou a cabeça de novo e a lambida foi profunda, lenta e maravilhosamente indecente. Ergui os quadris, acompanhando as lambidas dele — lambidas provocantes e superficiais. O que ele estava fazendo era depravado e nada que eu já tivesse imaginado antes quando pensava em tomar banho.

Eu nunca mais conseguiria pensar em outra coisa quando ficasse perto da água.

Meus quadris se contraíram quando senti um dedo longo substituir a língua, percorrendo a carne inchada e deslizando para dentro de mim a cada volta. Meu corpo estava se tornando um inferno.

— Cas — arfei, estremecendo conforme chegava cada vez mais perto do precipício.

Ele parou de se mexer, olhando para mim com os olhos luminosos.

— É melhor se segurar no banco.

Com as mãos trêmulas, agarrei a beira do assento.

Ele repuxou um canto dos lábios.

— Boa menina.

212

Em seguida, ele abaixou a cabeça, com o hálito quente sobre mim. Um segundo se passou. Senti os seus lábios e então o toque erótico de uma presa.

Dei um grito quando a mordida aguda e breve provocou uma onda de choque por todo o meu corpo. Um turbilhão de prazer ardente desceu pelas minhas pernas e subiu pela minha espinha. Meus olhos estavam bem abertos, mas eu podia jurar que via rajadas de luz branca. Em seguida, ele fechou a boca sobre o ponto latejante enquanto enfiava o dedo dentro de mim. Ele sugou com força e demoradamente, se alimentando não só da minha excitação, mas do pouco de sangue que eu sabia que também tinha sugado. Meu corpo escorregou do banco e eu soltei a mão...

Casteel colocou a outra mão sobre a minha barriga, me empurrando de volta para o assento. Ele se banqueteou comigo enquanto bombeava o dedo sem parar. Ele me *consumiu*, e eu me perdi, me afundei de boa vontade nas sensações intensas que me inundavam, devorada pelo gemido que ele soltou contra minha carne. Contorci-me contra ele em um desespero sem sentido. A sensação era demais e, ainda assim, não era o suficiente. O prazer beirava a dor envolta em beleza. Era estimulante e assustador conforme o calor intenso crescia cada vez mais dentro de mim.

— Cas — gemi de novo, sem reconhecer a minha própria voz quando ele tirou a mão da minha barriga. Inclinei o corpo para a frente na beira do banco e me apoiei no outro pé. Baixei o queixo conforme levantava os quadris do azulejo e me esfregava no dedo e na boca de Casteel. A visão de mim mesma me remexendo contra ele ficou marcada na minha mente. A visão dos músculos do seu braço flexionando e contraindo enquanto ele movia a mão no meio das pernas ficou impressa na minha pele. Ele ergueu os olhos e sustentou meu olhar conforme fazia movimentos rápidos e bruscos com o braço e me levava até o limite. Eu me entreguei, gemendo seu nome enquanto ele dava um grunhido rouco contra a minha pele. Eu me despedacei de novo e de novo, me desfazendo em cacos envoltos em prazer. O êxtase foi devastador e glorioso na sua intensidade, me atingindo em ondas intermináveis que me deixaram com o corpo mole contra o azulejo. Quando ele tirou o dedo de dentro de mim, explosões de prazer ainda faiscavam na minha pele

Os lábios dele se curvaram em um sorriso contra minha carne inchada.

— Mel.

Casteel me enrolou em uma toalha e, antes que eu pudesse dar um passo, me ergueu nos braços.

Segurei o ombro dele.

— Eu posso andar, sabe.

— Eu sei. — Ele me carregou até o quarto tomado de sombras.

— Isso não é necessário.

— Tudo que tem a ver com você é necessário. — Casteel me colocou em cima da cama e, em um piscar de olhos, estava sentado ao meu lado. Ele estava completa e confortavelmente nu enquanto eu estava enrolada na toalha macia. — Então, gostou do seu primeiro banho de chuveiro?

Senti as bochechas esquentarem e sorri.

— Foi uma... uma experiência transformadora.

— Concordo. — Ele repuxou um canto dos lábios e estendeu a mão, afastando uma mecha de cabelo molhado do meu rosto. — Você está com fome?

Fiz que sim com a cabeça, reprimindo um bocejo.

— Vou ver o que consigo arranjar pra gente. — Ele se inclinou sobre mim, tomando meus lábios. O beijo foi suave e lânguido e envolveu o meu coração em calor e luz. Casteel recuou e se levantou da cama, e eu o observei com os olhos semicerrados conforme ele caminhava até o armário de carvalho e vestia um par de calças pretas. Conforme voltava para perto de mim, ele desembainhou a adaga de lupino. — Os lupinos estão lá fora, de patrulha.

Arqueei as sobrancelhas.

— Estão? — Assim que ele assentiu, fiz uma careta sonolenta. — Por que não consigo senti-los e você consegue?

— Porque eu sou especial — respondeu ele com um sorriso irônico.

Revirei os olhos.

Ele deu uma risadinha.

214

— Eu não consigo sentir os lupinos, mas, sim, ouvi-los. Ainda faz de mim alguém especial — acrescentou ele, e eu dei um suspiro.

Pensei sobre o que tinha acontecido com Kieran e Delano.

— Você acha que essa história de vínculo Primordial significa que consigo senti-los de um jeito diferente?

— Acho que você quer dizer Estigma Primordial.

— Que seja.

— Mas o que você quer dizer com *senti-los* de um jeito diferente?

— Não sei. — Encolhi os ombros. — Depois que acordei na cabana, pensei ter ouvido Delano e Kieran na minha cabeça algumas vezes.

Ele arqueou a sobrancelha.

— O quê?

— Sim, eu ouvi a voz deles na minha cabeça. — Suspirei. — Sabe quando eu estava na Montanha Skotos e tive aquele pesadelo? Ouvi Delano responder alguma coisa e me chamar de... *Liessa* — admiti. — E depois podia jurar que havia ouvido a voz de Kieran quando estávamos na entrada do Templo de Saion. Não tive a oportunidade de perguntar a nenhum dos dois, mas também senti algo além das emoções de Delano quando me concentrei nele nas montanhas. Senti... Não sei explicar, mas era como se fosse a assinatura dele. Sua marca. Eu nunca senti nada assim antes. Sei que parece surreal...

— Não acho que pareça surreal — disse Casteel, franzindo o cenho. — Acredito que tudo seja possível. Precisamos perguntar a Kieran se ele também a ouviu ou se sabe se isso pode acontecer. Sei que não acontecia conosco quando estávamos vinculados.

Apertei os lábios e assenti.

Casteel olhou para mim por um momento.

— Você é única, Poppy. Você sabe disso, não sabe?

Encolhi um ombro preguiçosamente de novo.

Um ligeiro sorriso surgiu e depois sumiu dos lábios dele.

— Você está segura no meu quarto — afirmou ele enquanto colocava a adaga ao lado da minha mão. — Mas, se alguém entrar aqui, apunhale primeiro e faça perguntas depois. Já deve estar familiarizada com esse modo de pensar.

— Por que todo mundo age como se eu andasse por aí apunhalando as pessoas?

Casteel me encarou e, em seguida, olhou incisivamente para o próprio peito.

— Que seja — murmurei. — Você mereceu.

— Mereci mesmo. — Ele sorriu enquanto apoiava o joelho na cama e se curvava sobre mim. — Volto já.

— Vou ficar esperando. — Peguei a adaga. — Com sorte, sem apunhalar ninguém.

A covinha apareceu na sua bochecha direita e ele abaixou a cabeça, beijando a minha testa e depois a cicatriz ali.

— Princesa?

Repuxei os lábios para cima. O que começou como um apelido se tornou realidade.

— Sim?

Ele moveu os lábios sobre os meus.

— Eu te amo.

Meu sorriso se alargou e o meu coração deu um salto dentro do peito.

— Eu te amo.

Ele emitiu aquele som áspero e retumbante.

— Eu nunca vou me cansar de ouvir isso. Repita cem mil vezes e ainda vai parecer que estou ouvindo pela primeira vez.

Inclinei a cabeça para cima e o beijei. Ele demorou para sair, mas finalmente saiu, e eu voltei o olhar cansado para as portas de treliça. A noite tinha caído lá fora, e eu me esforcei para ouvir o que era tão nítido para Casteel. Mas não ouvi nada além do zumbido baixo dos insetos e da melodia dos pássaros noturnos. Segurei o cabo de osso da adaga com mais força.

Casteel não precisava se preocupar. Se alguém entrasse naquele quarto, eu estaria pronta.

Capítulo Dezessete

Ao voltar, imagino que Casteel tenha ficado aliviado por saber que não precisei apunhalar ninguém.

Ou talvez não.

Sempre achei que no fundo ele gostava quando eu apunhalava as pessoas.

Principalmente ele.

Ele voltou com uma garrafa de vinho e um prato de carnes fatiadas e queijos em cubinhos. Também havia quadradinhos de chocolate, e eu devo ter enfiado três na boca de uma vez só. Eu tinha vestido uma velha túnica de cor creme de Casteel, muito parecida com a que ele estava usando. Ele me ajudou a dobrar as mangas compridas demais. A túnica cobria mais que a combinação ou aquela camisola indecente. Mesmo que tivéssemos muita coisa para conversar, o estômago cheio, o vinho e o que ele havia feito no chuveiro impediram a nossa conversa. Acabei caindo no sono enquanto Casteel levava a bandeja para a sala de estar, e já estava meio inconsciente quando ele se juntou a mim na cama, envolvendo o meu corpo com o dele e me puxando para perto de si.

Dormi aquele tipo de sono profundo onde nem mesmo os sonhos surgem. Acordei em algum momento com a luz cinzenta da madrugada começando a entrar no quarto e usei a sala de banho, sonolenta. Assim que voltei para a cama, Casteel me abraçou com o corpo inteiro. Não sei quanto tempo dormi antes de acordar pela segunda vez, abrindo os olhos para a luz suave da lamparina. Eu me remexi debaixo do cobertor leve e encostei em uma perna.

— Boa noite — disse Casteel com a voz arrastada.

Deitei-me de costas e olhei para cima.

Casteel estava sentado na cabeceira da cama, vestindo calças pretas e uma camisa branca parecida com a que eu usava. Ele estava folheando um livro com capa de couro.

— Tomei a liberdade de desfazer as malas que trouxemos e pendurar as suas roupas no armário. Kirha, a mãe de Kieran e Netta, deixou mais algumas roupas que acha que devem servir em você e recomendou uma costureira, embora eu goste da ideia de você ter opções limitadas de vestimenta.

Não fiquei nem um pouco surpresa ao ouvir a última parte.

— Que horas são?

— Quase oito da noite. — Ele olhou de relance para mim. — Você dormiu por quase 24 horas.

Bons deuses, eu nunca tinha dormido tanto tempo na minha vida.

— Desculpe...

— Não se desculpe. Você precisava do descanso. Eu também — admitiu ele. — Embora estivesse começando a me sentir solitário aqui.

— Há quanto tempo você está...? — Estreitei os olhos enquanto olhava para o livro que ele estava segurando. Parecia terrivelmente familiar. — O que você está lendo?

— O seu livro preferido. — Ele me lançou um olhar deliberado, e me sentei na cama. — Sabe de uma coisa? Eu tenho uma teoria a respeito da Srta. Willa Colyns.

— Não acredito que você ainda está com esse maldito diário.

— Ela menciona uma coisa no capítulo 23 que me fez pensar. — Ele pigarreou e começou a ler: — *André era o mais desinibido de todos os meus amantes...*

— Você não precisa ler para me contar qual é a sua teoria.

— Discordo — respondeu ele. — *Ele era tão desavergonhado na busca de prazer quanto na disposição para dá-lo, mas a sedução mais impressionante não era a sua masculinidade.* — Ele olhou para mim. — Você lembra o que significa masculinidade?

— Sim, Casteel. Eu lembro.

Ele abriu um sorriso malicioso e voltou para a droga do diário.

— Onde eu estava mesmo? Ah, sim. Alguma coisa sobre a masculinidade dele.

— Por que você gosta tanto de dizer essa palavra?

— Porque você gosta de ouvir.

— Não gosto, não. — Afastei os cabelos do rosto.

— Pare de me interromper. É uma observação muito importante — reclamou ele. — *Mas a sedução mais impressionante não era a sua masculinidade. Era o beijo sombrio e perverso da nossa espécie, que ele estava ávido para dar nas partes mais indecentes.*

Percebi aonde Casteel queria chegar. O beijo sombrio e perverso da *nossa espécie*. Mas fiquei concentrada em *dar o beijo nas partes mais indecentes*. Casteel não me mordeu naquela parte indecorosa no chuveiro, mas sugara o meu sangue.

— Acho que a senhorita Willa era Atlante ou descendente de Atlantes. Talvez até mesmo de alguma linhagem — observou ele. — Fico imaginando se ela ainda está viva. Nesse caso, também imagino se pretende escrever o volume dois. — Ele fez uma pausa. — Você está muito corada, Poppy. Foi a parte da mordida perversa? Ou você gostaria de saber mais sobre o Andre? — Ele olhou de volta para o diário. — *Enquanto os foliões comemoravam o aniversário de uma jovem, André me persuadiu a ir até os jardins, onde ele e o seu confidente, Torro, me celebraram.*

Mordi o interior do lábio, com as palavras na ponta da língua. Eles... a celebraram? *Eles?*

Casteel continuou:

— *Torro me pegou por trás, com seu volume rígido já me levando ao êxtase enquanto André se ajoelhava diante de mim, fechando a boca na minha...*

— Já chega. — Avancei e arranquei o livro das mãos dele. Mas não fui muito longe.

Casteel passou o braço em volta da minha cintura, prendendo a mim e ao diário contra o peito.

— Você não devia ter me interrompido nessa cena. — Os olhos dele se aqueceram. — A Senhorita Willa teve uma noite muito animada naquele jardim. Uma dama nada inocente estava prestes a se juntar a eles.

— Eu não ligo. — Espere aí. A curiosidade me venceu. — O quê? Os... *quatro*? Juntos?

Ele sorriu enquanto deslizava a outra mão pelas minhas costas.

— Ah, sim. — Casteel passou a mão na minha bunda, que ficara exposta na minha pressa para pegar o diário. Ele apertou minha carne, me deixando toda arrepiada. — Os quatro. Juntos. Muita masculinidade. Muitas partes femininas indecentes.

— Partes femininas? — Engasguei com uma risada.

Ele assentiu e roçou a ponta dos dentes sobre o lábio inferior.

— Como está se sentindo?

— Eu estou... incomodamente curiosa — admiti. Eu tinha dúvidas. Por exemplo: como aquilo podia funcionar?

Casteel arqueou as sobrancelhas. A surpresa dele era como uma rajada de vento frio na minha pele, e então senti um gosto apimentado e luxuriante na ponta da língua.

— Poppy — ronronou ele, com os olhos assumindo um tom de mel quente. — Eu estava perguntando como você está depois de dormir um pouco.

— Ah. — O calor percorreu o meu corpo inteiro. Franzi o nariz e escondi o rosto no peito dele. — Eu estou bem. — E constrangida.

A risada de Casteel ecoou por mim conforme ele me abraçava com força.

— Que bom saber disso. De ambas as coisas.

— Ah, meus deuses — murmurei. — Por favor, esqueça que eu disse que estava curiosa.

— Isso é muito improvável.

— Eu não gosto de você.

— Mentirosa.

— Eu sei.

Ele deu mais uma gargalhada e eu sorri porque adorava aquele som. O quão profundo e genuíno ele era.

— Vamos conversar sobre a sua incômoda curiosidade mais tarde, mas primeiro você precisa sair de cima de mim e vestir alguma coisa que dificulte a minha masculinidade de encontrar o caminho até suas partes femininas.

Ergui a cabeça do peito dele.

— Você está me segurando.

— É verdade. — Casteel afrouxou o braço e eu comecei a me levantar, mas então ele deu um tapinha na minha bunda. Dei um gritinho e aquelas malditas covinhas surgiram nas duas bochechas dele.

Eu o encarei.

— Isso foi muito inapropriado.

— Foi mesmo, não? — Ele não sentia nem um pingo de vergonha.

Corada até a raiz dos cabelos, comecei a me mexer, mas me detive. A tensão invadiu os meus músculos numa mistura contrastante de relutância e determinação.

— O quê? — O olhar de Casteel estudou o meu. — O que foi?

— Eu... — Era difícil de explicar o que eu estava sentindo. Era uma mistura de várias coisas. Sentei-me sobre os joelhos no meio das pernas dele. — Meio que não quero sair da cama. As coisas... tudo parece diferente aqui. Como se nada fora desse lugar existisse ou importasse. E eu sei... — Olhei pela porta de treliça para a noite lá fora. — Eu sei que, assim que fizer isso, vou ter que enfrentar todas as coisas que importam. — Baixei os olhos para o diário que segurava contra o peito. — Isso provavelmente me fez soar como uma criança imatura.

— Não. De jeito nenhum. Eu entendo como você se sente. — Casteel fechou os dedos sob o meu queixo, me fazendo olhar para ele. — Quando Malik e eu íamos para as cavernas, era o nosso modo de fugir.

— Do que vocês dois fugiam? — perguntei. Ele nunca tinha me explicado aquilo com detalhes.

— Malik e eu ouvíamos muitas conversas sem querer. — Um sorriso irônico surgiu nos lábios dele. — Conversas que estavam mais para brigas entre os nossos pais. Os dois se amam intensamente e sempre tiveram o mesmo objetivo em mente: proporcionar uma vida melhor para todos que consideram Atlântia como lar. Garantir que todos estejam a salvo e bem cuidados. Mas seus métodos de atingir esse objetivo nem sempre se alinhavam.

Refleti sobre isso.

— Governar um reino e querer de verdade o melhor para as pessoas pelas quais você é responsável não devem ser nada fáceis.

— Não mesmo — concordou ele. — Meu pai sempre teve uma mentalidade mais agressiva para atingir esse objetivo.

Uma das ideias mais agressivas do pai dele era me mandar de volta para a Rainha de Solis em pedacinhos.

— E sua mãe não tem a mesma ideologia?

— Acho que a minha mãe já viu guerra suficiente para quatro vidas — afirmou. — Mesmo quando Malik e eu éramos jovens demais para compreender os problemas que Atlântia enfrentava com a escassez das terras e a ameaça de Solis logo depois das Montanhas Skotos, nós conseguíamos sentir o peso nos ombros do nosso pai e a tristeza que recaía sobre a nossa mãe. Ela é uma mulher incrivelmente forte. Assim como você. Mas se preocupa muito com as pessoas e, alguns dias, a tristeza ofusca a esperança.

— Você sabe se a sua mãe amava Malec? — perguntei. De acordo com Casteel, era raro que os Atlantes se casassem sem amor, mas a união da sua mãe com o Rei original não parecia ter sido feliz. Parte de mim esperava que ela não o amasse, levando em conta como o casamento acabou. Mas ela deu ao filho um nome tão parecido com o do primeiro marido que eu ficava imaginando se esse era mesmo o caso.

Casteel pareceu pensar a respeito.

— Ela nunca fala a respeito dele. Malik e eu achávamos que era por respeito ao nosso pai, mas ele não é do tipo de homem que se afeta por uma pessoa que não faz mais parte da vida da esposa. Acho que ela amava Malec e, por mais estranho que pareça, acho que Malec também a amava.

A surpresa se apoderou de mim.

— Mas ele teve várias amantes, não? E você não me disse que havia boatos de que ele e Isbeth fossem corações gêmeos?

Casteel assentiu enquanto torcia uma mecha do meu cabelo entre os dedos.

— Acho que Malec amava a sensação de estar apaixonado e estava constantemente buscando por ela em vez de nutrir o que ele já tinha. — Ele deslizou o polegar sobre a mecha que estava segurando. — Se o boato de que Malec e Isbeth eram corações gêmeos for verdade, então deve ter sido a primeira vez que ele parou de procurar e prestou atenção ao que estava bem na sua frente.

Franzi o cenho.

— Isso parece incrivelmente triste, mas também me dá esperanças. Quero dizer, mesmo que a sua mãe amasse Malec, ela conseguiu en-

contrar o amor outra vez. Abrir o coração desse jeito de novo. Não sei...
— Segurei o diário de encontro ao peito. — Não sei se eu conseguiria fazer isso.

— Eu nunca lhe daria um motivo para fazer isso, Poppy.

Meu coração derreteu dentro do peito e então congelou. Mas e se eu fosse imortal? Parecia incompreensível pensar que eu viveria mais tempo que Casteel, mas nós não sabíamos em que eu havia me transformado quando Ascendi. E, mesmo que fosse levar anos para começar a mostrar sinais de envelhecimento, ele ainda iria envelhecer. E eu... eu não queria nem pensar em um futuro sem ele, não importava quantos anos passássemos juntos. Havia os testes dos corações gêmeos, só que os deuses estavam hibernando. Também havia a União, mas eu não fazia a menor ideia se isso funcionava na direção oposta, vinculando a vida dele à minha. Aliás, eu nem sabia por que estava pensando nisso se nós não fazíamos a menor ideia do que eu era nem qual seria a duração da minha vida. O que foi mesmo que Casteel me disse certa vez?

Não pense hoje sobre os problemas de amanhã?

Eu precisava começar a viver assim.

— Mas quando íamos para as cavernas — continuou ele, felizmente sem saber para onde os meus pensamentos tinham vagado —, Malik e eu conseguíamos fingir que aquelas conversas não tinham acontecido. O peso e a tristeza não nos seguiam até lá. Não havia mais nada fora daquele lugar.

— Mas vocês eram meninos nessa época.

— Isso não importa. A sensação ainda permanece, centenas de anos depois — confessou, e eu senti o estômago embrulhado ao me lembrar de quantos anos ele tinha... quantos anos eu teria algum dia. — Essa cama... esse quarto, pode se tornar a nossa versão das cavernas. Quando estivermos aqui, nada que existe lá fora importa. Esse é o nosso refúgio. Nós merecemos isso, certo?

Prendi a respiração e fiz que sim com a cabeça.

— Merecemos.

Seu olhar se suavizou conforme ele deslizava o polegar pelo meu lábio inferior.

— Gostaria que pudéssemos ficar aqui para sempre.

Sorri de leve.

— Eu também.

Mas não ficaríamos — não poderíamos. Porque, no instante seguinte, uma batida soou na porta. Rolei o corpo para longe dele e me levantei.

Casteel deu um suspiro e se levantou também. Ele parou para dar um beijo na minha bochecha.

— Volto logo.

Um momento depois, ouvi a voz de Kieran. Coloquei o diário na mesinha de cabeceira e fui até a sala de banho, cuidando das minhas necessidades pessoais, mas não me preocupando em fazer nada elaborado com os cabelos. Examinei meus olhos no espelho antes de sair, descobrindo que eles ainda tinham aquele brilho prateado atrás das pupilas. Senti o estômago se contorcer de leve com a visão, mas me lembrei de que eu ainda era a mesma.

Pelo menos de uma maneira geral.

Casteel estava entrando no quarto quando voltei, carregando uma bandeja de comida e uma garrafa do que parecia ser um tipo de vinho doce. Só de olhar para a linha dura do seu maxilar soube que a notícia que Kieran havia trazido não era muito boa. Sentei-me na cama.

— O que foi que aconteceu?

— Nada importante.

— É mesmo? — Eu assisti enquanto ele vinha até mim.

— Sim. É só o meu pai. Parece que ele resolveu mudar de ideia em relação a esperar que nós o procurássemos. Ele quer falar comigo.

Relaxei enquanto ele tirava a rolha da garrafa e servia uma taça de vinho.

— Então você deveria falar com ele. Só deve estar preocupado.

— Sou um péssimo filho se disser que não me importo? — Ele entregou a taça para mim.

Um sorriso irônico surgiu nos meus lábios conforme eu puxava as pernas para cima, cruzando-as. Tomei um gole. O vinho tinha gosto de frutas vermelhas açucaradas.

— Um pouco.

— Ah, bem.

Inclinei-me na direção dele.

— Mas sei que você se importa, sim. Você ama os seus pais. Só os deuses sabem há quanto tempo não os vê e não teve a chance de falar com nenhum dos dois em circunstâncias normais. Vá falar com o seu pai, Cas. Eu estou bem.

— Cas. — Ele mordeu o lábio inferior enquanto apoiava os punhos na cama e se inclinava. — Eu mudei de ideia sobre você me chamar desse jeito.

— Mudou? — Abaixei a taça.

Ele assentiu e se aproximou, roçando os lábios nos meus.

— Ouvir você dizer isso me dá vontade de cair de boca no meio das suas pernas de novo e essa necessidade me distrai bastante.

O calor percorreu minhas veias.

— Parece que isso é problema seu. — Abri um sorriso. — *Cas*.

— Deuses — arfou ele, com a palavra retumbando da garganta. Ele me deu um beijo rápido, mordiscando o meu lábio inferior conforme se afastava.

Kieran surgiu sob os arcos enquanto Casteel se endireitava. Ele havia mudado de roupa depois que nos deixou e estava vestido com calças cor de marfim e uma camisa branca sem mangas com a barra para dentro da calça.

— Você descansou um pouco ou passou horas fazendo milhares de perguntas para Cas?

— Eu dormi — respondi a ele enquanto pegava um morango coberto de chocolate da bandeja — depois de fazer algumas perguntas.

— Algumas? — Kieran bufou.

— Sim, só... — Esqueci o que ia dizer quando Casteel me pegou pelo pulso. Ele levantou a minha mão, fechando a boca ao redor do meu dedo.

Uma excitação percorreu as minhas veias. A língua dele lambeu a minha pele, pegando o chocolate derretido. Perdi o fôlego quando a ponta da sua presa espetou a minha pele quando ele recuou. Senti o puxão lânguido da sua boca por todo o corpo.

O dourado dos olhos dele assumiu um tom de mel quente.

— Que delícia.

A tensão cresceu dentro de mim enquanto eu olhava para ele. Um sorrisinho selvagem surgiu nos seus lábios.

— Vocês esqueceram que eu estou aqui? — perguntou Kieran. — Conversando com os dois? Ou pelo menos tentando.

Eu meio que tinha.

— De jeito nenhum — respondeu Casteel. — Poppy teve uma noite muito relaxante. Lemos um pouco.

Lemos?

— É mesmo? — Kieran arqueou as sobrancelhas.

Espere aí.

— Sim, o diário preferido da Poppy, escrito por uma tal de Srta. Willa...

— Ele estava lendo isso — eu o interrompi, pegando um pedaço de queijo. — Eu acordei e ele estava lendo...

— Sabe o diário que encontrei com ela no parapeito da janela? A cena era sobre um tipo de beijo perverso e sombrio em uma parte muito inadequada — continuou Casteel enquanto Kieran olhava para nós dois sem entender nada. — E uma suruba.

Ergui o olhar lentamente para Casteel. Ah, meus deuses. Estreitei os olhos enquanto pensava em jogar o queijo na cara dele. Mas não fiz nada. Em vez disso, comi de forma bastante agressiva. Ele tinha sorte que eu adorava queijo.

— Suruba? — repetiu Kieran, olhando para mim. — Imagino que você tenha feito um monte de perguntas.

— Na verdade, não — vociferei.

— Não acredito nisso nem por um segundo — afirmou Kieran, com um sorrisinho no rosto. — Você deve ter perguntado como é possível.

Eu estava mesmo imaginando isso, mas aquelas palavras nunca saíram dos meus lábios.

— Você gostaria de explicar a ela? — perguntou Casteel.

— Não precisa — eu o interrompi quando Kieran abriu a boca. — Eu já tenho uma imaginação fértil o suficiente, muito obrigada.

Ele pareceu um pouco desapontado.

A risada de Casteel roçou o topo da minha cabeça quando ele apanhou outro morango da tigela de frutas e ofereceu para mim.

— Eu estou muito intrigado com essa sua imaginação.

— Aposto que sim — murmurei, pegando a fruta. — Quer saber o que estou imaginando agora? No momento, eu estou me divertindo ao pensar em dar um chute na garganta de vocês dois.

Kieran olhou de esguelha para mim, ainda vestida com a camisa de Casteel, e eu podia apostar que parecia tão ameaçadora quanto um gatinho sonolento.

— Agora eu também fiquei intrigado — comentou ele.

Revirei os olhos enquanto enfiava um pedaço de melão na boca.

— Que seja — murmurei em torno da fruta enquanto Kieran saía de fininho do quarto.

— Não vou demorar muito. Kieran vai ficar aqui. E eu sei que você não precisa de um guarda — acrescentou ele antes que eu pudesse dizer alguma coisa. — Mas ele insistiu, e eu vou me sentir melhor por saber que outra pessoa está aqui. Você deveria tentar descansar mais um pouco. Certamente não faria mal.

Reprimi a vontade de dizer a ele que não precisava de um cavaleiro.

— Certo.

Ele estreitou os olhos para mim.

— Essa submissão foi surpreendentemente rápida.

— Submissão? — Arqueei a sobrancelha enquanto tomava um gole do vinho. — Eu não chamaria assim.

— Ah, não?

Fiz que não com a cabeça.

— Eu odeio a ideia de ter uma babá, mas um grupo de pessoas tentou me matar há pouco tempo e nós não sabemos se há outras com a mesma intenção. Então chamaria a minha *concordância* de bom senso.

A covinha apareceu na bochecha direita dele.

— Bom senso. Deve ser uma novidade pra você.

— Eu estou mesmo me visualizando dando um chute na sua cara agora.

Ele riu e me deu mais um beijo rápido.

— Eu não vou demorar muito.

— Leve o tempo que precisar.

Casteel tocou na minha bochecha e depois saiu. Soltei o ar pesadamente conforme olhava para a taça pela metade. Inclinei-me sobre a bandeja de comida, colocando a taça na mesinha de cabeceira. Enquanto comia algumas tiras frias de peito de frango grelhado, não ouvi nada além do silêncio da sala de estar. O que será que Kieran estava fazendo ali? Ele devia estar parado perto dos arcos, de braços cruzados e parecendo tão entediado como sempre.

Revirei os olhos e dei um suspiro.

— Kieran?

— Poppy? — veio a resposta.

— Você não precisa ficar aí fora.

— Você devia estar descansando.

— Eu descansei o dia inteiro. — Coloquei um pedaço de queijo na boca. — Mas ter você à espreita do outro lado da parede não é nada relaxante.

— Eu não estou à espreita — respondeu ele secamente.

— Você está de vigia fora do meu campo de visão. Não sei se existe um exemplo melhor de espreita do que esse — respondi. — Ou eu poderia ir aí fora. Não sei se ficaria muito confortável de... — Sorri quando Kieran apareceu na soleira da porta. Ele foi até o canto do quarto, afundou numa cadeira e olhou para mim. Acenei para ele. — Oi.

— Oi. — Ele esticou as pernas compridas, cruzando-as frouxamente na altura dos tornozelos.

Eu olhei para ele. Ele olhou para mim. Peguei o pequeno prato da bandeja.

— Quer um pouco de queijo?

Um ligeiro sorriso surgiu nos seus lábios quando ele fez que não com a cabeça.

— Você vai tornar isso estranho, não vai?

— Eu só ofereci um pouco de queijo. — Coloquei o prato de volta na cama. — O que tem de estranho nisso?

— Você acenou para mim.

Cruzei os braços.

— Eu estava sendo educada.

— Você estar sendo educada também é estranho.

— Eu sou sempre educada.

Kieran arqueou as sobrancelhas e eu não precisei ler as emoções dele para sentir a sua incredulidade.

— Eu *ia* oferecer a você o resto do chocolate, mas pode esquecer.

Ele deu uma risadinha e se recostou na cadeira.

— Então, com o que você está mais desconfortável agora? Por ter tentado se alimentar de mim ou por eu ter visto você pelada, embora eu tenha visto muito mais que isso?

— Você não precisava mencionar nada disso — afirmei, olhando de cara feia para ele.

— Ou é por causa do Estigma Primordial?

— Estou me arrependendo de ter chamado você para ficar aqui — murmurei. — Honestamente? Tudo isso me deixa um pouco desconfortável.

— Não precisa se preocupar com o modo como você estava quando acordou — disse Kieran. — Acontece.

— Quantas vezes alguém tentou devorar você assim que acordou?

— Você ficaria surpresa.

Abri a boca para pedir mais detalhes e então a fechei, pensando que não gostaria de seguir por aquele caminho agora.

— Não sei o que pensar a respeito de nada disso.

— É muita coisa para assimilar. Mudanças demais em um curto período de tempo. Acho que ninguém saberia o que pensar.

Olhei de relance para Kieran, imaginando como ele se sentia a respeito da história toda, mas o que eu queria mesmo saber era se nós tínhamos nos comunicado de alguma maneira sem precisar de palavras.

— Eu...

— Vou adivinhar — interrompeu. — Você tem uma pergunta.

Fiz uma careta e cruzei os braços sobre o peito.

— O que foi? — Ele olhou para mim.

— Nada. — Soltei o ar pesadamente. Um momento se passou. — Kieran?

— Sim?

— Eu tenho uma pergunta.

Ele suspirou, mas havia um ligeiro sorriso nos seus lábios.

— Qual é a sua pergunta, Poppy?

— Como você se sente em relação ao Estigma?

Ele ficou calado por um momento e então perguntou:

— Como eu me sinto em relação ao Estigma? O que a minha espécie pensa? Eles estão maravilhados. Impressionados.

— É mesmo? — sussurrei, pegando um dos travesseiros e o abraçando contra o peito.

— Sim. — Ele se levantou e foi até a cama, se sentando ao meu lado. — Eu também estou.

Pude sentir o meu rosto afogueado.

— Não esteja. Isso faz eu me sentir esquisita.

Ele sorriu e abaixou o queixo.

— Acho que você não entende porque nós nos sentimos... honrados por estarmos vivos em uma época em que há uma descendente dos deuses entre nós. Muitos da minha espécie não têm idade bastante para ter vivido entre eles. Alastir era um dos poucos e, bem, foda-se ele, certo?

Abri um sorriso.

— Sim. Foda-se ele.

Ele sorriu.

— Mas os filhos dos deuses sempre tiveram um lugar especial entre os lupinos. Nós existimos nessa forma por causa deles, não dos Atlantes.

Apertei o travesseiro com força enquanto me deitava de lado, permanecendo em silêncio.

— Meus ancestrais eram selvagens e ferozes, leais a suas matilhas, mas os kiyou eram movidos apenas por instinto, sobrevivência e mentalidade de matilha. Tudo era um desafio. Para conseguir comida, companheiros, liderança. A maioria não sobrevivia muito tempo, e eles estavam à beira da extinção quando Nyktos surgiu diante da última grande matilha e pediu que protegessem os filhos dos deuses nesse plano. Em troca, ele lhes ofereceu a forma humana para que pudessem se comunicar com as divindades e ter uma vida longa.

— Ele *pediu* em vez de simplesmente criar os lupinos kiyou?

— Ele poderia ter feito isso. Afinal de contas, é o Rei dos Deuses. Mas ele explicou que o acordo não era uma servidão e sim uma parceria entre os kiyou e as divindades. Não pode haver igualdade de poder quando não há escolha.

Ele tinha razão.

— Fico imaginando por que Nyktos solicitou essa parceria. Será que foi porque ele é o único deus capaz de criar a vida? Imagino que conceder a forma mortal seja como criar uma nova vida. Ou porque ele é o Rei dos Deuses?

— Provavelmente por todos esses motivos, mas também porque ele é um dos poucos deuses capazes de mudar de forma — declarou ele.

— O quê? — Eu não sabia daquilo.

Ele assentiu.

— Ele conseguia assumir a forma de um lobo. Um lobo branco. Você não viu muito de Atlântia, mas logo verá pinturas e estátuas de Nyktos. Ele costuma ser retratado com um lobo ao lado ou atrás de si. Quando está atrás dele, o lobo simboliza a forma que ele pode assumir; quando ao seu lado, o lobo representa a proposta que ele fez aos kiyou.

Digeri aquela informação e é óbvio que a minha mente foi para um certo lugar.

— E eu não consigo me transformar em nada.

— Você está mesmo obcecada com isso, não é?

— Talvez — murmurei. — De qualquer modo, algum kiyou recusou?

Kieran fez que sim com a cabeça.

— Alguns recusaram porque não confiavam no deus, e outros apenas queriam continuar como eram. Aqueles que aceitaram a proposta receberam a forma mortal e se tornaram lupinos. Nós já estávamos aqui antes dos Atlantes.

Isso me fez pensar por que os lupinos não reinavam naquela época, ainda mais levando em conta que eram vistos como iguais aos Atlantes fundamentais e às divindades. Havia outros lupinos em posições de poder como Jasper? Como... Alastir?

— Algum lupino já quis reinar sobre Atlântia?

— Tenho certeza de que alguns já tiveram esse desejo, mas o instinto de matilha dos nossos ancestrais permanece dentro de nós. Preferimos cuidar de nossas matilhas até hoje. Um reino não é uma matilha, mas vários lupinos são Lordes e Ladies e supervisionam cidades e aldeias menores — continuou, deitando de lado e apoiando o peso sobre o cotovelo para que ficássemos de frente um para o outro. — Os Lordes e Ladies em Atlântia costumam ser proprietários de terras ou negócios. Nem todos são da linhagem elementar. Alguns são lupinos, meio mortais ou metamorfos. Eles ajudam a reinar ao lado da Rainha e do Rei. Não há Duques nem Duquesas, e os títulos não permanecem necessariamente dentro de uma família. Se um terreno ou negócio for vendido, o título e suas respectivas responsabilidades são transferidos com ele.

Ouvir tudo aquilo era um lembrete gritante de que eu tinha que aprender muita coisa sobre Atlântia, mas não fiquei muito surpresa ao descobrir que eles tinham uma estrutura de classes parecida e presumi que os Ascendidos a tivessem copiado. Por outro lado, fiquei surpresa ao saber que os títulos eram transferidos. Em Solis, somente os Ascendidos eram considerados nobres ou da classe dominante e mantinham a posição pela vida inteira, o que significava basicamente a eternidade.

— Descobrir o que você é não significa que não respeitamos mais a Rainha e o Rei — prosseguiu Kieran após um momento. — Mas você... o que você é significa algo diferente para nós. Você é a prova de que viemos dos deuses.

Inclinei a cabeça.

— Há quem precise ser lembrado disso?

Kieran sorriu.

— Sempre haverá pessoas que precisam ser lembradas da história.

— Explique melhor — pedi.

Os olhos claros dele se aqueceram.

— De décadas em décadas, um Atlante fundamental, jovem e arrogante, exige um vínculo ou age como se ele ou ela fosse melhor que os outros. Nós somos mais do que capazes de lembrá-los de que consideramos todos iguais, mas, no final do dia, não estamos a serviço de ninguém.

Sorri ao ouvir isso, mas meu sorriso logo desapareceu.

— Mas tem havido alguns problemas entre os lupinos e os Atlantes nos últimos tempos, certo?

— Principalmente por causa de terra. Perdemos muitos dos nossos durante a guerra, mas a população está aumentando. Em breve isso será um problema.

— E as outras questões? Tem algo a ver com os pais de Casteel ainda estarem reinando?

— Ninguém está confortável com isso, mas nós podemos sentir que alguma coisa vai acontecer. A questão da terra. A incerteza a respeito da Coroa. Os Ascendidos e Solis. Sei que pode parecer estranho, mas há uma parte dos nossos instintos que ficou conosco desde a época em que éramos kiyou. Podemos sentir a inquietação — afirmou ele, e eu escutei atentamente, querendo entender o que estava causando a divisão entre os lupinos e os Atlantes. — E algumas coisas que aconteceram só a intensificaram.

— Que coisas?

— Pelo que a minha irmã e o meu pai me contaram, houve alguns incidentes inexplicáveis. Colheitas destruídas durante a noite, arrancadas e pisoteadas. Casas pegando fogo do nada. Negócios vandalizados.

Coloquei o travesseiro entre nós dois, perplexa.

— Além dos incêndios, nada disso me parece inexplicável. Não são desastres naturais.

— Verdade.

— Alguém se machucou?

— Nada grave.

A palavra *ainda* ficou subentendida.

— Casteel não mencionou nada disso.

— Acho que ele não...

— Queria que eu ficasse preocupada? — concluí por ele, irritada. — Isso vai ter que mudar.

— Em defesa dele, muita coisa aconteceu.

Eu não podia argumentar contra isso.

— Alguém tem ideia de quem está por trás disso ou por quê?

— Não. E é bizarro. — Kieran se sentou. — Os habitantes de Atlântia acreditam no senso de comunidade, na sua força e poder.

— É evidente que alguém não acredita na força e no poder da comunidade — comentei, e ele assentiu. Ainda nem tínhamos tempo de conversar sobre o que aconteceu no Templo. — Você acha que Alastir estava envolvido nisso?

— Não sei. — Kieran soltou o ar pesadamente. — Conheci aquele lupino a vida inteira e nunca imaginei que ele fosse capaz de fazer o que fez. Não concordava sempre com ele. Nem o meu pai. Mas sempre pensamos que ele fosse um bom homem. — Kieran passou a mão pela cabeça e olhou para mim de novo. — Mas, se ele e os outros que agiram segundo suas convicções acreditavam que estavam protegendo Atlântia, então não entendo como destruir as colheitas e vandalizar os negócios ajudariam sua causa.

Baixei o olhar para o travesseiro azul-petróleo e me forcei a soltá-lo. Também não fazia sentido para mim, mas aqueles atos provocavam inquietação. No final das contas, tudo se resumia ao que a pessoa acreditava que poderia alcançar com os distúrbios. Pensando nos Ascendidos, tudo parecia muito simples para mim. O povo de Solis vivia sob uma penúria constante e isso o tornava mais fácil de ser manipulado e controlado. Alastir estava basicamente tramando um golpe, que seria mais fácil de levar a cabo se o povo de Atlântia estivesse infeliz. Mas, com Alastir e os outros mortos, será que havia mais pessoas que pretendiam criar conflitos em Atlântia e me consideravam uma ameaça? Casteel e Kieran deviam acreditar que sim. Era por isso que Casteel tinha me dado a adaga antes de sair para buscar comida, era por isso que Kieran estava sentado ali naquele exato momento.

O que a Duquesa me disse na carruagem e o que Alastir alegou ressurgiram como um fantasma determinado a me assombrar.

Kieran estendeu a mão e puxou uma mecha do meu cabelo com delicadeza.

— O que você está pensando?

Larguei o travesseiro.

— Casteel contou a você o que a Duquesa me disse antes que eu a matasse?

— Não.

Isso me surpreendeu, mas não achei que Casteel não quisesse que Kieran ficasse sabendo. Eles não tiveram muito tempo para conversar.

— Ela me disse que a Rainha Ileana ficaria emocionada quando soubesse que eu havia me casado com Casteel e que eu seria capaz de realizar o que ela nunca conseguiu fazer. Que eu iria destruir Atlântia.

Kieran franziu o cenho.

— Isso não faz sentido.

— Só que faz, não é? Ser descendente dos deuses significa usurpar o trono sem o uso da força. Eu reino sobre Atlântia.

— Sim. Você é a governante por direito — respondeu ele, e eu engoli em seco, quase pegando a taça de vinho outra vez. — Mas não vejo como isso seria benéfico para Solis.

— Eu também não, mas foi o que ela disse e...

— E você acha que há alguma verdade nisso por causa da baboseira que Alastir lhe contou? — presumiu ele.

Eu não respondi nada.

— Preste atenção, Poppy. — Ele se inclinou para que ficássemos cara a cara, e quase não havia espaço entre nós dois. — Cada um de nós que vive em Atlântia é uma ameaça em potencial ao reino. Nossas ações, nossas crenças? Qualquer um poderia destruir o reino. Ser descendente dos deuses não a torna uma ameaça maior ao reino do que qualquer outra pessoa. Somente você controla as suas ações. Não o seu sangue, não a sua linhagem. Alastir estava errado. A Duquesa também. E o fato de que você não se transformou em uma vampira quando Casteel a Ascendeu deveria ser uma prova disso. E, se você assumir a Coroa, você não vai reinar em nome de Solis.

— Não posso dizer que isso é prova de qualquer coisa quando nós não fazemos a menor ideia do que eu me tornei — comentei, mas o que ele falou me fez pensar no que eu havia dito a Casteel mais cedo. — Tenho outra pergunta pra você.

Ele se recostou.

— É claro que tem.

— Quando estávamos na entrada do Templo de Saion e Emil estava conversando com a gente, eu pensei em uma resposta ao que ele nos disse.

— Você se perguntou se o plano de Alastir havia fracassado — concluiu Kieran por mim. Prendi a respiração enquanto olhava para ele. — Mas você disse isso em voz alta, Poppy.

Fiquei paralisada.

— Não disse, não.

Ele repuxou os cantos dos lábios para baixo.

— Disse, sim.

— Não disse — insisti, com o coração disparado. — Eu só *pensei* isso, Kieran. E ouvi você responder.

Ele não se mexeu nem disse nada por um momento, então dobrou as pernas e se inclinou para a frente.

— Eu estava na forma de lupino.

— Eu sei.

— Eu não falei aquilo. Eu...

— Você pensou. — Sentei na cama. — É o que estou tentando lhe dizer. E não foi a única vez que isso aconteceu — confessei, e então contei a ele sobre Delano. — De algum modo, nós nos comunicamos... telepaticamente.

— Eu... — O choque que Kieran sentiu parecia um banho de água fria. — Você consegue sentir a minha assinatura, minha marca, como fez com Delano?

— Não sei. Eu não tentei.

— Você pode tentar? — Quando fiz que sim com a cabeça, ele se sentou, pressionando o joelho contra o meu. — Então tente.

Ansiosa para descobrir se conseguiria fazer aquilo, respirei fundo e me concentrei em Kieran. A sensação do seu choque ainda estava ali, fria e escorregadia, mas eu a transpassei. Meu peito zumbiu, e eu o senti. Aquele caminho invisível que ultrapassava as emoções e pensamentos. Era como um fio que nos conectava, invisível a olho nu, e irradiava uma sensação terrosa e amadeirada, que me fazia lembrar de...

— Cedro.

— O quê? — Kieran piscou.

— Você se parece com o cedro.

Ele olhou para mim.

— Eu me pareço com uma árvore?

— Na verdade, não. Quero dizer, é só o que a sua... impressão ou seja lá o que for parece para mim. Algo rico e amadeirado, conectado à terra. — Dei de ombros. — É a única maneira que consigo explicar.

— E com o que Delano se parece? Com uma muda?

Dei uma gargalhada.

— Não. Não com uma muda. Ele se parecia com... sei lá. Com a primavera.

— E eu pareço amadeirado.

— Estou começando a achar que não deveria ter dito nada.

Ele repuxou um canto dos lábios para cima.

— Eu meio que gosto disso, na verdade. Da parte rica e amadeirada.

Revirei os olhos e me recostei nos travesseiros.

— Eu nunca senti nada disso antes. Nem ouvi pensamentos.

— Antes que você pergunte, não, eu não consigo ler os seus pensamentos. Nem antes nem agora. Só ouvi aquela vez — observou ele, e eu *estava* prestes a perguntar isso. — Pode ter acontecido porque você estava vivenciando uma emoção intensa.

Assim como quando convoquei os lupinos sem sequer me dar conta.

— Para ser sincero, ainda bem que não consigo. Imagino que a sua mente seja um redemoinho de perguntas, uma lutando contra a outra em uma batalha mortal para ver qual delas terá a honra de ser indagada.

Amarrei a cara para ele.

— Que grosseria. — E então avancei, sobressaltando Kieran. — Podemos tentar agora? Ver se consigo fazer isso de propósito?

— Você sabe como?

— Não — admiti, segurando o travesseiro azul-petróleo contra o peito outra vez. — Mas acho que tem a ver com a marca, com aquele caminho único. Acho que só preciso segui-lo. Quero dizer, isso é algo novo, então faz sentido que seja o caminho — expliquei enquanto Kieran olhava para mim como se eu estivesse falando em uma língua que não entendia. — Certo. Só me dê um segundo para me concentrar.

— Tem certeza de que você só precisa de um segundo? — gracejou ele.

— Tem certeza de que você não quer ver o cabo de uma adaga saindo do peito?

O lupino sorriu para mim.

— Ficaria mais difícil de testar se você consegue fazer isso de propósito ou não.

Lancei um olhar sério para ele.

Ele riu baixinho.

— Vá em frente. Veja se consegue fazer isso.

Respirei fundo e agucei os sentidos para ler os pensamentos de Kieran. Senti o gosto doce do divertimento na língua e então... fui mais longe, encontrando aquela sensação terrosa e amadeirada. Segurei o fio. *Kieran?*

— Sim?

Recuei, de olhos arregalados.

— Você me ouviu?

Ele fez que sim com a cabeça.

— Parecia que você estava falando em voz alta, mas sei que não falou e... soou como um sussurro. Tente outra vez. Veja se consigo responder a você.

Eu me concentrei nele, sentindo o frescor da curiosidade substituindo o divertimento. Encontrei aquele caminho ainda mais rápido dessa vez. *Kieran?*

Uma coisa estranha aconteceu, e eu não sabia muito bem se já havia acontecido antes e eu não tinha me dado conta, mas eu o senti — senti a sua marca soprando na minha mente como uma brisa amadeirada com cheiro de resina. *Você tem uma obsessão saudável por apunhalar as pessoas.*

Eu ofeguei e recuei, dando um pulinho.

— Eu não tenho, não!

Um largo sorriso surgiu no rosto de Kieran.

— Quer dizer que você ouviu?

— Ouvi. — Larguei o travesseiro e dei um tapa no braço dele. — E não tenho uma obsessão saudável por isso. Eu só estou cercada de pessoas que têm uma obsessão *nada saudável* por me irritar.

Ele riu baixinho.

— Deve ser o Estigma. É a única coisa em que consigo pensar. Faz sentido. Mais ou menos.

Arqueei as sobrancelhas.

— O que você quer dizer com *mais ou menos*? As divindades conseguiam se comunicar com os lupinos desse jeito?

— Não que eu saiba — respondeu ele, olhando para mim tão fixamente que parecia que *estava* tentando ver dentro da minha mente. — Mas como você acha que Nyktos se comunicou com os kiyou? Eles não teriam compreendido a linguagem. Não do tipo falado. Ele se comunicou diretamente com as mentes deles.

Capítulo Dezoito

Senti meu estômago se revirar conforme olhava para Kieran.

— Mas então como é que eu consigo...? — Parei de falar. — Não faz sentido, Kieran. Entendo que tenho o sangue de Nyktos nas veias e até mesmo o de Malec, se o que Alastir me disse for verdade, mas isso não explica como as minhas habilidades estão tão fortes quando, até onde eu me lembro, os meus pais não tinham esses dons. Nem Ian. E, sim, eu sei que ele pode não ser meu irmão de sangue — acrescentei antes que ele pudesse me lembrar desse fato. — Mas, se sou descendente de Malec e de uma das suas amantes, isso foi há várias gerações. Como foi que fiquei com tanto éter?

— Boa pergunta — constatou ele depois de um momento. — Talvez a habilidade de se comunicar conosco, como Nyktos fazia com os kiyou, seja porque você foi Ascendida. Todo o sangue mortal foi substituído por sangue Atlante. Isso pode ter... sei lá, destravado alguma coisa dentro de você.

— Como se eu fosse uma porta?

Um sorriso irônico surgiu nos lábios dele.

— Uma analogia melhor seria um baú se abrindo dentro de você, mas, mesmo antes que Casteel a Ascendesse, os seus dons já eram muito mais fortes do que deveriam ser, então... — Kieran virou a cabeça na direção das portas de treliça, estreitando os olhos para a escuridão.

Coloquei o travesseiro de lado.

— O que foi?

— Não sei. Pensei ter ouvido alguma coisa. — Ele se levantou, com a atenção voltada para as portas fechadas enquanto enfiava a mão na bota e puxava uma adaga estreita e de lâmina comprida. — Fique aqui.

Fique aqui? Franzi o nariz e me arrastei pela cama, quase derrubando a bandeja com sobras de carne e queijo. Peguei a adaga de lupino e a desembainhei enquanto me punha de pé.

— É óbvio que você não vai ficar quieta — murmurou Kieran, abrindo uma das portas duplas.

— Não. — Eu o segui.

Kieran saiu para a varanda. A única luz vinha do quarto e de um pequeno lampião acima de uma larga espreguiçadeira ao ar livre. Ele se concentrou no muro a vários metros de distância conforme avançava, afastando uma cortina transparente.

E então se retesou.

Vasculhei as árvores e o muro logo adiante, mal distinguindo as vinhas pesadas penduradas na pedra sob o luar.

— O que foi?

— Sage estava vigiando essa parte do muro. Ela é uma lupina — explicou ele. — Eu não a vejo em lugar nenhum.

Um grito veio da esquerda, perto do estábulo. Girei o corpo, saindo do pátio e pisando na pedra ainda quente por causa do sol.

Kieran me segurou pelo braço.

— Não se atreva.

Tentei me desvencilhar, olhando surpresa para ele. Não podia acreditar que ele estava tentando me deter.

— Está acontecendo alguma coisa. Casteel está...

— Cas vai ficar bem — interrompeu ele, me levando de volta para o pátio fechado. — Sei que você sabe lutar. Sei que você é foda, Poppy. Mas, além de Casteel cortar a minha cabeça se algo lhe acontecer, você é a nossa Rainha.

Respirei fundo.

— Eu não sou a Rainha de ninguém. Sou só a Poppy.

— Quer reivindique o trono ou não, você ainda é a nossa *Liessa*.

— Então você espera que eu me esconda? É isso que ser uma Rainha significa para os lupinos? — Olhei de cara feia para ele, sentindo a acidez da sua raiva e o peso da sua preocupação. Era uma experiência totalmente nova sentir qualquer coisa além de divertimento emanando de Kieran. — Que tipo de Rainha eu seria se agisse assim?

Ele retesou o maxilar.

— O tipo viva.

— E o tipo que não é digna daqueles dispostos a defendê-la — devolvi, me esforçando para lembrar que a relutância dele advinha da preocupação. — Agora solte o meu braço.

— Ou?

Parei de considerar as possíveis boas intenções dele.

— Ou eu farei você soltar.

O olhar pálido de Kieran brilhou intensamente quando ele abaixou a cabeça, de modo que ficamos quase cara a cara.

— Você já é digna daqueles que a protegem — disparou ele. — O que é muito irritante.

Puxei o braço outra vez.

— Agora fiquei confusa.

— Se você não fosse tão corajosa, a minha vida e a de Casteel seriam bem mais fáceis — murmurou ele, soltando o meu braço. — Vê se não morre.

— Que tal você tentar não morrer, hein? — retruquei, e ele franziu o cenho enquanto olhava para mim. — A propósito, você e eu vamos conversar sobre isso mais tarde.

— Mal posso esperar — murmurou Kieran.

Outro grito chegou até nós antes que eu pudesse responder. Girei o corpo na direção do som. Soou mais perto e foi seguido por um rosnado poderoso.

Do nada, as luzes se acenderam no muro, me sobressaltando. Dei um passo para trás, esbarrando em Kieran. Ele colocou a mão no meu ombro, me firmando enquanto os feixes de luz atravessavam as árvores e os arbustos cheios de flores.

Uma silhueta se afastou de uma árvore e se postou sob a luz. Meu corpo ficou enregelado. Um homem pálido e de peito nu parou diante de nós, com o rosto oculto por uma máscara dos Descendidos.

As palavras finais de Alastir feriram a minha pele. *Você acha que isso termina comigo?* Eu esperava que sim, mas o homem a nossa frente era a prova de que o movimento do qual Alastir fazia parte não havia terminado com a sua morte.

— Inferno — murmurou Kieran entre dentes enquanto pelo menos mais uma dúzia de homens saía de trás das árvores e arbustos no pátio.

— Suponho que esses Descendidos não sejam amigáveis? — perguntei.

O Descendido mais próximo de nós sacou uma adaga do quadril.

— Suponho que não — respondi a minha própria pergunta com a pulsação acelerada conforme olhava para a lâmina. — E também suponho que eles não tenham mais nenhuma intenção de não me matar imediatamente.

— Isso não vai acontecer — prometeu Kieran.

— Não. Não vai. — Segurei a adaga de lupino com força enquanto os estudava. Pelo que percebi, pareciam ser todos homens. Deviam fazer parte da irmandade que Alastir mencionou, mas não queria dizer que todos os Descendidos estivessem envolvidos. No entanto, se alguém em Atlântia me considerava a Donzela, um fantoche dos Ascendidos, seriam eles.

Deixei que os meus sentidos se expandissem e o que voltou para mim foi... o vazio.

— Eu... eu não sinto nada — sussurrei, me concentrando no homem com a lâmina escura. Perturbada, me dei conta de que continuava não sentindo nada. — É como acontece com os Ascendidos.

— Eles não são Ascendidos — respondeu Kieran, inflando as narinas enquanto farejava o ar.

Havia algo... estranho a respeito dos homens parados sob os feixes de luz. Algo que não tinha nada a ver com a minha incapacidade de ler as suas emoções. Senti um calafrio enquanto olhava para eles. Era a pele. Parecia fina como papel e pálida demais, como se não restasse nem uma gota de sangue nas suas veias. Meu estômago ficou revirado.

— Eles são...? Eles não são Atlantes, são? Ou de alguma linhagem?

— Não — rosnou Kieran. — Não faço a menor ideia do que são essas *coisas*.

Coisas?

Engoli em seco conforme o instinto exigia que eu me afastasse o máximo possível daquelas coisas. Os Vorazes sempre provocavam a mesma reação em mim, mas eu não fugia deles nem fugiria dessa vez.

Kieran abaixou o queixo.

— Não faço a menor ideia do que diabos vocês são, mas, seja lá o que estiverem planejando, eu os aconselho a não fazer isso.

Um movimento ao longo do muro chamou a minha atenção. Outro homem mascarado estava agachado ali, com a pele levemente rosada. Ele não tinha a cor da morte. Agucei os sentidos e senti o gosto de... algo seco e com textura de carvalho, como uísque — quase oleaginoso. Determinação. O homem no muro era diferente. Para começo de conversa, ele estava vivo. Estreitei os olhos e vi uma corrente marfim e marrom-acinzentada pendurada no seu peito. A raiva se apoderou de mim como um enxame de vespas. Se tivesse alguma dúvida sobre o que eles pretendiam, ela foi apagada naquele instante. Aquelas amarras nunca mais tocariam minha pele.

— Você não faz a menor ideia do que está guardando, lupino — anunciou o homem mascarado, com a voz grave abafada por trás da máscara. — Do que está tentando proteger.

— Eu sei muito bem quem estou protegendo — afirmou Kieran.

— Não sabe, mas vai saber — respondeu o homem. — Nós só queremos a Donzela.

— Eu não sou a Donzela. — Acolhi de bom grado a ardência da minha fúria, que sufocou a dor da tristeza pelo fato de que outras pessoas tivessem a mesma opinião de Alastir. Deixei o sentimento de lado antes que a melancolia pudesse tomar conta de mim.

— Você prefere ser chamada de Abençoada? Escolhida? — retrucou ele. — Ou prefere ser chamada de Arauto? De Mensageira da Morte e da Destruição?

Eu me retesei. Já tinha ouvido aqueles títulos antes, mas havia me esquecido. Jansen havia chamado Nyktos de algo parecido. O zumbido vibrou dentro do meu peito.

— Se você realmente acredita nisso, então é um tolo por ficar aí me ameaçando.

— Eu não sou um tolo. — O homem estendeu a mão e desenganchou a corrente do ombro. — Você, aquela que foi profetizada nos ossos, nunca deveria ter sobrevivido àquela noite em Lockswood.

Arrepios percorreram minha pele conforme meu corpo inteiro era tomado pelo choque. Não tinha nada a ver com a suposta profecia. *Lockswood*. Fazia anos que eu não ouvia ninguém falar o nome do vilarejo. Nem mesmo Alastir o tinha mencionado.

Mas ele evidentemente havia contado para aquele homem do que participara anos atrás.

— Quem é você?

— Eu não sou ninguém. Eu sou todo mundo. — Ele se levantou devagar. — E você não será a Rainha de nada. Matem-na.

As coisas diante de nós se moveram em uníssono, avançando rapidamente. O rosnado que saiu da garganta mortal de Kieran deveria tê-los espantado, mas não adiantou. Inúmeros homens nos cercaram. Soltei um palavrão que teria deixado vermelhas as orelhas experientes de Vikter e me esquivei sob a estocada ampla de um agressor. Um cheiro rançoso de flores atingiu o ar quando Kieran esticou o braço, passando a ponta afiada da lâmina na garganta de duas das coisas.

— Bons deuses — exclamou Kieran assim que eu surgi por trás das coisas com máscaras dos Descendidos e dei um chute, atingindo a parte de trás de uma rótula. A coisa não emitiu nenhum som quando a perna cedeu sob o seu peso. Girei o corpo no mesmo instante, cravando a adaga no peito de outro. O cheiro rançoso aumentou quando uma substância preta e oleosa espirrou na minha mão.

Aquilo definitivamente não era sangue.

Ofeguei assim que puxei a adaga. A coisa cambaleou e então se despedaçou, espatifando-se em uma fina camada de poeira e óleo preto que tinha um brilho arroxeado sob a luz. Os Cavaleiros Reais haviam feito algo parecido ao serem apunhalados com a pedra de sangue, mas sua pele e seus corpos racharam primeiro. Aquelas coisas simplesmente explodiam em um gêiser de gosma roxa que cheirava a lilases envelhecidos.

Quando a outra criatura começou a recuperar o equilíbrio, girei o corpo, passando o braço em volta da sua cabeça mascarada. Dei um passo para trás e enfiei a adaga no ponto fraco na base do seu crânio. Em seguida, eu o soltei, pulando para trás antes que a coisa explodisse.

— O que são essas coisas? — gritei, me afastando da mancha oleosa que os dois haviam deixado para trás.

— Não faço a menor ideia. — Kieran matou outro enquanto repuxava os lábios de nojo. — Apenas mate-os.

— Ah, poxa, eu estava pensando em ficar com um deles. — Dedos frios e úmidos roçaram no meu braço conforme eu me virava. — Você sabe, como um...

— Se disser bichinho de estimação, vou achar que você é mais desequilibrada do que Cas.

— Eu ia dizer amigo.

Kieran olhou para mim com o cenho franzido.

— Isso é ainda pior.

Dei um salto e agarrei a ponta de uma máscara. Puxei com força. A corda estalou. A máscara se soltou.

— Ah, meus deuses! — gritei enquanto cambaleava para trás.

A coisa não tinha rosto.

Não de verdade. Não havia nariz. Nem boca. Apenas fendas finas e pretas onde os olhos deveriam estar. Todo o resto era carne lisa, fina e pálida.

Aquela imagem nunca sairia da minha mente.

— Pode ficar! Aqui. — Joguei a máscara de bronze de volta para a coisa. O metal ricocheteou no seu peito e caiu no chão. Ele inclinou a cabeça para o lado.

— O que foi? — Kieran se moveu na minha direção. — Puta merda, é um... Acho que é um Germe.

— Um *o quê*?

— Algo que não pertence a esse lugar.

— Isso não é útil. — Apontei para a coisa com a adaga. — Esse treco não tem rosto!

— Eu já vi.

— Como é que ele respira?

— Agora... — grunhiu Kieran quando uma das coisas pulou nas suas costas. Ele se inclinou e a atirou longe — ... não é a hora de fazer perguntas, *Poppy*.

Era um bom argumento, mas, ainda assim, como é que aquilo respirava sem boca ou nariz?

O tal do Germe veio na minha direção e eu me forcei a não ficar apavorada. Precisava me concentrar porque aquele que tinha boca para falar sabia sobre Lockswood. Teria que deixar para pirar sobre essas coisas mais tarde. Contra-ataquei, cravando a lâmina no peito da criatura. Não fui tão rápida quanto antes e o líquido preto espirrou na frente da camisa de Casteel.

Girando, localizei o homem no muro. Segui em frente, ignorando as pedras pontudas sob os meus pés descalços.

Outro Germe disparou na minha direção e me preparei. Ele brandiu a espada, mas eu ataquei primeiro, enfiando a adaga sob a borda da sua máscara. Recuei quando ele caiu no chão, com o corpo se desfazendo em nada em questão de segundos. Virei-me e vi Kieran cravar a lâmina no pescoço de outro. A gosma roxa jorrou quando o olhar dele encontrou o meu.

— Seus olhos — observou, passando as costas da mão pelo rosto — estão brilhando pra caramba.

Estavam?

O zumbido no meu peito era como um sussurro no meu sangue quando me virei para o muro. O homem ainda estava ali, e a energia crescia dentro de mim como tinha acontecido nas Câmaras de Nyktos. Meu coração deu um salto quando outra criatura mascarada surgiu sob a luz forte. Empunhei a adaga com firmeza, resistindo ao fascínio daquela vibração. Eu não queria fazer aquilo de novo. Não antes que a compreendesse totalmente e soubesse que poderia parar.

Uma mão úmida apertou o meu braço. Deixei que as manhãs e tardes passadas com Vikter me dissessem o que fazer, então me encolhi e estendi a perna. O Germe não estava esperando o movimento, ou talvez eu tivesse me movido rápido demais para que ele pudesse reagir. Dei uma rasteira nele e depois abaixei a adaga, desferindo um golpe direto no peito. Fiquei de pé num salto e me virei, dando de cara com outro.

A criatura brandiu a espada e eu avancei, bloqueando o golpe enquanto enfiava a adaga em seu peito. Dei um puxão para soltar a lâmina e me esquivei quando ela se desfez. Ergui o olhar para a silhueta alta que havia tomado o lugar daquele que tinha caído...

Dei um passo para trás. O pai de Casteel estava ali, com a camisa cor de creme salpicada por um líquido vermelho-arroxeado. Quantas daquelas coisas estavam vagando por aí? A surpresa irradiou do Rei quando ele olhou para mim de olhos arregalados, e foi então que me lembrei de que estava vestida apenas com a camisa de Casteel, agora arruinada.

Deuses.

Será que eu não podia conhecer a família de Casteel em circunstâncias normais?

— Olá — murmurei, me endireitando.

O Rei Valyn arqueou as sobrancelhas e então avançou na minha direção, brandindo a espada. Meu coração palpitou conforme o pânico se apoderava de mim. Fiquei paralisada pela incredulidade. Ele iria...

Ele segurou o meu braço enquanto empunhava a espada e me puxou para o lado. O ar saiu dos meus pulmões quando tropecei, encontrando um Germe mascarado empalado na espada do Rei.

— O-obrigada — gaguejei enquanto a coisa se espatifava.

Seus olhos cor de âmbar encontraram os meus.

— Você achou que eu fosse atacar você? — perguntou ele.

— Eu... — Bons deuses, achei, sim.

Naquele momento, Casteel saiu das sombras, com gotas de sangue arroxeado salpicadas nos contornos e ângulos marcantes do seu rosto. Ele não estava sozinho. Várias guardas o flanqueavam. Seu olhar se concentrou em mim à procura de sinais de um novo ferimento ou machucado. Não havia nada, mas, se houvesse, eu sabia que ele os teria encontrado. Ele caminhou até mim, com a espada grudenta pelo que quer que existisse naquelas criaturas abaixada ao lado do corpo. Seus olhos brilhantes como estrelas encontraram os meus. Prendi a respiração quando ele passou o braço em volta da minha cintura, me puxando com força contra o peito. O calor do seu corpo penetrou pelo tecido da camisa. Era como se não houvesse mais ninguém no jardim quando ele pousou a boca sobre a minha — certamente não o seu pai, porque o beijo foi forte e profundo, fazendo com que o meu coração disparasse dentro do peito.

Quando a boca de Casteel deixou a minha, eu estava ofegante. Ele encostou a testa na minha e me abraçou com força. Sua voz estava grave e macia quando ele perguntou:

— Quantos deles você matou?

— Alguns — respondi, fechando a mão livre na frente da camisa dele.

Ele roçou os lábios pela minha orelha.

— Alguns?

— Um número descente — emendei.

Casteel me deu um beijo na bochecha.

— Essa é minha garota.

Ouvi um pigarreio e suspeitei que tivesse vindo do pai de Casteel. Minhas bochechas coraram e então pegaram fogo quando Kieran disse:

— Você não pode culpar ninguém além de si mesma pela incapacidade de Cas se lembrar que não está sozinho.

O Rei Valyn deu uma risada áspera.

— Bom argumento.

Casteel beijou o meio da minha testa.

— Você está bem?

— Sim. E você?

— Sempre.

Sorri de leve ao ouvir isso, mas o sorriso logo sumiu dos meus lábios. Eu me desvencilhei do abraço de Casteel e me virei para o muro, examinando toda a sua extensão.

Droga, o muro estava vazio.

— Ele fugiu — disparei.

— Quem? — perguntou Casteel.

A frustração tomou conta de mim.

— Havia um homem no meio daquelas coisas. Ele sabia a respeito de Lockswood.

— Lockswood? — ecoou o pai de Casteel.

— É perto do Vale de Niel, em Solis. — Eu me virei na direção de Casteel. Ele estava estranhamente imóvel, e pude sentir sua raiva latejando. — A estalagem onde meus pais pararam para pernoitar, aquela que os Vorazes atacaram, ficava no vilarejo de Lockswood. Foi lá que eles morreram. Alastir deve ter contado ao Descendido sobre aquela noite.

— Ele não era um Descendido — observou o Rei Valyn, e tanto Casteel quanto eu nos viramos para ele. Ele se agachou e apanhou uma máscara que tinha caído das criaturas. — E aquelas coisas mascaradas? Deuses, além de não pertencerem a esse lugar, as máscaras que usavam não têm nada a ver com os Descendidos.

Olhei para Casteel, confusa. Ele franziu o cenho enquanto olhava para o objeto que o pai tinha nas mãos.

— Os Descendidos usavam essas máscaras em Solis para ocultar a identidade — afirmou ele.

— Mas não foram os primeiros a fazer isso — declarou o pai. — E, sim, os Invisíveis.

Capítulo Dezenove

— Os Invisíveis? — repeti.

— Você está brincando comigo, certo? — indagou Casteel. — Eu tinha a impressão de que os Invisíveis haviam se dissolvido ou morrido muito antes da Guerra dos Dois Reis.

— Isso é o que todos nós pensávamos — declarou o Rei Valyn. — Até recentemente.

— O que são os Invisíveis? — perguntei.

O Rei olhou por cima do ombro e foi então que notei uma mulher. Ela era alta e musculosa, com a pele reluzente negra clara e os cabelos pretos como azeviche sob a luz dos holofotes puxados para trás em uma trança única e apertada, muito mais bem-feita do que a que eu costumava usar. Ela estava vestida de branco como os Guardas da Coroa, mas havia arabescos dourados sobre o seu peito. Empunhava uma espada enquanto o punho de outra era visível nas suas costas. Uma ordem silenciosa foi passada do Rei para ela, que assentiu. A mulher deu meia-volta, embainhou a espada e soltou um assobio baixo.

Vários guardas saíram das sombras das árvores e dos espaços onde os holofotes não penetravam.

— Vasculhem a propriedade — ordenou ela. — Certifiquem-se de que não haja nenhum invasor.

Observei os guardas saírem em disparada, se dividindo e seguindo em direções diferentes, passando por Jasper, que caminhava em nossa direção na forma de lupino. Seja lá quem fosse aquela mulher, ela ocupava uma posição de comando. Em instantes ela era a única guarda ali.

O Rei se voltou para nós, para mim.

— Você gostaria de entrar? — sugeriu ele. — Parece que não estava preparada para a batalha nem para receber visitantes.

Cruzei os braços sobre o peito, tomando cuidado com a adaga que empunhava.

— Vestir roupas mais adequadas não vai mudar o fato de que você já me viu só de camisa — disse, surpreendendo a mim mesma. Eu não estava acostumada a tanta pele exposta, mas tinha acabado de enfrentar um monte de criaturas sem rosto. Minhas pernas à mostra não estavam nem mesmo na lista das primeiras cinquenta coisas com as quais eu estava preocupada naquele momento. — Se estiver tudo bem pra você, pra mim também está. Eu gostaria de saber mais sobre os Invisíveis.

O divertimento irradiou tanto do Rei Valyn quanto de seu filho. Um sorrisinho familiar surgiu no rosto do Rei e também vi um vislumbre de covinhas ali.

— Tudo bem por mim — respondeu ele, entregando a máscara para a guarda. Ele embainhou a espada. — Essa é Hisa Fa'Mar, comandante da Guarda da Coroa. É uma das pessoas em quem mais confio.

A mulher deu um passo em frente e no momento em que a vi soube que ela era uma Atlante, possivelmente até mesmo da linhagem fundamental. Ela fez uma reverência, primeiro para o Príncipe e depois para mim.

— Acho que ainda não nos conhecemos — disse Casteel.

— Não. Ainda não. — Ela deu um sorriso rápido e então voltou os olhos dourados para mim. — Você é bastante habilidosa em combate. Eu a vi lutar por um breve instante — acrescentou a mulher. — Você recebeu treinamento?

— Recebi. Não deveria, mas eu não queria ficar indefesa como na noite em que um grupo de Vorazes atacou a estalagem em que eu e os meus pais estávamos — expliquei quando senti o gosto cítrico e fresco da curiosidade, ciente de que o Rei Valyn estava ouvindo atentamente. — Um dos meus guardas pessoais me treinou para que eu pudesse me defender sozinha. Ele fez isso em segredo, colocando a carreira e possivelmente até a própria vida em risco, mas Vikter era bastante corajoso.

— Era? — perguntou o Rei Valyn baixinho.

Senti um nó de angústia na garganta como sempre acontecia quando do eu pensava em Vikter.

— Ele foi morto pelos Descendidos no ataque durante o Ritual. Muitas pessoas morreram naquela noite. Pessoas inocentes.

— Sinto muito por isso. — A empatia fluiu dele. — E por saber que aqueles que apoiam Atlântia foram a causa.

— Obrigada — murmurei.

Ele me encarou por um bom tempo e então disse:

— Os Invisíveis eram uma antiga irmandade que se originou há pelo menos mil anos, depois que várias gerações de Atlantes nasceram e outras linhagens fincaram raízes aqui. Mais ou menos na época em que... — Ele respirou fundo. — Na época em que as divindades começaram a interagir mais com os mortais que viviam em terras distantes das fronteiras originais de Atlântia. Os antigos deuses começaram a temer que os Atlantes e as outras linhagens não apoiassem inteiramente suas decisões em relação aos mortais.

— E que tipo de decisões eles estavam tomando? — perguntei, com medo de ouvir a resposta, levando em conta o que já havia sido dito.

— As divindades queriam reunir todas as terras, os mares e as ilhas sob um único reino — explicou o Rei Valyn. Aquilo não pareceu tão ruim. Por um breve momento. — Não importava que algumas daquelas terras já tivessem governantes. Eles acreditavam que poderiam melhorar a vida de outras pessoas, assim como fizeram com as terras logo além das Montanhas Skotos que já haviam sido ocupadas pelos mortais. Muitos Atlantes e outras linhagens não concordavam com eles, acreditando que era melhor manter o foco e a energia nas vidas dos Atlantes. As divindades temiam que houvesse uma rebelião, então criaram os Invisíveis para servir como uma... rede de espiões e soldados com a missão de destruir qualquer tipo de insurgência antes mesmo de começar. Isso era feito mantendo ocultas as identidades dos seus membros. Desse modo, eles poderiam passar despercebidos entre o povo de Atlântia como espiões. E, quando chegou a hora de serem vistos e ouvidos, eles usaram máscaras esculpidas na forma dos lupinos.

— De certa forma, eles estavam imitando o que Nyktos havia feito — acrescentou Kieran enquanto passava as costas da mão no rosto. — Foi uma tentativa patética, mas tanto faz.

— Como os lupinos se sentiram a respeito disso? — eu me perguntei em voz alta.

— Acho que eles não ficaram muito incomodados na ocasião — respondeu o pai de Casteel enquanto Jasper rondava a nossa volta, procurando por sinais de intrusos. — Tanto os Invisíveis quanto os lupinos tinham os mesmos objetivos naquela época: proteger as divindades. Ou pelo menos era isso que os lupinos acreditavam.

Eles tinham os mesmos objetivos *naquela época*. Era evidente que os objetivos se diversificaram e mudaram.

— Os Invisíveis não eram nada parecidos com os lupinos. Eram um grupo de extremistas — disse Casteel. — Eles atacavam qualquer um que acreditassem ser uma ameaça às divindades, mesmo que a pessoa estivesse apenas debatendo ou discordando do que as divindades queriam.

— Isso me faz lembrar dos Ascendidos. — Encolhi os dedos dos pés descalços contra o chão de pedra. — Você não podia questionar nada. Se fizesse isso, era visto como um Descendido e as coisas não acabavam nada bem. Mas, se os Invisíveis foram criados para proteger as divindades, então por que eles viriam atrás de mim?

— Porque foi assim que eles começaram. Mas não como terminaram. — O olhar do Rei encontrou o meu por um breve instante. — Os Invisíveis fizeram um juramento à Coroa e ao reino, mas não às cabeças onde estas coroas estavam postas. No fim das contas, eles se voltaram contra as divindades. Ninguém sabe muito bem o que causou isso, mas eles começaram a acreditar que as escolhas das divindades em relação aos mortais não atendiam mais aos interesses de Atlântia.

Pensei logo em Alastir e Jansen. Foi o que os dois afirmaram. Que agiram no interesse do reino.

— Então a irmandade foi dissolvida — continuou o Rei Valyn. — Ou pelo menos é o que todos acreditaram por pelo menos mil anos.

— Você acredita mesmo que Alastir estava envolvido com eles? — perguntou Casteel com um sorriso de escárnio. — Um bando de homens que se sentem emasculados pelo fato de que as verdadeiras Guardiãs de Atlântia sejam mulheres e então se apegam desesperadamente ao seu grupinho secreto e especial?

— Alastir me disse que pertencia a uma espécie de irmandade — eu lembrei a Casteel. — Ele chamava a si mesmo de Protetor de Atlântia.

— Eu não tinha conhecimento do envolvimento de Alastir em nada disso antes do ataque nas Câmaras — disse o pai dele. — Mas, depois de ver aquelas máscaras nas ruínas, comecei a me perguntar se eram os Invisíveis. Se eles tinham voltado e se seriam responsáveis por muito mais do que estes ataques.

Pensei no que Kieran havia me contado mais cedo. Casteel estava pensando a mesma coisa.

— Você está falando sobre as plantações destruídas, os incêndios e o vandalismo?

Seu pai franziu os lábios em uma linha dura e assentiu.

— Não acreditamos que eles estejam ativos há tanto tempo — disse Hisa. — Ou se estavam treinando, então não agiam levando em conta nenhuma noção de juramento. Mas isso mudou. E mudou antes que se espalhasse a notícia de que o Príncipe... — Ela parou de falar, franzindo o cenho enquanto parecia procurar como expressar o que queria dizer em seguida. — Antes de recebermos a notícia do envolvimento do nosso Príncipe com você.

Envolvimento parecia muito menos esquisito que captura, de modo que tive que dar um crédito a ela. Hisa sabia como ser diplomática.

— Como você pode ter certeza de que eles são os responsáveis pelo vandalismo? — perguntou Kieran.

— A máscara. — Hisa ergueu a máscara que ainda segurava. — Encontramos uma no local de um incêndio que destruiu várias casas perto da orla. Não tínhamos certeza da conexão, ainda não há provas concretas. Mas depois disso? — Ela olhou ao redor do pátio vazio. — E de usarem essas máscaras nas ruínas? Eles só podem estar envolvidos.

— Acho que estão — afirmei. — Isso me faz lembrar dos Ascendidos. Eles se utilizavam do medo, de meias-verdades e de mentiras descaradas para controlar o povo de Solis. Muitas vezes incitavam a histeria como o Duque fez depois do ataque na Colina, lembra? — Olhei de relance para Casteel, que assentiu. — Colocavam a culpa do ataque dos Vorazes nos Descendidos quando, na verdade, foram eles que criaram aqueles monstros. E ao fazer isso, ao provocar insegurança e suspeita entre as pessoas, era fácil controlá-las. Pois elas ficavam mais ocupadas apontando os dedos umas para as outras em vez de se unirem e olharem para os Ascendidos como a raiz dos seus infortúnios.

— Afastei uma mecha de cabelo para trás, desacostumada a ter tantas pessoas me ouvindo. E olhando para mim. — Eu estava pensando que, se os Invisíveis são os responsáveis pela destruição das plantações e pelo vandalismo, eles podem estar fazendo isso para criar insegurança, para deixar as pessoas desconfiadas ou com raiva, bem a tempo de fornecerem alguém para culpar pelo que está acontecendo.

— E esse alguém seria você? — perguntou o Rei.

A tensão tomou conta dos meus músculos.

— Parece que sim.

O Rei Valyn inclinou a cabeça enquanto me estudava.

— A insegurança e o distúrbio são dois desestabilizadores poderosos para qualquer sociedade. Não importa o tamanho de um reino, ele pode ser desmontado peça por peça de dentro para fora, muitas vezes enfraquecendo a fundação a ponto de desabar antes que alguém perceba o que está acontecendo.

*

— Tenho um monte de perguntas — anunciei no momento em que Casteel me levou de volta para o quarto e o Rei Valyn saiu.

— E nem uma única pessoa em qualquer um dos dois reinos ficaria surpresa com isso — afirmou Kieran enquanto fechava as portas da varanda atrás de si. — Nadica de nada.

Os lábios de Casteel se contraíram quando olhei de cara feia para o lupino.

— Desculpe, talvez pessoas sem rosto sejam algo comum em Atlântia, mas eu não estou acostumada com isso.

— Isso não é comum — respondeu Casteel enquanto tentava me guiar para a sala de banho.

— E nós dois precisamos ter uma conversinha — continuei, me detendo. Casteel deu um suspiro profundo.

— Precisamos? — Kieran arqueou as sobrancelhas.

— Ah, sim, precisamos conversar sobre o que você tentou fazer lá fora.

Casteel virou a cabeça lentamente na direção do lupino.

— O que você tentou fazer?

Kieran cruzou os braços sobre o peito.

— Tentei fazer com que ela ficasse dentro de casa e permanecesse em segurança.

Casteel deu uma gargalhada alta e áspera.

— E como foi?

— Tão indolor quanto você pode imaginar — respondeu Kieran secamente. — Só comentei que você gostaria que ela ficasse ilesa e lembrei quem ela é para você, para mim e...

— Casteel nunca me pediu que não lutasse — eu o interrompi. — E ele é o meu *marido*.

Casteel encostou a cabeça na minha e um som grave e estrondoso irradiou do seu peito.

— Marido. — Ele pressionou os lábios na minha têmpora. — Adoro ouvir você dizer isso. — Ele ergueu a cabeça para olhar para Kieran. — A minha esposa sabe se defender sozinha. Você sabe disso.

— Sei.

Estreitei os olhos.

— Parece que você esqueceu.

— Não esqueci, não. — Kieran flexionou o maxilar e retribuiu o olhar de Casteel. — As coisas são diferentes agora, e você sabe disso.

— Não são, não. — Eu me desvencilhei de Casteel. — Não sou uma Rainha, mas, como disse antes, mesmo que fosse, eu nunca seria do tipo que espera que outras pessoas arrisquem a própria vida enquanto fico parada sem fazer nada. Jamais serei assim e duvido muito que Casteel seria esse tipo de Rei.

— Não seria. — Casteel parou atrás de mim e passou os braços em volta da minha cintura. — Ela não somente sabe se defender sozinha — repetiu ele — como também precisa ser capaz de fazer isso. E é por isso que *tem* a permissão de se defender, mesmo que seja a nossa Rainha ou Princesa.

Meu coração ficou tão cheio de amor que foi um milagre não ter flutuado até o teto. Casteel... ele me entendia. Entendia a minha necessidade de não ficar indefesa.

— Você é a única pessoa em quem confio para cuidar de Poppy. Só você — continuou Casteel, e eu prendi a respiração por um momento. — Eu sei que a sua intenção é boa, e Poppy também sabe.

Meus lábios permaneceram selados.

Casteel me apertou.

— Não é, Poppy?

Reprimi um palavrão.

— Sim, eu sei disso. — E sabia mesmo, mas estava irritada e confusa com aquelas coisas lá fora. Perplexa e perturbada com tudo o que o homem no muro havia dito. — Eu sei que você tem boa intenção.

Kieran esfregou o queixo enquanto olhava para as portas do terraço.

— Sei que você é capaz de se defender sozinha. Não foi por isso que a detive. É só que você está em perigo aqui, e não deveria. Esse é o único lugar em que você deveria estar segura. — Ele abaixou a mão e me encarou. — Sei que nada disso é desculpa para ter dito a você para se retirar. Peço desculpas.

A sinceridade naquele pedido de desculpas era nítida na voz de Kieran. Tinha gosto de baunilha, mas também senti o gosto de algo azedo, assim como senti com Casteel, o que causou um aperto no meu peito. Nenhum dos dois era responsável pelo que tinha acontecido ali.

— Tudo bem — respondi, olhando para ele. — Vou garantir que aqui seja seguro para mim. *Nós* vamos garantir isso.

Kieran assentiu, sorrindo fraquinho.

— Pode apostar que vamos.

Sorri ao ouvir isso.

— Bem, agora que esclarecemos isso, sei que você tem um monte de perguntas para fazer — disse Casteel, me virando na direção da sala de banho. — Mas vamos tirar essa coisa de cima de você primeiro. — Ele fez uma pausa. — E vestir roupas limpas.

Olhei para as minhas mãos, franzindo o nariz quando vi que elas estavam manchadas de roxo.

— Isso sequer é sangue?

— Sinceramente, não faço ideia. — Casteel me levou até a penteadeira da sala de banho e abriu a torneira. Ele pegou um frasco e esguichou um pouco daquele sabonete com cheiro de pinho nas minhas mãos. — Seja lá o que for, tem um cheiro estranho.

Assenti enquanto esfregava as mãos.

— Parece lilases envelhecidos.

Ele franziu o cenho enquanto pegava um sabonete em barra.

— Quer saber de uma coisa? Você tem razão. — Ele se virou e entregou o sabonete para Kieran. Pelo espelho, eu o observei tirar a camisa estragada e jogá-la no chão conforme abria a torneira do chuveiro. Um dos chuveiros superiores ligou. — Aquele que você disse que estava no muro — falou Casteel baixinho, atraindo minha atenção. — Ele disse alguma coisa?

Fiz que sim com a cabeça enquanto esfregava o sabonete líquido nos antebraços.

— Ele não era como os outros. Era mortal ou Atlante.

— Estava com uma máscara prateada — informou Kieran, contraindo os músculos ao longo das costas e ombros quando mergulhou a cabeça sob o jato de água para lavar o rosto e o cabelo cortado rente. — Como Jansen nas ruínas. Também tinha aquelas malditas amarras de ossos com ele.

— O quê? — rosnou Casteel.

— É verdade — confirmei, passando as mãos sob a água morna.

— Aqueles ossos nunca mais tocarão na sua pele. — A voz de Casteel estava cheia de fumaça e sangue, e olhos frios como o âmbar congelado encontraram os meus. — Prometo a você.

— Eu prometo a mim mesma — murmurei quando uma lasca de mal-estar me cortou assim que pensei no Invisível. — Fazia anos que ninguém mencionava o nome daquela aldeia.

Casteel cerrou o maxilar enquanto passava as mãos pelos meus antebraços, enxaguando o sabão.

— Eu sabia a localização da estalagem porque pesquisei sobre o seu passado antes de nos conhecermos, mas não é uma informação fácil de ser encontrada. — Ele afastou os meus cabelos do rosto enquanto eu pegava mais sabonete. — Não sabemos com quantas pessoas Alastir compartilhou esse conhecimento.

Ele segurou meu cabelo enquanto eu lavava o rosto. Quando terminei, não senti mais o cheiro de flores envelhecidas na pele, e então Kieran desligou a água.

— Obrigada — falei quando ele me deu uma toalha.

— Alastir disse que havia outra pessoa na estalagem, certo? — A água umedecia o pescoço e peito de Kieran quando o seu olhar encontrou o nosso no espelho. — Ele o chamou de Senhor das Trevas, não foi?

Afastei-me da penteadeira, abaixando a toalha.

— Sim. Por quê?

— Será que Alastir realmente compartilhou essa informação com outras pessoas? — perguntou Kieran. — Ou será que ele estava falando a verdade e havia outra pessoa lá?

Tudo era possível, mas...

— Alastir deu a entender que aquela figura misteriosa levou os Vorazes até lá. — Vi Casteel tirar a camisa suja. Aquele sangue estranho e arroxeado escorria pela parte de cima de seu peito. Ele pegou a barra de sabão de Kieran quando perguntei: — Esses... Invisíveis podem controlar os Vorazes?

A tensão contornou a sua boca conforme ele passava o sabonete na palma das mãos.

— Os Invisíveis se foram muito antes que o primeiro Voraz fosse criado. Pelo menos até onde sabemos. De qualquer modo, os Vorazes podem ser conduzidos para uma determinada direção, mas não ser controlados além disso. — Ele olhou para Kieran. — Se você quiser, pode pegar uma das minhas camisas.

Kieran fez que sim com a cabeça e foi até o armário do lado de fora da sala de banho enquanto eu colocava a toalha usada em um cesto.

— Mas eu...

— O quê? — Casteel passou as mãos cobertas de sabão pelo rosto e depois pelos cabelos. Demorei um tempo para organizar os pensamentos.

— Me disseram que os meus pais partiram da Carsodônia porque queriam ter uma vida mais tranquila. Mas isso era mentira. Eles descobriram a verdade ou então sempre souberam o que os Ascendidos faziam e decidiram que não podiam mais participar daquilo — disse, detestando ter que dizer aquelas palavras. — Ele também afirmou que a minha mãe era uma Aia treinada para o combate. — Corri até o banquinho e peguei uma toalha menor como a que Kieran tinha usado enquanto Casteel abaixava a cabeça para lavar o rosto e em seguida passava a água pelos cabelos. — Pode ser verdade, mas também pode ser mentira. Mas e se Alastir estivesse falando a verdade? E se houvesse outra pessoa lá, alguém que guiou os Vorazes até a estalagem?

Entreguei a toalha a Casteel e disse:

— Eu... eu tenho lembranças daquela noite — continuei, olhando para Kieran. Ele tinha vestido uma túnica preta. — Sei que ouvi a voz de Alastir, eu o ouvi falando com meu pai. Mas já... já sonhei com alguém de capa escura. Talvez houvesse outra pessoa lá, e Alastir deu a entender que essa pessoa não tinha nada a ver com ele. E se... e se o ataque dos Vorazes não tivesse nada a ver com Alastir e os Invisíveis?

— Você acha que os Ascendidos poderiam estar envolvidos? — perguntou Kieran da soleira da porta. — Mas, se soubessem o que você é, eles iriam querer que continuasse viva.

— Concordo. — Casteel passou a toalha sobre o peito e rosto. — Atrair os Vorazes até a estalagem teria sido um risco enorme. Aquelas criaturas não podem ser controladas por ninguém.

— Tudo depende se os Ascendidos sabiam o que eu era antes que os meus pais partissem, antes que eu fosse atacada. Ainda não tenho certeza disso — falei. — Alastir nunca confirmou essa informação.

Casteel esfregou a toalha nos cabelos.

— Mas, se eles soubessem, isso significa que os Ascendidos, a Coroa de Sangue, sabiam que um dos seus pais era descendente de Atlântia.

— E isso nos faz perguntar por que eles não foram usados do mesmo modo que todos os outros descendentes de Atlântia — murmurei, suspirando. Uma possível resposta ou pergunta apenas levava a mais outra. Aquilo fazia minha cabeça doer.

E meu coração também.

— Antes que aquelas coisas aparecessem hoje à noite, você me perguntou por que suas habilidades estavam tão fortes. Como elas podiam já estar fortes antes mesmo que Cas a Ascendesse. — Kieran atraiu o meu olhar de volta para ele. — Um dos seus pais só pode ser um Atlante de sangue puro.

— Mas como pode ser se eu sou descendente de Malec? O filho dele e da amante teria sido mortal. E, se a minha mãe era uma Aia, então não pode ter sido ela, certo? — Olhei para Casteel.

— Acho que não — respondeu ele, jogando a toalha no cesto. — Nenhuma que eu vi era Atlante, mas não quer dizer que seja impossível. Improvável, mas não impossível.

— E eu me pareço com a minha mãe — contei a eles. — Exceto pelos olhos.

— E o seu pai? — perguntou Kieran, embora eu tivesse certeza de que já tínhamos conversado sobre isso antes.

— Ele era da Carsodônia, assim como a minha mãe — respondi.

— Sei que você não gosta de ouvir isso — começou Kieran, e eu me retesei, sabendo aonde ele queria chegar com aquilo —, mas estamos presumindo que os seus pais sejam seus pais biológicos. Ou... — acrescentou ele rapidamente quando eu abri a boca. — Ou o que você lembra e o que lhe disseram sobre quem eram seus pais simplesmente não são verdade.

Capítulo Vinte

— Ele tem razão — concordou Casteel suavemente, me estudando. — Não sei por que Alastir mentiria sobre a sua mãe ser uma Aia. Se ele falou a verdade, ela nunca foi uma Dama de Companhia destinada a Ascender. E talvez o seu pai não fosse filho de um comerciante. — Ele fez uma pausa. — Além disso, talvez apenas um, ou nenhum, deles fosse seu pai biológico.

E se nenhum dos dois fosse? Então, Ian... poderia ser muito diferente de mim depois de ter Ascendido. Ele poderia ser como os outros vampiros.

Recostei no azulejo frio e apoiei a cabeça contra ele. Fiz menção de responder, mas parei e encolhi os dedos do pé contra o chão.

— Eu era muito nova. Minhas lembranças de antes daquela noite são vagas, na melhor das hipóteses. Só sei o que me contaram a respeito deles e, embora Ian fosse mais velho, ele também não sabia mais do que eu. — Sacudi a cabeça, aflita. — Mas me pareço com a minha mãe, então talvez o meu pai fosse um Atlante e a minha mãe, uma descendente mortal de Malec e da amante. Será que isso explica por que as minhas habilidades estejam tão fortes?

— Seria uma coincidência e tanto — observou Kieran, e ele tinha razão.

Casteel e Kieran se entreolharam.

— Não sei — respondeu Casteel. — É uma linhagem complicada de classificar, e também parte do pressuposto de que você seja parente de Malec. Você pode não ser. Alastir podia estar errado, mesmo que acreditasse mesmo nisso.

Fiquei imaginando se a mãe dele saberia disso de algum modo.

O olhar de Casteel encontrou o meu.

— Nós vamos descobrir tudo.

Além de sua mãe, por mais improvável que fosse, somente mais uma pessoa poderia saber.

A Rainha Ileana.

Casteel se voltou para Kieran.

— Acho que há um velho roupão ali. Pode pegar para mim?

Kieran entregou a ele uma peça de roupa preta e comprida enquanto dizia:

— Preciso fazer uma coisa rapidinho. Volto já.

Casteel olhou para mim e assentiu secamente enquanto pendurava o roupão em um gancho perto da porta.

— Vamos esperar você aqui. — Ele aguardou até que Kieran saísse. — Vamos tirar você dessa camisa para que eu possa queimá-la.

Um sorriso irônico repuxou os meus lábios.

— Imagino que essa camisa não possa ser recuperada?

— Duvido muito. — Ele veio até mim e enfiou os dedos sob a bainha. — Você sabe o que fazer.

Eu sabia. Levantei os braços.

— Acho que você gosta de tirar as minhas roupas.

— Gosto mesmo. — Casteel puxou a camisa sobre a minha cabeça. O ar frio percorreu toda a pele exposta. Ele largou a túnica no chão enquanto olhava para mim, entreabrindo os lábios o suficiente para que eu visse um vislumbre das presas enquanto seu olhar vagava sobre o meu corpo em um exame lento e prolongado. Os músculos se contraíram no meu baixo-ventre. Ele pousou a mão na lateral das minhas costelas e sob o meu seio. O contato provocou uma pulsação intensa. A outra mão dele fez a mesma coisa do outro lado do meu corpo. — Mas não gosto de despir você apenas para cobri-la imediatamente.

Baixei o olhar, encolhendo os dedos dos pés ainda mais contra o chão de ladrilhos com o que eu vi além dos meus mamilos rosados e entumecidos. A pele queimada de sol de Casteel fazia um contraste notável com a minha, e suas mãos eram grandes e fortes.

— Sabe o que Kieran pediu a você hoje à noite? Não fique chateada com ele. Ele se importa com você. E a sua preocupação? — perguntou ele. — Eu também tenho que lutar contra os meus instintos em relação a você sair para enfrentar qualquer coisa. Não porque eu não acredite que você seja capaz. Mas porque tenho medo de perdê-la. — Ele abaixou a cabeça e o seu hálito quente soprou no meu peito até a curva dos seios. — Mas a sua necessidade de se defender é maior do que o meu medo. É só por isso que eu não a detenho. Kieran vai agir do mesmo modo.

— Eu sei... — Arfei quando Casteel fechou a boca sobre o meu seio. Arregalei os olhos enquanto olhava para os cachos úmidos e escuros do seu cabelo. Ele girou a língua sobre o meu mamilo, fazendo com que eu emitisse outro som estrangulado. Olhou para mim com os olhos ardentes enquanto arqueava a sobrancelha, esperando que eu continuasse. — Eu... eu não vou ficar chateada com Kieran.

Um sorriso breve e satisfeito surgiu no seu rosto e então Casteel pegou a pele sensível entre as pontas dos dentes e depois nos lábios.

— Você sabe o que me ajuda a superar o medo?

Fiz que não com a cabeça.

— Isso. — A ponta rosada da sua língua percorreu a pele latejante e tensa. — Isso ajuda. Assim como a sua coragem. E quer saber? Posso recompensá-la pela sua coragem.

Minha pulsação já estava acelerada, mas agora trovejava nas veias.

— Eu... eu vou receber uma recompensa?

— Sim, mas eu também recebo uma recompensa por superar o medo — afirmou ele, erguendo os cílios volumosos outra vez. O dourado se agitava sem parar nos seus olhos. — Ainda bem que essa recompensa será mutuamente benéfica.

— É mesmo?

Casteel assentiu e fechou a boca sobre o meu seio novamente. Senti o deslizar úmido da sua língua e o arranhar perverso das presas. Prendi a respiração com a sensação proibida e então Casteel atacou, cravando os dentes afiados na carne acima do meu mamilo. Gemi, afundando as mãos nos seus cabelos conforme o meu corpo inteiro estremecia. A dor aguda era intensa, atingindo todo o meu corpo. Houve um segundo em que eu quis me afastar quando o prazer e a dor ficaram quase fortes demais, mas aquilo passou em um piscar de olhos. Ele selou os lábios sobre a pele latejante do meu seio e sugou profundamente, puxando o bico sensível para dentro da boca e sugando o meu sangue.

Um fogo irrompeu dentro de mim, aquecendo o meu sangue e cada pedaço do meu corpo. Fiquei com a cabeça a mil e estremeci assim que o rosnado de Casteel retumbou na minha pele. Puxei os cabelos dele, prendendo-o ali despudoradamente conforme o calor úmido inundava todo o meu ser. Uma pontada dolorosa de prazer disparou por mim. Meus quadris se contraíram quando ele puxou a minha pele.

— Cas — ofeguei.

Casteel emitiu aquele som áspero e sensual de novo e em seguida se moveu, imprensando as minhas costas contra a parede, com o contorno rijo da coxa no meio das minhas pernas. Arfei com o contato do azulejo frio na pele nua e a sensação da sua coxa coberta pelas calças contra o meu sexo. Ele colocou a mão no meu quadril e o puxou para a frente, me esfregando na sua perna enquanto chupava o meu seio com força. Ondas de prazer cascateavam no meio das minhas pernas e nos meus seios enquanto eu ficava na ponta dos pés, com o peso apoiado nele. A pressão da sua boca no meu seio parecia estar conectada à pulsação intensa entre as minhas pernas. Me esfreguei na sua coxa. De um jeito nada paciente. Eu me sacudi contra ele com força, impulsionada pela dupla sensação de Casteel se alimentando do meu seio e da fricção suave da sua perna contra a minha carne inchada. A tensão aumentou, girando mais forte e rápido. Ele se banqueteou em mim e eu me descontrolei, puxando o seu cabelo e cravando as unhas na sua pele. Apertei a coxa dele no meio das pernas e toda a tensão explodiu dentro de mim, percorrendo o meu corpo da maneira mais deliciosa e espetacular. Estremeci, chamando o nome dele quando o êxtase tomou conta de mim.

Eu ainda estava tremendo e me contorcendo quando Casteel roçou a língua para aliviar a mordida e se endireitou, me abraçando com força contra o peito. Ele fechou a boca sobre a minha em um beijo lento, lânguido, rico em ferro e almiscarado. O gosto do meu sangue nos lábios dele provocou outra onda de prazer pelo meu corpo.

— Você — disse ele lentamente, com a voz rouca. — Você gostou mesmo dessa recompensa.

Encostei a testa na dele enquanto tentava recuperar o controle da minha respiração.

— Um pouco.

— Um pouco? — A risada dele parecia fumaça. — Você gozou tão forte que me molhou mesmo através da calça.

— Ah, meus deuses. — Reprimi uma risada. — Isso é tão...

— O quê? — Ele roçou os lábios nos meus. — Inapropriado?

— *Sim*.

— Mas é verdade. — Ele me beijou enquanto me colocava no chão. — Consegue ficar de pé? Ou será que acabei com a sua cabeça e com os seus músculos?

— Seu ego é ridículo. Eu consigo ficar de pé. — Mais ou menos. — E, caso você esteja se perguntando, eu gostaria de mais recompensas, por favor e muito obrigada.

Um sorriso predador surgiu nos lábios dele e aquelas duas covinhas vieram à tona.

— Embora eu adore ouvir a palavra *por favor* saindo dos seus lábios, você não precisa pedir por isso.

Sorri assim que Casteel se afastou. Enquanto ele se virava para pegar o roupão, olhei para baixo. Corei ao ver as duas feridas avermelhadas e a pele inchada ao redor.

Minha nossa. A marca que ele havia deixado era indecente.

Adorei aquilo.

Casteel segurou o roupão para mim e eu me virei, passando os braços pelas mangas. O tecido era incrivelmente macio e ainda assim leve o suficiente para que eu não sentisse que ficaria com calor. O comprimento era um pouco longo, escondendo completamente os meus pés, mas tinha o cheiro dele, de pinho e especiarias.

Ele se aproximou de mim, juntando os dois lados rapidamente e apertando a faixa.

— Fica muito melhor em você do que em mim.

— Não consigo nem imaginar você usando isso. — Olhei para as mangas compridas e esvoaçantes e balancei os braços.

— Prefiro ficar pelado. — Ele deu uma piscadela quando arqueei a sobrancelha. — E prefiro que você fique pelada também.

— Que surpresa — murmurei.

Enquanto Casteel ia até o armário para buscar roupas limpas, trancei meu cabelo. O agradável torpor da sua recompensa infelizmente se dissipou no instante em que me sentei no sofá da sala de estar e Kieran voltou, com o pai e um livro enorme nas mãos.

O olhar penetrante de Jasper encontrou o meu e ele começou a curvar. Eu me retesei, mas ele pareceu se conter antes de fazer uma reverência. O palavrão que balbuciou arrancou um sorrisinho de mim.

— Você está bem? — perguntou ele.

Fiz que sim com a cabeça.

— Estou, sim. E você?

— Ótimo — murmurou ele, afundando em uma cadeira. — Onde está...?

— Bem aqui. — Casteel entrou languidamente na sala enquanto passava a mão pela cabeça, afastando as mechas úmidas do rosto. Ele foi até o aparador encostado na parede. — Aceitam uma bebida? — ofereceu. Só Jasper aceitou. Casteel serviu dois copos enquanto Kieran se sentava ao meu lado. — Então, os Invisíveis...?

— Pois é — rosnou Jasper. — Foi a primeira vez que ouvi que há uma chance de que eles estejam envolvidos, o que me deixa muito irritado. Sem querer ofender o seu pai — acrescentou ele, indiferente —, mas ele deveria ter me colocado a par disso mesmo que não tivesse nada a ver com ela.

— Concordo — murmurou Casteel enquanto olhava de relance para Kieran. — O livro que você trouxe contém a resposta para o motivo pelo qual meu pai manteve isso em segredo?

— Infelizmente, não. — Kieran abriu o livro grosso. — Sabe aquelas coisas lá fora? Imaginei que você tivesse um monte de perguntas para fazer sobre elas.

— E quem não teria? — retrucou Casteel, entregando um copo a Jasper. — Se fosse a primeira vez que você visse um deles?

— Exatamente. — Observei Kieran folhear as páginas.

— Bem, imaginei que seria bom trazer isso aqui — indicou Kieran. — É um livro antigo sobre a história de Atlântia. Dos deuses e de seus filhos.

— Ah. — Eu me aproximei dele, bastante interessada, mas suspirei assim que vi uma das páginas. — Está escrito em uma língua diferente.

— É atlante antigo, a linguagem primordial dos deuses. — Casteel se sentou no braço do sofá. — Mal consigo ler isso agora.

Jasper bufou.

— Não estou surpreso ao ouvir isso.

Casteel repuxou um canto dos lábios enquanto tomava um gole da bebida.

— Espero que esse livro que você guardou por algum motivo nos diga como os Germes estavam aqui no nosso plano e por que eles estavam atrás de Poppy.

Nosso plano? Por que isso me parecia familiar?

— Ele guardou todos os livros escolares — explicou Jasper. — Bem, a mãe dele guardou. Estão em uma das salas nos fundos.

Eu ainda não conhecia Kirha e esperava conhecê-la em breve. Queria agradecer pelas roupas.

— Ela está bem?

— Está, sim. — Jasper sorriu e as rugas do seu rosto se suavizaram. — Dormiu durante todo o ataque.

Arqueei as sobrancelhas.

— É sério?

Ele assentiu.

— Ela sempre teve o sono pesado, mas com o bebê a caminho conseguiria dormir até com o despertar dos deuses.

— Achei — anunciou Kieran, apoiando o livro sobre os joelhos enquanto olhava para Casteel. — Você os viu sem a máscara?

— Vi — confirmou ele com a voz arrastada. — A princípio, achei que minha visão estivesse falhando, mas então ouvi meu pai dizer algo do tipo: "Que porra é essa?" e me dei conta de que não era só eu.

Fiquei distraída ao imaginar a figura alta e ameaçadora do seu pai dizendo isso. Kieran bateu um dedo na página e eu olhei para baixo, com o estômago embrulhado assim que vi o esboço de uma das criaturas que tínhamos visto lá fora. Era extremamente realista — a cabeça, as fendas para os olhos e nada além de pele lisa. Por outro lado, não havia muita coisa para o artista captar além da silhueta geral e musculosa de um corpo masculino.

— Como eles respiram? — perguntei de novo porque me parecia uma pergunta bastante razoável.

Casteel sorriu e Kieran fechou os olhos.

— Se era um Germe? — perguntou Jasper, se levantando da cadeira para olhar para o desenho. — Eles não precisam respirar porque não estão vivos.

Franzi o cenho, confusa.

— Como pode ser? Como algo pode andar por aí e interagir com as pessoas se não está vivo?

— Você poderia fazer a mesma pergunta a respeito dos Vorazes — sugeriu Casteel. — Eles reagem às pessoas ao redor, têm boca e respiram. Sentem fome. — Ele pousou o copo sobre o joelho. — Mas você acha que eles estão vivos? De verdade?

Não precisei refletir sobre isso.

— Não — respondi, olhando de volta para o esboço. — Não depois de se transformarem. Eles não estão mais vivos. Ou pelo menos não resta nada que os torne humanos.

E isso era triste porque todos haviam sido humanos — pessoas que tinham vidas e eram a filha ou o filho, amigo ou amante de alguém — antes que os Ascendidos arrancassem tudo deles. Enrosquei as mãos no tecido macio do roupão. O número de vidas que os Ascendidos tinham destruído era incalculável. Eles poderiam ter feito o mesmo com Ian e Tawny, devastando tudo que os tornava quem eles eram.

Os Ascendidos precisavam ser detidos.

— A diferença é que os Germes nunca estiveram vivos — explicou Kieran, deslizando o dedo ao longo das frases que não passavam de rabiscos em uma página cor de creme para mim. — Eles foram criados a partir do solo dos deuses e do éter, da magia, e costumavam obedecer às ordens de quem os convocava. Ou criava. Eles não têm pensamentos nem força de vontade além do motivo pelo qual foram convocados.

Pisquei algumas vezes.

— Eles foram criados a partir da terra e da magia? É sério isso?

Jasper fez que sim com a cabeça e começou a andar de um lado para o outro.

— Sei que parece algo inventado para assustar criancinhas...

— Como a *lamaea*? — perguntei.

Ele parou e olhou para mim, com o copo a caminho da boca enquanto Casteel dava uma risadinha. Seus olhos claros se voltaram para o Príncipe.

— Eu nem preciso perguntar qual dos dois lhe contou isso. De tudo que poderia ter compartilhado com ela, você escolheu logo isso?

— Foi um comentário banal no meio de uma conversa muito mais abrangente e importante ao qual ela se agarrou e nunca esqueceu. — Casteel tomou um gole. — Não é culpa minha.

— Como eu poderia me esquecer de uma criatura que tem barbatanas no lugar das pernas e cauda no lugar dos braços? — me perguntei em voz alta.

— A *lamaea* nunca existiu. É só uma coisa que pais bastante doentios inventaram. — Kieran lançou um olhar penetrante para o pai. — Mas os Germes existiram e costumavam ser convocados para servir como soldados ou guardas. Protetores de um local sagrado. Diz aqui que eles podem ser mortos por qualquer ferimento. Parece que isso destrói a magia que os mantém inteiros, de modo que a pessoa não precisa mirar no coração ou na cabeça.

— Bom saber — murmurei.

Kieran continuou examinando a página.

— Depois que cumprem o seu propósito, o objeto que contém a terra e a magia usadas para conjurá-los, geralmente algum tipo de vaso ou pedaço de pano, é destruído pelo fogo. Assim que restam apenas as cinzas, eles desaparecem.

— Eles são conjurados para fazer o que alguém quer e então... *puf*, desaparecem? — Franzi o nariz. — Parece errado e triste. E, sim, eu entendo que eles não estejam vivos de verdade. Ainda assim, não me parece certo.

— Não é — concordou Casteel, flexionando um músculo no maxilar. — Por isso que esse tipo de magia é proibido tanto por Atlantes quanto por mortais nesse plano.

Lá estava aquela palavra outra vez. Ela me fez lembrar do tempo em que passei nas criptas com Jansen.

— Do que você está falando quando diz "plano"?

— Das Terras dos Deuses, daquele plano — respondeu Casteel enquanto subia a mão pelas minhas costas e até a trança. — É chamado de Iliseu.

— Iliseu? — Prendi a respiração quando finalmente me lembrei do que Jansen havia me dito. — Jansen mencionou um lugar chamado

Iliseu. E outro chamado Terras Sombrias. Achei que ele estivesse inventando. — Olhei ao redor da sala. — Os dois existem?

— Existem. — Casteel estendeu a mão e ajeitou a gola do roupão. — O Iliseu são as Terras dos Deuses. As Terras Sombrias é onde o Abismo está e por onde entramos no Vale.

— Ele também... ele também me disse que Nyktos era conhecido como... o Sombrio? E que também era chamado de Aquele que é Abençoado, o Portador da Morte e o Guardião das Almas — continuei, franzindo o cenho. — Além disso, ele falou que Nyktos reinava sobre a Terra dos Mortos e que era o Deus Primordial do Povo e dos Términos.

— Tecnicamente, Nyktos é tudo isso — respondeu Jasper. — Enquanto Deus da Vida e da Morte, ele reina nas Terras Sombrias e no plano dos vivos, mas não é o Deus do Povo. E nunca ouvi ninguém o chamar de Sombrio nem de Aquele que é Abençoado. — Ele olhou para mim, cheio de curiosidade. — Aliás, você não era chamada assim? De Abençoada?

Assenti.

— Que interessante — murmurou ele. — Acho que Jansen falou algumas verdades e então inventou outras coisas para parecer mais informado e importante, assim como os Invisíveis costumavam fazer.

Arqueei as sobrancelhas. Jansen tinha mesmo uma autoestima fora do comum.

— Mas como eu nunca ouvi falar do Iliseu até agora?

— Aposto que há muita coisa que você nunca ouviu falar. — Jasper tomou um gole da bebida. — Sabia que Nyktos tem uma Consorte?

— Tem, é? — Encarei o lupino mais velho.

Kieran olhou para mim.

— Como você acha que ele teve filhos?

— Em primeiro lugar, ele poderia ter várias pessoas especiais na vida — salientei. — Mas, o mais importante, ele é o Deus da Vida. Não poderia simplesmente *criar* os seus filhos?

— É bem provável. — Casteel puxou a minha trança de leve. — Mas ele não criou os filhos desse jeito. Ele e a Consorte fizeram isso à moda antiga.

— Qual é o nome dela? — perguntei. — E por que é a primeira vez que ouço falar dela?

— Ninguém sabe qual é o nome dela — respondeu ele. — Ela sempre foi conhecida como a Consorte.

— Bem, isso me parece... sexista — murmurei.

— Não tenho como discordar — respondeu Casteel. — E, para responder a sua outra pergunta, ninguém sabe por que os Ascendidos decidiram apagar alguns detalhes da história.

— Talvez eles não soubessem — comentou Jasper. — Só os mais antigos dos Ascendidos, os primeiros a serem transformados, conheciam a história verdadeira das nossas terras e povos. E a maioria, senão todos, foram mortos antes da guerra. — A Rainha Eloana havia ordenado aquilo. A execução de todos os vampiros quando eles se tornaram numerosos e sedentos demais por sangue para controlar. — Foram os posteriores, aqueles transformados pelos Atlantes e que viajaram para o leste, que resistiram tão bravamente.

— A magia divina existe aqui, certo? Como o éter nos ossos das divindades — perguntei, e uma onda quente de raiva irradiou de Casteel.

— Não apenas nos ossos de uma divindade, mas também no sangue de um deus. — Jasper parou de andar e ficou postado ao lado das portas para o terraço da sala de estar. Ele tomou um longo gole, terminando o uísque. — Obviamente é mais fácil visitar uma cripta e pegar os ossos das divindades do que tentar colocar as mãos no sangue de um deus.

Estremeci ao pensar em como esse ato deveria ser perturbador para os mortos. Não tinha considerado isso enquanto estava nas criptas.

Os dedos de Casteel continuaram se movendo ao longo da minha nuca, massageando os nós dos músculos tensos ali.

— O que eu não entendo é como alguém conseguiria pegar uma amostra da terra do Iliseu. Como eles poderiam saber onde fica e como chegar lá? — perguntou Casteel. — Ainda mais quando somente aqueles com sangue divino podem viajar entre os planos.

— Isso não é bem verdade — disse Jasper.

Casteel e Kieran se viraram na direção dele.

— Como é que é? — perguntou seu filho.

— O Iliseu não existe em um plano onde apenas os deuses podem entrar — explicou ele, colocando o copo vazio em cima da mesinha perto da porta. — E algumas pessoas sabem onde fica. — Ele olhou para o Príncipe. — O que você acha que existe além das Montanhas de Nyktos?

Casteel parou de massagear meu pescoço.

— Não existe nada além de montanhas e terras inadequadas para construir e sustentar vida.

— Por milhares de anos, isso foi repetido indefinidamente até que se tornou algo conhecido e jamais questionado. Mas era uma mentira para desencorajar os curiosos — respondeu Jasper. — O Iliseu fica além das Montanhas de Nyktos.

Capítulo Vinte e Um

A mão de Casteel escorregou do meu pescoço conforme o choque se apoderava dele. Por um instante, pensei que ele fosse derrubar o copo de uísque.

— Você está falando sério?

Kieran fechou o livro.

— Não pode estar.

— É verdade — confirmou Jasper.

A sala foi tomada por uma confusão ácida.

— Como ninguém percebeu isso? — questionei. — Ninguém tentou atravessar a montanha nem contornar o mar em um navio?

— A localização do Iliseu não é oculta apenas por palavras. — Jasper se inclinou para a frente, apoiando os braços nos joelhos dobrados. — O lugar é bem protegido por terra e mar.

— O éter. Como a névoa nas Montanhas Skotos? — presumi.

Jasper fez que sim com a cabeça.

— Como meu filho e Cas sabem, o mar é muito agitado para navegar depois que os navios se aproximam da costa do Iliseu.

— As águas não são somente turbulentas. — Casteel pousou a mão de volta na minha nuca. Seus dedos se moveram de modo lento e constante conforme ele dizia: — O mar ao redor da costa é capaz de destruir um navio em questão de minutos se alguém chegar perto o suficiente para enxergar através da névoa que encobre a costa. Assim como a névoa das Montanhas Skotos protege o litoral de Atlântia tanto do Mar de Stroud quanto dos Mares de Saion.

273

— Nós tentamos certa vez, Casteel e eu, quando éramos mais jovens. Tentamos navegar um navio o mais próximo possível da costa para ver se alguma parte da terra era habitável — informou Kieran. — Quase nos afogamos no processo.

— Isso porque os dois são idiotas — retrucou Jasper, e eu pisquei.

Casteel deu um grande gole do uísque.

— Não posso argumentar contra isso.

— Espere aí. — Fiz uma careta. — O Mar de Stroud chega até o litoral de Atlântia? Pensei que a cordilheira das Montanhas Skotos alcançasse a água e...

— Seguisse até o fim do reino? — concluiu Casteel por mim. — Não. Por isso que a névoa é tão densa. Faz parecer que as montanhas estão ocultas atrás dela, mas é só para que ninguém tente navegar por ali.

Balancei a cabeça e mudei de foco.

— E viajar pelas montanhas?

— É impossível atravessar as Montanhas de Nyktos tanto para os Atlantes como para os mortais. A névoa que existe ali é de um tipo de magia letal. — O olhar frio de Jasper passou rapidamente entre o filho e o Príncipe antes de se voltar para mim. — Você provavelmente é a única pessoa capaz de atravessar as montanhas.

Casteel olhou de relance para mim e deu um ligeiro sorriso.

— Você é tão especial.

Ignorei o comentário.

— Quer dizer que ela causa alucinações como a névoa nas Montanhas Skotos?

— Não. — Jasper riu, sacudindo a cabeça. — A magia naquelas montanhas sufoca qualquer um que não reconheça como um deus.

Fiquei boquiaberta.

— Ah. Certo. Isso já é demais. — Torci a faixa do roupão em volta da mão. — Só que eu sou descendente de um deus. Não uma deusa. São coisas muito diferentes.

Jasper arqueou as sobrancelhas.

— Acho que não sabemos exatamente o que você é, mas estou disposto a assumir esse risco.

Calei a boca, pois ele tinha razão.

— Então como é que alguém foi até o Iliseu para pegar a terra? — Kieran nos trouxe de volta ao assunto em questão.

— Algumas pessoas sabem como contornar as montanhas. — Jasper se recostou na cadeira, apoiando o tornozelo sobre o joelho.

Nós três esperamos que ele continuasse.

E então esperamos mais um pouco.

Eu o encarei.

— Você não vai nos contar?

Jasper olhou para cada um de nós por um bom tempo antes de se decidir por Casteel.

— Seu pai e sua mãe já mataram para manter a localização do Iliseu oculta. — A voz dele era baixa e fria como a neve caindo. — E eu também.

Casteel inclinou a cabeça para o lado enquanto parava de mover a mão ao longo da minha nuca.

— E eu estou disposto a matar para descobrir a verdade.

Senti um arrepio nas costas enquanto Jasper sorria para o Príncipe, sem se incomodar com a ameaça ou sem saber o que aquele tom de voz monótono indicava. Coisas sangrentas geralmente acompanhavam aquela entonação.

— Acho que não precisa haver nenhum tipo de matança — arrisquei.

— Isso é muito engraçado vindo de você — comentou Kieran.

Virei a cabeça na direção dele.

— Eu estou tentando amenizar a situação.

Kieran bufou.

— O mais engraçado é que vocês mataram para manter as Terras dos Deuses em segredo — disse Casteel — e, ainda assim, os Invisíveis descobriram como viajar até o Iliseu. A não ser que haja um balde de terra do Iliseu do qual não estou sabendo.

— Não acredito que haja um balde de terra por aí — alertou Jasper, com os olhos reluzentes conforme o divertimento passava dele para mim. — A maioria das pessoas nem saberia como usar tal magia, somente os mais velhos da nossa espécie. E imagino que os Invisíveis saberiam disso quando eram mais atuantes. Suponho que devam ter mantido um registro dessas coisas.

— Além de você e dos meus pais, presumo que Alastir também sabia? — Casteel passou a mão pela minha coluna. Jasper assentiu. — Quem mais sabe disso?

— Poucos ainda vivos. — Jasper passou o dedo sobre a barba por fazer que cobria o seu queixo. — Acho que Hisa sabe. Assim como Dominik, outro comandante.

— Eu me lembro dele. É um dos fundamentais mais antigos — declarou Casteel, erguendo o copo enquanto olhava de volta para Jasper. — Ele está na Enseada de Saion?

— Ele está em Evaemon, até onde sei. Ou nos arredores da capital — explicou ele. — Imagino que Wilhelmina saiba... — Casteel engasgou com a bebida e eu fiquei boquiaberta. Jasper estreitou os olhos. — Vocês dois estão bem?

— Espere. — Casteel tossiu de novo, com os olhos lacrimejando. — Espere um maldito segundo. Wilhelmina? Quem é Wilhelmina?

Jasper franziu o cenho, nitidamente confuso.

— Você nunca conheceu a Willa?

Ah, meus deuses. Não podia ser.

— Qual é o sobrenome dela? — perguntou Casteel.

Por favor, não diga Colyns. Por favor, não diga Colyns, repeti várias vezes enquanto o pai de Kieran olhava para Casteel como se ele tivesse perdido a cabeça.

— Acho que é Colyns.

Meu queixo tinha caído até o colo. Caramba, a teoria de Casteel estava certa: a senhorita Willa era uma Atlante. Não dava para acreditar nisso. Espere aí... Quer dizer que ela estava ali, em Atlântia?

Ah, uau, nesse caso, eu tinha... tantas perguntas para fazer a ela.

— Pelo que soube, ela estava em Evaemon ou nas proximidades de Aegea — respondeu Jasper.

Casteel se virou lentamente para mim, curvando os lábios em um sorriso largo o bastante para que as covinhas já tivessem aparecido.

— Não posso dizer que a conheço pessoalmente, já a Poppy...

— Eu nunca a conheci! — quase gritei conforme me virava na direção dele e dava um soco na sua coxa.

— Ai. — Ele se afastou de mim, esfregando a perna enquanto ria.

— O que está acontecendo com vocês dois? — perguntou Jasper.

— Parece que uma tal de Willa escreveu um diário de sexo — disparou Kieran com um suspiro. — É o livro preferido de Poppy ou algo do tipo.

Eu me virei na direção do lupino enquanto Casteel engasgava de novo.

— Não é o meu livro preferido.

— Não precisa ficar com vergonha se for — disse ele, encolhendo os ombros de modo indiferente, mas eu senti o gosto açucarado do seu divertimento.

— Um livro de sexo? — repetiu Jasper. Eu estava prestes a morrer de vergonha.

Kieran fez que sim com a cabeça.

— Cas acabou de dizer que achava que a Willa devia ser Atlante por causa de um...

— Tá bom — interrompi antes que Kieran e Casteel pudessem continuar o assunto. — Nada disso importa nesse momento.

— Ah, eu discordo. — Casteel estendeu a mão e colocou a bebida em uma mesinha ao lado do sofá. — A Willa é fundamental? Ou outra coisa? E você não fazia a menor ideia de que a Srta. Willa Colyns era uma biógrafa popular de um certo aspecto de sua vida em Solis?

Deuses, eu odiava aqueles três agora. E me odiava ainda mais por querer saber as respostas.

— Acho que ela é da linhagem metamorfa — respondeu Jasper, franzindo o cenho. — Embora fique em dúvida de vez em quando. Mas não, eu não sabia disso. Explica muita coisa, agora que parei para pensar no assunto.

Os lábios de Kieran se curvaram, mas Casteel parecia ainda mais interessado em saber o que aquilo significava. Levantei a mão e perguntei:

— Por que ela saberia a localização do Iliseu?

— Porque a Willa é velha — disse Jasper. — Ela é a metamorfa mais velha que conheço. É uma das Anciãs de Atlântia.

— Quantos anos teria a *mais velha*? — incitei.

Ele arqueou a sobrancelha.

— Beirando os dois mil anos de idade.

— O quê? — gaguejei, pensando em Cillian Da'Lahon, que *A História da Guerra dos Dois Reis e do Reino de Solis* alegava ter passado dos dois mil e setecentos anos de idade antes da sua morte. — Isso é comum? Viver tanto tempo assim?

Jasper assentiu.

— Em tempos de paz e prosperidade, sim.

— E, sim, um lupino também pode viver por tanto tempo. — Kieran entrou na conversa antes que eu pudesse perguntar.

Minha mente estava... bem, eu não conseguia nem imaginar como seria viver tanto tempo. Como será que a pessoa não ficava cansada de tudo depois de tantos anos? Pensei no tema do livro de Willa e me dei conta de que isso explicava muita coisa.

Sacudi a cabeça, esperando que os meus pensamentos desanuviassem.

— Ela pode fazer o que Jansen fazia? Assumir a aparência de outras pessoas?

Jasper fez que não com a cabeça.

— Não. Jansen era... deuses, ele devia ser o último metamorfo capaz de fazer isso.

Fiquei aliviada, por mais terrível que parecesse.

— Quem são os Anciões de Atlântia?

— É uma espécie de Conselho que ajuda o Rei e a Rainha a reinar quando necessário — explicou Casteel, puxando a minha trança de leve. — Eles só são convocados quando uma decisão importante precisa ser tomada. Acho que a última vez em que se reuniram foi quando Malik foi capturado. — Um redemoinho intenso de angústia reverberou por ele. — Eu não estava em Evaemon quando isso aconteceu. Mas aqui.

Ele estava aqui se recuperando, tentando se recompor. Meu peito doeu por ele.

— Pode ter certeza de que eles foram convocados agora — disse Jasper em um tom de voz seco, e eu senti o estômago embrulhado. — Você pode perguntar a Willa sobre o livro de que estava falando.

Ah, deuses.

Embora tivesse tantas perguntas para fazer, eu não sabia muito bem se conseguiria conversar com ela, pois ficaria pensando em beijos perversos e surubas.

Mas não tinha que ficar pensando nisso agora. Porque eu sabia muito bem por que o Conselho tinha sido convocado — por causa da minha chegada e de tudo o que tinha acontecido.

— Por mais que eu queira saber mais a respeito da Srta. Willa, temos coisas mais urgentes para tratar — afirmou Casteel, me surpreendendo. — Como é que alguém consegue entrar no Iliseu se não pode chegar lá nem por terra nem por mar?

Jasper não respondeu por um bom tempo.

— Sabe, você ficaria sabendo disso quando assumisse o trono. — Seu olhar recaiu sobre o meu por um breve instante, e eu entendi o que ele queria dizer. Que Casteel ficaria sabendo disso quando *eu* assumisse a Coroa. — Você não viaja pelas Montanhas de Nyktos. Mas por baixo delas.

Uma onda gélida de surpresa tomou conta de Casteel.

— O sistema de túneis?

Jasper fez que sim com a cabeça.

— Os túneis de Evaemon seguem até o Iliseu se, e esse é um grande *se*, você souber como seguir por eles.

— Caramba — murmurou Kieran, esfregando a cabeça. — Todos os anos que passamos brincamos naqueles túneis e poderíamos ter ido parar nas malditas Terras dos Deuses.

Parecia uma coincidência muito estranha que Casteel e Kieran tivessem passado a infância inteira tentando mapear aqueles túneis e cavernas quando poderiam ter levado Cas direto para as Terras dos Deuses. Será que ele e o irmão eram atraídos para elas? Nesse caso, teria sido algum tipo de intervenção divina?

*

Passei muito tempo no chuveiro na manhã seguinte, testando os limites de quanto tempo a água permaneceria quente.

Sentir a água quente jorrando na minha pele e lavando a espuma do sabão era uma sensação mágica demais para apressar. Parecia que o chuveiro limpava mais que o sabão, como se enxaguasse a viscosidade da confusão que me impedia de enxergar além do choque por tudo que descobri e aprendi. Podia ser apenas imaginação, mas, quando finalmente me forcei a fechar a torneira, senti que conseguiria enfrentar aquele dia.

O que me esperava em Atlântia.

E talvez não fosse apenas o banho, mas também as horas de sono profundo que acabara acumulando nos últimos dias. Poderia ter sido a noite anterior, quando Jasper saiu e Kieran quis falar sobre o sistema de túneis. Casteel tomou o assento que Kieran ocupara e me posicionou de modo que eu estivesse quase embalada contra o seu peito enquanto os dois conversavam. Fiquei surpresa com o quanto eles se lembravam sobre os túneis, incluindo as diferenças em certas formações rochosas subterrâneas e os cheiros, que mudavam dependendo de cada um deles. Estive brevemente no túnel que levava até aquela linda caverna cheia de lilases no Pontal de Spessa e no outro que ficava abaixo de Novo Paraíso, para ver os nomes daqueles que morreram nas mãos dos Ascendidos.

Tantos nomes precisavam ser acrescentados àquela parede.

Mas, enquanto eles conversavam, não pude deixar de imaginar se havia algum tipo de profecia. Se quase ninguém sabia que o Iliseu ficava além das montanhas, então será que havia uma profecia da qual ninguém tinha conhecimento? Ou uma coisa não tinha nada a ver com a outra? Eu não sabia.

Antes que Kieran partisse, perguntei sobre a lupina chamada Sage — aquela que deveria estar patrulhando o muro. Ela foi encontrada do outro lado, golpeada pelas costas. O ferimento e subsequente queda do muro teriam deixado um mortal gravemente ferido ou morto, mas de acordo com Kieran, que visitou a lupina antes de voltar para o nosso quarto com o livro, ela se recuperaria em um ou dois dias. Ouvir isso e saber que não houve baixas entre os lupinos ou qualquer pessoa envolvida na batalha contra os Germes me deixaram aliviada. Isso pode ter me ajudado a não me sentir tão sobrecarregada.

Também poderia ter sido o doce beijo que Casteel me dera quando acordei naquela manhã antes que fosse tomar banho. Ou o modo como os seus olhos pareciam poças de ouro quente quando ele olhou para mim. Antes de sair da cama, Casteel me contou que a visita do pai foi por preocupação. Que ele não gostou de como as coisas terminaram entre os dois no Templo de Saion. Fiquei feliz ao saber que eles tinham se acertado — pelo menos um pouco antes que aquelas criaturas aparecessem. Também compartilhei com ele o que havia confirmado com Kieran sobre ser capaz de me comunicar com ele. Casteel... bem, ele absorveu o mais novo desenvolvimento como fazia com todo o resto. Ficou curioso, maravilhado e completamente despreocupado com isso, o que me ajudou a não me impressionar com o fato de que eu tinha feito algo que apenas Nyktos era capaz de fazer.

De qualquer modo, poderia ter sido qualquer uma dessas coisas o que fez com que eu me sentisse preparada para tudo que Casteel e eu tínhamos para discutir e desvendar.

Encontrei a roupa que Vonetta me deu no Pontal de Spessa pendurada no meio de várias peças de roupa de cores vivas que sua mãe deu a Casteel para que eu usasse. O único branco que vi em todo o armário era de duas combinações. Um sorriso surgiu nos meus lábios, e eu não o contive — nem mesmo precisei pensar em escondê-lo como fazia quando era a Donzela.

Casteel.

Foi ele. Ele se certificou de que não houvesse quase nada branco nas minhas opções.

Deuses, como eu amava aquele homem.

Fiz menção de pegar uma túnica com mangas de babados, mas uma deslumbrante musselina azul-cobalto chamou a minha atenção. O vestido era simples, me lembrando do que as Ladies de Solis chamavam de vestido diurno, mas era muito mais adequado para o clima quente da Enseada de Saion. O corpete era forrado e justo, eliminando a necessidade de uma combinação. O vestido quase transparente era franzido na cintura e nos quadris por uma faixa azul-celeste, e o tecido se juntava nos ombros. Não tinha mangas.

Passei os olhos pelas túnicas e vestidos com mangas amplas na altura do cotovelo que ofereciam mais cobertura. Hesitei. Geralmente, eu preferia usar calças ou leggings mais leves e algo que escondesse as cicatrizes nos meus braços, mas a cor era tão linda. Eu nunca tinha usado nada parecido. Nunca tive permissão.

E não precisava esconder as minhas cicatrizes.

Peguei uma roupa íntima e tirei o vestido do cabide. Coloquei-o, aliviada por ter caído bem em mim. Encontrei uma escova e desembaracei os cabelos. Não havia muito que eu pudesse fazer além de trançá-lo, então o deixei solto e encontrei no armário um par de sandálias que fechavam na altura dos tornozelos. Levantei as dobras da saia e prendi a bainha da adaga na coxa.

Casteel estava esperando por mim na sala de estar, parado diante de uma das portas de treliça com os braços cruzados sobre o peito. Uma brisa quente entrava na sala e era soprada pelos ventiladores de teto. Ele começou a se virar quando passei sob a arcada.

— Trouxe algumas frutas. E a sua comida preferida, é claro, queijo. — Ele parou de falar e entreabriu os lábios até que as pontas das presas ficassem visíveis.

— O que foi? — Eu me detive e baixei os olhos para mim mesma enquanto alisava um vinco imaginário na saia. — Pareço uma tola? O corpete é um pouco apertado. — Brinquei com o drapeado do decote. — Ou é antiquado? Imagino que deva ser um dos velhos vestidos de Vonetta, já que ela é mais alta do que eu, mas o comprimento é quase perfeito para...

— Indigno.

— O quê?

— Não sou digno de você — disse ele asperamente. — Você é um sonho.

Tirei os dedos do decote e olhei para ele.

Casteel colocou os braços ao lado do corpo enquanto seu olhar vagava por mim. Seu peito subiu, numa inspiração súbita.

— O seu cabelo. Esse vestido. — Os olhos dele se aqueceram. — Você é tão linda, Poppy.

— Obrigada. — Senti a garganta esquentar enquanto o meu coração se enchia de amor. — E você é digno.

Ele sorriu e pigarreou.

— Por favor, me diga que você está com a sua adaga.

Reprimi um sorriso e levantei o lado direito da saia até a coxa. Casteel deu um grunhido.

— Deuses, você é perfeita.

— E você é desequilibrado — respondi. — Digno, *mas* desequilibrado.

— Aceito isso.

Dei uma risada.

— Você falou alguma coisa sobre queijo?

— Falei. — Ele estendeu o braço na direção da mesa. — Fique à vontade.

Eu lhe obedeci imediatamente, me sentando à mesa e pegando alguns nacos da gostosura.

— O que você quer beber? — perguntou ele, se juntando a mim. — Temos água, vinho e uísque. As três melhores bebidas da vida.

Arqueei a sobrancelha.

— Vinho.

Ele sorriu conforme servia o líquido rosa-claro e, em seguida, preparou um copo de uísque para si mesmo. Experimentei o vinho timidamente, satisfeita por descobrir que tinha gosto de morango.

— O que você acha dessa história do Iliseu? — perguntei, já que não tínhamos conversado sobre isso.

— Sinceramente? — Ele riu baixinho. — Eu não sei. Cresci acreditando que o Iliseu existia em um plano próximo, mas que não fazia parte do nosso. Assim como o Vale e o Abismo. E pensar que os meus pais sempre souberam disso? E Alastir? E Jasper? — Casteel sacudiu a cabeça. — Por outro lado, você nem sabia que o Iliseu existia. Deve ter sido um choque enorme pra você.

— Foi mesmo — admiti, semicerrando os olhos. — Mas ainda há tanta coisa que eu não sei. Estou meio que num estado constante de surpresa. Mas é incrível pensar que, quando estavam despertos, os deuses estavam bem ali. Fico imaginando se eles interagiam com os Atlantes e mortais.

— Não muito, pelo que me ensinaram. Mas isso também pode não ser verdade. — Ele comeu um pedaço de queijo. — Sabe o que é mais bizarro, Poppy? Malik, Kieran e eu devemos ter chegado perto do Iliseu. Nós seguíamos para o leste por aqueles túneis. Mas sempre acabávamos parando depois de algum tempo.

— Havia algum motivo para vocês pararem?

Ele arqueou as sobrancelhas.

— Na época, não. Mas em retrospecto? Sim. Nós sempre começávamos a nos sentir de um jeito estranho, como se precisássemos voltar para casa. Nenhum de nós conseguia explicar isso. Pensávamos que era medo de sermos apanhados por termos ficado tanto tempo longe. Mas agora acho que estávamos sendo afastados pela magia que protege o Iliseu, garantindo que nunca chegássemos perto demais.

283

— Suponho que seja uma coisa boa. Quem sabe o que teria acontecido se vocês tivessem chegado ao Iliseu?

Ele sorriu.

— Bem, se a nossa presença despertasse os deuses, aposto que os
teríamos conquistado com nossas personalidades cativantes.

Dei uma risada.

— Ontem à noite, fiquei pensando que o seu interesse pelos túneis
parecia até intervenção divina.

— Parece mesmo, não é?

Assenti. Alguns momentos se passaram e então olhei de relance
para Casteel. Ele permaneceu em silêncio enquanto escolhia as frutas,
me passando uma uva redonda e uma fatia de melão.

— Sei que temos de conversar. Não precisa adiar ainda mais.

— Temos. — Ele se recostou na cadeira, roçando os dentes pelo
lábio inferior enquanto continuava a remexer as frutas. — Hoje de manhã, não entrei em detalhes sobre algo que o meu pai me contou ontem
à noite. Todos os membros da Guarda da Coroa, daqui até Evaemon,
estão sendo investigados por um possível envolvimento ou conhecimento do que os outros estavam fazendo.

— Outros foram descobertos? — perguntei.

— Ninguém que acreditamos estar diretamente envolvido até agora — respondeu enquanto eu aceitava o morango que me oferecia e ele
pegava um pedaço de carne assada para si mesmo. — Mas houve alguns
que suspeitaram de que alguma coisa estivesse acontecendo com aqueles
que trabalhavam com Alastir. E outros expressaram preocupação com a
sua presença.

— Bem, isso não é nenhuma surpresa, é?

— Na verdade, não, mas me faz imaginar o quanto eles sabiam a
respeito dos planos dos outros. — Ele fechou os dedos em torno do
copo. — Meu pai até acredita que os envolvidos no ataque podem ter
falado abertamente com aqueles que não estavam, basicamente infec-
tando os outros com as suas tolices.

As crenças e palavras de Alastir e dos outros pareciam mesmo uma
infecção, mas será que poderia ser curada? Enquanto comíamos, pensei
naqueles que me atacaram primeiro.

— E as pessoas que estavam nas Câmaras? — perguntei, e Casteel parou por um momento antes de pegar um guardanapo e limpar os dedos. — Assim que perceberam o que eu era, um deles pediu aos deuses que lhes perdoassem.

Um sorriso cruel e tenso surgiu na borda do seu copo enquanto ele tomava um gole.

— Eles não vão perdoar-lhes.

— Eu... espero que sim.

Ele arqueou as sobrancelhas.

— É bondade demais da sua parte, Poppy.

— Eles não me mataram...

— Mas queriam.

— Obrigada pelo lembrete desnecessário.

— Parece ser um lembrete muito necessário — respondeu ele categoricamente.

Resisti à vontade de jogar o pedaço de queijo que segurava em cima dele.

— Só porque espero que eles não definhem no Abismo por toda a eternidade não quer dizer que eu goste do que tentaram fazer comigo.

— Bem, eu espero que sim.

Ignorei o comentário.

— Eles certamente estavam muito mal informados.

— E daí?

— O que estou tentando dizer é que não eram como Alastir, Jansen ou aqueles com as máscaras dos Descendidos. Eles estavam decididos. Nada mudaria aquilo. — Joguei o pedaço de queijo na bandeja. — Mas as pessoas nas Câmaras? Os outros que poderiam saber que havia alguma coisa acontecendo ou que estão preocupados? Suas opiniões podem ser alteradas. Não é uma... infecção letal. Eles não são irracionais como os Germes ou os Vorazes.

— Parece letal para mim — comentou ele.

Puxei o ar superficialmente.

— Se as pessoas nas Câmaras tivessem mudado de ideia antes que fosse tarde demais e tivessem sobrevivido, eu não gostaria que estivessem mortas agora.

Casteel abriu a boca conforme pousava o copo sobre a toalha de linho cor de creme que cobria a mesa.

— Sei o que você vai dizer. Você gostaria que eles fossem mortos. Eu gostaria que eles tivessem uma segunda chance se foram induzidos ao erro. Só *depois* disso — frisei — é que seriam punidos de forma adequada. É óbvio que foram ensinados ou... doutrinados a pensar assim. E aqueles que poderiam saber no que os outros estavam envolvidos? Aqueles que estão preocupados agora? Isso pode mudar.

Ele me entreolhou enquanto passava os dedos sobre a borda do copo.

— Você acredita mesmo nisso?

— Sim. Acredito. As pessoas não podem ser mortas simplesmente porque têm preocupações. Isso é algo que os Ascendidos fariam — falei. — E, se nós não acreditamos que as pessoas sejam capazes de mudar o modo de pensar, no que acreditam ou como se comportam, então de que adianta dar aos Ascendidos uma chance de mudar? Qual seria o sentido de esperar uma mudança em qualquer coisa?

— *Touché* — murmurou ele, inclinando o copo na minha direção.

— Você não acredita que as pessoas sejam capazes de mudar? — perguntei.

— Acredito — admitiu ele. — Só não me importo se forem pessoas que machucaram você.

— Ah. — Peguei outro cubinho de queijo. Não foi nenhuma surpresa ouvir isso. Mudei de assunto para algo que não tínhamos discutido, nem mesmo quando foi comentado com Jasper. — Bem, você precisa começar a se importar. Não quero que as pessoas sejam mortas porque não confiam nem gostam de mim. Não quero fazer parte disso.

— Você está me pedindo que me importe com pessoas que poderiam ter conhecimento daquelas que não somente me traíram, mas também traíram você — retrucou ele baixinho. — Acho que o termo técnico é: cometer um ato de traição contra nós dois.

— Sim, mas ter crenças ou preocupações que não foram postas em prática não equivale a uma traição. Se houver provas de que estavam cientes e não fizeram nada, elas devem ser julgadas. Ou Atlântia não é diferente de Solis no que diz respeito a um julgamento justo?

— Atlântia acredita em um julgamento justo, mas há exceções. Como por exemplo, adivinhe só, traição.

— Ainda assim, se foram enganadas, elas deveriam ter uma chance de se redimir, Cas.

Os olhos dele brilharam com um tom intenso de âmbar.

— Você não está jogando limpo, Princesa, sabendo o quanto eu adoro ouvir você me chamar assim.

Curvei os cantos dos lábios para cima de leve.

Ele estalou a língua baixinho.

— Você já está me fazendo comer na sua mão.

Reprimi um sorriso.

— Só vou fazê-lo comer na minha mão se você concordar comigo.

Casteel riu disso.

— Concordo — afirmou ele. — *Mas...* a minha condição é concordar em ouvir a sua defesa. Eles terão que ser muito convincentes se quiserem ter alguma esperança de sobreviver.

Meu grito de vitória morreu um pouco antes de chegar aos meus lábios.

— Não gosto da sua condição.

— Problema seu.

Estreitei meus olhos.

— Desculpe — disse ele de modo relutante, não parecendo nem um pouco arrependido. — O que eu quis dizer é que estamos chegando a um acordo. Nós dois estamos fazendo concessões. Vou dar uma chance a eles.

Não sabia muito bem que chance ele daria, mas já era um... acordo. E também uma grande melhoria.

— Certo. Então também vou fazer uma concessão a você.

— Acho bom, já que você está praticamente conseguindo o que queria — comentou ele com um sorriso.

Até que estava, mas eu tinha certeza de que muitos não conseguiriam convencê-lo.

Casteel ficou em silêncio por um bom tempo.

— Eu estou falando sério sobre dar às pessoas uma segunda chance. Permitir que elas provem que não serão uma preocupação para *nós dois*. Mas, se fizerem alguma coisa ou se eu suspeitar que irão fazer, não prometo não interceder de maneira violenta.

— Contanto que a sua suspeita esteja baseada em provas e não na emoção, concordo com isso.

Ele abriu um sorrisinho.

— Olhe só pra gente, concordando em quem matar ou não matar.

Sacudi a cabeça.

— É uma conversa da qual nunca esperei participar.

— Mas você é tão boa nisso — murmurou Casteel.

Bufei enquanto brincava com a haste da taça.

— Bem, espero que não chegue a esse ponto.

— Eu também.

— E as famílias de Alastir e Jansen?

— Jansen não tinha mais família e os membros da família de Alastir foram contatados ou estão prestes a serem notificados do seu envolvimento — respondeu. — Não creio que teremos problemas com eles, ainda mais quando descobrirem o que aconteceu com Beckett.

Uma dor profunda no meu peito acompanhou a menção do nome do jovem lupino. Então me lembrei da sobrinha-neta de Alastir.

— E quanto a Gianna? Já que ele esperava que você se casasse com ela, acha que ela também pode estar envolvida nisso?

— Para ser sincero, não tenho certeza. Não vejo Gianna há anos. Quando eu a conheci, ela era determinada e dona de si mesma. Mas seria praticamente uma estranha agora — explicou ele. — Aliás, Gianna não está aqui.

— Hã? — murmurei, tentando parecer não ter interesse por aquela informação.

Casteel sorriu para mim e sua covinha apareceu. Parece que não fui lá muito convincente.

— Eu perguntei a Kirha quando a vi hoje de manhã. Gianna está em Evaemon.

Fiquei um pouco aliviada, mas também estranhamente desapontada. Eu queria vê-la. Não sabia o motivo.

— Há outra coisa que precisamos discutir antes de nos encontrarmos com meus pais. — Casteel terminou a bebida e eu fiquei tensa, com a impressão de que sabia aonde ele queria chegar com aquilo. — Precisamos falar sobre a sua reivindicação ao trono.

Engoli em seco, sentindo que o chão desabava sob a minha cadeira. Um nó de incerteza desceu pesadamente para o meu estômago.

Casteel colocou o copo vazio em cima da mesa e se recostou na cadeira enquanto me estudava.

— Você tem o sangue dos deuses nas veias, Poppy. Ninguém sabe quanto nem o que isso significa, mas é evidente que o reino pertence a você. Alastir sabia disso. Minha mãe reconheceu isso. E, apesar do que o meu pai disse sobre ela reagir com emoção, ele entende o que isso significa. Os vínculos com os lupinos se quebrando e passando para você foi outra confirmação. Sabe os Atlantes que você viu na rua quando entramos na Enseada de Saion? Muitos que viram o que os lupinos fizeram ficaram confusos, mas os rumores a seu respeito já começaram a se espalhar. A notícia logo vai chegar na capital, especialmente se os Anciões foram contatados.

— Você... você sabe o que as pessoas disseram sobre as árvores de Aios? Aposto que notaram o que aconteceu.

— Notaram. Pelo que o meu pai me disse, as pessoas veem isso como o sinal de uma grande mudança.

— Não de algo ruim?

— Não. A maioria não vê isso dessa maneira. — Os olhos dele nunca deixaram os meus. — Mas algumas pessoas não são tão positivas assim. Como tenho certeza de que você já percebeu, alguns Atlantes resistirão aos sinais apenas porque não a conhecem — acrescentou ele rapidamente. — Só porque temem a mudança e o desconhecido. Eles a verão como uma estranha.

— E a Donzela — salientei.

Ele retesou o maxilar.

— Nesse caso, é um equívoco que irei corrigir rapidamente.

Ergui o queixo.

— Assim como eu.

O sorriso de Casteel cintilou de aprovação.

— Nós *dois* corrigiremos isso rapidamente — emendou ele. — Mas a maioria vai enxergar quem você é de verdade. A próxima Rainha de Atlântia.

Perdi o fôlego.

Ele sustentou o meu olhar com firmeza.

— Assim como eu a vejo por quem você é. A minha Rainha.

O choque inundou os meus sentidos. Era a segunda vez que Casteel me chamava assim, e foi então que eu me dei conta de que, desde que a sua mãe havia tirado a coroa, ele me chamou de Princesa poucas vezes.

— Mas você não quer ser Rei — exclamei.

— Não se trata do que eu quero.

— Como não? Se eu sou a Rainha, então você é o Rei. Algo que não quer ser — lembrei a ele.

— É algo que nunca acreditei que precisaria ser — disse ele tão baixinho que todo o meu ser se concentrou nele. — Eu *precisava* acreditar nisso porque sempre senti que se aceitasse o meu futuro também estava aceitando o destino de Malik. Que nós o havíamos perdido. — Casteel passou os dedos pelo contorno do maxilar enquanto olhava para o copo vazio. — Mas em algum momento, comecei a perceber a verdade. Eu só não queria aceitar.

Meu coração palpitou.

— Você... você não acredita que ele ainda esteja vivo?

— Não, eu acredito que sim. Eu ainda acredito que vamos libertá-lo — afirmou Casteel, suas sobrancelhas caindo um pouco. — Mas eu sei... deuses, sei há mais tempo do que gostaria de admitir para mim mesmo que ele não vai estar no... estado de espírito certo para assumir o trono. Os deuses sabem que eu não estava muito bem da cabeça quando fui libertado.

Senti uma dor no peito mais uma vez. Kieran também já havia aceitado isso, e uma parte de mim ficou aliviada em saber que Casteel compreendia a realidade do que iria enfrentar ao libertar o irmão. Aquilo ainda o machucaria, mas não tão ferozmente.

— Mas você se recuperou.

— Infelizmente, Atlântia não pode se dar ao luxo de esperar que ele faça o mesmo. Meus pais já ocuparam o trono por tempo demais — prosseguiu. O Rei e a Rainha só podiam reinar por quatrocentos anos. E, como ele disse antes, seus pais já haviam passado disso. — Há oposição, Poppy. É uma combinação do medo pelo que o futuro reserva se não conseguirmos sustentar a população e da insegurança generalizada que surge quando duas pessoas reinam por tanto tempo.

— Você me disse que ninguém tentou tomar o trono.

— E você também sabe que eu não queria te dizer a verdade para não a assustar — lembrou ele. — E você parece estar prestes a...

— A jogar um prato de queijo em cima de você? Sim, eu estou prestes a fazer isso.

— Não faça isso. — O divertimento surgiu no rosto dele, me irritando mais ainda. — Vai ficar chateada quando não tiver mais queijo para comer.

— Vai ser culpa sua — devolvi, e uma covinha apareceu na sua bochecha direita. — Pare de sorrir. Você deveria ter me contado. Assim como deveria ter me contado sobre o dano às plantações e o vandalismo.

— Só soube da pior parte quando falei com o meu pai na noite passada. — O divertimento se desvaneceu. — Eu queria ouvir isso dele antes de contar a você. — Ele inclinou a cabeça. — Ninguém tentou tomar o trono, Poppy, mas a oposição acabaria fazendo essa tentativa, com ou sem a sua chegada.

— A minha chegada não tem nada...

— Não continue negando o que é. Você é mais inteligente e forte que isso — interrompeu ele, e eu calei a boca. — Você não pode se dar a esse luxo. Nem eu, nem o reino. A sua chegada muda tudo.

Recostei-me na cadeira, oprimida pela verdade das suas palavras. Depois que saí do chuveiro, eu disse a mim mesma que estava preparada para discutir isso — para enfrentar tudo. Naquele momento, eu estava provando que era mentira. E também estava sendo infantil. Minha ancestralidade inesperada, o que Casteel fez para me salvar e as suas consequências não iriam desaparecer só porque eu tinha dificuldade em reconhecê-las. Eu tinha que enfrentar aquilo.

Um grão de pânico se enraizou no meu peito, onde aquela energia estranha zumbia baixinho. Olhei para as frutas e o queijo.

— Quando libertarmos o seu irmão, ele não precisa da pressão extra de assumir o trono. Não seria certo jogar isso para cima dele.

— Não — concordou Casteel solenemente. — Não seria.

Mas e se Malik *quisesse* ter o que cresceu acreditando ser o seu direito de nascença depois que se recuperasse? Não sei muito bem se essa pergunta importava no momento. Nós nem havíamos chegado àquele ponto ainda. Senti um nó na garganta. Fazia sentido que Casteel recusasse o trono. Eu conseguia entender o que isso significava para ele.

— Então você quer ser Rei agora?

Ele não respondeu por um bom tempo.

— Isso aconteceria mais cedo ou mais tarde, mesmo que você não fosse descendente dos deuses. Malik não estaria pronto para liderar e nós teríamos que fazer uma escolha. No final das contas, eu quero o que for melhor para Atlântia — afirmou ele, e foi então que lembrei como Kieran o havia descrito quando menino. Que muitos pensavam que ele era o herdeiro e não o irmão. Foi quando ouvi a seriedade no seu tom de voz. Já a tinha ouvido antes, quando ele me criticou pela minha negação. — Mas também quero o que for melhor para você.

Ergui o olhar até ele.

— Nós dois sabemos o que precisamos fazer. Eu preciso libertar o meu irmão. Você precisa ver Ian. A Rainha e o Rei de Solis precisam ser detidos — declarou ele. — Mas depois disso? Se você quiser reivindicar a Coroa, eu vou apoiá-la. Vou estar ao seu lado. Juntos, nós aprenderemos a reinar sobre Atlântia — prosseguiu ele, e eu senti o estômago revirar. — Se não, apenas me diga o que você quer fazer e para onde ir. Vou estar ao seu lado.

— Para onde eu quero ir? — perguntei, confusa.

— Se você decidir que não quer assumir o trono, nós não poderemos ficar aqui.

292

Capítulo Vinte e Dois

— Por que não? — Inclinei-me para a frente de novo.

— Porque você usurpa o trono, Poppy. Nenhuma Rainha poderia reinar com você em Atlântia. Os lupinos vão tratá-la como Rainha mesmo que você não se sente no trono. Alguns Atlantes também. Outros vão seguir quem estiver com a coroa, seja a minha mãe ou outra pessoa. Isso criaria uma divisão que não vimos desde que as divindades reinavam. Não posso fazer isso com Atlântia — explicou ele.

— Eu não quero que isso aconteça. — Meu coração começou a bater descompassado e agarrei a beira da mesa. — Mas esse é o seu lar.

— Você me disse que *eu* era o seu lar. Isso é recíproco — ele me lembrou. — Você é o meu lar. O que importa é que estejamos juntos e felizes.

Suas palavras aqueceram o meu coração, mas ele partiria porque decidi não assumir a Coroa. Recostei-me na cadeira, de repente compreendendo o que ele dizia.

— Se eu não fosse descendente de um deus e Malik não estivesse apto a reinar, o que você faria se eu dissesse que não queria reinar?

— Então nós não reinaríamos — respondeu ele sem hesitação.

— Mas e o que acontece com a Coroa? Os seus pais continuariam a reinar?

— Até que a Coroa seja reivindicada.

— E o que acontece se a Coroa for reivindicada?

— Várias coisas, Poppy. Nada com que você precise se preocupar...

— Na verdade, acho que preciso, sim. — Foi então que senti o peso da preocupação de Casteel. — Você está se contendo porque não quer que eu me preocupe.

— Você não deveria ler as minhas emoções — retrucou ele. — É grosseria.

— Casteel — rosnei. — Nós estamos falando sobre a possibilidade de nos tornarmos Rei e Rainha, e eu não posso ser a Rainha quando o meu marido esconde coisas de mim porque tem medo de que eu não consiga lidar com elas.

— Eu não diria que estava escondendo coisas... — Ele calou a boca quando viu a expressão no meu rosto.

— Sabe o que parece? Que você acha que não sou capaz de ser a Rainha — provoquei.

— Não é isso que eu estou dizendo. — Ele se inclinou para a frente e colocou as mãos em cima da mesa. — Não tenho a intenção de mantê-la no escuro. Não contei algumas coisas antes porque não tinha todas as informações e... — Ele passou a mão pelos cabelos. — Não estou acostumado a compartilhar esse tipo de coisa com ninguém além de Kieran. E sei que isso não é desculpa. Não estou dizendo que seja. Para ser sincero, você lidou com tudo que aconteceu melhor do que a maioria das pessoas. Não é que eu tenha medo de que você não consiga lidar. É só que não quero que se sinta sobrecarregada. Mas você tem razão. Se você decidir assumir a Coroa, não posso esconder as coisas.

Assenti, sentindo o arrependimento dele.

Ele se recostou na cadeira.

— Se não assumirmos o trono, os meus pais podem cedê-lo, mas só farão isso se sentirem que aquele que fez a reivindicação está apto a reinar. *Isso* se apenas uma pessoa reivindicar o trono. Se houver mais de uma, os Anciões decidirão. Pode haver testes em que os reivindicantes tenham de provar o seu valor.

— Como os testes dos corações gêmeos? — perguntei.

— Imagino que sim. Não tenho certeza. Nunca... chegou a esse ponto antes.

Outra onda de incredulidade tomou conta de mim.

— E você estaria disposto a ir embora? E deixar o Reino à mercê de algo que nunca aconteceu antes?

— Sim — respondeu ele, novamente sem nem ao menos um segundo de hesitação. — Não quero forçá-la a assumir um papel pelo qual você não pediu nem nunca quis. Eu me *recuso* a substituir o véu que você odiava por uma coroa que detesta. Se não quiser assumir a Coroa, vou apoiá-la — prometeu ele, e a intensidade nas suas palavras pareceu me prender contra ele. O juramento irrevogável que ele estava fazendo. — E, se decidir que quer tomar o que é seu e reivindicar o trono, eu queimo este reino inteiro para garantir que a coroa fique na sua cabeça.

Estremeci.

— Você ama o seu povo...

— Mas amo *você* ainda mais. — Manchas douradas brilharam intensamente nos olhos dele, se agitando incessantemente. — Não subestime o que eu faria ou deixaria de fazer pela sua felicidade. Acho que você já sabe disso a essa altura. Não há nada que eu não faria por você, Poppy. *Nada*.

Eu sabia. Deuses, ele já tinha feito o impensável ao me Ascender, mas estava preparado para que eu me tornasse uma vampira. Ele teria lutado contra qualquer um que se aproximasse para me manter viva, mesmo que eu virasse um monstro. Não duvidei dele agora.

— Trata-se de você, com o que está confortável e o que quer fazer — continuou ele. — Ninguém vai forçar essa escolha a você. A decisão será sua, e então lidaremos com o que pode acontecer. Juntos.

Um tremor suave percorreu o meu corpo. Eu não duvidava do que ele dizia. Não o subestimava. Só não sabia o que dizer enquanto olhava para ele em silêncio, impressionada. Esse tipo de devoção? De promessa? Era... era transformador.

E talvez a verdade fosse que eu não era digna dele.

Levantei-me e contornei a mesa até onde ele continuava sentado sem entender o que eu estava fazendo. Ele inclinou a cabeça para trás, me observando em silêncio. Não me permiti pensar se aquilo era normal ou aceitável. Simplesmente fiz o que queria, o que parecia certo para mim. Agucei os sentidos para ele e senti uma onda de calor e doçura quando me sentei no seu colo. Seus braços me envolveram de imediato e ele me abraçou com força enquanto eu me aproximava cada vez mais, aninhando a cabeça sob o seu queixo.

Fechei os olhos.

— Espero que a cadeira não desabe com o nosso peso.

Casteel riu enquanto passava a mão pelos meus cabelos.

— Vou amortecer a sua queda se isso acontecer.

— Pare de ser tão carinhoso.

— Eu estava apenas dizendo que iria amortecer a sua queda se a cadeira quebrasse, pois cairia no chão primeiro — revelou ele, afastando o cabelo do meu rosto. — E é você quem que está sendo carinhosa. — Ele me apertou e então afrouxou os braços de leve. — Gosto disso.

— E eu gosto de você — murmurei, pressionando meus dedos contra seu peito. — Você sabe o que ter essa escolha significa para mim. Ter essa liberdade. — A emoção se assomou no meu peito e subiu pela garganta. — Significa muito pra mim.

Casteel deslizou a mão pela minha bochecha, inclinando minha cabeça para trás. Em seguida, abaixou a cabeça e me beijou suavemente.

— Eu sei.

— Você é digno de mim, Cas. Preciso que saiba disso.

— Com você nos braços, eu me sinto digno — confessou ele, pressionando os lábios contra os meus mais uma vez. — Sinto mesmo.

— Quero que você se sinta digno de mim quando eu não estiver nos seus braços. — Toquei suas bochechas. — Por que você acha que não é? Depois de tudo que fez por mim?

Casteel permaneceu calado, e eu pude sentir o gosto amargo da vergonha assim que seus cílios longos se ergueram.

— E quanto a tudo que fiz *com* você? Sei que você aceitou essas coisas, mas isso não muda o fato de eu ter mentido pra você. De tê-la magoado por causa dessas mentiras. Algumas pessoas morreram por causa do que eu fiz. Pessoas que você amava.

Senti uma dor no peito.

— Nós não podemos mudar o passado, Cas, mas eu enxerguei a verdade a respeito dos Ascendidos por causa das suas mentiras. Algumas pessoas foram feridas... Loren, Dafina... — Dei um suspiro trêmulo. — Vikter. Mas quantas vidas você salvou? Inúmeras, tenho certeza. Você salvou a minha vida em mais sentidos do que jamais saberemos.

Um sorrisinho surgiu e sumiu dos lábios dele, e eu senti que se tratava de algo mais do que tinha acontecido comigo. Sua vergonha e culpa eram bem mais profundas do que isso.

— Fale comigo — pedi.

— Eu estou falando com você — sussurrou.

— Quero dizer, fale comigo *de verdade*. — Passei os dedos ao longo das bochechas dele. — O que o faz pensar que você é indigno de mim?

Ele engoliu em seco.

— Você está lendo as minhas emoções?

— Não. — Suspirei quando ele arqueou a sobrancelha. — Mais ou menos.

Ele deu uma risada rouca.

— Eu não sei, Princesa. Há coisas que... me vêm à cabeça de vez em quando. Coisas em que vivia pensando quando fui aprisionado pelos Ascendidos. Não sei como explicar, mas, mesmo que soubesse, nem eu, nem você precisamos lidar com isso agora.

— Eu discordo — falei, suavemente. — Precisamos, sim.

Ele curvou um canto dos lábios para cima.

— Nós temos muito o que fazer. Você tem muita coisa na cabeça. Não vou acrescentar mais nada. Não preciso — emendou ele quando abri a boca. — Eu estou bem, Poppy. Confie em mim.

— Cas...

Ele me beijou, capturando os meus lábios em um beijo profundo e viciante.

— Eu estou bem, Princesa. Juro.

Assenti, sentindo que não chegaria a lugar nenhum naquele momento, e então segurei seus pulsos enquanto ele aninhava a minha cabeça de volta sob o queixo. Não seria a última vez que falaríamos sobre isso. Ficamos sentados em silêncio por longos minutos enquanto eu pensava em tudo, do tempo em que ele foi mantido em cativeiro até as decisões que eu tinha de tomar. O meu primeiro instinto era recusar a reivindicação à Coroa imediatamente. Era a única reação sensata. Eu não fazia a menor ideia de como ser a Rainha de nada, nem mesmo de um monte de cinzas. E, embora não tenha sido criado desde que nasceu para assumir o trono, Casteel fora criado como um Príncipe. Eu já o tinha visto com o povo e sabia que ele seria um Rei maravilhoso. Mas e eu? Fui criada como a Donzela, e quase nada dessa educação seria de alguma utilidade. Eu não tinha a menor vontade de governar as pessoas, de determinar o que elas podiam ou não fazer e assumir esse tipo de responsabilidade. Onde estava a liberdade nisso? A liberdade de viver a minha vida como bem entendesse? Eu não tinha sede de poder nem ambição...

Mas não disse nada enquanto ficava sentada ali, aproveitando o carinho de Casteel nos meus cabelos. Eu teria gostado ainda mais do cafuné se não tivesse me dado conta de que havia uma maneira completamente diferente de enxergar as coisas. Não fazia a menor ideia de como reinar, mas poderia aprender. Eu teria Casteel ao meu lado, e que professor seria melhor do que ele? Governar as pessoas não equivalia necessariamente a controlá-las. Mas também a protegê-las, como sabia que Casteel faria — como sabia que os seus pais haviam feito do melhor modo possível. O que eles sentiam a meu respeito não mudava o fato de que se importavam com o povo. Que não se pareciam em nada com a Realeza de Solis. Essa responsabilidade era assustadora, mas também uma honra. Eu não tinha sede de poder, mas e se essa fosse a chave para ser uma boa líder? Eu não tinha certeza. Mas sabia que tinha grandes ambições. Eu queria libertar o povo de Solis da tirania dos Ascendidos, e o que poderia ser mais ambicioso do que isso? Mas como conseguiria fazê-lo se me recusasse a carregar o fardo de uma coroa? Quem poderia saber que tipo de influência Casteel e eu seríamos capazes de exercer em relação a Solis se fôssemos forçados a abandonar Atlântia, deixando-a para ser governada por alguém que poderia ter intenções muito diferentes em relação a Solis e aos Ascendidos? Alguém que poderia ver Ian apenas como um vampiro. E talvez fosse isso o que Ian era agora. Talvez até mesmo Tawny. Eu não sabia, mas e se o meu irmão fosse diferente? E se outros Ascendidos pudessem mudar, como Casteel disse que aconteceu com alguns deles? O que aconteceria se alguém assumisse o trono e declarasse uma guerra contra eles? Eu não sabia, mas a liberdade era a escolha certa. Era a maneira como escolhi viver. E que tipo de liberdade poderia haver se Casteel tivesse de abandonar o próprio povo por minha causa? Assim como sua família?

Aquela percepção trazia consigo um tipo diferente de prisão, não é? Assim como o medo era outra, e eu estava...

— Eu estou com medo — admiti baixinho enquanto olhava para a hera banhada pelo sol além da porta aberta do terraço. — Estou com medo de aceitar.

Casteel parou de mover a mão pelas minhas costas.

— Por quê?

— Eu não sei como ser uma Rainha. Sei que posso aprender, mas será que o povo de Atlântia teria paciência para isso? O luxo de esperar que eu adquira o mesmo tipo de experiência que você? Além disso, nós nem sabemos o que eu sou. Atlântia já teve uma Rainha que não era mortal nem Atlante ou divindade? Não precisa responder. Sei que não. E se eu for uma péssima Rainha? — perguntei. — E se eu fracassar?

— Em primeiro lugar, você não vai ser uma péssima Rainha, Poppy.

— Você tem que dizer isso — retruquei, revirando os olhos. — Porque é meu marido e porque tem medo de que eu o apunhale se disser o contrário.

— Medo não é nem de longe o que sinto quando penso em você me apunhalar.

Franzi o nariz e sacudi a cabeça.

— Tem alguma coisa muito errada com você.

— Talvez, sim — observou ele. — Mas voltando ao que você disse antes. Como eu sei que você não seria uma péssima Rainha? Pelas escolhas que você fez. Como quando tentava ajudar aqueles que foram amaldiçoados pelos Vorazes, arriscando só os deuses sabem que tipo de punição para fazer com que tivessem uma morte mais tranquila. Esse é só um exemplo da sua compaixão, algo de que todo governante precisa. E quando você foi até a Colina durante o ataque dos Vorazes? E quando lutou no Pontal de Spessa, disposta a correr os mesmos riscos que aqueles que juraram proteger o povo? São dois exemplos que provam que você tem a coragem e a disposição para fazer o que exigiria do próprio povo. É algo que um Rei e uma Rainha devem estar dispostos a fazer. Você tem mais experiência do que imagina. Provou isso na cabana de caça quando falou sobre poder e influência. Você prestava atenção enquanto estava de véu. Bem mais do que os membros da Realeza percebiam.

Ele tinha razão. Eu observava e ouvia tudo sem ser vista. Com isso, aprendi o que não fazer em uma posição de liderança, começando com coisas muito simples.

Não mentir para o seu povo.

Nem os matar.

Mas os parâmetros não eram muito altos em Solis. Atlântia era completamente diferente.

— E o fato de que está disposta a dar uma segunda chance para pessoas que podem estar envolvidas em uma conspiração para feri-la prova que você é muito mais adequada para reinar do que eu.

Fiz uma careta e levantei a cabeça. Nossos olhares se encontraram.

— Você seria um Rei maravilhoso, Cas. Eu já o vi com o povo. É evidente que eles amam você tanto quanto você os ama.

Os olhos dele se aqueceram.

— Mas eu não sou tão generoso, compassivo e misericordioso quanto você, qualidades que podem derrubar uma Coroa se não estiverem presentes — retrucou ele, parando para afastar uma mecha de cabelo do meu rosto. — Se fizermos isso, eu teria que aprender algumas coisas. Há áreas nas quais precisaria da *sua* ajuda. Mas você ter medo de fracassar fala por si só, Poppy. Você deveria mesmo ficar assustada. Caramba, eu fico apavorado.

— Fica?

Ele fez que sim com a cabeça.

— Você acha que eu não tenho medo de decepcionar as pessoas? De fazer as escolhas erradas? De colocar o reino no caminho errado? Porque eu tenho e sei que os meus pais também têm, até hoje. Meu pai provavelmente diria que você tem mais chance de fracassar se parar de ter medo disso. E também diria que esse medo é o que mantém uma pessoa corajosa e honesta.

Mas esse tipo de medo não poderia tornar a pessoa indecisa também? Impedi-la de fazer qualquer coisa antes mesmo de começar? O medo de fracassar era poderoso, assim como o medo do desconhecido. E eu já tinha sentido esse pavor uma centena de vezes na vida. Quando fui ao Pérola Vermelha. Quando sorri para o Duque, sabendo o que aconteceria por causa disso. Quando me juntei a Casteel debaixo do salgueiro. Eu estava com medo naquela ocasião. Fiquei apavorada quando finalmente admiti para mim mesma o que sentia por Casteel, mas não deixei que o medo me detivesse. Só que isso era diferente. Muito mais importante do que beijos proibidos.

Muito mais importante do que nós dois.

— E quanto ao seu irmão? E Ian? Como isso seria afetado?

— A única coisa que mudaria é que negociaríamos enquanto Rainha e Rei em vez de Princesa e Príncipe — respondeu ele.

— Duvido muito que isso seja a única coisa que mudaria — respondi sarcasticamente. — Imagino que chegaríamos à mesa com muito mais poder e autoridade.

— Bem, sim. Isso também. — Casteel me abraçou com força. — Você não precisa decidir hoje, Poppy — afirmou ele, para o meu alívio. — Ainda tem tempo.

Alguns dos nós se soltaram no meu estômago.

— Mas não muito.

— Não — confirmou ele enquanto me estudava. — Gostaria que você visse um pouco de Atlântia antes de se decidir. O que aconteceu ontem à noite...

— Não deve ter nada a ver com explorar Atlântia. — Endireitei-me e retribuí o olhar dele. — Não deve interferir com os nossos planos de forma alguma. Eu me recuso terminantemente a permitir que esse grupo me coloque em outra gaiola. Não vou parar de viver quando acabei de começar a fazer isso.

Os olhos de Casteel estavam tão quentes quanto o sol do verão quando ele levou a mão ao meu rosto.

— Você nunca deixa de me impressionar.

— Não sei o que disse de tão incrível assim.

Ele sorriu. A covinha apareceu.

— Sua determinação e vontade de viver e aproveitar a vida, não importa o que esteja acontecendo ou como as coisas estejam confusas, é uma das muitas coisas que acho incríveis a seu respeito. A maioria das pessoas não seria capaz de lidar com tudo o que você tem lidado.

— Há momentos em que não tenho certeza se sou capaz — admiti.

— Mas você é. — Ele deslizou o polegar sobre o meu lábio inferior. — E sempre será. Não importa o que aconteça.

A fé dele tocou em um ponto de insegurança dentro de mim que eu nem sabia que existia até aquele momento. Uma parte de mim que se preocupava por fazer perguntas demais, entender muito pouco daquele mundo e por apenas tropeçar de um choque para o outro. Mas ele tinha razão. Eu ainda estava de pé. Ainda estava lidando com tudo aquilo. Eu era forte.

Comecei a me inclinar para beijá-lo, mas uma batida na porta me deteve. Casteel soltou um rosnado baixo.

— Não gosto de ser interrompido, muito menos quando você está prestes a me beijar.

Abaixei a cabeça e dei um beijo rápido nele antes de sair de seu colo. Casteel se levantou, me lançando um olhar sensual que deixou a minha pele em brasas conforme andava até a porta. Esperando não parecer tão corada quanto me sentia, eu me deparei com Delano parado ali. O sorriso nos meus lábios congelou no instante em que me conectei com as emoções dele. Tudo o que senti foi um gosto amargo e denso. Tristeza e preocupação. Segui na direção da porta.

— O que aconteceu? — perguntei quando Casteel olhou por cima do ombro para mim.

— Um homem quer ver você — respondeu Delano, e Casteel se virou na direção do lupino loiro.

— Por qual motivo? — indagou Casteel quando me juntei a eles.

— A filha dele se feriu em um acidente de carruagem — respondeu ele. — Ela está extremamente...

— Onde ela está? — Senti o estômago embrulhado assim que dei um passo em frente.

— Na cidade. É o pai dela que está aqui — começou Delano, olhando de Casteel para mim. — Mas a menina...

Imediatamente, a conversa sobre a Coroa, os Invisíveis e tudo o mais caíram no esquecimento. Não pensei em mais nada além do que poderia fazer para ajudar. Passei por ele, com o coração disparado. Eu já tinha visto as consequências de um acidente de carruagem na Masadônia e na Carsodônia. Quase sempre terminavam de modo trágico para corpos pequenos, e eu nunca tive permissão para intervir e aliviar a sua dor e medo.

— Caramba, Poppy. — Uma porta bateu atrás de Casteel quando ele saiu no corredor.

— Não tente me impedir — disparei por cima do ombro.

— Eu não pretendia fazer isso. — Ele e Delano me alcançaram facilmente. — Só não acho que você deveria ir lá fora depois que os Invisíveis tentaram matá-la na noite passada.

Olhei para Delano enquanto continuava andando.

— Os pais e a criança têm rosto?

Ele franziu o cenho ao ouvir o que parecia ser uma pergunta muito estranha.

— Sim.

— Então eles obviamente não são Germes.

— Não quer dizer que não façam parte dos Invisíveis. Nem muda o fato de que você deveria agir com um pouco de cautela — retrucou Casteel. — Com a qual sei que você não tem uma relação muito amigável.

Lancei um olhar sombrio para ele.

Casteel me ignorou conforme fazíamos uma curva no corredor.

— É só o pai?

— Sim — respondeu Delano. — Ele parece estar desesperado.

— Deuses — murmurou Casteel. — Eu não devia ficar surpreso que o povo tenha descoberto sobre as habilidades dela. Várias pessoas vieram do Pontal de Spessa nos últimos dias.

Nada disso importava.

— Já chamaram um Curandeiro?

— Sim. — A tristeza de Delano aumentou e o meu coração deu um salto dentro do peito. — Na verdade, o Curandeiro está com a criança e a mãe nesse momento. O pai me contou que ele disse que não pode fazer mais nada...

Segurei as saias do vestido e saí correndo. Casteel praguejou, mas não me deteve enquanto eu disparava pelo corredor interminável, vagamente ciente de que nunca tinha corrido tão rápido assim antes. Saí para o ar quente e ensolarado e segui na direção das portas no final do passadiço.

Casteel me segurou pelo cotovelo.

— Esse caminho é mais rápido — avisou ele, me levando para longe dos pilares até uma passarela repleta de arbustos densos e cobertos por minúsculas flores amarelas.

No momento em que entramos no pátio e antes que eu conseguisse ver alguém do outro lado do muro, o pânico intenso e quase fora de controle que irradiava do homem parado perto de um cavalo me atingiu.

— Harlan — chamou Casteel. — Traga Setti.

— Agora mesmo — respondeu o jovem, conduzindo o cavalo conforme o homem se virava na nossa direção.

Respirei fundo. A parte da frente da sua camisa e calças estavam manchadas de vermelho. Tanto sangue assim...

— Por favor. — O homem começou a andar até nós e depois parou bruscamente. A princípio, pensei que fosse por causa da presença de vários lupinos que pareceram surgir do nada, mas então o homem começou a se curvar.

— Não há necessidade disso. — Casteel o deteve, levando a mão até a minha assim que soltei o vestido. — A sua filha está ferida?

— Sim, Vossa Alteza. — Os olhos do homem, olhos de Atlante, saltaram entre Casteel e eu conforme Kieran saía pela porta da frente da casa, com a mão no punho da espada. Com um olhar, ele acelerou o passo e entrou no estábulo. — Minha garotinha. Marji. Ela estava bem do nosso lado — informou ele, com a voz vacilante. — Dissemos a Marji para esperar, mas ela... ela saiu correndo e não vimos a carruagem. Só a vimos quando já era tarde demais. O Curandeiro disse que não pode fazer nada, mas ela ainda está respirando e nós ficamos sabendo... — Os olhos dilatados e selvagens se voltaram para mim enquanto Harlan trazia Setti. — Nós ficamos sabendo do que você fez no Pontal de Spessa. Se puder ajudar a minha garotinha... Por favor? Eu imploro a você.

— Não precisa implorar — disse a ele, com o coração apertado conforme a sua tristeza dilacerava o meu peito. — Posso tentar ajudá-la.

— Obrigado. — As palavras do homem saíram como uma rajada de ar. — Obrigado.

— Onde ela está? — perguntou Casteel enquanto pegava as rédeas de Setti.

Assim que o homem respondeu, agarrei a sela e montei sem enroscar as pernas no vestido. Ninguém reagiu ao modo como fui capaz de me sentar em Setti enquanto Casteel subia atrás de mim e Kieran se juntava a nós, já montado no próprio cavalo. Ninguém disse nada quando saímos do pátio, seguindo o homem pela estrada arborizada. Descemos a colina rapidamente, acompanhados pelos lupinos e por Delano, que havia se transformado e agora era um borrão branco saltando sobre as rochas e disparando entre as árvores e depois no meio das construções e cavalos.

Nós tínhamos acabado de conversar sobre ver a cidade, mas não era assim que eu imaginava. A travessia foi um borrão de céu azul e um mar de rostos, estradas estreitas e apertadas e jardins aninhados entre edifícios adornados com vinhas cheias de flores. Não consegui prestar atenção a nada disso pois a vontade de ajudar a criança ocupava minha mente. E essa vontade... era diferente. Era difícil de entender, pois a necessidade de ajudar os outros com o meu dom sempre existiu, mas estava mais intensa. Como se fosse um instinto tão básico como respirar. E não sabia se tinha alguma coisa a ver com tudo o que havia acontecido ou se era fruto da necessidade de descobrir se os meus dons ainda podiam aliviar a dor e curar em vez do que eu havia feito nas Câmaras. Meu coração disparou quando entramos em uma rua cheia de gente. As pessoas estavam paradas diante das casas e na calçada de paralelepípedos, com o mal-estar e sofrimento se infiltrando na minha pele assim que vi uma carruagem branca abandonada na estrada.

O pai parou o cavalo em frente a uma casa estreita de dois andares com janelas que davam para a baía cintilante. Quando Casteel fez Setti parar, uma mistura selvagem de emoções surgiu de dentro do pátio cercado de ferro e colidiu contra mim, expulsando o ar dos meus pulmões. Virei-me e encontrei Kieran ao nosso lado. Ele estendeu a mão, me segurando pelos braços.

— Você a está apoiando? — perguntou Casteel a Kieran.

— Sempre — respondeu ele.

Ele me soltou e Kieran me ajudou a descer. No momento em que os meus pés tocaram no chão, Casteel já estava ao meu lado. Olhei de relance para a carruagem e vi mechas de cabelo emaranhadas na roda — desviei o olhar rapidamente antes que pudesse ver outra coisa.

— Por aqui — chamou o pai, atravessando a calçada até o portão com as pernas compridas.

Um homem vestido de cinza estava parado na entrada do jardim. Ele se virou na nossa direção. Havia uma bolsa pendurada no seu ombro e vários saquinhos presos em um cinto ao redor da cintura. Percebi de imediato que ele era o Curandeiro.

— Vossa Alteza, devo me desculpar por essa perturbação — declarou o homem, com o sol refletindo na careca lisa. Seus olhos eram de um tom vivo de dourado. O Curandeiro era Atlante. — Informei aos pais que a criança estava além dos nossos cuidados e que logo entraria no Vale. Que não havia nada a ser feito. Mas eles insistiram que vocês viessem a-aqui. — Ele gaguejou na última palavra enquanto olhava para mim. Engoliu em seco. — Eles ficaram sabendo que ela...

— Eu sei o que eles ouviram a respeito da minha esposa — afirmou Casteel enquanto Delano seguia em frente. — Não é perturbação nenhuma.

— Mas a criança, Vossa Alteza. Seus ferimentos são significativos e os sinais vitais não são compatíveis com a sobrevivência. Mesmo que a sua esposa possa aliviar a dor e emendar ossos com o toque — disse o Curandeiro, deixando óbvio sua incredulidade —, os ferimentos da criança vão muito além disso.

— Veremos — respondeu Casteel.

Respirei fundo assim que atravessamos o portão. Havia tantas pessoas amontoadas naquele pequeno jardim. Fiquei com a garganta seca enquanto me esforçava para compreender o que emanava deles. Eu... eu senti o gosto amargo do pânico e do medo que tomava conta do ambiente. Mas o que me deixou arrepiada foi a dor intensa e escaldante que vinha pelos meus sentidos, pintando o céu azul de marrom e escurecendo o chão, manchando as flores cuidadas com tanto carinho. A dor descia em ondas intermináveis de agonia, como navalhas cegas arranhando a minha pele.

Um homem de pele clara se virou enquanto passava as mãos pela cabeça, puxando as mechas de cabelo cor de trigo. O choque e a amargura do horror invadiam a dor sufocante. Seu pânico era tão forte que parecia uma entidade tangível conforme ele olhava para Casteel.

— Eu não a vi, Vossa Alteza — lamentou o homem, olhando por cima do ombro. — Eu nem mesmo a vi. Deuses, eu sinto muito. — Ele cambaleou ao redor e depois na direção do grupo. — Sinto muito.

Casteel falou baixinho com o homem enquanto Delano avançava, abrindo caminho no meio da multidão. Ouvi o som de choro reprimido, o tipo de soluço que roubava o fôlego e a maior parte do som.

— Eu trouxe ajuda — ouvi o pai dizer. — Você está me ouvindo, Marji? Trouxe alguém que vai tentar ajudá-la...

Senti o estômago embrulhado quando vi o corpo flácido — uma silhueta minúscula agarrada ao peito de uma mulher ajoelhada, que compartilhava o mesmo tom ruivo de cabelo. O pai se agachou junto à cabeça da criança. Era a mulher que emitia aqueles sons irregulares e partidos. Suas emoções estavam frenéticas, mudando do terror para a tristeza e depois para a incredulidade.

— Vamos, menininha, abra os olhos para o papai. — O pai se aproximou, afastando os cabelos dela para trás com cuidado...

O cabelo da criança não era ruivo.

O sangue manchava os fios castanho-claros do mesmo tom de cabelo do pai. Examinei a criança enquanto Delano circulava pelo grupo reunido ali. Uma perna estava torta, retorcida em um ângulo estranho.

— Abra os olhos para mim — implorou o pai. Um murmúrio de surpresa se elevou daqueles que estavam no jardim quando se deram conta de que o Príncipe estava entre eles. — Abra os olhos para a sua mãe e para mim, menininha. Há alguém aqui para ajudar.

O olhar da mãe disparou ao redor daqueles que estavam ali. Creio que ela não enxergava o rosto de ninguém enquanto dizia:

— Ela não abre os olhos.

Os cílios da criança eram escuros em contraste com as bochechas pálidas. Eu mal conseguia sentir a sua dor e sabia que isso era um mau sinal. Para que aquele tipo de dor diminuísse de modo tão rápido e total, o ferimento deveria ser grave. Os Atlantes, até mesmo aqueles da linhagem fundamental, eram basicamente mortais até entrarem na Seleção. Qualquer ferimento letal para um mortal poderia fazer o mesmo com eles.

O olhar da mãe pousou em mim.

— Você pode ajudá-la? — sussurrou ela, estremecendo. — Pode? Por favor?

Eu me aproximei deles, com o coração acelerado e a pele vibrando.

— Eu vou ajudá-la.

Ou pelo menos pensei que poderia. Eu tinha curado os ossos quebrados de Beckett. Não fazia a menor ideia se isso aconteceria agora, mas sabia que poderia injetar dentro dela o máximo de calor e felicidade que fosse possível. E temia que fosse tudo que eu pudesse fazer. Receei que o Curandeiro tivesse razão e que aquela criança estivesse além das habilidades de qualquer um. Apenas rezei para que o meu toque não se manifestasse do mesmo modo que no Templo.

Casteel seguiu adiante e se agachou ao lado dos pais. Ele pousou a mão no ombro da mulher enquanto eu me abaixava, e Kieran ficara imóvel, a não ser pelo subir e descer do peito ofegante. Ele inflou as narinas enquanto Delano soltava um ganido, sentando sobre as patas traseiras aos pés da criança.

O olhar de Casteel encontrou o meu, e vi o sofrimento crescendo ali.

— Poppy...

— Posso tentar — insisti, me ajoelhando diante da mãe. O piso de pedra era duro sob os meus joelhos enquanto eu tentava não notar como a cabeça da criança pendia tão frouxamente, como não parecia ter o formato certo. Fiz menção de tocar na menina, mas os braços da mãe se retesaram ao redor dela.

— Você pode continuar segurando a sua filha — falei carinhosamente. — Não precisa soltá-la.

A mulher olhou para mim de um jeito que me fez pensar que não havia me entendido, mas então assentiu.

— Eu só preciso tocar nela — expliquei, sentindo o choque, a incerteza e até mesmo a raiva que pensei ter vindo do Curandeiro. Eu os bloqueei e me concentrei na criança, naquela criança pálida demais. — Só isso. Não vou machucá-la. Prometo.

A mãe não disse nada, mas não se mexeu quando estendi as mãos outra vez. Respirei fundo e mantive a atenção na criança conforme aguçava bem os sentidos. Eu senti... eu não senti nada vindo da menina. A inquietação se apoderou de mim. Ela poderia estar profundamente inconsciente, deslizando para onde a dor não conseguia acompanhá-la, mas o que vi na roda da carruagem e o modo como a sua cabeça parecia afundada...

Eu só tinha curado feridas e ossos, e há pouco tempo. Nada desse tipo.

Mas ainda poderia tentar.

Fechei a mão ao redor do braço dela e engoli em seco ao sentir a rigidez de sua pele. Era a única maneira de descrever a sensação da sua carne. Reprimi um estremecimento e deixei que o instinto me guiasse. Pousei a outra mão na sua testa com delicadeza. Minhas palmas se aqueceram e uma sensação de formigamento se espalhou pelos meus braços e dedos. A criança não se mexeu. Seus olhos permaneceram fechados. Beckett reagiu quase de imediato quando toquei nele, mas não havia nenhuma reação dela. Senti um nó na garganta quando olhei para o seu peito. Ou a sua respiração estava muito superficial ou ela não estava mais respirando — há um bom tempo. Senti uma pontada de dor no peito.

— Poppy — sussurrou Cas. Um segundo depois, senti a mão dele no meu ombro.

Não me permiti sentir o que ele estava vivenciando.

— Só mais alguns segundos — respondi, voltando a olhar para o rosto da criança, a palidez azulada dos seus lábios.

— Ah, deuses — gemeu o pai, balançando o corpo para trás. — Por favor. Ajude-a.

Um dos lupinos esbarrou nas minhas costas conforme o desespero aumentava.

— Isso é desnecessário — afirmou o Curandeiro. — A criança já foi para o Vale. Você não está fazendo nada além de lhes dar falsas esperanças e devo dizer uma coisa...

Casteel levantou a cabeça, mas eu fui mais rápida. Ergui o queixo por cima do ombro e retribuí o olhar do Curandeiro. A estática vibrava na minha pele.

— Eu não desisto tão rápido assim — declarei, sentindo a pele em brasas. — Vou continuar tentando.

Seja lá o que for que o Curandeiro tenha visto no meu rosto — nos meus olhos — o fez recuar, tropeçando para trás enquanto pressionava a mão no peito. Não me importei nem um pouco com isso e me voltei para a criança, soltando o ar com força.

Não podia ser tarde demais para aquela criança porque não seria justo, e eu não me importava que a vida pudesse ser injusta. A menina era jovem demais para que isso acontecesse, para que a sua vida acabasse só porque ela correu para o meio da rua.

Controlei o pânico crescente e ordenei a mim mesma que me concentrasse e pensasse sobre a técnica. Quando curei Beckett, não tive que pensar muito. Simplesmente aconteceu. Talvez isso fosse diferente. O ferimento dela foi muito mais grave. Eu só precisava me esforçar mais.

Eu *tinha* que me esforçar mais.

Minha pele continuou vibrando e o meu peito zumbia como se uma centena de pássaros voassem dentro de mim. Arquejos ecoaram ao meu redor quando um leve brilho prateado irradiou das minhas mãos.

— Bons deuses — murmurou alguém. Ouvi o som de botas deslizando sobre os seixos e a terra.

Fechei os olhos e busquei lembranças boas. Não demorei tanto quanto antes. Imediatamente, me lembrei de como me senti ajoelhada na areia ao lado de Casteel conforme ele colocava a aliança no meu dedo. Todo o meu ser ficou envolto pelo sabor de chocolate e frutas vermelhas, e eu podia sentir isso agora. Repuxei os cantos dos lábios para cima e me ative a esse sentimento, pegando a alegria e felicidade pulsantes e visualizando-as como uma luz brilhante, que canalizei através do toque para a criança, envolvendo-a como um cobertor. O tempo todo eu repetia sem parar que não era tarde demais, que ela iria viver. *Não é tarde demais. Ela vai viver. Não é tarde demais. Ela vai viver...*

A criança estremeceu. Ou a mãe o fez. Não sei. Abri os olhos de supetão e meu coração deu um salto dentro do peito. A luz prateada havia se espalhado, pairando sobre a criança em uma teia fina e cintilante que cobria o seu corpo inteiro. Eu só conseguia ver pedaços da sua pele ali embaixo, de pele *rosada*.

— Mamãe — veio uma voz suave e fraca sob a luz e em seguida mais forte: — *Mamãe.*

Ofegante, recolhi as mãos. A luz prateada cintilou como milhares de estrelas antes de se dissipar. A menininha, com a pele rosada e os olhos abertos, se sentou e estendeu os braços na direção da mãe.

Atônita, eu me inclinei para trás e olhei para Casteel. Ele estava me encarando, com os olhos dourados cheios de admiração.

— Eu... — Ele engoliu em seco. — Você... você é uma deusa.

— Não. — Envolvi as pernas com as mãos. — Não sou, não.

A luz do sol refletiu em sua bochecha quando ele se inclinou para a frente, apoiando o peso na mão que colocou no chão. Ele se inclinou, roçando o nariz no meu enquanto segurava a minha bochecha.

— Para mim, é. — Ele me deu um beijo suave, dispersando o que restava dos meus sentidos. — Para eles também.

Capítulo Vinte e Três

Para eles?

Recuei, encarando Casteel. Ele acenou com a cabeça e eu me levantei com as pernas trêmulas, olhando para o jardim agora silencioso. Vi os sinos de vento de cristal pendurados nos galhos delicados e as flores-de-cone amarelas e brancas que chegavam até a minha altura. Entreabri os lábios e suspirei. Quase uma dúzia de pessoas haviam se reunido dentro do jardim, sem contar com os lupinos. Todos tinham se ajoelhado e curvado a cabeça. Eu me virei para onde Kieran *estivera* parado de pé.

Prendi a respiração. Ele também tinha se ajoelhado. Olhei para a sua cabeça curvada e então ergui o olhar e vi que o Curandeiro, que não acreditava que eu pudesse ajudar, que estava com raiva por dar falsas esperanças aos pais, também tinha se curvado, com uma mão espalmada no peito e a outra no chão. Atrás dele e da cerca de ferro, as pessoas na rua não estavam mais de pé. Elas também tinham se ajoelhado, com as mãos contra o peito e as palmas no chão.

Fechei a mão sobre o estômago e me virei para Casteel. Nós nos entreolhamos enquanto ele se ajoelhava, colocando a mão direita sobre o coração e a esquerda no chão.

Aquele gesto... eu o reconheci. Era uma variação do que os lupinos haviam feito quando cheguei à Enseada de Saion. Mas me dei conta de que já tinha visto aquilo antes. Os Sacerdotes e as Sacerdotisas faziam isso assim que entravam nos Templos de Solis, para reconhecer que estavam na presença dos deuses.

Você é uma deusa.

Meu coração disparou enquanto eu olhava para Casteel. Eu não era uma...

Não consegui nem mesmo forçar o meu cérebro a concluir esse pensamento, pois não fazia a menor ideia do que eu era. Ninguém fazia. E, quando olhei para a menininha abraçada com força pela mãe e agora também pelo pai, eu não... não pude ignorar essa possibilidade, mesmo que parecesse impossível.

— Mamãe. — A voz da menina atraiu o meu olhar. Ela colocou os braços ao redor do pescoço da mãe enquanto o pai abraçava as duas, beijando o topo da cabeça da filha e depois da mãe. — Eu estava sonhando.

— Estava? — Os olhos da mãe estavam bem fechados, mas as lágrimas escorriam pelo seu rosto.

— Havia uma moça, mamãe. — A menininha se aconchegou perto da mãe. — Ela tinha... — Suas palavras foram abafadas, mas o que disse em seguida não deixou dúvidas. — Ela disse que eu-eu sempre tive o poder dentro de mim...

Você sempre teve o poder dentro de si...

As palavras me eram estranhamente familiares. Parecia que eu já as tinha ouvido antes, mas não consegui identificá-las nem lembrar quem havia dito aquilo.

Casteel se levantou e, atordoada, eu o observei caminhar na minha direção, com os passos cheios de uma graça fluida. Se alguém dissesse que ele era um deus, eu não duvidaria nem por um segundo.

Ele parou na minha frente e meus sentidos caóticos se concentraram nele. Senti o cheiro de especiarias e fumaça no ar aquecendo o meu sangue.

— Poppy — chamou ele, caloroso. Casteel deslizou o polegar sobre a cicatriz na minha bochecha. — Seus olhos estão brilhantes como a lua.

Pestanejei.

— Eles ainda estão assim?

O sorriso dele se alargou, e uma covinha quase fez uma aparição.

— Sim.

Não sei o que foi dito aos outros, mas sei que ele falou com eles com a confiança de alguém que passou a vida inteira em uma posição de autoridade. Só o que percebi foi ele me guiando ao redor das pessoas, passando pelo homem que antes estava em pânico, mas que agora apenas descansava sobre os joelhos, olhando para mim enquanto movia os lábios, formando a palavra *obrigado* repetidamente.

Os lupinos se juntaram a nós mais uma vez assim que saímos do jardim. As pessoas na calçada de paralelepípedos e na rua ainda estavam ali. Elas haviam se levantado e pareciam hipnotizadas, compartilhando a mesma emoção faiscante — entusiasmo e admiração — conforme olhavam para Casteel e para mim, principalmente para mim.

Em vez de me levar até Setti, Casteel olhou para Kieran. Ele não disse nada, e eu fiquei novamente surpresa com o modo como eles pareciam se comunicar e se conhecer tão bem que as palavras não eram necessárias. Ao menos não agora, pois um sorriso lento surgiu no rosto de Kieran enquanto ele dizia:

— Vamos esperar por vocês aqui.

— Obrigado — respondeu Casteel, com a mão fechada ao redor da minha, e então não disse mais nada conforme me virava e começava a andar.

Eu o segui, com o choque pelo que tinha acabado de acontecer dando lugar à curiosidade enquanto Casteel me levava rua abaixo, aparentemente alheio aos olhares arregalados, murmúrios e reverências feitas às pressas. Também não prestei muita atenção a isso, incapaz de sentir algo além do gosto denso e picante na boca e da tensão que crescia na boca do meu estômago.

Casteel me conduziu por um arco cor de areia até um beco estreito que cheirava a maçãs e estava ladeado por vasos transbordando de samambaias folhosas. Cortinas diáfanas dançavam nas janelas abertas conforme ele me guiava pela passagem. A melodia suave de música soou acima de nós conforme avançávamos. Ele fez uma curva à direita e, logo depois de outro arco, havia um pequeno pátio. Vigas de madeira se estendiam de prédio em prédio, com cestos de flores pendurados em uma variedade de cores, criando uma copa que só permitia a passagem de algumas réstias da luz do sol. Treliças cobertas por videiras criavam uma cerca viva de privacidade em torno de centenas de delicadas flores de pétalas brancas.

— Esse jardim é lindo — suspirei, caminhando na direção de uma das frágeis flores brancas.

— Eu não dou a mínima para o jardim. — Casteel me deteve e me puxou para uma alcova cheia de sombras.

Arregalei os olhos, mas, antes que eu pudesse responder, ele se virou e me imprensou contra a parede de pedra. Na penumbra, seus olhos eram de um tom de mel luminoso e agitado.

— Você sabe, não é? — Casteel fechou a mão atrás da minha cabeça enquanto se inclinava na minha direção. Pude sentir a rigidez grossa dele contra o meu abdômen enquanto ele roçava os lábios na minha têmpora. — O que acabou de fazer?

Absorvi o cheiro exuberante de pinho e o calor dele e fechei os olhos enquanto agarrava a lateral do seu corpo, com espadas e tudo.

— Eu a curei.

Ele me beijou na bochecha, ao longo da cicatriz, e em seguida se afastou. Seus olhos encontraram os meus, e eu podia jurar que um leve tremor percorria o corpo dele.

— Você sabe que não foi isso que fez — afirmou ele. — Você trouxe aquela menina de volta à vida.

A respiração ficou presa na minha garganta quando abri os olhos.

— Isso não é possível.

— Não deveria ser — concordou ele, deslizando a mão sobre o meu braço nu e, em seguida, sobre o meu peito. Senti uma ondulação no baixo-ventre quando a sua palma roçou no meu seio. — Não para um mortal. Nem para um Atlante, nem mesmo para uma divindade. — Ele deslizou a mão sobre o meu quadril e depois até a minha coxa. Pude sentir o calor da sua palma através do vestido conforme ele passava pela adaga de lupino. — Somente um deus pode fazer isso. Somente um deus.

— Nyktos. — Mordi o lábio quando ele puxou o tecido do vestido com a mão em punho. — Eu não sou Nyktos.

— Porra, não me diga — vociferou contra a minha boca.

— Que linguajar inadequado — eu o repreendi.

Ele deu uma risada sombria.

— Você vai negar o que fez?

— Não — sussurrei, com o coração palpitante. — Não entendo como nem sei se sua alma havia entrado verdadeiramente no Vale, mas ela...

— Ela estava morta. — Ele mordiscou o meu lábio inferior, arrancando um suspiro de mim. — E você a trouxe de volta porque *tentou*. Porque se recusou a desistir. Você fez isso, Poppy. E, por sua causa, seus pais não vão lamentar a perda da filha essa noite. Mas sim vê-la adormecer.

— Eu... eu só fiz o que pude — arrisquei. — Só isso...

A intensidade com que ele tomou os meus lábios interrompeu minhas palavras. A ondulação no meu baixo-ventre se intensificou assim que ele inclinou a cabeça, aprofundando o beijo.

O vento ameno envolveu minhas pernas quando ele puxou as saias do meu vestido para cima. O choque pelas intenções dele batalhou contra a pulsação do prazer ilícito.

— Nós estamos em público.

— Na verdade, não. — A ponta das suas presas roçou na parte inferior do meu maxilar e todos os músculos do meu corpo pareceram se contrair. Ele levantou minhas saias até que os dedos roçassem na curva da minha bunda. — É um jardim privado.

— Há pessoas por perto... — Dei um gemido ofegante quando a saia subiu acima da adaga. — Em algum lugar.

— Não há ninguém perto de nós — afirmou, tirando a mão de trás da minha cabeça. — Os lupinos se certificaram disso.

— Eu não os vejo em lugar nenhum — retruquei.

— Eles estão na entrada do beco — explicou ele, prendendo a minha orelha entre os dentes. Estremeci. — Estão nos dando privacidade para conversar.

Dei uma risadinha curta.

— Certamente é isso que eles acham que estamos fazendo.

— E importa? — perguntou ele.

Refleti sobre isso enquanto a minha pulsação acelerava. Será que importava? O que aconteceu ontem à noite passou diante de mim, assim como a lembrança de ver Casteel prostrado no chão das Câmaras. De acreditar que ele tinha morrido. Em um piscar de olhos, eu me lembrei de como foi quando o sangue foi drenado do meu corpo e me dei conta de que não haveria mais experiências novas nem momentos de abandono selvagem. Aquela menininha teve uma segunda chance, e eu também.

Não iria desperdiçá-la.

— Não — respondi enquanto ele olhava para mim. Com o coração disparado, estendi a mão entre nós dois. Meus dedos trêmulos roçaram nele, e Casteel estremeceu enquanto eu desabotoava a braguilha da sua calça. — Não importa.

— Obrigado, porra — rosnou ele e então me beijou novamente, eliminando qualquer objeção resultante de uma vida inteira de proteção. Sua língua acariciou a minha enquanto ele passava o braço em volta da minha cintura, me erguendo. Sua força nunca deixava de me impressionar. — Enrosque as pernas em mim.

Fiz o que ele pediu, gemendo ao sentir a sua carne dura aninhada contra a minha.

Ele se aproximou, e eu senti a ponta dele me pressionando.

— Só pra saber — ele levantou a cabeça e me encarou —, eu estou sob controle.

— Está, é?

— Absolutamente — jurou ele, investindo sobre mim.

Empurrei a cabeça contra a parede quando a sensação dele, quente e intenso, me consumiu. Sua boca se fechou sobre a minha, e eu adorava o jeito que ele me beijava, como se pudesse sobreviver do meu gosto.

Casteel se moveu contra mim e dentro de mim, com o calor do seu corpo e dos blocos de pedra nas minhas costas desferindo um ataque delicioso aos meus sentidos. As investidas das nossas línguas acompanharam o mergulho lento dos quadris dele. Só que as coisas... as coisas não ficaram assim. Ele colocou o braço entre as minhas costas e a parede e se esfregou em mim até que o meu corpo se transformou em uma fogueira que ele incitava com cada estocada e beijo inebriante. Ele me imprensou, se esfregando contra o meu clitóris só para recuar e então voltar com outra estocada profunda. Quando Casteel começou a se afastar, apertei as pernas em volta da sua cintura, me prendendo nele.

Ele riu sobre os meus lábios.

— Fominha.

— Provocador — retruquei, imitando o seu gesto anterior e pegando o seu lábio entre os dentes.

— Porra — gemeu ele, mudando os quadris de posição enquanto investia sobre mim sem parar, com os movimentos aumentando de intensidade até que se tornaram febris, até que senti que iria me despedaçar. Minha cabeça ficou a mil conforme o êxtase aumentava. Parecia que ele estava em toda parte e, quando colocou a boca na minha garganta e eu senti o arranhar das suas presas, foi demais para mim. Espasmos sacudiram o meu corpo em ondas tensas, me levando tão ao alto que pensei que nunca mais fosse descer conforme ele me seguia naquele êxtase, estremecendo quando a minha garganta abafou o gemido profundo do seu clímax.

Ficamos daquele jeito por algum tempo, unidos e tentando recuperar o fôlego. Trêmula, levei alguns minutos para voltar a mim enquanto ele me soltava e me colocava no chão com cuidado.

Com o braço me segurando com força contra si, Casteel olhou por cima do ombro.

— Sabe de uma coisa? É realmente um lindo jardim.

*

Casteel e eu caminhamos de mãos dadas pela cidade na costa dos Mares de Saion, com o sol e a brisa salgada e quente sobre a pele depois que saímos da loja da costureira, onde uma Srta. Seleana rapidamente tirou as minhas medidas. Não estávamos sozinhos. Kieran estava ao meu lado e Delano nos seguia com mais quatro lupinos conforme Casteel me levava pelas ruas sinuosas e coloridas repletas de fachadas de lojas pintadas em amarelo e verde e de casas que ostentavam portas de um azul vibrante. Uma flor laranja de papoula estava enfiada no meu cabelo, pela qual Casteel pagou quase o triplo, embora o vendedor de rua tentasse nos dar uma dúzia de graça. Nossas mãos estavam pegajosas das tortinhas de canela que ganhamos a alguns quarteirões da floricultura, diante de uma loja que cheirava a tudo que tinha açúcar e foi pintada para combinar com a grama orvalhada. Havia um sorriso estampado no meu rosto que nem mesmo as breves explosões de desconfiança que irradiavam durante a tarde conseguiam apagar. Eu só parecia sentir a cautela dos habitantes humanos e de alguns Atlantes com cabelos grisalhos. Mas eram raros. De resto, tudo que senti foi curiosidade e surpresa. Ninguém, nem mesmo aqueles que fizeram uma reverência de modo desconfiado, foi rude ou ameaçador. Poderia ter sido por causa de Casteel, Kieran e os lupinos. E também por causa dos Guardas da Coroa vestidos de branco que vimos pouco antes de pegar a flor. A presença deles era uma prova de que os pais de Casteel sabiam que estávamos na cidade.

Ou pode ter sido por causa do que eles haviam ouvido sobre mim, sobre o que eu tinha sido capaz de fazer.

De qualquer modo, eu não dava a mínima. Estava me divertindo apesar das perguntas sem resposta, da sombra dos Invisíveis pairando sobre nós, do que fiz pela menina no jardim e de tudo que precisava ser decidido e feito.

Quando Casteel me perguntou se eu queria dar um passeio pela cidade, hesitei. Nós tínhamos que falar com seus pais. Além de dever isso a eles, também havia a possibilidade de que soubessem algumas das respostas para nossas perguntas. Mas Casteel me beijou e disse:

— Temos o amanhã, Poppy, e temos o dia de hoje. Você é quem decide como prefere passá-lo.

Eu queria respostas. Queria me assegurar de que os pais dele não... bem, não achavam que eu era uma ameaça. Mas, com os músculos relaxados e o sangue quente por causa daqueles momentos indecentes na alcova, decidi que queria passar o dia de hoje explorando. Me divertindo. Vivendo.

E foi isso que fizemos.

Seguimos na direção da parte baixa da cidade e das praias reluzentes, passando por construções com mesas de jantar ao ar livre cheias de pessoas conversando e compartilhando comida. Kieran as chamou de bistrôs, e eu sabia que havia lugares como aqueles em Solis, mas só os tinha visto a distância na Masadônia. Nunca entrei em um deles. Mas, já que tinha acabado de experimentar uma sobremesa feita de gelo e frutas picadas, não entramos em nenhum dos bistrôs.

No entanto, Casteel se deteve assim que chegamos a um prédio atarracado e sem janelas e me puxou para o lado. Havia bancos de pedra entre os pilares de uma ampla colunata.

— Você não me disse que tinha interesse em museus?

A surpresa tomou conta de mim. Durante a viagem do Pontal de Spessa para as Montanhas Skotos, quando Delano e Naill falaram sobre os diversos museus em Atlântia, mencionei que nunca tive permissão para entrar em um em Solis. Não percebi que Casteel estava prestando atenção nem esperava que ele se lembrasse de algo que eu mesma tinha esquecido.

Fiz que sim com a cabeça enquanto resistia à vontade de enroscar os braços em volta dele como uma das criaturinhas peludas que ficavam penduradas nas árvores pela cauda nas florestas perto dos Picos Elísios. Não achei que Casteel se importaria, mas era bem provável que Kieran resmungasse.

— Você gostaria de entrar? — perguntou Casteel.

— Adoraria. — Ansiosa para ver um pouco da história de Atlântia, consegui subir os degraus ao lado de Casteel e Kieran, me movendo em um ritmo calmo.

O interior estava mal iluminado e com o ar estagnado, cheirando levemente a cânfora. Assim que passamos por uma escultura de calcário de uma deusa, Kieran me explicou que não havia janelas para que a luz não desbotasse as pinturas e as pedras.

E existiam muitas pinturas dos deuses, tanto juntos quanto individualmente. Era fácil distinguir aquelas que retratavam Nyktos, já que seu rosto estava sempre ofuscado por uma luz brilhante ou seus traços simplesmente não eram reproduzidos de forma detalhada.

— Você se lembra do que eu disse sobre ele ser retratado com um lobo? — perguntou Kieran, atraindo o meu olhar para uma pintura do Rei dos Deuses postado ao lado de um lobo alto e preto-acinzentado.

— Isso representa a relação dele com os lupinos?

Kieran assentiu. Havia muitas pinturas assim, bem como pequenas esculturas de Nyktos com um lupino ao lado. E mais abaixo na parede existia um esboço com um lobo branco desenhado atrás dele, simbolizando a sua habilidade de assumir a forma do animal.

— Fico imaginando o que há nos museus em Solis — confessei quando paramos diante de uma pintura da Deusa Ione embalando um bebê. — Será que têm pinturas assim? Será que eles as copiaram?

— É verdade que apenas os nobres podem entrar nos museus? — perguntou Kieran.

Fiz que sim com a cabeça, com o estômago azedando.

— Sim. Apenas os ricos e os Ascendidos. E pouquíssimos mortais são ricos.

— É um sistema de castas arcaico e brutal. — Casteel fixou os olhos em uma paisagem que parecia ser a Enseada de Saion. — Projetado para criar e fortalecer a opressão.

— Criando uma lacuna entre aqueles que têm acesso a todos os recursos e aqueles que não têm acesso a nenhum — completei, sentindo um peso no peito. — E Atlântia não é assim? Nem um pouco? — Fiz a última pergunta a Kieran enquanto pensava naqueles que precisavam ser lembrados de quem eram os lupinos.

— Nós não somos assim — respondeu ele. — Atlântia nunca foi desse jeito.

— Mas não quer dizer que sejamos perfeitos. — Casteel passou a mão pelo meu cabelo. — Existem conflitos, mas o Conselho dos Anciões foi formado para impedir que alguém fizesse uma escolha ou tomasse uma decisão que pudesse colocar o povo de Atlântia em risco. Não significa que a Coroa não tenha autoridade final — explicou ele. — Mas o Conselho tem voz e seria muito insensato não dar ouvidos a sua opinião. Isso só aconteceu duas vezes, e os resultados não foram nada favoráveis.

— Quando Malec Ascendeu Isbeth e os outros começaram a seguir o exemplo? — presumi.

Casteel assentiu.

— O Conselho era contra permitir que isso acontecesse, sendo da opinião de que Malec deveria se desculpar, consertar as coisas e proibir futuras Ascensões.

— O que você quer dizer com consertar as coisas? — Tive a impressão de que já sabia.

— Ele foi aconselhado a se livrar de Isbeth, de um jeito ou de outro — respondeu ele. — Mas não fez nada disso.

— E aqui estamos nós — murmurou Kieran.

Engoli em seco.

— E a outra vez?

Uma expressão pensativa assomou nos traços de Casteel.

— Foi antes que Malec reinasse, quando havia outras divindades. O Conselho foi iniciado nesse momento, quando as linhagens começaram a ficar mais numerosas que as divindades. O Conselho sugeriu que já estava na hora de que uma das linhagens assumisse a Coroa. Isso também foi ignorado.

Alastir não mencionou isso na sua péssima aula de história. Se tivessem dado ouvidos ao Conselho, será que as divindades teriam sobrevivido?

Um casal com dois filhos pequenos fez uma reverência apressada assim que viramos uma esquina. O choque ao nos ver ficou evidente em seus olhos arregalados. Quando Casteel e Kieran os saudaram com um sorriso e um "olá", eu me dei conta de que eles deveriam ser mortais. Também os cumprimentei, esperando não parecer rígida demais.

Passei por uma caixa contendo o que parecia ser uma espécie de vaso de barro e perguntei:

— Se eu fizer uma pergunta, vocês dois prometem me dar uma resposta sincera?

— Mal posso esperar para saber qual é — murmurou Kieran enquanto Casteel assentia.

Lancei um olhar irritado para o lupino.

— Eu pareço estranha quando conheço as pessoas? — Pude sentir o rubor subindo as minhas bochechas. — Como lá atrás, quando disse "oi"? Aquilo soou direito?

— Soou como qualquer pessoa dizendo "oi". — Casteel ergueu a mão e afastou uma mecha de cabelo do meu rosto. — No máximo, você parece um pouco tímida, mas não estranha.

— É mesmo? — perguntei esperançosamente. — Porque... bem, eu não estou acostumada a interagir com as pessoas. Em Solis, as pessoas sequer me dirigiam a palavra, a não ser em situações em que isso fosse permitido. Então me sinto estranha, como se estivesse fazendo tudo errado.

— Você não está fazendo nada errado, Poppy. — As linhas do rosto de Kieran se suavizaram. — Você parece normal.

Casteel deu um beijo rápido na ponta do meu nariz.

— Nós juramos a você.

Kieran concordou com a cabeça.

Seguimos em frente, enquanto eu me permitia me sentir um pouco melhor depois de ouvir aquilo. Se eu fosse me tornar Rainha, acho que teria que superar essas inseguranças irritantes.

Sem saber muito bem como isso aconteceria, passamos lentamente por pinturas e estátuas, muitas retratando os deuses e cidades fantásticas que alcançavam as nuvens. Casteel me disse que eram as cidades do Iliseu. Eram todas lindas, mas parei diante de um desenho a carvão. Parte dele tinha desbotado, mas era nitidamente o esboço de um homem sentado em um grande trono. A ausência de traços me dizia que era Nyktos quem estava sentado ali, mas foi o que jazia aos seus pés que chamou e prendeu a minha atenção. Havia dois felinos enormes diante dele, com as cabeças viradas na sua direção. Estreitei os olhos e inclinei a cabeça para o lado.

— É um desenho muito antigo — informou Casteel enquanto passava a mão preguiçosamente para cima e para baixo nas minhas costas. — Supostamente feito por uma das divindades.

Levei um segundo para perceber do que aqueles gatos me lembravam.

— São gatos das cavernas?

— Acho que não — respondeu Kieran conforme olhava para o desenho.

— Mas parecem — falei. — Eu vi um deles certa vez... — Franzi o cenho quando o sonho que tive enquanto estava nas criptas voltou à tona. — Ou talvez mais de uma vez.

Casteel olhou para mim.

— Onde foi que você viu um deles? Em uma pintura ou desenho como esse aqui?

— Não. — Sacudi a cabeça. — Havia um gato das cavernas enjaulado no castelo da Carsodônia.

Kieran arqueou as sobrancelhas.

— Acho que não foi isso que você viu.

— Eu vi um gato tão grande quanto você na forma de lupino — informei a ele. — Ian também viu.

Ele sacudiu a cabeça.

— É impossível, Poppy. Os gatos das cavernas estão extintos há pelo menos duzentos anos.

— O quê? Não. — Olhei de um para o outro. Casteel assentiu. — Eles vagam pelas Terras Devastadas.

— Quem te disse isso? — perguntou Casteel.

322

— Ninguém. É só que... — Parei de falar e olhei de novo para o desenho. Era de conhecimento *geral*. Mas, na verdade, foram os Ascendidos que disseram. A Rainha me disse isso quando perguntei sobre a criatura que tinha visto no castelo. — Por que eles mentiriam sobre algo assim?

Kieran bufou.

— Quem sabe? Por que eles excluíram um monte de deuses e criaram outros que não existem, como Perus? Acho que gostam de inventar coisas — retrucou ele, e não deixava de ter razão.

Estudei os dois gatos.

— Então o que havia naquela jaula?

— Devia ser outra espécie de gato selvagem — respondeu Casteel com um encolher de ombros. — Mas acho que esses dois felinos simbolizam os filhos de Nyktos e da sua Consorte.

— Quando diz *filhos*, você está falando sobre Theon ou todos os deuses? — perguntei.

— Dos filhos mesmo — confirmou Casteel. — E Theon nunca foi filho dele. É outra coisa sobre a qual os Ascendidos mentiram ou simplesmente entenderam mal devido aos seus inúmeros títulos.

Era bem possível que fosse um erro de tradução. Olhei para eles, imaginando como um dos dois era responsável pela linhagem Malec.

— Eles podiam se transformar em gatos?

— Não sei muito bem — admitiu Kieran. — Não me lembro de ter lido nada a respeito disso e não acredito que a habilidade de Nyktos de mudar de forma tenha sido transmitida aos seus filhos.

É claro que não.

— Quais são os nomes deles?

— Ninguém sabe, assim como o da sua Consorte — respondeu Casteel. — Nem mesmo o gênero dos dois.

Arqueei a sobrancelha.

— Vou adivinhar: Nyktos superprotetor a respeito das identidades deles?

Casteel abriu um sorriso irônico.

— É o que dizem.

— Parece que ele era supercontrolador — murmurei.

— Ou talvez apenas muito reservado — sugeriu Kieran enquanto estendia a mão e puxava de leve a mecha de cabelo que Casteel havia colocado para trás pouco antes. — Enquanto Rei dos Deuses, tenho certeza de que ele buscava a privacidade sempre que podia.

Talvez.

Conforme seguíamos pelo museu, foi difícil não pensar naquela pintura ou na criatura que eu tinha visto enjaulada quando era criança. Lembrei-me de como o animal rondava dentro da jaula, desesperado e com uma inteligência aguda nos olhos.

Capítulo Vinte e Quatro

Acabamos compartilhando um jantar de peixe fresco grelhado e vegetais assados em um dos bistrôs perto da orla, acompanhados por Delano, que havia assumido a forma humana em algum momento. Perguntei se os demais lupinos queriam se juntar a nós, mas eles decidiram permanecer na forma de lupino, observando qualquer um que se aproximasse de nós, incluindo a Guarda da Coroa.

Foi só depois que o sol começou a descer no horizonte que chegamos à praia. A primeira coisa que fiz foi tirar as sandálias. No instante em que os meus pés afundaram na areia, um sorriso surgiu nos meus lábios conforme uma enxurrada de lembranças vinha à tona dentro de mim — lembranças dos meus pais e de Ian, caminhando ao longo de outra praia. Enquanto as sandálias pendiam dos meus dedos e Casteel segurava a minha mão com firmeza, olhei para o mar, observando as águas cristalinas assumirem um tom prateado conforme a lua subia no céu. Aquelas tardes nas praias do Mar de Stroud pareciam ter acontecido em outra vida, outra época, e isso me entristeceu. Quanto tempo levaria até que se tornassem lembranças que pareciam pertencer a outra pessoa?

Delano, que caminhava à frente, se virou para nós.

— Se não estiver cansada, há algo que você pode gostar logo adiante, Penellaphe.

— Não estou cansada. — Olhei para Casteel. — E você?

Um ligeiro sorriso surgiu no seu rosto quando ele sacudiu a cabeça.

O olhar de Delano passou de Casteel para Kieran antes de voltar para mim conforme ele andava para trás.

— Há uma festa de casamento — explicou ele. — Logo depois da esquina.

— Podemos entrar? Quero dizer, eles não me conhecem...

— Eles vão recebê-la bem — interrompeu Delano. — Vocês dois.

— Quer ir? — perguntou Casteel. Eu certamente queria! Fiz que sim com a cabeça. Ele olhou por cima do ombro para onde eu sabia que os membros da Guarda da Coroa nos seguiam vários passos para trás. — Obrigado pelos olhos vigilantes. Vocês estão dispensados por essa noite.

Eu me virei bem a tempo de ver os guardas se curvarem e darem meia-volta.

— Eles vão mesmo embora?

— Os guardas sabem que uma festa como essa não é lugar para eles — explicou Kieran. — Não é pessoal. Só é assim.

Só é assim?

Meus pés afundaram na areia úmida conforme contornávamos uma duna, ouvindo o som dos risos e da música cada vez mais altos. Havia tanta coisa para apreciar — os vivas de felicidade, as copas ondulando com a brisa salgada, as mantas e almofadas espalhadas pela areia e os grupos de pessoas reunidas, dançando e conversando. Havia tanta vida, tanto calor e alegria, que invadiu os meus sentidos, me deixando exposta como um fio elétrico, mas de um jeito agradável, pela primeira vez. De um jeito que eu *queria*. Meu olhar vagou por toda parte, se detendo nas pessoas que se moviam ao redor das chamas.

— Durante esse tipo de comemoração, só os lupinos podem dançar ao redor do fogo — explicou Casteel, seguindo o meu olhar. — Embora eu aposte que eles a deixariam fazer isso. Você é a *Liessa* deles.

— É estranho ser a Rainha dos lupinos, mas não ser lupina — comentei, observando as pessoas cercarem Delano enquanto os lupinos que nos seguiram o dia todo saíram em disparada, desaparecendo em meio à multidão.

— É uma noite de festa — avisou Kieran. — Não precisa se preocupar com ninguém se curvando nem batendo com os punhos na areia.

Um sorrisinho surgiu nos meus lábios.

326

— Meu constrangimento foi tão perceptível assim na última vez?

— Foi — responderam Casteel e Kieran ao mesmo tempo.

— Uau — murmurei, abaixando o queixo contra o braço de Casteel enquanto sorria.

Mas Kieran tinha razão. Quando ele se afastou de nós, se juntando aos outros lupinos perto das tendas de dossel, fomos cumprimentados apenas por acenos e sorrisos. Casteel tirou as sandálias da minha mão e as jogou na areia e, em seguida, soltou as espadas e as colocou em cima de uma manta — sinal de que sentia que era seguro fazer isso ali. Ele se sentou e me puxou para baixo de modo que eu ficasse aninhada entre as suas pernas, de frente para a fogueira.

Perdi Delano de vista enquanto relaxava nos braços de Casteel, mas encontrei Kieran alguns minutos depois, conversando com uma mulher alta de cabelos escuros. Era tudo que eu conseguia ver dela a distância.

— Com quem Kieran está conversando? — perguntei.

Casteel olhou por cima da minha cabeça.

— Acho que o seu nome é Lyra. Se for quem eu acho que é. Ela é um pouco mais nova que Kieran e eu, mas as duas famílias são amigas.

— Ah — sussurrei, observando os dois e pensando no que Kieran me disse certa vez sobre amar e perder alguém. Ele não entrou em detalhes, mas o que senti emanando dele foi o tipo de angústia que alguém sente quando a pessoa que ama não está mais no plano dos vivos. Fiquei feliz em vê-lo com alguém, mesmo que estivessem apenas conversando e rindo. Não que eu comentaria isso com ele. Ele provavelmente pensaria que eu queria fazer mais perguntas.

— Sabe quando você disse que era estranho ser a Rainha dos lupinos, mas não ser lupina? — perguntou Cas depois de alguns minutos. — Isso me fez pensar que, quando a conheci, eu estava procurando pela Donzela, mas encontrei uma Princesa, uma Rainha. A minha esposa. — Ele deu uma risada de assombro. — Sei lá. Isso só me fez pensar sobre como você encontra coisas que nunca soube que precisava quando está procurando por algo completamente diferente.

— Ou nem mesmo procurando — repliquei, franzindo o nariz. — Ou talvez eu *estivesse* procurando. Fui ao Pérola Vermelha naquela noite porque queria viver. E encontrei você.

327

Ele passou os braços ao meu redor, me apertando com força.

Mais alguns minutos se passaram enquanto observávamos os lupinos ao redor do fogo.

— O que você gostaria de fazer agora se pudesse fazer qualquer coisa? Exceto ver o seu irmão ou qualquer coisa que tenha a ver com o que precisamos fazer.

Arqueei as sobrancelhas ao ouvir a pergunta inesperada. Agucei os sentidos para ele e senti uma curiosidade juvenil, que trouxe um sorriso ao meu rosto. Sequer precisei pensar no assunto.

— Isso aqui. E você?

— Eu estou falando sério — insistiu.

— Eu também. Eu gostaria de fazer isso. Tudo o que fizemos hoje — respondi. — E você?

— A mesma coisa — sussurrou ele, e eu sabia que ele estava falando a verdade. — Mas com você nua e muito mais sexo.

Dei uma gargalhada porque senti que aquilo também era verdade.

— Estou feliz por ter escolhido passar o dia de hoje desse jeito.

— Eu também. — Ele pressionou os lábios na minha bochecha.

Não sabia quando teríamos outro dia como aquele nem se haveria tempo. Mas não queria pensar nos motivos pelos quais ainda deveria demorar um pouco. Não era assim que eu queria passar o dia de hoje, então fiquei observando os lupinos que dançavam ao redor do fogo com ávido interesse, hipnotizada pelo frenesi exultante das silhuetas escuras dos seus corpos, pelo modo como eles mudavam de um parceiro para o outro, tanto homem quanto mulher, com o tipo de abandono imprudente que compartilhei com Casteel no jardim. O que senti emanando deles só poderia ser descrito como uma libertação, como se dançassem para se livrar das amarras que aprisionavam suas mentes e almas e, ao fazer isso, encontrassem a liberdade.

Uma silhueta se afastou da fogueira e caminhou em nossa direção. O suor resplandeceu nos ombros nus de Delano quando ele fez uma reverência. Seus cabelos loiros caíram sobre a testa quando o lupino estendeu o braço para mim.

— Gostaria de dançar?

Fiz menção de tomar a mão dele, mas a dúvida tomou conta de mim. Era apropriado fazer isso?

Casteel encostou a bochecha na minha.

— Você pode dançar com ele. — Ele afrouxou o braço em volta da minha cintura. — Você pode fazer o que quiser.

Você pode fazer o que quiser.

Seis palavras que não ouvi pela maior parte da vida.

— Eu... eu não sei dançar.

— Ninguém sabe — informou Delano, sorrindo. — Até aprender. — Ele agitou os dedos. — O que você me diz, Penellaphe?

O entusiasmo fervilhou dentro de mim quando olhei por cima do ombro dele para as silhuetas que se moviam ao redor da fogueira. *Você pode fazer o que quiser.* Soltei um suspiro inebriante. Girei o corpo, envolvi o queixo de Casteel com os dedos e puxei a sua boca na direção da minha. Dei um beijo rápido nele.

— Eu te amo, Cas.

Ele me apertou por um breve instante.

— Divirta-se.

Virei-me para Delano e coloquei a mão na dele.

— Poppy. Me chame de Poppy — pedi.

Delano sorriu e me ajudou a levantar.

— Então vamos dançar, Poppy.

Com o estômago aos pulos, eu o segui em direção às chamas. Delano se virou para mim conforme o calor do fogo alcançava a minha pele.

— Eu não sei mesmo dançar — repeti, me justificando.

— Olhe ao redor. — Mantendo os dedos em volta dos meus, ele pegou a minha mão e a colocou no seu quadril antes de pousar a outra mão na minha cintura. — Parece que eles sabem dançar? Ou que estão se divertindo?

Olhei ao redor e não vi nada parecido com o que via quando espreitava pelos corredores dos fundos para espiar os bailes realizados no Salão Principal do Castelo Teerman. Não havia movimentos rígidos nem somente pares. Uma garota de cabelos loiros e compridos dançava sozinha, com os braços estendidos acima da cabeça enquanto movia os quadris, acompanhando o ritmo. Um homem negro também dançava sozinho, movendo o corpo com uma graça fluida. Casais davam voltas em torno do parceiro enquanto outros dançavam tão perto que era difícil dizer onde um corpo terminava e o outro começava. Avistei

Kieran com a mulher de cabelos escuros. Com os braços em volta do pescoço dele, os dois eram um dos casais que dançavam tão perto que despertariam as más línguas na Masadônia. Kieran levantou a mulher, girando-a enquanto ela jogava a cabeça para trás e ria.

— O que você vê? — incitou Delano.

Desviei a atenção dos dois e olhei de volta para ele.

— Eles estão se divertindo.

Ele abriu um sorriso.

— Você sabe fazer isso, certo?

Espiei Casteel sentado na manta de pelúcia, com o braço apoiado sobre o joelho dobrado enquanto nos observava. Parte de mim não tinha certeza se eu sabia como me divertir, mas... eu tinha me divertido hoje. Eu me divertia quando fugia com Tawny para ir até o lago. Nunca tinha pensado sobre me divertir naquelas ocasiões. Estava apenas... *vivendo*. E esse era o segredo, não era? Não pensar demais e apenas viver.

Encarei Delano.

— Ah, sei.

— Não tenho dúvidas. — Seu sorriso se alargou, e então ele começou a se mover, dando pequenos passos de dança para a esquerda e depois para a direita. Eu o segui.

Os passos dele eram muito mais seguros enquanto os meus eram rígidos, e eu podia apostar que parecia uma boba, com os braços rígidos e tortos conforme segurava a sua mão. Os outros se moviam mais rápido ao redor, mas, conforme continuamos dançando dentro do nosso pequeno círculo, eu me dei conta de que cada um dos seus passos estava em sintonia com as batidas do tambor. Meus músculos se soltaram, assim como o aperto na mão dele. Delano deu um passo para trás, levantando os nossos braços unidos. As saias do meu vestido inflaram em volta das minhas pernas conforme ele me girava. O zumbido no meu peito veio à tona quando os meus cabelos se levantaram dos ombros assim que ele me virou de novo. Dei uma risada baixinha, seguida por outra mais alta quando ele levantou nossos braços mais uma vez e girou o corpo. Sua mão voltou para a minha cintura e nós nos movemos mais rápido dentro do nosso pequeno círculo, girando ao redor do fogo.

O zumbido no peito seguiu até as minhas veias conforme a bainha do vestido girava em volta dos meus tornozelos. Outra mão se fechou em torno da minha quando Delano me soltou. Girei o corpo e me deparei com Kieran. Sorri para ele.

— Oi.

Os lábios dele se curvaram.

— Olá, Poppy. — Ele deu um passo para trás e me girou. Tropecei, rindo quando ele me segurou. — Você me surpreendeu.

— Por quê? — perguntei enquanto nos movíamos ao redor das chamas.

— Não achei que você fosse dançar — respondeu ele, me puxando de encontro ao peito suado. — Você nos honra ao fazer isso.

Antes que eu pudesse perguntar por que isso seria uma honra, Kieran me girou e outra mão se fechou em torno da minha. Virei-me e descobri que era Lyra que dançava comigo agora. Nós estávamos quase tão perto quanto ela e Kieran, com suas coxas cobertas por leggings roçando nas minhas a cada balanço dos quadris. Ela tomou a minha outra mão e nos movemos juntas ao redor do fogo. Fios de cabelo grudaram no meu pescoço e têmporas conforme ziguezagueávamos por entre aqueles que se moviam ao som da batida ao redor do fogo, mudando de parceiros sem parar. Continuei dançando, tanto com pessoas que não conhecia quanto com aquelas que conhecia, e o zumbido no meu peito e veias vibrava na minha pele. Joguei a cabeça para trás, expondo o rosto às chamas e ao luar enquanto girava para os braços de Delano e depois para os de Kieran, que tirou os meus pés da areia. Agarrei os seus ombros e ri conforme ele nos girava sem parar.

— Alguém está com ciúmes — avisou ele quando meus pés tocaram na areia outra vez. Nós giramos e a risada de Kieran fez cócegas na minha bochecha quando Casteel me agarrou pela cintura. Quase caí em cima dele conforme ele dizia:

— Estou mesmo ficando com ciúmes.

— Não está, não. — Tudo que senti dele foi o gosto de pimenta defumada. — Você...

— O quê? — perguntou ele enquanto me levava para longe do fogo e dos dançarinos e de volta para as sombras pontilhadas pelo luar.

Sem fôlego, eu o segui com os pés formigando.

— Você está excitado.

Ele abaixou a cabeça, encostando a testa na minha.

— Quando eu *não* estou excitado perto de você?

Dei uma risada suave.

— Boa pergunta.

— Reconheço que estou mais excitado que o normal. — Ele me fez sentar sobre a manta grossa, puxando as minhas costas de encontro ao peito. — Mas é culpa sua.

— Por que a culpa é minha? — Virei para trás, sorrindo quando ouvi o grunhido dele.

— É a sua risada. — Ele roçou os lábios na pele suada do meu pescoço. — Eu nunca vou me acostumar a ouvi-la nem achar que você ri o suficiente. — O peito dele inflou contra as minhas costas, e eu senti algo cru e intenso dentro dele. — Depois de tudo que aconteceu com Shea e meu irmão, juro pelos deuses que jamais pensei que uma risada pudesse me destruir como a sua. E, quando digo que ela me destrói, quero dizer da melhor maneira. Da maneira mais completa. E eu... — Ele deu um suspiro trêmulo. — Eu só quero te agradecer por isso.

— Você está me agradecendo? — Eu me virei o máximo que pude nos seus braços, procurando e encontrando seu olhar. — Sou eu quem deveria te agradecer. Foi você quem tornou possível que eu risse sem ressalvas.

Ele baixou a testa na minha têmpora.

— É?

— *É* — confirmei, envolvendo a nuca dele com a mão. — Eu estou *viva* por sua causa, Cas, literal e figurativamente. Você acha que não é digno de mim? Na verdade, às vezes fico imaginando se eu sou digna de você.

— Poppy...

— É verdade. — Apertei a nuca dele. — Nada do que você diga pode mudar isso, mas eu sei. Sei *aqui* dentro. — Pressionei a palma da mão sobre o peito. — Que faria qualquer coisa por você. E sei que você faria qualquer coisa por mim. Nada nesse plano ou em qualquer outro vai mudar isso nem o que eu sinto por você. Nada deve fazê-lo esquecer que eu rio por sua causa.

Trêmulo, ele pressionou os lábios na minha têmpora e então passou o braço em volta da minha cintura, repousando a mão no meu quadril, onde seus dedos traçaram círculos distraidamente. Casteel não disse nada enquanto colocava o queixo no topo da minha cabeça, e eu também não. As palavras nem sempre eram necessárias e eu sabia que esse era um desses momentos.

Nós apenas *ficamos* ali enquanto eu observava aqueles que dançavam ao redor da fogueira se dividirem em grupos menores, alguns vagando na direção das ondas que quebravam sobre a areia e outros entrando nas tendas de dossel. Avistei Kieran mais uma vez. Ele estava com quem pensávamos ser Lyra. Ou pelo menos achei que sim. Para ser sincera, não sei muito bem. Ele estava com o braço ao redor dos ombros da mulher e a cabeça inclinada na sua direção conforme caminhavam para as sombras da encosta.

Desviei o olhar, observando aqueles que ainda estavam perto do fogo por alguns minutos antes de olhar de volta para a encosta.

Entreabri os lábios. Eu não fazia a menor ideia de como Kieran e a mulher tinham passado da posição em que os vi antes para ele recostado na areia com ela ajoelhada no meio das suas pernas, com as mãos perto de uma área que seria definitivamente considerada picante.

— Eles estão...? — Ofeguei surpresa assim que Kieran jogou a cabeça para trás e arregalei os olhos.

Casteel deu uma risada sombria e suave.

— Preciso mesmo responder essa pergunta?

Engoli em seco.

— Não.

A mão no meu quadril continuou se movendo em pequenos círculos perturbadores enquanto eu observava quem pensava ser Lyra mover a cabeça para a frente e para trás de um jeito que me fazia lembrar do modo como me movia contra Casteel.

— Você está chocada? — sussurrou Casteel.

Estava? Eu não tinha certeza. Talvez devesse, pois não deveria estar assistindo. O decoro exigia que eu desviasse o olhar e fingisse que não fazia a menor ideia do que eles estavam fazendo. Só que eu sabia. Li a respeito do ato que Lyra estava praticando no diário da Srta. Willa. Meu coração disparou. Era como quando Casteel me beijava no meio das pernas, só que, pelo jeito que Willa descrevia, havia menos beijos e lambidas e mais... chupadas. Aquele ato me deixou bastante confusa quando li a respeito pela primeira vez, mas isso foi antes que eu descobrisse que havia vários tipos de atos que se podia fazer com inúmeras partes do corpo.

— Devo interpretar a sua falta de resposta como um não? — indagou Casteel.

Senti as bochechas corarem e desviei o olhar na direção da fogueira, onde as pessoas estavam sentadas conversando sem saber do que estava acontecendo nas sombras ou sem se importar.

— Você me contou que os lupinos gostavam de demonstrações públicas de afeto.

Ele deu outra risada.

— Sim, eles são muito abertos em relação ao... afeto. Não sentem vergonha de fazer isso. Tenho certeza de que você vai acabar vendo algumas bundas de fora em algum momento.

Gostei que eles não sentissem vergonha e talvez nem mesmo soubessem do azedume da emoção ligada a tais atos. Havia uma liberdade invejável nisso, em existir e ser tão livre e aberto.

— Se estiver desconfortável, não tenha vergonha de me dizer — disse Casteel calmamente. — Não precisamos ficar aqui. Podemos ir embora quando você quiser.

A proposta encheu o meu coração de ternura e eu virei a cabeça para cima, beijando a parte inferior do seu maxilar.

— Obrigada por dizer isso, mas eu não estou desconfortável.

— Então tá — assentiu ele, inclinando a cabeça e me beijando.

E não estava mesmo, conforme me encostava em Casteel, descansando a cabeça no seu peito. Se não havia vergonha nas ações deles, então não havia nenhuma no meu coração.

Mas não devia ficar assistindo, e era exatamente o que eu estava fazendo, encontrando o lugar para onde Kieran e Lyra tinham ido com uma precisão infalível. Vi Lyra colocar a mão no seu peito, empurrando-o para trás quando ele começou a se sentar ou... se aproximar dela. Ela estava no controle enquanto Kieran recuava e se apoiava sobre os cotovelos, cheia de confiança conforme movia a cabeça, seguindo os movimentos com a mão.

Eu devia ter mantido os sentidos bloqueados quando me concentrei em Lyra, mas senti o controle que presumi estar ali, misturado com uma fumaça cálida. O calor aumentou nas minhas bochechas, descendo para o pescoço enquanto eu mudava de posição, esticando a perna. Prendi a respiração quando os dedos de Casteel se moveram alguns centímetros para a esquerda no meu quadril, ainda fazendo aqueles círculos minúsculos e enlouquecedores.

E não devia mesmo ter deixado os sentidos abertos quando me voltei para Kieran. Senti um gosto picante no fundo da garganta e na parte de baixo do meu corpo, onde os dedos de Casteel estavam tão perigosamente perto. Bloqueei os sentidos antes de espiar ainda mais, mas eu...

— Poppy?

— Sim? — sussurrei enquanto Lyra parecia abaixar a cabeça para bem perto do corpo de Kieran.

— Você está assistindo aos dois? — perguntou Casteel, com a voz cheia de fumaça.

A negação veio até a ponta da minha língua.

— Se estiver, você não é a única. E os dois não são os únicos sendo observados — disse ele, esticando o dedo sobre o tecido fino do meu vestido. — Eles não sentem vergonha por nenhum ato de afeto, quer estejam envolvidos nele, sejam observadores casuais... ou observadores mais ativos.

Observadores ativos?

Meu olhar vagou para as tendas e as sombras lá dentro, onde um braço esguio acenou para alguém que estava sentado na areia do lado de fora. O homem largou a garrafa da qual estava bebendo e se levantou, se abaixando para entrar no espaço sob o dossel, onde as silhuetas dos corpos se moviam em uníssono. O homem se juntou a eles enquanto Casteel mudava de posição atrás de mim, se inclinando para a frente a fim de enfiar a mão debaixo da bainha do vestido ao redor dos meus joelhos. Meu coração deve ter palpitado quando ele deslizou os dedos pela extensão da minha pele nua, mantendo as saias do vestido no lugar de alguma forma. Os dedos da sua mão direita continuaram descendo cada vez mais para baixo quando vi o homem se agachar atrás daquela que estava por cima. Minha pulsação disparou quando os dedos de Casteel hesitaram no V no meio das minhas pernas.

335

Um ligeiro tremor de expectativa pontuado pela incerteza percorreu o meu corpo, seguido por um latejamento intenso no meu sexo.

— Poppy, Poppy, Poppy — murmurou Casteel quando o dedo por cima do vestido alcançou meu clitóris sensível. — O que você está vendo naquela tenda responde a alguma pergunta que possa ter sobre como três amantes podem desfrutar um do outro?

Sim? Não? Vi a mulher que estava montada em cima do homem parar de se mexer e arquear as costas enquanto o homem atrás dela a puxava de encontro ao peito.

— Aquele que chegou agora está dentro da mulher ou se esfregando nela — explicou Casteel enquanto movia o dedo naqueles malditos círculos por cima do vestido e ao longo da dobra da minha coxa e quadril. — O diário de Willa explicava os detalhes técnicos?

O calor da minha pele invadiu as minhas veias, agitando o meu sangue enquanto eu assentia.

— Sim. — Umedeci os lábios. — Parecia ser... doloroso.

— Pode ser, se não for feito com cuidado — explicou. — Mas parece que eles estão sendo cuidadosos.

Ninguém parecia sentir dor nem prestar atenção para onde estávamos sentados sobre a manta. Senti uma falta de ar conforme entreabria as pernas lentamente e perguntava:

— Eles estão participando da União?

— Não sei. — Os dedos na minha pele nua deslizaram na direção do latejamento. Deixei escapar um som estrangulado quando ele passou o dedo preguiçosamente pela umidade que se acumulava ali. — Não é preciso fazer uma União para fazer essas coisas.

— Você já...? — Mordi o lábio quando o dedo dele entrou na minha carne. Meu corpo inteiro estremeceu e teve espasmos, assim como os três na tenda. Eu tinha que parar de olhar.

E é claro que me peguei olhando para Kieran e Lyra. Eles estavam se beijando agora, mas ela continuava movendo o braço nos quadris dele em um ritmo lento.

— Eu já o quê?

Com a pulsação acelerada conforme Cas mergulhava o dedo para dentro e para fora de mim, estimulando a região sensível, desisti de permanecer imóvel antes mesmo de tentar. Esfreguei os quadris na sua mão enquanto forçava o meu cérebro a lembrar como formar as palavras.

— Você já fez isso? O que eles estão fazendo sob o dossel?

Seus lábios desceram pela minha garganta, repuxando a pele do pescoço com delicadeza.

— Já. — Ele mordiscou a minha carne, arrancando um suspiro de mim. — Isso a incomoda?

Parte da paixão se dissipou o suficiente para que eu pudesse perguntar:

— Por que me incomodaria?

— O passado de alguns assombra o futuro de outros — respondeu ele, parando de mover as mãos.

Baixei as sobrancelhas enquanto meu olhar percorria o rosto dele.

— Você tem mais de duzentos anos, Cas. Imagino que tenha feito todo tipo de coisa.

Seus dedos voltaram a se mover.

— Com todo tipo de pessoa?

O jeito como ele disse aquilo me fez rir.

— Sim. — Embora meu sorriso tenha sumido porque tive vontade de perguntar se ele havia feito aquilo com Shea. Um momento depois, percebi que poderia simplesmente fazer a pergunta. Então eu fiz.

Casteel beijou o meu pescoço.

— Não, Poppy. Com ela, não.

Surpresa, comecei a olhar para Casteel, mas ele dobrou o dedo, acertando um ponto dentro de mim que fez com que as minhas pernas se retesassem e os dedos dos meus pés se enroscassem na manta.

— P-por que não?

— Nós éramos amigos, e depois nos tornamos algo mais — explicou ele, a tensão crescendo cada vez mais dentro de mim enquanto meu olhar disparava através do fogo, do dossel e das sombras. De algum modo, meu foco acabou em Lyra e Kieran. Os dois não estavam mais se beijando. A cabeça de Lyra estava mais uma vez sobre a cintura dele, e Kieran estava com a mão no cabelo dela enquanto movia os quadris.

— Mas o nosso relacionamento nunca foi apaixonado. Não quer dizer que eu me importasse menos com ela, mas não era assim. Eu não sentia a necessidade constante de estar dentro dela de todas as maneiras imagináveis. Nunca senti um desejo incessante e acredito que você precisa disso para explorar essas coisas com alguém com quem está comprometido — continuou ele, e a minha respiração ficou mais curta e superficial. — Eu nunca tive com ela o que tenho com você, Poppy.

Não sei se foi por causa das coisas que ele estava fazendo com o meu corpo, do que estava acontecendo ao nosso redor ou das suas palavras, mas cambaleei na beira do precipício e então caí, arrebentando como as ondas que ondulavam sobre a praia. O êxtase arrebatador me deixou trêmula.

Uma vez que meu coração desacelerou o suficiente para a névoa induzida pelo prazer se dissipar, virei a cabeça na direção dele.

— Você... você quer fazer isso comigo?

Ele me beijou enquanto tirava a mão de baixo do meu vestido.

— Quero fazer tudo o que se possa imaginar com você e coisas em que ninguém nunca pensou — respondeu ele. — Mas eu só *preciso* de você, Poppy. Agora e para sempre.

Meu coração palpitou e em seguida acelerou conforme meu peito se enchia de tanto amor que senti que podia flutuar até as estrelas. Virei-me em seus braços, segurando as bochechas dele enquanto me sentava sobre os joelhos.

— Eu te amo. — Eu o beijei, esperando que tudo o que sentia por ele pudesse ser comunicado com aquele beijo, e então decidi que o beijo não era suficiente. Uma onda de excitação se apoderou de mim conforme eu sacudia o corpo para trás, agarrando as mãos dele. — Quero ir para algum lugar... privado.

O âmbar reluziu dos seus olhos semicerrados e sensuais.

— Nós podemos voltar...

— Não. — Eu não queria esperar. Se fizesse isso, perderia a coragem. — Não há nenhum lugar privado aqui?

As pontas das presas ficaram visíveis quando ele mordeu o lábio inferior e olhou por cima do ombro.

— Sim — respondeu ele. — Há, sim.

Sem dizer mais nada, nós nos levantamos. Sob o luar, Casteel me levou para mais longe na praia, onde eu não tinha visto as pequenas colunas repletas de árvores na escuridão. Ele me guiou até a primeira formação de árvores e então se deteve. Estava tão escuro que eu mal conseguia distinguir as suas feições enquanto ele olhava para mim.

— Você está tramando alguma coisa, não é?

— Talvez — admiti, grata pelas sombras mais densas ali conforme puxava a camisa dele e me esticava, trazendo a sua boca até a minha.

Meu coração disparou quando nossas línguas se tocaram e giraram, como eu tinha feito ao redor do fogo. Nós nos beijamos sem parar, e mesmo que soubesse que não era para aquilo que eu queria privacidade, ele não me apressou. Casteel apenas seguiu o *meu* ritmo, sem dizer nem uma palavra enquanto eu dava beijinhos na sua garganta. Ele deslizou as mãos para cima e para baixo nos meus braços e permaneceu em silêncio enquanto eu descia as mãos pelo seu peito. Quando cheguei ao seu abdômen, eu me ajoelhei.

Ele tirou as mãos de mim e as deixou ao lado do meu corpo enquanto eu desabotoava a braguilha da sua calça, sentindo o volume ali.

O gosto de pimenta defumada consumiu os meus sentidos quando estendi a mão e envolvi aquela rigidez ardente. Casteel estava ofegante agora, e meu coração disparou enquanto o puxava para fora. Ele parecia aço aquecido envolto em seda quando me inclinei para a frente, me detendo assim que senti o espasmo em minha mão.

— Poppy — grunhiu ele. Ergui o olhar e fiquei momentaneamente atordoada pelas manchas douradas nos olhos brilhantes dele. Um tremor percorreu seu corpo. — Não precisa fazer isso.

— Mas eu quero — respondi. — Você quer que eu faça?

— Você pode fazer qualquer coisa comigo que eu vou querer. — Outro estremecimento. — Mas isso? Ter o meu pau na sua boca? Eu teria que estar morto e ter virado cinzas para não querer.

Curvei os lábios.

— Isso é... meio lisonjeiro.

Ele deu uma risada áspera.

— Você é... — Casteel gemeu enquanto eu deslizava os dedos da base até a ponta dele.

— Sou o quê?

As pontas dos dedos dele tocaram na minha bochecha.

— Tudo.

Sorri e abaixei a cabeça. O gosto salgado da sua pele foi uma surpresa dançando na minha língua. Vacilante, desci a mão pela sua extensão, explorando enquanto o levava mais fundo dentro da boca como tinha lido no diário de Willa.

339

— Poppy — gemeu Casteel, espalmando a mão na minha bochecha.

Ela escreveu sobre outras coisas, coisas que me faziam lembrar do que Casteel fez comigo, e eu não tinha certeza se ele iria gostar daquilo ou não. Mas... eu queria fazer essas coisas. Corri a língua sobre a pele retesada, encontrando um pequeno recorte sob a ponta da cabeça e girando a língua ali.

— Porra. — Ele estremeceu. — Eu... eu não estava esperando isso.

Reprimi um sorriso e repeti o movimento, e ele soltou outro palavrão.

— Você leu sobre isso no livro da Srta. Willa?

Emiti um som de concordância, e o ato pareceu vibrar através dele. Seu corpo inteiro se flexionou e eu *senti* o latejamento.

— Porra — murmurou ele. — Eu amo aquele maldito diário.

Dei uma risada e, pelo jeito como sacudiu os quadris, ele deve ter gostado da sensação. Não havia nada no diário da Srta. Willa sobre rir durante aquele ato, mas, conforme envolvia a sua base, parei de pensar naquele maldito diário e deixei que o instinto me guiasse. Passei a língua na cabeça do seu pênis, maravilhada com a sua reação — com o calor indolente que inundava os meus sentidos. Gostei de fazer aquilo. Gostei de saber que ele gostava.

Casteel tirou a mão da minha bochecha e enroscou os dedos no meu cabelo. Ele me segurou pela nuca, mas não colocou nenhuma pressão ali. Tudo o que fez foi mover o polegar, massageando os músculos de modo suave. Era como se fosse um... incentivo enquanto ele me deixava descobrir o que fazia o seu corpo dar estocadas curtas, o que o fazia perder o fôlego e que fazia o gosto de pimenta se intensificar. Eu me dei conta de uma coisa. Além de gostar daquilo, eu também gostava do controle, do modo como conseguia desacelerar a sua respiração ou aumentar a maneira como ele latejava na minha língua somente com a pressão da minha boca ou com a força ou suavidade com que chupava sua pele.

— Poppy, eu não... deuses, não vou durar muito mais tempo. — Ele apertou minha nuca enquanto se esfregava na minha mão, na minha boca. — E não sei se aquele diário descreve o que acontece.

Descrevia, sim.

E eu queria isso. Queria senti-lo terminar, ter essa experiência, saber que eu o havia levado até aquele ponto. Subi a mão pela extensão dele, fechando a boca sobre a cabeça. Casteel gemeu meu nome e então seus quadris se retesaram enquanto ele pulsava e tinha espasmos na minha língua.

Mal terminei e antes que pudesse sentir orgulho de mim mesma, ele se ajoelhou diante de mim, segurando as minhas bochechas. Inclinou a cabeça para o lado e colocou a boca sobre a minha, a língua contra a minha. O beijo foi tanto de exigência quanto de adoração, arrebatador e sem deixar espaço para mais nada.

Casteel levantou a cabeça, com os olhos fixos nos meus.

— Você — suspirou ele, com a voz densa e reverente. — Você é tudo de que eu preciso. Agora e para sempre.

Capítulo Vinte e Cinco

Casteel e eu havíamos passado o dia anterior aproveitando a vida, então passaríamos aquele novo dia garantindo que tivéssemos mais dias como ontem.

Nós iríamos nos encontrar com os pais dele.

Mas primeiro tínhamos que sair da cama, algo que nenhum dos dois parecia com pressa de fazer. Enquanto Casteel brincava com meu cabelo, nós conversamos sobre o que eu havia visto no dia anterior, o que incluía descrever poeticamente a guloseima congelada que tinha comido. Durante uma pausa em que eu me convencia de que já estava mais do que na hora de levantar, Casteel perguntou:

— Quando curou aquela menina ontem, você percebeu algo diferente nas suas habilidades?

— Na verdade, não — disse a ele enquanto traçava um oito no seu peito com os dedos. — Bem, não tenho certeza se isso é verdade. Quando curei os ferimentos de Beckett, não precisei pensar muito a respeito. Simplesmente aconteceu. Mas dessa vez tive que fazer o que costumava fazer antes.

— Pensar em lembranças felizes? — Ele enrolou uma mecha de cabelo em volta do dedo.

— Sim. Pensei no dia do nosso casamento. — Levantei a cabeça e apoiei o queixo em seu peito. Ele sorriu suavemente para mim. — E então pensei em como os ferimentos da menina eram injustos e...

— O quê?

Mordi o lábio.

— Parece bobagem até mesmo considerar isso, mas pensei que não era tarde demais, que a menina continuaria viva enquanto as minhas mãos estivessem sobre ela.

Seu olhar estudou o meu rosto.

— Você sabia que ela já tinha morrido?

— Eu... — Comecei a negar, mas me contive quando o que Casteel dissera na manhã anterior veio a minha mente. A negação não era mais um luxo. Ele falou da Coroa, mas a mesma lógica se aplicava ali. — Não posso afirmar que ela estava morta, mas estava bem perto disso.

Ele desenrolou o meu cabelo lentamente.

— Então ou você desejou que a sua alma ficasse com ela, ou a trouxe de volta à vida, Poppy.

Meu coração deu um salto dentro do peito.

— É difícil aceitar isso, mas acho que foi o que fiz. — O cabelo caiu sobre meus ombros quando me ajoelhei na cama. — Faz sentido que eu seja capaz de fazer isso por causa de Nyktos, mas é meio...

— Incrível. — Ele soltou a mão dos meus cabelos com cuidado.

— Eu ia dizer perturbador — confessei.

Ele franziu o cenho.

— Você deu uma segunda chance para aquela criança. Como isso poderia ser algo além de maravilhoso?

Baixei os olhos para as mãos, sem saber muito bem como explicar o que estava pensando.

— É só que esse tipo de habilidade... é poderoso de um jeito assustador.

— Explique melhor.

Sacudi a cabeça, suspirando.

— Sei que as pessoas que viram o que aconteceu ontem acreditam que eu seja uma divindade...

— Acho que elas acreditam que você seja uma deusa — retrucou ele. — E há uma diferença entre as duas coisas.

— Certo. Elas acreditam que eu seja uma deusa. Mas nós dois sabemos que não é o caso — salientei, e ele simplesmente arqueou a sobrancelha. Revirei os olhos. — De qualquer modo, fazer isso é como... brincar de deus. É uma habilidade que pode ser mal utilizada sem eu sequer me dar conta. Isso considerando que eu consiga fazer de novo.

Casteel ficou calado por um momento.

— Acha que era a hora dela e você interferiu?

Eu me retesei.

— Não acredito que seja a hora certa de ninguém tão jovem atravessar o Vale. De jeito nenhum.

— Nem eu. — Ele tamborilou os dedos na minha mão. — Mas você está preocupada em interferir quando for a hora de alguém, não é? Porque, se alguém estiver ferido e morrendo, você não vai conseguir ficar parada e deixar que isso aconteça.

Casteel me conhecia muito bem.

— Como você sabe quando é a hora de alguém? — perguntei e então ri do absurdo da pergunta. — Como alguém poderia saber disso?

— Não sabemos. — Os olhos dele encontraram os meus. — Acho que tudo o que podemos fazer é o que parecer certo. Pareceu certo salvar aquela menina. Mas talvez chegue uma hora em que não pareça.

Eu não conseguia sequer imaginar um momento em que ajudar alguém não parecesse certo, mas aquele tipo de pergunta sem resposta teria de esperar. Nós precisávamos nos preparar para o dia.

Um nervosismo que não tinha nada a ver com nossa conversa se apoderou de mim enquanto eu vestia uma legging preta e uma túnica envelope sem mangas de uma cor que me lembrava os cabelos e pelos de Jasper. Fiquei surpresa ao ver que uma delicada corrente de prata mantinha a túnica fechada e só esperava que continuasse assim ao longo do dia. A última coisa que precisava era exibir a combinação quase transparente que eu usava por baixo.

Por outro lado, levando em conta como o pai de Casteel me viu na última vez, não seria nenhum choque. Mas só queria que as coisas corressem bem entre os pais dele e eu, pois sabia que, caso contrário, o caminho seria difícil entre Casteel e os seus pais dali em diante.

No momento em que me juntei a ele na sala de estar, seus dedos encontraram o caminho nas ondas e cachos do meu cabelo.

— Adoro o seu cabelo desse jeito — murmurou ele. — Estou começando a achar que você faz isso porque sabe que fico distraído.

Sorri enquanto saíamos da sala, meu nervosismo diminuindo um pouco.

— Talvez — admiti, embora tivesse mesmo deixado os cabelos soltos porque sabia que ele gostava.

E porque passei anos com as mechas pesadas puxadas para trás e presas em um coque.

— Você ainda quer ver Kirha antes de partirmos? — perguntou ele.

Fiz que sim com a cabeça. Mencionei de manhã que gostaria de agradecê-la pelas roupas e a hospitalidade antes de sairmos para nos encontrar com a Rainha e o Rei de Atlântia. Casteel já havia enviado uma mensagem anunciando nossa chegada iminente. Com a mão fechada em torno da minha, ele me levou até a passagem coberta, onde os ventiladores de teto se agitavam, trazendo o cheiro de canela e cravo que saía das janelas abertas dos quartos voltados para a passagem.

Se não fosse pelas manchas desbotadas e oleosas na passarela e pela terra escura intercalada a cada dois metros, seria difícil de imaginar que aquelas criaturas sem rosto tinham estado ali duas noites atrás. Mas estiveram, e Casteel e eu estávamos preparados para o caso de os Germes aparecerem outra vez. Eu levava a adaga de lupino oculta sob a túnica, e Casteel tinha duas espadas curtas presas na lateral do corpo. Além disso, não estávamos sozinhos.

Um lupino com o pelo tão escuro quanto a Baía de Estígia nos seguia em cima do muro do pátio, acompanhando nosso progresso. Tive a impressão de que ele ou ela não era o único lupino por perto quando saímos da passagem coberta e entramos em uma trilha de terra ladeada por grandes palmeiras. As folhas em forma de leque forneciam uma sombra adequada ao sol do final da manhã enquanto seguíamos pelo caminho sinuoso. Explosões de cores de pequenas flores silvestres e botões cor-de-rosa e roxos surgiam em meio às trepadeiras que subiam por algumas seções do muro e cobriam a maior parte do chão do jardim. Esse não se parecia em nada com os jardins espalhafatosos e diversificados da Masadônia, mas eu gostava da sua sensação terrena e natural. E tinha a impressão de que não importava quantas vezes alguém caminhasse por aquelas trilhas, sempre encontraria algo novo em meio à folhagem.

Fizemos uma curva e nos deparamos com um pátio. Havia inúmeros bancos de pedra e banquetas de madeira que pareciam ter sido feitas com os troncos das árvores ao redor de uma lareira imensa. O pátio de pedra cinza levava até as portas abertas de uma sala arejada e ensolarada.

No meio das plantas colocadas sobre as mesinhas e crescendo em vasos de barro no chão de ladrilhos, havia cadeiras enormes com almofadas grossas e pufes de cores vivas agrupados perto de sofás e poltronas largas. Grandes almofadas de chão em todos os tons de azul imagináveis estavam espalhadas pelo chão, mas Kirha Contou estava sentada sobre um tapete de pelúcia azul-petróleo no centro da sala, de pernas cruzadas e cabeça baixa. Fileiras de pequenas tranças apertadas estavam presas para trás do seu rosto enquanto ela remexia em uma cesta de lã. O filho estava com ela.

Vestido de preto, Kieran se destacava bastante na sala colorida. Estava sentado ao lado dela, encostado em uma das cadeiras, com as pernas compridas estendidas na frente do corpo. Segurava um novelo de lã laranja em uma das mãos e um branco na outra. Havia muitos outros no seu colo, e a imagem dele sentado ali, com um leve sorriso suavizando as belas linhas do rosto enquanto observava a mãe, ficaria para sempre impressa na minha mente.

Os dois olharam para cima quando Casteel e eu nos aproximamos da porta. Meus sentidos estavam aguçados e senti suas emoções imediatamente. O lampejo fresco de surpresa que emanou de Kieran quando o novelo de lã laranja caiu de sua mão e rolou pelo tapete me pegou desprevenida. Se estava ciente de que Casteel e eu tínhamos testemunhado suas... atividades nas sombras, não deu nenhum sinal disso enquanto cavalgávamos de volta para a casa de sua família sob o céu estrelado.

Mesmo que estivesse, não acho que essa fosse a fonte da surpresa. Eu não fazia a menor ideia do que era conforme me concentrava na mulher ao seu lado.

Sua mãe era absolutamente deslumbrante — a cópia perfeita de Vonetta, desde a pele negra e largas maçãs do rosto até a boca carnuda que parecia sugerir uma risada. O que senti emanando dela também me lembrou de sua filha. O gosto de baunilha era tão reconfortante quanto um cobertor quente em uma noite fria.

Eu me dei conta de que já a tinha visto quando cheguei ali. Ela estava no meio da multidão de lupinos e sorriu quando Casteel e eu discutimos.

— Kieran — chamou Casteel num tom arrastado. Ele apertou a minha mão quando passamos pelas portas e depois a soltou. — Você está tricotando um casaco pra mim?

A expressão do lupino se suavizou.

— É isso mesmo que estou fazendo — respondeu ele, com o tom de voz neutro.

— Na verdade, ele é muito bom com as agulhas — revelou Kirha, colocando a cesta de lado.

O gosto açucarado de constrangimento irradiou de Kieran conforme suas bochechas coravam. Ele franziu o cenho na direção da mãe. Arqueei as sobrancelhas quando a imagem que tinha ficado impressa na minha mente foi substituída por outra que incluía Kieran tricotando uma camisa.

Aquilo nunca mais sairia da minha cabeça.

Kirha começou a se levantar quando Casteel se apressou em dizer:

— Não precisa se levantar.

— Ah, mas eu quero. Estou sentada há tanto tempo que minhas pernas ficaram dormentes — respondeu ela enquanto os novelos de lã caíam do colo de Kieran e rolavam pelo tapete. Ele segurou o braço da mãe, ajudando-a.

Kirha agradeceu conforme se endireitava. Sob o vestido lilás e sem mangas que usava, o abdômen inchado repuxava o tecido leve. Ela colocou a mão atrás do quadril e arqueou as costas.

— Bons deuses, espero que seja o último bebê.

— Bem, alguém precisa se certificar de que o seu *marido* coloque isso naquela cabeça dura — murmurou Kieran.

— Seu *pai* vai entender isso assim que estiver trocando fraldas de novo. Eu dou à luz e ele limpa as crianças — comentou ela, sorrindo quando Kieran franziu o nariz. — Esse é o acordo.

— Vou me lembrar disso — murmurou Casteel.

Meu estômago despencou tão subitamente que quase tropecei quando me virei de olhos arregalados para Casteel. Por algum motivo, eu sequer tinha pensado em... *bebês* desde a caverna — desde que pensei que ele não queria ter filhos comigo. Fiquei magoada na ocasião, o que foi uma tolice, já que ainda não tínhamos admitido nossos sentimentos um para o outro. Ele ainda estava tomando a erva que prevenia a gravidez

347

e, enquanto Donzela, eu acreditava que iria Ascender. Jamais havia cogitado ter filhos, então não pensava muito nisso. Mas agora a ideia estava bem ali. Um bebê. *Bebês*. Um filho meu com Casteel. Casteel segurando um bebezinho no colo. Entreabri os lábios e dei um suspiro. Eu não precisava mesmo pensar nisso agora.

— Parece que a Poppy vai desmaiar — observou Kieran com um sorriso sarcástico.

Casteel se virou para olhar para mim, baixando as sobrancelhas conforme a preocupação ecoava por ele.

— Você está bem?

Pestanejei, tirando a imagem desnecessária da cabeça enquanto dava um passo à frente.

— Sim. Eu estou bem. — Estampei um sorriso largo no rosto antes que um deles pudesse descobrir para onde a minha mente tinha vagado. — Nós não tínhamos a intenção de interromper. Eu só queria agradecê-la por me deixar ficar aqui e pelas roupas.

Um sorriso fácil surgiu no rosto de Kirha enquanto ela segurava meus braços.

— Não precisa me agradecer. Nossa casa sempre esteve aberta para Cas. Sendo assim, ela sempre estará aberta para você — declarou ela, e a sinceridade era nítida em suas palavras. — Que bom que você gostou das roupas. Devo dizer que você é bonita demais para esse rapazinho aqui. — Ela apontou o queixo na direção de Cas.

— Essa doeu — resmungou Casteel, colocando a mão sobre o coração. — Assim você me magoa.

Kirha riu enquanto me dava um abraço apertado — bem, o mais apertado que podia com a barriga entre nós, mas o abraço foi caloroso, inesperado e tão... *bom*. O tipo de abraço que eu não recebia há anos e que secretamente esperava receber da Rainha Eloana assim que chegasse. Era o tipo de abraço que uma mãe daria e trouxe à tona uma onda de emoções agridoces. Não havia nada forçado no meu sorriso quando ela se afastou, apertando meus braços mais uma vez.

— Eu estou muito feliz em conhecê-la. — Seu olhar estudou o meu rosto, sem se demorar nas cicatrizes. — Espero que você esteja se sentindo bem.

Assenti.

— Estou, sim.

— Ótimo. — Ela apertou meus braços e depois me soltou, colocando a mão na barriga. — Kieran me disse que você já conheceu Vonetta.

— Sim — confirmei quando Casteel apareceu ao meu lado, pousando a palma da mão no meio das minhas costas. — Vonetta foi muito gentil comigo. Ela me emprestou um de seus vestidos e me ajudou a me preparar para a cerimônia de casamento. Espero revê-la em breve.

— E quanto a mim? — perguntou Kieran, e sua mãe e eu olhamos para ele. — Eu tenho sido gentil com você.

— Parece que alguém já está passando pela síndrome do filho do meio — murmurou Casteel baixinho.

— Ei, eu estou bem aqui — reclamou Kieran. — Na frente de vocês.

Curvei os lábios quando olhei para ele.

— Você é... legal.

— Legal? — repetiu ele, bufando ofendido e cruzando os braços.

— Não ligue para ele — disse Kirha. — Kieran está aborrecido porque os Curandeiros acreditam que em breve terá outra irmã mais nova.

Casteel riu.

— Você e Jasper vão ficar em desvantagem.

— Nem me fale — murmurou Kieran.

— Quando o bebê vai nascer? — perguntei.

— Daqui a um mês, se os deuses quiserem — respondeu ela, massageando o abdômen. — E já não era sem tempo. Posso jurar que essa criança já está tão grande quanto Kieran.

— Isso parece perturbador. — Kieran franziu o cenho, e eu tive que concordar com ele. — Você avisou que ia visitar seus pais?

Casteel assentiu.

— Estamos indo pra lá agora.

— Então eu vou com vocês. — Kieran se virou para a mãe. — Você precisa de alguma coisa antes que eu vá?

— Não.

— Tem certeza?

— Sim. — Ela riu. — Seu pai deve chegar a qualquer momento. Ele pode me ajudar com isso. — Ela apontou para o novelo. — Tenho certeza de que ficará muito contente em me dar uma mãozinha.

A expressão no rosto de Kieran dizia que ele duvidava muito disso, e então Casteel e eu o ajudamos a recolher os novelos de lã fugitivos, colocando-os ao lado da cesta.

— Penellaphe? — Kirha nos deteve assim que nos viramos para ir embora. — Sei que você não conheceu os pais de Casteel na melhor das circunstâncias.

O rosto de Casteel estava imóvel quando olhei de relance para ele.

— É verdade.

— E isso me deixa ainda mais triste pelo que fizeram com você — revelou ela. — Eloana e Valyn são boas pessoas. Eles jamais teriam permitido que isso acontecesse se estivessem cientes. Disso eu tenho certeza. E, depois que superarem o choque inicial por tudo o que aconteceu, também sei que Eloana vai aceitar você de modo tão caloroso e franco quanto eu.

*

Assim que nos aproximamos do estábulo, olhei para Kieran, ainda pensando sobre o que Kirha havia dito antes de partirmos.

— Sua mãe tem um jeito de saber das coisas, como seu pai? — *Como você* ficou subentendido.

Ele franziu o cenho ligeiramente.

— Às vezes, sim. Por quê?

Bem, como eu esperava, aquilo não era coincidência.

— Por nada. — Sacudi a cabeça, ciente de que Casteel estava prestando atenção. — Só fiquei curiosa.

— Deve haver metamorfos poderosos nas linhagens dos dois — comentou Casteel enquanto pegava as rédeas de Setti de um cavalariço desconhecido e olhava para mim por cima do ombro.

Avistei três lupinos em suas formas humanas. Um deles era o preto que eu tinha visto perto do muro, mas foi a mulher de aparência letal vestida com calças e túnica pretas que me chamou a atenção. Eu a reconheci imediatamente, embora seus cabelos castanhos e lisos estivessem presos atrás da nuca.

Era Lyra.

Olhei de relance para Kieran quando ela se aproximou de nós, mas não captei nenhuma emoção discernível de nenhum dos dois.

Lyra se deteve a alguns metros de nós e fez uma reverência rápida.

— *Meyaah Liessa* — declarou ela. Atrás dela, os lupinos abaixaram a cabeça.

Sem saber como reagir a uma saudação formal depois de dançar ao redor da fogueira com ela na noite anterior, olhei de Kieran para Casteel, que assentiu de modo tranquilizador. Antes que eu pudesse dizer algo embaraçoso, Lyra se levantou. Seu olhar pálido se voltou para Casteel.

— Nós seremos os seus guardas durante a viagem.

— Obrigado, Lyra — agradeceu Casteel. — Fico muito agradecido.

Acenei com a cabeça em concordância, esperando não parecer tão ridícula quanto me sentia. Provavelmente, sim. Lyra me deu um sorriso curto e enviesado quando me entreolhou por um breve instante. Virei-me e me deparei com Casteel mordendo o lábio como se quisesse rir, e suspeitei que não tivesse nada a ver com a minha reação à saudação dela e sim com o que tínhamos visto ontem à noite. Estreitei os olhos para Casteel enquanto agarrava a sela, e ele parecia estar se controlando para não cair na gargalhada. Montei em Setti.

Casteel se juntou a mim, passando o braço em volta da minha cintura enquanto eu acariciava o pescoço de Setti. Conforme observava Kieran montar em seu cavalo, perguntei:

— Essa coisa de reverência vai acontecer com muita frequência?

— Vai — confirmou ele, pegando as rédeas do cavalo.

— Por que sua mãe não fez isso? — Eu me perguntei em voz alta. — Não que eu quisesse, mas fiquei curiosa. É porque ela está grávida? — Eu duvidava muito que ela conseguisse ficar em tal posição.

— Contei a ela que você ficaria desconfortável — respondeu Kieran. — Assim como ao meu pai.

Senti meu peito se aquecer.

— Sabe de uma coisa?

Kieran arqueou a sobrancelha enquanto olhava para mim.

— O quê?

Estendi a mão e dei um tapinha no peito dele.

— Você é mais do que apenas legal.

— Agora que sei que você me acha mais do que legal, já posso dormir bem à noite. — O tom de voz dele era tão seco quanto as Terras Devastadas, mas sorri mesmo assim.

— A propósito, quando acontecer de novo, você pode dizer: "Pode se levantar" — sugeriu Casteel para mim enquanto colocava Setti em movimento. — Ou, se quiser usar algo menos formal, pode simplesmente dizer "Sim" ou cumprimentá-los pelo nome, se souber quem está diante de você. E, antes que peça a eles que deixem a formalidade de lado, saiba que eu também já pedi isso a muitos, e você viu como adiantou.

Não adiantou de nada.

Suspirei e me encostei em Casteel conforme cavalgávamos para fora do pátio. Os lupinos, agora em um grupo de quatro, nos seguiram a uma distância discreta.

— Não precisamos cavalgar pela região mais movimentada da cidade para chegar até a propriedade — informou Casteel quando pegamos uma estrada pavimentada cercada por ciprestes altos e exuberantes. Os lupinos logo desapareceram em meio à folhagem densa. — Podemos seguir pelos penhascos direto para lá. Haverá gente, mas bem menos do que ontem ou quando entramos na cidade.

Embora eu tenha adorado a rápida visita à Enseada de Saion, minha mente já estava uma bagunça, fixa no próximo encontro com o Rei e a Rainha.

— Obrigada.

Casteel abaixou a cabeça e me beijou na bochecha enquanto Kieran lhe lançava um olhar irônico.

— Não o deixe convencê-la de que seus motivos são completamente altruístas. Ele também não quer ser alvo de gritos e olhares de admiração.

Houve muitos deles no dia anterior.

— Eu fico constrangido — confessou Casteel.

— Sério? — perguntei, e quando Casteel assentiu, olhei para Kieran para confirmar. — Ele está mentindo pra mim?

— Um pouco.

— Ele não faz a menor ideia do que está falando — declarou Casteel enquanto a mão que estava sobre o meu quadril avançou para a parte inferior do abdômen. Ele moveu o polegar, traçando círculos em volta do meu umbigo.

— Acho que vou acreditar em Kieran — decidi.

— Como se atreve? — provocou ele, e eu senti o arranhar dos seus dentes afiados na curva do pescoço. Estremeci quando uma onda de calor percorreu meu corpo. — Eu sou muito tímido.

— E muito alheio à realidade — repliquei, olhando para as árvores altas. Com o tecido fino da túnica, parecia que não havia nada entre a mão dele e minha pele.

Foi difícil não demonstrar nenhuma reação ao seu toque quando relances de construções de arenito surgiram em meio às árvores que abarrotavam o caminho. Quanto mais viajávamos, mais baixo seu dedo mindinho vagava, e eu comecei a ver pessoas atrás das árvores, carregando carroças e vagões com alqueires e cestos. Eu me remexi de leve quando o seu dedo desceu ainda mais, olhando para ele por cima do ombro.

Uma expressão de inocência estampava suas feições quando ele retribuiu o meu olhar.

— Sim?

Estreitei os olhos.

Um canto de seus lábios subiu. A covinha idiota apareceu em sua bochecha direita no instante em que uma carroça puxada por cavalos se aproximava da trilha. O chapéu de abas largas do condutor ocultava seu rosto, mas senti o choque frio da surpresa conforme ele e um rapaz, que mal parecia ter chegado à adolescência, caminhavam ao lado do grande cavalo cinza.

O condutor acenou e o jovem se ajoelhou rapidamente antes de se levantar para acenar também.

Comecei a me retesar, mas me forcei a relaxar e agir naturalmente, retribuindo a saudação junto com Casteel e Kieran. Sentindo bastante orgulho de mim mesma, sorri para os lupinos quando eles passaram pelos dois na estrada. Enquanto ficava imaginando qual dos lupinos era Lyra, uma mulher surgiu no meio das árvores vários metros adiante, com a túnica laranja complementando a pele negra reluzente. Ela estava cuidando de uma criança pequena que perseguia um pássaro de asas douradas voando pelos galhos baixos da árvore. Ao nos ver, um largo sorriso surgiu em seu rosto e ela pousou as mãos nos ombros da criança e sussurrou para ela. A menina ergueu o olhar com um gritinho animado e imediatamente começou a pular com um pé só e depois com o outro.

Casteel riu baixinho enquanto a mulher sacudia a cabeça e fazia uma reverência, persuadindo a criança a fazer o mesmo. Elas também acenaram e, dessa vez, não congelei. Acenei de volta como Casteel e Kieran tinham feito e me senti... menos estranha. Como se meu braço não estivesse tão rígido quanto antes. Mas logo me esqueci do braço quando a menininha saiu correndo para longe da mãe e quase agarrou o lupino preto e branco. Kieran deu uma risada estrangulada quando a menina passou os braços minúsculos ao redor do lupino.

— Ah, deuses, Talia — exclamou a mulher. — O que foi que eu disse sobre abraçar as pessoas aleatoriamente?

Sorri enquanto ela desvencilhava a menina do lupino, que mordiscava de brincadeira um dos seus braços. Uma onda de risos irrompeu da criança e, um segundo depois, ela voltou a perseguir o pássaro. O lupino que ela abraçou seguiu em frente, e eu podia jurar que estava sorrindo.

Assim que passamos, olhei de volta para Casteel. Mas, antes que pudesse fazer a mesma pergunta que fiz todas as vezes que passamos por alguém ontem e eu não sabia dizer se a pessoa era de descendência Atlante ou de uma das linhagens, Casteel chegou antes de mim.

— Todos eram Atlantes — explicou ele, com o polegar retomando os círculos lentos e desconcertantes. — Os primeiros eram descendentes de Atlantes. Mortais. As duas últimas eram fundamentais.

— Ah — sussurrei, olhando em frente. Os Atlantes sempre foram mais frios comigo, com algumas exceções, como Emil, Naill e Elijah. Senti o coração apertado quando pensei em Elijah e Magda, em *todos* os Atlantes, Descendidos e lupinos assassinados pelos Ascendidos. Até mesmo agora eu podia ouvir a risada profunda de Elijah.

Mas ontem a maioria das pessoas que encontramos foi calorosa e acolhedora, assim como aquelas por quem passamos agora. Será que aqueles que pensavam como os Invisíveis eram uma pequena parte da população? Assim que um pequeno grão de esperança se enraizou em meu peito, Casteel apertou o braço ao meu redor.

Às vezes eu ficava imaginando se ele sabia em que eu estava pensando, o que me fez pensar em outra coisa.

— Você tem algum metamorfo na sua linhagem, Cas?

— Não tenho certeza, mas posso te dizer que alguma coisa está se metamorfoseando dentro das minhas calças nesse exato momento — sussurrou ele.

— Ah, meus deuses. — Dei uma gargalhada alta quando vários dos lupinos ali perto emitiram sons ásperos, bufando. — Isso foi tão...

— Perspicaz? — sugeriu ele enquanto Kieran bufava.

— Idiota — retruquei, mordendo o lábio enquanto dava uma risadinha. — Não acredito que você disse isso.

— Nem eu — concordou Kieran, sacudindo a cabeça. — Mas a linhagem Da'Neer é mais pura que os pensamentos dele.

Sorri quando passamos por pequenos grupos de pessoas que entravam e saíam das estradas estreitas.

— Não é culpa minha que meus pensamentos não sejam tão inocentes assim — retrucou Casteel, acenando quando alguém parou para se curvar. — Eu não descobri sozinho o mundo da Srta. Willa.

— Ah, meus deuses — resmunguei, meio distraída pelas tentativas de ler as emoções das pessoas por quem passávamos.

— Para ser sincero — continuou ele —, acho que fiquei mais chocado com o fato de que eu tinha razão a respeito de ela ser Atlante do que com qualquer coisa que seu pai nos contou.

— Por que isso não me surpreende? — murmurei.

Casteel riu e, conforme seguimos, o nervosismo de antes voltou. Mas então ele me entregou as rédeas de Setti e deixou que eu controlasse e conduzisse o cavalo. Por fim, as árvores ficaram esparsas, dando lugar a uma grama verde e exuberante que fluía até os penhascos com vista para o mar. À nossa frente, uma espécie de cerca viva rodeava um grande Templo circular disposto sobre um pódio alto, com as colunas brancas se elevando na direção do céu azul. Atrás dele, uma fileira de jacarandás com flores cor de lavanda em forma de trombeta me trouxeram lembranças. Eu adorava aquelas árvores que cresciam em abundância no jardim ao redor do Castelo Teerman. Elas me fizeram pensar em Rylan, um guarda pessoal que foi morto por Jericho, um lupino que estava trabalhando com Casteel. Senti um peso no peito. Rylan não merecia morrer daquele jeito.

E Casteel não merecia tudo o que fizeram com ele.

Dois erros nunca tornavam as coisas certas ou melhores nem se anulavam. Eram apenas erros.

Todos os pensamentos que tive na estrada até ali se dissiparam quando os lupinos apareceram ao nosso lado enquanto passávamos pelo Templo sob a sombra dos jacarandás, que tinha um leve aroma de mel. Pude ver uma espécie de jardim através da cerca, que devia se abrir para o Templo. A outra extremidade seguia até uma elegante construção de calcário e mármore. Havia ornamentos em arabescos dourados pintados em torno das janelas abertas, onde cortinas brancas e diáfanas se sacudiam com a brisa salgada do mar. O centro era uma estrutura ampla com inúmeras janelas e portas, vários andares de altura, um teto de vidro abobadado e torres que avistei assim que cheguei. Amplas alas de dois andares, conectadas por passarelas cobertas de trepadeiras, flanqueavam cada lado. Varandas se projetavam do segundo andar, com as cortinas puxadas para o lado e presas aos pilares. No andar de baixo, havia varandas privadas e separadas por paredes cobertas de hera e pequeninas flores azul-claras. O Palácio da Enseada não tinha sequer a metade do tamanho e da altura do Castelo Teerman e pareceria minúsculo ao lado do Castelo Wayfair, onde a Rainha e o Rei de Solis residiam, mas era lindo mesmo assim.

Atrás de mim, Casteel se retesou.

— Os guardas são uma novidade — confessou ele a Kieran.

Os guardas não costumavam ficar postados na entrada do lugar onde o Rei e a Rainha estavam hospedados no momento?

— São mesmo. — Kieran guiou o cavalo para mais perto do nosso enquanto examinava os guardas. — Mas não é exatamente uma surpresa.

— Não, não é — concordou Casteel.

Os guardas fizeram uma reverência formal, mas observaram os lupinos com olhares desconfiados. A suspeita salpicada de curiosidade irradiava deles conforme cavalgávamos pela passagem coberta. Não captei nenhuma hostilidade enquanto guiava Setti pelos guardas, mas eles estavam definitivamente vigilantes quando entramos no pátio, onde uma fonte em camadas brotava água. Rosas vermelhas subiam pela bacia, perfumando o ar enquanto desmontávamos dos cavalos. Vários cavalariços apareceram, tomando as rédeas.

Casteel pousou a mão reconfortante na minha lombar e me levou na direção dos degraus arredondados. Havia um homem vestido com uma túnica dourada diante da porta, que se curvou antes de abrir ambos os lados. Meu nervosismo ressurgiu com força quando entramos em um pequeno saguão que levava a uma câmara circular. A última réstia de sol brilhava sobre as inúmeras fileiras de bancos vazios, e a luz se derramava das arandelas de parede movidas a eletricidade dentro de alcovas de cada lado da vasta câmara. O espaço podia facilmente acomodar centenas de pessoas, e não pude deixar de notar como era diferente do Salão Principal na Masadônia. Havia pouca ou nenhuma separação entre os bancos onde as pessoas se sentavam e o palanque diante delas.

Meus olhos foram direto para as flâmulas brancas penduradas na parede de trás enquanto Casteel nos conduzia para a esquerda. No centro de cada flâmula havia um emblema impresso em dourado, no formato do sol e seus raios. E no meio do sol existia uma espada inclinada na diagonal em cima de uma flecha. Foi então que percebi que a flecha e a espada não estavam cruzadas de modo idêntico. Elas se encontravam no topo, e não no meio, e não sei como não percebi isso antes nem por que despertou minha atenção agora. Mas, situada dessa forma, a espada parecia mais longa e proeminente do que a flecha.

— O brasão sempre foi esse? — perguntei.

Kieran me lançou um olhar inquisitivo quando paramos diante das flâmulas.

— Você faz umas perguntas muito aleatórias.

Para falar a verdade, eu fazia mesmo, então nem consegui pensar em uma réplica.

— O brasão pode mudar com cada governante se ele quiser. — Casteel olhou de relance para as flâmulas. — Mas sempre contém os três símbolos: o sol, a espada e a flecha.

— Então esse não é o brasão que seus pais escolheram?

Ele fez que não com a cabeça.

— Creio que foi o Rei Malec quem escolheu — admitiu ele, e eu fiquei um tanto surpresa ao descobrir que sua escolha de brasão não havia mudado.

— O sol representa Atlântia? — presumi, olhando para o brasão. — E vou adivinhar: a espada representa Malec e a flecha, sua mãe?

— Você está certa — confirmou Casteel. — Não gosta dele, não é?
Fiz que não com a cabeça.

— O que você não gosta nele?

— A espada e a flecha não são iguais — disse a ele. — Deveriam ser iguais.

Ele repuxou um canto dos lábios.

— Sim, deveriam.

— Elas já foram iguais — revelou Kieran, olhando para as flâmulas. — Antes de Malec, quando havia duas divindades no trono. Imagino que a espada seja mais proeminente porque, tecnicamente, Malec era muito mais forte do que a Rainha Eloana. — Ele lançou a Casteel um olhar de desculpas. — Sem querer ofender.

— Tecnicamente ou não, me deixa um gosto ruim na boca — comentei antes que Casteel pudesse responder.

O olhar invernal de Kieran encontrou o meu.

— Se assumir a Coroa, muita gente vai esperar que a flecha se torne mais proeminente, já que você é mais poderosa do que Cas.

— Se eu assumir a Coroa, a flecha e a espada serão iguais — respondi. — O Rei e a Rainha devem ter o mesmo poder, não importa o sangue que corra em suas veias.

O lupino sorriu.

— Eu não esperaria nada menos de você.

Abri a boca, mas ele passou por mim, seguindo seu caminho e me dando as costas.

— Ele é irritante — murmurei para Casteel.

— Mas tem razão. — Casteel olhou para mim, com os olhos de um tom de mel quente. — Eu também não esperaria nada menos de você.

Voltei o olhar para as flâmulas, pensando que elas precisavam ser trocadas, quer eu assumisse a Coroa ou não.

Tirei os olhos delas e alcançamos Kieran assim que passamos por um corredor que se abria para passarelas em ambos os lados e dava em um enorme salão de banquetes. A mesa podia acomodar um exército, mas estava vazia, com apenas um vaso de peônias no centro. Seguimos para uma sala menor, com uma mesa redonda que parecia recentemente limpa, acompanhada de cadeiras com almofadas cinza. Vi meus olhos arregalados em um espelho na parede e prontamente desviei o olhar. À nossa frente havia uma porta ligeiramente entreaberta e dois Guardas da Coroa. Os dois homens fizeram uma reverência e então um deles deu um passo para o lado enquanto o outro estendia a mão na direção da porta.

Os sons abafados de conversa ecoaram da sala e meu coração disparou dentro do peito. Desacelerei os passos. E se Kirha estivesse errada? E se os pais de Casteel tivessem ficado ainda mais irritados depois que o choque passou? Seu pai não tinha sido grosseiro na noite passada, mas só ficamos na presença um do outro por alguns minutos.

Além disso, achei que ele estivesse prestes a usar a espada contra mim. E ele sabia disso.

Fiquei encarando a porta com o coração disparado. Quem poderia culpá-los se eles nunca me aceitassem? Eu era uma forasteira, a Ex--Donzela dos Ascendidos, que tomou seu filho e estava prestes a tomar muito mais do que isso.

Estava prestes a tomar seu reino.

Capítulo Vinte e Seis

O olhar de Casteel encontrou o meu. Senti uma certa apreensão nele e assenti antes que ele pudesse fazer qualquer pergunta. Um ligeiro sorriso surgiu em seus lábios, e então ele fez sinal para que o guarda abrisse a porta.

A sala arejada e bem iluminada tinha cheiro de café, e a primeira pessoa que notei foi sua mãe. Eloana estava sentada em um sofá cinza-escuro, usando um vestido simples azul-claro de mangas curtas. Seus cabelos cor de ônix estavam mais uma vez presos em um coque atrás da nuca. Ela tinha acabado de colocar a xícara em cima de uma mesa discreta e parecia paralisada enquanto olhava para Casteel com os olhos de um tom de âmbar reluzente. Uma explosão de emoções se derramou dela — alívio, alegria, amor e, por baixo de tudo isso, algo ácido. Tristeza. Havia uma correnteza constante de dor quando ela se levantou, me lembrando muito do que eu costumava sentir em Casteel quando nos conhecemos.

Meu olhar seguiu até o homem de cabelos loiros no fundo da sala, com um copo curto de um líquido âmbar na mão. Nem ele nem a Rainha usavam as coroas, e eu não sabia muito bem se isso era comum ou não dentro de sua residência privada. Eu estava praticamente convencida de que a Rainha Ileana e o Rei Jalara usavam as coroas até para dormir.

Fiquei toda arrepiada quando o pai de Casteel olhou diretamente para mim. Não sustentei seu olhar, mas simplesmente desviei o olhar.

Não senti quase nada emanando dele. Ou o pai de Casteel era muito reservado, ou sabia como bloquear as emoções. Eles não eram as únicas pessoas na sala. De pé ao lado de uma enorme janela com vista para o jardim estava a Comandante da Guarda da Coroa. Hisa permaneceu em silêncio, com as mãos entrelaçadas atrás das costas.

— *Hawke.* — O apelido soou como um suspiro suave nos lábios da Rainha quando ela voltou a se concentrar no filho.

— Mãe — cumprimentou ele, e eu notei uma rouquidão em sua voz que deixou meus olhos ardendo. Foi então que me dei conta de que eles não tiveram oportunidade de conversar desde a sua volta. Ela correu na direção dele, tropeçando na ponta de um tapete cor de creme. Casteel a pegou antes mesmo que ela chegasse a cair. A Rainha riu enquanto o abraçava. — Fiquei tão feliz quando soube que você pretendia nos visitar hoje. Olhe só para você. — A mãe de Casteel se afastou, aninhando o seu rosto. Em seguida, passou os dedos pelo cabelo dele. — Olhe só para você — repetiu ela e então o puxou para outro abraço, dessa vez mais apertado e demorado do que o primeiro. Casteel não apenas permitiu, como se entregou ao carinho.

Vê-lo ser abraçado pela mãe suavizou... bem, suavizou tudo em mim. Ele era Casteel, o Senhor das Trevas. Eu o vi arrancar o coração de um homem sem sentir quase nenhuma emoção e subir em árvores e usar as presas para rasgar a garganta de outros. Ele tinha uma força imensa e era capaz de cometer atos de uma violência impronunciável, mas agora era apenas um garoto nos braços da mãe.

— Mãe. — A voz dele estava um tanto entrecortada. — Você vai acabar quebrando as minhas costelas.

Ela deu uma risada leve e feliz quando se afastou.

— Duvido muito. — Ela pousou a mão na bochecha dele de novo. — Você está mais alto?

— Não, mãe.

— Tem certeza? — perguntou ela.

— O garoto parou de crescer há muito tempo, bem na época em que parou de nos dar ouvidos — interrompeu o pai dele finalmente, e o seu tom de voz era afetuoso, apesar das palavras.

A Rainha riu de novo, dando tapinhas na bochecha de Casteel. E deve ter dito algo mais, pois ele assentiu e deu um passo para o lado. Casteel estendeu a mão para mim.

— Gostaria de apresentá-la de forma *apropriada* à minha esposa — declarou ele, com os olhos de mel quente encontrando os meus. — Penellaphe.

De olho nele, eu me aproximei e coloquei a mão na sua. Ele apertou minha mão conforme o gosto doce de chocolate preenchia meus sentidos. Suspirei, retribuindo o gesto enquanto olhava para sua mãe. Talvez fosse por causa dos meus anos enquanto Donzela, pois o instinto guiava minhas ações, e não tinha nada a ver com o zumbido de percepção que parecia vibrar nas minhas veias. Fiz uma reverência e me endireitei.

— É uma honra conhecê-la de forma apropriada. — As palavras saíram baixinho dos meus lábios. — Casteel me falou de você com muito carinho.

O divertimento irradiou de Casteel, mas recebi de sua mãe o que parecia ser um jato de água fria misturado com uma pontada de incredulidade. Parecia que ela estava finalmente olhando para mim. E talvez pela primeira vez desde que entrei na sala. Não havia dúvidas de que ela sabia o que tinha acontecido nas Terras Devastadas, então não poderia culpá-la por ficar chocada ao me ver parada diante de si, parecendo relativamente normal, e não uma vampira sedenta de sangue.

Um choque tomou conta de mim, pois, por mais inacreditável que parecesse, às vezes eu me esquecia do que tinha acontecido, mesmo que apenas por alguns minutos. Quando me lembrava, como naquele instante, eu também sentia uma dose de incredulidade.

Mas a mãe de Casteel tinha ficado completamente imóvel enquanto olhava para mim, com o sangue sumindo rapidamente de suas feições.

— Mãe? — Casteel avançou na direção dela. — Você está bem?

— Sim — respondeu ela, pigarreando quando o marido deu um passo adiante. Minha coluna se retesou conforme ela continuava me encarando. — É só que... me desculpe. — Os olhos dourados dela se arregalaram quando um tênue sorriso surgiu em seus lábios. — Eu só não consigo acreditar no que estou vendo. Valyn me contou o que aconteceu... Que você foi Ascendida.

— Eu não podia deixar que ela morresse — afirmou Casteel antes que eu pudesse falar alguma coisa. A raiva brotou dele como uma correnteza sob águas paradas. — Eu sabia exatamente o que estava fazendo e o que fiz é responsabilidade minha. Não dela.

O olhar da Rainha Eloana se voltou para o filho.

— Eu sei. Foi o que seu pai me disse. Eu não a responsabilizo pelo que você fez.

Prendi a respiração.

— Também não deve responsabilizar Casteel. Eu não me tornei vampira.

— Estou vendo — admitiu ela, examinando minhas feições como se procurasse pelas características dos Ascendidos que conhecíamos muito bem. — Mas e se tivesse se tornado?

— E daí? — desafiou Casteel suavemente, soltando minha mão.

O pai dele deu um longo gole na bebida e eu tive a impressão de que voltaríamos para a mesma discussão que Casteel e o pai tiveram a respeito da minha Ascensão. Não queria repetir aquilo de jeito nenhum.

— Não podemos mudar o que fizeram comigo nem o que Casteel fez para salvar minha vida. Já aconteceu — falei, fechando os dedos com força. — E é evidente que nós tivemos sorte por eu não ter me transformado em vampira. Parece inútil continuar discutindo o que poderia ter acontecido quando simplesmente não aconteceu. Ele sabia dos riscos e se arriscou mesmo assim. Por isso eu ainda estou aqui. Não como vampira. Já passou.

A raiva de Casteel diminuiu, mas a frieza de surpresa em sua mãe aumentou.

— Só vai passar se o que vocês fizeram naquelas ruínas permanecer entre aqueles que estavam presentes. Se o povo ficar sabendo do que aconteceu, muitos provavelmente verão você como uma Ascendida, então não terá acabado só porque parece ter dado certo.

O tom de voz dela era neutro, mas havia um toque de condescendência que deixou minha garganta em brasas e os olhos ardendo. Uma pele quente roçou meu braço. Kieran havia se aproximado de mim e o toque foi mais um choque, me fazendo lembrar de como tal coisa era proibida para mim enquanto Donzela. Isso me fez pensar em todos os anos em que fui forçada a permanecer calada. A permitir que qualquer coisa fosse dita na minha frente, sobre mim ou para mim. A aceitar tudo o que era feito comigo.

E eu estava preocupada demais com a aceitação dos pais de Casteel, mesmo antes de pararmos de fingir e admitirmos que o que sentíamos um pelo outro era verdadeiro. Eu ainda queria a aceitação deles, mas aquilo havia sido feito comigo e com ele. Nós não decidimos ficar naquela situação, mas sim os habitantes de Atlântia. O povo dela. Superei a ardência na garganta porque tinha de fazer isso.

Porque não estava mais de véu.

O instinto me dizia que o que acontecesse naquele momento poderia muito bem moldar a dinâmica do meu relacionamento com os pais de Casteel dali em diante. Só os deuses sabiam que ela já não era muito estável, mas eles não eram os Teerman, que tinham sido meus tutores enquanto eu morava na Masadônia. Não eram a Rainha Ileana e o Rei Jalara. E eu não tinha fugido de um reino para ser silenciada e levar sermões de outro. Sustentei o olhar dela enquanto bloqueava os sentidos para não ler as emoções de ninguém na sala. Naquele momento, só o que *eu* sentia importava.

— Acabou porque dar um sermão em Casteel é irrelevante e não serve a nenhum propósito além de sugerir que ele é culpado de alguma coisa quando, na verdade, o *seu* povo é o único culpado. — Ergui o queixo de leve. — Mas também porque é uma conversa bastante repetitiva e cansativa a essa altura.

A Rainha Eloana inflou as narinas conforme respirava fundo. Ela entreabriu os lábios.

Mas eu ainda não tinha terminado.

— Além disso, não tenho certeza se devemos nos preocupar que o que aconteceu nas Terras Devastadas se torne conhecido por aqueles que não estavam presentes. Pelo que entendi, os lupinos são leais a mim e não farão nada que me cause mal. Não é isso, Kieran?

— Exatamente — afirmou ele.

— Os Atlantes que estavam presentes são leais a Casteel e não acredito que ele ache que irão traí-lo — prossegui, ainda sustentando o olhar da Rainha. — Estou certa, Casteel?

— Definitivamente — confirmou ele, em um tom de voz nem de longe tão seco quanto o de Kieran. Ainda assim, havia uma irritação inegável nele.

— Com exceção do Rei, o resto das testemunhas estão mortas e podemos presumir com toda a segurança que não irão compartilhar os acontecimentos da noite tão cedo — continuei, com os dedos começando a doer pela força com que eu os apertava. — Mas, no caso improvável de que o que aconteceu naquela noite se torne conhecido, ainda não sei muito bem contra o que devemos nos preocupar. O povo Atlante parece ser bastante inteligente para perceber que, como não tenho presas e posso andar sob o sol, eu não sou uma vampira. Ou estou superestimando o bom senso das pessoas?

Ninguém respondeu.

A sala ficou tão silenciosa que conseguiríamos ouvir o espirro de um grilo.

Casteel quebrou o silêncio tenso.

— Você não superestimou as pessoas. Além de inútil, essa conversa também é ofensiva, levando em conta que ela foi atacada pelo nosso povo.

— Nós não sabíamos dos planos de Alastir nem que os Invisíveis tinham retornado e estavam envolvidos nisso — afirmou a Rainha. — Ele não nos deu nenhum sinal de que estivesse tramando algo do tipo.

— Quando Alastir veio com Kieran para nos alertar sobre a chegada dos Ascendidos ao Pontal de Spessa — emendou o Rei —, ele nos contou sobre sua intenção de se casar e que acreditava que o casamento tivesse alguma conexão com... Malik. — Ele tomou um gole rápido, limpando a garganta. No entanto, senti uma explosão de agonia ácida e quase amarga através da barreira que ergui em volta dos meus sentidos. — Ele disse que não tinha certeza se vocês dois estavam realmente comprometidos um com o outro.

— Nós estamos comprometidos — garantiu Casteel enquanto a onda quente de sua raiva se juntava à minha irritação. — Bastante.

— Eu não duvido — admitiu o pai de modo arrastado. — É inegavelmente óbvio.

Pensei no jeito que Casteel tinha me beijado na frente do pai e senti as bochechas esquentarem.

— Foi só isso que Alastir disse? — perguntei. — Ele sabia que eu era descendente das divindades?

— Alastir nos contou quem você era e do que era capaz — reconheceu a Rainha Eloana. — Nós sabíamos o que isso significava. Um mero mortal com sangue Atlante não poderia ter essas habilidades. Qualquer um com idade suficiente para se lembrar das divindades saberia. Embora talvez não a princípio. Ninguém cogitaria algo assim. Mas, em algum momento, Alastir ficou sabendo da sua ancestralidade e percebeu quem você era.

— Mas você soube no instante em que me viu — falei, me lembrando da expressão no rosto dela como se tivesse se passado apenas um dia. — Alastir lhe disse que não era tarde demais.

— Porque ele sabia o que isso significava para a Coroa, assim como eu soube assim que a vi e percebi o modo como você irradiava aquela luz. Percebi o que você era — afirmou ela. — Não entendi o que ele quis dizer com "não é tarde demais" nas Câmaras, mas, depois de tomar conhecimento de seus planos, imagino que Alastir acreditasse que nós apoiaríamos o que ele tinha intenção de fazer.

— Que era me entregar aos Ascendidos para que eles me matassem? — interpelei, reprimindo o tremor que senti ao me lembrar de como ele chegou perto de ser bem-sucedido. — Assim como aqueles que me atacaram nas Câmaras antes que vocês chegassem. Eu tentei impedi-los...

— Tentou? — perguntou o Rei Valyn com uma risada incrédula que me lembrou muito de Casteel. — Eu diria que você teve sucesso, Donzela.

A cabeça de Casteel virou subitamente na direção do pai, com a tensão contraindo os ombros largos.

— O nome dela é Penellaphe. E, se obtiver a permissão da minha *esposa*, você pode chamá-la assim. Caso contrário, pode chamá-la de Princesa. O que quer que saia mais respeitosamente de sua língua. Mas *jamais* se refira a ela como Donzela. Entendeu?

Apertei os lábios. As palavras dele. O tom de voz. Eu não sabia por que, mas tive vontade de sorrir.

O pai dele deu passo para trás, de olhos arregalados, mas sua esposa levantou a mão.

— Nem seu pai, nem eu queremos desrespeitá-la, Hawke.

— Ah, não? — disparei, e ela voltou o olhar dourado na minha direção.

— Não — afirmou ela, franzindo a testa delicada. — Não queremos.

Sustentei o olhar da Rainha, da minha sogra.

— Quando me viu pela primeira vez, você falou como se Casteel tivesse trazido uma maldição para o reino, e não uma esposa.

— Fui pega de surpresa pelo que presenciei — admitiu ela. — Como imagino que aconteceria com qualquer um. — A Rainha franziu a testa ainda mais. — Eu... eu não esperava alguém como você.

— E eu nunca esperei *nada* disso. — Sustentei seu olhar, precisando que ela entendesse que eu não era a Donzela. Que não era um fantoche dos Ascendidos como as pessoas no Templo acreditavam. — Alastir não sabia disso, mas eu estava lá quando os Ascendidos entregaram os seus *presentes* no Pontal de Spessa. — Senti um aperto no peito ao pensar em Elijah e Magda, em todos aqueles assassinados sem motivo. — Lutei contra eles ao lado de Casteel. Matei a Duquesa da Masadônia. Curei o *seu* povo, embora alguns deles olhassem para mim como se eu fosse algum tipo monstro. Não forcei os *seus* guardas a me atacar, e alguns deles eram isso, não? Guardas da Coroa. Membros dos Invisíveis.

A Rainha permaneceu em silêncio conforme eu me inclinava para a frente. Não deixei de notar que o Rei mudou de posição como se quisesse proteger a esposa e que Hisa deu um passo adiante. Mais tarde, talvez eu ficasse envergonhada pela onda selvagem de satisfação que senti com isso. Talvez não.

— Não sei o que vocês pensam a meu respeito nem o que Alastir lhes contou, mas eu não escolhi ser a Donzela nem usar o véu. Não escolhi ser descendente de uma divindade nem voltar aqui para quebrar vínculos e usurpar qualquer linhagem. A única coisa que escolhi foi o filho de vocês.

Casteel inclinou a cabeça para trás e inflou o peito com uma respiração profunda, mas permaneceu em silêncio, deixando que eu falasse por mim mesma.

— Alastir lhes disse *isso* quando chegou do Pontal de Spessa? — perguntei.

— Não — admitiu o pai baixinho. — Não disse.

— Foi o que pensei.

Foi então que Casteel falou:

— Viemos aqui na esperança de que vocês pudessem nos ajudar a identificar o que minha esposa se tornou quando Ascendeu. E, pessoalmente, eu esperava que vocês conhecessem Penellaphe, e vice-versa. Mas, se vamos ficar remoendo o passado, então não há mais nada a fazer além de nos despedir.

— Mas nós temos que falar do passado — retrucou a mãe dele, e Casteel ficou tenso. — Só que não da maneira que você pensa — acrescentou ela com um suspiro pesado. Agucei os sentidos em sua direção. O gosto ácido da angústia era tão intenso que quase dei um passo para trás. Eloana passou a mão sobre os cabelos penteados enquanto o marido postava ao seu lado do mesmo jeito silencioso com que Casteel costumava se mover. O Rei colocou a mão em seu ombro quando a Rainha disse: — Preciso pedir desculpas. Não tinha a intenção de ofendê-la, mas sei que o fiz. O choque por toda a situação me deixou bastante confusa — confessou ela, estendendo a mão e a pousando sobre a do marido. — Mas não há desculpas porque vocês dois têm razão.

Eloana voltou o olhar para mim.

— Principalmente você. O que aconteceu não foi culpa sua nem do meu filho, e o que eu pretendia dizer era que sinto muito. — Havia sinceridade ali, com gosto de arrependimento, e eu relaxei um pouco. — Mas Valyn e eu estamos aliviados por você estar... por estar diante de nós com o nosso filho. — Houve uma emoção que não consegui ler porque surgiu e desapareceu rápido demais. — Eu deveria ter dito isso assim que você entrou na sala, mas... — A Rainha parou de falar e sacudiu a cabeça. — Lamento profundamente, Penellaphe.

Vi o pai de Casteel abaixar o queixo para beijar a têmpora da esposa, um gesto que deixou o meu coração apertado, me fazendo lembrar de Casteel. O ar que inspirei não estava mais em brasas, mesmo que minha pele ainda ardesse da frustração reprimida. Por outro lado, os pais de Casteel haviam recebido um choque e tanto. Não podia me esquecer de que ela deveria saber que eu tinha o mesmo sangue de seu primeiro marido. Eu era um lembrete doloroso de um passado sobre o qual ela provavelmente não desejava mais pensar.

E, embora a parte de mim que existia no zumbido do meu peito quisesse que eu desse meia-volta e fosse embora, eu sabia que seria tão inútil quanto dar um sermão em Casteel. Além disso, eu era capaz de ter compaixão e sentir empatia por seus pais. Eu não era o que eles esperavam. De jeito nenhum.

— Tudo bem. Você não teve a oportunidade de ver Casteel, e muito menos de conversar com ele. E entendo por que ficaria chocada ao me ver como sou e não como *deveria* ser depois de uma Ascensão — observei. Não pude deixar de sentir a onda de surpresa dos pais dele.

A Rainha Eloana piscou algumas vezes enquanto o marido olhava para mim como se eu tivesse três braços. A mãe de Casteel se recompôs primeiro.

— Obrigada por ser tão compreensiva. Ainda mais quando somos nós que temos tanto a explicar. Por favor. — Ela apontou para dois divãs idênticos que estavam dispostos diante daquele em que ela estava sentada antes. — Sente-se.

Casteel olhou para mim, com uma pergunta evidente nos olhos. Ele estava deixando que eu decidisse se iríamos ficar ou partir. Estendi a mão para ele, acolhendo o peso e a sensação dos seus dedos ao redor dos meus. Assenti.

O alívio dos seus pais era óbvio.

— Vocês gostariam de beber alguma coisa? Kieran? — perguntou ela.

Nós rejeitamos a oferta e nos sentamos no divã almofadado, do tipo que eu podia muito bem me imaginar acomodada para ler um livro.

Só não aquele maldito diário.

Kieran permaneceu de pé, assumindo uma posição de guarda atrás do divã, e não deixei de notar que era exatamente o que estava fazendo. Ele estava de guarda bem atrás de mim, com a mão apoiada no punho da espada embainhada.

Aquilo deveria passar uma mensagem bastante desconfortável.

— Espero que o que você viu de Atlântia ontem tenha lhe mostrado que as experiências que teve até agora não representam quem nós somos — declarou o Rei Valyn, com o olhar quase tão intenso quanto o do filho enquanto revelava saber como tínhamos passado o dia anterior. Ele e a esposa se sentaram. — As pessoas que deve ter conhecido ontem são uma representação mais acurada.

— Não poderia desejar mais que isso fosse verdade — admiti. — O que conheci da Enseada de Saion até agora foi adorável.

O Rei acenou com a cabeça.

— Quero me certificar de que essa seja a única verdade que conheça.

— Descobrimos ontem à noite que devemos a nossa gratidão a você, mais uma coisa que eu já deveria ter mencionado. — A Rainha fixou o olhar brilhante como citrino em mim. Senti um gosto de limão em sua curiosidade, a explosão ácida da confusão e o gosto azedo da tristeza. — Obrigada por ajudar a criança que se machucou no acidente de carruagem. Você evitou uma tragédia desnecessária.

Olhei de relance para Casteel sem saber muito bem o que dizer. *De nada* parecia um jeito estranho de responder naquela situação. Ele apertou minha mão.

— Eu... eu só fiz o que pude para ajudá-la.

O Rei arqueou a sobrancelha.

— Só fez o que pôde? Você salvou a vida daquela criança. Não foi um gesto simples.

Eu me remexi no divã, desconfortável.

— Minha esposa é muito mais humilde do que eu — afirmou Casteel, e ouvi um bufo de leve, bem baixinho, mas ainda audível atrás de mim. Repuxei os cantos dos lábios para baixo quando Casteel me entreolhou. — Se fosse capaz de fazer o que ela fez, eu tatuaria minha grandeza na pele.

— Sério — respondi secamente. — Que exagero.

— Mas, como vocês bem sabem, sou exagerado em todas as coisas — afirmou ele com uma voz exuberante e decadente.

Senti um rubor nas bochechas conforme um calor perverso se assomava no meu baixo-ventre. Pensei imediatamente no que tínhamos feito na praia na noite passada. Aquilo tinha sido... um exagero.

Casteel deu um sorriso.

O pai dele pigarreou.

— Você sempre foi capaz de fazer o que fez com aquela criança?

Desviei o olhar de Casteel e afastei a mente de lugares bastante inadequados e então respondi:

— Não — respondi, e então fiz uma breve recapitulação da evolução das minhas habilidades. — Elas já estavam mudando antes que eu Ascendesse.

— Imaginei que tivesse a ver com a Seleção — sugeriu Casteel.

— A Seleção explicaria a mudança — concordou a mãe dele.

— E isso foi antes da Ascensão? Não conheço nenhum meio Atlante que tenha passado pela Seleção. — Seu pai me olhou atentamente. — E nenhum mortal Ascendido com sangue Atlante que tenha passado pela Seleção e não tenha se transformado em vampiro. Por outro lado, também não conheço nenhum meio Atlante que seja descendente dos deuses e esteja vivo nos dias de hoje.

— Eu também não — confessei, e então estremeci. É óbvio que não conhecia. *Deuses.*

O divertimento irradiou de Casteel e, surpreendentemente, de seu pai. Um ligeiro sorriso surgiu no rosto do Rei quando Casteel falou:

— Você disse que não conhece ninguém que esteja vivo nos dias de hoje. Quer dizer que *havia* outras pessoas como ela antes?

Quase tive vontade de me bater por não ter percebido isso antes.

A Rainha fez que sim com a cabeça.

— Não acontecia com muita frequência, mas as divindades tinham filhos com Atlantes e mortais. Quando isso acontecia, o éter da divindade costumava se manifestar na criança de um jeito ou de outro. Obviamente a manifestação era mais forte se o outro pai fosse Atlante.

— E quanto aos filhos de um pai mortal? — perguntei, com a urgência de ter respostas vindo à tona. — Ainda eram mortais?

Ela assentiu enquanto pegava a xícara branca da mesa.

— Pelo que me lembro, eles se curavam dos ferimentos mais rápido do que a maioria dos mortais e não ficavam doentes com muita frequência — explicou ela enquanto olhava para o marido, tomando um gole da bebida. Eu sempre me curei bem rápido e raramente ficava doente. — Mas continuavam mortais. Envelhecendo como qualquer outro. É provável que tivessem uma vida um pouco mais longa se não fosse pela sua necessidade de perseguir a morte.

— O que isso significa? — perguntou Casteel.

— Aqueles que tinham o sangue dos deuses costumavam ser guerreiros, os primeiros a entrar ou terminar uma luta — explicou o Rei. — Foram os homens e as mulheres mais corajosos que já conheci, lutando nas trincheiras ao lado de soldados Atlantes. A maioria, senão todos, morreu na guerra ou foi aprisionada pelos Ascendidos depois que eles descobriram sobre o sangue que tinham nas veias.

Senti um nó no estômago. Os Ascendidos deviam ter se alimentado deles ou os usados para criar mais vampiros, enfrentando uma breve, mas não menos terrível, amostra do que Casteel havia sofrido e que o irmão atualmente vivia. Apertei os lábios e sacudi a cabeça.

— Deuses. — Engoli em seco quando Casteel apertou minha mão. — Há quanto tempo os Ascendidos fazem isso?

— Desde que começaram a respirar — respondeu o Rei, e eu estremeci. — Eles cometeram pecados atrozes contra Atlantes, mortais e deuses.

Nada do que ele disse era um eufemismo.

— Mas a questão — continuou enquanto apoiava o cotovelo no divã — é que nem mesmo os filhos de uma divindade com um Atlante tinham habilidades que se manifestavam tão intensamente quanto em você. O que fez nas Câmaras é algo que nem mesmo o Atlante fundamental mais poderoso é capaz de fazer — informou ele, passando o polegar ao longo do maxilar enquanto olhava de Casteel para mim. — No Templo de Saion, vocês me perguntaram se eu sabia explicar o que aconteceu com você quando Casteel a Ascendeu.

— E você nos disse que não sabia — retrucou Casteel.

— Não foi totalmente mentira — declarou, olhando para a esposa antes de se virar para Casteel. — O passado que sua mãe mencionou tem um papel nisso. No que você se tornou. Mas não explica como.

Uma inquietação gélida tocou minha nuca, provocando um arrepio na minha espinha.

— E quanto aos seus pais? — perguntou a mãe dele ao se inclinar ligeiramente para a frente. — Você acreditava que os dois fossem mortais?

— Sim — confirmei, com os ombros tensos. — Mas agora não tenho mais certeza. Não sei nem se eles eram meus pais biológicos.

Ela engoliu em seco.

— E você tem um irmão?

Alastir os havia colocado a par de tudo.

— Tenho. Ele é dois anos mais velho do que eu.

— E ele Ascendeu? — questionou ela, e eu assenti, tensa. A Rainha entrelaçou as mãos sobre o colo. — Você tem certeza?

— Ele só foi visto durante a noite — afirmou Casteel. — Não dá pra saber muito mais do que isso. Mas já foi visto várias vezes. Não acredito que o estejam usando para tirar seu sangue como pretendiam fazer com Penellaphe.

Eu sabia o que os pais dele estavam pensando. Que Ian era meu meio-irmão ou nem era meu irmão de sangue. Se fosse o caso, eu não me importava. Ele ainda era meu irmão. Assim como meus pais, que deram a vida para nos proteger, sempre seriam os únicos pais que eu conhecia.

— Acredito que podemos responder a algumas das suas perguntas — declarou a Rainha, olhando por um breve instante para o marido.

372

Casteel apertou a minha mão quando falei:

— Alastir me disse que tenho habilidades parecidas com as de...

— Malec? — interveio a Rainha Eloana, com uma tristeza tão grande que pareceu lançar uma mortalha na sala. — Sim. Ele estava falando a verdade.

Respirei fundo, atônita e ainda mais surpresa por ficar tão chocada assim. Parece que uma parte de mim não queria acreditar que aquilo fosse verdade. Recostei-me, tentando soltar a mão da de Casteel.

Ele me segurou enquanto posicionava o corpo na direção do meu.

— Não importa, Poppy. Eu já te disse isso. — Ele captou meu olhar. — Não importa para mim.

— Nem para nós — declarou Kieran atrás de nós, falando corajosamente por todos os lupinos.

— Para falar a verdade, você se parece com ele — sussurrou a mãe de Casteel, e eu virei a cabeça em sua direção. — Mesmo que não tivesse visto o poder irradiando de você, eu saberia exatamente de quem descendia. Você tem os traços e o cabelo de Malec. Embora os dele fossem de um tom mais para o castanho-avermelhado e ele tivesse a pele um pouco mais escura do que a sua.

Eu podia sentir o sangue desacelerar nas minhas veias.

— Sempre me disseram que eu me parecia com a minha mãe...

— Quem dizia isso? — perguntou ela.

— A... — A Rainha Ileana me dizia isso. Desde que me lembrava, ela dizia que eu era uma cópia perfeita da minha mãe quando ela tinha a minha idade. Nunca questionei isso enquanto crescia e, mesmo que estivesse começando a suspeitar que pelo menos um dos meus pais não fosse meu parente de sangue, nunca pensei que fosse minha mãe.

Casteel olhou para mim por um momento e depois se virou para os pais.

— O que vocês querem dizer com isso?

— O que nós queremos dizer é que é impossível que seus pais sejam as pessoas de quem se lembra. — O tom de voz do Rei Valyn era mais suave do que imaginei que ele fosse capaz. — Ou talvez não fossem os seus pais. Porque sabemos quem era um deles.

A simpatia que irradiava da Rainha quase me sufocou.

— Malec deve ser o seu pai, Penellaphe.

Capítulo Vinte e Sete

Encarei os pais de Casteel, pega em um ciclone de confusão e incredulidade. Queria me levantar, mas Casteel ainda segurava minha mão com força. E para onde poderia ir?

— Para ter suas habilidades, você deve ser filha de uma divindade e não só compartilhar seu sangue — explicou o Rei Valyn do mesmo modo gentil. — Também significa que nenhum dos seus pais poderia ter sido mortal.

Puxei o ar bruscamente.

— O quê?

— Não há como você ser mortal — explicou a Rainha Eloana, me estudando. — Não quer dizer que a mãe que você conheceu não seja a sua mãe. Mas apenas que ela nunca foi mortal.

Sacudi a cabeça enquanto meu cérebro tentava processar essa nova informação.

— Mas Alastir não saberia disso? Ele a conheceu.

A Rainha Eloana baixou o olhar e foi então que eu percebi que ela havia dito aquilo para diminuir o impacto.

Senti o estômago embrulhado.

— Não faça isso. Não minta para amenizar as coisas. Fico agradecida. De verdade. — E ficava mesmo. Significava que ela se importava com os meus sentimentos, de certa forma. — Mas preciso saber a verdade. Preciso lidar com ela.

Uma boa dose de respeito emanou da Rainha quando ela assentiu.

— Ele saberia se a mulher que conheceu não fosse mortal.

— Também significa que Leopold não poderia ser Malec. — Kieran tinha se empoleirado no braço do divã. — Alastir teria sabido e dito isso.

Concentrei-me em respirar fundo enquanto me lembrava de que já suspeitava que pelo menos um dos meus pais não fosse meu parente de sangue. Eu tinha até começado a aceitar e... poderia fazer isso. Agora, ter Malec como pai? Havia algo de errado naquilo. Mas meus pensamentos estavam turbulentos demais para que eu pudesse descobrir o que era no momento.

— E ele teria me contado se tivesse encontrado Malec — afirmou a mãe de Casteel, chamando minha atenção de volta para si. — Ele teria contado a nós dois.

Os dedos de Casteel escorregaram dos meus e meu coração palpitou com a explosão de frieza que irradiou dele conforme olhava para os pais.

— Vocês dois sabiam sobre Penellaphe antes de mim? Vocês sabiam do que Alastir participou naquela noite em Lockswood?

Ah, meus deuses.

Eu... eu sequer tinha cogitado isso. Mas então senti o gosto azedo da vergonha vindo de ambos. Meu peito zumbiu, e Kieran puxou o ar asperamente enquanto alongava o pescoço de um lado para o outro.

— Vocês... vocês sabiam?

— Nós sabíamos que ele havia encontrado o que acreditava ser uma descendente de Malec — respondeu a Rainha Eloana enquanto o marido estendia o braço e pegava sua mão. — Mas não sabíamos mais nada sobre você e sua família. Ele nem sabia que você era filha de Malec naquela época. Só percebeu isso quando a reencontrou.

O corpo de Casteel estava impossivelmente retesado, e eu vi Hisa se afastar da janela e se mover na direção dos pais dele.

— Mas vocês sabiam que ele havia matado os pais dela? E que a deixou pra morrer?

Seu pai retribuiu o olhar de Casteel.

— Só soubemos disso depois do acontecido. Não havia mais nada que pudéssemos fazer — declarou.

Um momento se passou e então Casteel começou a se levantar. Avancei e o segurei pelo braço.

— Ele tem razão — falei, engolindo em seco enquanto ele virava a cabeça na minha direção. Seus olhos me faziam lembrar de um topázio congelado. — Não havia mais nada que eles pudessem fazer depois do acontecido. Não é culpa deles. — Estava tão concentrada em Casteel que não consegui identificar aquela sensação estranha outra vez, uma emoção fugaz que era ácida, mas também pungente. Não fazia ideia de quem vinha ou se realmente a senti quando a raiva de Casteel se tornou uma tempestade de fogo. — Eles não têm culpa do que Alastir fez — repeti, fechando a outra mão em torno do seu braço. — Não têm.

Casteel não se mexeu por vários segundos e, em seguida, voltou a se sentar ao meu lado. Os músculos sob as minhas mãos permaneceram tensos conforme Hisa voltava para seu posto perto da janela, soltando o punho da espada.

— Como? — indagou Casteel asperamente. — Como vocês puderam continuar a amizade com aquele desgraçado após saberem o que ele havia feito?

Essa...

Essa era uma ótima pergunta.

O peito do Rei subiu com uma respiração pesada.

— Porque pensamos que ele estivesse agindo no interesse de Atlântia.

— Ele deixou que uma criança fosse atacada pelos Vorazes — rosnou Casteel. — Como isso seria do interesse de Atlântia?

— Porque Malik estava aprisionado, você não demonstrava o menor interesse em assumir a Coroa, e uma descendente de Malec, criada entre os Ascendidos e cuidada por uma Aia da Coroa de Sangue, teria o poder de reivindicar o trono — vociferou a Rainha, e eu senti Casteel estremecer. — E, mesmo sem saber a quantidade de sangue que ela tinha nas veias, não havia como Alastir nem nós acreditarmos que fosse uma coincidência que uma Aia estivesse disfarçada de mãe de uma criança que era a herdeira de Atlântia.

Disfarçada de mãe...

— *Deuses* — murmurou Kieran, passando a mão pelo rosto.

Casteel se recostou, o músculo do maxilar tenso enquanto olhava para mim.

— Poppy, eu...

— Não faça isso. Não se atreva. — Soltei o braço dele e aninhei seu rosto nas mãos. — Não ouse se desculpar. Também não é culpa sua. Você estava tentando encontrar seu irmão. Você não fazia a menor ideia do que Alastir faria nem que eu existia. Não assuma esse tipo de culpa. Por favor.

— Ela tem razão, filho. — O Rei ecoou. — Não é culpa sua.

— E você acha mesmo que não tem nenhuma responsabilidade nisso? — perguntou Casteel, sem tirar os olhos de mim.

— Não. Nós temos responsabilidade, sim — confirmou sua mãe calmamente. — Não gostamos do que foi feito, mas também não discordamos. É algo com que tivemos de viver desde aquela época.

— Assim como as pessoas que vocês mataram para proteger a localização do Iliseu? — Casteel se desvencilhou de mim e se virou para os pais. — É outra coisa com a qual os dois têm de viver?

— Sim — admitiu o Rei Valyn, e, se ficaram surpresos por sabermos sobre a localização do Iliseu, não demonstraram. — E, quando se tornar Rei, você terá de fazer muitas coisas que vão revirar seu estômago, assombrar seus sonhos e com as quais terá de viver.

A verdade daquela declaração silenciou Casteel. Por um segundo.

— Tenho certeza que sim, mas, se eu descobrir que algum membro do meu povo machucou ou matou uma criança, ele vai direto para o Abismo, onde é o seu lugar. Esse sangue jamais sujará as minhas mãos.

A tristeza vazou pelas paredes que cercavam o Rei Valyn.

— Espero e faço preces para que isso nunca aconteça.

— Não precisa rezar — respondeu Casteel friamente enquanto pegava minha mão e beijava o meio da palma.

— Espere aí — disparou Kieran, me assustando. — Não entendo como Malec pode ser o pai dela. Sei que ninguém nunca disse o que aconteceu com ele, mas todos presumiam que ele não estava mais vivo há séculos. Afinal, por que ele não voltaria para reivindicar o trono?

Estremeci. Era *isso* que não fazia sentido sobre Malec ser meu pai. Sim, ninguém parecia saber o que havia acontecido com ele e Isbeth. Mas como ainda poderia estar vivo?

— Era uma suposição segura — afirmou a mãe de Casteel, se levantando. — E por isso que também é impossível.

Pestanejei duas vezes.

— Com é que é?

— É impossível que Malec tenha gerado uma criança 19 anos atrás. — As saias do seu vestido estalaram ao redor dos tornozelos quando a Rainha Eloana caminhou até o aparador de carvalho, pegando uma garrafa de líquido âmbar. — Vocês têm certeza que não querem uma bebida?

Kieran parecia precisar de um gole ao confessar:

— Eu realmente não entendo o que está acontecendo.

— Depois que anulei o casamento e Malec foi destronado, ele desapareceu — explicou ela, se servindo de um copo da bebida, colocando a tampa de volta na garrafa e mantendo a mão ali enquanto permanecia de costas para nós. — Naquela época, eu estava ocupada com a iminente ameaça dos Ascendidos e o início da guerra, e foi só alguns anos mais tarde, depois que Valyn e eu nos casamos e a Guerra dos Dois Reis terminou, que o encontrei. — Seus ombros estavam tensos quando ela tomou um longo gole. — Sabia que tinha de fazer isso. Do contrário, ele sempre representaria uma ameaça não apenas para Atlântia, mas também para a família que eu estava tentando formar. Eu o conhecia muito bem. — Ela olhou por cima do ombro enquanto tomava outro gole. Repuxou os lábios, exibindo a ponta das presas. — Ele tentaria se vingar pelo que eu havia feito. Então, eu o cacei por todo o Reino de Solis e o aprisionei em uma sepultura.

— Você... você usou as correntes de ossos? — perguntei.

Ela deu um breve aceno de cabeça.

— É extremamente difícil matar uma divindade. Alguns diriam que é impossível sem a ajuda de outra divindade ou de um deus — revelou ela, e eu me lembrei do que Alastir havia me dito sobre Malec. Que ele tinha matado inúmeras divindades.

Além de propenso à violência e um adúltero contumaz, ao que parece meu... pai também era um assassino.

Isso se ele fosse meu pai. Algo que a Rainha Eloana ainda não tinha explicado.

— Isso foi há cerca de quatrocentos anos. — Ela se virou na nossa direção, segurando o copo de encontro ao peito. — Levaria mais da metade desses anos para que ele ficasse fraco o suficiente para morrer, mas ele já estaria morto quando você nasceu.

Casteel franziu o cenho conforme olhava para mim e depois de volta para a mãe, e então para o pai.

— Então como Malec pode ser o pai da Poppy?

378

— Talvez vocês estejam errados — sugeriu Kieran. — Talvez Malec não seja o pai dela.

O Rei Valyn sacudiu a cabeça.

— Não existem outras divindades. Malec matou todas enquanto reinava. Mas não é só isso. — Seu olhar se voltou para mim. — Você se parece mesmo com ele. Demais para ser uma descendente a várias gerações de distância.

Abri a boca, mas não sabia o que dizer.

— E aquilo que você fez por aquela criança ontem? — emendou a Rainha. — Pelo que ficamos sabendo, ela não podia mais ser curada. Malec também era capaz de fazer isso.

— Mas raramente o fazia? — sugeri, repetindo o que Alastir havia me dito.

Ela fez que sim com a cabeça.

— Malec costumava fazer, quando era mais jovem e menos amargurado e entediado com a vida e a morte. — A mãe de Casteel tomou outro gole e eu percebi que o copo estava quase vazio. — Para falar a verdade, ele salvou minha vida. Foi assim que nos conhecemos. — Ela engoliu em seco quando olhei para Casteel, sem saber se ele tinha conhecimento disso. — Nenhuma divindade era capaz de fazer aquilo. Apenas aquelas que tinham o sangue de Nyktos nas veias. E só havia Malec. Ele era o neto de Nyktos. Por isso era tão poderoso. Isso explica por que você é tão poderosa, já que Nyktos seria o seu bisavô.

— Além disso, Malec era a divindade mais antiga. — O pai de Casteel se inclinou para a frente, esfregando a palma da mão no joelho direito. — O resto eram filhos de bisnetos, nascidos dos deuses.

O que significava que, se Casteel e eu tivéssemos filhos, eles seriam... eles seriam como as divindades que reinaram sobre Atlântia. Talvez menos poderosos por causa da linhagem fundamental de Casteel, mas ainda assim... poderosos.

Eu não conseguia nem pensar nisso naquele momento.

— Mas Nyktos teve dois filhos — falei, me lembrando da pintura dos imensos gatos cinzentos. — E eles só tiveram um filho?

Ela fez que sim com a cabeça.

— Eu ainda não entendo como Malec pode ser o pai dela — afirmou Kieran, e eu também não entendia.

— Onde Malec está sepultado? — perguntou Casteel.

A mãe dele caminhou até onde o pai estava sentado.

— Não sei como a região é chamada agora, já que aquelas terras mudaram muito desde então. Mas não deve ser difícil de localizar. Árvores da cor do sangue, como as que brotaram nas Câmaras de Nyktos e que agora florescem nas Montanhas Skotos, marcam a terra do seu sepultamento.

Arfei.

— A Floresta Sangrenta nos arredores da Masadônia.

Casteel olhou para mim e depois para Kieran.

— Sabe que sempre fiquei imaginando? Por que a Coroa de Sangue a havia mandado para a Masadônia quando seria mais seguro que você ficasse na capital?

Assim como eu.

— Porque seu sangue exerceria uma atração muito forte para os Ascendidos, e ela deve ter sido colocada com alguém em quem a Coroa confiava — respondeu o Rei, e eu senti um embrulho no estômago.

— Tenho sérias dúvidas sobre o bom senso da Coroa de Sangue, mas, se eles confiaram nos Teerman, isso demonstra uma estupidez impressionante — retrucou Casteel, deslizando os dedos pela palma da minha mão.

— Mas eles nunca se alimentaram de mim — informei. — Até onde me lembro.

— Não, mas abusaram de você em vez disso. — Ele endureceu o tom de voz. — Não sei muito bem se há tanta diferença assim entre as duas coisas.

— Lamento ouvir isso — admitiu a Rainha Eloana, colocando o copo vazio em cima de uma mesa ao lado do divã.

— Eu... — Senti o estômago ainda mais embrulhado quando uma ideia me veio à mente. — É possível que Ileana e Jalara tenham descoberto onde Malec foi sepultado?

Rei Valyn respirou fundo, e eu fiquei ainda mais tensa.

— Imagino que sim. É a única explicação plausível para Malec ser seu pai.

Fiquei olhando para eles.

Os dedos de Casteel ficaram imóveis na minha mão.

— Vocês estão insinuando que os Ascendidos o trouxeram de volta à vida? Porque eu nunca os ouvi mencionarem Malec.

— Eles teriam que recuperá-lo antes que ele morresse — declarou seu pai. — Mas, mesmo que tivessem levado somente um ou dois séculos para descobrir que ele estava sepultado ali, seria necessário bastante sangue Atlante para despertá-lo. E, de qualquer forma, ele não estaria... muito bem da cabeça. Duvido muito que se recuperasse de algo assim em centenas de anos.

Meus deuses.

Levei a outra mão até a boca. As implicações daquilo eram tão horríveis que eu não conseguia nem falar.

— E quando vocês suspeitaram que ele havia ressuscitado? — perguntou Casteel baixinho.

— Quando nós a vimos nas Câmaras. Quando presenciamos o que Alastir nos havia contado — respondeu a sua mãe. — Teríamos falado com você imediatamente, mas...

Mas não houve tempo.

Um pânico desvairado cresceu dentro de mim, afinando cada fôlego que eu tomava. Lutei contra aquilo enquanto meu coração martelava no peito. Nada disso mudava quem eu era. Nada disso mudava quem eu me tornaria. No final das contas, eram apenas nomes e histórias. Não quem eu era.

Respirei um pouco melhor.

— A única maneira de saber com toda a certeza se Malec ressuscitou é indo até a Floresta Sangrenta — afirmou Kieran. — E isso seria quase impossível de fazer com todos os Vorazes que vivem lá e a proximidade de Solis.

— E para que faríamos isso? — perguntei, olhando para o lupino. — Só confirmaria o que já sabemos ser verdade.

Kieran assentiu depois de um momento.

— Por que as árvores de sangue? — perguntei, olhando para os pais de Casteel. — Por que elas crescem onde Malec foi sepultado e meu sangue é derramado? Por que elas mudaram nas montanhas?

— As... as árvores de Aios já tiveram folhas vermelhas antes — respondeu a Rainha Eloana. — Quando as divindades reinavam sobre Atlântia. Elas ficaram douradas quando Malec foi destronado.

— E, quando Casteel a Ascendeu, achamos que isso mudou alguma coisa dentro de você. Talvez... desbloqueando o resto das suas habilidades ou completando um ciclo — explicou Valyn. — De qualquer modo, acreditamos que as árvores mudaram para indicar que uma divindade estava na fila para assumir o trono.

— Então... elas não são algo ruim? — perguntei.

Um tênue sorriso surgiu nos lábios da Rainha Eloana conforme ela sacudia a cabeça.

— Não. Elas sempre representaram o sangue dos deuses.

— E é por isso que não me tornei uma Ascendida? Por causa do sangue dos deuses ou porque eu... nunca fui verdadeiramente mortal?

— Porque você nunca foi verdadeiramente mortal — confirmou o Rei Valyn. — Quem é a sua mãe? O que ela é? Ela devia ser de descendência fundamental ou de outra linhagem, talvez uma que já pereceu até onde sabemos. E devia ser velha, quase tão velha quanto Malec.

Assenti com a cabeça lentamente, me dando conta de que era impossível que Coralena fosse minha mãe biológica, a menos que ela tivesse plena ciência e fizesse parte do que os Ascendidos faziam. O que eu duvidava, já que não conseguia ver nenhum Atlante aceitando aquilo.

Ou sobrevivendo muito tempo na capital se a Coroa de Sangue tivesse me afastado de lá por exercer uma atração forte demais.

— É possível — começou Kieran, olhando de mim para Casteel — que houvesse outro Atlante aprisionado pela Coroa de Sangue?

— Geralmente eram meio Atlantes, ao menos pelo que vi e ouvi falar — respondeu Casteel, com a voz áspera. — Mas é bem provável que eu não tenha ficado sabendo ou que... ela estivesse presa em um local diferente.

Se fosse verdade, então minha mãe biológica... foi forçada a engravidar? Estuprada por uma divindade enlouquecida e manipulada para agir de tal modo?

Deuses.

Minhas mãos tremiam e, dessa vez, quando Casteel me soltou, afastei a mão dele. Esfreguei as palmas sobre os joelhos.

— Detesto perguntar isso — sussurrou Casteel, embora todos na sala pudessem ouvi-lo. — Mas você está bem?

— Eu estou com vontade de vomitar — admiti. — Mas não vou.

— Tudo bem se você vomitar.

Dei uma risada estrangulada.

— Também sinto que poderia muito bem me tornar a Mensageira da Morte e da Destruição que o Invisível mascarado me chamou. — Olhei para ele. — Eu quero destruir a Coroa de Sangue. — As lágrimas brotaram nos meus olhos. — Preciso fazer isso.

A Rainha Eloana ficou observando enquanto Casteel me estudava. Ele assentiu. Não disse nada, mas havia uma promessa silenciosa ali.

Levei alguns minutos para recuperar a capacidade de falar.

— Bem, pelo menos você pode parar de me chamar de deusa. Eu sou apenas uma... divindade.

Um segundo se passou e um sorriso largo surgiu no rosto de Casteel. As duas covinhas apareceram.

— Você sempre será uma deusa pra mim.

Recostei-me, sentindo as bochechas corarem. Centenas de perguntas passaram pela minha cabeça, mas duas se destacaram.

— Vocês já ouviram falar sobre uma profecia supostamente escrita nos ossos da Deusa Penellaphe, que adverte contra um grande mal que destruirá Atlântia?

Os pais de Casteel olharam para mim como se um terceiro braço tivesse saído da minha testa e acenado para eles. Foi sua mãe quem saiu do estupor primeiro. Ela pigarreou.

— Não. Nós não temos nenhuma profecia.

— Mas fiquei curioso sobre essa — murmurou o Rei Valyn.

— É bem idiota — informou Kieran.

— Concordei. — Olhei de relance para Casteel antes de continuar. — Vocês sabem se as divindades precisam... beber sangue? Eu precisei, assim que acordei depois que Casteel me deu seu sangue, mas não senti... sede desde então.

O Rei Valyn arqueou as sobrancelhas.

— Até onde sei, as divindades não precisam se alimentar. — Ele olhou para a esposa, que assentiu. — Por outro lado, eu me lembro de ter lido algo há muito tempo sobre os deuses precisarem se alimentar se tivessem sido feridos ou se esforçado fisicamente além dos seus limites. A necessidade pode ter se originado por receber sangue Atlante demais — continuou, franzindo a testa. — Pode ser um caso isolado ou se tornar uma necessidade.

Casteel sorriu debilmente enquanto eu assentia. A ideia de beber sangue ainda era estranha para mim, mas eu poderia me acostumar com isso. Lancei um olhar de esguelha para Casteel. Ele *definitivamente* poderia se acostumar com isso.

O olhar da mãe dele encontrou o meu.

— Você gostaria de dar um passeio? Só nós duas?

Casteel se retesou ao meu lado, e meu coração deu um salto dentro do peito.

— Não sei, não — disse ele.

A tristeza irradiou de sua mãe, brilhante e intensa.

— Só quero conhecer minha nora. Não existe nenhum motivo nefasto por trás disso nem mais uma notícia chocante para compartilhar.

Não existia — pelo menos, eu não sentia nenhuma hostilidade ou temor emanando dela, apenas tristeza, e talvez o gosto de nozes em sua determinação. Não sabia muito bem se estava preparada para ficar a sós com a mãe dele. Só a ideia já me fez sentir que havia centenas de borboletas comedoras de carne no meu peito, uma imagem bastante perturbadora.

— Eu juro — declarou a Rainha. — Ela não tem nada a temer de mim.

— Não, não tenho — concordei, e ela olhou para mim. — Não tenho medo de você.

E era verdade. Eu estava nervosa, mas não tinha medo.

A Rainha me encarou por um momento e então sorriu.

— Foi o que pensei. Meu filho só escolheria uma noiva cuja coragem se igualasse a dele.

*

A Rainha de Atlântia e eu percorremos uma trilha de marfim ladeada por flores elevadas em um tom de roxo-azulado. Não estávamos sozinhas, embora pudesse parecer assim a princípio. Hisa e outra guarda nos seguiam a uma distância discreta. Kieran também nos seguia, e eu podia apostar que tinha visto um vislumbre de pelos pretos assim que pisamos na trilha. Achei que fosse Lyra, se movendo em meio aos arbustos e árvores.

— Meu filho é... bem protetor com você — observou a Rainha Eloana.

— É verdade — concordei. Casteel não ficou muito animado quanto a aceitar dar um passeio com sua mãe. Ele ficou preocupado, e acho que temia que ela pudesse dizer alguma coisa que ferisse meus sentimentos ou me deixasse desnorteada. Mas não esperava uma amizade instantânea de sua mãe, e havia me acostumado a viver em um estado quase constante de assombro.

E, para falar a verdade, o que ela poderia me dizer que seria mais chocante do que o que eu já tinha descoberto? Só conseguir andar e pensar em outra coisa já provavam que eu tinha passado do ponto de ficar desnorteada.

— Embora eu tenha a impressão de que você seja capaz de se defender sozinha — comentou ela enquanto olhava adiante.

— Eu sou.

Havia um sorriso fraco em seus lábios quando olhei para ela.

— Você gosta de jardins? — perguntou, mas era mais uma afirmação do que uma pergunta.

— Gosto. Eu os acho muito...

— Relaxantes?

— Sim. — Sorri timidamente. — E você?

— Deuses, não. — Ela riu, e eu pestanejei. — Eu sou... como é que Valyn diz? Muito *frenética* para encontrar paz em meio às flores e folhagens. Esses jardins — indicou ela enquanto gesticulava — são lindos porque Kirha tem um dedo verde e sentiu pena de mim. Ela gosta de passar horas arrancando as flores murchas, e eu gosto de passar as mesmas horas distraindo-a.

— Eu finalmente conheci Kirha hoje — arrisquei. — Ela tem sido muito gentil.

Ela acenou com a cabeça.

— Sim, ela é.

Respirei fundo e falei:

— Mas acho que você não queria falar comigo a respeito de Kirha.

385

— Não. — Ela olhou de relance para mim antes de voltar o olhar para a trilha. Vários minutos se passaram. — Eu adoraria conversar sobre algo normal e mundano, mas não será hoje. Queria que você soubesse que sabíamos da sua existência quando era a Donzela, antes que Alastir nos trouxesse a notícia de que Casteel pretendia se casar com você. Não que você fosse a criança que ele... conheceu há tantos anos. Só que havia uma garota que a Coroa de Sangue afirmava ter sido Escolhida pelos deuses e que chamava de Donzela. Admito que não demos muita atenção a isso. Imaginamos que fosse um estratagema que os Ascendidos criaram para fortalecer suas reivindicações e comportamentos, tais como o Ritual.

— Supostamente havia outra antes de mim — comentei depois de um momento. — Seu nome não é conhecido e dizem que o Senhor das Trevas a matou.

— O Senhor das Trevas? — ponderou ela. — Não é assim que eles chamam meu filho?

— É, mas sei que não foi ele. Nem tenho certeza se ela existiu de verdade.

— Eu nunca ouvi falar de outra. Mas não quer dizer que não tenha existido — concluiu ela ao nos aproximarmos dos jacarandás. — Você foi criada na Carsodônia?

Assenti, entrelaçando as mãos na frente do corpo.

— Fui, depois que os meus pais foram mortos.

— Lamento muito saber da morte dos seus pais. — A empatia invadiu meus sentidos quando ela virou para a direita. — E foram eles que cuidaram de você, aqueles de quem você se lembra. Eles são os seus pais, Penellaphe.

— Obrigada. — Senti um nó na garganta quando olhei para o céu azul e sem nuvens e depois para ela. — Tenho certeza de que você sabe que passei muitos anos com a Rainha Ileana.

Linhas de tensão surgiram em torno de sua boca enquanto ela repetia:

— Ileana. — Suas narinas se inflaram de desgosto. — A Rainha de Sangue e Cinzas.

Capítulo Vinte e Oito

Senti um calafrio por toda a pele e parei de andar.

— O quê?

A Rainha de Atlântia me encarou.

— Ela é chamada de Rainha de Sangue e Cinzas.

Além de nunca ter ouvido isso antes, não fazia sentido para mim.

— Mas os Descendidos e Atlantes...

— Usam essa frase? Não fomos os primeiros a fazer isso, assim como os Descendidos não foram os primeiros a usar aquelas máscaras — retrucou ela. — Quando a Coroa de Sangue iniciou sua dinastia, eles se denominaram Rainha e Rei de Sangue e Cinzas, se referindo ao poder do sangue e ao que resta após a destruição.

— Eu... eu não sabia disso — admiti.

— Essas palavras, esse título, são importantes para nós porque significam que, do sangue daqueles que pereceram nas mãos dos Ascendidos e das cinzas de tudo que destruíram, nós ainda ressurgiremos. — Ela inclinou a cabeça para o lado. — Para nós, significam que, apesar do que tentaram fazer conosco, não fomos derrotados. E, por causa disso, vamos nos reerguer mais uma vez.

Refleti sobre isso quando a Rainha recomeçou a andar, então a segui.

— Os Ascendidos sabem que é por isso que os Descendidos e Atlantes dizem essas palavras?

Um sorrisinho surgiu nos lábios dela.

— Sabem, e tenho certeza de que os incomoda imensamente saber que pegamos seu título e fizemos com que significasse outra coisa. —

A satisfação que emanava dela me fez sorrir. — É por isso que você nunca ouviu esse título. Duvido que os mortais ainda vivos ou mesmo alguns dos Ascendidos tenham ouvido. Eles pararam de usá-lo há vários séculos, na época em que os primeiros Descendidos deixaram sua marca ao usar essas palavras. Tentaram se distanciar do título, mas é isso que eles são. — Seu olhar encontrou o meu antes que ela seguisse em frente. — O ataque que matou seus pais e lhe deu essas cicatrizes? Você tem muita sorte de estar viva.

Levei um momento para acompanhar a mudança de assunto.

— Tenho mesmo — concordei, e então pensei em algo. — Você acha que é por causa da minha linhagem? Por isso que sobrevivi?

— Possivelmente — respondeu ela. — Quando jovens, os Atlantes são quase mortais, mas você... Você é diferente. A linhagem da divindade é nitidamente predominante, e a protegeu.

— Eu...

— O quê? — Ela me lançou um olhar rápido quando não continuei a frase.

— É só que passei boa parte da vida imaginando como sobrevivi àquela noite, por que fui... Escolhida para ser a Donzela. E, agora que sei o motivo, tenho mais perguntas, pois me contaram tantas mentiras — revelei. — É muita coisa para digerir.

— Mas você parece estar digerindo tudo muito bem.

— Porque não tenho outra escolha. Não posso negar isso. Fico enjoada só de pensar no que a Coroa de Sangue deve ter feito para me criar. — Também ficava assustada ao pensar por que eles tinham feito aquilo. Mas era algo que não podia considerar no momento. — Não só para quem deve ser minha mãe, mas também para Malec. Sei que ele não era um bom homem, mas ainda era uma pessoa — falei. — Contudo, eu me sinto... desconectada de tudo isso. Tenho pena e empatia, mas eles são estranhos, e isso não muda quem eu sou. Não importa no que Alastir e os Invisíveis acreditem. Eu não sou a soma do sangue que corre nas minhas veias.

— Não — concordou ela depois de alguns momentos. — Não acho que seja.

— É mesmo? — deixei escapar, surpresa.

Outro sorrisinho surgiu nos seus lábios.

— Eu me lembro das divindades, Penellaphe. Embora muitas fossem propensas a todo tipo de maldade, nem todas eram assim. Se as outras tivessem hibernado como os deuses, quem sabe o que teria acontecido com elas? Jamais saberemos. Mas Malec... ele não era um homem mau.

Mesmo que eu tivesse acabado de dizer que Malec não passava de um estranho, parte de mim ficou cheia de curiosidade e da necessidade de saber mais sobre o homem que era meu pai. Aquilo devia ser natural.

— Não era? — perguntei por fim.

Seus cabelos tinham um brilho preto-azulado sob a luz do sol quando ela sacudiu a cabeça.

— Malec não era um mau governante. Por muito tempo, ele foi correto e justo. E podia ser bastante generoso e gentil. Jamais foi abusivo comigo nem intencionalmente cruel.

— Ele foi infiel. Várias vezes — acusei, e imediatamente desejei não ter expressado o que estava pensando. — Desculpe. Eu não deveria...

— Não precisa se desculpar — afirmou ela com uma risadinha baixa. — Ele foi infiel, sim, várias vezes. O homem tinha duas cabeças, e aposto que você consegue adivinhar qual das duas usava mais.

Levei um momento para entender o que ela queria dizer, e então arregalei os olhos.

— Mas ele não era assim quando nos conhecemos. Foi só no final que comecei a perceber essa... agitação dentro dele. Uma enorme inquietação que passei a acreditar, mesmo antes do que fez com a amante, que era porque estava se tornando outra coisa. Eu... eu não sei o que aconteceu, o que o mudou para que ele não estivesse mais satisfeito comigo e com a vida que estávamos tentando construir. Por que a generosidade e a bondade que costumavam ser naturais para ele desapareceram. Mas sei que não foi culpa minha, e há muito tempo deixei de imaginar e me importar com o motivo para que ele buscasse a realização e o propósito nos braços de outras mulheres. O que estou tentando dizer é que seu pai não era um monstro, Penellaphe. Ele era uma divindade, a mais poderosa que existia. Mas ele ainda era apenas um homem que se perdeu.

Meu respeito por ela aumentou. Seria muito fácil pintá-lo com uma só cor. Eu não a culparia se tivesse feito isso. Mas ela queria que eu soubesse que havia bondade naquele homem. Dei um suspiro mais solto e relaxado. Fiquei mais grata pelo que ela fez do que poderia imaginar.

Mas também me deixou com outra pergunta.

— Você disse que o perseguiu por que...

— Porque ele iria querer se vingar de mim. E de Atlântia. Quando o Conselho exigiu que Malec cuidasse da amante que Ascendeu, ele se sentiu traído. E quando anulei o casamento, assumindo o trono com o apoio do Conselho, o sentimento se intensificou. Ele não conseguia acreditar que uma divindade e descendente de Nyktos poderia ser destronada. — Ela afastou uma mecha de cabelo do rosto. — Além disso, as coisas tinham... azedado muito entre nós dois no final. Ele voltaria e, depois do que fez, não estava mais apto a reinar.

— E você acha que Casteel está? — perguntei, mesmo correndo o risco de retomar a discussão que tinha encerrado antes. — Ele fez a mesma coisa que Malec. Não fazia a menor ideia de que eu não me transformaria em vampira.

A Rainha me entreolhou conforme passávamos por arbustos de lavanda e de hibiscos vermelhos.

— Mas não acredito que Casteel teria tentado tomar o trono se você tivesse se transformado em vampira. Conheço meu filho. Ele teria pego você e ido embora, sem arriscar sua vida nem Atlântia. Malec queria Atlântia *e* a amante vampira. Embora fique incomodada com o risco que ele correu, não é a mesma coisa.

Eloana tinha razão. Não era a mesma coisa. E também estava certa sobre o que Casteel teria feito.

Mas, se eu tivesse me transformado em vampira, imagino que Casteel teria massacrado várias pessoas antes de partir.

Através das hastes de flores roxas e azuis, Kieran acompanhava nossos movimentos pelo jardim conforme permanecíamos em silêncio. Se estava tentando ser discreto, ele havia fracassado. A Rainha Eloana percebeu para onde minha atenção tinha se voltado.

— Você precisa se acostumar a ter alguém sempre a alguns passos de distância.

Voltei o olhar na direção dela.

— Eu tinha muitas sombras quando era a Donzela.

— E o meu filho era uma delas. — Ela parou diante de um imponente arbusto de flores cor-de-rosa que formava um arco sobre um banco de pedra.

— Sim, ele era.

— Você se importa se nos sentarmos? — perguntou. — Sou muito mais velha do que pareço e não dormi muito bem nas últimas noites.

Sentei-me, imaginando qual seria a idade dela.

— Tenho uma pergunta para você — anunciou, assim que se sentou ao meu lado. — Você e Casteel... — Ela respirou fundo, mas eu senti a intensidade de sua angústia quando ela soltou o ar lentamente. — Vocês pretendem encontrar e libertar Malik?

Era por isso que ela queria falar comigo em particular. Comecei a responder e então me impedi de mentir pois não tinha nenhum motivo para fazê-lo. Casteel e eu não estávamos mais fingindo estar apaixonados para conseguir o que queríamos. Nós *estávamos* apaixonados e isso não mudava em que acreditávamos e o que queríamos realizar. Mas, quando me concentrei nas emoções dela, sua angústia deixou um gosto amargo e pungente na minha garganta e eu não queria aumentá-la. Por outro lado, se quisesse ter uma relação com a mãe de Casteel que não fosse antagônica, não poderia construí-la baseada em mentiras.

— Sim, nós pretendemos encontrar e libertar Malik.

— E foi por isso que meu filho a levou? — indagou, com os olhos cor de âmbar brilhantes até demais. — No início? Ele sequestrou você?

Fiz que sim com a cabeça.

— Ele pretendia me usar como moeda de troca, e foi por isso que concordamos em nos casar.

Eloana inclinou a cabeça levemente.

— Por que você concordaria com isso?

— Porque preciso ver meu irmão, descobrir o que ele se tornou. E seria mais fácil conseguir isso com Casteel ao meu lado do que sozinha — confessei. — Foi por isso que concordei em me casar com ele, a princípio. E não importa se Ian é meu irmão de sangue ou não, ele ainda é meu irmão. É só o que importa.

— Você está certa. Ele é seu irmão, assim como aqueles de quem você se lembra como pais são seus pais. — Um momento se passou. — O que você acha que vai encontrar quando o encontrar?

391

A pergunta era tão parecida com a de Casteel que tive de sorrir.

— Espero encontrar meu irmão como me lembro dele. Gentil, atencioso, paciente e engraçado. Cheio de vida e amor.

— E se não for isso que encontrar?

Fechei os olhos por um instante.

— Eu conheço Ian. Se ele se transformou em algo frio e imoral, algo que ataca crianças e inocentes, isso o mataria pouco a pouco, mataria qualquer parte dele que ainda restasse dentro de si. Se foi isso que Ian se tornou, eu darei paz a ele.

A Rainha Eloana me encarou enquanto algo que me parecia com respeito transparecia em meio a sua dor, acompanhado pelo gosto de baunilha em sua empatia.

— Você seria capaz de fazer isso? — perguntou ela baixinho.

— Não é algo que eu queira. — Observei a brisa agitando as torres de flores. — Mas que preciso.

— E agora? Ainda é o seu plano?

— Sim — falei, mas não parei por aí. — Mas nós não estamos fingindo estar apaixonados para alcançar nossos objetivos, Vossa Majestade. Eu amo seu filho e sei que ele me ama. Não estava mentindo quando disse que ele foi a primeira coisa que escolhi para mim mesma. Ele é... — Dei um sorriso, apesar do nó de emoção na minha garganta. — Ele é tudo pra mim e eu faria qualquer coisa por ele. Não sei quando as coisas mudaram, mas nós já estávamos nos apaixonando um pelo outro antes que eu descobrisse que Hawke não era o nome dele. Isso não muda o caminho que passamos para chegar até aqui, todas as mentiras e traições. Mas nós estamos aqui agora, e é isso que importa.

Ela engoliu em seco.

— Você realmente lhe perdoou por essa traição?

Pensei sobre isso por um momento.

— Acho que se dá muito valor ao perdão quando é mais fácil perdoar do que esquecer. Compreensão e aceitação são muito mais importantes do que perdoar a alguém — respondi. — Eu entendo por que ele mentiu. Não quer dizer que concorde ou que está tudo bem, mas aceitei e segui em frente. Nós seguimos em frente.

A Rainha inclinou a cabeça, assentindo. Não fazia ideia se isso significava que ela acreditava em mim. Sua dor ofuscava qualquer coisa que ela pudesse estar sentindo. Vários minutos se passaram.

— Você acha que Malik está vivo?

— Casteel acredita que sim.

Seu olhar se fixou em mim.

— Eu perguntei se *você* acha que Malik está vivo. Não se meu filho acredita nisso.

Eu me retesei, olhando pelo jardim para onde Kieran estava parado de costas para nós.

— Ele... ele tem que estar vivo. Não porque eu quero que ele esteja vivo para o bem de Casteel e da sua família, mas de que outra forma meu irmão teria Ascendido? Não sabemos ao certo se eles mantêm outro Atlante em cativeiro — falei, pensando na mulher anônima que poderia muito bem ser minha mãe biológica. — Além disso, a Duquesa Teerman afirmou que Malik estava vivo. Ela não era uma fonte muito confiável, mas acho que estava falando a verdade. Só não...

— O quê? — incitou ela quando eu fiquei em silêncio, sentindo um pouco de esperança nela.

— Só não sei em que... estado ele vai estar. — Torci os dedos sobre o colo, me preparando para a explosão de dor que veio dela. As lágrimas brotaram nos meus olhos enquanto olhava para ela. Seus lábios tremeram quando ela os apertou. — Sinto muito. Não consigo nem imaginar como você se sente. Saber que eles transformaram meu irmão e provavelmente minha melhor amiga já é bem difícil. Mas isso é diferente. Eu sinto muito.

Eloana respirou como se o ar estivesse cheio de cacos de vidro.

— Se ele estiver vivo e aprisionado há tanto tempo assim — ela olhou de relance para mim e então para o céu —, seria melhor que...

A Rainha não terminou a frase, mas não era preciso.

— Que ele estivesse morto?

Ela sacudiu os ombros enquanto piscava sem parar.

— É uma coisa horrível de se pensar, não é? — Eloana pressionou a mão contra o peito enquanto engolia em seco. — Ainda mais como mãe, é uma coisa horrível de se desejar para o filho.

— Não. É só... sincero — admiti, e os olhos dela se voltaram para os meus. — Sentir-se assim não significa que você não o ame ou não se importe com ele, nem que não espere que ele ainda esteja vivo.

— Como você pode dizer isso quando sabe que parte de mim gostaria que ele tivesse ido para o Vale?

— Você sabe que consigo ler as emoções dos outros — afirmei, e rugas de tensão contornaram sua boca. — Posso sentir sua angústia, mas também senti a esperança e o amor pelo seu filho. Sei que é sincero — repeti, estudando o olhar dela. — E acho que desejar que um ente querido esteja em paz não é errado. Eu amo meu irmão. O que talvez precise fazer não muda isso.

— Não — concordou ela suavemente. — Isso só prova o quanto você o ama.

Assenti.

— O mesmo vale para você e Malik.

Eloana olhou para mim por alguns segundos e então um sorrisinho trêmulo surgiu em seus lábios.

— Obrigada — sussurrou ela, dando um tapinha em meu braço. — Obrigada.

Não sabia como responder, então não disse nada. Apenas fiquei observando enquanto ela se recompunha. A Rainha Eloana engoliu em seco mais uma vez e depois soltou um suspiro lento e profundo. Sua angústia diminuiu, voltando a um nível que me fez lembrar de como Casteel se sentia quando o conheci. Suas feições se suavizaram enquanto ela limpava a garganta, erguendo o queixo de leve. E, para falar a verdade, era algo inspirador de se ver, pois eu sabia como sua dor era profunda e terrível.

A mãe de Casteel poderia nunca se importar comigo, e talvez nunca nos tornássemos íntimas, mas isso não mudava o fato de que ela era uma mulher incrivelmente forte, uma mulher a ser respeitada e admirada.

— Então — começou ela, entrelaçando as mãos sobre o colo —, como você e meu filho pretendem fazer isso?

— Vamos dar um ultimato à Coroa de Sangue. Eles devem libertar Malik, concordar em parar de criar mais vampiros, e de matar aqueles que estão dispostos a alimentá-los, e passar as terras a leste de Novo Paraíso para Atlântia. — Não tinha certeza se ela já sabia disso. — Se eles se recusarem, entraremos em guerra.

A Rainha observou um passarinho de asas azuis voar de galho em galho em uma roseira próxima.

— E você acha que a Coroa de Sangue vai concordar com isso?

— Eu acho que os Ascendidos são espertos e sabem que seu controle sobre Solis foi construído através de mentiras e medo. Eles disseram ao povo que eu era Abençoada e Escolhida pelos deuses e que Atlântia foi renegada por esses mesmos deuses. Aposto que sabe o que as pessoas de Solis pensam sobre os Atlantes, que seu beijo é a maldição que cria os Vorazes. — Eu a vi revirar os olhos e não pude deixar de sorrir. — Minha união com o Príncipe de Atlântia vai provar que isso não é verdade e servir como uma rachadura nas mentiras. O povo de Solis acredita no que os Ascendidos disseram porque nunca puderam enxergar a verdade. Nós vamos mudar isso. Eles não terão escolha.

— Mas basta que eles abram mão do poder? Que parem de se alimentar e de transformar as pessoas?

Dizer a ela que eu esperava que sim não seria muito tranquilizador.

— Se quiserem continuar vivos, os Ascendidos terão que fazer isso.

— Incluindo a Rainha e o Rei? — questionou ela. — Eles vão continuar vivos e manter o poder?

— Não. Não importa se concordarem ou não — afirmei, estudando seu perfil. Não tinha certeza se ela sabia do meu passado com a Rainha de Solis. — Ileana me criou por muitos anos. Era ela quem trocava os meus curativos e me abraçava quando eu tinha pesadelos. Ela foi a coisa mais próxima que eu tive de uma mãe e eu me importava muito com ela — admiti, me forçando a relaxar as mãos. — É difícil conciliar a Rainha que conheci com o monstro que ela é de fato. Não sei se algum dia conseguirei, mas não preciso fazer isso para saber que nem ela, nem o Rei Jalara podem continuar vivos. Não depois do que eles fizeram com Casteel... com Malik, meu irmão e todos os outros.

— E com você?

Assenti.

A Rainha Eloana me observou em silêncio por alguns segundos.

— Você está falando sério.

O que ela disse não era uma pergunta, mas respondi mesmo assim.

— Sim, estou.

Seu olhar percorreu meu rosto, passando brevemente pelas cicatrizes.

— Meu filho me disse que você era corajosa e forte. Vejo que não é exagero.

Ouvir isso da mãe de Casteel significava muito, mas saber quanta força e bravura havia dentro dela fazia com que significasse ainda mais. Existia uma boa chance de que eu fizesse alguma tolice, como correr pelo jardim... ou abraçá-la.

Consegui permanecer sentada, com os braços junto ao corpo.

— O que meu filho não mencionou é que você também é incrivelmente lógica — acrescentou ela.

Soltei uma gargalhada. Não consegui me conter, e foi alta o bastante para que Kieran olhasse por cima do ombro para nós duas de modo inquisitivo.

— Desculpe — falei, sufocando uma risadinha. — É só que Casteel diria que a lógica não é um dos meus pontos fortes.

Havia uma ligeira curva nos lábios dela.

— Isso não me surpreende. A maioria dos homens não saberia o que é lógica nem se ela lhes desse um tapa na cara.

Dessa vez, a minha risada foi bem mais suave, em parte por causa da resposta dela e da expressão de Kieran.

— Mas já que você parece sê-lo, mesmo quando há emoções envolvidas, sinto que posso ser franca — continuou ela, e meu humor diminuiu — e admitir que tinha outro motivo para falar com você em particular. Meu marido quer entrar em guerra com os Ascendidos, com Solis. Muitos desejam isso.

— O... o Conselho dos Anciões?

Uma sombra perpassou seu rosto.

— A maioria quer ver Solis destruída. Muitos dos Lordes e Ladies de Atlântia também. Não só pelo que foi feito com nossos filhos. Mas pelo que foi feito com o reino. Eles querem ver sangue.

Casteel tinha me dito isso.

— Eu entendo.

— Você disse lá dentro que queria levar morte e destruição para Solis — lembrou ela, e estremeci apesar do calor. — Valyn deve ter ficado satisfeito ao descobrir que pode ter você como apoiadora, mas não creio que entenda o que isso significa nem o que já começou.

Espalmei as mãos sobre o colo.

— O que já começou?

— Casteel não estava em casa para ver que treinamos nosso exército diariamente nos arredores de Evaemon nem sabe que já movemos uma unidade considerável para o sopé ao norte das Montanhas Skotos — explicou, e senti a surpresa fria de Kieran mesmo de onde ele estava. — Tenho certeza de que ele está sendo informado disso agora, ou será em breve, mas já estamos à beira da guerra. E, se atravessarmos essa fronteira, nós iremos atrás de todos os Ascendidos. Eles não terão chance de provar que podem controlar sua sede de sangue e reinar sem tirania e opressão. — O olhar firme dela sustentou o meu conforme eu me retesava. — Quanto ao seu irmão, Ian? E a amiga de quem você falou? Se um dos dois for o que você acha que se tornaram, eles serão destruídos junto com os outros. Todos serão mortos.

Capítulo Vinte e Nove

Puxei o ar bruscamente.

— Mas...

— Nós já demos uma chance a eles — interrompeu a Rainha Eloana enquanto estendia a mão, tocando uma das rosas. — Todo o reino de Atlântia fez isso. Permitimos que os vampiros aumentassem de número, acreditando que seria o melhor para todos, desde que eles conseguissem se controlar. Fomos tolos em acreditar nisso. Essa escolha, esse otimismo, não virá de novo da geração que teve de conviver com um fracasso doloroso.

Tudo em mim se concentrou nas palavras dela enquanto a raiva zumbia no meu peito.

— E você? Você quer partir para a guerra?

— Poucos homens não querem partir para a guerra, enquanto quase todas as mulheres querem acabar com ela. A maioria das pessoas acredita que a primeira opção causa mais derramamento de sangue — respondeu, passando o dedo sobre uma pétala cor de rubi. — Mas estão erradas. A última é sempre a mais sangrenta e requer um grande sacrifício. Mas, às vezes, não importa quantas medidas alguém tome nem o quanto esteja disposto a fazer concessões, a guerra nem sempre pode ser evitada.

Fiquei imóvel — tudo em mim ficou em silêncio. O que ela disse era tão parecido com a voz — aquela voz estranha e esfumaçada — que ouvi quando nos aproximamos dos limites da Enseada de Saion. Só podia ser coincidência porque aquela voz não era dela.

— Mas que medidas Atlântia tomou para fazer concessões desde o final da última guerra?

— Alguns diriam que permitir a existência de Solis é a maior concessão de todas — respondeu ela.

— Eu diria que isso não me parece uma concessão coisa nenhuma — retruquei. — Parece que Atlântia fechou as fronteiras e passou séculos se preparando para a guerra, ganhando tempo em vez de tentar negociar com Solis, apesar dos fracassos do passado. Enquanto isso, os Ascendidos continuaram a crescer, matar e aterrorizar a todos. Então, não, isso não me parece uma concessão. Parece cumplicidade. E acredite quando digo que eu saberia disso, já que fui cúmplice durante anos. A única diferença é que eu não sabia a verdade, e é uma desculpa esfarrapada quando tudo que tinha de fazer era abrir os olhos para enxergar o que estava acontecendo. Por outro lado, o povo de Atlântia sempre soube a verdade e não fez nada, permitindo que os Ascendidos criassem raízes.

A cautela irradiou de Kieran quando a Rainha Eloana soltou a flor e olhou para mim. Mas eu não me importava se minhas palavras irritassem ou aborrecessem a Rainha. Ela tinha acabado de dizer que meu irmão seria morto — que não importava se os Ascendidos fossem capazes de mudar. E, sim, eu tinha dúvidas, mas não significava que *não fossem*. E certamente valia a pena tentar pelos inocentes que seriam mortos.

— Corajosa — murmurou a Rainha. — Você é muito corajosa.

Sacudi a cabeça.

— Não sei se é coragem. Entendo que o envolvimento de Atlântia seria complicado, mas nem Casteel, nem eu queremos guerra.

— Mas você disse...

— Eu disse que queria ver os Ascendidos destruídos — interrompi. — E quero mesmo. Quero ver a Coroa de Sangue destruída, mas não significa que deseje uma guerra generalizada. Posso não ter vivido durante a última, mas sei que inocentes sofrerão mais, tanto o povo de Solis quanto os Atlantes. Talvez os habitantes de Atlântia não consigam ter empatia pelos de Solis, mas eles não são o inimigo. São vítimas também.

— Você tem razão sobre uma parte. Nós estávamos ganhando tempo — admitiu ela depois de uma pausa. — Mas está errada sobre a nossa falta de empatia para com o povo de Solis. Sabemos que eles são vítimas. Pelo menos, a maioria de nós sabe.

— Espero que seja verdade.

— Mas?

Não respondi.

Eloana repuxou um canto dos lábios.

— Você não teve uma boa experiência com o povo de Atlântia. Não posso culpá-la por duvidar disso.

Aquilo contribuía para minha incredulidade, mas não era o único motivo.

— Se os Atlantes têm empatia para com o povo de Solis, então deveriam estar dispostos a tentar evitar a guerra.

— Mas as pessoas que tomam essa decisão sobreviveram à última guerra ou cresceram com as consequências dela. Sua sede de vingança é tão forte quanto a sede de sangue de um Ascendido — retrucou ela, e, mais uma vez, sua escolha de palavras chamou minha atenção.

— O que você está querendo me dizer, Vossa Majestade? — perguntei.

— Pode me chamar de Eloana — ofereceu ela, e eu pestanejei, não entendendo em que ponto da conversa tínhamos passado dos títulos formais para os primeiros nomes. — E se o seu ultimato fracassar?

Não deixei de notar que ela não tinha respondido à minha pergunta.

— Então, como você disse antes, às vezes, a guerra não pode ser evitada. — Um arrepio difícil de ignorar percorreu meu corpo enquanto dizia aquelas palavras. — Mas pelo menos teríamos tentado. Não levamos o exército direto para Solis e colocamos fogo no reino.

— E é isso que você acha que vamos fazer?

— Não é?

— Queremos poder usufruir daquelas terras, Penellaphe. Não queremos criar mais uma dúzia de Terras Devastadas — salientou ela. — Mas vamos queimar Carsodônia. Cortar a cabeça da cobra. É o único jeito.

Olhei para ela, horrorizada.

— Milhões de pessoas vivem na Carsodônia.

— E milhões poderiam morrer — concordou ela, dando um suspiro suave. Senti uma pontada de angústia que parecia não ter nada a ver com Malik. — Eu não quero isso. Nem Valyn. Só os deuses sabem que nós dois já vimos e derramamos sangue demais. Mas decidimos, junto com os Anciões, que vamos entrar em guerra. Já foi decidido — declarou. Meu coração martelou dentro do peito. Não esperava ouvir aquilo. E podia sentir que Kieran também não. O choque dele foi tão intenso quanto o meu, conforme Eloana cerrava e então relaxava o maxilar. — Somente o Rei e a Rainha podem impedir que a guerra aconteça agora.

— Então a impeça — exclamei.

Ela virou a cabeça na minha direção lentamente, e eu perdi o fôlego. Entendi o que ela deixou subentendido, o que quis dizer quando falou que sua geração não daria uma chance de negociar aos Ascendidos, que nem ela nem o Rei Valyn podiam fazer isso outra vez.

Casteel e eu poderíamos.

A Rainha voltou a olhar para as rosas.

— Eu amo meu reino quase tanto quanto amo meus filhos e meu marido. Amo todos os Atlantes, não importa quanto sangue Atlante corra em suas veias. Faria qualquer coisa para manter meu povo são e salvo. Sei o que a guerra fará com eles, assim como Valyn. Também sei que a guerra não é a única coisa com a qual meu povo tem de temer ou se preocupar. Um tipo diferente de batalha vai se formar em breve dentro dos Pilares de Atlântia entre aqueles que não conseguem confiar em uma estranha para reinar e aqueles que a veem como a Rainha legítima. A única Rainha.

Entrelacei as mãos no colo mais uma vez.

— Não adiantaria se você fosse embora. A divisão será tão destrutiva quanto a guerra e só servirá para enfraquecer Atlântia — continuou ela, confirmando o que Casteel havia me dito e provando que conhecia bem o filho. — Casteel ama tão ferozmente quanto o pai e eu, e, dado o pouco que sei sobre seu passado, ele não vai forçar essa escolha a você. Também sei o que isso significa. Eu poderia perder meus dois filhos. — Senti um aperto no peito. — E não estou mencionando isso para que você carregue esse fardo. Pelo que percebo, você já carrega coisa demais. Tenho a impressão de que, se lhe pedissem que assumisse a Coroa hoje, você recusaria.

Eu a encarei.

— Você gostaria que eu aceitasse?

— Eu quero o que é melhor para o reino.

Quase dei outra gargalhada.

— E você acha que eu sou melhor? Não tenho nem 19 anos. Mal sei quem sou, ou entendo o que sou. E não sei nada sobre como governar um reino.

— Acho que o melhor para o reino é meu filho e você. — Olhos cor de âmbar encontraram os meus. — Você é jovem, sim, mas eu também era quando me tornei Rainha. E, quando os mortais governavam as terras antes da existência dos nossos reinos, havia Reis e Rainhas mais jovens do que você. Você é uma divindade, descendente do Rei dos Deuses. Isso é quem você é agora, e não há nenhuma regra que a impeça de descobrir quem você vai se tornar enquanto governa.

Ela falava como se fosse fácil, mas devia saber que não era.

— E não concordo que você não saiba nada sobre como governar um reino — continuou ela. — Você me provou que isso não é verdade só com essa conversa.

— Não estou apta a reinar só porque não quero entrar em guerra.

— Você está apta a assumir a Coroa porque está disposta a pensar no povo, falar o que pensa e fazer o que for necessário, mesmo que isso mate uma parte sensível dentro de si mesma — retrucou ela. — Governar é algo que pode ser aprendido.

Só o que consegui fazer foi olhar para ela. Eu estava disposta a pensar sobre assumir a Coroa, mas não esperava que ela me apoiasse.

— Por que você não quer ser Rainha? — perguntou ela.

— Não é que eu não queira. Eu simplesmente nunca pensei nisso. — *Eu estou com medo*, pensei, mas não admiti. Compartilhar meu temor com Casteel era diferente. — Não é a minha escolha.

— Vou ser franca mais uma vez — adiantou ela, e fiquei imaginando o que diria, então ela parou de falar. — Lamento por tudo que foi imposto a você. Posso imaginar que a necessidade de liberdade e de ter controle sobre a própria vida seja tão grande quanto a necessidade que muitos têm de se vingar. Mas não me importo nem um pouco com isso.

Ah. Certo. Bastante franqueza.

— Pode parecer cruel, mas muitas pessoas foram forçadas a fazer coisas horríveis ao longo da vida. Tiveram a liberdade, a escolha e a vida injustamente tiradas delas. A tragédia delas não é maior do que a sua, e a sua não é maior do que a delas. Tenho empatia pelo que sofreu, mas você é descendente de um deus e, pelo que vivenciou em sua curta vida, você, mais do que qualquer pessoa, pode carregar o peso de uma coroa. — Ela não mediu as palavras. Nem um pouco. — Mas, se decidir assumir o que é seu por direito, então tudo que peço é que você faça isso pelos motivos certos.

Levei um momento para conseguir formar uma resposta inteligente.

— O que você considera motivos certos?

— Eu não quero que você assuma a Coroa só para encontrar meu filho e seu irmão. Não quero que você a assuma só para salvar vidas ou deter os Ascendidos — afirmou ela. Fiquei absolutamente confusa, pois pareciam excelentes motivos para assumir uma Coroa. — Se você assumir a Coroa, quero que seja porque ama Atlântia, seu povo e sua terra. Quero que ame Atlântia tanto quanto Casteel, o pai dele e eu amamos. É isso que quero.

Eu me inclinei para trás, um pouco surpresa por não ter caído do banco.

— Não a culpo se ainda não ama Atlântia. Como disse antes, você não teve uma boa experiência e receio que não terá tempo de se apaixonar antes de fazer uma escolha. — A apreensão rompeu a dor. Ela estava seriamente preocupada com isso.

Senti meu coração batendo rápido demais.

— Quanto tempo eu tenho?

— Alguns dias, talvez. Pouco mais de uma semana, se tiver sorte.

— Se tiver sorte? — Dei uma risada tão seca quanto ossos. Casteel insinuou que não tínhamos muito tempo. Mas dias?

— A notícia da sua chegada e de quem você é chegou à capital. Os Anciões já sabem. Há dúvidas e preocupações. Tenho certeza que alguns duvidam de sua ancestralidade, mas depois de ontem, depois do que você fez por aquela menininha, isso vai mudar — afirmou ela, e me retesei. Eloana estreitou os olhos. — Você se arrepende do que fez? Por causa do que isso confirma?

403

— Deuses, não — garanti. — Jamais vou me arrepender de usar meu dom para ajudar alguém. Os Ascendidos não permitiam que eu o usasse, me davam desculpas, mas agora sei por que eles não queriam que eu usasse minhas habilidades. O que eu era capaz de fazer revelava muita coisa. Eu detestava isso. Detestava não poder ajudar alguém quando era capaz.

— Mas você fazia isso? Você dava um jeito de ajudar as pessoas sem ser pega?

Assenti.

— Sim. Quando conseguia, eu ajudava as pessoas, aliviava sua dor. A maioria nem sabia o que estava acontecendo.

Aprovação emanou dela, me fazendo lembrar de bolos amanteigados, e um sorriso rápido surgiu em seus lábios.

— Não podemos deixar o povo de Atlântia no limbo por muito tempo.

— Em outras palavras, o plano de entrar em Solis com o exército vai acontecer daqui a alguns dias?

— Sim — confirmou ela. — A menos que...

A menos que Casteel e eu impedíssemos que aquilo acontecesse.

Bons deuses.

— Sei que você viu um pouco de Atlântia ontem, mas ainda não conheceu bem o povo. Você não tem muito tempo, mas pode partir hoje para Evaemon. Você chegaria amanhã de manhã e poderia usar esses dias para explorar o que puder de Atlântia. Para falar com as pessoas. Ouvir suas vozes. Vê-las com os próprios olhos. Descobrir que nem todas tomariam parte do que aconteceu nas Câmaras, nem apoiariam Alastir e os Invisíveis. — A Rainha se aproximou, pousando a mão sobre a minha. — Você não tem muito tempo, mas pode aproveitar o que tem para dar ao povo de Atlântia a chance que está disposta a dar aos nossos inimigos. Seus planos e os do meu filho podem esperar alguns dias, não?

Casteel era definitivamente filho de sua mãe.

Olhei para as hastes de flores roxas e azuis que balançavam suavemente com a brisa. Eu queria ver mais de Atlântia, e não porque estava curiosa para conhecer a capital. Precisava fazer isso porque tinha uma escolha a fazer, uma escolha que jamais imaginei, mas com a qual já havia me conformado. Engoli em seco e me virei na direção da Rainha.

Antes que eu pudesse falar, ouvimos o som de passos. Nós duas nos voltamos para a trilha que tínhamos seguido e nos levantamos. Levei a mão até a bainha da túnica enquanto Kieran saía de trás das torres de flores a poucos metros de distância de mim.

— É Casteel e o pai — avisou ele.

— Bem — começou a Rainha, deslizando as mãos sobre a cintura do vestido — Duvido que eles tenham ficado entediados o bastante para nos interromper.

Eu também duvidava.

Um momento depois, eles dobraram a esquina, com o sol deixando os cabelos de Casteel com um tom preto-azulado. Uma sensação de peso acompanhada por um gosto ácido me atingiu. Ele estava preocupado. E em conflito.

Não foram somente ele e o pai que desceram o caminho de paralelepípedos. Havia uma figura alta e deslumbrante atrás deles, com a pele da cor das rosas que só florescem durante a noite e tranças finas soltas na altura da cintura.

Vonetta.

Minha confusão aumentou quando olhei para seu irmão. Ele parecia tão surpreso quanto eu com a presença dela. Vonetta tinha ficado no Pontal de Spessa para ajudar a proteger e construir a cidade, pretendendo voltar apenas quando a mãe desse à luz.

Voltei o olhar na direção de Casteel e respirei fundo, com os músculos contraídos de tensão. A visão dos *presentes* da Duquesa invadiu minha mente, junto com os incêndios que eles provocaram em Pompeia.

— O que aconteceu?

— Uma caravana de Ascendidos chegou ao Pontal de Spessa — respondeu ele.

— A cidade ainda está de pé? — perguntei, lutando contra o terror que sua resposta provocava.

Ele assentiu, com os olhos fixos nos meus.

— Os Ascendidos ainda não atacaram. Eles estão esperando — informou ele enquanto um tipo diferente de pavor se apoderava de mim. — Por nós. Solicitaram uma audiência.

— É mesmo? — A mãe dele baixou as mãos ao lado do corpo e deu uma risada curta e áspera. — Um Ascendido qualquer acha que tem o direito de pedir tal coisa?

— Não foi um Ascendido qualquer — anunciou Vonetta conforme dava um passo à frente. Casteel flexionou o maxilar. O mal-estar revestia sua pele, e eu percebi que ela não queria pronunciar o que estava prestes a dizer. — Ele afirma ser seu irmão. Ian Balfour.

Capítulo Trinta

Antes que eu percebesse, já havia avançado até Vonetta.

— Você...? — Parei de falar, forçando meu coração a desacelerar. Não tinha ideia se Vonetta havia vindo a cavalo ou na forma de lupino. De qualquer modo, sabia que ela não tinha parado no meio do caminho. Ela parecia cansada. Segurei as mãos da lupina nas minhas. — Você está bem?

— Estou — afirmou ela. — E você?

— Não sei — admiti, sentindo que o meu coração estava prestes a sair do peito. — Você o viu?

Houve um momento de hesitação antes que ela assentisse, e cada parte do meu ser se concentrou naquele segundo.

— Você falou com ele? Ele parecia bem? — perguntei quando Casteel colocou a mão no meu ombro. — Parecia feliz?

Vonetta engoliu em seco enquanto lançava um olhar rápido por cima do meu ombro para Casteel.

— Não sei se estava feliz, mas ele estava lá e parecia bem.

É claro. Como ela saberia se ele estava feliz? E, sendo sincera, eu duvidava muito que a apresentação tivesse sido calorosa. Abri e fechei a boca, e depois tentei de novo.

— E ele foi... ele foi Ascendido?

— Ele apareceu durante a noite. — Vonetta virou as mãos, segurando as minhas enquanto soltava o ar com força. — Ele foi... — Ela tentou outra vez. — Nós conseguimos sentir os vampiros. Ele foi Ascendido.

Não.

Mesmo que eu já devesse saber — devesse esperar por isso — quem eu era lá no fundo do meu ser se rebelou contra o que ela disse conforme um arrepio percorria meu corpo.

Casteel deslizou a mão até meu colo, passando o braço ao meu redor por trás de mim enquanto encostava a cabeça na minha.

— Poppy — sussurrou ele.

Não.

Senti um aperto no peito enquanto a tristeza cravava as garras tão profundamente em mim que eu podia sentir o gosto amargo na garganta. Eu já sabia disso. Casteel me disse que acreditava que Ian tinha Ascendido. Aquilo não deveria ser novidade, mas parte de mim esperava... *rezava* para que Ian não tivesse Ascendido. Não tinha nada a ver com o fato de que aquilo confirmava que só tínhamos um dos pais em comum — nossa mãe biológica anônima — ou talvez nenhum. Eu não me importava com isso porque ele ainda era meu irmão. Só queria que ele fosse como eu, que tivesse se tornado outra coisa. Ou que pelo menos não tivesse se transformado em vampiro. Desse modo, eu não teria que fazer a escolha sobre a qual acabara de falar com a Rainha Eloana.

— Sinto muito — sussurrou Vonetta.

Senti a garganta ardendo e fechei os olhos. Imagens de Ian ao meu lado piscaram atrás das minhas pálpebras: nós dois catando conchas nas praias cintilantes do Mar de Stroud, ele mais velho e sentado comigo no meu quarto vazio na Masadônia, me contando histórias sobre criaturinhas com asas delicadas que viviam nas árvores. Ian me abraçando antes de partir para a capital...

E tudo isso estava acabado agora? Substituído por algo que caçava os outros?

Raiva e tristeza me inundaram como um rio enchendo as margens. Ao longe, ouvi o uivo triste de um lupino.

Vonetta soltou minhas mãos quando outro lamento agudo rasgou o ar, dessa vez mais perto. A raiva aumentou dentro de mim. Minha pele começou a zumbir. Aquela necessidade primitiva de antes, quando percebi o que os Ascendidos poderiam ter feito com meus pais biológicos, voltou. Eu queria *destruir* alguma coisa por completo. *Queria* ver em ação o exército sobre o qual a Rainha Eloana falou. *Queria* vê-los escalar as Montanhas Skotos e descer sobre Solis, invadindo suas terras e queimando tudo. *Queria* estar lá, ao lado deles...

— Poppy. — A voz de Kieran soou estranha, áspera e cortante, quando ele tocou no meu braço e depois na minha bochecha.

Casteel apertou o braço ao meu redor enquanto pressionava o peito nas minhas costas.

— Está tudo bem. — Ele passou o outro braço em volta da minha cintura. — Está tudo bem. Só respire fundo — ordenou ele baixinho. — Você está convocando os lupinos. — Uma pausa. — E está começando a brilhar.

Demorou um pouco para que a voz de Casteel chegasse até mim, para que suas palavras fizessem sentido. Os lupinos... estavam reagindo a mim, à raiva que invadia meus poros. Meu coração palpitou conforme a sede de vingança corroía minhas entranhas. Aquela sensação — o *poder* que ela invocava — me deixava apavorada.

Fiz o que Casteel mandou, me forçando a respirar o ar que escaldava minha garganta e pulmões. Não queria isso, não queria ver nada em chamas. Só queria meu irmão, e que os Ascendidos não pudessem fazer isso com mais ninguém.

A respiração firme afastou a névoa cheia de sangue dos meus pensamentos. A clareza veio acompanhada da compreensão de que havia uma chance de que Ian não estivesse completamente perdido. Ele devia ter Ascendido há apenas dois anos, e os Ascendidos já o deixaram viajar da Carsodônia até o Pontal de Spessa? Isso só podia significar uma coisa. Que quem ele era antes da Ascensão não tinha sido completamente apagado. Os Ascendidos podiam controlar a sede de sangue. E também podiam se recusar a se alimentar daqueles que não queriam. Ian poderia ser um deles. Ele poderia ter mantido o controle. Ainda existia esperança.

Eu me agarrei a isso. Tive de me agarrar porque era a única coisa que abafava a raiva — o ímpeto e a necessidade horripilantes que fervilhavam dentro de mim. Quando abri os olhos e vi Vonetta me encarando, com a boca apertada em uma linha fina e tensa, uma certa calma voltou.

— Eu... eu não machuquei vocês, não é? — Olhei para Kieran, vendo que ele também estava mais pálido que o normal. Não ouvi os lupinos, mas vi Lyra e outros três lupinos agachados atrás dos pais de Casteel como se estivessem esperando por uma ordem. Voltei a olhar para Vonetta. — Ou machuquei?

Ela sacudiu a cabeça.

— Não. Não. Eu só... — Ela deu um suspiro entrecortado. — Isso foi intenso.

As rugas de tensão se suavizaram no rosto de Kieran.

— Você estava com muita raiva.

— Vocês sentiram isso? — perguntou Casteel por cima da minha cabeça. — O que ela estava sentindo?

Os irmãos assentiram.

— Sim — confirmou Vonetta, e eu senti um nó no estômago. Sabia que os lupinos podiam ler minhas emoções, que elas podiam chamá-los, mas parecia que Lyra e os outros lupinos estavam prestes a agir. Por sorte, acho que os pais de Casteel não perceberam o que estava acontecendo. — Senti isso alguns dias atrás. Todos os lupinos no Pontal de Spessa sentiram. — Vonetta nos encarou enquanto eu olhava para Lyra. Ela e os outros lupinos tinham relaxado. — Tenho muitas perguntas para fazer.

— Maravilha — murmurou Kieran, e Vonetta lançou um olhar sombrio para o irmão.

Casteel baixou o queixo até minha bochecha.

— Você está bem?

Assenti, embora não estivesse certa disso. Mas precisava estar. Coloquei a mão no seu antebraço.

— Não tive a intenção de fazer isso. De convocar os lupinos. — Meu olhar encontrou os pais de Casteel. Os dois estavam paralisados e, naquele momento, eu não conseguia sequer imaginar o que eles estavam sentindo ou pensando. Concentrei-me em Vonetta. — Meu irmão está lá? Esperando por mim?

Ela fez que sim com a cabeça.

— Ele e um grupo de soldados.

— Quantos? — Casteel afastou os braços de mim, mas manteve a mão no meu ombro.

— Cerca de cem — informou ela. — E Cavaleiros Reais também.

O que significava que havia Ascendidos treinados para a batalha entre os soldados mortais. E que Ian estava bem protegido caso alguém no Pontal de Spessa decidisse agir. Detestei o alívio que senti. Era errado, mas eu não podia evitar.

— Ele disse que tem uma mensagem da Coroa de Sangue — continuou. — Mas que só vai falar com a irmã.

A irmã.

Prendi a respiração.

— Ele disse mais alguma coisa? — perguntou o Rei Valyn.

— Ele jurou que não estavam ali para causar mais derramamento de sangue — explicou ela. — Que isso iniciaria uma guerra que ele tinha intenção de evitar.

— Isso é muito improvável — rosnou o pai de Casteel, enquanto uma centelha de esperança brotava dentro de mim. Uma centelha de esperança minúscula e otimista até demais.

Mas me virei na direção de Casteel mesmo assim.

— Temos que ir para o Pontal de Spessa.

— Espere — disse Eloana, dando um passo à frente. — Precisamos pensar melhor sobre isso.

Sacudi a cabeça.

— Não há nada em que pensar.

O olhar dela encontrou o meu.

— Há muito em que pensar, Penellaphe.

Não sabia se ela estava falando sobre o reino, os Invisíveis ou mesmo Casteel e eu. Não importava.

— Não, não há — insisti. — Meu irmão está lá. Eu preciso vê-lo, e nós precisamos saber qual é a mensagem da Coroa de Sangue.

— Entendo a necessidade de ver seu irmão. De verdade — afirmou ela, e eu podia sentir a verdade por trás daquelas palavras, da empatia que as alimentava. — Mas não se trata mais apenas de você e das suas necessidades...

— É aí que você está errada — interrompeu Casteel, com os olhos virando lascas de âmbar. — Trata-se das necessidades dela, e elas vêm em primeiro lugar.

— Filho — começou o pai —, eu respeito o seu desejo de cuidar das necessidades da sua esposa, mas o reino sempre vem em primeiro lugar, não importa se você seja Príncipe ou Rei.

— É uma pena que você acredite nisso — respondeu Casteel, olhando por cima do ombro para o pai. — Pois, para mim, cuidar das necessidades um do outro garante que as necessidades do reino possam ser atendidas. Uma coisa depende da outra.

Olhei para Casteel. Ele... deuses, havia momentos em que eu não conseguia acreditar que o tinha apunhalado no coração.

Esse era um deles.

— Você está falando como um homem apaixonado, e não como alguém que já governou um reino — retrucou o Rei. — Alguém que não tem muita experiência...

— Nada disso importa — interrompeu a Rainha, com a irritação quase tão intensa quanto a dor. — Deve ser uma armadilha elaborada para atrair não apenas ela, mas vocês dois.

— Pode ser, mas meu irmão está logo depois das Montanhas Skotos com uma mensagem da Coroa de Sangue. Não vou conseguir pensar em mais nada até vê-lo. — Meu olhar procurou o de Casteel. — Precisamos ir — pedi. — Eu preciso ir.

Um músculo pulsou no maxilar de Casteel. Não consegui captar nenhuma emoção emanando dele, que assentiu bruscamente.

— Vamos partir para o Pontal de Spessa — anunciou ele, e seu pai praguejou. Ele lançou ao Rei um olhar que não dava margem para discussão. — Imediatamente.

*

Os pais de Casteel protestaram bastante, mas nós não mudamos de ideia. Eles não ficaram nem um pouco entusiasmados quando deixamos a propriedade, e eu não podia culpá-los por isso. Minha chegada havia levado a Coroa à beira do caos e nós perderíamos um tempo essencial indo para o Pontal de Spessa. Mas era impossível fazer o que a Rainha me pediu se eu ficasse ali. Queria ver tudo o que pudesse de Atlântia, mas meu irmão era mais importante do que uma coroa dourada e um reino.

Os pais de Casteel voltariam para a capital e nós nos juntaríamos a eles assim que saíssemos do Pontal de Spessa. Eu sabia que a decisão deles de ir para Evaemon significava que eu teria de tomar a minha decisão lá, levando em conta o pouco que tinha visto de Atlântia.

Não conseguia pensar em nada disso agora.

Assim que chegamos à casa dos Contou, Kieran e Vonetta foram buscar os pais. Jasper e Kirha vieram ao nosso quarto enquanto eu trançava rapidamente os cabelos antes de enfiar um suéter e uma túnica mais pesada em um alforje para nós dois, lembrando como podia ficar frio nas Montanhas Skotos. Na saída, parei no armário e peguei mais duas camisas pretas para nós e outro par de calças para ele, caso nossa roupa ficasse suja... ou ensanguentada.

O que era bastante frequente.

— Os lupinos vão viajar com você — anunciou Kirha quando entrei na sala de estar. Ela se sentou na cadeira que Jasper ocupou na noite passada. Ele estava de pé atrás da esposa. — É o único jeito de garantir que a armadilha fracasse. Se isso for uma armadilha.

— Quantos? — perguntou Casteel enquanto pegava o alforje das minhas mãos. Ele arqueou as sobrancelhas conforme olhava para a bolsa de couro. — O que você colocou aqui? Uma criança pequena?

Franzi o cenho.

— Só uma muda de roupas. — Ele me olhou em dúvida. — Ou duas.

Um sorriso torto surgiu em seus lábios.

— Pelo menos uma dúzia e meia de lupinos estão prontos para partir imediatamente. Talvez um pouco mais. Kieran os está recrutando nesse momento — respondeu Jasper. — Mais meus filhos e eu.

— Você vem com a gente? — Eu me virei na direção deles. — E Vonetta? Ela acabou de chegar, não é?

— Eu lhe disse que poderia ficar — observou Kirha, se remexendo no assento como se procurasse uma posição mais confortável. — Que podia ficar de fora dessa. Mas ela recusou. O Pontal de Spessa se tornou parte de Vonetta, e ela não quer estar longe enquanto os Ascendidos estão acampados do lado fora dos muros. Ela está tomando banho agora, só para, você sabe, ficar toda suja de novo.

Abri um sorriso ao ouvir isso. Eu não sabia como ela conseguiria fazer a viagem de volta. Não sabia como Kieran tinha feito isso duas vezes quando o Pontal de Spessa estava cercado, mas estava ainda mais surpresa que Jasper iria nos acompanhar. Não sabia muito bem como dizer educadamente que sua esposa estava muito grávida.

— Não se preocupe comigo. Eu vou ficar bem — avisou Kirha, dando uma piscadela quando arregalei os olhos. — Não vou ter esse bebê na semana que vem. Jasper vai estar aqui a tempo do nascimento.

O lupino de cabelos prateados assentiu.

— Além disso, acho que não vamos nos demorar muito. Suponho que viajaremos pelas montanhas. — Olhei para Casteel. Ele assentiu. — Desse modo, vamos chegar algumas horas antes do anoitecer amanhã. Isso nos dará tempo para verificar quais são os planos deles e para descansar. Vai ser uma jornada difícil e rápida, mas pode ser feita — afirmou o lupino. — Encontro vocês no estábulo daqui a alguns minutos?

Casteel concordou, e eu vi Jasper ajudar a esposa a se levantar. Quando a porta se fechou atrás deles, eu disse:

— Gostaria que Jasper não pensasse que tem de nos acompanhar. Não quando Kirha está tão perto de dar à luz.

— Se acreditasse que ela teria o bebê nos próximos dias, ele não iria conosco — explicou Casteel. — Se fosse você, não me preocuparia com isso nem com Vonetta. Ela não faria a viagem de volta se não achasse que podia dar conta. — Ouvi o som do alforje se fechando. — O que minha mãe queria discutir com você?

— O futuro do reino — respondi, me virando para ele. Sabendo que tínhamos apenas alguns minutos para discutir as coisas, fiz um rápido resumo. — Ela me disse que o exército Atlante está se preparando para entrar em Solis. Seu pai te contou isso?

— Contou. — Ele flexionou aquele músculo no maxilar outra vez. — Eu sabia que ele estava planejando isso, mas não sabia como os planos estavam avançados. Pelo que pude deduzir ao falar com ele, metade dos Anciões está de acordo. Não é que ele queira entrar em guerra, mas não vê outra opção.

Cruzei os braços e olhei lá para fora pelas portas do terraço.

— E você ainda vê?

— Eu acredito que vale a pena tentar. Acredito que é mais do que isso.

Fiquei aliviada ao ouvir isso.

— Sua mãe queria que eu tirasse os próximos dias para viajar até Evaemon e ver a cidade antes de fazer minha escolha a respeito da

Coroa. Ela me disse que sua geração não pode dar uma chance aos Ascendidos por causa do que passaram. Que nós é quem teríamos de correr esse risco. Ela parecia... me apoiar para assumir a Coroa. Disse que seria o melhor para o reino — relatei, olhando para ele. Ele me observou atentamente e não captei nenhum choque vindo dele. — Isso não o surpreende?

— Não. — Uma mecha de cabelo ondulado caiu sobre sua testa. — Ela sempre colocou o reino em primeiro lugar, acima das próprias necessidades.

— E você acha mesmo que não é isso que um bom Rei e Rainha devem fazer?

— Meus pais têm governado Atlântia de forma justa e feito o melhor que podem, melhor do que qualquer pessoa poderia ter feito. Talvez eu não tenha imparcialidade para acreditar nisso, mas tanto faz. Pessoalmente, não acredito que um Rei e Rainha infelizes ou distraídos sejam bons governantes — afirmou. — E você não conseguiria aproveitar o passeio por Atlântia se decidisse não ir até seu irmão. Eu agiria do mesmo modo se descobrisse que Malik estava por perto. Precisaria ir até ele.

Jamais deixava de me surpreender com o modo como ele me conhecia bem, e isso sem conseguir ler minhas emoções.

— Além do mais — continuou ele —, nós pretendemos negociar com a Coroa de Sangue. Se eles mandaram uma mensagem, nós precisamos ouvi-la.

Assenti e me voltei para as portas do terraço, observando as videiras se movendo suavemente na brisa salgada.

— O que seu pai pensa de nós? De nós e da Coroa?

— Ele não sabe o que pensar. É mais... reservado que minha mãe quando se trata de revelar o que está pensando — respondeu Casteel. — Sempre foi assim, mas sabe que, se você reivindicar a Coroa, não há nada que ele ou os Anciões possam fazer.

Capítulo Trinta e Um

Quando saímos da Enseada de Saion e passamos pelos Pilares de Atlântia mais uma vez, contamos a Vonetta tudo o que tinha aconteci-do desde a última vez que a vimos. A tristeza que ela sentia por Beckett continuou após ela assumir a forma de lupino e nós atravessarmos o campo de flores.

A jornada para o Pontal de Spessa foi tão difícil e rápida quanto Jasper nos alertou, mais brutal do que quando viemos das Terras De-vastadas. Sob a copa das folhas vermelhas, paramos apenas para cuidar das necessidades pessoais e deixar que Setti e os lupinos descansassem e comessem.

Mantive-me ocupada procurando cada lupino que avistava e lendo suas assinaturas. A de Vonetta me lembrava a do irmão, amadeirada. Mas, em vez de cedro, sua marca se parecia com carvalho-branco e baunilha. A do seu pai me lembrava solo fértil e grama cortada, uma sensação terrosa e mentolada. As dos outros eram parecidas, me lem-brando de montanhas frias e águas quentes. Segui cada uma das assi-naturas, repetindo sem parar até que tudo o que precisava fazer fosse olhar para um deles para encontrar sua assinatura. Quando falei com Vonetta pela primeira vez por meio da conexão, ela parecia ter tido um ataque do coração.

Chegamos ao topo das montanhas ao cair da noite, e a névoa esta-va... diferente. Tênues vapores percorriam o solo coberto de musgo em vez da névoa densa que ocultava árvores e precipícios.

— Acho que é por sua causa — arriscou Casteel conforme Setti avançava. — Você disse que achava que a névoa reagia a você. E tinha razão. Ela deve ter reconhecido seu sangue.

Procurei por Kieran em meio à escuridão, esperando que estivesse perto o bastante para ouvir que eu tinha razão sobre a névoa quando viajamos por ela pela primeira vez.

Já que a névoa não nos atrasou, foi possível continuar a travessia durante a noite, chegando mais longe do que pensávamos quando uma luz acinzentada começou a se infiltrar pelas folhas.

Os músculos das minhas pernas doíam quando saímos das Montanhas Skotos, seguindo Vonetta enquanto percorríamos o vale. Eu não conseguia nem imaginar como os lupinos e Setti conseguiam seguir em frente. Nem entender como o braço de Casteel não tinha afrouxado ao meu redor sequer uma vez durante a viagem. Seu toque e a ansiedade por saber que veria meu irmão em breve eram as únicas coisas que me mantinham sentada na sela.

Chegamos ao Pontal de Spessa muito antes do anoitecer. Cavalgamos pela área densamente arborizada que contornava a muralha leste e entramos na cidade por um portão oculto, desconhecido para qualquer um que possa estar acampado nos arredores da muralha ao norte.

Meu estômago começou a se contorcer de ansiedade enquanto o sol nos seguia pelo pátio, onde Coulton saiu vagarosamente do estábulo, passando um lenço branco sobre a careca. O lupino mais velho abriu um sorriso torto enquanto segurava o cabresto de Setti.

— Gostaria de ver vocês dois em circunstâncias melhores.

— Eu também — concordou Casteel, e eu avistei várias Guardiãs vestidas de preto entre aqueles a postos na muralha. As pessoas que estavam tentando fazer morada no Pontal de Spessa estavam ali.

Coulton enfiou o lenço no bolso de trás e estendeu a mão para me ajudar. Eu a aceitei, notando as narinas ligeiramente infladas do homem.

— Agora entendo por que senti aquele choque — revelou ele, apertando os olhos para mim. — *Meyaah Liessa*.

— Como você sabe? — perguntei enquanto ele me ajudava a desmontar do cavalo. Não tive a oportunidade de perguntar isso a Vonetta.

— Todos nós sentimos uma coisa há alguns dias — explicou ele enquanto Casteel desmontava. — É difícil de explicar, mas foi como uma onda de percepção. Ninguém sabia muito bem o que era, mas, agora que vejo você, eu entendo. Faz sentido — concluiu ele como se o fato de eu ser uma divindade não fosse chocante nem grande coisa.

Gostei daquilo.

— Aliás, não precisa me chamar dessa forma.

— Eu sei. — Coulton sorriu e eu tive a impressão de que ele continuaria me chamando assim. — Você está mantendo o nosso Príncipe na linha?

— Estou tentando. — Sorri para ele enquanto caminhava até a cabeça de Setti com as pernas bambas devido a uma viagem tão longa.

O lupino riu enquanto eu acariciava o focinho do cavalo.

— Imagino que seja um trabalho de tempo integral.

— Fiquei ofendido. — Casteel passou a mão pelos cabelos bagunçados pelo vento enquanto olhava para a muralha. — Como está o povo com esses hóspedes inesperados?

— Nervosos, mas bem e preparados — afirmou Coulton, e eu passei os dedos pela crina de Setti. — Depois que cuidar de Setti, vocês querem que eu mande comida para o seu quarto?

— Seria bom — respondeu Casteel, colocando o alforje por cima do ombro enquanto os lupinos exaustos atravessavam o pátio, muitos deles ofegantes, até mesmo Delano.

A preocupação aumentou quando vi Vonetta encostar a barriga no chão, com o pelo castanho-amarelado idêntico ao do irmão. Jasper se sentou ao lado dela enquanto examinava o pátio, com o corpo imenso ligeiramente curvado. Procurei por Kieran e o encontrei cutucando um lupino menor de pelo marrom-escuro. Agucei os sentidos e me concentrei nos lupinos. A dureza da exaustão veio até mim. Passei pela sensação conforme meu peito zumbia, encontrando cada caminho individual. Através da conexão, senti as... águas quentes e ondulantes. Lyra era o lupino marrom. Voltei a atenção para Kieran, procurando até que o cheiro de cedro me alcançasse. Sem saber se funcionaria, segui aquele fio individual, transmitindo os meus pensamentos por ele. *Tudo bem com vocês?*

Kieran virou a cabeça na minha direção quando Coulton começou a levar um cansado Setti para o estábulo, onde eu esperava que eles lhe fornecessem bastante cenouras e feno fresco. Um segundo se passou, e então senti o sussurro da voz de Kieran. *Nós estamos cansados, mas bem.*

Estremeci com a sensação enervante de *sentir* as palavras dele. *Vão todos descansar*, devolvi. Não era uma pergunta, mas uma ordem. Tive a impressão de que todos permaneceriam em guarda com os Ascendidos por perto.

Nós vamos. A presença dele recuou por um instante, e então eu senti o roçar de seus pensamentos contra os meus. *Meyaah Liessa.*

Estreitei os olhos.

— Você está se comunicando com um dos lupinos? — perguntou Casteel enquanto passava o braço ao redor dos meus ombros e seguia meu olhar até onde Kieran mordiscava Lyra de brincadeira.

— Estava. — Deixei que ele me levasse na direção do canto leste da Fortaleza de Estígia. — Queria me assegurar de que eles descansassem em vez de ficar de guarda.

Casteel apertou meu ombro enquanto caminhávamos sob a passagem coberta, passando por várias salas fechadas.

— Tenho muita inveja dessa habilidade.

— Não fica preocupado que possamos falar a seu respeito sem que você saiba? — provoquei enquanto nos aproximávamos do terraço. Era como eu me lembrava, com a espreguiçadeira e as cadeiras baixas convidativas.

— Por que ficaria? — Casteel abriu a porta e o aroma de limão e baunilha nos cumprimentou. — Tenho certeza de que você só tem coisas incríveis a dizer sobre mim.

Dei uma risada ao ouvir isso.

— A sua confiança é uma habilidade bastante invejável.

Ele bufou enquanto fechava a porta atrás de nós.

— Você deveria descansar antes que a comida chegue.

— Não consigo descansar. — Caminhei pela área de estar familiar, bem capaz de ver Alastir sentado ali no sofá. Parei na entrada do quarto de dormir e, por um momento, fui levada de volta à noite que parecia ter acontecido há uma eternidade, quando Casteel e eu finalmente paramos de fingir. — E acho que também não consigo comer.

— Você deveria tentar. — Casteel estava logo atrás de mim.

— *Você* deveria tentar — murmurei.

— Gostaria, mas não posso, a menos que você também tente — afirmou ele. — Mas, já que nós dois não vamos descansar agora, podemos muito bem falar sobre hoje à noite.

Eu o encarei enquanto ele tirava as botas.

— Tudo bem. Sobre o que você quer falar?

Casteel arqueou a sobrancelha enquanto colocava as botas perto de uma das cadeiras.

— Precisamos ter cuidado com o que diremos ao seu irmão. Certamente há uma boa chance de que eles já saibam a respeito do seu sangue, mas podem não saber como seus dons mudaram. Não devemos contar a ele. Quanto menos souberem sobre nós, melhor. Isso nos dá uma vantagem.

Sentei-me na beirada da cadeira, tirando as botas lentamente.

— Faz sentido. — E fiquei um pouco enjoada porque realmente fazia. — E se Ian... se ele for como eu me lembro?

— Mesmo assim, não queremos dar a eles nenhuma informação que ainda não tenham. — Casteel ficou em silêncio por um momento enquanto desatava a espada do lado esquerdo e depois a do direito, colocando-as sobre um velho baú de madeira. — Espero que Ian seja como você se lembra, mas, mesmo que seja, você precisa ter em mente que ele está aqui em nome da Coroa de Sangue.

— Não vou me esquecer disso. — Tirei as meias, enrolando-as em uma bola ao lado dos sapatos enquanto Casteel colocava as dele em cima das botas.

Casteel me estudou por alguns segundos.

— Meus pais podem ter razão. Essa noite pode ser uma armadilha.

Eu me levantei e comecei a andar de um lado para o outro na frente das portas do terraço.

— Eu sei, mas não muda o fato de que meu irmão esteja aqui.

— Mas deveria, Poppy — retrucou ele. — Os Ascendidos querem você e sabem exatamente como atraí-la.

— Preciso mesmo me repetir? — devolvi bruscamente enquanto passava por ele a caminho da sala de estar. Casteel me seguiu. — Eu *sei* que pode ser uma armadilha, mas, como disse antes, meu irmão está aqui. — Dei meia-volta, entrando de novo no quarto. — Ele tem uma mensagem da Coroa de Sangue. Nós vamos vê-lo. E se tentar me impedir agora, depois que viemos até aqui, você vai ficar muito desapontado.

— Não vou tentar impedi-la.

420

— Então aonde você quer chegar com isso? — questionei.

— Você vai olhar pra mim e prestar atenção?

Virei a cabeça na direção dele.

— Estou olhando pra você agora. O que foi?

Os olhos dele ardiam como ouro em brasas.

— Mas você está prestando atenção?

— Infelizmente — repliquei.

— Isso foi uma grosseria, mas vou ignorar. — Um músculo pulsou ao longo de seu maxilar quando ele inclinou a cabeça. — Você sabe que o que estamos fazendo é arriscado.

— É óbvio que sei disso. Não sou tola.

Ele arqueou as sobrancelhas.

— Não é?

Estreitei os olhos.

— Eu sei quais são os riscos, Casteel. Assim como você sabia quando decidiu se disfarçar como um guarda mortal.

— Isso é diferente.

— É mesmo? Sério? Você poderia ter sido descoberto e capturado a qualquer momento. E então o que aconteceria? — disparei. — Mas você fez isso mesmo assim por causa do seu irmão.

— Certo. Você tem razão. — Casteel se aproximou de mim, com os olhos cheios de lascas de âmbar quente. — Eu estava disposto a arriscar minha vida...

— Juro pelos deuses que, se você disser que não está disposto a deixar que eu corra o mesmo risco, eu vou machucá-lo — avisei.

Casteel deu um sorriso enviesado.

— Se isso é uma ameaça, é do meu tipo preferido.

— Dessa vez você não vai gostar. — Olhei incisivamente para baixo da sua cintura. — Confie em mim. — Dei as costas para ele e recuei. Do nada, ele apareceu na minha frente. Dei um passo para trás. — Caramba. Detesto quando você faz isso!

— Você sabe que nunca vou impedi-la de se defender. De pegar uma espada ou arco e lutar — afirmou ele, avançando. Mantive minha posição. — Mas não vou deixá-la cair em uma armadilha de braços abertos.

— E, se for uma armadilha, você acha que vou simplesmente desistir e dizer: "Ah, você me pegou?" — desafiei. — Como você mesmo disse, eu sei me defender. Não vou deixar que ninguém nos capture e, levando em conta o que sou capaz de fazer, aposto que posso garantir isso.

— Você estava bastante hesitante em usar o seu poder não faz muito tempo — lembrou ele. — Mudou de ideia?

— Sim. — E mudei mesmo, sem dúvida nenhuma. — Vou usar tudo o que possuo para garantir que eu e aqueles que amo não sejamos capturados pelos Ascendidos outra vez.

— É um alívio ouvir isso — confessou ele.

— Bem, fico feliz que você esteja aliviado. Mas, se não vai tentar me impedir, então por que estamos tendo essa discussão?

— Só estou tentando sugerir que você fique aqui até que tenhamos certeza de que é seguro para...

— Não. — Fiz um gesto com a mão, interrompendo-o. — De jeito nenhum. Eu não vou ficar pra trás. Você faria isso se fosse seu irmão? — esbravejei. — Os riscos pesariam mais do que a necessidade de ir até ele, e você ficaria aqui?

Casteel jogou a cabeça para trás e puxou o ar bruscamente. Um bom tempo se passou.

— Não, os riscos não pesariam mais do que minha necessidade.

— Então por que está tentando me impedir? — Eu não entendia mesmo por que ele estava agindo daquele jeito. — Você, mais do que ninguém, deveria entender.

— Eu entendo. — Ele estendeu os braços e pousou as mãos sobre os meus ombros. Uma carga de energia estática passou da sua pele para a minha. — Eu lhe disse que achava que Ian tinha Ascendido, mas, lá no fundo, você não tinha aceitado isso, e eu entendi por quê. Você precisava acreditar que havia uma chance de que ele ainda fosse mortal ou igual a você.

O ar que respirei doeu nos meus pulmões. Eu não podia negar nada do que ele havia dito.

— O que isso tem a ver?

— Porque, quando descobriu que ele era um Ascendido, você ficou tão chateada que perdeu o controle das emoções. Você começou a brilhar e a convocar os lupinos — explicou, abaixando o queixo para que ficássemos cara a cara. — Eles sentiram a sua raiva, e não sei se você percebeu, mas tenho certeza de que, se você os tivesse mandado atacar, eles teriam feito isso sem hesitação.

Eu tinha percebido.

— E, embora tenha de admitir que é uma habilidade impressionante, também receio o que vai acontecer quando você vir Ian e não o reconhecer mais — continuou ele, e eu senti um aperto no peito. — Não temo a sua raiva nem o que você faz com a quantidade imensa de poder que existe dentro de você. Não tenho medo disso. Mas tenho medo do que isso vai fazer *com* você. A confirmação de que o seu irmão se foi para sempre.

Puxei o ar de modo entrecortado enquanto fechava os olhos bem firme. A preocupação dele aqueceu meu coração. Vinha de um lugar tão bonito...

— Você está pronta pra isso? — perguntou Casteel, deslizando as mãos para minhas bochechas. — Está pronta para fazer o que acredita ser preciso se descobrir que ele se tornou algo irreconhecível?

O ar que respirei continuou a doer nos meus pulmões quando coloquei as mãos no peito dele, sentindo seu coração batendo forte. Ergui o olhar para ele e vi as manchas cor de âmbar.

— Você sabe que espero encontrar uma parte dele lá dentro, mas sei que tenho de estar preparada para o que quer que encontre. Tenho de estar pronta se não restar mais nada de Ian.

Casteel alisou os polegares sobre a minha pele.

— E se você não estiver pronta para livrá-lo dessa maldição?

— Estou disposta a suportar a dor que sentirei ao dar paz ao meu irmão — assegurei. Um ligeiro tremor percorreu o corpo dele. — Eu tenho que ver meu irmão.

— Eu sei, e juro que não vou te segurar. Não é disso que se trata. Sim, estou preocupado que isso seja uma armadilha. Como falei, eles sabem exatamente como atrair você. Mas não tenho a menor intenção de impedi-la de ver Ian. Eu só... quero impedir que você sinta esse tipo de dor, se puder. Eu esperava... — Ele sacudiu a cabeça. — Não sei. Que você não tivesse que lidar com isso além de tudo o mais — confessou ele. — Mas eu já deveria saber. A vida não espera você desvendar o último enigma antes de lhe entregar o próximo.

— Mas seria bom se fosse assim. — Soltei o ar asperamente. — Posso lidar com isso, não importa o que aconteça.

Casteel encostou a testa na minha.

— Mas você não faz a menor ideia do peso desse tipo de dor. Eu faço — sussurrou ele. — Sei como é matar alguém que já amei e respeitei. Essa dor vai acompanhá-la para sempre.

Sabendo que ele estava falando sobre Shea, resisti ao ímpeto de aliviar sua dor.

— Mas ela diminuiu, não foi?

— Sim. Um pouco com o decorrer dos anos e mais ainda quando conheci você — confidenciou ele. — E não é mentira.

Fechei os dedos em torno da sua camisa.

— E vai diminuir para mim porque eu tenho você.

Casteel engoliu em seco e me puxou de encontro ao peito, passando os braços em volta de mim.

— Sei que é egoísmo da minha parte não querer que você suporte essa dor.

— O fato de você querer me proteger desse tipo de coisa é uma das razões pelas quais eu te amo. — Levei a boca até a dele, pois dizer isso não era o suficiente.

E aquele beijo de gratidão e carinho logo se transformou em algo mais carente, mais exigente. O único beijo saiu de controle, ou talvez os beijos fossem assim mesmo. Não foram feitos para ser controlados. Não sei como ele me despiu tão rápido, mas eu já estava completamente nua quando consegui tirar sua camisa pela cabeça. Casteel me imprensou na parede, com o peito contra o dele. Meus sentidos quase entraram em curto-circuito com a sensação da sua pele quente e rija.

Casteel passou uma presa pelo meu pescoço enquanto descia as mãos, uma parando no meu seio e a outra deslizando entre eles, pausando onde o projétil tinha me atingido. Não havia mais nenhum sinal ali, mas eu sabia que ele nunca esqueceria o local exato do ferimento. Sua mão continuou sobre a maciez do meu abdômen e das cicatrizes, deslizando entre o V das minhas coxas. Ele esticou os dedos e esfregou meu âmago com as pontas, provocando um choque de prazer no meu corpo inteiro.

— Sabe o que tenho desejado? — Ele capturou meus lábios em um beijo rápido e ardente enquanto estimulava o meu mamilo latejante com a outra mão. — Poppy?

Engoli em seco conforme os cabelos dele faziam cócegas na minha bochecha.

— O quê?

— Você está me ouvindo? — Casteel mordiscou minha garganta. Estremeci quando ele perguntou: — Ou não é capaz de ouvir?

— Completamente. — Todo o meu ser estava concentrado no modo como os dedos dele se fechavam em volta do meu mamilo enquanto a outra mão deslizava preguiçosamente entre minhas pernas. — Eu sou completamente capaz de... — Arfei, segurando seus ombros quando ele enfiou um dedo dentro de mim. — De... de ouvir.

Casteel deu uma risadinha no meu pescoço enquanto enfiava e tirava o dedo repetidamente até que eu ficasse sem fôlego.

— E então? Sabe o que tenho desejado?

Para falar a verdade, a rapidez com que ele me distraía me deixava atônita. O prazer aumentou, mexendo com algo profundo.

— O quê?

— Mel — sussurrou ele nos meus lábios, aumentando o ritmo enquanto inclinava a cabeça para baixo. — Eu poderia viver do seu gosto. Juro pra você.

Minha pulsação disparou conforme seu juramento inebriante percorria meu corpo. Ele ergueu a cabeça e deslizou mais um dedo dentro de mim enquanto seus olhos ficavam brilhantes e cheios de promessas perversas. Casteel ficou me observando, absorvendo cada suspiro suave e vibração dos cílios enquanto bombeava os dedos, se recusando a permitir que eu desviasse o olhar e escapasse da onda avassaladora de sensações que ele causava.

Não que eu quisesse.

Uma covinha apareceu na sua bochecha direita enquanto ele esfregava o polegar naquela parte sensível do meu corpo com os olhos em brasas, e eu arfei. Ele começou a traçar um círculo ao redor do botão entumecido, chegando perto de tocá-lo, mas se desviando no último momento.

— Cas... — ofeguei.

— Adoro o jeito que você diz isso. — Manchas douradas ganharam vida, se agitando nos olhos dele. — Adoro a sua aparência nesse momento.

— Eu sei. — Movi os quadris para a frente, mas ele me pressionou.

— Fique quieta — ordenou ele rispidamente. Seu polegar fez outro círculo provocante. — Eu ainda não acabei de olhar pra você. Sabe como é bonita? Eu já te disse isso hoje? — perguntou, e eu tinha quase certeza que sim. — Como fica deslumbrante com as bochechas coradas e os lábios inchados? *Linda*.

Como eu não me sentiria assim quando conseguia *sentir* que ele acreditava no que dizia? Eu me sentia em brasas, pegando fogo. Passei as mãos pelo peito dele. Impressionada com as batidas do seu coração na minha palma, estiquei o corpo nos braços de Casteel e rocei os lábios nos dele. Ele se inclinou na minha direção, com a excitação contra o meu quadril enquanto me beijava.

— Tenho que fazer alguma coisa quanto àquele desejo — falou, e foi o único aviso que tive. Antes que eu pudesse protestar contra a ausência da sua mão no meio das minhas pernas, ele se ajoelhou. — Eu poderia passar uma eternidade de joelhos diante de você — jurou ele, e seus olhos pareciam joias cor de âmbar.

— Isso seria doloroso.

Casteel pressionou o polegar sobre o meu clitóris e eu dei um gritinho, arqueando os quadris em sua mão.

— Jamais.

Ele fechou a boca sobre mim e fez algo verdadeiramente diabólico com a língua. Dei outro gritinho, levada até o limite pelo seu ataque sensual. Arqueei as costas tanto quanto ele permitiu.

Eu queria mais.

E queria que fosse assim para nós dois. Não só para mim.

Talvez fosse pelo que havia acontecido e pelo que eu poderia enfrentar em breve. Talvez fosse por causa do calor da sua boca sobre mim. Ou podia ser porque eu *precisava* dele — *precisava* lembrar a nós dois que não importava como aquela noite terminasse, nós estávamos vivos, ali, juntos. E nada poderia mudar isso.

Todos esses motivos podem ter motivado minhas ações, me dado força para assumir o controle dos meus desejos, da situação e de

Casteel — e provar que eu podia lidar com ele nos momentos mais calmos ou mais selvagens, mais amorosos ou mais indecentes.

Desencostei da parede e o segurei pela nuca. Não sei se apenas o surpreendi ou se o dominei. Não importa. Passei a mão em volta do pescoço dele e o incitei a se levantar, trazendo sua boca até a minha. Senti o gosto dele nos lábios. Senti o meu gosto e o de nós dois. Enfiei as mãos dentro de sua calça e abri os botões enquanto o empurrava para trás, ajudando-o a se livrar dela. Quando suas pernas bateram na cama, eu o empurrei.

Casteel se sentou na cama com as sobrancelhas arqueadas enquanto olhava para mim.

— Poppy — arfou ele.

Coloquei as mãos sobre os ombros dele e os joelhos ao lado das suas coxas.

— Eu quero você, Casteel.

Ele estremeceu.

— Você me tem. Para sempre.

E eu o possuí enquanto ele se remexia embaixo de mim. Abaixei o corpo sobre ele, prendendo a respiração assim que nos tornamos um só.

Com a pulsação acelerada, passei o braço em volta do pescoço de Casteel, afundando os dedos nos seus cabelos enquanto encostava a testa na dele e segurava seu braço com a outra mão. Comecei a me mover, balançando o corpo contra ele lentamente. Arfei quando o calor tomou conta do meu peito e desceu para o meio das minhas coxas em um latejamento intenso e ardente. Meu hálito tocou nos lábios dele.

— Prove — ordenei. — Prove que você é meu.

Não houve nem um segundo de hesitação. Sua boca colidiu com a minha, e o beijo foi impressionante em sua intensidade, me tirando o fôlego. Meu corpo inteiro se retesou quando o ergui e então desci de novo, bebendo tão profundamente dos seus lábios quanto ele bebia dos meus. Os pelos finos e ásperos de seu peito brincavam com os meus mamilos entumecido conforme eu o cavalgava.

— Eu sou seu. — O desejo absoluto brilhou em seus olhos semicerrados. — Agora e para sempre.

Puxei os cabelos dele. A cada movimento dos quadris, ele atingia aquele ponto dentro de mim que provocava o prazer por todos os meus membros. Eu me movimentei mais rápido, gemendo enquanto inclinava o corpo na direção do dele. Estremeci, soltando seu braço e passando a mão em seu peito. Uma selvageria correu nas minhas veias quando a fricção da rigidez dele acendeu um fogo em mim. Eu o beijei avidamente, sugando seus lábios e língua. Casteel me segurou pelo quadril enquanto erguia o dele, indo ao encontro dos meus movimentos.

— Eu devia ter adivinhado — disse ele, ofegante — que você iria adorar fazer desse jeito.

— Eu adoro... eu simplesmente adoro fazer isso — sussurrei. — Com você.

Casteel colocou as mãos na minha bunda, segurando-a enquanto me balançava com força contra si.

— É, adora mesmo. — Ele me apertou, me segurando com força contra si até que não houvesse mais espaço entre nós. — Me prometa uma coisa.

A tensão latejante aumentou ainda mais dentro de mim. Tentei erguer o corpo, mas ele me segurou ali.

— O que você quiser — respondi com a voz rouca, cravando as unhas na pele dele. — O que você quiser, Cas.

— Se Ian se tornou o que teme e você não puder lhe dar a paz em segurança... — respondeu, com as palavras fazendo meu coração já palpitante errar várias batidas. Ele subiu a mão pelas minhas costas e fechou os dedos no meu cabelo. Em seguida, puxou minha cabeça até a dele. — Se for muito arriscado, prometa que não vai tentar fazer isso. Que vai esperar até que seja seguro. Me prometa isso.

As palavras escaparam de mim.

— Eu prometo.

Casteel se moveu imediatamente, me tirando do colo e me deitando de barriga para baixo. Antes que eu tivesse a chance de respirar, ele me penetrou profundamente. Arqueei as costas e joguei a cabeça para trás, berrando seu nome. Ele deslizou para dentro de mim esfregando os quadris na minha bunda.

Dei um gritinho e duas palavras escaparam dos meus lábios em uma exigência que deixou minhas bochechas em chamas.

— Mais. Forte.

— Mais forte?

— Sim. — Arqueei a parte superior do corpo, estendendo a mão para trás e segurando os quadris dele. — Por favor.

— Porra — rosnou ele, e eu o senti estremecer dentro de mim. — Eu te amo. — Não tive a chance de dizer o mesmo a ele. Casteel passou o braço por baixo de mim, fechando-o abaixo dos meus seios, e desceu o peito sobre as minhas costas, com o peso apoiado no braço ao lado da minha cabeça. Em seguida, ele me deu o que eu queria, entrando com *força*.

Casteel foi implacável, friccionando o corpo contra o meu. Nós nos tornamos chamas gêmeas, queimando incontrolavelmente, perdidas em meio ao fogo. Era um desvario bem-vindo — o frenesi nos nossos corpos e sangue — e ia além do sexo e de buscar o prazer. Tratava-se de dar e receber um ao outro, de cair e perder o controle juntos, de ser tomados por ondas de prazer.

Mas, quando os tremores diminuíram e Casteel nos deitou de lado, minha promessa voltou como um fantasma vingativo para me avisar que talvez eu não fosse capaz de cumpri-la.

*

Casteel e eu nos vestimos conforme as últimas réstias de luz do sol deslizavam pelo chão, colocando as túnicas pretas que eu havia trazido. Consegui comer um pouco do frango assado que foi entregue no quarto e lavamos o rosto. Aproveitei a oportunidade para fazer uma trança nos cabelos.

Vonetta chegou logo depois, com uma expressão tensa no rosto deslumbrante.

— Eles estão aqui.

Capítulo Trinta e Dois

— Há apenas uma carruagem e quatro guardas — informou Vonetta enquanto caminhávamos pelo pátio, passando pelo local onde Casteel e eu nos ajoelhamos e trocamos votos de casamento. Ela tinha as tranças presas em um coque apertado e a mão sobre a espada curta e dourada no quadril. — Os demais Ascendidos ficaram para trás.

— São Cavaleiros Reais? — perguntou Casteel.

Vonetta fez que sim com a cabeça conforme as tochas acesas ao longo da muralha ondulavam com a brisa.

Espiei as Guardiãs na muralha e vi uma trança loira e grossa sob o luar. Novah estava ali, com duas espadas na mão. Ao seu lado, uma Guardiã segurava um arco junto ao corpo.

— E meu irmão?

— Ainda não foi visto, mas acreditamos que esteja dentro da carruagem.

A agitação interminável no meu estômago ameaçou voltar, mas me forcei a manter a calma. A última coisa que precisava era começar a brilhar.

Assim que chegamos perto dos portões, vi vários homens armados com espadas e bestas. Reconheci alguns que ajudei depois do cerco. Eles fizeram uma reverência quando nos aproximamos. Kieran e Delano saíram das sombras na forma de lupino.

— Vocês descansaram? — perguntei a Vonetta.

Ela assentiu conforme avistávamos seu pai e os demais lupinos.

— Descansamos. Espero que vocês dois também.

Vi o vislumbre de um sorriso no rosto de Casteel, que eu esperava que Vonetta não notasse.

— Sinto muito por isso — falei. — A última coisa que o povo do Pontal de Spessa precisa é de um estresse desses.

— Não é culpa sua, Vossa Alteza — começou ela.

— Poppy — eu a corrigi. — Nós somos... amigas, certo? — Um rubor subiu pelo meu pescoço. — Quero dizer, eu usei seu vestido no meu casamento e... — Parei de falar quando velhas inseguranças ressurgiram na minha cabeça. Vonetta foi muito gentil e acolhedora comigo, mas ela era amiga de Casteel e me conheceu quando eu ia me tornar Princesa. E agora que eu era a *Liessa*? A situação parecia muito com a de Tawny, e eu me senti ainda mais tola porque, sinceramente, não era hora para isso. — Deixa pra lá. Nem sei por que estou pensando nisso quando há Ascendidos esperando por nós além do portão.

— Acho que as pessoas chamam isso de evasão — murmurou Casteel.

Lancei a ele um olhar de advertência, e uma covinha apareceu em sua bochecha.

— Nós somos amigas — confirmou Vonetta, sorrindo. — Ou, pelo menos, eu achei que sim. Fico feliz em saber que você pense o mesmo porque, cara, seria esquisito se não.

O alívio me invadiu.

— Acho que já é esquisito. Pelo menos, pra mim — repliquei conforme o divertimento irradiava de Kieran. Babaca.

— Não se preocupe com isso. — Ela estendeu a mão e apertou meu braço. Se sentiu aquela estranha carga estática, não demonstrou. — E, não se desculpe pelo que vai acontecer hoje à noite. Todo mundo conhece os riscos. Os Ascendidos poderiam vir a qualquer momento. Nós estamos preparados.

Levando em conta a rapidez com que eles tinham se reunido quando os Ascendidos tentaram tomar o controle do Pontal de Spessa com a Duquesa, era bastante óbvio que estavam.

Novah se juntou a nós, depois de descer da muralha. A Guardiã loira colocou o punho sobre o peito e se curvou, com a luz da lua refletindo no bracelete dourado ao redor do braço.

— Qual é o plano?

Casteel me encarou. Permaneci em silêncio, pois acreditava que ela queria ouvir um plano mais detalhado do que simplesmente não perder o controle das minhas emoções.

— Kieran e Delano irão com a gente — decidiu Casteel. — Netta, sei que você é rápida com a lâmina, então a quero conosco. Você também, Novah.

As duas mulheres assentiram e, em seguida, Novah informou:

— Temos arqueiros na muralha e vários lupinos além do portão, escondidos na floresta.

— Perfeito — respondeu Casteel, e eu fiz menção de falar, mas parei. Ele percebeu. — O que foi?

— Eu só... fiquei curiosa para saber por que você escolheu apenas Kieran e Delano na forma de lupino, além de Vonetta e Novah — admiti, com as bochechas coradas conforme olhava para as duas mulheres. — Não que eu duvide que vocês sejam habilidosas. Sei que são, então, por favor, não encarem a minha pergunta desse jeito. Só fiquei curiosa para entender a estratégia. — Era verdade. Eu queria saber por que ele iria enfrentar os Ascendidos sem todos os lupinos presentes e soldados armados que tínhamos.

— Por dois motivos — explicou Casteel enquanto eu aguçava os sentidos, aliviada por não sentir nem raiva nem irritação emanando de Novah e Vonetta. — Eles não precisam saber como estamos bem organizados. Quanto menos virem, melhor. Assim ficamos com o elemento surpresa, caso necessário.

Assenti.

— Faz sentido.

— E, como você bem sabe, os Ascendidos e o povo de Solis não esperam que as mulheres sejam tão habilidosas quanto os homens quando se trata de batalha — continuou ele. — Isso é tão enraizado que mesmo aqueles que já ouviram falar das habilidades de luta das Guardiãs não as veem como uma ameaça.

Eu devia ter me dado conta disso.

— Eles estão muito enganados se ainda acreditam nisso.

— E é um engano do qual vamos nos aproveitar — afirmou Novah, e eu esperava que a Guardiã não me visse mais como uma possível distração para Casteel, ou uma fraqueza.

— Obrigada por explicar — falei, guardando a informação.

Casteel acenou com a cabeça.

— Você está pronta?

Respirei fundo e assenti, embora não estivesse, porque precisava estar.

— Sim.

— Sua promessa. — Ele se aproximou de mim, abaixando o queixo. — Não se esqueça dela.

— Não me esquecerei — sussurrei, com a adaga de lupino presa à coxa de repente se tornando mais pesada que o habitual. Seria quase impossível me afastar de Ian se ele tivesse se tornado o que eu temia, sem saber quando teria outra chance.

— Você consegue fazer isso — afirmou ele. Casteel beijou minha testa, me pegou pela mão e se virou para os homens no portão. Com um aceno de cabeça, as portas pesadas se abriram com o ranger das pedras.

Tochas haviam sido acesas em ambos os lados da estrada, lançando um brilho sinistro sobre a carruagem vermelha e sem janelas que esperava por nós, com um círculo transpassado por uma flecha impresso na lateral.

O Brasão Real.

Ian viajava em uma carruagem da Coroa de Sangue. A náusea subiu até a minha garganta.

Ao lado dos cavalos da carruagem havia dois guardas de armadura preta e mantos combinados sobre os ombros. Outros dois estavam de pé, junto à porta fechada, com o punho firme nas espadas. Os cavaleiros tinham uma nova indumentária. Seus capacetes eram adornados com penachos feitos de crina de cavalo que brilhavam ao luar. Máscaras pintadas de vermelho com fendas para os olhos se ajustavam firmemente à parte superior do rosto dos cavaleiros e ocultavam suas identidades. Elas me faziam lembrar das máscaras usadas durante o Ritual.

— As máscaras — murmurou Vonetta atrás de nós. — É uma escolha interessante.

— Os Ascendidos adoram um drama — debochou Casteel, e ele tinha razão.

433

Meu coração batia descontroladamente rápido conforme Casteel entrelaçava os dedos nos meus e seguíamos em frente, acompanhados por Kieran e Delano e flanqueados por Vonetta e Novah.

Não senti nada emanando dos Cavaleiros Reais enquanto as pedras rangiam sob nossos pés. Paramos a alguns metros da carruagem. Tendo feito um voto de silêncio, os cavaleiros não falaram nada. Pelo menos, não esses. Aqueles que foram para Novo Paraíso tinham muito a dizer.

— Você nos chamou. — Casteel falou primeiro, com um ar de indiferença na voz. — Nós viemos.

Um segundo de silêncio se passou e, em seguida, uma batida suave ecoou de dentro da carruagem. Prendi a respiração quando um dos cavaleiros avançou e abriu a porta.

O tempo pareceu desacelerar quando um braço coberto por uma capa saiu da carruagem e uma mão pálida segurou a porta. Meu coração pareceu parar de bater quando um corpo comprido e esguio surgiu do interior, saindo para a estrada. A capa preta se acomodou em torno das pernas envoltas por uma calça escura. Uma camisa branca apareceu em meio às dobras da capa. Parei de respirar quando o corpo se virou para onde eu estava e então ergui o olhar. Cabelos castanho-avermelhados sob a luz do fogo. Um belo rosto oval com a linha do maxilar suave. Lábios volumosos que não se curvaram em um sorriso juvenil como eu me lembrava, mas formavam uma linha reta.

Ian.

Ah, deuses, era meu irmão. Mas, conforme o meu olhar subia até parar no seu rosto, vi que os olhos que mudavam de castanhos para verdes dependendo da luz agora eram insondáveis e escuros como o breu.

Os olhos de um Ascendido.

Ele não disse nada enquanto me encarava com uma expressão inescrutável, e um silêncio tenso se estendeu entre nós como um abismo cada vez maior.

Senti uma rachadura crescendo no peito. Meus dedos ficaram moles, mas o aperto de Casteel na minha mão não vacilou. Ele me segurou com firmeza, me lembrando que eu não estava sozinha, que ele acreditava que eu podia lidar com aquilo, porque podia mesmo. Forcei o ar para dentro dos pulmões.

Eu consigo fazer isso.

Ergui o queixo e me ouvi dizer:

— Ian.

Houve uma contração em torno de sua boca que parecia um estremecimento ao mesmo tempo em ele piscava os olhos.

— Poppy — respondeu. E senti mais uma rachadura no coração. Sua voz era suave e leve como o ar. Era a voz dele. Ele repuxou os cantos dos lábios em um sorriso quase familiar. — Eu estava tão preocupado com você.

Estava, é? De verdade?

— Eu estou bem — afirmei, surpresa com a firmeza na minha voz. — Mas e você? Você não está.

Ian inclinou a cabeça para o lado.

— Eu estou mais do que bem, Poppy. Não fui sequestrado pelo Senhor das Trevas e mantido como refém...

— Eu não sou uma refém — interrompi quando uma pontada flamejante de raiva me invadiu. Agarrei-me a ela, pois era muito melhor do que a dor crescente. — Estou aqui com meu marido, o Príncipe Casteel.

— Marido? — A voz de Ian ficou áspera, mas a entonação era forçada. Só podia ser. Os Ascendidos podiam até ser propensos a emoções extremas, como raiva e luxúria, mas preocupação? Empatia? Não. Ele deu um passo à frente. — Se isso é algum tipo de artimanha, eu...

Um ronco de advertência soou à minha direita quando Kieran avançou. Ian se interrompeu, arregalando os olhos para o lupino de pelos castanho-amarelados.

— Bons deuses — exclamou ele, e parecia realmente surpreso, talvez até mesmo admirado. — Eles são enormes.

Kieran repuxou os lábios em um grunhido enquanto seu corpo se retesava. Concentrei-me nele, abrindo aquele fio, a nossa conexão. *Tudo bem.*

Temi que Kieran não conseguisse me ouvir e saltasse em cima de Ian, mas ele parou de rosnar.

— Minha *esposa* está aqui por vontade própria — declarou Casteel, com o tom de voz perdendo aquela pontada de tédio. — E, enquanto eu estiver nessa reunião, não tolerarei insinuações sobre a legitimidade do nosso casamento.

— Certamente não. — O olhar sombrio de Ian se virou na direção do Príncipe. Havia uma dureza em suas feições que nunca esteve ali antes. — O que Atlântia espera ganhar levando a minha irmã?

Uma percepção percorreu minha espinha quando o cavaleiro à esquerda de Ian virou a cabeça na direção dele. Fiquei surpresa por ele não se referir a mim como todos os Ascendidos faziam. Como a Donzela. Uma pequena centelha de esperança voltou a se acender dentro de mim.

— Atlântia tem muito a ganhar com isso — respondeu Casteel. — Mas eu ganhei tudo com a nossa união.

Ian o encarou com a testa franzida. Então olhou para mim, dando vários passos hesitantes para a frente. Os lupinos permitiram que ele o fizesse.

— Devo acreditar que você se casou voluntariamente com o monstro responsável pela morte dos nossos pais?

— Eu me casei com o Príncipe por vontade própria. E nós dois sabemos que ele não teve nada a ver com a morte dos nossos pais.

Ian sacudiu a cabeça, com as sobrancelhas arqueadas.

— Mal posso imaginar o que lhe disseram para que você ficasse do lado do inimigo. Os responsáveis por tanto horror e sofrimento. Não vou te culpar por isso — afirmou ele. — Nem a Coroa. A Rainha e o Rei estão muito preocupados, e esperávamos libertá-la nas Terras Devastadas.

— Eu não preciso ser libertada. — Sorri, me envolvendo na raiva que sentia. — Aposto que eles ficaram muito preocupados por terem perdido a bolsa de sangue.

— Poppy, isso não é...

— Não faça isso — eu o interrompi, soltando a mão da de Casteel. — Eu sei a verdade sobre os Ascendidos. Sei como os Vorazes são criados, por que eles mantêm o Príncipe Malik em cativeiro e para que pretendiam me usar. Portanto, não vamos fingir que não sei a verdade. Que você não sabe. A Coroa de Sangue é a raiz do mal que assola o povo de Solis. Eles são os opressores, não os heróis.

Um segundo se passou.

— O vilão é sempre o herói em sua própria história, não é?

— Não nessa — respondi.

436

Ian não falou nada por um bom tempo, então disse:

— Eu gostaria de falar com você. — Ele virou os olhos escuros para a tempestade que se formava ao meu lado. — A sós.

— Não vai ser possível — respondi, com o coração se partindo mais um pouco.

— Porque você não confia em mim? — Ian contraiu um músculo perto da boca. — Ou porque o Senhor das Trevas não vai permitir?

Casteel deu uma risada sombria.

— Você não conhece sua irmã muito bem se acredita que alguém pode impedi-la de fazer o que ela quer. — Esse era o problema. Outra fissura atravessou o meu coração. Ian só me conhecia como sua irmã caçula e depois como a Donzela. Ele só me conheceu quando eu ainda fazia tudo o que me mandavam. E, deuses, como eu queria que ele me conhecesse agora. Conhecesse o meu verdadeiro eu.

Mas, ao ver aquela frieza desumana estampada em suas feições, eu soube que isso nunca iria acontecer.

Tive vontade de chorar.

Tive vontade de me sentar ali e desabar. Não mudaria o que estava diante de mim, mas faria eu me sentir melhor. Pelo menos temporariamente. Mas não podia fazer isso. Não ali. Não tão cedo. Então pensei na mãe de Casteel e repeti o que ela fez na minha frente. Eu me remendei com tanta força que somente um fiapo de dor passava por mim.

Assim que tive certeza de que tinha tudo sob controle, dei um passo na direção de Ian.

— Você é meu irmão. Eu sempre vou te amar. — Minha voz falhou. — Mas você deve saber o que eles fazem com as crianças entregues durante o Ritual. Elas não servem a deus nenhum. Como você consegue aceitar isso? O Ian que eu conhecia ficaria horrorizado ao saber que crianças são assassinadas, que pessoas inocentes são massacradas durante o sono, para que os Ascendidos possam se alimentar.

Algo cintilou no rosto dele, mas sumiu rápido demais para que eu tivesse certeza de que estava ali. Suas feições se suavizaram.

— Mas eu sou um Ascendido, Poppy.

Puxei o ar de modo entrecortado e me retesei. Senti o calor do corpo de Casteel nas minhas costas.

— E Tawny? — murmurei.

437

— Tawny está a salvo — afirmou ele categoricamente. — Assim como o irmão do Senhor das Trevas. Os dois são muito bem cuidados e têm tudo de que precisam.

— Você espera mesmo que acreditemos nisso? — indagou Casteel, com a raiva vindo à tona.

— Não precisam acreditar em mim. Vocês podem ver com os próprios olhos — respondeu Ian. Suas palavras caíram como a chuva congelada. — É por isso que estou aqui.

Reprimi um estremecimento quando a centelha de esperança morreu dentro de mim. Não havia mais nada de familiar no tom de voz de Ian, e suas palavras significavam mais do que fora falado. Ele não estava ali por preocupação.

— A mensagem da Coroa de Sangue? — consegui perguntar.

Ele assentiu.

— A Rainha legítima solicitou uma reunião com o Príncipe e a Princesa de Atlântia.

Rainha legítima? Quase dei uma gargalhada. Fiquei surpresa por Casteel não ter rido. Olhei para ele. Seus traços marcantes ficaram ainda mais rígidos.

— Engraçado, nós também queremos falar com a *falsa* Rainha.

— Então a Rainha ficará satisfeita ao saber que vocês se encontrarão com ela daqui a 15 dias para discutir o futuro. No Trono Real, na Trilha dos Carvalhos — informou Ian, se referindo a uma pequena cidade portuária pouco antes das Terras Devastadas. — Evidentemente ela faz essa proposta com a promessa de que nenhum mal acontecerá a nenhum dos dois e na esperança de que honrem sua oferta e não movimentem o exército que reuniram ao norte.

Senti o estômago revirado quando uma chuva fria de surpresa irradiou dos lupinos e de Casteel. Como eles sabiam disso?

— Sim. — Foi então que Ian sorriu, e eu morri um pouco quando vi o vislumbre das presas ao longo das duas fileiras de dentes dele. — O Rei e a Rainha estão cientes do exército. Eles esperam que essa reunião possa evitar derramamento de sangue desnecessário. — Ele olhou de relance para Vonetta. — Você é mais do que bem-vinda.

Arqueei as sobrancelhas até o alto da testa. Ian costumava ser namorador quando jovem, mas ele não estava casado agora? Por outro lado, ele mal falava da esposa e eu nunca vi uma relação de afeto entre um casal de Ascendidos antes.

— Obrigada, mas vou ter de recusar o convite — respondeu Vonetta secamente conforme eu sentia um aumento no aborrecimento de Kieran.

— Que pena — murmurou Ian. — Eu esperava continuar nossa conversa.

— Mas eu, não — murmurou ela, e fiquei imaginando a que conversa ele estava se referindo.

— Por que nós confiaríamos numa proposta dessas? — Casteel se postou ao meu lado mais uma vez, algo que fez com que os cavaleiros começassem a avançar.

Ian ergueu a mão, detendo os cavaleiros.

— Porque a Coroa de Sangue não tem a menor intenção de começar outra guerra — respondeu ele. — Uma guerra que espero que vocês percebam que não vão vencer.

— Teremos que discordar nesse ponto — disparou Casteel.

— Que seja. — Ian inclinou a cabeça. — Mas também deve saber que, se for até lá com má intenção, você será destruído, assim como Atlântia. A começar pelo Pontal de Spessa.

Senti o gosto da fúria na garganta e estendi a mão, segurando o braço de Casteel. Um ligeiro tremor percorreu o corpo dele. Casteel abaixou o queixo e suas feições ficaram mais angulosas. Apertei seu braço, e ele olhou para a minha mão como se não soubesse quem o tocava. Levou alguns segundos para que controlasse a raiva.

— A Coroa de Sangue está bastante confiante — falei, assumindo o mesmo tom de indiferença que Casteel tinha no início. Os olhos escuros de Ian encontraram os meus. — O que me diz que a Rainha não tem conhecimento real do exército reunido ao norte. — Levando em conta que eu não tinha certeza, aquilo não passava de um blefe.

— Irmã — ronronou Ian, revirando meu estômago. — Vocês poderiam ter milhares de soldados e, mesmo que metade fosse de lupinos maiores do que esses aqui, não derrotariam o que a Rainha criou.

Olhei para ele, nervosa.

— E o que foi que a Rainha criou, Ian?

— Espero que você nunca precise descobrir.

— Eu quero descobrir — insisti.

— Você está falando de mais cavaleiros? — Casteel lançou um sorriso de escárnio na direção dos que estavam atrás dele. — Porque, se for isso, nós não estamos preocupados.

— Não. — Ian continuou sorrindo enquanto os cavaleiros não demonstraram nenhuma reação à provocação de Casteel. — Os Espectros não são cavaleiros. Nem Ascendidos, mortais ou Atlantes. Eles são muito mais... singulares.

Espectros? Não fazia ideia do que era isso.

— Devo me despedir agora. É uma longa viagem de volta à capital. Estou ansioso para vê-la na Trilha dos Carvalhos. — Ele olhou para mim. — Gostaria de te dar um abraço, Poppy. Espero que você possa superar nossas diferenças e me conceder esse favor.

Bloqueei os sentidos conforme o peso da adaga de lupino me lembrava do juramento que fiz a mim mesma e da minha promessa a Casteel. Ian era... ele não era mais meu irmão. Houve momentos em que o vi, mas aqueles segundos não significavam nada. Ele não estava mais ali.

Virei o olhar na direção dos cavaleiros. Eles estavam inquietos, nitidamente incomodados com o pedido de Ian e com a distância que ele estava deles, e eu podia sentir a cautela vindo de todos ao meu redor, especialmente de Casteel.

Essa... podia ser a minha chance. Eu ficaria perto o bastante para usar a adaga. Não acreditava que ele estivesse esperando por algo assim. Eu podia fazer isso. E, lá no fundo, sabia que era verdade. Mas a que risco? Casteel e os outros podiam acabar com os quatro cavaleiros facilmente. Eu não duvidava nem por um segundo, mas e se a Coroa de Sangue interpretasse isso como um ato de guerra e Ian tivesse falado a verdade sobre os Espectros? E se esse ato desencadeasse a guerra que Casteel e eu estávamos tentando evitar?

Eu... eu não queria que aquilo acontecesse.

O alívio guerreou com uma decepção tão intensa que parecia que eu tinha pegado a adaga e a usado em mim mesma. No entanto, eu preferia carregar a culpa de permitir que meu irmão continuasse daquele jeito a arcar com o arrependimento de fazer com que inúmeras pessoas perdessem a vida.

— Está tudo bem — garanti a Casteel enquanto dava um passo à frente. — Ele não vai me machucar. — Ian franziu o cenho de leve, mas eu esperava que Casteel compreendesse.

A cautela irradiava de todos atrás de mim, e eu podia jurar que até mesmo da adaga de lupino. Mas ignorei isso quando parei diante de Ian. Ele não tinha mais cheiro de mar e sol. Em vez disso, senti o aroma floral de almíscar de um perfume caro. A pele de Ian era fria, mesmo através da camisa, e tudo me pareceu errado quando ele me envolveu nos braços. Fechei os olhos e imaginei por apenas um segundo que aquele era o Ian de quem eu me lembrava, que eu estava abraçando meu irmão e ele estava bem.

— Poppy, preste atenção — sussurrou ele, e eu abri os olhos. — Eu sei a verdade. Desperte Nyktos. Somente os guardas dele são capazes de deter a Coroa de Sangue.

Capítulo Trinta e Três

— Bem... — Jasper prolongou a palavra de onde estava sentado em uma das salas reservadas atrás do Salão Principal da fortaleza. Delano e Lyra estavam seguindo os Ascendidos para ter certeza de que eles partiriam, mas o resto de nós estava ali. — Isso foi inesperado.

Quase dei uma gargalhada, mas achei que não fosse apropriado. Eu já estava cavando uma trilha no piso de pedra, andando de um lado para o outro da sala. Não conseguia ficar sentada. Não com a mente a mil. Não com as emoções desencontradas, saltando da tristeza para a esperança e a incredulidade.

Ian ainda estava ali.

Para dizer o que tinha dito, ele só podia estar. E eu... eu podia tê-lo apunhalado. Senti o estômago embrulhado. Ian ainda estava ali. Bons deuses, eu tinha vontade de gritar de alegria e também de me ajoelhar e chorar, pois aquilo significava que Ian ainda era ele mesmo, ainda que cercado de Ascendidos. Com o que ele tinha de lidar? Eu não conseguia sequer pensar nisso. Ele era inteligente e astuto. E certamente mais forte do que eu pensava para sobreviver daquele jeito.

Mas e as implicações de continuar sendo ele mesmo? De ser capaz de assumir um papel convincente a ponto de sobreviver quando tinha sido Ascendido há tão pouco tempo? Poderia haver outros, muitos outros.

— O que você acha que ele quis dizer com guardas de Nyktos? — perguntei.

442

— Não faço ideia. — Casteel me observou de onde estava sentado. — É difícil de imaginar que seus guardas o deixariam.

Ao lado da porta, Novah franziu o cenho.

— Você acha que ele estava falando a verdade? Que não é algum tipo de armadilha?

— Ele me disse que sabia a verdade — contei a ela e a todos na sala. Casteel estava perto o bastante para ouvir o sussurro do meu irmão. Os outros, não. — Só podia estar falando sobre os Ascendidos.

— Ele não se parecia com alguém que soubesse a verdade sobre os Ascendidos — comentou Jasper com uma careta. — Mas, sim, com todos os Ascendidos que já conheci.

— Aquilo deve ter sido encenação — falei.

— Então ele é um ótimo ator — retrucou o lupino mais velho.

Era uma boa atuação, mas nós estávamos pensando em duas situações distintas.

— Quando éramos crianças, Ian inventava histórias e as contava pra mim. Fazia isso porque sabia que eu... me sentia sozinha e entediada. — Voltei a andar, brincando com a ponta da trança. — De qualquer modo, quando me contava essas histórias, ele também as encenava, adotando diversos sotaques e maneirismos. Ele era bom nisso. Bom o suficiente para ficar à vontade em cima de um palco.

— E eu mal escutei o que ele sussurrou para Poppy — comentou Casteel. — É impossível que os cavaleiros tenham ouvido.

Assenti.

— Ian fez questão de que eles não pudessem ouvir. Por isso se afastou tanto deles. E isso os deixou bastante desconfortáveis.

— Verdade ou não, o fato de ter mencionado Nyktos me faz pensar que ele conhece sua ancestralidade — começou Kieran, se encostando à mesa ao lado de onde a irmã estava sentada na beirada, com os pés apoiados em uma cadeira. — E isso significa que a Coroa de Sangue também deve saber. O que não é nenhuma surpresa, mas pode significar que eles têm uma certa compreensão sobre as suas habilidades.

— Pode ser. — Parei de brincar com a trança e comecei a cutucar a pele do polegar. — Quero dizer, parece que eles orquestraram minha criação — falei, sem entrar em detalhes. Era estranho que, há menos de 24 horas, eu havia descoberto que Malec era meu pai. Agora, depois de saber de algo muito mais importante, aquilo não parecia mais ser uma questão. — Então devem saber muito bem como meus dons poderiam evoluir. Mas e esses tais Espectros? Nunca ouvi falar deles.

— Nem eu — admitiu Casteel, o que era inquietante, já que ele havia estado na capital muito mais recentemente do que eu estivera.

— Mas, seja lá o que forem, eles devem ser bem ruins para que Ian dissesse que um exército não conseguiria derrotá-los.

— Isso se o que ele disse for verdade — salientou Kieran.

— Pode ser e pode não ser. — Casteel apertou os olhos enquanto passava o polegar pelo lábio inferior e olhava para mim. — Desperte Nyktos.

Nós nos entreolhamos. O que meu irmão me mandou fazer parecia bizarro demais para cogitar, mas...

— Duvido que algum deus ficasse contente em ser despertado, muito menos Nyktos — sugeriu Vonetta. — E se ele disse isso na esperança de que o deus acabasse com você?

Senti o estômago embrulhado só de pensar. Provocar a ira de um deus seria uma maneira infalível de me tirar de cena. Mas também me lembrei do que a Duquesa havia me dito. Que eu tinha conseguido realizar o que a Rainha não conseguira fazer. Será que despertar Nyktos fazia parte disso?

Acho que não. A Duquesa Teerman estava se referindo a Atlântia, e eu realmente acreditava que Ian estivesse tentando nos ajudar.

— Mas a Coroa de Sangue quer Poppy viva — salientou Casteel. — E na reunião. Se o plano fosse matá-la ao despertar Nyktos, por que marcar uma reunião?

— É um bom argumento. — Vonetta tamborilou os dedos nos joelhos dobrados enquanto olhava de Casteel para mim. — Vocês dois estão realmente considerando isso, não estão? Despertar Nyktos?

Casteel ainda sustentava meu olhar.

— Se o que Ian disse for verdade, podemos precisar dos guardas de Nyktos. De qualquer modo, Atlântia perdeu o elemento surpresa em relação ao nosso exército.

Acenei com a cabeça em concordância.

— Você conhece a Trilha dos Carvalhos?

Um sorriso malicioso surgiu em seus lábios conforme ele trocava um rápido olhar com Kieran.

— Nós conhecemos e invadimos o Castelo Pedra Vermelha.

Arqueei as sobrancelhas.

— Vou querer saber por que vocês fizeram isso e qual foi o resultado?

Ele aguçou o olhar em chamas.

— Provavelmente não.

— Vamos apenas dizer que alguns Ascendidos não farão falta para aqueles que chamam a Trilha dos Carvalhos de lar — comentou Kieran.

— É melhor que você não saiba do resto.

— Seria sensato chegarmos antes que eles estejam esperando — afirmou Casteel, e eu assenti.

— Concordo. E tenho certeza de que seu pai vai ficar muito irritado quando descobrir que a Coroa de Sangue sabe que Atlântia tem reunido um exército ao norte — murmurou Jasper, passando a mão pelo rosto enquanto olhava para Casteel. — Inferno.

Fiquei imóvel e olhei para Casteel outra vez. Quando Ian soltou aquela informação inesperada, não entendi como eles sabiam. Mas agora sei.

— Alastir.

Casteel retesou o maxilar.

— Pelo que meu pai falou, apenas o Conselho estava ciente do verdadeiro propósito do exército ao norte. O público acredita que é só um treinamento, mas Alastir sabia.

— E ele estava em contato com os Ascendidos. — Concordei com a cabeça. — Como ele podia dizer que compartilhar esse tipo de informação com os Ascendidos seria algo que beneficiaria Atlântia?

Jasper bufou.

— Acho que Alastir tinha muitas crenças que não faziam sentido, mas talvez tenha feito isso na esperança de que Solis atacasse primeiro, forçando Atlântia a agir. Um plano B, caso tudo o mais falhasse.

Fazia sentido, infelizmente.

— Quem sabe o que mais Alastir pode ter contado a eles?

A pergunta aquietou a sala e, no silêncio, minha mente voltou a pular de Ian para o que aquilo significava para os Ascendidos antes de finalmente parar em algo que eu ainda não tinha considerado.

A Coroa.

Os planos já estabelecidos não mudariam com a notícia de que Ian não era a encarnação do mal — e era bem possível que outros Ascendidos fossem iguais a ele. Assim que o Rei descobrisse que Solis tinha conhecimento do exército Atlante, isso provocaria um ataque. Ian e todo Ascendido como ele poderiam morrer se o exército Atlante tivesse êxito. E se os Espectros fossem algo horrível e poderoso, capaz de devastar o exército Atlante? O Pontal de Spessa seria destruído, assim como todo o reino de Atlântia. De qualquer modo, pessoas inocentes morreriam em ambos os lados. Parei de andar quando me aproximei da cadeira de Casteel. Ele olhou para mim, estudando o meu rosto.

Casteel e eu poderíamos impedir a guerra.

O que significava que só eu poderia fazer isso.

Minha pulsação acelerou conforme eu olhava para ele. Sabia o que tínhamos de fazer — o que eu tinha de fazer. O chão pareceu se mover sob meus pés. O pânico brotou dentro de mim e eu precisei de toda minha força de vontade para me controlar.

Casteel estendeu a mão. Coloquei a minha sobre a dele.

— O que foi? — perguntou ele baixinho.

— Podemos conversar?

Ele se levantou imediatamente, lançando um olhar rápido para o grupo.

— Voltamos logo.

Ninguém disse nada quando saímos da sala e passamos pelo Salão Principal vazio, onde as flâmulas Atlantes estavam penduradas nas paredes.

— Para onde você quer ir? — perguntou Casteel.

— Para a baía? — sugeri.

E foi para lá que fomos, com Casteel nos guiando ao redor do meio muro de pedra que restava. Sob a luz brilhante da lua e no frescor da noite, a grama e a terra deram lugar à areia conforme o cheiro de lavanda nos cercava.

Paramos na beira da baía da meia-noite, com suas águas tão escuras que captavam as estrelas do céu. Diziam que a Baía de Estígia era a porta de entrada para os Templos da Eternidade. Suprimi um arrepio ao pensar que o Deus do Povo e dos Términos hibernava sob as águas paradas.

— Você está bem? — perguntou Casteel.

Assenti, sabendo que ele estava falando sobre Ian.

— É estranho. Quando decidi não dar a paz a Ian, fiquei ao mesmo tempo aliviada e desapontada.

— O que a fez decidir não fazer isso? — Casteel desviou o olhar da baía e olhou para mim. — Porque eu achei mesmo que você fosse seguir em frente.

— Eu ia. Era uma oportunidade perfeita. Sabia que vocês seriam capazes de lidar com os cavaleiros. Mas, além de não fazermos a menor ideia do que os Espectros são, também estamos tentando evitar uma guerra. Se eu tivesse acabado com Ian, a Coroa de Sangue poderia interpretar isso como um ato de guerra contra eles e atacado o Pontal de Spessa. Eu não podia arriscar algo assim.

Casteel se aproximou e passou a mão pelas minhas costas.

— Eu estou orgulhoso de você.

— Cale a boca.

— Não. É sério. — Um tênue sorriso surgiu nos seus lábios. — Você tomou a decisão antes que Ian falasse com você, quando achava que ele estava verdadeiramente perdido. Você não pensou sobre o que queria, mas sobre o que era melhor para o povo de Solis e de Atlântia. Muitas pessoas não teriam feito isso.

— Você teria?

Ele franziu a testa e voltou a atenção para a baía.

— Não tenho certeza. Gostaria de pensar que sim, mas acho que é impossível ter certeza até ser obrigado a decidir.

O luar prateado refletia no contorno da sua bochecha e maxilar como se a luz da lua fosse atraída por ele.

— Então você acredita que Ian não é como os outros? Que ele falou a verdade?

Casteel não respondeu por um bom tempo.

— Eu acredito em coisas que fazem sentido, Poppy. Pedir que você desperte Nyktos porque os guardas dele são capazes de derrotar a Coroa de Sangue só faz sentido se ele estiver tentando nos ajudar. Não consigo imaginar como isso ajudaria a Coroa de Sangue. Como disse na reunião, eles não deram nenhuma indicação de que querem você morta. Acho mesmo que ele está se colocando em grande risco para tentar ajudá-la, nos ajudar. Para estar disposto a fazer isso para ajudar a irmã significa que ele ainda está ali. Um Ascendido normal cuidaria apenas de si mesmo. Ian não é como os outros.

Fechei os olhos por um instante e assenti. Ouvir que Casteel acreditava que Ian ainda estivesse ali eliminava todas as dúvidas que eu ainda tinha e tornava a nossa conversa mais fácil.

— E significa que alguns Ascendidos, jovens como Ian, que podem não ter tido anos para controlar a sede de sangue, não são uma causa perdida.

— Sim, é possível.

— E Atlântia está se preparando para a guerra. Para matar todos os Ascendidos. Sua mãe me disse que não importaria se Ian não fosse como os outros. Eles não arriscariam. — Caminhei até o que restava de um píer e me sentei em um poste de pedra. — Não posso deixar que isso aconteça. Nós não podemos deixar.

Casteel se virou para mim, permanecendo em silêncio.

Respirei fundo enquanto olhava para ele.

— Não se trata apenas do meu irmão. É verdade, ele é um grande motivo. E eu sei que sua mãe quer que eu escolha a Coroa porque amo Atlântia, mas não há tempo suficiente para que me sinta assim. Eu... eu não sei se preciso disso agora. Porque já quero proteger Atlântia e seu povo. Não quero que eles sejam usados pelos Ascendidos nem feridos durante uma guerra. Também não quero que o Reino de Solis seja devastado. E sei que você também não.

— Não.

Minhas mãos começaram a tremer, então as enfiei entre os joelhos.

— Não faço ideia de como governar um reino, mas sei que posso aprender. Você mesmo me disse isso. Sua mãe também. Não sei se estou pronta nem se seria uma boa Rainha, mas quero melhorar as coisas para os povos de Solis e de Atlântia. Não paro de pensar que os Ascendidos precisam ser detidos. Sei que isso precisa acontecer, e já quer dizer alguma coisa, certo? Tenho de acreditar que vale a pena descobrir isso para evitar uma guerra. A vida das pessoas vale isso, incluindo a do meu irmão. Você vai estar ao meu lado. Vamos reinar juntos e temos os seus pais para nos ajudar. — E talvez eu passasse a amar Atlântia tão intensamente quanto ele e os pais amavam. Ela já era como um lar para mim, então era possível. Mas também havia um pouco de culpa. Eu queria que a mãe dele aprovasse o motivo pelo qual decidi assumir a Coroa. Engoli em seco, mas o nó continuou na minha garganta. — Isso se você quiser. Se puder ficar feliz com isso. Não quero que você se sinta forçado a concordar — falei conforme ele dava um passo silencioso na minha direção. — Sei que você me disse que já sabia que isso aconteceria mais cedo ou mais tarde, mas quero que você tenha certeza de que é isso que quer e não... não só porque é o que estou escolhendo — concluí, observando-o e esperando uma resposta. Quando ele parou diante de mim, sem dizer nada, o nó aumentou na minha garganta. — Você vai dizer alguma coisa?

Casteel se ajoelhou na minha frente, apoiando um joelho na areia.

— Eu já te disse antes que, se você quisesse a Coroa, eu a apoiaria. E ficaria ao seu lado. Isso não mudou.

— Mas o que você quer? — insisti.

Ele colocou as mãos nos meus joelhos.

— Não se trata de mim ou do que eu quero.

— O cacete que não — exclamei.

Casteel deu uma risada.

— Desculpe. — Ele abaixou o queixo, sorrindo. — Você fica adorável quando xinga.

— Isso é estranho, mas tanto faz. Não se trata apenas de mim.

— Trata-se de você porque sei o que significa governar um reino. Cresci com uma Rainha como mãe e um Rei como pai. E também cresci sabendo que poderia assumir o trono. — Os olhos dourados dele encontraram os meus. — Mesmo que tenha evitado assumir o papel, não foi porque eu não queria ser Rei.

— Eu sei — sussurrei. — Foi por causa do seu irmão.

— Sei que posso fazer isso. Sei que você pode. Mas não é nenhum choque para mim. — Casteel passou os dedos entre meus joelhos, soltando minhas mãos. Ele as segurou frouxamente nas suas. — Eu quero proteger o povo e o reino, e, se preciso me sentar naquele trono para fazer isso, então é o que farei. Mas — enfatizou ele — quero que você tenha a escolha e a liberdade. Também quero que você saiba que não precisa justificar ou explicar seus motivos para assumir a Coroa. Não para mim. Nem para a minha mãe. Não existe um motivo certo, contanto que a escolha seja sua. Então — disse ele, passando os polegares sobre as falanges dos meus dedos —, você decidiu assumir a Coroa?

Meu coração palpitou.

— Sim — sussurrei. Foi somente uma palavra, mas do tipo transformadora e apavorante. E era estranho pensar que, mesmo antes que eu me lembrasse de ser chamada de Donzela, já havia forças em ação que se empenhavam para impedir que esse momento acontecesse. Havia um gosto agridoce nisso, mas também uma sensação de... justiça que zumbia nas minhas veias, no sangue dos deuses. Como o que senti quando estava nas Câmaras. Quase esperei que o chão tremesse e os céus se abrissem.

Tudo o que aconteceu foi que Casteel baixou a cabeça conforme levava nossas mãos unidas até o coração.

— Minha Rainha — murmurou ele, erguendo os cílios quando seus olhos encontraram os meus. E aquela conexão, aquela ligada ao meu coração e alma, também era transformadora. — Acho que vou ter que parar de chamá-la de Princesa.

Franzi os lábios.

— Você quase não me chamou assim desde que chegamos aqui.

— Você percebeu? — Ele arqueou as sobrancelhas enquanto beijava minhas mãos. — Não parecia certo chamar uma Rainha de Princesa. Não importa que você não tivesse assumido a Coroa.

— Você está sendo adorável de novo.

— Você vai chorar?

— Não sei.

Rindo, ele soltou minhas mãos e aninhou minhas bochechas.

— Tem certeza disso?

Meu coração deu outro salto dentro do peito.

— Tenho. — Outra coisa me ocorreu. — Quero mudar o brasão. Quero que a flecha e a espada sejam iguais.

As covinhas dele apareceram no seu rosto.

— Gosto disso.

Respirei fundo e soltei o ar lentamente.

— Certo.

— Certo — repetiu ele, assentindo. — Teremos que dormir aqui essa noite, mas vou mandar alguém seguir na frente para Evaemon. Amanhã partiremos para a capital.

450

Onde assumiremos a Coroa.

E depois viajar para Iliseu para despertar o Rei dos Deuses.

*

— Você tem que me soltar, querida. Precisa se esconder, Poppy... — Mamãe ficou paralisada e então soltou o braço.

Mamãe enfiou a mão nas botas. Ela tirou alguma coisa dali — um objeto fino, afiado e escuro como a noite. Ela se moveu muito rápido, mais rápido do que eu jamais tinha visto antes, girando o corpo conforme se punha de pé, com a estaca preta na mão.

— Como você pôde fazer isso? — perguntou Mamãe enquanto eu corria até a beira do armário.

Havia um... um homem a poucos metros dela, envolto em sombras assustadoras.

— Sinto muito.

— Eu também. — Mamãe deu um golpe, mas o homem das sombras a segurou pelo braço.

— Mamãe! — gritei e ouvi a janela se quebrar.

Ela virou a cabeça.

— Fuja. Fuja...

O vidro se estilhaçou e a noite invadiu a cozinha, cambaleando pela parede e caindo no chão. Fiquei paralisada, incapaz de me mexer enquanto as criaturas de pele cinza se levantavam, com os corpos emaciados e as bocas manchadas de vermelho me assustando. Eles invadiram a cozinha e eu não consegui mais vê-la.

— Mamãe!

Corpos estalaram na minha direção. Bocas se escancararam. Uivos estridentes rasgaram o ar. Dedos ossudos e frios tocaram na minha perna. Dei um grito conforme voltava para dentro do armário...

— Merda — praguejou o homem sombrio, e um jato de algo podre atingiu meu rosto. A coisa soltou minha perna. Comecei a me afastar, mas o homem das sombras enfiou a mão dentro do armário, me segurando pelo braço. — Deuses, me ajudem — murmurou ele, me puxando para fora.

451

Em pânico, tentei me desvencilhar quando aquelas coisas vieram para cima dele. Ele estendeu o braço. Eu me contorci, lutando. Meu pé escorregou no piso úmido. Virei para o lado e Mamãe estava ali, com o rosto manchado de vermelho. Ela cravou aquela estaca preta no peito do homem das sombras. Ele xingou. Seu toque afrouxou e então ele me largou conforme caía para trás.

— Corra, Poppy — arfou Mamãe. — Corra.

Eu corri. Na direção dela...

— Mamãe... — Garras agarraram meu cabelo e arranharam minha pele, me queimando como naquela vez em que toquei na chaleira quente. Gritei, berrando pela minha mãe, mas não conseguia vê-la na massa de corpos entrelaçados no chão. Dentes afundaram no meu braço enquanto o amigo de Papai se afastava silenciosamente. Senti uma dor ardente, que se apoderou dos meus pulmões e corpo...

Que florzinha linda.

Que linda papoula.

Colha e veja-a sangrar.

Já não é mais tão bonita...

Acordei de supetão, com um grito queimando a garganta enquanto examinava o quarto escuro de olhos arregalados.

— Poppy — chamou Casteel, com a voz cheia de sono. Um segundo depois, ele encostou o peito nas minhas costas e passou o braço em volta da minha cintura. — Está tudo bem. Você está a salvo. Você está aqui.

Com o coração disparado, olhei para a escuridão, dizendo a mim mesma que estava no Pontal de Spessa. Não estava presa em Lockswood, sozinha e...

Prendi a respiração.

— Eu não estava sozinha.

— O quê?

Engoli em seco, com a garganta dolorida.

— Havia outra pessoa na cozinha onde eu estava escondida. Alguém que a minha mãe conhecia. Sei que sim.

— Alastir...

— Não — sussurrei com a voz rouca, sacudindo a cabeça. — Era outra pessoa. Ele parecia... uma sombra, vestido de preto. — Girei o corpo nos braços de Casteel, mal distinguindo suas feições na escuridão. — Ele estava vestido como o Senhor das Trevas.

Capítulo Trinta e Quatro

Casteel tinha mandado Arden, um lupino do Pontal de Spessa, na frente. Ele iria primeiro para a Enseada de Saion e depois para Evaemon para avisar o Rei e a Rainha da nossa chegada iminente.

Casteel deixou que eu controlasse as rédeas de Setti e conduzisse o cavalo até que chegássemos a um terreno mais acidentado. Levamos um dia e meio para chegar à Enseada dessa vez, tendo parado no meio das Montanhas Skotos para descansar. Passamos a noite na casa de Jasper e Kirha. A costureira que contratamos enquanto passeávamos pela cidade tinha feito vários pares de leggings, túnicas e até mesmo um vestido esvoaçante verde-esmeralda para mim, junto com algumas roupas de baixo. Os itens foram embalados com cuidado e as peças que faltavam seriam enviadas para Evaemon. Naquela noite, jantamos com os Contou e vários lupinos, além de Naill e Emil. Foi tão normal que era difícil de acreditar que tínhamos acabado de nos encontrar com Ian e pretendíamos entrar no Iliseu.

Para despertar o Rei dos Deuses.

Ou que Casteel e eu estávamos prestes a nos tornar Rei e Rainha.

Discutimos tudo com Kirha e Jasper detalhadamente assim que chegamos. Tínhamos que partir para o Iliseu o mais rápido possível, se quiséssemos chegar à Trilha dos Carvalhos antes do esperado. Um grupo nos acompanharia — não muito grande, pois Casteel e Kieran explicaram que os túneis podiam ser estreitos e apertados. E depois disso? Bem, nós esperávamos que um dos Anciões soubesse onde Nyktos hibernava e que meu sangue nos ajudasse a entrar incólumes.

Mas durante o jantar não falamos sobre nada disso, embora todos os presentes soubessem o que iria acontecer. Em vez disso, Kirha e Jasper nos divertiram com histórias sobre os filhos e Casteel quando eram mais jovens — para o aborrecimento e a diversão relutante dos três. Acho que nunca ri tanto quanto naquela noite. Mais tarde, quando Casteel e eu ficamos a sós, achei que fosse impossível ser amada mais profundamente do que eu.

Eu me ative a essas coisas quando saímos da Enseada de Saion na manhã seguinte, vestida com uma legging preta macia e uma túnica de manga três-quartos que se ajustava no peito e alargava nos quadris. Sorri quando vi que a costureira tinha deixado uma fenda no lado direito para que eu pudesse alcançar a adaga com facilidade. Jasper permaneceu com Kirha, e eu fiquei agradavelmente surpresa quando descobri que Vonetta iria conosco para Evaemon. Esperava que ela fosse ficar com os pais ou voltar para o Pontal de Spessa, mas a lupina disse que queria ver nossa coroação.

Ela não era a única.

Dezenas de lupinos viajaram conosco, muitos que eu ainda não conhecia, e alguns, como Lyra, que começava a conhecer. Emil e Naill também estavam conosco, e ouvir aqueles dois discutindo a respeito de qualquer coisa, desde qual era o uísque mais saboroso até qual era a melhor arma — uma espada ou uma flecha —, foi muito divertido. No entanto, todos estavam alerta caso algum dos Invisíveis aparecesse.

Aquela sensação de contentamento me ajudava a desanuviar a mente, assim como o treino para me comunicar com os lupinos por meio de suas assinaturas. Até mesmo do pesadelo que, se fosse verdade, confirmava o que Alastir havia dito.

Que ele não havia matado meus pais.

Não consegui pensar muito nisso enquanto viajávamos para o norte de Atlântia. Haveria tempo mais tarde para lidar com essa possibilidade, mas algo que aprendi nos últimos meses foi separar as coisas. Ou talvez fosse apenas o conselho de Casteel para não pensar hoje sobre os problemas de amanhã.

De qualquer modo, não foi tão difícil assim apenas viver durante as horas que levei para chegar a Evaemon, pois me perdi na beleza de Atlântia — as casas de calcário com telhados de terracota que tomavam as colinas, os pequenos vilarejos agrícolas e os riachos que dividiam a terra, descendo das Montanhas de Nyktos cobertas de nuvens, e que às vezes se tornavam visíveis ao longe. Uma coisa ficou evidente bem rápido enquanto viajávamos.

Com poucos locais arborizados e intocados, não havia nenhum pedaço de terra sem uso dentro dos Pilares de Atlântia. Quer fossem os campos arados para plantações ou as terras usadas para habitação e comércio, Atlântia estava ficando sem espaço...

Ou já tinha ficado.

Ainda assim, o reino era lindo — suas casas, lojas e fazendas. Era tudo aberto, das vilas até a cidade, sem muros para separá-los ou manter criaturas monstruosas a distância. Era como eu imaginava que Solis já havia sido algum dia.

Casteel cedeu o controle de Setti para mim outra vez, e seguimos em frente até que estivéssemos na metade do caminho para Evaemon. Paramos em Tadous para passar a noite, uma cidade que me lembrava muito de Novo Paraíso. Perto da estalagem, crianças Atlantes acenavam das janelas de um prédio que descobri ser parecido com as escolas da Carsodônia, onde elas aprendiam história, idiomas e matemática em grupos reunidos de acordo com a idade. A diferença era que todas as crianças assistiam às aulas, não importava qual fosse o trabalho dos pais. Enquanto em Solis somente as crianças ricas podiam pagar para ir à escola.

O clima era mais frio ali. Nada que exigisse uma capa pesada, mas havia um ligeiro traço de fumaça de lenha no ar. Naquela noite, nós nos reunimos para jantar, fazendo pedidos de um cardápio que o simpático anfitrião e a esposa forneceram.

Sentada entre Casteel e Kieran a uma comprida mesa de jantar, examinei o cardápio enquanto Vonetta estava sentada a minha frente, rindo de alguma coisa que Delano dizia a ela.

— Quer experimentar uma caçarola? — sugeriu Kieran enquanto olhava por cima do meu ombro. — Podemos dividir o prato.

— O que é uma... caçarola?

Casteel olhou de relance para mim, com um sorriso lento se alargando nos lábios.

— Poppy...

— O que foi?

— Você nunca comeu uma caçarola?

Estreitei os olhos.

— É óbvio que não.

— É gostoso — explicou Kieran. — Acho que você vai gostar.

— É mesmo. — Vonetta entrou na conversa.

Casteel puxou uma mecha solta do meu cabelo.

— Ainda mais se tiver muita... carne.

Eu o encarei, imediatamente desconfiada.

— Por que você está falando desse jeito?

— Que jeito? — perguntou ele.

— Não tente se fingir de inocente.

— Eu? — Ele pousou a mão sobre o coração. — Eu sou sempre inocente. Só estou dizendo que acho que você vai gostar de uma caçarola de carne.

Não confiei nele nem por um segundo. Virei-me na direção de Kieran.

— Do que ele está falando?

Kieran franziu o cenho.

— De uma caçarola de carne.

Olhei para Vonetta e Delano.

— É verdade?

Vonetta arqueou as sobrancelhas escuras enquanto olhava para Casteel.

— Para falar a verdade, não sei a que ele está se referindo, mas eu estava pensando em uma caçarola de vagem.

— Ah, cara, faz séculos que eu não como isso — murmurou Naill.

Recostei na cadeira e cruzei os braços sobre o peito.

— Eu não quero isso.

— Que pena — murmurou Casteel.

— Tenho a impressão de que vou querer apunhalar você antes do final da noite.

Kieran bufou.

— E como isso seria diferente de qualquer outra noite?

Suspirei.

— Isso é verdade.

Casteel se inclinou, deu um beijo na minha bochecha e olhou para o cardápio. Acabamos optando por vegetais assados e pato. De barriga cheia, me aproximei da lareira vazia e de uma das poltronas estofadas de encosto alto enquanto Casteel discutia com Vonetta sobre... bem, eu não sabia muito bem sobre o que eles estavam discutindo naquele momento. Mais cedo era se o inhame podia ser considerado uma batata-doce, uma discussão esquisita, mas eu tinha a impressão de que não era a mais bizarra que os dois já haviam tido.

Eles agiam como irmãos, mesmo que não tivessem o mesmo sangue. Vê-los me deixou cheia de inveja. Ian e eu podíamos ter tido aquilo, discussões sobre vegetais. Se tivéssemos tido uma vida normal.

Mas aquilo foi tirado de nós.

E tudo porque eu era filha de Malec e tinha o sangue dos deuses nas veias. Por isso fui forçada a usar um véu e fiquei enclausurada por metade da vida sob o pretexto de ser a Escolhida. Na verdade, eu havia sido escolhida, mas não da maneira que pensava.

Não acreditava mais que houvesse outra Donzela. Era mais uma mentira para manter a farsa. Eu só não sabia o que a Rainha Ileana esperava ganhar com isso. Dali a alguns dias, eu iria descobrir. A inquietação deslizou por mim como uma cobra.

Mas pelo menos ainda existia uma parte do Ian que conheci. Nós ainda poderíamos ter aquela vida normal em que discutiríamos sobre vegetais.

Kieran afundou na poltrona ao meu lado.

— No que você está pensando, sentada aqui?

— Nada — respondi, e ele me lançou um olhar astuto. — Tudo. Ele deu uma risadinha.

— Você está com dúvidas sobre a sua decisão?

— Não. — Surpreendentemente, não. Mas sobre ir até o Iliseu? Talvez um pouco. — Você acha que ir até o Iliseu é uma escolha ruim? — perguntei quando Casteel pegou o que achei que fosse uma bolinha de queijo lançada por Vonetta.

— Se você tivesse me perguntado isso um ano atrás e eu soubesse como entrar no Iliseu — ele riu enquanto passava os dedos pela testa —, teria dito que sim. Mas agora? Desde que meu pai nos contou que o Iliseu pode ser acessado por meio dos túneis, venho pensando que é uma coincidência e tanto. Isto é todos os anos que passamos neles.

— Eu também — admiti, encostando a cabeça na almofada macia da poltrona enquanto olhava para ele. — É muito conveniente que vocês tenham sido levados até lá.

Ele assentiu.

— Então comecei a pensar em destino. Sobre como as pequenas coisas, e as grandes também, aconteceram e podem ter sido... predeterminadas. Como se tudo levasse a isso.

— A que eu me tornasse Rainha? — Dei uma gargalhada. — Espero que você esteja falando de outra coisa porque é muita pressão.

Kieran me deu um sorriso.

— Ser Rainha é muita pressão — salientou ele.

— Sim, é. — Mordi o lábio. — Você acha que é uma escolha ruim?

— Se você me perguntasse isso um ano atrás...

— Você não me conhecia um ano atrás, Kieran.

Ele abaixou o queixo, deu uma risadinha e me encarou.

— Sinceramente? Juro pelos deuses que acho que é a melhor escolha para você. E para o futuro de Atlântia e de Solis.

— Bem, isso faz eu me sentir ainda mais pressionada.

— Desculpe. — Ele se acomodou na poltrona. — Mas falando sério. Como eu estava dizendo, acho que as coisas levaram a isso, a algo importante. Você está fazendo a coisa certa. — O olhar dele encontrou o de Casteel. — Vocês dois estão.

Respirei fundo e assenti. Parecia ser a coisa certa — assustadora, mas certa.

— Só espero não ter que andar por aí usando uma coroa o dia todo — murmurei.

Kieran deu uma gargalhada alta, que chamou a atenção de Casteel e Lyra. O primeiro arqueou as sobrancelhas. Afundei um pouco mais na poltrona.

— Você tem uma mente muito estranha, te juro — disse Kieran, sacudindo a cabeça.

— As coroas parecem ser pesadas — retruquei enquanto Lyra continuava olhando para Kieran, com um ligeiro sorriso no rosto bonito.

— E insubstituíveis, caso você as quebre ou perca.

Kieran ficou em silêncio, mas pude sentir seu olhar fixo em mim.

— Lyra parece gostar de você — observei, mudando rapidamente de assunto.

— Ela parece gostar de você.

— Fico feliz em saber, mas acho que estamos falando sobre jeitos diferentes de se gostar de alguém. — Ele ergueu um dos ombros. — Você gosta dela?

— Gosto. — Ele apoiou a bota na perna de outra poltrona. — Ela é divertida. Uma boa pessoa.

Arqueei as sobrancelhas e olhei de esguelha para Lyra. Ela estava conversando com Delano e Naill. Divertida? Uma boa pessoa? Kieran costumava ser tão transparente quanto uma parede de tijolos, mas não era assim que eu falaria de Casteel se alguém me perguntasse o que achava dele. Era bem provável que eu ficasse descrevendo-o de forma poética por um bom tempo... e também listasse todas as maneiras como ele podia ser irritante.

Estudei o perfil de Kieran, pensando no que ele me disse quando estávamos sentados na Baía de Estígia.

— Quero ser enxerida.

— Como quando ficou nos espiando na praia?

Engasguei, literalmente, e o meu rosto ficou todo vermelho.

— Não era disso que eu estava falando.

Ele abriu um sorriso tão largo que fiquei surpresa que seu rosto não tenha rachado.

— Você não vai negar?

— De que vai adiantar? — murmurei.

Kieran olhou para mim.

— Intrigante.

— Cale a boca.

Ele riu.

— Sobre o que você quer ser enxerida?

Baixei o olhar, passando o dedo pela aliança.

— A pessoa que você falou que amou e perdeu? O que aconteceu com ela?

Kieran ficou calado por tanto tempo que achei que não fosse responder. Mas então ele disse:

— Ela morreu.

Senti um aperto no peito.

— Sinto muito.

Ele acenou com a cabeça, e mais um longo tempo se passou.

— Foi há muito tempo.

— Como... como foi que aconteceu? — Estremeci ao fazer a pergunta.

— Os lupinos são relativamente saudáveis, assim como os Atlantes e as outras linhagens, mas somos suscetíveis a algumas doenças. Genéticas — explicou ele. — Elashya nasceu com uma doença debilitante que remontava aos tempos dos kiyou. Ela ataca o organismo e provoca falência dos órgãos. — Ele coçou o queixo, semicerrando os olhos. — Elashya sabia que a família era portadora da doença, mas ela não afeta todo mundo, então ela tinha esperanças. Mas sua avó havia tido a doença, que geralmente passa a cada duas gerações. O problema é que a pessoa fica saudável por centenas de anos antes que ela a ataque. Começa com contrações e espasmos involuntários dos músculos, quase tão curtos que você nem se dá conta. Mas dali a alguns dias... já era. Acabou.

Parei o dedo sobre a aliança.

— Você... você se apaixonou por ela sabendo que poderia perdê-la?

— O coração não se importa com quanto tempo você pode ter com alguém. — Kieran olhou para mim com os olhos semicerrados. — Ele só se importa que você tenha a pessoa pelo tempo que puder.

*

Na manhã seguinte, abordei Casteel com um pedido quando saímos da estalagem.

— Eu queria te pedir um favor.

— Qualquer coisa — respondeu ele.

Abri um sorriso.

— Podemos arranjar outro cavalo? — perguntei enquanto nos aproximávamos de onde Emil e Naill estavam preparando as montarias. Dois cavalos selados viajaram conosco, mas eles pertenciam a Kieran e Delano, que tinham assumido a forma humana e estavam montados nos corcéis. — Eu... eu gostaria de cavalgar até a capital no meu próprio cavalo. Lembro do que você me ensinou — acrescentei quando Casteel olhou para mim. Vonetta parou de andar e, mesmo na forma de lupina, lançou um olhar na direção de Casteel como se o estivesse avisando para não discutir. — Acho que estou pronta, que consigo controlar um cavalo manso.

Os olhos dele se aqueceram sob o sol poente da tarde.

— Também acho que você está pronta — concordou Casteel, e eu sorri para ele. — Mas vou sentir falta de ter você na minha frente.

— Eu também vou sentir falta disso — admiti, sentindo as bochechas coradas. — Mas...

— Eu sei — interrompeu ele calmamente, e acho que Casteel compreendia por que eu queria cavalgar até a capital no meu próprio cavalo. O que isso significava para mim. Ele deu um beijo na minha testa e olhou por cima do ombro.

— Já estou providenciando — disse Emil, se curvando com um floreio. — Vou encontrar um corcel digno da sua beleza e força, Vossa Alteza — acrescentou ele com uma piscadela e um sorriso.

Sorri de volta para ele.

— Toda vez que Emil sorri pra você eu tenho vontade de arrancar os lábios do rosto dele.

Arqueei as sobrancelhas enquanto olhava para Casteel.

— Que exagero.

— Não é nem de longe o bastante — resmungou ele, olhando para onde o Atlante tinha desaparecido na baia mais próxima.

— Às vezes — começou Naill conforme montava no cavalo —, acho que Emil quer morrer.

— Eu também acho — murmurou Casteel, e revirei os olhos.

Emil voltou com uma égua cinza muito bonita que lhe garantiram não ser temperamental. Setti deu sua aprovação cutucando a égua com o focinho enquanto eu agradecia a Emil.

— Qual é o nome dela?

— Tempestade — respondeu ele enquanto Casteel verificava as correias da sela. — Recebeu esse nome da filha do anfitrião.

Sorri enquanto acariciava os pelos finos do pescoço da égua.

— É um prazer conhecê-la, Tempestade.

Casteel arqueou as sobrancelhas para mim do outro lado do cavalo, mas pelo menos não arrancou o coração de Emil.

Repeti a mim mesma que não era uma má ideia e subi em Tempestade. Senti o estômago embrulhado. Não faço a menor ideia se Casteel percebeu meu nervosismo, mas ele pegou as rédeas e as segurou por algum tempo. Assim que me acostumei com o movimento e a ficar sozinha, eu as tomei dele. Já que só estávamos cavalgando com um trote rápido, tive confiança de que não iria cair.

Contudo, tanto Casteel quanto Kieran ficaram perto de mim, cavalgando ao meu lado.

— O que você está pensando em fazer para a coroação? — perguntou Casteel enquanto cavalgávamos por uma área arborizada. — A celebração costuma durar o dia todo. Com um banquete e depois um baile.

Um banquete? Um baile? O entusiasmo fervilhou em mim. Por anos, eu quis tanto participar dos bailes realizados no Castelo Teerman, fascinada pelos sons e as risadas, os vestidos e as maquiagens, e como a expectativa permeava a multidão. Era um tipo de felicidade inconsequente. Eu... eu queria isso. Usar um vestido bonito, arrumar o cabelo, maquiar o rosto e... dançar com Casteel.

Mas os bailes levavam semanas para serem planejados e eu imaginava que as coroações, ainda mais. Nós não tínhamos dias a perder para planejar tamanho evento.

— Eu adoraria um baile — confessei. — Mas acho que não temos tempo para isso.

Casteel assentiu.

— Acho que você tem razão.

— Será que podemos fazer isso mais tarde? — cogitei. — Quero dizer, depois de sermos coroados oficialmente e cuidarmos da Coroa de Sangue e tudo o mais?

Uma covinha apareceu na sua bochecha direita.

— Poppy, você vai ser a Rainha. Poderá fazer o que quiser.

— Ah — murmurei enquanto Delano dava uma risada. Vou... vou poder fazer o que eu quiser? Pestanejei enquanto me concentrava na estrada adiante. Qualquer coisa? Era uma sensação rara. E chocante. Soltei o ar de modo entrecortado. — Então eu vou...

Uma flecha passou zunindo pela minha cabeça. Arfei, me esquivando enquanto Casteel estendia a mão para mim.

— Pegue as rédeas dela — ordenou ele, passando o braço em volta da minha cintura.

Kieran praguejou e se aproximou, segurando as rédeas de Tempestade enquanto Casteel me puxava para cima de Setti. Outra flecha voou sobre nossas cabeças.

— Filhos da puta — rosnou Naill. Por cima do ombro, eu o vi olhar para o braço.

— Você está bem? — gritei enquanto Casteel conduzia Setti para o lado, se posicionando de modo que seu corpo protegesse o meu.

— Foi só um arranhão — resmungou o Atlante, exibindo as presas. — Aqueles idiotas não poderão dizer o mesmo quando estiverem mortos.

Girei o corpo na sela. Tudo o que vi foram máscaras de bronze.

Os Invisíveis.

Havia dezenas deles na estrada, alguns armados com arcos e outros com espadas. Germes. A pele dos seus peitos nus exibia a palidez acinzentada de algo que nunca esteve vivo.

De repente eu não via nada além de uma matilha de lupinos correndo pela estrada pavimentada e a grama cheia de juncos, derrubando aqueles que empunhavam arcos. Seus gritos foram interrompidos quando os lupinos cravaram os dentes na garganta deles. Naill passou voando por nós, enterrando a espada no peito de um Germe enquanto Vonetta saltava por cima de um Invisível caído no chão, colidindo nas costas de outro. Vários Germes ultrapassaram os lupinos, correndo na nossa direção enquanto Emil passava por nós, arremessando uma adaga. A lâmina penetrou uma máscara, derrubando o Invisível. Não tive tempo para me decepcionar com o que estava acontecendo — o que significava que ainda havia Invisíveis decididos a me impedir de assumir a Coroa.

Que, como Alastir havia prometido e provado naquela noite na Enseada de Saion, aquilo não tinha terminado com sua morte.

— Segure firme. — Casteel girou o corpo e tirou a perna de cima de Setti. Eu me segurei conforme ele saltava do cavalo. Casteel aterrissou sem tropeçar e então me colocou no chão. Segurou a parte de

trás da minha cabeça e também abaixou a sua. — Mate quantos puder.
— Em seguida, levou a boca até a minha em um beijo rápido e intenso, um choque de dentes e línguas.

No instante em que ele me soltou, peguei a adaga de lupino e girei o corpo enquanto Kieran tirava Setti e Tempestade da estrada — com sorte, para longe do perigo.

Casteel avançou, soltando as espadas curtas.

— Vocês interromperam uma conversa encantadora, seus idiotas. — Casteel se esquivou tão rápido que uma flecha passou inofensivamente por ele. — E isso foi uma grande grosseria.

Com a adaga na mão, avancei na direção do Germe mais próximo. Abaixei-me conforme ele brandia a espada e surgi atrás da criatura, cravando a lâmina nas suas costas e pulando para trás para escapar da gosma inevitável. Eu me virei e vi Delano arrancando a cabeça de um Germe com a espada. Um Invisível veio correndo do meio das árvores, com a arma em punho. Esperei e então saltei, girando o corpo enquanto dava um chute nele, atingindo-o no joelho. O osso rachou e cedeu. Ouvi um grito abafado do homem enquanto me virava, golpeando a adaga em seu pescoço. Estremeci, arrancando a lâmina afiada. O homem tombou para a frente. Olhei ao redor, examinando aqueles que ainda estavam de pé e não vendo ninguém de máscara prateada nem carregando a corrente de ossos.

Era evidente que eles não tinham a menor intenção de me capturar viva.

Outro saiu correndo das árvores. Não era um Germe. Era mais esperto — disparando para a esquerda e depois para a direita. Ele brandiu a espada enquanto eu me esquivava para a direita, batendo com a lâmina em uma árvore ali perto.

— Se manchar a minha roupa nova de sangue — avisei conforme saltava para a frente, enfiando a adaga no peito do homem —, vou ficar muito aborrecida.

— Eu compro roupas novas pra você — avisou Casteel, agarrando o ombro de um Invisível enquanto cravava a espada em seu abdômen.

Pulei para trás.

— Mas eu gosto dessa túnica.

— Puta merda — grunhiu Emil a vários metros de distância, olhando para a floresta.

Virei-me e senti o estômago revirar. Ao menos duas dúzias de agressores saíram da sombra das árvores, metade Invisíveis e metade Germes. Os lupinos e os demais cuidavam rapidamente daqueles que estavam na estrada, mas havia muitos, e um dos nossos acabaria se machucando, ou coisa pior.

Eu não queria que isso acontecesse.

Mais tarde, eu me perguntaria como os Invisíveis haviam descoberto que estávamos a caminho de Evaemon. E, em algum momento, poderia refletir sobre como decidi explorar o zumbido do poder que crescia no meu peito de modo tão fácil e imediato. Sobre como não parei para pensar se conseguiria me controlar. Apenas reagi, deixando que o instinto assumisse o controle.

Talvez mais tarde eu até me lembraria da conversa que tive com Casteel — aquela em que disse que daria uma segunda chance àqueles que estavam contra mim, e como aquilo era o contrário do que eu havia dito. Por outro lado, aqueles homens e criaturas estavam realmente tentando me matar, então talvez não.

Agucei os sentidos e deixei que o outro lado do meu dom se manifestasse, a parte que tirava a vida. Eu me dei conta de que era muito parecido com curar alguém, só que ao contrário. Minha pele começou a vibrar conforme eu sentia um gosto metálico na garganta. A ardência quente e ácida da raiva dos Invisíveis e o vazio absoluto e assustador dos Germes me alcançaram, e eu captei tudo — o ódio e até mesmo o nada, deixando que entrassem nas minhas veias e se derramassem no meu peito, onde se juntaram ao éter. Senti o chão começar a tremer sob meus pés enquanto olhava para aqueles de máscara. O poder primordial dos deuses invadiu todos os meus sentidos.

Minha carne faiscou.

Brasas prateadas acenderam na minha pele e, com o canto do olho, vi Casteel dar um passo para trás e os lupinos recuarem.

— Acabe com eles, garota.

Sorri quando os cordões finos e flamejantes saíram de mim. Alguém arfou, provavelmente um Invisível, conforme uma rede de luz brilhante se estendia de mim, fluindo pelo chão em um emaranhado de veias reluzentes. Vários Invisíveis deram meia-volta e começaram a correr, mas eles não escapariam. Eu me certificaria disso.

Visualizei os fios de luz se derramando sobre os Invisíveis e os Germes, seus corpos se despedaçando e ruindo, suas armas caindo no chão. Eu me concentrei naquela imagem enquanto pegava todo o ódio, o medo e o vazio que tinha dentro do peito e mandava de volta para eles através dos cordões.

A explosão de poder assolou as árvores, sacudindo as folhas até que muitas caíssem. As teias de luz se ergueram e então desabaram sobre os Invisíveis e os Germes — os que estavam na estrada, os que corriam na nossa direção e até mesmo os que fugiam.

Ossos retumbaram como trovão, braços e pernas quebraram e costas foram retorcidas. Corpos de criaturas inumanas entraram em colapso, se espatifando e se espalhando como poeira. Um após o outro, eles se despedaçaram ou ruíram até que não passassem de objetos no chão, e então visualizei os restos se transformando em cinzas para combinar com os montes de pó.

Afinal de contas, não parecia muito higiênico deixar cadáveres para trás.

Chamas prateadas se acenderam sobre as coisas imóveis e retorcidas no chão, engolindo-as e sumindo até que só restassem as cinzas. A teia prateada vibrava conforme aquele poder ancestral pulsava pelo meu corpo.

— Poppy. — A estática estalou no ar quando virei a cabeça para onde Casteel estava na beira da estrada, com o queixo erguido e o cabelo despenteado. O que senti emanando dele não era ácido nem vazio. Era quente e sensual, picante e doce. — Isso foi muito sexy — comentou ele.

Dei uma risada rouca e reverberante. O comentário — por mais pervertido e inapropriado que fosse — me ajudou a puxar todo aquele poder para dentro de mim. Visualizei a teia cintilante sumindo e, quando isso aconteceu, bloqueei os sentidos e o brilho prateado desapareceu da minha pele.

Olhei para o que restava dos agressores, procurando algum sinal de remorso, mas tudo que encontrei foi uma sensação de tristeza pelas vidas desperdiçadas. Aquelas pessoas, os Invisíveis, poderiam ter escolhido qualquer coisa para fazer com a própria vida, mas escolheram isso — ações baseadas em crenças unilaterais das linhagens e em uma falsa profecia.

— Você está bem? — A pergunta suave de Delano invadiu meus pensamentos.

Olhei para ele e fiz que sim com a cabeça.

— E vocês?

Os olhos claros estudaram os meus.

— Também.

— Deuses. — Emil franziu os lábios e passou a mão pelo rosto, limpando o sangue gorduroso enquanto olhava para as cinzas e os montes de pó oleoso. — O que será que eles pretendiam conseguir com isso?

Para mim, era evidente o que eles queriam fazer.

Procurei por Casteel e o encarei. Os olhos dele, parecendo duas lascas cintilantes de topázio glacial, retribuíram meu olhar.

— Eles não querem que eu assuma a Coroa — respondi. — Mas fracassaram. E a mesma coisa vai acontecer com qualquer um que achar que pode me impedir.

Um sorriso afiado como uma navalha surgiu no rosto de Casteel.

— Pode apostar que sim.

Capítulo Trinta e Cinco

— Pode ter sido alguém na estalagem em Tadous — arriscou Emil conforme cavalgávamos, alertas para mais ataques. Ele e Naill estavam na nossa frente, o que achei... estranhamente divertido. Cavalgavam em uma postura protetora e pensei que talvez eu devesse cavalgar na frente deles. — Ou pode ter sido alguém que viu Arden a caminho de Evaemon e presumiu que ele estivesse levando a notícia da nossa chegada para a capital.

Eu esperava que Arden tivesse chegado ao palácio em segurança.

— Ei — chamou Casteel baixinho. Olhei para ele, que cavalgava ao meu lado, e me dei conta de que Kieran e Delano tinham se afastado um pouco, para nos dar privacidade. — O que você fez lá atrás foi a coisa certa.

— Eu sei. — E sabia mesmo. — Podíamos ter continuado lutando contra eles, mas alguém acabaria se machucando e eu não deixaria que isso acontecesse.

— Você é incrível — afirmou ele, e eu dei uma risadinha suave. — Estou falando sério, Poppy. Na verdade, você pode até ser uma divindade, mas parecia uma deusa.

— Ora, obrigada. — Sorri para ele. — Estou feliz por ter feito isso e conseguido controlar o poder.

— Eu também. — Ele repuxou um canto dos lábios para cima. — Essa habilidade vai ser útil no futuro.

Pensei na Rainha de Sangue.

Realmente seria.

Um momento se passou.

— Os Invisíveis não representam Atlântia. O que pensam e querem não tem nada a ver com o reino.

Nós nos entreolhamos.

— Eu sei. — E era... bem, eu não sabia muito bem se era verdade ou não. Conheci muitos Atlantes que foram receptivos e até amigáveis. Conheci alguns que foram cautelosos e reservados. Mas havia pelo menos duas dúzias de Invisíveis em meio aos Germes. Quantos mais existiam? Quantas pessoas eles poderiam ter infectado com a crença de que destruiriam Atlântia?

Não fazia ideia. Mas, como antes, deixei essas preocupações de lado porque, como disse na floresta, eles não me impediriam.

E não impediriam Casteel.

Continuamos cavalgando e, por volta do meio-dia, percebi que estávamos perto da capital quando chegamos ao topo de uma colina e nos deparamos com árvores altas e frondosas, cheias de folhas vermelhas. As árvores de sangue pontilhavam a paisagem e ladeavam a ampla estrada pavimentada até Evaemon — árvores que agora eu sabia que representavam o sangue dos deuses, e não o mal ou algo a se temer.

As árvores de sangue se erguiam em ambos os lados da estrada. Empertiguei-me na sela assim que Evaemon surgiu no meu campo de visão.

Entreabri os lábios e arregalei os olhos.

Estruturas imensas em tom de marfim com torres pontudas e rodopiantes se estendiam até o céu, flanqueando pontes de pedra que se erguiam em colunas altas acima de um canal largo em forma de meia- -lua com uma água tão azul quanto o céu. Eu podia ver três pontes, uma a leste e outra a oeste, que levavam a ilhas quase do tamanho da Enseada de Saion, cheias de construções que pareciam ir até o céu. Cada uma das pontes era conectada a estruturas em forma de cúpula com sóis esculpidos em pedra, que se erguiam acima dos campanários, e a ponte que atravessamos levava ao coração de Evaemon.

Prédios quadrados e atarracados com colunatas tão amplas quanto um quarteirão deram lugar a prédios cinza e marfim construídos mais perto uns dos outros do que na Enseada, só que mais altos, formando torres e pináculos elegantes. Como na Enseada de Saion, havia vegetação por onde quer que você olhasse, contornando as estruturas graciosas e enormes ou revestindo os terraços de edifícios menores. Por toda a cidade, os Templos cintilavam, refletindo o sol da tarde. Senti a garganta seca quando fixei o olhar na extremidade oeste da cidade, onde havia uma estrutura maciça feita de pedra preta e reluzente no topo de uma colina elevada, com as alas terminando em pórticos circulares. Numerosos tetos de vidro abobadado e torres brilhavam intensamente sob o sol enquanto a ala central seguia até um Templo construído com a mesma pedra da cor da meia-noite que os templos de Solis. Havia soldados de pedra ajoelhados ao longo do campanário do Templo, com as cabeças escuras abaixadas enquanto seguravam escudos de encontro ao peito e brandiam espadas, com as lâminas de pedra parecendo faixas pretas contra o céu.

Atordoada, desviei o olhar do que só podia imaginar que fosse o palácio e olhei para Evaemon. Senti as narinas e os olhos ardentes conforme contemplava a cidade que acreditava ter tombado.

Enquanto a Enseada de Saion tinha quase o mesmo tamanho da capital de Solis, Evaemon era três vezes maior, se estendendo até onde a vista alcançava, tanto a leste quanto a oeste, onde manchas brancas pastavam nos campos. Além da área densamente arborizada que acompanhava as Montanhas de Nyktos e na face dessa montanha, havia onze estátuas mais altas que o Ateneu da Masadônia. Cada uma das figuras segurava uma tocha acesa na mão estendida, com as chamas brilhando tanto quanto o sol poente. Eram os deuses — todos eles — protegendo a cidade, ou de guarda.

Não fazia ideia de como aquelas estátuas foram construídas daquele tamanho e levadas até a montanha. Ou como as tochas foram acesas e como continuavam queimando.

— É linda, não é? — Casteel nem precisava perguntar. Era a cidade mais linda que eu já tinha visto. — Quase todos os edifícios que você está vendo foram construídos pelas divindades.

Deuses, isso significava que deviam ter milhares de anos. Não conseguia entender como algo podia durar tanto tempo. Nem como uma cidade podia ser tão impressionante e intimidante ao mesmo tempo.

Pássaros de asas brancas pairaram no céu conforme atravessávamos a ponte, voando sobre os lupinos que seguiam na nossa frente. Olhei para as imensas rodas dentro da água, imaginando se era assim que eles levavam eletricidade para a cidade. A Carsodônia usava uma técnica parecida, mas não daquela escala. Mais adiante, avistei as velas de pequenos barcos no canal.

— Eu tenho tantas perguntas — sussurrei.

— E nem sequer uma única pessoa ficaria surpresa ao ouvir isso — comentou Kieran, e Delano riu.

— Mas não consigo nem formular as palavras no momento — admiti, pigarreando.

Casteel conduziu Setti para mais perto enquanto olhava para mim.

— Você está... chorando?

— Não — menti, piscando para conter as lágrimas. — Talvez? Eu nem sei por quê. É só que... nunca vi nada assim antes.

Um sino soou, me assustando e fazendo com que os pássaros alçassem voo da torre enquanto ressoava em uma rápida sucessão de três toques — algo diferente dos sinos que badalavam na Enseada de Saion para indicar as horas.

— Eles estão só alertando a cidade sobre a nossa chegada — assegurou Casteel, e eu assenti.

Emil olhou para trás, encontrando o olhar de Casteel por cima do meu ombro. Ele acenou com a cabeça e conduziu o cavalo para a dianteira. Galopou na frente, incitando a montaria e passando pela estrutura no final da ponte.

— Para onde ele está indo? — perguntei.

— Até o palácio para avisar que já chegamos — informou Casteel. — Vamos seguir por um caminho muito mais discreto. Vai haver gente, mas bem menos do que no trajeto que Emil está tomando.

Não preciso nem dizer que fiquei grata por isso. Meus sentidos já estavam sobrecarregados e eu não queria saudar os cidadãos de Evaemon parecendo uma garota chorona.

Os lupinos permaneceram conosco, assim como Naill. Havia soldados entre as Guardiãs nas sombras da construção de entrada, que fizeram uma reverência assim que passamos. Meu coração bateu descompassado quando viramos para o leste, pegando uma estrada vazia nos arredores das colunatas que avistei na entrada da ponte.

— Para que são usados esses edifícios? — perguntei.

— Eles abrigam o maquinário que converte água em eletricidade — explicou Casteel, mantendo Setti por perto. — Você vai ver vários deles por toda a cidade.

— Isso é incrível — murmurei enquanto, do outro lado da rua, rostos curiosos surgiram das portas que se abriam lentamente nos edifícios de arenito.

— E tediosamente complicado — afirmou Naill atrás de nós.

— Mas você é capaz de listar cada peça de equipamento e para que servem — retrucou Kieran.

— É verdade. — Naill sorriu quando olhei por cima do ombro para ele. — Meu pai é um dos homens que supervisionam os moinhos.

— Supervisiona? — Casteel bufou. — Ele é o coração dos moinhos. O pai dele é o principal responsável por manter aquelas rodas antigas em funcionamento para que todos tenham acesso a tudo que a eletricidade pode fornecer.

— Seu pai deve ser muito inteligente — falei, olhando rapidamente para os rostos que apareciam nas janelas. Não senti nenhum olhar ou sentimento hostil. A maioria das pessoas parecia mais interessada na turba de lupinos que tomava a rua.

— Ele é — respondeu Naill, com um orgulho tão intenso quanto o sol.

Cerca de meia dúzia de lupinos, junto com Delano, tinham ficado para trás. Agucei os sentidos na direção dele, preocupada, e encontrei o frescor de sua assinatura.

Está tudo bem, ele me assegurou depois de um momento, hesitante, como se ainda estivesse se acostumando a se comunicar daquele jeito. *Estamos apenas nos certificando de que você e o Príncipe estejam protegidos por todos os lados.*

Eles estavam preocupados com os Invisíveis ou com outra coisa? Concentrei-me na estrada que seguíamos. Por fim, passamos por baixo da ponte que levava a leste, um distrito de Evaemon que Casteel disse se chamar Vinhedos.

— Vinho — explicou ele enquanto cavalgávamos perto da margem do canal principal. Havia diversos barcos com velas brancas e douradas atracados no cais. As pessoas entravam e saíam das embarcações carregando caixotes. — O nome do distrito vem dos vinhedos.

O outro distrito era chamado de Esplendor por causa dos museus, da arte e de alguns dos edifícios mais antigos de toda a Atlântia. Eu estava ansiosa para explorar os arredores, mas teria de esperar.

Atravessamos o bosque das reluzentes árvores de sangue, escalando as colinas de pastagem. Perdi o fôlego quando as árvores ficaram esparsas e pude ver as pedras lisas da cor de azeviche entre elas.

— Por que o palácio é tão diferente das outras construções de Atlântia? — perguntei, me forçando a não segurar as rédeas de Tempestade com tanta força.

— Não era assim antes. Malec o reformou quando assumiu o trono — explicou Casteel, e eu senti o estômago embrulhado. — Ele disse que queria homenagear Nyktos, alegando que estava mais de acordo com os Templos do Iliseu, até onde me lembro.

Refleti sobre isso.

— Você acha que ele foi até o Iliseu?

— Não sei, mas é possível. — A brisa fria levantou as mechas onduladas do cabelo de Casteel. — Caso contrário, como ele saberia como eram os Templos de lá?

— É um bom argumento — murmurei. — A Sacerdotisa Analia me contou que os Templos de Solis eram as construções mais antigas, erguidas muito antes do reinado dos Ascendidos.

— Pela primeira vez aquela vadia falou a verdade — retrucou Casteel, e o modo como ele se referiu a ela não me ofendeu nem um pouco. Analia era uma vadia. — Aqueles Templos são feitos de pedra das sombras, um material extraído das Terras Sombrias e transportado para esse plano há muito tempo pelos deuses, que depositaram uma parte dele nos Picos Elísios.

Eu não sabia disso.

Por outro lado, eu nem sabia que as Terras Sombrias existiam até bem pouco tempo. Só me parecia muito estranho que os Ascendidos mudassem tanto a história verdadeira dos deuses e ainda assim deixassem os Templos como eram. Talvez fosse um limite que eles não se atreviam a ultrapassar.

De qualquer modo, deixei os pensamentos sobre a pedra das sombras e os Templos antigos de lado assim que saímos do meio das árvores e a parte de trás do palácio surgiu no meu campo de visão.

Era possível ver a cidade inteira lá de cima, casas e lojas erguidas sobre as colinas e vales e entre os canais. O Palácio Evaemon tinha sido construído na encosta, e a reluzente estrutura preta formava uma visão formidável, com inúmeras janelas nas torres e ao longo dos andares inferiores. Mas havia algo que se destacava de imediato.

Nenhuma muralha cercava o palácio, nem nos fundos nem no pátio da frente que levava até o Templo. Diversas colunas de ébano conectavam uma passarela que ia do palácio ao Templo e cercavam a maior parte do palácio, agora patrulhado pelos Guardas da Coroa. Foi então que me dei conta de que também não havia uma muralha ao redor da propriedade na Enseada de Saion.

Havia vários Guardas da Coroa, adornados de branco e dourado, sob a arcada e ao lado dos portões de um tom mais escuro que a égua que eu montava enquanto cavalgávamos.

Mal podia acreditar como o palácio era aberto. Em todas as cidades de Solis onde um membro da Realeza governava, suas casas eram resguardadas por muralhas quase da metade do tamanho da Colina que protegia a cidade. Ninguém conseguia nem chegar perto dos castelos ou de qualquer fortaleza ou mansão Real, pois sempre havia amplos pátios que separavam a casa dos muros internos. Mas ali? Era possível ir direto para a entrada do palácio.

Era evidente que a classe governante apreciava a interação com seus cidadãos. Mais uma diferença marcante do modo como os Ascendidos governavam Solis.

Eu quase deixei as rédeas de Tempestade caírem quando vi o pátio pela primeira vez.

— Rosas noturnas — sussurrei. Pétalas pretas e aveludadas, agora fechadas para se proteger dos raios de sol, subiam pelas colunas na frente do palácio, escalando as paredes de ônix até as torres e pináculos.

O olhar de Casteel seguiu o meu.

— Eu quis te contar a respeito delas quando você mencionou que eram suas flores preferidas, mas não podia. — Ele franziu o cenho. — Depois acabei me esquecendo disso.

Pisquei os olhos, um tanto abalada com a visão. Era muita coincidência que as flores pelas quais sempre fui atraída revestissem as paredes do palácio que eu passaria a chamar de lar.

— Cas! — gritou uma voz, chamando minha atenção para o estábulo. Um jovem atravessava o pátio, vestido com calças marrom-claras e uma camisa branca como a de Casteel, só que para fora da calça. Um largo sorriso surgiu em seu rosto negro. Ele parou de sorrir por um segundo quando notou os lupinos. — É você mesmo? Ou uma alucinação bizarra?

O uso casual do nome de Casteel indicava que aquele homem devia ser um amigo — alguém em quem Casteel confiava. Assim que se aproximou, vi que seus olhos eram de um tom claro de âmbar. Ele era um Atlante fundamental muito bonito, com um rosto franco e caloroso e o cabelo cortado rente à cabeça, muito parecido com o de Kieran.

— Seria uma alucinação muito estranha — brincou Casteel enquanto apertava a mão do homem e eu fazia Tempestade diminuir a velocidade e depois parar. — Faz muito tempo, Perry.

O Atlante assentiu enquanto um lupino queimado de sol se aproximava, observando o homem atentamente. Felizmente, Tempestade não demonstrou nenhuma reação ao ver tantos lupinos por perto.

— Faz mesmo. Fiquei surpreso em saber que você tinha voltado pra casa. Quase não acreditei que fosse verdade quando a notícia chegou até nós.

— Imagino que muita gente deve ter ficado surpresa — respondeu Casteel suavemente. — Como você está?

— Arrumando todo tipo de encrenca. — O olhar curioso de Perry se voltou para mim enquanto Casteel ria, demorando-se por um momento antes de se virar para Kieran. — Mas nem perto daquelas que costumam acontecer quando vocês dois estão por perto.

Arqueei as sobrancelhas ao ouvir isso e então Kieran perguntou:

— O que você está fazendo aqui?

— Entretendo Raul com minha conversa estimulante e divertida.

— Eu diria que ele está é me irritando — soou uma voz rouca. Um homem mais velho, com os cabelos da cor das nuvens e a barba do mesmo tom, mas entremeada de preto, saiu do estábulo mancando de leve e enxugando as mãos em um pano que enfiou no bolso da frente da túnica marrom. — Veja só. Então é verdade que o Príncipe rebelde voltou para casa? — perguntou o homem mais velho. — Devo estar vendo coisas.

O sorriso de Perry se alargou ainda mais.

— É sua visão que está fraca, Raul.

— Ora, é para combinar com meu corpo debilitado — respondeu ele.

— Falando em corpos debilitados, estou surpreso que você ainda esteja vivo — comentou Kieran enquanto descia do cavalo, e eu pisquei. Casteel bufou.

— Do que você está falando? Raul vai viver mais do que todos nós.

— Espero que não... Merda. — Raul parou ao lado de Perry, apertando os olhos castanhos enquanto olhava para cima. — Estou praguejando sem parar e você tem uma dama ao lado.

— Uma dama a que ele ainda não nos apresentou — informou Perry, com o olhar um tanto tímido. Agucei os sentidos para o Atlante, mas não senti nada além de divertimento e curiosidade. — Uma dama muito quieta que nunca vi antes, mas que desconfio já ter ouvido falar.

— Isso porque você não conhece muitas mulheres — retrucou Raul enquanto pegava as rédeas de Tempestade, coçando o pescoço da égua. Perry concordou com uma risada.

— Não posso discordar disso. Mas já ouvi falar dessa dama em particular. Isso se os boatos forem verdadeiros. — Ele fez uma pausa e olhou para os lupinos que o observavam. — E estou achando que são.

— Essa é a Princesa Penellaphe. Minha esposa — anunciou Casteel, e meu coração deu um salto de felicidade em resposta às suas palavras. — Se esse é o boato de que você está falando, então é verdade.

— Uma parte do boato — respondeu Perry.

Raul murmurou:

— Bem, merda.

Não fazia ideia se a resposta deles era comum ou um prenúncio, mas então Perry deu um passo à frente. Uma lupina castanho-amarelada apareceu na frente de Tempestade, com as orelhas puxadas para trás. Perry arqueou as sobrancelhas.

— É você, Vonetta?

Era ela.

Mas a lupina não deu nenhuma resposta, apenas continuou olhando para o Atlante com o corpo retesado e imóvel. Se Vonetta e Perry se davam bem antes, não parecia mais importar. Mas, se Perry tinha permissão para chamar o Príncipe de "Cas", então eu sabia que ele era de confiança.

Segui a assinatura de carvalho e baunilha de Vonetta. Tudo bem. Ele é amigo de Casteel, certo?

Houve um momento de silêncio e então o sussurro de Vonetta encontrou meus pensamentos. Amigos de Cas já o traíram antes.

Bem, era um bom argumento. Vamos dar uma chance a ele.

Vonetta me lançou um olhar bastante torto para um lupino, mas recuou vários metros.

— Merda — repetiu Raul.

— Bem, se isso não é a confirmação do outro boato, então não sei o que mais poderia ser. — O sorriso voltou ao rosto bonito de Perry quando ele olhou para mim. Senti um gosto fresco e efervescente na boca. Perry estava curioso... e ainda achando graça. — Devo chamá-la de Princesa ou de Rainha?

Ninguém respondeu por mim.

— Pode me chamar de Penellaphe — decidi.

O sorriso de Perry se alargou e eu tive um vislumbre das suas presas.

— Bem, Penellaphe, posso ajudá-la a desmontar?

Fiz que sim com a cabeça. Raul firmou Tempestade enquanto Perry me ajudava a desmontar.

— Obrigada — falei.

— O prazer é todo meu. — Ele olhou de relance para Casteel enquanto segurava as minhas mãos. — É a sua cara aparecer depois de anos de ausência com uma bela esposa ao lado.

Casteel desmontou com uma facilidade irritante.

— Eu adoro chegar em grande estilo. — Ele se aproximou por trás de mim e soltou minhas mãos das de Perry.

Perry olhou para Kieran.

— Já que esse idiota está com você, quer dizer que Delano também voltou? Eu ainda não o vi.

— Voltou. — Casteel entrelaçou os dedos nos meus. — Ele deve chegar em breve.

O sorriso de Perry voltou tão rápido que duvidei que ele não sorrisse o tempo todo, mas o gosto defumado da atração acompanhou o repuxar de seus lábios.

477

— Você sabe onde meus pais estão? — perguntou Casteel.

Perry acenou com a cabeça na direção do prédio com os soldados de pedra ajoelhados em volta da cúpula.

— Encontro você mais tarde — Casteel disse a Perry antes de falar com Raul. — Você vai cuidar dos cavalos pra mim?

— Não é o meu trabalho? — replicou Raul, e eu dei uma risada perplexa, ganhando um suave aperto de mão de Casteel. — Pelo menos costumava ser. Se fui demitido, ninguém decidiu me avisar.

— Como se fôssemos pensar em fazer uma coisa dessas — respondeu Casteel, sorrindo.

— Como se você passasse muito tempo pensando em alguma coisa — retrucou Raul.

Repuxei os lábios em um sorriso, gostando daquele velho meio rabugento.

— Você está sorrindo para Raul depois que ele sugeriu que eu não tenho cérebro? — perguntou Casteel, se fingindo de ofendido.

— Tive a impressão de que ele sugeriu que você não usa o cérebro com muita frequência — respondi. — Não que não tenha um. E, sim, eu estou sorrindo para o Raul. Gostei dele.

— Vossa Alteza tem bom gosto. — Raul acenou com a cabeça na minha direção. — Apesar de ter escolhido ficar com esse daí.

Dei outra risada.

— Pode acreditar que já tive minhas dúvidas.

Perry riu e então o velho deu uma gargalhada rouca.

— Gosto dela, Cas — disse o Atlante.

— É claro que gosta — murmurou Casteel. — Pode dar a Setti e Tempestade alguns cubos de açúcar? Eles merecem.

— Pode deixar.

Em seguida, nós nos despedimos e atravessamos o pátio, seguidos pelos lupinos. Abri a boca...

— Vou adivinhar — interrompeu Kieran. — Você tem algumas perguntas.

Eu o ignorei.

— Perry mora aqui? No palácio?

— Ele tem um quarto aqui, mas a casa de sua família fica em Evaemon. — Casteel afastou o cabelo dos olhos com a mão livre. — Nós praticamente crescemos juntos.

— Por que ele tem um quarto aqui se tem a própria casa?

— Porque ele é um Lorde, assim como o seu pai, Sven — explicou ele —, que é um Ancião. Todos os Anciões têm quartos aqui.

Levando em conta que o palácio parecia grande o suficiente para abrigar um vilarejo, não fiquei surpresa ao ouvir isso.

— Além disso, aposto que o Conselho foi convocado e está aguardando nossa chegada — continuou Casteel.

Meu coração palpitou dentro do peito. Por mais que o lupino que mandamos na frente não fosse contar aos pais de Casteel sobre a nossa decisão e eu não achasse que Emil faria isso, imaginei que seus pais tivessem pressentido que havíamos nos decidido.

Embora ali fosse o Templo, uma sensação poderosa de déjà-vu tomou conta de mim quando nos aproximamos da escada semicircular e dois guardas abriram a porta. Mas dessa vez era diferente, porque eu não estava entrando ali como uma Princesa incerta sobre o futuro.

Eu estava entrando ali como alguém que estava prestes a se tornar Rainha.

*

Emil estava esperando por nós na entrada do Templo, de pé sob uma flâmula Atlante pendurada no teto. Olhei direto para as portas fechadas atrás dele, onde havia pelo menos dez guardas posicionados. A cautela irradiava deles, provocada pelo que deveria ser uma visão bastante inesperada das dezenas de lupinos que subiam os degraus ao nosso lado.

Meu coração batia descompassado conforme eu seguia adiante. Minha mão tremia, mesmo abrigada na de Casteel. Eu sabia que tinha feito uma boa escolha. Estava mais pronta do que nunca, mas parecia que uma dúzia de abutres havia alçado voo no meu peito. Aquilo era... muito importante. Eu estava entrando como Poppy e sairia dali como a Rainha — de um povo que não me conhecia e poderia muito bem não confiar em mim.

Casteel parou e se voltou para mim. Ele tocou na minha bochecha, logo abaixo das cicatrizes, e guiou o meu olhar até o seu.

— Você já enfrentou Vorazes e vampiros, homens com máscaras feitas de carne humana, criaturas sem rosto e Atlantes que tinham a intenção de machucá-la com o tipo de força e coragem que a maioria das pessoas não possui — sussurrou ele. — Lembre-se de quem você é. Destemida.

Senti dedos tocarem o outro lado da minha bochecha, e os olhos claros de Kieran se fixaram nos meus.

— Você é filha dos deuses, Poppy. Você não foge de nada nem de ninguém.

Prendi a respiração conforme retribuía o olhar de Kieran e depois o de Casteel. Meu peito começou a zumbir. Um instante se passou e então olhei para as portas fechadas. Não tinha nada de errado em ficar nervosa. Quem não ficaria nervosa naquela situação? Mas eu não estava com medo.

Porque eles tinham razão.

Eu era corajosa.

Destemida.

E não fugia de nada nem de ninguém — nem mesmo de uma coroa.

Passei os olhos pelos lupinos, me detendo em Vonetta. Soltei o ar lentamente e assenti. Nós nos viramos na direção das portas, assim que elas se abriram para uma área iluminada pelo sol que vinha das laterais da cúpula de vidro.

Havia fileiras de bancos semicirculares de cada lado da nave do Templo, oferecendo assentos suficientes para milhares de pessoas — ou até mais. Logo acima, um camarote servia para ainda mais pessoas se sentarem, e embaixo dele existiam dez estátuas de deuses, cinco de cada lado. Eles seguravam tochas apagadas de encontro ao peito de pedra preta. Adiante, a estátua de quem eu supunha ser Nyktos se erguia no centro do palanque. Atrás dela havia outro par de portas tão grandes quanto aquelas por onde tínhamos entrado, com guardas a postos. Reconheci Hisa. Os tronos estavam diante da estátua de Nyktos.

Ambos eram feitos de pedra das sombras perolada, entremeada por veios de ouro. Sua forma me deixou fascinada. O encosto era circular e pontiagudo, no formato do sol e de seus raios, e no meio do topo, esculpidas na mesma pedra, havia uma espada e uma flecha se cruzando.

A Rainha e o Rei de Atlântia estavam de pé ao lado dos tronos e, conforme seu filho e eu avançávamos, com os lupinos logo atrás se espalhando entre as fileiras de bancos, percebi que os dois estavam usando suas coroas. A coroa na cabeça do Rei era feita de ossos retorcidos e esbranquiçados, mas a que estava na cabeça da Rainha era de ossos dourados e brilhantes. Não tinha visto aquela coroa desde as Câmaras de Nyktos. Eloana e Valyn permaneceram em silêncio enquanto nos aproximávamos deles, a mãe de Casteel com as mãos entrelaçadas na altura da cintura.

— Mãe — cumprimentou Casteel quando paramos diante dos degraus do palanque. Kieran e os demais ficaram a vários metros de distância. — Pai.

— Ficamos felizes em ver que os dois voltaram — respondeu seu pai, com uma das mãos apoiada no punho da espada.

— Não sem interrupções. — Casteel inclinou a cabeça. — Fomos abordados por membros dos Invisíveis.

— Alguém se feriu? — perguntou sua mãe.

— Não. — Casteel olhou para mim. — Minha esposa se certificou disso.

— Todos nós nos certificamos disso — acrescentei.

— Fico aliviada em saber — afirmou ela. — Mas não deveria ter acontecido.

Não, não deveria.

Mas aconteceu.

— Presumo que Arden tenha chegado em segurança? — indagou Casteel.

O Rei assentiu.

— Sim. Ele está descansando em um dos quartos. O lupino só nos contou que a reunião correu bem.

— E seu irmão? — A Rainha olhou para mim, com a coroa contrastando com os cabelos escuros. — Ele ainda é como você se lembrava?

— Não — respondi. — E sim. Mas não é como os outros Ascendidos.

Ela inflou o peito por trás do vestido cor de marfim que usava.

— Não sei se isso é bom ou ruim.

— Eu também não — admiti.

— Vocês devem ter muita coisa para nos contar — começou o Rei Valyn, e reparei um movimento com o canto dos olhos. Havia várias pessoas nas alcovas escuras do palanque. Agucei os sentidos e encontrei uma mistura de emoções, desde curiosidade até uma leve desconfiança. — Mas presumo que estejam aqui para discutir algo mais do que a reunião com o Ascendido.

Fiquei irritada quando ele se referiu a Ian como o Ascendido, embora ele fosse... bom, um Ascendido. Reconhecia que estava sendo irracional, mas não deixei de ficar aborrecida.

— Você tem razão — respondeu Casteel e então se virou para mim. Nós nos entreolhamos. — Viemos aqui para mais do que isso.

Concentrei-me apenas em Casteel para me impedir de ler as emoções dos seus pais e das silhuetas nas alcovas. O gosto de frutas vermelhas banhadas em chocolate acalmou meus nervos, e a firmeza nos olhos dourados dele aliviou a tensão acumulada no meu pescoço.

Eu era corajosa.

Destemida.

Apertei a mão de Casteel e me voltei para seus pais.

— Viemos para reivindicar o que é meu. A Coroa e o reino.

Capítulo Trinta e Seis

Eloana desentrelaçou as mãos, deixando que caíssem ao lado do corpo. Ela deu um suspiro pesado, que eu esperava que fosse de alívio, ou pelo menos de aceitação.

Valyn deu um passo à frente.

— E se contestarmos sua reivindicação?

Virei a cabeça na direção dele.

— Vocês podem tentar — falei antes que Casteel tivesse chance de responder. — Mas não vai mudar o inevitável. — Vonetta roçou na minha perna conforme avançava. Lyra saltou em um dos bancos de pedra e, mesmo sem olhar, eu sabia que os outros também haviam se aproximado. Soltei a mão de Casteel e dei um passo adiante, olhando para o Rei. — As únicas pessoas que conheci como pais foram assassinadas para impedir que esse momento acontecesse. Fui deixada para morrer e cheia de cicatrizes por causa do meu direito de nascença e forçada a usar o véu por causa da minha linhagem. Meu irmão foi Ascendido por causa disso. Fui impedida de controlar minha própria vida por anos. Pessoas inocentes morreram pelo que pertence a mim. Eu quase morri. E, no caminho para cá, fomos atacados. Nada disso impediu que esse momento chegasse. A Coroa pertence a mim e ao meu marido, e creio que você já saiba disso.

Valyn olhou para mim com uma expressão inescrutável, e eu duvidava muito que teria êxito se tentasse ler suas emoções. Ele se virou para o filho.

— Você tem mais alguma coisa a acrescentar?

— Na verdade, não. — Havia o vislumbre de um sorriso em seu tom de voz. — Ela resumiu tudo muito bem. Você sabe que a Coroa pertence a ela. A nós. Vamos precisar da sua ajuda, da ajuda de vocês dois, para reinar sobre Atlântia. Mas não precisamos de drama desnecessário.

Reprimi um sorriso quando o pai dele estreitou os olhos.

— Peço desculpas, filho. Eu não gostaria de causar nenhum drama desnecessário — respondeu ele secamente.

— Desculpas aceitas — murmurou Casteel, e eu ouvi o som bufante de um lupino rindo atrás de mim. Valyn estreitou os olhos.

— Ele tem razão — concordei. — Precisamos de sua ajuda. Há muito a aprender, e há muitas coisas que Casteel e eu temos que fazer.

— E por qual motivo você tomou essa decisão? — perguntou a Rainha.

Retribuí o olhar dela, pensando no que Casteel havia me dito.

— Os motivos não importam, contanto que sejam meus.

Eloana olhou para mim por um momento e então repuxou um canto dos lábios para cima. Com um aceno de cabeça, ela olhou para o marido.

— Está na hora — disse ela. — Já passou da hora.

— Eu sei — concordou o marido com um suspiro pesado. — Só espero que vocês entendam que essa responsabilidade não vai acabar quando vocês conseguirem o que pretendem fazer.

— Nós sabemos disso — respondeu Casteel, parando ao meu lado mais uma vez.

Assenti.

— Sim, sabemos.

Valyn e a esposa vieram até a beira do palanque.

— Imagino que nenhum dos dois vai querer seguir o caminho tradicional?

Casteel olhou para mim. Presumi que caminho tradicional significasse bailes e festas, então disse:

— Depois de enfrentarmos a ameaça a oeste, gostaríamos que houvesse uma... coroação mais elaborada. Mas nenhum de nós acha que agora é o momento apropriado.

Eloana assentiu.

— A celebração pode ser realizada a qualquer hora, a seu critério.

Um tremor percorreu meu corpo. Estendi a mão e, em questão de segundos, a mão de Casteel se fechou sobre a minha.

— Então o que acontece agora?

— É bem simples — respondeu o pai. — Diante do Conselho dos Anciões, renunciaremos às coroas e ao controle do reino para você e meu filho. E então anunciaremos a transferência da coroa para os cidadãos.

Meu coração palpitou quando olhei para as alcovas sombrias.

— Isso vai acontecer agora, já que o Conselho está presente?

Valyn sorriu debilmente.

— Pode ser.

Casteel olhou para as alcovas.

— E algum deles se opõe?

Houve um momento de silêncio e então um homem alto saiu das sombras a nossa esquerda. Seus olhos eram de um amarelo vivo, e os cabelos escuros estavam ficando grisalhos nas têmporas, o que significava que ele era um Atlante muito velho.

— Lorde Gregori. — Casteel inclinou a cabeça, parecendo reconhecer o homem. — Você tem algo a dizer?

— Sim, Vossa Alteza. — O homem fez uma reverência enquanto Eloana lançava um olhar irônico ao marido. — Sei que não há nada que possamos dizer para evitar o que está prestes a ocorrer, mas, como um dos Anciões mais antigos do Conselho, sinto que devo falar por mim e pelos outros que estão apreensivos com esse acontecimento.

Se ele era um dos membros mais antigos do Conselho, suspeitei que fosse um metamorfo. Meu dom pressionou sua pele, e agucei os sentidos o suficiente para fazer uma leitura dele. O gosto adstringente da desconfiança deixou minha boca seca, mas não foi nenhuma surpresa, levando em conta o que ele havia dito.

— Suas preocupações são reconhecidas — observou Casteel. — Mas, como você suspeitou, não vão atrasar a coroação.

Uma explosão ácida de irritação irradiou de Lorde Gregori. Ele começou a recuar.

— Quais são suas preocupações? — perguntei, genuinamente curiosa.

O olhar de Lorde Gregori se virou para mim. Suas feições não demonstravam nada da cautela que sentia.

— Nós estamos à beira da guerra, e alguns de nós acha que não é a hora certa para uma transferência de poder.

A ansiedade zumbia no meu peito conforme eu o estudava. Há um ano, eu não teria a oportunidade de encontrar coragem para fazer aquela pergunta. Seis meses atrás, eu poderia ter aceitado que só sabia metade da resposta. Hoje, não.

— E isso é tudo?

Lorde Gregori me olhou fixamente, com a coluna ereta.

— Não. Nós não a conhecemos — afirmou ele friamente. — Você pode ter o sangue dos deuses nas veias...

— Ela é uma divindade — corrigiu Valyn de modo severo, me surpreendendo. — Descende do Rei dos Deuses e é filha de Malec. Não é alguém que apenas tem o sangue dos deuses nas veias. Você sabe disso.

Arqueei uma sobrancelha para o Ancião.

As bochechas de Lorde Gregori ficaram coradas.

— Peço desculpas — murmurou ele. — Você é uma divindade, mas ainda é uma estrangeira em nossas terras.

— E criada pelo inimigo como a Donzela? — concluí por ele, imaginando se seria um exagero cogitar que ele poderia simpatizar com os Invisíveis, até mesmo apoiá-los. — Nossos inimigos são os mesmos, Lorde Gregori, assim como a quem devemos lealdade. Espero que você me dê uma chance de provar que isso é verdade.

A aprovação emanou do pai de Casteel, e eu estaria mentindo se dissesse que aquilo não me agradava.

— Faço preces aos deuses para que seja verdade. — Lorde Gregori se curvou rigidamente antes de voltar para as sombras.

— Mais alguém sente a necessidade de compartilhar sua opinião? — perguntou Casteel. Não houve nenhum movimento nas alcovas, mas era evidente que outros compartilhavam da apreensão de Lorde Gregori. — Ótimo. — Casteel deu um sorriso tenso. — Porque precisamos discutir muitos assuntos com o Conselho.

— Eles estão ansiosos para ouvir o que vocês têm a dizer — informou Eloana. — Podemos abrir mão das coroas agora e, enquanto se reúnem com o Conselho, vamos informar ao povo de Evaemon que o novo Rei e Rainha os saudarão — continuou, se virando e estendendo a mão na direção das portas atrás da estátua de Nyktos — das sacadas do Templo de Nyktos.

Um arrepio percorreu minha pele enquanto eu olhava para a pedra preta e reluzente do chão, nervosa ao me dar conta de que estava no Templo dele. Engoli em seco e ergui o olhar.

— Tudo isso pode ser feito hoje? A transferência de poder? Falar com o Conselho e depois cumprimentar o povo?

— Sim — confirmou a Rainha.

Casteel apertou minha mão.

— Então é o que faremos.

A afeição tomou conta do rosto de sua mãe quando ela fez um sinal para que nos juntássemos a eles.

— Venham. Vocês não devem ficar abaixo de nós, mas a nossa frente.

Respirando fundo, Casteel e eu subimos os poucos degraus. O que aconteceu em seguida foi surreal. Meu coração desacelerou e se acalmou. O ligeiro tremor sumiu quando o zumbido no meu peito se espalhou por todo o corpo, parecendo substituir o nervosismo por uma sensação intensa de confirmação. Olhei para a mão que segurava a de Casteel, esperando descobrir que ela estava brilhando, mas minha pele tinha uma aparência normal.

— Ajoelhem-se — ordenou a Rainha suavemente.

Segui o exemplo de Casteel e me ajoelhei diante de sua mãe. Nossas mãos permaneceram unidas enquanto seu pai se postava na frente dele. Espiei por cima do ombro. Os lupinos tinham deitado no chão por todo o Templo, com as cabeças baixas, mas os olhos abertos e fixos no palanque. Kieran, Naill e Emil fizeram a mesma coisa, e eu vi que Delano havia se juntado a nós na forma humana, se curvando junto com os demais.

— Aqui no Templo do Rei dos Deuses e diante do Conselho dos Anciões, que servem de testemunha, nós renunciamos às coroas e ao trono de Atlântia — anunciou Valyn — assim como ao poder e à soberania da Coroa. Fazemos isso por vontade própria, para abrir caminho para a ascensão pacífica e legítima da Princesa Penellaphe e do seu marido, o Príncipe Casteel.

O choque me percorreu ao ouvir meu título declarado antes do de Casteel.

Eloana ergueu a mão e tirou a coroa dourada da cabeça. Ao seu lado, Valyn fez o mesmo. Os dois colocaram as coroas no chão do palanque.

Uma rajada de vento percorreu o Templo, levantando as mechas do meu cabelo. Diante de nós, os ossos esbranquiçados da coroa que Valyn tinha colocado no chão racharam e se abriram, revelando os ossos dourados ali embaixo. As duas coroas cintilavam com uma luz que pulsava intensamente do seu interior e em seguida se dissipava até que elas brilhassem sob a luz do sol.

Valyn deu um suspiro nervoso quando ele e a esposa pegaram as coroas de novo. Sua voz era firme quando perguntou:

— Você, Casteel Hawkethrone Da'Neer, promete reinar sobre Atlântia e seu povo com bondade e força e liderar com compaixão e justiça, de agora até o fim?

Aquelas palavras. De agora até o fim. Senti um aperto na garganta.

— Prometo reinar sobre Atlântia e seu povo — respondeu Casteel, com a voz grave — com bondade e força e liderar com compaixão e justiça, de agora até o fim.

— Que assim seja. — Seu pai colocou a coroa dourada no topo da cabeça de Casteel.

— Você, Penellaphe Balfour Da'Neer — começou Eloana, e eu senti um golpe intenso percorrer meu corpo ao ouvir o sobrenome dele ligado ao meu —, promete reinar sobre Atlântia e seu povo com bondade e força e liderar com compaixão e justiça, de agora até o fim?

Minha pele vibrou quando segui o exemplo de Casteel mais uma vez.

— Prometo reinar sobre Atlântia e seu povo com bondade e força e liderar com compaixão e justiça, de agora até o fim.

— Que assim seja — respondeu Eloana, abaixando a coroa que segurava no topo da minha cabeça.

As chamas se acenderam nas tochas anteriormente apagadas dos deuses de cada lado do Templo, uma após a outra, até que finalmente o fogo irrompeu na tocha que Nyktos segurava. As chamas que crepitavam e tremeluziam acima das tochas eram prateadas.

— Ergam-se — ordenou Eloana suavemente, com os olhos cheios de lágrimas brilhantes quando olhei para cima. Ela sorriu. — Ergam-se como a Rainha e o Rei de Atlântia.

Capítulo Trinta e Sete

O peso da coroa dourada foi inesperado, mais leve do que eu imaginava, mas apenas no sentido físico. Um peso intangível a acompanhava, que aludia a milhares de anos de decisões, escolhas, sacrifícios e ganhos.

Mas eu suportaria aquele peso porque prometi, assim como Casteel. Ele estava deslumbrante com a coroa na cabeça.

Olhei para ele no saguão do palácio diante de uma fileira de flâmulas que pendiam do teto até meros centímetros do chão. Os empregados do palácio foram chamados e apresentados a nós por Eloana e Valyn. Havia centenas deles, da equipe de cozinha e arrumação até os cavalariços e responsáveis pelo terreno. Minha cabeça ficou a mil com tantos rostos e nomes, e agora eles estavam saindo do saguão conforme eu estudava Casteel.

Ele usava a coroa como se tivesse nascido para isso.

Eloana se aproximou de nós, ao lado de uma mulher mais velha usando um vestido dourado de mangas compridas — a cor que todos os empregados usavam. Descobri que muitos moravam nos andares de cima do palácio, enquanto outros, em casas de família fora do local de trabalho. Fiquei chocada ao saber que eles tinham quartos junto com os Lordes e as Ladies. Em Solis, os empregados eram considerados como criados e compartilhavam quartos mobiliados com catres e pouquíssimos objetos pessoais.

— Gostaria de apresentá-la a Rose — disse a mãe de Casteel, tocando no braço da mulher. — Ela é a administradora do palácio, ou, melhor dizendo, a mestre do palácio. Tudo o que precisar ou quiser que seja feito, é só chamá-la.

Rose fez uma reverência e a simpatia e felicidade irradiaram dela.

— Será uma honra servir a Vossas Majestades.

— Será uma honra ter você como a mestre do palácio — respondeu Casteel suavemente.

Um sorriso iluminado surgiu no rosto de Rose.

— Os Aposentos Reais estão sendo arrumados nesse exato momento e eu me encarreguei de levar alguns dos seus pertences para lá, Vossa Majestade. — Isso foi dito a Casteel, e fiquei curiosa para saber quais eram aqueles pertences. — Já mandei canapés para o Salão Nobre para a sessão com o Conselho dos Anciões. Vocês gostariam que eu fizesse mais alguma coisa?

Não conseguia pensar em nada.

— Só mais uma coisa. — Casteel olhou para mim com os olhos cintilando. — Creio que minha esposa e eu gostaríamos de fazer uma mudança.

Olhei para as flâmulas.

— O brasão — disparei, e tanto Rose quanto Eloana se viraram para olhar para as flâmulas. — Quero dizer, eu gostaria de mudar o Brasão Atlante. Fui informada de que poderíamos fazer isso.

— Vocês podem. — Eloana se voltou para nós.

— Sim. — Rose assentiu. — Que mudança gostaria de fazer?

Olhei para Casteel, sorrindo quando ele piscou para mim.

— Eu gostaria que a flecha e a espada fossem cruzadas de modo uniforme, para que nenhuma das duas ficasse mais comprida que a outra.

— Podemos providenciar — afirmou Rose enquanto eu sentia uma pontada de surpresa emanando da mãe de Casteel. — Vou pedir que as flâmulas sejam retiradas imediatamente e avisarei aos ferreiros, costureiras e curtumes para esperarem um grande influxo de trabalho, algo que ficarão felizes em ouvir — acrescentou ela rápida e alegremente. — Há selas e selos, escudos e bandeiras que terão de ser trocados. Conseguiremos terminar as flâmulas dentro de uma semana, os escudos vão demorar mais um pouco. E o resto...

— Sem pressa — assegurei a ela. — Assim que puder ser feito, está bom.

Rose ficou perplexa.

— Será feito imediatamente. Mais alguma coisa?

— Acho... acho que não — falei.

Casteel sacudiu a cabeça.

— Só isso por enquanto.

— Perfeito. — Rose fez uma reverência e deu meia-volta, saindo apressada enquanto acenava para vários membros da equipe que a aguardavam perto da parede.

— Ela é mortal. Sei que você ia perguntar — afirmou Casteel antes que eu pudesse fazer isso. — Acho que não tem nem uma gota de sangue Atlante nas veias. Ou tem, Mãe?

Eloana fez que não com a cabeça.

— Muitas gerações atrás, a família de Rose tinha sangue Atlante, mas agora ela é mortal. — Virando-se para mim, Eloana prosseguiu: — Fiquei surpresa com seu pedido. A espada representa o mais forte da união. Seria você, Vossa Majestade.

Casteel não se incomodou com a declaração contundente.

— Acredito que Casteel e eu tenhamos a mesma força — argumentei, um pouco surpresa que ela pudesse questionar isso. — Quero que o povo de Atlântia nos veja dessa maneira.

Eloana sustentou o meu olhar por um bom tempo e então acenou com a cabeça.

— Acho que é uma escolha sábia — disse ela por fim.

— E, por favor, me chame de Penellaphe — pedi.

Seu sorriso se alargou quando assentiu.

— Vou me juntar a vocês em breve no Salão Nobre. — Ela começou a se virar e então encarou Casteel. Seu olhar vagou pelo rosto dele. — Estou muito orgulhosa de você hoje. — Ela esticou o corpo e deu um beijo em sua bochecha.

Casteel pigarreou.

— Obrigado.

Eloana sorriu e então foi embora, descendo o mesmo corredor pelo qual Rose tinha sumido. Saiu para garantir que os anúncios fossem enviados.

— Você está pronta? — perguntou ele.

Fiz que sim com a cabeça.

Casteel pegou minha mão e caminhamos sob as flâmulas até um corredor bem em frente. O Palácio Evaemon foi uma surpresa. Levando em conta o exterior, eu teria imaginado que seu interior seria frio e hostil, mas somente o piso era do preto reluzente da pedra das sombras. As paredes eram revestidas com um gesso cor de creme e todas as janelas e claraboias de vidro deixavam entrar uma quantidade surpreendente de luz natural.

Os empregados andavam apressados perto da parede em ambos os lados do corredor, parando para fazer uma reverência curta antes de passar para corredores mais amplos. Avistei um átrio esparso, cheio de rosas negras, e o corredor em que entramos tinha várias portas fechadas.

— São pequenas salas de reunião — explicou Casteel, com a mão firme em torno da minha.

Kieran, Delano, Emil e Naill caminhavam conosco. Alguns dos lupinos permaneceram no saguão enquanto Vonetta e Lyra nos seguiam com cerca de uma dúzia de lupinos.

Não eram os únicos que nos acompanhavam. Desde que as coroas foram colocadas em nossas cabeças, Hisa e outros Guardas da Coroa nos seguiam. Fiquei imaginando se era estranho para eles trocarem quem protegiam tão rapidamente e se era esquisito para os pais de Casteel de repente não terem mais as sombras costumeiras atrás de si — embora pelo menos dois guardas flanqueassem Eloana quando ela se separou de nós no saguão.

O corredor que percorremos se abria em outro saguão, onde uma grande escadaria subia em espiral até o segundo andar e muitos outros logo acima.

— Os quartos de hóspedes são lá em cima, junto com os quartos dos empregados.

Resisti ao impulso de me desvencilhar de Casteel e correr até a escada para ver se a pedra preta do corrimão era tão lisa quanto parecia.

— E... e os nossos quartos?

— São a ala leste — respondeu ele, acenando para um homem mais velho que descia as escadas, carregando uma bandeja com copos vazios.

— Ah — murmurei e então fiz uma careta. — Espere aí. São na ala leste, certo?

Um sorriso malicioso surgiu no rosto de Kieran quando ele disse:

— Os aposentos de Vossas Majestades são a ala leste.

Eu... Bem, eu nem sabia o que dizer conforme descíamos por um corredor atrás da escadaria, passando por diversos quadros que teria de parar para olhar mais tarde, quando não estivesse pensando que os Aposentos Reais ocupavam uma ala inteira do palácio.

— Onde seus pais vão morar? — disparei assim que o pensamento me veio à mente.

Casteel abriu um sorriso.

— Eles devem ficar aqui durante o período de transição e depois vão ficar ou se mudar para uma de suas propriedades.

— Ah — repeti.

Entramos em uma câmara circular onde as passarelas conectavam as alas leste e oeste. Havia a estátua de uma deusa bem ali no meio, com os braços esticados acima da cabeça e as palmas das mãos voltadas para cima. Não fazia ideia de qual era aquela deusa, mas ela certamente tinha... quadris e seios voluptuosos. Passamos por uma sala de família, um espaço bastante convidativo com sofás, tapetes grossos e uma claraboia de vidro, e então seguimos pelo Salão Principal e por uma sala de jantar grande o suficiente para acomodar dezenas de pessoas.

O Salão Nobre era composto por mais de um espaço e ficava perto da ala oeste do palácio. Havia canapés cor de creme por toda a área de recepção, dispostos entre grandes vasos de plantas com palmeiras frondosas. Os empregados do palácio ficavam perto das mesas de jantar, onde pessoas que presumi serem membros do Conselho se serviam de bebidas e aperitivos. Nos fundos do saguão, duas portas abertas levavam até uma câmara comprida e oval, com uma mesa que ocupava quase toda a extensão da sala.

Não tínhamos dado nem dois passos dentro do Salão quando os Anciões se viraram da mesa. Junto com os empregados, todos fizeram uma reverência, até mesmo Gregori — o único que reconheci.

— À vontade — ofereceu Casteel com um aceno de cabeça, e eu gravei essa frase na memória quando eles se endireitaram de imediato.

Seu pai saiu de onde estava junto de uma mulher de pele negra e de um homem com longos cabelos castanho-avermelhados.

— Nós ainda estamos esperando que alguns membros voltem de seus aposentos, mas eles devem chegar em breve — informou Valyn, colocando a mão no ombro de Casteel. Ele abaixou o tom de voz. — Vocês devem escolher um conselheiro. Não precisa ser hoje, mas precisam escolher alguém logo.

— Já sei quem vou escolher. — Casteel olhou para mim e eu só conseguia pensar em uma pessoa. Olhei de relance para Kieran, parado perto da porta com a cabeça inclinada enquanto Delano falava baixinho com ele. Acenei com a cabeça em concordância. — Vou querer falar com ele primeiro.

O olhar de Valyn se voltou para Kieran.

— É uma boa escolha. — Ele apertou o ombro de Casteel e eu fiquei aliviada ao ver o gesto. — Para vocês dois. — Houve uma pausa enquanto ele olhava para o filho, pigarreando.

Agucei os sentidos e senti... um gosto que parecia baunilha — sinceridade —, mas também o sabor quente da canela. Orgulho. As emoções vazavam das rachaduras no muro que seu pai havia construído em torno de si mesmo e, mesmo sem meu dom, pude sentir que ele gostaria de falar com o filho a sós. Só os deuses sabiam quanto tempo Valyn havia esperado por esse momento, deixando de esperar que um filho desempenhasse aquele papel e passando a desejar que o outro finalmente assumisse o trono.

Olhei para Naill e Emil, que tinham acabado de entrar na câmara.

— Já volto — anunciei, e o olhar de Casteel disparou na minha direção. Sorri para ele e depois para seu pai. — Com licença.

Vonetta seguia ao meu lado conforme eu entrava na câmara, ciente dos olhares que me acompanhavam. Deixei os sentidos bem abertos e, mais uma vez, senti o frescor da curiosidade e, ao fundo, o sabor da apreensão, denso como creme de leite. Enquanto seguia em frente, ergui o queixo e desviei o olhar de Naill e Emil para as janelas redondas dispostas entre os espelhos de formato semelhante por toda a câmara. Só consegui enxergar o cinza e o marfim dos edifícios. Ansiosa para ver mais da cidade de Evaemon, quase não captei meu reflexo no espelho na entrada da sala.

Mas captei.

Hesitei. Meus olhos pareciam mais brilhantes que o normal, com o brilho prateado mais perceptível atrás das pupilas. Havia um ligeiro rubor nas minhas bochechas. Sequer notei as cicatrizes. A coroa de ossos retorcidos na minha cabeça atraiu toda minha atenção. E o fato de que meus cabelos estavam uma bagunça. Trançados, mas a cavalgada até ali e a escaramuça com os Invisíveis fizeram com que muitos fios escapassem do penteado.

Assim que me dei conta de que ainda estava com as roupas empoeiradas da estrada e muito provavelmente manchadas de sangue durante a coroação e a primeira reunião do Conselho, reprimi um suspiro e olhei para a sala de recepção. Inclinei a cabeça conforme examinava os Anciões. Só então percebi que eles estavam vestidos da mesma forma que Casteel e eu. Com túnicas pretas ou cinza e calças com acabamento em dourado — até mesmo as mulheres. Não havia nenhum vestido elegante e esvoaçante feito de um tecido luxuoso. As roupas eram práticas. Suspeitei que todos fossem lutadores de certa maneira.

Olhei para meu reflexo mais uma vez, ainda sobressaltada por ver a coroa dourada. Deuses, o que será que Tawny iria pensar se visse isso? Daria uma risada de surpresa e então ficaria em silêncio, atônita. Um sorriso triste surgiu nos meus lábios. E Vikter? Deuses, ele...

Dei um suspiro agudo e consegui resistir ao impulso de tocar na coroa, me forçando a me afastar do espelho. Podia apostar que Vonetta devia estar imaginando quanto tempo eu ficaria olhando para meu próprio reflexo.

— Vejo que você encontrou um esconderijo e tanto.

Aquela voz gutural e sensual me deteve. Tive um arrepio por toda a pele. Virei-me e senti que o chão tinha desabado sob os meus pés. Havia uma mulher ali, com os cabelos pretos e cacheados soltos de modo a emoldurar a pele de uma bela tonalidade negra. Lábios carnudos e vermelhos se curvaram em um sorriso travesso quando ela fez uma reverência sutil mesmo de túnica e calças cinza.

Entreabri os lábios. Não conseguia acreditar no que estava vendo.

— Você estava no Pérola Vermelha — exclamei enquanto Vonetta erguia o olhar, inclinando a cabeça para o lado. — Você me mandou para o quarto em que Casteel estava.

O sorriso da mulher diante de mim se alargou assim que ela se endireitou, com o cheiro suave de jasmim nos rodeando conforme ela sussurrava:

— Eu estava certa, não? Sobre o que você encontrou naquele quarto.

— Estava, mas como...? — Será que ela era uma metamorfa? Eu sabia que eles eram capazes de descobrir as coisas ao falar ou tocar em alguém. Alguns simplesmente sabiam das coisas. Havia tantas perguntas na ponta da minha língua, por exemplo: por que ela tinha feito aquilo e o que estava fazendo no Pérola Vermelha. Ela estava vestida como uma das funcionárias do local.

Casteel passou o braço pela minha lombar quando veio até o meu lado. Ele abaixou a cabeça e pressionou os lábios na minha bochecha enquanto dizia:

— Estava me sentindo solitário e vim te encontrar.

Em outras circunstâncias, eu teria comentado que ele não estava sozinho e também ficaria secretamente emocionada com a sua disposição para dizer algo do tipo na frente de outra pessoa, mas aquela não era uma situação comum. Encarei a mulher diante de nós.

— Ah, a última Anciã está aqui — anunciou Valyn assim que se juntou a nós, parando ao lado da mulher do Pérola Vermelha. Por cima do seu ombro, avistei Eloana. Ele sorriu para a mulher. — Acho que vocês ainda não se conhecem.

— Ainda não — confirmou Casteel enquanto eu ficava de boca fechada e a mulher sorria para mim.

— Essa é Wilhelmina Colyns — apresentou Valyn, e o meu corpo inteiro ficou quente e depois frio. — Ela se juntou ao Conselho depois que você...

Valyn continuou falando, mas o meu coração batia tão rápido dentro do peito que eu nem sabia se ele estava falando um idioma que eu compreendia. Ah, meus deuses, era a Srta. Willa.

Aquela Senhorita Willa.

Parada bem na nossa frente.

Como foi que esqueci que ela fazia parte do Conselho?

Uma explosão de divertimento irradiou tão intensamente de Casteel que eu quase dei uma risada.

— Wilhelmina — repetiu Casteel lentamente, e eu olhei para ele.

Foi então que me lembrei como ele era e que poderia dizer qualquer coisa na frente do pai — e da mãe. Ah, meus deuses...

— Nós ainda não nos conhecemos — disparei rapidamente, colocando a mão no braço dele. Eu o apertei com força. — É uma honra conhecê-la.

— Uma grande honra — acrescentou Casteel enquanto a confusão fazia o seu pai franzir o cenho.

A Srta. Willa sorriu.

— A honra é toda minha.

— Vocês estão prontos? — perguntou Eloana, felizmente nos interrompendo.

Eu poderia ter abraçado e beijado aquela mulher.

— Sim. — Apertei o braço de Casteel, certa de que ele estava prestes a dizer outra coisa. — Estamos.

— Perfeito. — Eloana olhou para Willa. — Você gostaria de beber alguma coisa?

— Uísque, se tiver — respondeu Willa.

Eloana riu.

— Ora, você sabe muito bem que sempre temos uísque.

O resto dos Anciões entraram na sala e se acomodaram à mesa. Somente Vonetta permaneceu conosco. Os demais lupinos ficaram de guarda do lado de fora das portas fechadas. Willa se juntou aos Anciões, com um copo de uísque na mão. Os pais de Casteel não se sentaram à mesa, mas ocuparam dois assentos junto à parede onde Naill, Delano e Emil estavam de pé ao lado de Kieran e Hisa. Não havia mais nenhum guarda na sala. Restavam dois lugares na cabeceira da mesa, reservados para o Rei e a Rainha.

Para nós dois.

Ocupar aqueles assentos foi tão surreal quanto a coroação, e eu deixei os pensamentos sobre Willa de lado conforme as apresentações eram feitas. Havia oito membros presentes. Faltava apenas Jasper, que tinha ficado na Enseada de Saion. Outra lupina ocupara seu lugar, uma tal de Lady Cambria, cujos cabelos loiros eram entremeados com mechas grisalhas. Com tudo o que estava acontecendo, eu sabia que seria difícil me lembrar da maioria dos nomes, mas sei que me lembraria de

Sven, que se parecia muito com o filho que conheci no estábulo. Havia mais duas pessoas, um homem e uma mulher, que suspeitei serem mortais.

Todos ficaram sentados em silêncio, olhando para Casteel, com a combinação de idade e experiência absolutamente intimidantes. Os músculos do meu pescoço e ombros se retesaram e, de repente, a coroa pareceu mais pesada.

Uma vontade de me encolher na cadeira e me tornar pequena e invisível tomou conta de mim, mas passou rápido porque eu não era nem pequena, nem invisível.

E nunca mais seria.

— Não sei muito bem quais são as formalidades para essas reuniões, mas aqueles que já me conhecem sabem que não sou muito adepto a formalidades — anunciou Casteel enquanto olhava para mim. — Nem a minha esposa, Penellaphe. Portanto, podemos ir direto ao ponto. Há muito o que discutir e pouco tempo a perder.

— Se me permite falar — interveio um homem de pele clara e olhos dourados sentado no meio da mesa. Eu só conseguia pensar na última vez que estava sentada em uma mesa com Casteel e palavras semelhantes foram proferidas. Aquele homem não estava na sala de recepção. Eu teria reconhecido seus cabelos platinados.

— Certamente, Lorde Ambrose. — Casteel se recostou, apoiando as mãos nos braços da cadeira.

— Lorde Gregori falou em nome daqueles que têm certos receios — começou o Atlante, e eu concentrei os sentidos nele. Ele estava cheio de desconfiança. — Compreendemos que não havia nada que pudesse impedir a transferência da Coroa, mas sentimos que devemos abordar essas preocupações.

Diante dele, Willa tomou um gole do uísque e revirou os olhos de modo nada discreto.

— Lorde Gregori não as abordou no Templo? — questionou Casteel, com a cabeça inclinada. — Acredito que ele as declarou da forma mais sucinta possível. Ou, melhor dizendo, a Rainha as declarou da forma mais sucinta possível.

Ambrose olhou na minha direção.

— Sim, e ela tinha razão. Nós não a conhecemos e ela foi criada pelos nossos inimigos. Isso foi declarado, mas não discutido.

— Não há nada para discutir além do que já foi declarado — afirmei, sustentando o olhar de Ambrose. — Compreendo a sua apreensão, mas também sei que nada do que eu disser mudará isso. Tudo o que posso fazer é provar que vocês não têm nada a temer.

— Se você deseja provar que não há nada a temer, então não deveria haver problema em expressarmos as nossas preocupações — retrucou Ambrose.

— Não há — respondi quando Casteel começou a tamborilar o dedo no braço da cadeira, com a aliança batendo suavemente contra a madeira. — Fui informada de que é sensato considerar a opinião do Conselho e que, nas ocasiões em que isso não foi feito, nada de bom aconteceu. Uma recomendação que Casteel e eu pretendemos seguir. Mas eu já sei como você se sente, Lorde Ambrose. Já sei como muitos de vocês se sentem. — Percorri a mesa com o olhar. Gregori apertou os lábios. Uma mulher de cabelos escuros se recostou na cadeira. O sorriso irônico de Lady Cambria era igual ao de Willa. Sven parecia entediado. — Há muito o que discutir para ficar sentada aqui falando sobre o que não pode mais ser mudado e não vou responder por crimes, escolhas e decisões que os Ascendidos e as divindades fizeram antes de mim. Já paguei caro pelos pecados deles. — Voltei o olhar para Ambrose. — Não vou me divertir fazendo isso de novo.

O Atlante engoliu em seco.

— Ficamos sabendo do ressurgimento dos Invisíveis e do ataque a você. Nós o condenamos e não aceitamos tais atos. — Ele espalmou a mão sobre a mesa. — Mas...

— Sem "mas" — interrompeu Casteel, com o tom de voz suave, mas exausto.

Ambrose franziu a boca, mas acenou com a cabeça rigidamente.

— Entendido.

Comecei a relaxar, mas Casteel inclinou a cabeça.

— Você não estava na sala de recepção quando chegamos.

— Não, não estava, Vossa Majestade.

— Você não se curvou ao entrar na sala — continuou Casteel, e eu o encarei.

— Cas... — comecei suavemente.

— É uma questão de educação — afirmou Casteel, com o olhar fixo no Atlante. — A mais básica de todas. Você tampouco se referiu à Rainha como "Vossa Majestade" ou mesmo "Vossa Alteza" ao falar com ela. Mais uma vez, uma questão básica de educação e respeito. — O silêncio recaiu por toda a sala. — Não estou certo, Pai? Mãe?

— Você está certo — respondeu Eloana. — Aqueles que não os cumprimentaram dessa maneira no saguão deveriam tê-lo feito assim que o viram.

— Lorde Ambrose, você fez uma reverência para o meu filho — acrescentou Valyn.

A raiva fervilhou em Lorde Ambrose, assim como o constrangimento. Ele não disse nada.

— Você vai se curvar diante da Rainha. — Casteel olhou para o Atlante com frieza. — Ou sangrar em frente a ela. A escolha é sua.

Um rosnado baixo de concordância ecoou de Vonetta, agachada ao meu lado.

Fiquei tensa. Tive vontade de intervir, de acabar com aquilo antes que algo desnecessariamente sangrento acontecesse durante a nossa primeira reunião do Conselho como governantes, mas o instinto me alertou que aquilo serviria de exemplo — que Casteel e eu não toleraríamos desrespeito. E respeito era importante. Se não tivéssemos o respeito dos Anciões, como teríamos o respeito do reino? Ainda assim, a ameaça fez a minha pele formigar.

A madeira raspou na pedra quando Ambrose se levantou. Ele se curvou rigidamente.

— Peço desculpas, Vossa Majestade — disse ele. — Não tive a intenção de ofendê-la.

Assenti e, quando ele se endireitou, lembrei-me do que Casteel havia dito antes.

— À vontade.

Ambrose fez o que pedi e a tensão se dissipou na sala.

— Agora, podemos começar? — perguntou Casteel enquanto examinava os Anciões e recebia vários acenos de cabeça. — Ótimo, porque queremos evitar uma guerra antes que ela comece.

Sven se inclinou para a frente.

— Estou muito interessado nisso.

Alguns pareciam compartilhar o mesmo sentimento enquanto outros não, mas todos ouviram o nosso plano de nos reunirmos com a Coroa de Sangue na Trilha dos Carvalhos e oferecer um ultimato, explicando por que acreditávamos que daria certo.

— Pode funcionar — afirmou Lady Cambria, franzindo o cenho. — Vocês destruiriam a base de todas as mentiras deles. Os Ascendidos podem ser muitas coisas, mas não são burros. Eles sabem o que isso faria com o povo.

Olhei para Valyn.

— Isso diminuiria, ou acabaria, com o domínio deles sobre o povo de Solis e desestabilizaria a sociedade. Não acredito que eles correriam esse risco.

— Nenhum de nós deseja a guerra — declarou Lorde Gregori, olhando ao redor da mesa. — Aqueles que estavam vivos durante a Guerra dos Dois Reis ainda são assombrados por tais horrores. Mas vocês estão pedindo que concordemos em dar uma segunda chance aos Ascendidos? De provar que eles conseguem controlar a sede de sangue? Já tentamos isso antes.

— Nós sabemos disso. No momento, estamos pedindo que vocês entendam a nossa decisão de manter os soldados ao norte a distância — disse Casteel, explicando que não estava pedindo a permissão do Conselho. — Assim que nos reunirmos com a Coroa de Sangue e obtivermos uma resposta, poderemos nos reunir novamente e discutir se vocês acham que podem dar uma segunda chance a eles. Mas ainda não atravessamos essa ponte e não temos a menor intenção de queimá-la antes disso.

— Tenho vários motivos para querer ver os Ascendidos mortos — declarou uma mulher Atlante. Sua pele cor da areia não tinha nenhum traço de rugas e os cabelos castanhos, nenhum fio branco. Achei que o nome dela era Josahlynn. — Mas só preciso de um. Meu marido e filho morreram naquela guerra.

Senti um aperto no coração.

— Sinto muito por ouvir isso.

— Obrigada, Vossa Majestade. — Ela inflou o peito com uma respiração profunda. — Como o resto de vocês já sabe, eu estava em cima do muro a respeito do que fazer. Se pudermos evitar que mais maridos e esposas, filhos e filhas morram, então devemos fazer isso.

Houve muitos acenos de concordância, mas Lady Cambria se inclinou para a frente, apoiando o braço em cima da mesa.

— Mas é muito perigoso que vocês se reúnam com a Coroa de Sangue. Vocês são o Rei e a Rainha, a nossa Liessa. Alguém deve ser enviado no lugar. Terei prazer em ir.

— Eu também — anunciou Sven, assim como muitos outros.

Senti o divertimento emanando de Kieran no instante em que nossos olhares se cruzaram.

— Não pediremos que corram um risco que não estamos dispostos a correr — afirmou. — Além disso, é muito mais seguro para nós do que para qualquer um de vocês. A Coroa de Sangue não nos quer mortos.

— E vamos chegar à cidade antes do esperado — explicou Casteel. — Bem a tempo de ver o que eles podem ter reservado para nós.

— E quem foi que marcou essa reunião? — perguntou Ambrose.

Eu me preparei e respondi:

— Meu irmão, que foi Ascendido.

Como esperado, aquilo despertou várias manifestações e perguntas. Assim que se acalmaram, expliquei o que Ian significava para mim e que, mesmo que não tivéssemos o mesmo sangue, ele ainda era o meu irmão. Ao longo da discussão, Casteel estendeu o braço e pousou a mão na minha nuca, onde moveu os dedos em círculos lentos e reconfortantes. Senti ecos de simpatia em torno da mesa, misturados com pena.

— Antes de partirmos, Ian me disse que a única maneira de derrotar a Coroa de Sangue, e de forçá-los a aceitar o nosso ultimato, seria despertando Nyktos e obtendo a ajuda dos seus guardas.

— Pretendemos ir para o Iliseu pela manhã — revelou Casteel.

— Ir para o Iliseu? Para despertar Nyktos? — perguntou um Ancião mortal. — Sem querer ofender, mas vocês perderam o juízo? Despertar o Rei dos Deuses? E eu não quero ofender mesmo — repetiu o homem rapidamente quando Casteel fixou o olhar nele. — Mas vamos ter que fazer outra coroação antes mesmo que vocês se reúnam com a Coroa de Sangue.

— Bem, isso foi muito encorajador — murmurou Casteel, e eu dei um sorrisinho.

— O lugar de descanso dos deuses é muito bem protegido, seja por Magia Primordial ou por guardas — declarou Lorde Ambrose, com as sobrancelhas arqueadas. — Imagino que o Rei dos Deuses esteja cercado por ambas as coisas.

— Sim, mas Penellaphe é sua descendente — observou Willa. — Seja lá o que for que o protege deve ser capaz de sentir isso. — Ela fez uma pausa. — Com sorte.

A parte da sorte foi muito reconfortante.

— Ou ele pode ficar extremamente irritado com tal intrusão e matar qualquer um que se atreva a despertá-lo — salientou outro Ancião.

— Sim, ou isso. — Willa ergueu o copo.

— Vocês precisam mesmo ir até o Iliseu? — perguntou o pai de Casteel. — Não sabemos se vão precisar dos guardas de Nyktos. Pode ser um risco desnecessário.

— Ou pode ser o que force a Coroa de Sangue a agir — retrucou Eloana.

Casteel continuou movendo os dedos ao longo da minha nuca enquanto se voltava para mim.

— O que você acha, minha Rainha? O plano não está gravado em pedra.

Não, mas eu acreditava no meu irmão. Seja lá o que os Espectros fossem, nós precisaríamos de toda a ajuda que pudéssemos conseguir.

— Acho que ele já dormiu o suficiente, não é? — respondi, e a aprovação cintilou naqueles olhos cor de âmbar, apesar da insanidade do que estávamos pensando em fazer. — Vamos despertá-lo.

— Como vocês vão localizar o local de descanso dele? — perguntou Lady Josahlynn.

Era uma boa pergunta. Comecei a olhar para Casteel, mas Willa interveio.

— Imagino que ele esteja hibernando no seu Templo. Não deve ser difícil de encontrar, já que se parece com o palácio e o Templo de Nyktos daqui, só que maior.

Bem, suponho que Malec tivesse razão ao acreditar que as reformas fossem mais de acordo com os Templos do Iliseu.

Casteel arqueou a sobrancelha enquanto se inclinava na minha direção e murmurava:

— Agora sabemos onde encontrá-lo.

Assenti, imaginando como Willa sabia daquilo. Será que ela já fora até o Iliseu? Por outro lado, ela me mandou para o quarto de Casteel sem o seu conhecimento. Os Atlantes não acreditavam em profecias, mas em Videntes era outra história.

— Vocês estão dispostos a fazer isso, tudo isso — perguntou Ambrose, sacudindo a cabeça — por causa do que um Ascendido disse? Quando sabemos muito bem que não podemos confiar neles?

Willa revirou os olhos e emitiu um bufo baixinho.

— Qualquer pessoa que já viveu tempo o suficiente e consegue olhar além do próprio rabo sabe que nem mesmo os vampiros são inerentemente maus.

Murmúrios de escárnio ecoaram de outros Anciões. Olhei de relance para Casteel e vi um ligeiro franzir nos seus lábios conforme me inclinava para a frente.

— Você está falando sobre aqueles que conseguiram controlar a sede de sangue? — interpelei.

— Pouquíssimos vampiros conseguiram fazer isso — retrucou Gregori. — A essa altura eles estão mais para lenda do que realidade.

— Lenda ou não, assim que são transformados os vampiros, ficam consumidos pela sede de sangue. Isso é certo. — Willa me encarou com um olhar que me fez pensar sobre a minha Ascensão. — E pode levar algum tempo até se recuperarem disso, mas é quem eles são no fundo do coração e alma que determina se podem ou não ser confiáveis.

Prendi a respiração. Será que era por isso que uma parte de Ian continuava ali? Porque ele era uma boa pessoa antes da Ascensão? Se sim, então será que havia esperança para Tawny e os outros?

— Essa é uma visão extremamente otimista e ingênua sobre os Ascendidos — afirmou Gregori.

Willa olhou para o Ancião.

— Prefiro ser otimista a preconceituosa e intransigente, mas não sou ingênua. Sou mais de mil anos mais velha do que você — declarou ela suavemente, e eu pisquei. — Leve isso em consideração antes de falar de modo tão ignorante e talvez se poupe do constrangimento.

Eu... eu gostava mesmo dela.

E não tinha nada a ver com o seu diário.

Willa sustentou o olhar de Gregori até que ele desviou os olhos, contraindo um músculo no maxilar. Em seguida, virou-se para mim e Casteel.

— Vocês têm o meu apoio, mesmo que não precisem dele. E também um conselho: eu nunca fui ao Iliseu. Evidentemente — afirmou ela, terminando o copo de uísque. — Mas conheço pessoas que já foram lá.

Um pensamento que eu não queria mesmo ter passou pela minha cabeça. Parece que Malec sabia como eram os Templos no Iliseu, e o meu pai tinha muitas amantes.

E Willa já teve muitos parceiros.

E se ela tivesse escrito a respeito dele no... Não, eu me impedi de continuar o devaneio. Não queria pensar nisso.

O olhar de Willa encontrou o meu e depois o de Casteel.

— Seja como for, não entrem em Dalos, a Cidade dos Deuses. Vocês vão saber assim que a virem. Se entrarem lá, nunca mais voltarão.

Capítulo Trinta e Oito

Após o aviso perturbador de Willa, os Anciões deram um apoio relutante aos nossos planos de ir até o Iliseu e então nos reunir com a Coroa de Sangue. A aprovação cautelosa veio principalmente daqueles que estavam preocupados com a nossa segurança, mas eu podia sentir que alguns deles não concordavam com nada disso.

Aqueles que achavam que a guerra fosse inevitável.

Lorde Ambrose e Lorde Gregori eram dois deles.

Mas não acreditava que realmente quisessem entrar em guerra. Eles apenas não conseguiam enxergar outra maneira de resolver isso, e eu esperava provar que estavam errados.

A reunião foi encerrada e só havia mais uma coisa a fazer. Devíamos saudar o público, junto com os Anciões e os pais de Casteel. Sua presença seria uma demonstração de apoio e aprovação.

Só então Casteel e eu ficaríamos a sós. Na verdade, ainda precisávamos falar com Kieran, mas teríamos de digerir tudo e talvez até viver um pouco antes de embarcarmos na nossa jornada até o Iliseu.

Permaneci ali enquanto todos saíam da sala, voltando para o Templo de Nyktos. Eu queria falar com Willa, que demorou para se levantar da mesa.

Ou simplesmente sabia que eu queria falar com ela.

De qualquer modo, eu tinha muitas perguntas a fazer e só alguns minutos para falar com ela enquanto apenas Vonetta me esperava na porta.

— Posso lhe fazer uma pergunta? — indaguei.

Willa olhou para mim, com os olhos castanho-dourados iluminados pelo mesmo brilho estranho e cúmplice de quando eu a conheci.

— Você é a Rainha. Pode me perguntar o que quiser.

Eu não achava que ser Rainha me desse carta branca para perguntas — e havia muitas que gostaria de fazer.

— Por que você estava no Pérola Vermelha? — perguntei.

— Eu tenho uma alma errante com sede de aventuras — respondeu ela e, levando em conta o seu diário, eu concordava com aquilo.

— Mas não é perigoso para você?

Ela deu uma risada gutural.

— As melhores aventuras sempre têm uma pitada de perigo, como aposto que você sabe — sugeriu ela, e eu senti as bochechas corarem.

— E fazia muitos anos que eu não ia para a Masadônia. Tive uma vontade muito inusitada de viajar até lá.

Aquela vontade inusitada despertou as minhas suspeitas sobre o que ela era.

— Por que você me mandou para o quarto em que Casteel estava?

Ela repuxou os lábios vermelhos para cima em um ligeiro sorriso.

— Só... me pareceu certo na hora.

— Só isso?

Ela fez que sim com a cabeça enquanto se aproximava de mim.

— Devemos confiar nos nossos instintos.

— Você é uma metamorfa, não é? — Quando ela assentiu, perguntei: — Então o seu instinto é muito mais... preciso que o dos outros?

Ela deu uma risadinha suave.

— Algumas pessoas diriam isso. Outras até diriam que a precisão dos meus instintos fez com que eu me tornasse uma das maiores Videntes que Atlântia já conheceu.

Uma Vidente. Eu sabia!

— Quando eu a vi no Pérola Vermelha, logo soube que você usava uma máscara. Não aquela que ocultava a sua identidade, mas aquela que foi forçada a usar por muitos anos debaixo do véu. Uma máscara que você nem sabia que usava. Soube imediatamente que você era a Donzela. — Willa me estudou conforme eu sentia arrepios por toda a minha pele. — Eu sabia que você era uma segunda filha, que tinha o sangue dos deuses nas veias. — Ela olhou por cima do meu ombro na direção da porta. — E eu sabia que ele estava procurando a mesma coisa que a levou ao Pérola Vermelha naquela noite.

Franzi o cenho.

— Ele estava lá para discutir os seus planos.

Cachos grossos balançaram quando ela sacudiu a cabeça.

— Era um dos motivos, mas, lá no fundo, ele estava procurando a mesma coisa que você. — Ela fez uma pausa. — Viver.

O ar ficou preso na minha garganta.

— Posso confidenciar uma coisa a você? — Willa se aproximou de mim e tocou no meu braço. Uma leve carga de energia estática dançou sobre a minha pele. — Você não era a única atrás de um esconderijo naquela noite. Casteel precisava de um abrigo. Um que fosse capaz de suportar o peso dos seus desejos, do amor e da dor. E ele encontrou isso. Ele pode ter lhe dado a liberdade, mas você deu a ele muito mais do que poderia imaginar.

A emoção provocou um nó na minha garganta, roubando qualquer coisa que eu tivesse a dizer.

— Não se esqueça disso — declarou ela.

— Não vou me esquecer — consegui dizer.

Willa sorriu.

— Penellaphe — chamou Eloana da porta. — Você está pronta?

Respirei fundo e assenti.

— Estou — confirmei e então abaixei o tom de voz. — Obrigada por responder às minhas perguntas.

Ela inclinou a cabeça.

— Pode contar comigo. E se você ficar... curiosa o bastante para fazer aquelas perguntas que tenho certeza que estão fervilhando na sua cabeça, ficarei feliz em responder a elas ou indicar um determinado... capítulo.

Ah, meus deuses.

— O-obrigada — gaguejei e então comecei a me virar.

— Vossa Majestade. — Willa me deteve e, quando eu a encarei, seu sorriso tinha se dissipado. — Uma Vidente nem sempre consegue saber das coisas a respeito dos outros e a maioria não consegue fechar os olhos para o presente e ver o futuro e os dias que estão por vir. Eu não consigo — admitiu, e senti um arrepio outra vez. — Os Atlantes podem ser supersticiosos, mesmo que não acreditem em profecias. Você sabe por que eles não acreditam?

Minha pele ficou enregelada.

— Não.

— Porque acreditamos que os dias que ainda estão por vir não foram profetizados. Que nem mesmo o que os deuses reservaram para nós está gravado em pedra — revelou Willa, com as manchas douradas nos olhos ardendo intensamente. — Mas o que está gravado nos ossos é diferente, e não devemos ignorar algo só porque não acreditamos nisso.

Com o coração disparado e ciente de que Eloana estava me esperando, aproximei-me de Willa.

— Você está falando da profecia em que os Invisíveis acreditam?

Willa tocou no meu braço de novo, e a mesma carga de energia estática vibrou na minha pele.

— A sua homônima era muito sábia e capaz de enxergar além do presente, mas eles não acreditam no que ela viu. Você não é a grande conspiradora, mas uma das duas pessoas que vai se interpor entre aquilo que despertou e a vingança que ele espera obter contra homens e deuses.

*

As palavras de Willa me assombraram conforme eu caminhava pelo palácio e o Templo de Nyktos. Embora a lógica quisesse se rebelar contra a ideia de que alguma parte da profecia fosse verdadeira, senti um certo alívio ao ouvi-la dizer que eu não era a conspiradora que os Invisíveis acreditavam que eu fosse.

Mas, se o que ela dissera fosse verdade — e como poderia não ser quando Willa sabia de tantas coisas —, então ela deveria estar falando sobre a Coroa de Sangue e Casteel e eu. Eu já imaginava que os Ascendidos quisessem se vingar, mas o que será que havia despertado? Só conseguia pensar em Malec. Para que eu estivesse ali, era óbvio que ele tinha ressurgido.

O murmúrio baixo de vozes me arrancou dos meus pensamentos conforme passávamos pela estátua de Nyktos e suas chamas prateadas. Hisa estava parada ao lado da porta. Os Anciões já haviam saído para a varanda, acompanhados por Willa. Os pais de Casteel nos esperavam com a comandante. Eloana havia perguntado se nós queríamos trocar de roupa antes de cumprimentar o povo de Evaemon. Apesar de ter me visualizado usando um belo vestido, recusei, parando apenas para domar as mechas de cabelo que tinham se soltado da trança. Era pouco provável que as pessoas me vissem vestida com uma roupa diferente da que eu usava hoje — ou algo do tipo — por algum tempo, e me parecia inútil me apresentar de outra maneira.

Além do mais, apenas atrasaria a nossa conversa com Kieran e a minha conversa com Casteel a respeito do que Willa havia me contado. Então ficamos ali como estávamos quando entramos em Atlântia mais cedo.

Havia sido um longo dia.

— Vocês estão prontos? — perguntou Valyn.

Casteel olhou para mim e eu assenti.

— Sim, estamos.

Olhei para o lado, onde Vonetta continuava na forma de lupina e Kieran na forma humana. Os demais lupinos, incluindo Delano, nos flanqueavam. Naill e Emil também estavam ali. Voltei o olhar para os pais de Casteel.

— Vocês vão nos apresentar?

Eloana sacudiu a cabeça.

— Ficaremos ao seu lado, mas o membro mais velho do Conselho vai apresentar vocês dois.

Lembrei quem era o Ancião mais velho e perguntei:

— Willa?

Valyn assentiu enquanto olhava para o filho, que abriu um sorriso.

— Tenho a impressão de que estou perdendo alguma coisa — murmurou Valyn.

— Não, não está — disparei quando Casteel abriu a boca, sem fazer a menor ideia de como ninguém em Atlântia parecia saber sobre o diário de Willa. — Garanto.

Casteel lançou um olhar na minha direção, que eu ignorei.

— Não vai demorar muito — afirmou Eloana, com um certo cansaço na voz. Havia sido um longo dia para eles também. — E então vocês poderão ir para os seus aposentos... ou fazer o que quiserem.

— Seria bom ir para a cama — observou Casteel, e eu esperei que ele não entrasse em detalhes.

— Vocês vão ficar no palácio? — perguntei. — Espero que sim.

— Eu também — concordou Casteel.

Valyn olhou para Eloana antes de assentir.

— Nós pretendemos ficar. Pelo menos até que vocês voltem do Iliseu e da reunião com a Coroa de Sangue. Imaginamos que gostariam que ficássemos como seus suplentes até lá.

— Eles vão lidar com os problemas que surgirem durante o tempo em que estivermos fora — explicou Casteel rapidamente. — Geralmente, o conselheiro ou, em raros casos, o Conselho intervém.

Assenti.

Eloana olhou de mim para Casteel, e eu percebi que estava na hora. Hisa e outro guarda avançaram, segurando a maçaneta das portas. O olhar de Kieran encontrou o meu e depois o de Casteel. Ele sorriu ao se juntar a Emil e Naill.

Meu coração martelou dentro do peito quando as portas começaram a se abrir. O barulho da multidão ficou mais alto quando a última réstia de luz do sol entrou pela claraboia e se infiltrou pelas frestas das portas.

A varanda era circular e comprida o bastante para que todos os Anciões se postassem à esquerda e à direita contra o parapeito de pedra preta. Willa nos aguardava na parte de trás da varanda, mas então avançou, com os cachos de um tom preto-azulado na tênue luz do sol. A Anciã começou a falar, e um silêncio tomou conta da multidão. Não entendi nada do que ela disse, pois o sangue latejava nos meus ouvidos e o meu peito zumbia. Só o que consegui notar foi que os pais de Casteel haviam se postado ao nosso lado e o surrealismo absoluto que era a Srta. Willa — aquela Srta. Willa — prestes a nos apresentar ao reino como Rei e Rainha.

Nem em um milhão de anos eu poderia ter sonhado com aquele momento.

Uma risada subiu pela minha garganta, mas consegui reprimi-la. Não era a hora para risinhos histéricos.

Casteel estendeu o braço e pegou a minha mão. Olhei imediatamente para ele. Seus olhos eram como poços de mel quente e, quando respirei fundo, tudo que senti foi o gosto de chocolate e frutas vermelhas.

— Eu te amo — sussurrei, as lágrimas fazendo meus olhos arderem.

Casteel sorriu. As duas covinhas apareceram, uma após a outra. Tive o vislumbre de uma presa e senti uma contorção completamente inapropriada no baixo-ventre.

Então seguimos em frente, sob o que restava do sol da tarde e da brisa, e pairamos acima de uma multidão que quase fez o meu coração parar de bater.

Devia haver milhares de pessoas. O povo formava um mar no pátio do Templo, na colina verde e mais adiante, nas sacadas dos prédios próximos e nas janelas abertas. As pessoas até subiram nos telhados dos edifícios mais baixos. Pelo que pude ver, as ruas de Evaemon estavam completamente lotadas.

— Com o apoio e o respeito do Conselho de Anciões e dos antigos Rei e Rainha de Atlântia, a abdicação e transferência da coroa se realizaram. — A voz de Willa reverberou da varanda, caindo sobre o povo como uma chuva suave de verão. — É uma grande honra apresentar Aquele que nasceu do Primeiro Reino, criado do sangue e das cinzas daqueles que pereceram antes dele, o segundo filho do Rei Valyn e da Rainha Eloana, Casteel Hawkethrone Da'Neer, o Rei de Sangue e Cinzas.

Prendi a respiração ao ouvir o título que pertencia aos Ascendidos, à Coroa de Sangue. Casteel se retesou ao meu lado, mas a multidão irrompeu em gritos, vivas e aplausos que ecoaram pelos vales e pelas ruas como um trovão.

Willa ergueu o punho e eles ficaram em silêncio.

— Ele é acompanhado por Aquela que tem o sangue do Rei dos Deuses nas veias, a Liessa e a herdeira legítima de Atlântia, Penellaphe Balfour Da'Neer, a Rainha de Carne e Fogo.

Estremeci, com o coração palpitante. Houve um silêncio agudo e intimidante...

Uivos soaram por trás de mim, me sobressaltando. Os chamados longos e lamentosos foram respondidos por toda a cidade. Lá embaixo e ao longe, homens e mulheres, velhos e jovens, na forma humana, responderam com uivos graves e guturais que terminavam em gritos agudos.

Em seguida, ouvi um baque alto no pátio. Um homem bateu com o pé na terra. A mulher ao seu lado seguiu o exemplo, e depois outra e mais outra, como no dia em que cheguei à Enseada de Saion. Mas não eram apenas lupinos. Eram Atlantes e mortais, batendo com os pés na terra e os punhos na pedra, o som reverberando pelo pátio, ruas, sacadas e terraços. Muitos deles estavam ajoelhados, batendo com as mãos no chão.

— Isso... isso é bom, certo? — perguntei.

— Eles estão passando uma mensagem — respondeu Eloana atrás de nós.

— Que tipo de mensagem?

Casteel sorriu para mim.

— Que são leais a você. E que, se for necessário, entrarão em guerra por sua causa.

Nós estávamos tentando evitar uma guerra, mas... acho que era bom saber da disposição deles.

— Você quer dizer que eles são leais a nós dois.

Seu sorriso se alargou, mas ele não respondeu.

O bater de punhos e pés cessou e o silêncio recaiu sobre nós. Senti um arrepio por todo o corpo conforme olhava para a cidade. Havia milhares de cabeças levantadas, nos observando — me observando — com expectativa.

Casteel apertou a minha mão.

— Eles estão esperando por uma resposta sua.

Uma resposta minha?

— Tenho a impressão de que um muito obrigada não é suficiente.

Casteel reprimiu o que parecia ser uma risada. Olhei para ele, com as sobrancelhas arqueadas.

— Desculpe.

Estreitei os olhos.

— Você não parece estar arrependido.

Ele mordeu o lábio inferior, mas repuxou os cantos da boca para cima. Não uma, mas duas covinhas idiotas apareceram nas suas bochechas.

— Você é tão irritante — murmurei.

— Adoravelmente irritante — corrigiu ele, e seu pai deu um suspiro.

— Sorte sua ser tão bonito — resmunguei baixinho.

Casteel me puxou de volta para perto de si, passando o braço ao meu redor. Antes que eu pudesse protestar, ele abaixou a boca até que ficasse a poucos centímetros da minha.

— Sorte minha que você me ame incondicionalmente.

— Isso também. — Suspirei.

Casteel abaixou a cabeça e me beijou; e o beijo não foi nada rápido ou casto. Pode até ter sido um pouco — ou muito — inapropriado, assim como a maneira que colei o corpo ao dele.

Estremeci quando uivos e vivas irromperam dos lupinos e Atlantes no pátio e na cidade, misturados a berros e assobios.

Casteel riu nos meus lábios enquanto encostava a testa na minha.

— Nosso povo gosta muito de demonstrações públicas de afeto, caso não tenha percebido.

— Sim, eu percebi. — Com o rosto da cor de uma árvore de sangue, olhei para a cidade. Para o nosso povo.

Willa se voltou para a multidão, que havia silenciado mais uma vez.

— De Sangue e Cinzas e do Reino de Carne e Fogo, o Rei e a Rainha assumiram o trono, jurando proteger Atlântia dos inimigos conhecidos e desconhecidos, reinar com bondade e força e liderar com compaixão e justiça. De agora até o fim, eles são seus protetores.

Os olhos cor de âmbar de Casteel encontraram os meus. Ele ergueu as nossas mãos unidas no alto e o povo... o povo celebrou.

*

O povo de Atlântia continuava celebrando a transferência da Coroa, levando em conta os sons de alegria que podiam ser ouvidos de leve de dentro dos Aposentos Reais.

E Kieran não estava brincando quando disse que os nossos quartos ocupavam toda a ala leste. O saguão se abria para uma área de estar e, de cada lado, portas conduziam aos espaços dele e dela. Não sabia por que eles precisavam dos dois, mas também havia uma sala de jantar privativa mobiliada com uma mesa redonda grande o suficiente para acomodar várias pessoas. Também havia um átrio equipado com poltronas e sofás confortáveis, tapetes de pelúcia e rosas noturnas que abriam as pétalas delicadas ao primeiro sinal da lua.

O quarto era... um exagero.

Uma cama de dossel ficava no meio do aposento e ocupava quase todo o espaço. As cortinas estavam puxadas para trás, exibindo lençóis limpos e um monte de travesseiros macios. Duas espreguiçadeiras estavam dispostas na frente das portas que levavam a um terraço e jardim privativos, e um enorme baú de madeira ficava dentro do quarto. Os armários ficavam em um cômodo do tamanho do meu quarto na Masadônia. Casteel me explicou que o cômodo era chamado de closet, e eu pensei que poderia muito bem morar ali dentro.

A sala de banho... bem, fazia com que a da Enseada de Saion parecesse insignificante. A privada ficava escondida atrás de uma parede, e havia duas penteadeiras, uma banheira de imersão indecentemente grande e um boxe que ostentava vários chuveiros e bancos de pedra.

E eu podia pensar em muitas coisas indecentes para fazer ali.

Da entrada principal, uma porta se abria para o corredor dos empregados e a escadaria privativa que levava ao andar de cima, onde ficavam os quartos reservados para os hóspedes do Rei e da Rainha. Aqueles que tinham viajado conosco estavam se acomodando e os pais de Casteel tinham acabado de sair depois de nos informar que se quiséssemos mudar alguma coisa nos aposentos era só avisar a Rose.

Como poucos itens no cômodo pareciam pertencer a Eloana ou Valyn, tive a impressão de que muitas coisas que estavam nos quartos fossem novas e que eles tinham se preparado para aquele momento assim que voltaram para Evaemon.

Enquanto Casteel pedia que um dos empregados levasse comida até os nossos aposentos, eu vagava pelos quartos, procurando pelos objetos pessoais que haviam sido mandados para lá com antecedência.

Encontrei-os espalhados por toda parte: um adorável urso de pelúcia que certamente já tinha visto dias melhores em cima de uma prateleira. Vários livros com capas de couro ocupavam as estantes da área de estar principal — alguns eram livros infantis e o restante parecia ser uma coleção de fábulas. Não tinha nenhum livro didático. Sorri ao encontrar duas espadas de treinamento penduradas no corredor entre a área de estar e a sala de jantar, com as lâminas cegas. Havia vários quadros pendurados na sala de jantar, e um deles retratava lilases, pedras cinzas e águas límpidas que só podia ser de Casteel.

Era a caverna.

No closet, encontrei as roupas que trouxemos conosco e as que foram enviadas na frente, já penduradas ou dobradas. Dentro do baú havia uma coleção de armas capazes de penetrar carne e pedra, algumas feitas de um metal dourado, outras de aço ou de pedra de sangue. Do outro lado, entre as portas da sala de banho e do closet, encontrei dois pedestais de pedra com uma plataforma estreita. Logo soube para que serviam, me lembrando de ter visto algo parecido no Castelo Wayfair.

Estendi a mão e tirei a coroa da cabeça. Os ossos dourados eram suaves e frios ao toque, me fazendo lembrar do osso de lupino da minha adaga. Pousei-a com cuidado em cima do pedestal sobre a plataforma.

A Rainha de Carne e Fogo.

Carne e Fogo. Eu já tinha ouvido aquela frase duas vezes antes. A mãe de Casteel disse isso quando me viu pela primeira vez, e o título era mencionado na profecia que Alastir recitou.

Só que eu não era a grande conspiradora.

E o título... bem, soava feroz.

Sorrindo, me afastei da coroa e fui até a mesinha de cabeceira. Encontrei um cavalo de madeira de brinquedo. Eu o peguei, maravilhada com a sua complexidade. Não faltava nenhum detalhe. Virei-o, surpresa ao ver o nome de Malik entalhado na parte de baixo. Passei o polegar sobre os sulcos na madeira.

— Malik fez isso — disse Casteel da porta. Eu me virei e o vi tirar a coroa e colocá-la no pedestal ao lado da minha. — Para o meu aniversário. De seis anos, acho. Deuses, faz tanto tempo. — Ele fez uma pausa. — Aliás, acho que não sabemos o aniversário um do outro, não é?

— Tenho certeza de que nós... — Dei uma risada quando me dei conta de que ele tinha razão. Coloquei o cavalo onde o encontrei. Sabíamos muitas coisas um sobre o outro, mas ainda existiam muitas que não sabíamos. — Quando é o seu aniversário?

Ele sorriu ao se encostar na parede.

— Eu nasci no primeiro dia do sexto mês. E você?

Meu sorriso começou a desaparecer.

— Eu nasci no quarto mês.

— E o dia? — Ele arqueou a sobrancelha.

Segui na direção dele.

— Eu... não sei. Quero dizer, eu não me lembro. Tenho uma vaga lembrança de comemorar meu aniversário quando era mais nova, mas, depois que os meus pais morreram, Ian e eu nunca mais comemoramos. — Dei de ombros. — E acho que, com o passar dos anos, meio que esquecemos a data, então escolhemos um dia qualquer em abril para mim e em dezembro para ele.

O sorriso tinha desaparecido do rosto dele.

— Escolha um dia.

— Para quê?

— Para o seu aniversário. Escolha um dia em abril para ser o seu aniversário.

Senti uma pontada de tristeza no coração.

— Certa vez, Vikter me perguntou quando era o meu aniversário. Ele disse a mesma coisa. Escolha um dia em abril. — Dei um suspiro baixo. — Eu escolhi o vigésimo dia, e foi quando ele me deu a adaga de lupino.

— Perfeito. — O sorriso voltou, mas não chegou até os olhos dele. — Como você está?

— Eu estou bem. Não me sinto... diferente. Quero dizer, talvez sinta? Não sei. — Dei um sorriso sem graça enquanto me aproximava dele. Ele se afastou da parede. — Mas eu estou calma. E você?

— Do mesmo jeito, eu acho. — Ele abriu os braços e eu fui até ele, enlaçando a sua cintura. Encostei o rosto no peito dele, fechei os olhos e me entreguei ao abraço, sentindo o seu cheiro de especiarias e pinho.

— Embora tenha de admitir que fiquei aliviado quando aquela coroa ficou dourada. Eu queria ter uma coroa tão elegante quanto a sua.

Dei uma risada.

— Conversei com Willa.

— Eu vi. — Seus lábios roçaram o topo da minha cabeça. — Fiquei muito curioso para saber sobre o que vocês duas estavam conversando. E meio que com ciúmes.

Sorrindo, me estiquei e beijei o canto dos lábios dele.

— Nada que a sua mente suja aprovaria.

Ele fez um beicinho.

Era ridículo e, ainda assim, adoravelmente cativante. Contei a ele que ela era a mulher que estava no Pérola Vermelha e me mandou para o seu quarto, o que o deixou surpreso. Ele não fazia ideia de que um dos Anciões fosse até Solis, mas, levando em conta o diário de Willa, aquilo fazia sentido. Não contei o que ela me disse a respeito dele. Não achei que Casteel iria gostar que alguém conhecesse o funcionamento interno do seu coração, mas compartilhei com ele o que ela me contou sobre a profecia.

Casteel ainda estava em dúvida enquanto caminhávamos de volta para a área de estar.

— Não é que eu não consiga acreditar nisso — explicou ele, com o braço sobre os meus ombros. — Só acho difícil de acreditar que, se houver uma profecia verdadeira, então como não existem outras? Sobre as quais nunca ouvimos falar?

— Não sei — respondi. — Talvez as profecias não devam ser conhecidas.

— Parece algo que uma Vidente diria.

Dei uma risadinha.

— Realmente.

Uma covinha apareceu quando ele passou a mão na minha bochecha, afastando uma mecha de cabelo rebelde.

— A comida deve estar a caminho, e imagino que esteja cansada e de olho naquele chuveiro. Sei que eu estou, mas queria falar com Kieran primeiro. O que acha?

— Acho ótimo.

— Maravilha. Porque ele vai vir aqui daqui a alguns minutos — avisou ele, e eu dei outra risada. Vi as faíscas douradas e reluzentes nos seus olhos. Ele entreabriu os lábios até que as pontas das presas aparecessem. — Eu adoro esse som. Adoro que você ria muito mais agora.

— Eu também — admiti baixinho. — E é por sua causa.

Casteel fechou os olhos enquanto encostava a testa na minha, e ficamos um bom tempo parados ali.

— Antes de Kieran chegar, eu queria te fazer uma pergunta.

— Parece ser algo sério — observei.

— É, acho que sim. — Ele levantou a cabeça. — Você já sentiu fome?

— Por comida? — perguntei bem devagar.

Ele franziu os lábios.

— Não do tipo que você está pensando.

— Ah. — Arregalei os olhos. — Por sangue?

Foi então que ele sorriu.

— Não precisa sussurrar — avisou.

— Eu não sussurrei.

— Sussurrou, sim.

— Que seja. — Mordi o lábio. — Acho que não. Quero dizer, eu não senti aquela dor torturante de novo. Acho que saberia se tivesse sentido.

— Nem sempre é assim, minha Rainha.

Minha Rainha. Gostei daquilo. Quase tanto quanto gostava quando ele me chamava de Princesa. Não que eu fosse admitir.

— Então como é?

— Você se sente inexplicavelmente cansada, mesmo depois de dormir. Come, mas continua com fome. A comida acaba perdendo o apelo — explicou ele. — Você fica mais irritadiça, o que não seria nenhuma novidade em se tratando de você.

— Ei! — Dei um soco no braço dele.

— Talvez você precise se alimentar agora — brincou ele, com os olhos brilhando. — Assim que chegar ao ponto em que a comida não aliviar mais a sua fome, você vai precisar se alimentar.

Fiz que sim com a cabeça.

— Certo.

— Talvez você nem precise se alimentar agora, de qualquer modo. Se considerarmos a frequência com que os Atlantes precisam se alimentar — informou ele. — Mas você pode ser diferente. Pode nem precisar fazer isso, mas eu queria me certificar.

Procurei alguma centelha de desconforto com a possibilidade de ter que me alimentar e não encontrei nada, e então uma batida soou na porta.

Casteel deixou Kieran entrar. O lupino parecia ter tomado banho e trocado de roupa. Uma camisa branca limpa e calças pretas substituíam o que ele vestia antes. Fiquei com inveja.

— Não vamos mantê-lo ocupado por muito tempo — anunciou Casteel, vindo se juntar a mim. — Mas gostaríamos de lhe perguntar algo importante.

Kieran arqueou a sobrancelha enquanto olhava para nós dois.

— É a respeito da União?

Pela segunda vez em uma questão de 24 horas, quase perdi a respiração.

— O quê?

— Estou errado? — Kieran cruzou os braços.

— Está. — Fiz que sim com a cabeça enquanto Casteel parecia fazer o possível para não cair na gargalhada. — Isso não tem nada a ver com o que íamos falar e, aliás, a União não é mais necessária, certo? Eu sou uma divindade. Minha expectativa de vida é inconcebível agora.

— Bem... — começou Casteel de modo arrastado.

Olhei para ele e então me lembrei do que tinha me preocupado quando descobri que poderia ser imortal, ou a coisa mais próxima disso.

— Eu vou viver mais que você, não vou?

— As divindades têm o dobro da expectativa de vida dos Atlantes, talvez até mais se forem hibernar — explicou Casteel. Não senti nem um pouco de preocupação emanando dele, enquanto eu estava prestes a me atirar no chão. — Mas temos muito tempo antes de começarmos a nos preocupar com isso.

— Estou preocupada com isso agora.

— É óbvio que está — afirmou Kieran. — Eu estou vinculado a você, assim como todos os lupinos. Não da mesma forma que os vínculos funcionavam com a linhagem fundamental, mas um lupino ainda é o elo que conecta duas vidas. — Ele franziu o cenho. — Ou três, creio eu. A vida dele ficaria vinculada apenas à sua.

Eu o encarei.

— De qualquer modo, pode ser qualquer lupino. — Kieran deu de ombros.

Continuei olhando para ele.

— Certo. É bom saber. — Casteel deu um tapinha no meu ombro e eu me sentei em cima da almofada grossa e preta de uma poltrona. — Mas não era isso que queríamos discutir com você.

— Não brinca — debochou Kieran.

Pisquei os olhos e sacudi a cabeça. Nós estávamos prestes a pedir que ele fosse o nosso conselheiro. Amanhã, partiríamos para o Iliseu e depois para Solis. Eu realmente não precisava pensar em nada disso naquele momento.

— Queríamos perguntar se você nos daria a honra de ser o Conselheiro da Coroa — começou Casteel. — Eu tinha todo um discurso ensaiado na minha cabeça sobre como você tem sido um irmão para mim e que não há ninguém em quem eu confie mais, mas agora as coisas ficaram meio constrangedoras, então... é isso. Nós gostaríamos que você fosse o nosso conselheiro.

Agora foi Kieran quem ficou nos encarando de olhos arregalados, e eu senti o frescor do choque emanando dele, algo que não achava que ele sentisse com muita frequência.

— Você... você está surpreso — comentei. — Por quê? Você sabe que Casteel confia em você. Assim como eu.

— Sim, mas... — Kieran esfregou a palma da mão no peito. — O Conselheiro da Coroa costuma ser uma pessoa muito mais velha do que eu, com mais experiência e conexões.

— O Rei e a Rainha costumam ser pessoas muito mais velhas do que nós — respondeu Casteel secamente.

— Eu sei, mas... por que vocês não escolheram o meu pai? — perguntou ele. — Ele iria servi-los muito bem.

— Mas não tão bem quanto você — Casteel disse a ele. — Você não precisa aceitar...

— Não, eu aceito — Kieran confirmou. — Seria uma honra. — Seus olhos azul-claros dispararam entre nós dois. — É só que... eu realmente pensei que vocês fossem pedir isso ao meu pai.

Fiquei chocada por ele ter pensado nisso.

522

— Eu realmente não pensei em mais ninguém. — Casteel deu um passo à frente, segurando a nuca de Kieran. — Sempre foi você.

O que senti de Kieran aqueceu o meu coração. Ele ficou surpreso, mas orgulhoso e cheio de afeição. Eu podia jurar que havia lágrimas nos seus olhos quando ele disse:

— Será uma honra servir como conselheiro de vocês — repetiu ele. — De agora até o fim.

— A honra é toda nossa — declarou Casteel, puxando-o para um abraço de um braço só. — É sério.

Kieran retribuiu o abraço. Vê-los se abraçando trouxe um sorriso ao meu rosto. A amizade era um vínculo muito mais forte do que algo que os deuses poderiam criar.

— Certo. — Kieran pigarreou enquanto se afastava.

— Sei que normalmente há uma cerimônia — disse Casteel, olhando de relance para mim. — É parecida com a que fizemos na sala do trono no Templo. — Ele se voltou para Kieran. — Podemos fazer isso quando celebrarmos a coroação.

Kieran acenou com a cabeça.

— Gostaria que meus pais e irmãs estivessem presentes.

Irmãs. Meu sorriso se alargou. Ele já estava pensando na irmãzinha.

— Eu também — concordou Casteel.

Ele passou a mão pela cabeça.

— Acho que preciso de uma bebida. Ou de cinco.

Casteel deu uma gargalhada.

— Acho que nós três precisamos de uma bebida depois de hoje. — Ele se virou para o aparador, onde havia várias garrafas e copos de cristal com videiras entalhadas. — O que você quer? — ele perguntou para mim.

— A mesma coisa que você.

Ele arqueou a sobrancelha.

— Intrigante.

Sacudi a cabeça.

— Sabem de uma coisa? — indagou Kieran, olhando para mim enquanto se sentava em uma poltrona idêntica à minha. — Eu nunca ouvi falar de uma reação assim a uma coroação. As pessoas estão felizes. É isso que estão comemorando.

— Imagino que elas estejam aliviadas com o fim da tensão sobre a duração do reinado dos pais de Cas. — Recostei-me quando Casteel me lançou um olhar acalorado conforme servia três copos de algo que mais tarde eu provavelmente me arrependeria de ter bebido.

— Eu acho que tem mais a ver com você — afirmou Casteel.

— Porque eu sou especial. — Pousei o queixo sobre o punho e revirei os olhos. — Um floquinho de neve.

Casteel gargalhou.

— Ora, você é mesmo.

Não tão especial quanto aqueles capazes de mudar de forma. Jamais superaria isso, mas a reação do povo também devia ter algo a ver com o Príncipe ter subido ao trono... Arregalei os olhos e me endireitei na poltrona.

— Ah, meus deuses. Acabei de pensar em uma coisa.

— Mal posso esperar para ouvir isso — murmurou Kieran.

— Nyktos é protegido por guardas — comecei, me lembrando do que foi dito durante a reunião do Conselho. Não era nenhuma novidade. — Os... dragontinos foram hibernar ou proteger o local de descanso dos deuses, certo?

Kieran pegou a bebida que Casteel ofereceu a ele.

— Sim.

Senti um embrulho no estômago.

— E será que os guardas que Ian disse que precisaríamos são aqueles que protegem o local de descanso de Nyktos?

Casteel colocou a bebida na minha mão.

— Você só se deu conta agora de quem e o que são os guardas de Nyktos?

Sim.

Exatamente.

— Nós vamos pedir a ajuda dos dragontinos? — exclamei. — Aqueles que são capazes de assumir a forma de um dragão?

Casteel olhou para mim, assentindo bem devagar.

— Achei que você já tivesse se dado conta disso.

— Não! — gritei, e Kieran arqueou as sobrancelhas. — Sim, eu me lembro de ouvir isso, mas me disseram tantas coisas desde então e... bons deuses, eu vou ver um dragontino?

— Sim, minha Rainha. — Casteel se sentou no braço da minha poltrona. — Talvez você veja um dragontino.

— Não sei por que você parece tão animada — comentou Kieran. — Os dragontinos eram uma linhagem notoriamente... hostil, com um temperamento que faria o seu parecer o de um animalzinho fofo.

Levantei a mão direita e estendi o dedo médio. Ele deu uma risadinha.

— Mas eu tenho o sangue de Nyktos nas veias — salientei.

— Além disso, eles cospem fogo. — Kieran inclinou o copo na minha direção. — Então espero que nenhum de nós os irrite.

Capítulo Trinta e Nove

Na manhã seguinte, fiquei no saguão do Templo de Nyktos ao lado de Casteel, brincando com a faixa peitoral que encontrei entre as armas dele. Também peguei a adaga de ferro que encontrei no fundo do baú e que agora estava amarrada ao meu arnês. A adaga de pedra de sangue estava presa à minha coxa. Nenhum dos dois usava coroa, tendo-as deixado no quarto. Estávamos acompanhados de Kieran e sua irmã, Emil e Delano. Naill ficou de fora, decidindo passar um tempo com o pai. Enquanto observava Delano ajustar a correia que prendia as espadas ao lado do corpo, eu esperava que ele tivesse tido tempo de avisar a Perry que tinha voltado para a capital.

— Kieran e eu estamos certos de que o túnel que leva até as montanhas fica aqui embaixo — informou Casteel. — É um túnel estreito com nada muito empolgante.

Por empolgante, presumi que ele se referia à caverna cheia de lilases.

— Vocês faziam coisas muito estranhas quando eram crianças. — Vonetta estava entre o irmão e Emil, de braços cruzados. Havia duas espadas curtas presas aos seus quadris. Ela afastou as tranças compridas do rosto, que desceram sobre as suas costas. — Só pensei em mencionar isso.

Abri um sorriso.

— Eu nem sabia que havia túneis aqui. — Emil olhou para o assoalho preto como o azeviche.

— Sim, há. — Hisa avançou, com dois guardas a flanqueando. — São acessados pelas criptas.

Criptas.

Estremeci.

— Sinto muito. — Casteel apertou a minha nuca com delicadeza. — A boa notícia é que não se parece em nada com aquela em que você esteve.

— Está tudo bem — assegurei a ele, e iria ficar. Não passaríamos muito tempo nelas.

Hisa seguiu na direção de uma porta estreita, carregando um pesado molho de chaves. Ela virou uma delas e girou a maçaneta, e então a porta se abriu com um rangido.

Uma luz fraca iluminava o caminho conforme descíamos uma escada que fazia sons horríveis sob o nosso peso. A temperatura caía pelo menos cinco graus a cada passo, e o familiar cheiro almiscarado revirou meu estômago. Hisa seguiu na frente, passando por vários túmulos de pedra. Casteel ficou perto de mim, a mão pousada em meu ombro. Ele tinha razão. A cripta era limpa e bem cuidada, com guirlandas de flores em cima dos túmulos.

— Vocês têm certeza disso? — Hisa parou diante de outra porta enquanto tateava as chaves.

— Sim, temos — respondi.

Ela assentiu e então começou a destrancar a segunda porta.

— Esses túneis já foram usados para transportar mercadorias por diferentes áreas da cidade, mas depois passaram a ser usados exclusivamente para transportar os mortos — ela nos contou, e Emil franziu os lábios. — Mas não são acessados há décadas. Não faço ideia de como estão. É improvável que tenha acontecido algum desabamento — continuou ela. — Espero que a trilha que vocês procuram ainda esteja aberta.

— Pelo que me lembro, é uma trilha relativamente reta, com poucas curvas. — Casteel pegou uma tocha. Delano deu um passo à frente, batendo com a pederneira no topo. As faíscas deram lugar ao fogo. Ele entregou a tocha para Kieran. — Deve levar apenas uma hora para chegarmos até as montanhas.

— E depois? — perguntei enquanto ele pegava outra tocha. As chamas foram acesas.

527

— Isso eu não sei. — Casteel olhou para Kieran. — Nós nunca passamos das montanhas.

— As montanhas são altas, mas não muito extensas nessa região — acrescentou Hisa, franzindo a testa. — Estamos no sopé, então imagino que seja uma viagem de meio dia. Se fosse mais ao norte ou ao sul, provavelmente levaria alguns.

— Você viajou para muito longe nas montanhas? — perguntou Vonetta, e eu pensei que tinha sido uma boa ideia enchermos a bolsa nas costas de Emil com o máximo de comida possível. Cada um carregava um cantil. Não era muita água, mas teríamos que fazê-la render.

— Até onde a névoa se mistura com as nuvens durante uma missão de reconhecimento. Sei que alcançamos a névoa mais rápido daqui do que de outras regiões — respondeu Hisa e em seguida olhou para a porta. — Se eu tivesse noção do que havia naquela névoa... — Ela parou de falar e sacudiu a cabeça. — Por favor, se cuidem. Todos vocês. — Para Casteel e para mim, ela acrescentou: — O povo quer ter a chance de conhecer a Rainha e de se reaproximar do Rei.

— Isso vai acontecer — prometeu Casteel.

Hisa deu um suspiro profundo ao abrir a porta e uma escuridão nos deu as boas-vindas.

— Aguardaremos seu retorno.

Observei a comandante se juntar aos guardas na entrada das criptas.

— Obrigada a todos vocês por fazerem isso conosco.

Vonetta sorriu.

— Nenhum de nós recusaria uma proposta para ver o Iliseu.

— Isso porque nenhum de nós tem um pingo de bom senso — provocou Emil.

— É verdade. — Delano sorriu.

— Da minha parte, fico feliz de estar cercado por pessoas que têm mais lealdade e sede de aventura do que bom senso — comentou Casteel. — E, agora, vamos às regras.

— Que tédio — disparou Vonetta.

Dei uma risada.

— Bem, com sorte, as regras vão manter todos vivos. Casteel e eu debatemos algumas coisas hoje de manhã...

— Era isso que vocês estavam fazendo? — perguntou Kieran.

— Sim — respondi, com as bochechas coradas porque não foi só isso que fizemos. — Continuando: se alguém vir algum indício de névoa, recue e deixe que eu siga na frente.

— Eu não concordei com isso — murmurou Casteel.

— Concordou, sim. A névoa se dissipou para mim nas Montanhas Skotos. Acredito que vai acontecer a mesma coisa aqui — repliquei. — Desse modo, ninguém vai entrar nela e sufocar até a morte.

— Sim, eu gostaria de evitar isso — observou Emil.

— E, se encontrarmos alguma coisa, é melhor que eu não use o éter — continuei, lembrando que Kieran me disse que os deuses conseguiam sentir quando o éter era usado. — Não sei como vai ser no Iliseu, se vai ser diferente ou se os deuses vão conseguir sentir. Imagino que não seja assim que queremos despertar Nyktos.

— Como vamos despertá-lo? — perguntou Delano.

— Bem... — Olhei de relance para Casteel — Vamos pensar nisso assim que chegar a hora.

Vonetta arqueou as sobrancelhas. Um momento se passou.

— Parece ser um plano maravilhosamente detalhado.

Casteel deu um sorriso irônico.

— Não está feliz por ter se voluntariado?

— Completamente — respondeu Vonetta, se parecendo muito com o irmão.

— Pronta? — perguntou Casteel, com os olhos encontrando os meus.

Não tinha certeza, mas não fazia sentido adiar aquilo, então assenti e seguimos Casteel para o nada.

*

O tempo era estranho nos túneis. Sem qualquer outra luz que não fosse das tochas, só percebemos que as horas tinham passado quando ficamos com fome. Paramos apenas para atender a essa necessidade e cuidar das necessidades pessoais em cabines feitas de terra, que me convenci não estarem cheias de insetos de seis patas. Podíamos estar nos túneis sinuosos e estreitos por horas — ou mais — e acho que não saberíamos dizer.

— Cuidado — alertou Casteel em algum ponto do túnel interminável, segurando a tocha na frente do corpo. — O chão parece frágil nessa parte. Fiquem perto da parede.

Eu não entendia como Casteel poderia saber disso, mas fiz o que ele sugeriu, encostando o corpo na pedra fria. O cantil pressionou as minhas costas conforme eu me esgueirava, com Kieran logo atrás. Senti um aperto no peito quando percebi que o túnel tinha ficado ainda mais estreito. Nunca me incomodei com espaços fechados, mas tive a impressão de que passaria a me incomodar. Estendi a mão, puxando a parte de trás da camisa de Casteel sem sequer me dar conta disso. Adquiri o hábito de fazer isso toda vez que as paredes e o teto me oprimiam.

— Poppy — sussurrou Casteel.

— O quê? — Eu me concentrei no brilho avermelhado diante dele.

— Sabe o que eu deveria ter trazido? — perguntou ele.

Mais comida? Talvez um saquinho de queijo? Eu já estava com fome de novo.

— Não — respondi.

— O diário da Srta. Willa.

Parei de andar e Kieran esbarrou em mim. Ainda bem que ele tinha dado a tocha para Delano, ou o meu cabelo estaria pegando fogo.

— Sério?

— Sim. — Casteel seguiu em frente. — Podíamos passar o tempo nos revezando na leitura dos seus capítulos preferidos.

— Vocês estão falando sobre a Willa que eu conheço? — perguntou Vonetta de algum lugar atrás de mim.

— Sim. Sabe, há um livro muito popular em Solis. Na verdade, é o preferido da Poppy...

— Não é o meu livro preferido, seu idiota — interrompi.

— Por favor, não o apunhale dentro do túnel — pediu Delano do fim da fila.

Revirei os olhos.

— Não posso prometer nada.

Casteel deu uma risadinha.

— O que está escrito nesse livro? Tenho a impressão de que ficaria interessada nele — disse Vonetta, e eu ouvi Kieran gemer. — Qual

530

é...? — Um estalo alto a interrompeu e em seguida o chão da caverna pareceu retumbar sob os nossos pés.

Virei-me a tempo de ver Vonetta dar um passo para o outro lado da parede e então desaparecer em uma nuvem de poeira. Pânico me invadiu.

— Netta! — gritou Kieran, seu medo grudando na minha pele assim que se misturou ao meu.

— Eu a peguei! — gritou Emil. — Mais ou menos.

O alívio que senti ao ouvir suas palavras durou pouco. Delano avançou, segurando a tocha. O brilho alaranjado iluminou o desabamento parcial e o chão ao redor. Emil estava deitado de bruços, com o braço estendido dentro do buraco. Como o Atlante conseguiu se mover tão rápido a ponto de segurar Vonetta estava além da minha compreensão.

— Ainda estou aqui — berrou Vonetta enquanto o irmão rastejava até o outro lado. — Eu acho.

Casteel segurou a parte de trás da minha camisa quando fiz menção de ir até eles.

— Há peso demais naquela área — alertou ele enquanto Delano examinava o chão. O lupino foi para o lado que permanecia intacto.

Ele tinha razão, e eu detestava isso porque só podia ficar parada e ver Kieran estendendo a mão para a irmã.

— Me dê a outra mão — ordenou Kieran. — Vamos tirar você daí juntos.

— Se vocês me deixarem cair eu vou ficar muito irritada — avisou Vonetta da escuridão.

— Netta, se nós a deixarmos cair, eu vou me jogar atrás de você — informou Emil. — E então nós dois vamos descobrir o que existe embaixo desses túneis.

— Nós vamos é estar mortos — sibilou Vonetta.

— Dá no mesmo — respondeu Emil. — Peguei você. Largue seja lá o que for que você esteja segurando.

— Acho que é uma raiz.

— Obrigado por me contar — disse Emil. — Solte a raiz e pegue a mão de Kieran.

Ouvi um grunhido baixo e então Kieran praguejou.

— Não consigo alcançá-lo — arfou ela.

— Tente outra vez. — Emil mudou de posição para tentar segurar Vonetta com ambas as mãos, o que faria com que ele conseguisse tirá-la dali sozinho, mas eu podia sentir seu medo e preocupação.

Meu coração disparou dentro do peito. Conseguia entender a hesitação de Vonetta. Fiquei inquieta, abrindo e fechando as mãos ao lado do corpo.

Casteel passou o braço pela minha cintura e me apertou.

— Vonetta vai ficar bem. Eles já a pegaram.

Assenti conforme olhava para Delano, que estava encarando o chão outra vez. Sua preocupação triplicou e eu tive a impressão de que a área perto dele não iria durar muito tempo. A frustração brotou dentro de mim. De que adiantavam os meus dons agora? Eu podia usar o éter para aliviar a dor, curar e ferir alguém. Por que não podia usá-lo agora, quando a ajuda era desesperadamente necessária?

Por que não podia? Ou melhor dizendo, quem disse que eu não podia?

Outro estalo me apavorou quando pedaços do túnel debaixo de Emil começaram a rachar. Casteel praguejou. Se aquela área fosse destruída, além de perder os três, também não poderíamos mais voltar.

Eu tinha que fazer alguma coisa.

Tinha que tentar.

Forcei-me a me acalmar o suficiente para me concentrar na imagem que estava mentalizando. Fechei os olhos, derramando bons pensamentos sobre o que estava criando. Não queria que o éter machucasse ninguém. Meu peito zumbiu assim que vi a teia de luz cintilante escorrendo pelo chão. Visualizei a teia escorregando para dentro do buraco e cercando Vonetta. Eu a vi erguendo a lupina dali...

Vonetta arfou. Abri os olhos. Um brilho prateado subia pelas paredes da caverna. Kieran se inclinou para a frente, estendendo a mão para o buraco enquanto os fios de luz erguiam Vonetta dali. Ele segurou a mão da irmã, puxando-a enquanto eu atraía o éter na minha direção. Emil a soltou, rastejando de barriga para baixo enquanto Kieran e Vonetta se deitavam de lado no chão.

Com um suspiro, puxei o éter de volta para mim conforme me aninhava em Casteel. O brilho diminuiu e então desapareceu.

— Você está bem, Netta? — indagou Casteel.

— Estou ótima. — Vonetta se deitou de costas no chão, respirando pesadamente. Ela inclinou a cabeça para trás na nossa direção. — Isso foi... estranho.

— Você conseguiu sentir o éter? — perguntei.

— Sim, era... quente e formigante. — Ela passou o braço pela testa. — Obrigada. A todo mundo.

— Como foi que você fez isso? — perguntou Casteel enquanto Emil se levantava.

— Eu mentalizei a teia. Como você me disse para fazer. — Meu coração ainda não tinha desacelerado. — E fiquei esperando que... você sabe, não quebrasse os ossos dela.

Vonetta parou enquanto se levantava, encontrando o meu olhar sob a luz fraca das tochas.

— Você não tinha certeza se o éter não iria fazer isso?

— Não — admiti timidamente.

Ela colocou as mãos nos quadris.

— Deuses, acho que preciso me deitar de novo.

533

Capítulo Quarenta

Seguimos em frente, atentos à estabilidade do túnel. Parecia que estávamos andando por uma eternidade de novo, mas o cheiro súbito e familiar de lilases me deixou cheia de esperança. Depois de uma curva estreita, uma pontinha de luz surgiu na escuridão.

Havíamos chegado ao final do túnel e ao Iliseu.

— Névoa — anunciou Casteel. — Vejo-a entrando pela abertura.

Dei um tapinha no seu ombro quando ele não saiu do caminho.

— Cas.

Ele deu um rosnado baixo, mas se encostou contra a parede, segurando a tocha no alto. Ao passar por ele, dei um beijo rápido na sua bochecha.

— Você não está facilitando — resmungou ele.

Eu teria sorrido, mas vi os tentáculos da névoa densa entrando pela abertura do túnel e pairando na nossa direção. Avancei, rezando para que Jasper estivesse certo sobre a minha capacidade de passar pela névoa e que a minha suspeita de que ela me deixaria fazer isso e se dissiparia, tornando o caminho seguro para os outros, fosse verdade.

A Magia Primordial subiu do chão da caverna, formando dedos finos que se estendiam na minha direção. Levantei a mão.

— Não estou gostando nada disso — murmurou Casteel atrás de mim.

— A névoa não deve machucá-la — Kieran o lembrou, mas havia uma certa apreensão nas suas palavras.

A névoa roçou na minha pele, fria, úmida e viva. O éter se retraiu, descendo até o chão e desaparecendo em seguida.

Soltei o ar asperamente, olhando por cima do ombro.

— Tudo bem.

Casteel acenou com a cabeça e eu segui em frente. A abertura não era muito grande, com cerca de um metro de altura e sessenta centímetros de largura.

— Vocês vão ter que rastejar.

— Vá devagar — aconselhou Casteel. — Não temos ideia do que há do outro lado.

— Espero que não seja um dragontino a fim de uma porção de carne vermelha grelhada na brasa — murmurou Emil de algum lugar na escuridão.

— Ora, que imagem agradável você colocou na minha cabeça — reclamou Delano.

Esperando exatamente a mesma coisa que Emil, eu me ajoelhei e segui adiante.

— Esperem um pouco — pedi. Havia mais névoa, tão densa que parecia que as nuvens tinham descido até o chão. Estendi a mão, hesitante, e a magia se espalhou e diminuiu conforme a luz do sol atravessava o que restava dela. Apertei os olhos com a luz repentina depois de ficar no escuro por tanto tempo e saí dali, com os joelhos e mãos passando das rochas para a terra solta.

Levei uma mão até a lâmina no meu peito e a outra para a adaga de lupino na coxa, me levantei e dei um passo à frente.

O chão estremeceu sob os meus pés. Fiquei imóvel, olhando para baixo e vendo pedrinhas minúsculas e nacos de areia e terra tremerem. Depois de um segundo, o tremor cessou e eu ergui o olhar. A névoa havia desaparecido completamente e eu pude ver o Iliseu pela primeira vez.

Entreabri os lábios e larguei as adagas. O céu era de um tom de azul que me fazia lembrar dos olhos dos lupinos, pálidos e invernais, mas o ar era quente e com perfume de lilases. Inspecionei a paisagem.

— Deuses — sussurrei, erguendo o queixo conforme olhava para as estátuas gigantescas esculpidas em pedra das sombras. Eram tão altas quanto as que eu tinha visto em Evaemon e pareciam alcançar o céu, e devia haver centenas de estátuas enfileiradas, tanto à esquerda quanto à direita, até onde a vista alcançava. Talvez até milhares.

As estátuas eram de mulheres com as cabeças curvadas. Cada uma empunhava uma espada de pedra diante do corpo. As mulheres de pedra tinham asas nas costas, bem abertas, tocando nas asas da mulher ao lado. Elas formavam uma espécie de corrente, bloqueando o que residia ali atrás. Só era possível passar por baixo das asas.

Elas eram lindas.

— Poppy? — A voz de Casteel se aproximou da abertura. — Você está bem aí fora?

— Sim. Desculpe. — Pigarreei. — É seguro.

Momentos depois, Casteel e os demais saíram dos túneis e pararam ao meu lado em silêncio. Todos ficaram olhando para as estátuas, com um assombro borbulhante e açucarado.

— Será que elas representam os dragontinos? — perguntei.

— Não sei. — Casteel pousou a mão na minha lombar. — Mas são deslumbrantes.

Eram mesmo.

— Acho que devemos seguir em frente e ver se elas estão protegendo o que viemos procurar.

Começamos a atravessar a terra árida à procura de algum sinal de vida. Não havia nada. Nenhum som. Nem mesmo uma brisa ou o canto distante de um pássaro.

— É meio assustador — murmurei, olhando ao redor. — O silêncio.

— Concordo. Talvez esse lugar devesse se chamar Terra dos Mortos — sugeriu Delano conforme andávamos sob as sombras da asa de uma mulher de pedra.

Um ligeiro tremor sacudiu o chão sob os nossos pés. Casteel estendeu a mão. Nós paramos de andar.

— Já aconteceu isso antes — informei a eles. — Depois parou...

O solo explodiu em vários gêiseres à nossa volta, mandando nuvens de terra para o alto e cuspindo pedrinhas em todas as direções.

— Presumo que isso não tenha acontecido da última vez — comentou Vonetta.

— Não. — Levantei a mão quando nacos de terra caíram no meu rosto e braços, e o chão se abriu entre nós dois.

Outro redemoinho de terra explodiu bem na frente de Emil, forçando-o a recuar vários passos. Ele tossiu.

— Que grosseria.

O solo se firmou conforme a poeira e a terra caíam de volta no chão.

— Estão todos aqui? — perguntou Delano, limpando o rosto. Estávamos.

— Cuidado. — Casteel se ajoelhou perto do vão no meio de nós dois. — É um buraco e tanto. — Ele olhou para cima, encontrando o meu olhar e depois o de Kieran. Levantou bem devagar. — Tenho a impressão de que acionamos alguma coisa.

— O quê? — perguntou Emil, espiando por cima da beirada com os olhos apertados. — Espere aí. — Ele inclinou a cabeça para o lado. — Acho que... puta merda! — Ele deu um salto para trás, tropeçando nos próprios pés e se equilibrando um segundo antes de cair de bunda no chão.

— O que é? — indagou Vonetta, estendendo a mão para a espada. — Detalhes, por favor. São úteis para...

Entre Casteel e eu, surgiram os ossos descoloridos de uma mão, afundando os dedos na terra solta.

— Que porra de pesadelo é esse? — murmurou Casteel.

Aquela mão estava conectada a um braço, o braço de um esqueleto. A parte de cima de uma caveira apareceu. Arregalei os olhos de horror. A terra escorreu das órbitas vazias.

— Esqueletos! — gritou Vonetta, desembainhando as espadas. — Você não podia ter dito que viu esqueletos dentro do buraco?

Casteel praguejou quando outra mão ossuda apareceu, dessa vez segurando uma espada.

— Esqueletos armados! — berrou Vonetta. — Você não podia ter dito que viu esqueletos armados dentro do buraco?

— Desculpe. — Emil soltou suas espadas. — Fiquei atônito com a visão de esqueletos ambulantes empunhando armas. Mil desculpas.

Olhei para aquela espada cuja lâmina era preta como as estátuas. O mesmo tipo de lâmina que eu tinha visto nas criptas com as divindades.

— Pedra das sombras. — Lembrei-me da minha mãe tirando uma lâmina fina e preta da bota. — É a mesma lâmina que a minha mãe tinha. Só pode ser uma lembrança verdadeira.

— Poppy, fico feliz que você saiba que era verdade. — Casteel desembainhou as espadas. — Mas não é melhor falar sobre isso mais tarde, quando não estivermos enfrentando um exército de mortos?

— Tenho uma pergunta — gritou Delano, com uma adaga em punho conforme uma caveira surgia do buraco mais próximo. — Como é que se mata algo que já está morto?

— Tipo, morto pra caramba — enfatizou Vonetta, com o esqueleto diante de si com a metade do corpo para fora do buraco, uma túnica marrom e esfarrapada pendurada no ombro. Através da roupa rasgada, vi uma massa retorcida de terra batendo atrás das suas costelas.

Casteel se moveu tão rápido quanto um raio, cravando a espada no peito do esqueleto e perfurando o naco de terra. O esqueleto se despedaçou, com espada e tudo, virando pó.

— Desse jeito?

— Ah — respondeu Vonetta. — Tá certo.

Eu me virei quando Kieran enterrou a espada no peito de outro esqueleto. Havia cerca de uma dúzia de buracos atrás de nós, uma dúzia de guardas-esqueleto saindo da terra. Lembrei-me de outra coisa. Não da minha mãe, mas de uma mulher com cabelos platinados, a que eu tinha visto na minha mente quando estava nas Câmaras de Nyktos. Ela tinha esmurrado a terra, fazendo com que o chão se abrisse e dedos ossudos saíssem dali.

— Os soldados dela — sussurrei.

— O quê? — indagou Casteel.

— São os soldados dela...

Livre do buraco do qual literalmente tinha saído, um dos soldados-esqueleto correu na minha direção, erguendo a espada. Soltei a adaga da faixa peitoral e avancei, cravando a lâmina na massa de terra pulsante. O esqueleto explodiu e outro tomou o seu lugar. Atrás dele, outro soldado-esqueleto brandiu a espada. Dei um chute no peito do soldado, empurrando-o de encontro a outro. Casteel saiu em disparada, enterrando a espada no coração de terra do esqueleto mais próximo. Girei o corpo, enfiando a adaga no peito do esqueleto e estremecendo quando a lâmina raspou o osso antes de chegar ao coração.

— Cortar a cabeça deles não adianta — gritou Emil, e eu me virei e vi um... um esqueleto sem cabeça seguindo o Atlante atônito. — Repito: não adianta!

Vonetta rodopiou, cravando a espada no peito de um soldado e a outra lâmina no esqueleto sem cabeça.

— Você — disse ela a Emil — é um tonto.

— E você é linda — respondeu ele com um sorriso.

A lupina revirou os olhos conforme girava o corpo, derrubando mais um esqueleto, enquanto Emil enfiava a espada no peito de outro que se aproximava dele. Casteel empurrou um soldado para trás ao enfiar a espada no meio das suas costelas. Atrás dele, um soldado correu na sua direção. Passei por Casteel, apunhalando a criatura no peito.

O chão tremeu mais uma vez. Novos gêiseres de terra explodiram, espalhando-se pelo ar.

— Só pode ser brincadeira — rosnou Kieran.

Olhei ao redor, com o coração aos pulos quando... centenas de erupções surgiram no solo árido, da lateral das Montanhas de Nyktos até as mulheres de pedra. Aqueles soldados foram mais rápidos, saindo dos buracos em questão de segundos.

— Bons deuses. — Vonetta esbarrou em Emil. Ele a firmou antes que os dois se virassem para ficar de costas um para o outro.

Um soldado-esqueleto correu com os pés ossudos, brandindo a espada. Ele escancarou o maxilar, revelando um buraco escuro e emitindo o som do vento uivante. A força do ar soprou a minha trança para trás e puxou a minha túnica.

— Que grosseria — murmurei, quase engasgando com o cheiro de lilases murchas.

Uma fumaça escura e oleosa saiu da boca do esqueleto, engrossando e se solidificando à medida que se derramava pelo chão, formando cordas que começaram a deslizar...

— Ah, meus deuses! — gritei. — Não são cordas! São cobras!

— Puta merda — arfou Delano enquanto Casteel cravava a espada nas costas do esqueleto histérico. — Isso não está certo.

— Estou muito arrependido de acompanhar vocês — anunciou Emil. — Imensamente arrependido.

Cobras. Deuses. Eu detestava cobras. A bile subiu pela minha garganta enquanto eu saía do caminho das serpentes. Um grito brotou dentro de mim quando os outros esqueletos começaram a uivar. Mais fumaça escura se seguiu. Mais cobras.

Girei o corpo e enfiei a adaga no peito de um soldado. Eu teria que deixar o trauma do que estava vendo para depois e lidar com uma vida inteira de pesadelos.

Casteel matou um soldado enquanto esmagava uma cobra com a bota. A serpente de fumaça virou uma mancha oleosa, revirando meu estômago.

Também teria que deixar o vômito para depois.

— Poppy. — Ele levantou a cabeça. — Sei que você disse que achava melhor não usar o éter, mas creio que agora seria um bom momento para dar uma de divindade pra cima desses filhos da puta.

— Eu também — gritou Vonetta enquanto chutava uma serpente para longe. A cobra caiu perto do seu irmão, que olhou feio para ela.

Tive que concordar conforme enterrava a adaga no peito de um soldado. Acabar com as malditas serpentes de fumaça compensava os riscos de usar o éter no Iliseu. Guardei as adagas. Concentrei-me no zumbido no meu peito, deixando que ele viesse até a superfície da minha pele. Não, eu me dei conta de que o convoquei até a superfície. Uma luz prateada tomou a minha visão periférica quando o zumbido faiscou sobre a minha pele...

Os soldados-esqueleto se viraram na minha direção. Todos eles. Abriram as bocas e começaram a gritar. A fumaça saiu dos buracos escuros e se derramou pelo chão.

— Ah. — Kieran se endireitou. — Merda.

O xingamento não expressou nem de longe o que senti quando centenas de serpentes começaram a deslizar sobre a terra, em volta dos buracos. Praguejando, Casteel pisou fundo com a bota mais uma vez. Os soldados se moveram em uníssono, correndo na minha direção.

Não visualizei a teia. Eu precisava de algo mais rápido e intenso. Algo definitivo. E nem sei por que, mas pensei nas tochas do Templo de Nyktos e nas suas chamas prateadas.

Fogo.

Deuses, se estivesse errada, eu não seria a única a me arrepender, mas visualizei as chamas na minha mente, prateadas e intensas. Minhas mãos se aqueceram e formigaram. Meu corpo inteiro latejava de calor — calor e poder. Não sei se foi instinto ou porque as serpentes estavam tão perto, mas ergui as mãos.

Chamas prateadas desceram em espiral pelos meus braços e explodiram das minhas palmas, de mim. Alguém arfou. Talvez tenha sido eu. O fogo rugiu, lambendo o chão e alcançando as serpentes. As criaturas sibilaram conforme as chamas as consumiam. O inferno assolou toda a terra, atingindo os esqueletos em uma onda de fogo. Uma faísca crepitante e ardente fez um risco entre Casteel e Kieran, atingindo os soldados ali e então se espalhando a partir de mim, seguindo exatamente o que eu estava imaginando, queimando somente os esqueletos e as serpentes e deixando todo o resto intacto. Em seguida, retomei o éter, imaginando-o recuando e voltando para dentro de mim. O fogo pulsou intensamente, seguindo na direção de Casteel e dos demais como se também quisesse consumi-los, mas eu não queria isso. As chamas ficaram de um tom de branco reluzente, cuspindo faíscas no ar e então se apagando até que só restassem alguns fios de fumaça clara.

Todo mundo me encarava.

— Eu... eu não sabia se ia dar certo — admiti.

— Bem... — Vonetta prolongou a palavra, de olhos arregalados. — Aposto que não sou a única que está grata por ter dado.

Olhei para as mãos e então para cima, encontrando Casteel.

— Acho que sou mesmo a Rainha de Carne e Fogo.

Casteel assentiu enquanto caminhava na minha direção, com os olhos de um tom quente de âmbar.

— O que eu sei é que você é a Rainha do meu coração.

Pisquei os olhos e abaixei as mãos quando ele parou na minha frente.

— Você realmente disse isso?

Uma covinha apareceu na sua bochecha quando ele me segurou pela nuca e encostou a cabeça na minha.

— Com toda a certeza.

— Foi tão... brega — falei.

— Eu sei. — Casteel me beijou, e não havia nada de ridículo no beijo. Ele entreabriu os meus lábios com a língua e eu apreciei o gosto dele.

— Isso é meio constrangedor — observou Vonetta.

— Eles fazem isso o tempo todo. — Kieran suspirou. — Você vai se acostumar.

— É melhor do que vê-los brigando — comentou Delano.

Casteel sorriu nos meus lábios.

— Você é extraordinária — murmurou ele. — Nunca se esqueça disso.

Dei um beijo nele em resposta e então, infelizmente, me desvencilhei.

— É melhor seguirmos em frente. Podem aparecer outros.

— Espero que não — admitiu Emil, embainhando as espadas.

— Estão todos bem? — perguntou Casteel quando começamos a andar. — Sem picada de cobra?

Por sorte, todos estavam bem, mas, quando nos aproximamos das sombras das mulheres de pedra, eu disse:

— Talvez eu devesse ir na frente.

Delano se curvou e estendeu o braço enquanto Vonetta sacudia a poeira das tranças.

— Fique à vontade.

Fiquei com o sorriso congelado no rosto enquanto pisava de modo hesitante sob a sombra de uma asa. O chão tremeu, mas eram os buracos se enchendo de terra de novo. A paisagem ficou plana e regular mais uma vez.

— Certo. — Soltei o ar. — É um bom sinal.

Casteel foi o primeiro a se juntar a mim, logo seguido pelos demais. Seguimos em frente, passando por baixo da asa. A terra arenosa endureceu sob os nossos pés. Canteiros de grama apareceram, dando lugar a um campo exuberante de flores cor de laranja.

— Papoulas — sussurrou Delano.

Com os lábios entreabertos, olhei para Casteel. Ele sacudiu a cabeça, incrédulo. As flores pelas quais passamos podem ter sido só uma coincidência, mas...

Diminui o ritmo quando me dei conta de que estávamos chegando ao topo de uma colina suave e finalmente conseguiríamos ver o que as mulheres de pedra e os soldados-esqueleto protegiam.

Havia um Templo imenso no meio do vale. Pilares feitos de pedra das sombras ladeavam a colunata e os amplos degraus em forma de meia-lua. A estrutura era enorme, quase o dobro do tamanho do palácio em Evaemon, mesmo sem as alas adicionais. Erguia-se contra o céu azul em torres e pináculos altíssimos, como se os dedos da noite saíssem da terra para tocar a luz do dia. Havia figuras menores ao redor, provavelmente montes ou estátuas. Não consegui distinguir o que eram a distância, só que o Templo não era a única coisa protegida. Mas também o que ficava nas colinas e vales quilômetros atrás da construção.

Dalos, a Cidade dos Deuses.

Raios quentes de sol refletiam nas laterais brilhantes como diamantes dos edifícios espalhados pelas colinas. Torres cristalinas se erguiam no céu em arcos graciosos, separando as nuvens brancas e macias salpicadas sobre a cidade e se erguendo acima delas, brilhando como se milhares de estrelas as tivessem beijado. Um silêncio reverente recaiu sobre nós enquanto contemplávamos a cidade.

Vários minutos se passaram antes que Emil falasse, com a voz embargada:

— Acredito que o Vale seja assim.

Realmente podia ser. Nada poderia ser mais bonito do que aquilo.

— Vocês acham que há alguém desperto na cidade? — perguntou Vonetta baixinho.

Meu coração palpitou dentro do peito.

— Será?

Casteel sacudiu a cabeça.

— É possível, mas... não vamos descobrir. — Ele olhou de relance para mim. — Lembre-se do aviso de Willa.

Engoli em seco e assenti.

— Não podemos entrar na cidade — lembrei a todos. — Talvez haja deuses despertos ali, e é por isso que não podemos. — Olhei para Emil. — Ou talvez Dalos faça parte do Vale.

Emil pigarreou e acenou com a cabeça.

— Faz sentido.

Se havia deuses despertos na cidade, era inevitável me perguntar se eles não sabiam o que estava acontecendo além das Montanhas de Nyktos. Ou se simplesmente não se importavam.

— Vocês acham que é nesse Templo que Nyktos está hibernando? — perguntou Delano.

Kieran respirou fundo.

— É melhor descobrirmos.

Começamos a descer a colina, com a grama até os joelhos. O ar tinha cheiro de lilases frescas e... algo que não consegui identificar. Era um aroma amadeirado, mas doce. Um cheiro bastante agradável. Tentei descobrir o que era, mas não consegui antes de chegarmos ao pé da colina.

A grama virou um solo branco que parecia areia, mas não havia nenhuma praia por perto e era mais claro do que a areia. Ele cintilava sob o sol e estalava sob os nossos...

— Nós estamos andando em cima de diamantes? — Vonetta olhou para o chão, incrédula. — É, acho que estamos andando em cima de diamantes.

— Não sei nem o que dizer — comentou Casteel enquanto Delano se abaixava e pegava um deles. — Mas os diamantes nascem das lágrimas de felicidade dos deuses. De deuses apaixonados.

Olhei para o Templo e pensei em Nyktos e na Consorte que ele tanto protegia. Ninguém sabia o nome dela.

— Enquanto ficam olhando para os diamantes — afirmou Kieran, e eu senti a cautela dele na minha pele —, estou esperando que vocês se deem conta do que é essa estátua gigantesca.

Virei o olhar na direção do que Kieran estava olhando e fiquei com o estômago embrulhado. Os montes que eu tinha visto do topo da colina não eram estátuas menores, mas uma estátua imensa do... do que parecia ser um dragão adormecido nos degraus do Templo, bem à direita. Parecia com os desenhos que eu tinha visto em livros de fábulas, só que o pescoço não era tão comprido e, mesmo com as asas dobradas junto ao corpo, era muito maior.

— Uau — exclamou Vonetta enquanto nos aproximávamos da estátua e dos degraus do Templo.

— Vamos nos aproximar lentamente — aconselhou Casteel. — Se for o local de descanso de Nyktos, seus guardas devem estar por perto. E não os de pedra.

Os dragontinos.

— Se essa coisa ganhar vida, eu vou dar o fora daqui — resmungou Emil. — Vocês nunca vão ver um Atlante correr mais rápido do que eu.

Um sorriso irônico surgiu nos meus lábios enquanto eu me aproximava lentamente da estátua, maravilhada com a escultura. Das narinas ao frisado dos espetos em volta da cabeça da criatura até as garras e chifres nas pontas das asas, todos os detalhes haviam sido captados. Quanto tempo uma pessoa levaria para esculpir algo tão grande? Estendi a mão, passando os dedos pela lateral do rosto da criatura. A pedra era áspera e acidentada, surpreendentemente...

— Poppy. — Casteel agarrou o meu pulso. — Proceder com cautela também inclui não tocar em coisas aleatórias. — Ele levou a minha mão até a boca e deu um beijo nos meus dedos. — Lembra?

Assenti, deixando que ele me levasse para longe dali.

— A pedra está muito quente, aliás. Isso não é meio...

Um trovão soou, reverberando por todo o vale. Olhei para baixo, esperando que o chão se abrisse.

— Hmm. — Kieran começou a recuar enquanto olhava para trás. — Pessoal...

Eu me virei, entreabrindo os lábios assim que um pedaço de pedra se despedaçou no rosto da criatura e caiu no chão, revelando um tom mais escuro de cinza e...

Um olho.

Um olho aberto de um tom vivo de azul com uma aura de branco luminoso atrás da pupila vertical e estreita.

— Ah, merda — sussurrou Emil. — Merda. Merda. Corram...

Um som estrondoso soou de dentro da estátua, fazendo com que um medo gélido inundasse a minha pele. Rachaduras correram pela pedra. Seções grandes e pequenas se desprenderam e desabaram no chão.

Congelei. Ninguém correu. Todos ficaram imóveis. Talvez por incredulidade ou por um conhecimento instintivo de que correr não iria nos salvar. Não era um dragão de pedra.

Era um dragontino em sua forma verdadeira, se levantando do local de descanso no chão, sacudindo a poeira e os pedacinhos de pedra do corpo imenso e musculoso.

Acho que parei de respirar.

O som grave e estrondoso continuou conforme o dragontino virava a cabeça na nossa direção, passando a cauda grossa e pontiaguda pelos diamantes. Dois olhos azuis se fixaram nos meus.

— Fique quieta — ordenou Casteel baixinho. — Por favor, Poppy. Não se mexa.

Como se eu pudesse fazer outra coisa.

Um rosnado baixo vibrou do dragontino quando ele repuxou os lábios, exibindo uma fileira de dentes grandes e mais afiados do que qualquer lâmina. Ele abaixou a cabeça na minha direção.

Acho que o meu coração parou de bater de verdade.

Eu estava olhando para um dragontino — um dragontino de verdade —, e ele era magnífico, assustador e lindo.

O dragontino dilatou as narinas enquanto farejava o ar — me farejava. O rosnado diminuiu enquanto ele continuava me encarando com os olhos tão cheios de inteligência que fiquei impressionada. Ele inclinou a cabeça. Um trinado suave saiu da sua garganta, e eu não fazia ideia do que aquilo significava, mas devia ser melhor que o rosnado. Uma fina membrana percorreu os olhos dele e então seu olhar passou por mim — por Casteel e os outros — na direção do Templo.

Uma onda de percepção se apoderou de mim, me deixando toda arrepiada. Senti uma pressão na nuca, que desceu até o meio das minhas costas. Eu me virei sem perceber. Casteel fez a mesma coisa. Não sei se os outros seguiram o nosso exemplo porque eu só tinha olhos para o homem parado nos degraus do Templo no meio de dois pilares.

Ele era alto — mais alto do que Casteel. Os cabelos castanhos de comprimento médio caíam sobre seus ombros com um brilho vermelho-acobreado sob a luz do sol. A pele cor de trigo do seu rosto era toda plana e angulosa, esculpida com a mesma maestria da casca de pedra que envolvia o dragontino. Ele seria o ser mais lindo que eu já vi se não fosse pela frieza nas suas feições e pelos olhos luminosos da cor da lua brilhante. Eu sabia quem ele era, embora o seu rosto nunca tivesse sido pintado ou esculpido antes.

Era Nyktos.

Capítulo Quarenta e Um

O Rei dos Deuses estava diante de nós, vestido com uma túnica branca e calças pretas largas.

Ele também estava descalço.

Não sei por que me agarrei a isso, mas foi o que aconteceu.

Também foi por isso que eu me atrasei em relação aos outros, que já haviam se ajoelhado e colocado uma mão no peito e a outra no chão.

— Poppy — sussurrou Casteel, com a cabeça baixa.

Ajoelhei tão rápido que quase caí de cara. As pontas afiadas dos diamantes se cravaram no meu joelho, mas eu mal as senti conforme colocava a mão direita no peito e a palma esquerda na superfície rochosa. Um hálito quente agitou os fios de cabelo na minha nuca, provocando uma onda de desconforto por toda a minha espinha. Um som áspero e resfolegante se seguiu, muito parecido com uma gargalhada.

— Que interessante — soou uma voz tão carregada de poder e autoridade que pressionou o meu crânio. — Você despertou Nektas e continua viva. Isso só pode significar uma coisa: é meu sangue que se ajoelha diante de mim.

O silêncio ecoou ao meu redor enquanto eu levantava a cabeça. Havia vários metros de distância entre mim e o deus, mas seu olhar prateado estava fixo em mim.

— Sim.

— Eu sei — respondeu ele. — Eu a vi durante a hibernação, ajoelhada ao lado do homem que está na sua frente agora.

— Foi quando nos casamos — informou Casteel, com a cabeça ainda baixa.

— E eu dei a minha bênção aos dois — acrescentou Nyktos. — Ainda assim, vocês se atrevem a entrar no Iliseu e me despertar. Que bela maneira de demonstrar gratidão. Devo matá-los antes de saber o motivo ou será que me importo o bastante para descobrir?

Talvez tudo o que vivi tenha me levado àquele momento. Talvez fosse o medo intenso que irradiava de Casteel — medo por mim e não por ele. Talvez fosse o meu medo por ele e pelos meus amigos. Talvez fossem todas essas coisas que me fizeram ficar de pé e soltar a língua.

— Que tal não matar nenhum de nós, já que você ficou hibernando por eras e viemos aqui pedir a sua ajuda?

O Rei dos Deuses desceu um degrau.

— Que tal se eu matar só você?

Casteel se moveu tão rápido que eu nem o vi se mover até que ele já estivesse na minha frente, usando o corpo como escudo.

— Ela não teve a intenção de desrespeitá-lo.

— Mas me desrespeitou.

Senti o estômago revirar quando Kieran afundou os dedos nos diamantes. Sabia que nem mesmo os lupinos me protegeriam naquela situação. Eu podia até representar as divindades para eles, mas foi Nyktos quem lhes concedeu a forma humana.

— Sinto muito — falei, tentando dar um passo para o lado, mas Casteel também se moveu, me mantendo atrás de si.

— Então devo matá-lo? — sugeriu Nyktos, e o horror transformou o meu sangue em gelo. — Tenho a impressão de que isso serviria mais de lição do que a sua própria morte. Aposto que você se comportaria melhor depois disso.

O temor por Casteel me invadiu, cravando as garras cruéis no meu peito. Nyktos podia fazer isso com a força do pensamento, e essa percepção acabou com todo o meu autocontrole. Um calor percorreu meu corpo, transformando o gelo nas minhas veias em lama. A raiva se apoderou de mim, e parecia tão intensa quanto o poder na voz do deus.

— Não.

Casteel se retesou.

— Não? — repetiu o Rei dos Deuses.

Fúria e determinação se misturaram ao zumbido no meu peito. O éter latejava por todo o meu corpo e, dessa vez, quando me esquivei de Casteel, ele não foi rápido o suficiente para me bloquear.

Fiquei na frente dele, com as mãos ao lado do corpo e os pés espaçados. Uma luz prateada cintilou sobre a minha pele, e eu sabia que não seria capaz de deter Nyktos. Se ele quisesse nos matar, nós morreríamos de qualquer jeito, mas não significava que eu ficaria ali parada. Preferiria morrer mil vezes antes de permitir isso. Preferiria...

Do nada, uma imagem veio à minha mente. A mulher de cabelos platinados parada diante de outra, com as mãos fechadas em punhos, enquanto as estrelas caíam do céu. As palavras dela saíram dos meus lábios:

— Não vou deixar que você o machuque ou qualquer um dos meus amigos.

Nyktos inclinou a cabeça para o lado e arregalou os olhos de leve.

— Que interessante — murmurou ele, passando os olhos por mim. — Agora entendo por que a hibernação se tornou tão difícil ultimamente. Porque temos sonhos tão vívidos. — Ele fez uma pausa. — E você não precisa que ninguém se poste à sua frente ou a proteja.

Sua declaração me abalou o suficiente para que o éter se apagasse.

— Embora — continuou ele, virando o olhar na direção de Casteel — seja admirável de sua parte fazer isso. Vejo que a minha aprovação à união dos dois não foi um erro.

Dei um suspiro de alívio, mas então Nyktos deu as costas para nós e começou a subir as escadas. Para onde ele estava indo? Avancei e o deus parou de andar, olhando por cima do ombro.

— Você queria conversar comigo. Venha. Mas só você. Se os outros entrarem, acabarão mortos.

Com o coração disparado, virei-me na direção de Casteel. Sua expressão era penetrante quando ele fixou os olhos brilhantes como o cristal nos meus. Uma sensação desesperada de impotência irradiava dele. Ele não queria que eu entrasse no Templo, mas sabia que eu tinha que fazer isso.

— Vê se não acaba morta — ordenou ele. — Vou ficar muito zangado se fizer isso.

— Não vou — prometi. Pelo menos eu esperava que não. O dragontino chamado Nektas emitiu aquele som grave de risada outra vez.

— Eu te amo.

— Prove para mim mais tarde.

Respirei fundo, assenti e então me virei, seguindo o Rei dos Deuses. Ele parou diante das portas abertas, estendendo a mão na direção do interior sombrio. Esperando conseguir sair dali novamente, entrei no Templo.

— Certifique-se de que eles se comportem, Nektas — solicitou o deus.

Virei-me e vi Casteel e os demais se levantando conforme o dragontino batia a cauda no chão coberto de diamantes. As portas se fecharam silenciosamente, e eu fiquei sozinha com o Rei dos Deuses. A tola coragem que tinha se apoderado de mim antes desapareceu assim que Nyktos ficou me encarando em silêncio. Fiz o que não tinha me atrevido a fazer desde que o vi. Agucei os sentidos na direção dele...

— Eu não faria isso se fosse você.

Ofeguei, sobressaltada.

— Seria muito imprudente. — Nyktos abaixou o queixo. Seus olhos tinham um brilho prateado. — E indelicado.

O ar ficou preso na minha garganta conforme eu bloqueava os sentidos. Olhei rapidamente ao redor, procurando por outra saída, sem dar as costas para ele. Não havia nada além de paredes e arandelas pretas. Mas quem eu estava enganando? Sabia que não adiantava fugir.

Em seguida, Nyktos deu um passo à frente. Fiquei tensa e um sorriso surgiu nos seus lábios.

— Você vai se comportar agora?

— Sim — sussurrei.

Ele deu uma risada, e o som era... como a brisa em um dia de calor.

— A coragem é uma criatura volúvel, não é? Sempre aparece para trazer problemas, mas some assim que você consegue o que deseja.

Aquilo era uma verdade incontestável.

O cheiro de sândalo chegou ao meu nariz quando ele passou por mim. Eu me virei e finalmente vi o resto da câmara. Havia duas portas imensas fechadas e escadas em espiral feitas de pedra das sombras de cada lado.

— Sente-se — ofereceu ele, apontando para as duas cadeiras brancas no meio da câmara. Havia uma mesa redonda entre elas, uma mesa feita de ossos. Em cima dela, uma garrafa e duas taças.

Franzi o cenho e olhei da mesa e cadeiras para o deus.

— Você estava esperando por nós.

— Não. — Ele se sentou na cadeira e pegou a garrafa. — Eu estava esperando por você.

Fiquei parada ali.

— Então nós não o despertamos.

— Ah, você me despertou há algum tempo — respondeu ele, servindo o que parecia ser vinho tinto em uma taça delicada. — Não sabia muito bem por que, mas estou começando a compreender.

Minha mente ficou a mil.

— Então por que você ameaçou nos matar?

— Deixe-me explicar uma coisa, Rainha de Carne e Fogo — disse Nyktos, e um arrepio percorreu a minha espinha conforme ele olhava para mim. — Eu não ameaço de morte. Eu faço a morte acontecer. Só estava curioso para saber de que material você e o seus escolhidos eram feitos. — Ele sorriu ligeiramente, servindo vinho na outra taça. — Sente-se.

Forcei minhas pernas a se moverem. Minhas botas não fizeram nenhum barulho quando atravessei a câmara. Sentei-me com o corpo rígido enquanto dizia a mim mesma para não fazer nenhuma das milhares de perguntas que fervilhavam na minha cabeça. Era melhor ir direto ao ponto e dar o fora dali o mais rápido possível.

Não foi isso que aconteceu.

— Há outros deuses despertos? E a sua Consorte? — deixei escapar imediatamente.

Ele arqueou a sobrancelha e colocou a garrafa em cima da mesa.

— Você já sabe a resposta. Você mesma viu uma delas.

Perdi o fôlego. Aios tinha aparecido quando estávamos nas Montanhas Skotos, me impedindo de ter uma morte bastante sangrenta.

— Alguns acordaram o suficiente para tomar ciência do plano fora daqui. Outros continuam semidespertos. Poucos ainda estão hibernando profundamente — respondeu ele. — Minha Consorte está hibernando agora, mas de modo intermitente.

— Há quanto tempo você está desperto? E os outros?

— É difícil precisar. — Ele deslizou a taça na minha direção. — Hibernamos de modo irregular há séculos, mas com maior frequência nas últimas duas décadas.

Não toquei na taça.

— E você sabe o que aconteceu em Atlântia? Em Solis?

— Eu sou o Rei dos Deuses. — Ele se recostou na cadeira e cruzou as pernas. Sua postura e tudo o mais eram relaxados. Aquilo me deixou inquieta, pois havia uma certa intensidade sob os seus modos casuais. — O que você acha?

Entreabri os lábios, incrédula.

— Quer dizer que você já sabe sobre os Ascendidos. Sobre o que eles fizeram com as pessoas. Com os mortais. Os seus filhos. Por que não interveio? Por que nenhum deus fez nada para detê-los? — No instante em que aquelas perguntas exigentes saíram da minha boca, meu corpo inteiro foi tomado pelo pavor. Ele certamente me mataria agora, não importava que eu tivesse o seu sangue nas veias.

Mas Nyktos sorriu.

— Você é tão parecida com ela. — Ele deu uma risada. — Ela vai ficar eufórica quando souber disso.

Contraí os ombros.

— Quem?

— Você sabia que a maioria dos deuses que está hibernando não são os primeiros deuses? — perguntou ele em vez de me responder, tomando um gole de vinho. — Havia outros conhecidos como Primordiais. Foram eles que criaram o ar que respiramos, a terra que cultivamos, os mares que nos cercam, os planos e tudo o mais.

— Não, eu não sabia disso — admiti, lembrando do que Jansen havia me dito sobre Nyktos ser o Deus da Morte e o Deus Primordial do Povo e dos Términos.

— A maior parte das pessoas não sabe. Eles já foram grandes governantes e protetores dos homens. Mas não durou muito. Assim como os filhos daqueles que estão hibernando, eles se tornaram degenerados e perversos, corruptos e incontroláveis — afirmou ele, olhando para a bebida. — Se soubesse o que eles se tornaram, o tipo de ira e maldade que espalharam sobre a terra e os homens, você ficaria assombrada até o final dos dias. Nós tínhamos que detê-los. E o fizemos. — Ele arqueou a sobrancelha direita outra vez. — Mas não antes de devastarmos as terras mortais que os sobreviventes conheciam, lançando-os em uma Era de Trevas da qual eles levaram séculos para se livrar. Aposto que você também não sabia disso.

Sacudi a cabeça.

— Não teria como saber. A história de tudo o que existia antes foi destruída. Pouquíssimas construções sobreviveram — prosseguiu, sacudindo o líquido vermelho na taça. — Sacrifícios impensáveis foram feitos para garantir que aquela mazela nunca mais assolasse o mundo, mas obviamente os mortais ficaram desconfiados dos deuses, com toda a razão. Nós fizemos um pacto de sangue com eles, que assegurava que somente os deuses nascidos no plano mortal pudessem manter os seus poderes lá. — Ele ergueu os olhos prateados como o mercúrio para os meus. — Nenhum deus pode entrar no plano mortal sem enfraquecer bastante... e recorrer ao que é proibido para assegurar a sua força. Foi por isso que não interviemos. É por isso que a minha Consorte hiberna de modo intermitente, Poppy.

Estremeci ao ouvir o meu apelido. Parecia uma explicação razoável para que eles não tivessem se envolvido, mas uma coisa chamou a minha atenção.

— Como... como um deus nasce no plano mortal?

— Boa pergunta. — Ele sorriu por trás da taça de vinho. — Eles não deveriam nascer.

Franzi o cenho.

O sorriso dele se alargou ainda mais.

E foi então que eu me dei conta do que ele revelou sobre poucos Deuses Primordiais estarem hibernando. E se o que Jansen havia me dito fosse verdade, e Nyktos já fosse um deus antes de se tornar um...

— Você é um Primordial?

— Sim, eu sou. — Ele olhou para mim. — E isso significa que você tem sangue Primordial nas veias. É o que alimenta essa sua coragem. Por isso você é tão poderosa.

Tomei a bebida então, engolindo um grande gole do vinho doce.

— Isso significa que a minha mãe pode ter sido mortal?

— Sua mãe poderia ter qualquer ascendência e você ainda seria quem é. Inesperada, mas... bem-vinda mesmo assim — respondeu Nyktos, e antes que eu tivesse a chance de entender o que aquilo significava, ele continuou: — Mas não é sobre isso que você veio falar comigo, é? E aposto que tem um monte de perguntas. — Ele repuxou um canto dos lábios para cima conforme um... olhar afetuoso surgia nas suas feições frias. — O seu irmão é quem você quer que ele seja? A mãe de quem você se lembra é a sua mãe verdadeira? — Ele me olhou fixamente, e eu fiquei toda arrepiada. — Os seus sonhos são realidade ou imaginação? Quem foi que matou aqueles que você chamava de Mãe e Pai? Mas você não tem muito tempo para fazer essas perguntas. Só tem tempo para uma. Essas terras não foram feitas para os seus amigos nem para o seu amante. Se ficarem muito tempo aqui, eles não conseguirão partir.

Eu me retesei.

— Nós não entramos em Dalos.

— Não importa. Você veio pedir a minha ajuda? Eu não posso fazer nada por você.

— Eu não preciso da sua ajuda — declarei, colocando a taça em cima da mesa. Só os deuses sabiam quantas perguntas eu queria fazer sobre Ian, meus pais e as lembranças, mas aquela viagem não era sobre mim, mas sobre as pessoas que me aguardavam do lado de fora do Templo e de todas aquelas que eu ainda não conhecia. — Preciso da ajuda dos seus guardas.

Nyktos arqueou a sobrancelha.

— Você sabe quem são os meus guardas.

— Sim, eu sei — murmurei baixinho. Ele inclinou a cabeça e eu pigarreei. — Você sabe o que os Ascendidos estão fazendo, certo? Eles estão usando os Atlantes para criar outros iguais a eles e se alimentando de mortais inocentes. Nós temos que detê-los. Fiquei sabendo que os Ascendidos criaram algo que somente os seus guardas podem nos ajudar a deter. Algo chamado de Espectros.

A mudança que tomou conta do deus foi instantânea e definitiva. A fachada de tranquilidade desapareceu. Faixas brancas atravessaram suas íris, luminosas e crepitantes. Ele se retesou por inteiro e os meus instintos entraram em alerta máximo.

— O quê? — arrisquei. — Você sabe o que são os Espectros?

Um músculo pulsou no maxilar dele.

— Uma abominação da vida e da morte. — Ele se levantou abruptamente, com os olhos assumindo um tom perolado de cinza. — O que você vai enfrentar é um mal que não deveria existir, e eu... lamento muito pelo que está por vir.

Bem, aquilo era um mau presságio.

— Você precisa ir embora, Rainha. — As portas atrás de mim se abriram.

Fiquei de pé.

— Mas os seus guardas...

— Você nasceu em carne com o fogo dos deuses nas veias. É a Portadora da Vida e da Morte — interrompeu Nyktos. — Você é a Rainha de Carne e Fogo, para além de uma Coroa e um reino. Você já tem o que procura. Você sempre teve o poder dentro de si.

Capítulo Quarenta e Dois

Você sempre teve o poder dentro de si.

As palavras ecoavam na minha mente enquanto eu vagava pelos corredores do Palácio Evaemon vários dias depois, tentando descobrir para onde tantos corredores levavam e a função de cada aposento enquanto Casteel passava um tempo com os pais na sala de família bem iluminada. Um mal-estar implacável seguia no meu encalço, acompanhando os meus passos, assim como Arden, o lupino prateado, Hisa e mais um Guarda da Coroa. Só que eles eram muito mais silenciosos que os meus pensamentos.

Eu não conseguia parar de pensar que tinha arriscado a vida dos meus amigos. E para quê? Para descobrir que aqueles tais de Espectros eram um mal maior do que pensávamos? O que, aliás, era tudo o que sabíamos. Ninguém, nem mesmo os pais de Casteel, tinha um palpite sobre o que os Espectros poderiam ser e como isso justificava tamanho alerta.

Percorri o corredor dos fundos da ala oeste, onde ficavam as salas dos empregados, assim como a lavanderia e a cozinha. O calor tomava conta da área, junto com o cheiro de linho lavado e carne assada, conforme eu admitia que a jornada até o Iliseu não tinha sido um desperdício total. Eu tinha descoberto que Nyktos era um Deus Primordial, algo que Valyn lembrava vagamente de ter ouvido o avô mencionar certa vez. Até agora, ele acreditava que o avô estivesse falando sobre os deuses que conhecemos. Descobrir que eu tinha sangue Primordial nas veias explicava por que as minhas habilidades eram tão poderosas. Também significava que a mãe de quem eu me lembrava — aquela que Alastir afirmava ser uma Aia — poderia muito bem ser a minha mãe verdadeira. E, mais uma vez, voltei à possibilidade de que Ian fosse meu meio-irmão. Que tínhamos a mesma mãe, mas pais diferentes. Descobrir isso foi muito importante, mas só para mim. Não foi para isso que fomos até lá, mas para obter a ajuda dos guardas de Nyktos, os dragontinos.

Pelo menos consegui ver um, o que já era alguma coisa. Suspirei e passei uma mecha de cabelo para trás da orelha. Eu tinha deixado a coroa no quarto e gostaria de ter deixado o meu cérebro lá também, onde Casteel tinha conseguido tirar a minha cabeça da viagem até o Iliseu várias vezes nos últimos dias.

Desde que voltamos, Casteel e eu tivemos pouco tempo a sós. Houve reuniões com o Conselho. Conversas com Eloana e Valyn, onde aprendi as diversas leis do reino a uma velocidade alucinante. Sessões onde o povo de Atlântia podia nos abordar para pedir ajuda ou oferecer seus serviços para atender a diferentes necessidades por todo o reino. Os jantares eram tardios, e nós os passávamos principalmente com Kieran, planejando a melhor maneira de entrar na Trilha dos Carvalhos sem sermos vistos. Entrar no Castelo Pedra Vermelha não seria difícil. Mas atravessar a Colina da cidade sim, e foi só na noite anterior que Kieran surgira com um plano.

Eu ainda não tinha saído do palácio, mas estava apenas com Casteel naquela noite. Tínhamos passado o tempo conversando. Descobri mais sobre o irmão dele e como foi crescer em Atlântia como o segundo filho que o seu pai esperava que fosse liderar o exército Atlante.

— Foi assim que você se tornou tão habilidoso na luta — concluí enquanto nos deitávamos na cama, um de frente para o outro.

Ele fez que sim com a cabeça.

— Malik treinou ao meu lado durante anos, mas então chegou a hora de ele aprender a reinar e de eu aprender a liderar o exército e a matar.

— E a defender — emendei suavemente, traçando pequenos círculos no peito dele. — Você aprendeu a defender o seu povo e as pessoas de quem você gosta.

— É verdade.

— Você queria isso? — perguntei. — Ser um comandante?

— O comandante — corrigiu ele com um beijo provocante. — Era a única habilidade que eu tinha e eu queria ser capaz de servir ao meu irmão quando ele assumisse o trono algum dia. Não cheguei a questionar isso.

— Nem um pouco?

Casteel ficou calado por alguns minutos e então riu.

— Na verdade, não é bem verdade. Eu era fascinado com a ciência por trás da agricultura quando criança. Como os fazendeiros aprendiam qual era a melhor época do ano para plantar certas safras e como configuravam o sistema de irrigação. E era muito prazeroso ver todo aquele trabalho árduo dar frutos quando chegava a hora da colheita.

Um fazendeiro.

Parte de mim não esperava isso, mas então me lembrei do que Casteel disse que seu pai fazia quando conversei com ele no Pérola Vermelha. Sorri e dei um beijo nele, e então ele me provou que lutar não era a sua única habilidade.

Outra noite, quando seu corpo estava abraçado ao meu depois de um longo dia de reuniões, ele me perguntou:

— Há algo que venho pensando e sempre me esqueço de perguntar. Quando entramos no Iliseu e nos deparamos com os soldados-esqueleto, você disse que eles eram os soldados dela. O que quis dizer com isso?

Foi então que me dei conta de que não tinha compartilhado aquela imagem com ele. Contei a Casteel o que vi nas Câmaras de Nyktos.

— Eu a vi outra vez quando estava dormindo depois do ataque, depois que você me salvou. Parecia um sonho... Mas não era. De qualquer modo, eu a vi tocar no chão e mãos ossudas cavarem para sair dali. — Olhei por cima do ombro para ele. — Quem você acha que ela é? Será que existiu de verdade?

— Não sei. Você disse que ela tinha cabelos prateados?

— Seus cabelos eram de um tom de loiro platinado.

— Não consigo pensar em nenhuma deusa parecida com ela, mas talvez seja uma das Primordiais de quem Nyktos falou.

— Talvez — murmurei.

Também passamos o tempo usando nossas bocas e línguas para conversas mais carnais. Apreciei cada uma delas inteiramente.

Por outro lado, Casteel não achava que a viagem tinha sido um desperdício. Embora eu tivesse achado a despedida de Nyktos inútil no final das contas, Casteel interpretou as palavras dele como se eu fosse reinar sobre Solis e Atlântia algum dia. Mas suas palavras me fizeram pensar no que a Duquesa havia dito.

Que a Rainha Ileana era a minha avó. Era muito improvável, mas a única maneira de ter direito legítimo ao trono: por sucessão em vez de conquista. Ou será que Nyktos queria dizer que iríamos tomar a Coroa de Sangue dessa forma? Não fazia ideia, e a pressão para convencer a Coroa de Sangue durante a nossa reunião iminente era ainda maior. Não podíamos deixar virar uma guerra que incluísse aqueles tais de Espectros. Tive a terrível impressão de que só haveria uma maneira de impedir isso. Talvez fosse o que Nyktos quis dizer. Que eu tinha o poder de impedir isso.

Senti um calafrio na nuca. Já tinha ouvido aquelas palavras antes, ditas pela menininha gravemente ferida, mas naquele instante senti algo familiar nelas. Tentei lembrar o que era nos últimos dias, mas parecia um sonho que você tenta relembrar horas depois de acordar.

Passei pela entrada para a cozinha movimentada, fiz uma curva no corredor e quase dei de cara com Lorde Gregori. Dei um passo assustado para trás. O Atlante de cabelos escuros não estava sozinho.

— Peço desculpas. — Ele franziu o cenho de leve quando notou a ausência da coroa.

Não deixei de notar que ele não havia mencionado o meu título. Nem Lorde Ambrose, quando passei por ele outro dia nos corredores, quando saí para explorar os arredores com Vonetta.

— Eu é quem deveria me desculpar. Não estava prestando atenção para onde estava indo. — Olhei para a jovem atrás dele. Ela parecia ter mais ou menos a minha idade, mas percebi imediatamente que era uma lupina, então poderia ser dezenas ou até centenas de anos mais velha que eu.

Os olhos claros e invernais faziam um contraste marcante com sua pele reluzente e os cabelos louro-escuros que caíam sobre seus ombros em ondas soltas. As feições eram uma mistura de traços de diversas pessoas. Os olhos eram espaçados e com a pálpebra caída, suavizando os ângulos afiados das bochechas e do nariz reto. As sobrancelhas eram grossas e muito mais escuras do que os cabelos. A boca era pequena, mas seus lábios eram carnudos. Ela era baixa, vários centímetros mais baixa do que eu, mas o corte da túnica exibia as curvas dos seios e a exuberância dos quadris que pareciam em desacordo com alguém da sua estatura. Nada nela fazia sentido e, no entanto, tudo se alinhava de maneira tão imperfeita que qualquer artista seria levado a representar a sua imagem em uma tela com carvão ou tinta a óleo.

E eu podia apostar que estava assustando a mulher, levando em conta a sua crescente inquietação.

— Para falar a verdade, eu estava procurando o Rei — anunciou Lorde Gregori. — Mas vejo que ele não está com você.

Desviei o olhar da lupina desconhecida e me concentrei no Atlante. A pontada de desconfiança era evidente, mesmo de que eu não fosse capaz de ler as emoções dele. Ou o Atlante sempre se esquecia de que eu era capaz de fazer isso, ou simplesmente não se importava.

— Ele está com os pais. Posso fazer alguma coisa para ajudá-lo?

Um divertimento do tipo mesquinho tomou conta dele.

— Não — respondeu ele, com um sorriso afetado e o tom de voz condescendente. — Não será necessário. Se você me der licença.

Ele não foi dispensado, mas passou por mim mesmo assim. Eu me virei e vi Arden abaixar as orelhas, observando enquanto o Lorde dava um aceno de cabeça para Hisa e o outro guarda. A imagem impressionante de Arden correndo e mordendo a perna do Lorde passou pela minha cabeça, e eu reprimi uma risadinha com a cena ridícula. Arden se virou para mim e então olhou para aquela que ainda estava ali.

Lembrei-me da lupina e me voltei para ela.

— Desculpe. Achei que você estivesse com ele.

— Ah, deuses, não, meyaah Liessa. Só entramos no corredor ao mesmo tempo — explicou ela, e eu sorri ao ouvir a sua resposta sem ressalvas. — Na verdade, eu estava procurando alguém que não vejo há um bom tempo.

— Quem? Talvez eu possa ajudá-la a localizar essa pessoa.

O sorriso dela diminuiu um pouco e o desconforto voltou.

— Provavelmente pode. Eu estava procurando por Kieran.

Arqueei as sobrancelhas, surpresa.

— Ele está com a irmã. Acho que eles estavam em... — contraí as sobrancelhas, repassando todas as portas e aposentos na minha cabeça — ... um dos quinhentos mil cômodos daqui. Sinto muito.

A lupina deu uma risada.

— Tudo bem. — Ela olhou para cima e ao redor, observando os tetos abobadados e as claraboias. — Leva tempo para se habituar a esse lugar.

— É verdade. — A curiosidade se apoderou de mim. — Acho que ainda não nos conhecemos.

— Ainda não. Eu estava em Aegea com a minha família quando você e Cas, você e o Rei, foram coroados — informou ela, e eu me concentrei nas suas palavras. Ela quase o chamou pelo primeiro nome ou apelido, o que não era nenhuma surpresa, já que estava procurando por Kieran. Se ela era amiga de um, eu podia apostar que também era amiga do outro. — Se tivéssemos nos conhecido, tenho certeza de que você se lembraria de mim.

O nervosismo dela fez cócegas na minha garganta, aumentando a minha cautela.

— O que você quer dizer com isso?

A lupina se empertigou.

— Meu nome é Gianna Davenwell.

Respirei fundo. A inquietação dela fazia muito sentido agora. Engoli em seco enquanto examinava suas feições mais uma vez. É claro que a mulher com quem o pai de Casteel queria que ele se casasse teria de ser tão fascinantemente bonita e nem de longe parecida com um Voraz.

E é claro que eu não estava usando nenhum dos belos vestidos que chegaram do Pontal de Spessa. Meu cabelo estava trançado e eu estava de leggings e túnica — uma linda túnica cor de ametista que achava que favorecia a minha silhueta antes de ver Gianna e me dar conta de que Casteel poderia ter se casado com ela.

Agora eu gostaria de estar com a coroa.

— Sinto muito pelo que o meu tio-avô participou e orquestrou — acrescentou ela rapidamente, com a ansiedade entremeada à amargura do medo. — Nós não fazíamos ideia. Minha família ficou chocada e horrorizada quando descobriu...

— Tudo bem — interrompi, e a surpresa tomou conta dela, e de mim, enquanto eu afastava os pensamentos de um lugar inconfessável. — Se você e a sua família não sabiam o que Alastir pretendia fazer, então não tem do que se desculpar. — Era verdade. Uma pessoa não era culpada dos pecados de um parente. — Sinto muito pelo que aconteceu com o seu primo. Eu conhecia Beckett. Ele era gentil e jovem demais para morrer.

A tristeza irradiou de Gianna enquanto ela dava um suspiro trêmulo.

— Sim, ele era jovem demais. — Ela engoliu em seco. — Eu pretendia visitar você e o Rei, mas... Achei que seria melhor falar com Kieran primeiro. Para ver se ele achava...

Que seria sensato se aproximar de mim. Ela nem precisou completar a frase. Eu compreendia a sua apreensão.

— Nós não responsabilizamos a família de Alastir. Consideramos responsáveis o próprio e aqueles que conspiraram com ele.

Gianna assentiu, olhando para Arden e os guardas. O que ficou por dizer entre nós duas levou o silêncio a um nível quase doloroso de constrangimento.

Decidi abordar isso de modo direto como imaginei que a mãe de Casteel teria feito. Como sabia que até mesmo a Rainha Ileana faria.

— Sei que Alastir e o pai de Casteel tinham esperanças de que você se casasse com ele. — Os olhos já grandes de Gianna se arregalaram e Arden rosnou baixinho. Foi então que me dei conta de que ela parecia uma daquelas bonecas de porcelana que Ileana me dava quando eu era criança. Suas bochechas ficaram coradas.

— Eu... Certo, para ser sincera, eu esperava que você não soubesse disso.

— Eu também — admiti ironicamente, e os lábios dela assumiram uma forma oval perfeita. — Mas só porque você é muito bonita e não se parece em nada com um jarrato — continuei, e ela fechou a boca. — E porque gostei de você depois de trocarmos apenas algumas palavras. Eu preferiria não gostar da pessoa com que o meu sogro gostaria que o filho se casasse. Mas aqui estamos.

Gianna piscou.

O divertimento açucarado que senti definitivamente emanava de Hisa, e pensei que talvez não devesse ter sido tão franca. Mas Arden e os guardas estavam prestes a se divertir com uma honestidade ainda mais direta.

— Casteel me contou que são amigos, mas que você nunca deu nenhuma indicação de que estivesse interessada em se casar com ele. É verdade?

Gianna demorou um pouco para responder.

— Tenho certeza de que poucas mulheres não ficariam honradas em se casar com ele — começou ela, e o meu peito começou a zumbir. — E, sim, nós somos amigos, ou éramos. Faz anos que não o vejo. — Ela franziu o cenho. — Não sei nem se ele vai me reconhecer.

Isso era muito improvável.

— Mas as coisas entre nós não eram assim — continuou ela. — Ou pelo menos não parecia, e ele... ele havia sido noivo de Shea, isso deixava a coisa toda meio estranha.

A vibração se dissipou.

— Acho que estamos de acordo sobre a última parte.

O alívio começou a tomar conta dela.

— Não tenho nenhum sentimento pelo seu marido — afirmou Gianna. — Nem antes, e definitivamente não agora.

— Ótimo. — Retribuí o olhar dela, sorrindo. — Porque, se tivesse, eu iria deixá-la em pedacinhos e dar o resto para um bando de jarratos famintos — falei. — Agora, você gostaria de se encontrar com Kieran? Acho que me lembrei em que sala ele está.

*

— Conheci Gianna hoje — anunciei naquela noite enquanto tomávamos nossos assentos no Salão Nobre.

Casteel engasgou com a bebida conforme Kieran se sentava ao nosso lado, tentando esconder um sorriso, sem muito sucesso.

— Ela é muito bonita — observei, olhando para a porta. Poucos se juntariam a nós hoje à noite, mas, no momento, apenas Hisa e Delano estavam de pé na entrada. — Algo que você deixou de mencionar.

Ele colocou o cálice em cima da mesa e olhou para mim.

— É algo que esqueci, isso se for verdade.

Reprimi um sorriso enquanto tomava um gole de vinho.

— Mas ela é bem legal.

Casteel me estudou.

— Sobre o que vocês falaram?

— Gianna pediu desculpas por Alastir e eu disse que ela e a família não tinham do que se desculpar — respondi. — E então disse a ela que sabia a respeito dos planos de Alastir e do seu pai.

— Não foi só isso que você disse.

Lancei um olhar para Kieran.

— Como é que você sabe? — interpelei. Quando finalmente encontramos Kieran e a irmã, nada da minha conversa com Gianna foi mencionado. Não permaneci muito tempo ali, mas duvidava seriamente de que Gianna repetisse o que eu havia dito.

— Como você acha? — perguntou Kieran. — Arden mal podia esperar para contar o que você disse a todos que quisessem ouvir.

Amarrei a cara.

— O que você disse? — perguntou Casteel.

Eu me empertiguei.

— Nada demais. Só que, se ela tivesse algum interesse em você, eu...

Casteel abaixou a cabeça para perto da minha.

— O quê?

Apertei os lábios.

— Eu posso ter dito algo como: deixá-la em pedacinhos e dar para os jarratos comerem.

Ele ficou me encarando.

Dei um suspiro.

— Admito que não foi um dos meus melhores momentos.

— Caramba. — Casteel quebrou o silêncio, com os olhos da cor de mel quente. — Gostaria que não estivéssemos prestes a ter uma reunião porque queria transar com você em cima dessa mesa.

Arregalei os olhos.

— Deuses — murmurou Kieran, se recostando na cadeira enquanto passava a mão sobre o rosto.

— Está tudo bem? — perguntou a mãe de Casteel assim que entrou na sala, com o pai dele ao lado.

Meu rosto esquentou enquanto Casteel desviava o olhar do meu.

— Tudo está maravilhosamente perfeito — respondeu ele, se recostando na cadeira.

Virei-me para Kieran e sussurrei:

— Muito obrigada por isso.

Um sorriso de lábios fechados surgiu no rosto dele.

— De nada.

Resisti à vontade de socá-lo e olhei para Hisa, que fechava as portas. Lorde Sven e Lady Cambria haviam se juntado a nós, com Emil, Delano e Vonetta. Lyra, na forma humana, também tinha entrado, junto com Naill. Nos últimos dias, descobri que Sven e Cambria cuidavam da segurança do reino e tinham cargos dentro do exército Atlante. Não havia mais nenhum Ancião presente.

Foi Kieran quem falou depois que Hisa se sentou ao seu lado.

— Estamos prontos para seguir até a Trilha dos Carvalhos amanhã — anunciou ele. — Um pequeno grupo vai acompanhar o Rei e a Rainha. Apenas eu e Delano.

Valyn respirou fundo enquanto se recostava na cadeira.

— Não é o suficiente.

— Concordo — disse Hisa. — Vocês vão entrar em Solis e se reunir com a Coroa de Sangue. É muito improvável que o exército não marque uma presença significativa. Quatro pessoas não é o suficiente se algo der errado.

— Não, não é — concordou Casteel. — Mas esse é apenas um dos grupos.

Hisa arqueou a sobrancelha.

— Estou ouvindo.

— Eles esperam que cheguemos a cavalo — informou Kieran — e entremos pelos portões ao leste da Colina, mas não queremos fazer o que eles estão esperando.

— É aí que você entra — falei. — Você, Emil, Vonetta e Lyra partirão pela manhã, levando um pequeno contingente de guardas até os portões ao leste. Eles devem estar esperando que cheguemos com algum tipo de escolta, mesmo que permaneçam do lado de fora da Colina.

Hisa acenou com a cabeça.

— E quanto a vocês?

— Vamos pelo mar. — Kieran olhou para Sven. — Temos um navio, graças a você.

Sven abriu um sorriso.

— Graças ao meu filho, que está levando várias caixas de vinho para o navio. Quer dizer, a maior parte são garrafas de vinho cheias de água e urina de cavalo — revelou ele, e eu repuxei os lábios para cima. — Não vamos entregar à Coroa de Sangue centenas de garrafas do nosso próprio vinho.

Eloana levou a mão à boca, mas não rápido o bastante para ocultar o seu sorriso.

— Como vocês sabem, nós monitoramos muitas das remessas que entram e saem dos portos aqui perto — continuou Lorde Sven. — E, já que a Trilha dos Carvalhos tem o porto mais próximo, sabemos que vinho e outras mercadorias raramente são enviados para a cidade. A remessa não será questionada.

— Eles não esperam que cheguemos pelo mar. — Casteel pegou o cálice. — Não com a névoa que sai das Montanhas Skotos. Até onde as pessoas sabem, tanto mortais quanto vampiros, as montanhas continuam pelos mares. É o que a névoa as leva a crer.

— Posso confirmar isso — observei. — Nós acreditávamos que o Mar de Stroud terminava nas Montanhas Skotos.

— Não significa que a Coroa de Sangue acredite nisso — salientou Valyn. — Eles podem ter obtido essa informação dos Atlantes que capturaram ao longo dos anos.

— É verdade. — Casteel assentiu. — Mas tenho certeza de que haverá batedores na estrada que leva até a Trilha dos Carvalhos. O grupo que viajar por terra será avistado. Lyra e Emil vão viajar escondendo a identidade. Vonetta vai assumir a forma de lupina e Naill vai ficar ao lado de Emil.

— Leva cerca de quatro dias por terra para chegar à Trilha dos Carvalhos, não é? — Lady Cambria inclinou a cabeça. — E pelo mar?

— Com os nossos navios? — Sven sorriu. — Mais rápido do que qualquer meio de transporte em Solis. Mas vocês terão que passar devagar pela névoa, então chegarão quase ao mesmo tempo.

A compreensão cintilou no rosto de Hisa enquanto ela abria um sorriso tenso.

— Levaremos cerca de dois dias para atravessar as Montanhas Skotos e entrar nas Terras Devastadas. Eles vão nos avistar antes que vocês cheguem.

— O que significa que vão voltar a atenção para vocês — observou Kieran. — Emil e Lyra, junto com Vonetta e Naill, vão entrar em Solis e seguir até o Castelo Pedra Vermelha.

— Espero que ocorra dessa forma — declarou Eloana, se remexendo na cadeira, inquieta. — Ainda há uma chance de que vocês sejam descobertos.

— Há sempre um risco — confirmou Casteel. — Mas é a melhor oportunidade que temos.

— E depois? — indagou Valyn. — Quando ficarem diante da Coroa de Sangue, como pretendem ir embora se as coisas não saírem como o planejado? E se for uma armadilha? Vou seguir para o norte para esperar notícias junto com o exército, mas o que vocês farão se for uma armadilha?

Lembrei-me do que acreditava que Nyktos estava se referindo quando disse que eu já tinha o poder dentro de mim. Ergui o olhar para Casteel.

— No que você está pensando, minha Rainha? — perguntou ele.

O modo como ele pronunciou aquelas duas palavras provocou a costumeira contorção indecente no meu baixo-ventre. O modo como os seus olhos se aqueceram enquanto olhavam para os meus me dizia que ele sabia muito bem disso.

Ele era... incorrigível.

Tomei um gole de vinho.

— Eu não obtive a ajuda dos guardas de Nyktos — informei, e pude sentir Casteel se preparando para negar isso, então continuei: — E, pelo que ele e o meu irmão disseram a respeito dos Espectros, é melhor não entrar em guerra com Solis. Nesse caso, eu estava pensando que, se for uma armadilha ou se a Coroa de Sangue não aceitar o nosso ultimato, só nos resta um último recurso.

A sala ficou em silêncio com a compreensão.

— E se isso provocar o que vocês estão tentando evitar? — perguntou Lorde Sven.

— O Rei e a Rainha não vão continuar vivos mesmo se concordarem — afirmou Casteel depois de um momento. — Se chegarmos a um acordo, teremos o cuidado de garantir que nem Ileana nem Jalara sejam mais uma ameaça, assim que tivermos certeza de que o resto da Coroa de Sangue concorde com o que estabelecemos. — Ele desenhou círculos com o dedo na parte inferior do cálice e voltou a atenção para mim. — Mas acho que não é disso que você está falando.

Sacudi a cabeça.

— Se eles não concordarem, a única opção que nos resta é garantir que os Espectros não possam mais ser usados nem enfrentados. E só há uma maneira de fazer isso. — Procurei o olhar de Eloana na sala. — Vamos cortar a cabeça da cobra. Destruir a Coroa de Sangue por completo. E eu... eu posso fazer isso.

Capítulo Quarenta e Três

Agarrei-me aos gradis do convés e fiquei de olhos abertos enquanto olhava para as águas agitadas e azul-acinzentadas do Mar de Stroud. Não foi nada mau quando o navio deixou a orla de Atlântia e flutuou calmamente pela névoa. O balanço suave da embarcação foi uma experiência divertida.

Mas então saímos da névoa e tudo o que restou eram as águas azul-escuras que se estendiam até onde a vista alcançava. O mar parecia beijar o céu. Achei que seria melhor fechar os olhos.

Não.

Foi muito pior porque, sem os olhos abertos para confirmar que eu estava de pé e bem firme no chão, parecia que eu estava caindo.

O que foi mesmo que Perry havia me dito há bem pouco tempo? Que as minhas pernas logo iriam se acostumar com o mar? Eu achava muito improvável. A pequena equipe que trabalhava nos cordames dos mastros fazia tudo parecer muito fácil.

— Por favor, não vomite — pediu Kieran.

Olhei de esguelha para ele, estreitando os olhos. Ele se juntou a mim no instante em que Casteel saiu do meu lado para falar com Delano e Perry no leme.

— Não posso prometer nada.

Ele riu conforme virava o rosto na direção do céu e do resto de luz do sol.

— Bem, se for vomitar, por favor, mire por cima do gradil.

— Faço questão de mirar no seu rosto — retruquei.

O comentário arrancou outra risada do lupino. Segurei-me no gradil com força quando me voltei para o mar.

— Sabe — começou ele —, talvez seja melhor se você parar de olhar para a água.

— Já tentei isso. — Engoli em seco. — Não adiantou.

— Então você precisa se distrair — respondeu ele.

— Ainda bem que eu sou excelente na arte da distração — anunciou Casteel, se aproximando de nós. Ele estendeu a mão e me soltou do gradil. — Venha — chamou, me levando dali enquanto a brisa soprava na sua camisa branca e sacudia as ondas dos seus cabelos.

— Divirtam-se — gritou Kieran.

— Cale a boca — vociferei, andando toda tensa ao lado de Casteel.

Perry e Delano acenaram para nós conforme Casteel me levava para as escadas que desciam até as cabines. O convés inferior era mal iluminado, e eu só havia ficado lá embaixo por um curto período de tempo, para tentar comer alguma coisa, mas descobri que o piso da cabine imponente que recebemos era tão instável quanto o lá de cima.

Casteel abriu a porta e eu entrei bem devagar. Tudo era preso no chão. A mesa e as duas cadeiras. A superfície vazia de uma ampla escrivaninha de madeira. O armário. A cama larga no meio da cabine. A banheira com pés em garra. O espelho de corpo inteiro e a penteadeira. Até mesmo as lâmpadas a gás eram presas por pregos. Ele me levou até a escrivaninha.

— Sente-se — pediu, e eu comecei a me sentar na cadeira em frente à escrivaninha, mas ele estalou a língua baixinho. Soltou a minha mão, me segurou pelos quadris e me colocou em cima da mobília.

Meu coração deu um salto bobo dentro do peito com a sua demonstração de força enquanto ele abria uma das janelas da cabine. Eu não era pequena nem delicada, mas ele sempre me fazia sentir assim. Eu o vi pegar uma das sacolas que trouxemos conosco e colocá-la ao lado da escrivaninha.

— Você estava prestes a se sentar no meu lugar. — Ele voltou e pegou a cadeira bem na minha frente.

Arqueei a sobrancelha enquanto me segurava na beira da escrivaninha, e ele deu um tapinha na minha panturrilha para que eu levantasse a perna.

— O que você está tramando? — perguntei.

— Vou distrair você. — Ele tirou a minha bota e a jogou com um baque no chão.

Observei enquanto ele tirava a outra, e depois as meias grossas.

— Acho que sei o que você está tramando, mas nem isso vai me distrair do fato de que tudo parece estar balançando e que o navio pode virar a qualquer momento.

Casteel arqueou as sobrancelhas e olhou para mim.

— Em primeiro lugar, você deveria ter muito mais fé na minha capacidade de distraí-la — afirmou ele, e eu logo me lembrei daquela noite na Floresta Sangrenta. Minha pele ficou toda corada. — E o navio virar não é o que vai acontecer agora.

— O que é que vai acontecer então? — perguntei enquanto ele deslizava as mãos pelas minhas pernas.

— Vou fazer o que eu queria ontem à noite e foder você em cima dessa mesa — respondeu ele, e os músculos do meu baixo-ventre se contraíram.

— Isso não é uma mesa.

— Mas serve. — Ele puxou a cintura da minha calça. — Antes de tudo, eu estou com fome.

Prendi a respiração.

— Então deveria pegar alguma coisa para comer.

— Já peguei.

Meu rosto pareceu pegar fogo.

Os olhos brilhantes e dourados dele se fixaram nos meus.

— Levante a bunda, minha Rainha.

Dei uma risadinha.

— Essa frase parece completamente inapropriada.

Ele sorriu e o vislumbre de uma covinha apareceu na sua bochecha.

— Desculpe. Vou reformular. Por favor, levante a bunda, minha Rainha.

O navio balançou, me sacudindo. Minha bunda se levantou e Casteel aproveitou a oportunidade. Ele tirou as minhas calças, jogando-as no chão junto com as botas. O ar frio soprou em torno das minhas pernas, levantando a bainha da minha roupa de baixo.

— Você vai ter que largar a escrivaninha. — Ele pegou a bainha da minha camisa de manga comprida.

571

Forcei-me a relaxar os dedos e senti o estômago embrulhado quando o navio balançou outra vez. Fiz menção de me segurar na escrivaninha, mas ele foi mais rápido, puxando a camisa pela minha cabeça. No instante em que ele soltou os meus braços, agarrei a escrivaninha de novo.

— Bonita — murmurou ele, brincando com a alça e a renda do corpete justo. Seus dedos hábeis afrouxaram os botões com uma facilidade impressionante. O tecido se abriu, expondo a minha pele ao ar salgado que entrava pela janela da cabine. Ele passou o polegar sobre o meu mamilo rosado, me fazendo arfar. — Mas não tão bonita quanto isso...

Meu coração martelou dentro do peito, e eu não sabia se era por causa do movimento do navio ou da intenção em suas palavras.

Casteel puxou as alças para baixo, parando assim que chegaram aos meus punhos. Em seguida, esticou o corpo, estendendo a mão para pegar a minha trança. Ele tirou a tira de couro da ponta e começou a desenrolar os meus cabelos.

— Você vai ter que refazer a trança nos meus cabelos — avisei a ele.

— Eu sei fazer isso. — Ele espalhou as pontas do meu cabelo sobre os meus ombros e então segurou o cós da calcinha e a puxou até tirar. Suas mãos calejadas desceram pelas minhas pernas mais uma vez conforme ele se inclinava para trás. Segurou os meus tornozelos, abriu as minhas pernas e posicionou os meus pés de forma que ficassem pendurados nos braços da cadeira. Eu nunca estive mais exposta em toda a minha vida.

Ele passou o dedo ao longo do lábio inferior enquanto olhava para mim.

— Nunca vi um jantar mais tentador. Dá vontade de ir direto para o prato principal. — Seu olhar se demorou na área entre as minhas pernas. — Mas eu adoro um aperitivo.

Ah... deuses.

Casteel olhou para mim, com um sorrisinho misterioso brincando nos lábios conforme a sua excitação tomava conta de mim, se misturando com a minha.

— Eu quase esqueci. A melhor maneira de aproveitar um jantar, logo depois de uma boa conversa, é ler um bom livro.

Arregalei os olhos quando ele se abaixou e mexeu dentro da bolsa.

— Você não...

— Não se mexa. — Casteel me lançou um olhar acalorado e eu fiquei imóvel. Ele pegou o familiar livro de capa de couro, se endireitou e o abriu. — Escolha uma página, minha Rainha.

Ele ia ler para mim?

— Eu... não sei. 238.

— Duzentos e trinta e oito então. — Ele encontrou a página e então entregou o livro para mim. — Leia pra mim. Por favor?

Eu o encarei.

— Vai ser muito difícil desfrutar do meu jantar e ler ao mesmo tempo — persuadiu ele, com os olhos brilhantes. — Ou ler esse livro em voz alta é indecente demais para você?

Era, mas o desafio no tom de voz dele me provocou. Larguei a escrivaninha e peguei o maldito livro da sua mão.

— Você quer mesmo que eu leia pra você?

— Você não faz a menor ideia do quanto eu quero ouvi-la dizer palavras como *pau*. — Ele pousou as mãos sobre os meus joelhos.

Passei os olhos pela página, procurando a palavra e encontrando-a. Caramba. Maldito seja ele e... arfei quando seus lábios deslizaram sobre a cicatriz na parte interna da minha coxa.

— Você não está lendo. — Ele beijou a pele áspera. — Ou já ficou tão distraída assim?

Eu meio que estava, mas me forcei a me concentrar na primeira frase e logo me arrependi.

— "Sua... sua masculinidade era rígida e majestosa conforme ele a acariciava, apreciando a sensação da própria mão, mas não tanto quanto..." — Estremeci quando os lábios dele pairaram sobre o meu âmago.

— Continue lendo — ordenou ele, provocando um arrepio sombrio e quente pelo meu ser.

Olhei de volta para a página.

— "Mas não tanto quanto eu gostava de vê-lo dar prazer a si mesmo. Ele esfregou até que a ponta do... — Meu corpo inteiro estremeceu quando a língua quente e úmida dele deslizou sobre mim. — Até que a ponta do seu majestoso... pau ficasse brilhando."

Um som grave retumbou dele, fazendo com que eu encolhesse os dedos dos pés.

— Aposto que continua. — Sua língua dançou sobre a minha carne. — O que ele faz com o pau majestoso e brilhante, Poppy?

Examinei a página, com a pulsação acelerada.

— Ele... — Dei um gemido ofegante quando Casteel me mordiscou. — Ele finalmente para de se acariciar.

— E aí?

As palavras não fizeram nenhum sentido por um momento.

— E ele dá prazer a ela.

— Não me diga. — Ele beliscou a pele, arrancando um som entrecortado de mim. — Leia para mim.

— Você é... pervertido — disse a ele.

— E muito curioso para descobrir como ele dá prazer a ela — respondeu ele. — Posso aprender alguma coisa.

Minha risada terminou em outro gemido quando ele voltou para o seu jantar.

— "Ele me segurou pelos quadris com aquelas mãos grandes e me prendeu ali, entre ele e a parede, enquanto arremetia dentro de mim. Tentei ficar em silêncio, mas... — Dei um gritinho quando a sua boca se fechou sobre meu clitóris e ele me sugou profundamente.

O arranhar da sua presa provocou uma onda intensa de prazer em mim. Minhas pernas tentaram se fechar por reflexo, mas ele segurou o meu tornozelo, impedindo que elas se fechassem enquanto sugava a pele ali. A tensão aumentou, se acumulou e latejou...

Ele afastou a boca de mim.

— Continue lendo, Poppy.

Ofegante, eu não sabia se conseguiria ler, mas descobri onde havia parado.

— "Mas ninguém... fodia tão intensamente quanto um soldado na véspera da batalha."

Casteel deu uma risada sensual e sombria.

— Continue. — Ele vibrou a língua sobre o ponto latejante. — E eu vou continuar desfrutando do meu aperitivo.

Pisquei repetidas vezes.

— "Ele me possuiu... com força e selvageria, e eu sabia que ficaria cheia de marcas no dia seguinte, mas..." — Levantei os quadris quando ele enfiou um dedo dentro de mim. Não foi devagar. Não precisava ser.

Eu estava tão preparada quanto imaginei que a Srta. Willa estivesse.
— "Vou olhar para essas marcas como mais do que boas lembranças.
Vou lembrar como os quadris dele batiam contra os meus, como o seu...
seu pau abria caminho em mim e me preenchia..." — Enquanto lia o
diário indecente, Casteel saboreava o seu aperitivo com os dedos e a
boca, até que eu não soubesse mais o que estava lendo. Até que não
conseguisse mais entender as palavras e o diário escorregou das minhas mãos, caindo fechado em cima da escrivaninha, e eu me esfreguei
descaradamente contra sua boca e mão. O êxtase veio de uma vez só, se
apoderando de mim em ondas estonteantes e arrebatadoras.

Eu ainda estava tremendo quando ele se ergueu acima de mim, arrancando as calças. Seu... seu pau estava tão duro quanto aquele sobre
o qual eu tinha lido, tão majestoso quanto e... brilhando com uma gota
de líquido.

— Poppy? — arfou ele enquanto seus lábios dançavam sobre o meu
maxilar até meu pescoço.

— Cas?

O som que ele emitiu quase me deixou à beira do clímax outra vez.

— Só quero que você saiba uma coisa. — Sua boca pairou sobre o
meu pulso acelerado antes que ele me deitasse de costas. Ele agarrou
os meus quadris, me puxando até a beira da escrivaninha. Meus pés
escorregaram dos braços da cadeira. Passei as pernas em volta da sua
cintura enquanto ele deslizava os lábios pela minha garganta, sobre
o meu peito e até o meu mamilo entumecido. — Eu ainda estou em
pleno controle de mim mesmo.

Ele arremeteu dentro de mim no mesmo instante em que suas presas perfuraram a minha pele. Uma explosão de dor lancinante atingiu
o meu peito, me deixando atordoada por um segundo, e então o meu
corpo inteiro entrou em espasmo com o puxão profundo e desconcer-
tante da sua boca. Ele me devorou e me fodeu, exatamente como disse
que queria fazer. O calor fluiu pelo meu corpo, acendendo um fogo incontrolável. Ele bebeu de mim enquanto entrava e saía do meu corpo,
e, quando ergueu a cabeça da pele formigante do meu seio e mordeu o
próprio pulso, eu não consegui parar de olhar para o líquido vermelho
que brotava da sua pele.

— Apenas no caso de você precisar — murmurou Casteel, com os lábios manchados de vermelho do meu sangue e do dele.

Eu nem pensei a respeito. Talvez depois eu me perguntasse por que pareceu tão natural fechar a boca sobre o ferimento e o que isso poderia significar mais tarde, mas no momento eu não estava pensando.

Suguei seu sangue, sentindo o seu aroma cítrico de neve e depois o gosto exuberante e sombrio dele. Minha boca e garganta formigaram quando o sangue desceu, denso e quente. Bebi conforme via imagens de pinheiros e galhos cobertos de neve e sentia a neve fria na minha pele. Sabia que ele estava pensando em nós dois na floresta. Entreguei-me àquela lembrança, ao gosto dele e ao poder que havia no seu sangue. Não sei como ele nos colocou na cama, mas de repente estávamos ali, com a sua boca sobre a minha e o nosso gosto misturado dentro de mim. Casteel se moveu bem devagar, com ternura, e isso... isso era diferente do que tínhamos feito na escrivaninha. Naquele momento, eu me senti ligada a ele. Era mais do que sexo, mais do que dois corpos desfrutando um do outro. Éramos nós dois, vivendo e amando um ao outro.

*

Casteel e eu ficamos ali, com a pele esfriando sob a brisa que entrava pela abertura da janela da cabine enquanto o navio balançava suavemente nas águas do Mar de Stroud. O peito dele estava pressionado nas minhas costas enquanto ele traçava círculos no meu braço e eu brincava com a sua outra mão. Ele havia tirado a roupa em algum momento, e o cobertor macio estava amontoado aos nossos pés. Houve um tempo em que eu teria abominado a ideia de ficar tão exposta, mas não com Casteel. Nunca com ele.

— Você é digno — falei, só porque queria que ele soubesse disso. Levantei a sua mão, beijando as falanges dos dedos.

Ele pressionou os lábios na parte de trás do meu ombro.

— E você está sendo tão carinhosa.

— Eu estou sendo realista — disparei. Casteel parou de mexer a mão no meu braço e ficou calado. Olhei por cima do ombro. Diversas emoções emanavam dele. O gosto doce e picante do que ele sentia por mim, mas também a amargura da agonia que me deixava sem fôlego.

— O que foi? — Virei de costas e o encarei. — Qual é o problema?

— Nada. — Ele engoliu em seco.

— Não faça isso. — Eu me apoiei no cotovelo para que ficássemos cara a cara. — Não me diga que não é nada. Posso sentir que tem alguma coisa errada.

Ele abaixou as pálpebras, escondendo os olhos, mas eu vi as sombras ali. Fantasmas.

— Esconder meus sentimentos mais íntimos de você não é nada fácil.

— Eu sei. Eu diria que sinto muito.

— Mas não sente, não é? — Ele repuxou um canto dos lábios para cima.

— Sim e não. Não gosto de bisbilhotar quando sei que é indesejado — disse no espaço entre os nossos lábios. — Fale comigo, Cas.

— Cas. — Ele estremeceu e então ergueu os olhos para mim. — Sabe por que adoro ouvir você dizer isso? — Ele engoliu em seco outra vez enquanto tocava na minha bochecha com as pontas dos dedos. Um bom tempo se passou. — Enquanto estava aprisionado pelos Ascendidos, houve momentos em que tive medo de esquecer do meu próprio nome, de esquecer quem eu era. Para falar a verdade, eu me esqueci quando estava morrendo de fome. Quando fui usado. Eu era uma coisa. Não uma pessoa. Nem mesmo um animal. Só uma coisa.

Mordi o interior do lábio quando senti um aperto no peito, mas não disse nada. Não ousei me mexer nem respirar fundo. Não queria fazer nada que o fizesse parar de falar.

— Mesmo depois de ser libertado, eu me sentia assim de vez em quando. Que eu não passava de uma coisa sem nome ou autonomia — admitiu ele com a voz rouca. — Essa sensação... me pegava de repente, e eu tinha de me lembrar que não estava mais lá. Às vezes não funcionava e eram sempre Kieran, Netta, Delano, Naill ou até mesmo Emil que me tiravam dessa. Assim como os meus pais. Eles nem se davam conta disso. Nenhum deles, exceto talvez por Kieran. — Ele deslizou os dedos pelo meu braço até chegar aonde a minha mão repousava no seu quadril, logo acima da marca do Brasão Real. — Era só alguém dizer: "Cas" ou a minha mãe me chamar de Hawke para que eu me lembrasse que não era uma coisa.

Lágrimas de dor e raiva brotaram nos meus olhos. Tive vontade de abraçá-lo. Tive vontade de me jogar do navio e nadar até a costa para encontrar a Rainha e o Rei e matá-los naquele exato momento. Mas me contive.

— Que eu era uma pessoa — sussurrou ele. — Que eu não era aquela coisa enjaulada que não conseguia controlar nada ao meu redor, nem mesmo o que faziam comigo ou como o meu corpo era usado. Ouvi-los dizer "Cas" me tirava daquele inferno. — Ele deslizou os dedos por todo o meu braço até aninhar a minha bochecha e inclinou a minha cabeça para trás. — Quando me chama de Cas, você me lembra de que eu existo de verdade.

— Cas — sussurrei, piscando para conter as lágrimas.

— Não — implorou ele suavemente. — Não chore.

— Desculpe. Eu só quero que... — Deuses, havia tanta coisa que eu queria para ele. Queria que ele nunca tivesse passado por aquilo, mas não podia desfazer o passado. — Eu só quero que você saiba que sempre foi Cas. Você nunca foi uma coisa, nem o é agora. — Eu me levantei e o deitei de costas na cama. A luz amanteigada da lâmpada a gás fluiu sobre as linhas marcantes do seu rosto. — Você é Casteel Hawkethrone Da'Neer. Um filho. Um irmão. Um amigo. Um marido. — Inclinei-me sobre ele e não tive como não notar a intensidade da cor dos seus olhos quando ele olhou para os meus seios. Aninhei a bochecha dele na mão e guiei o seu olhar de volta para o meu. — Você é um Rei. Meu Rei. E sempre será tudo para mim. Jamais será uma coisa.

Casteel se moveu bem rápido, imprensando as minhas costas na cama com o peso do seu corpo quente.

— Eu te amo.

Em seguida, provei a ele que o amava, com minhas palavras, lábios, mãos e corpo, até que seus lindos olhos cor de âmbar se livrassem de todas as sombras.

*

Fui completa e repetidamente distraída do balanço constante do navio durante a viagem até a Trilha dos Carvalhos, mas não tinha me acostumado com o mar quando chegamos à terra firme e avistamos a pedra vermelha-queimada do Castelo Pedra Vermelha, que pairava sobre a cidade e o vilarejo nos arredores da Colina. O sol brilhante do fim da manhã estava alto no céu quando Casteel e eu voltamos para a cabine. Seria mais seguro nos movimentarmos durante o dia. Havíamos chegado dois dias antes do previsto, o que significava que Vonetta e o grupo deveriam chegar à mesma hora, ou talvez um pouco mais cedo.

O objetivo era nos misturar e passarmos despercebidos. Minhas cicatrizes dificultariam isso, mas, por sorte, vestir uma capa com o capuz levantado não chamaria muita atenção com a temperatura tão baixa. Eu estava usando um velho par de calças puídas nos joelhos que Casteel tinha arranjado para mim. As roupas que comprei na Enseada de Saion pareceriam muito sofisticadas para alguém que não fosse um Ascendido ou da classe rica.

Além disso, os ricos de Solis não andavam pelas ruas da cidade. Eles andavam em carruagens, mesmo que estivessem atravessando apenas um quarteirão. Vesti uma camisa branca simples, de mangas largas ajustadas nos pulsos. Foi estranhamente... libertador perceber que a camisa branca não me afetava, que eu nem tinha pensado nisso enquanto colocava o corpete sem mangas sobre a camisa, ajustando-o na cintura e peito com as fitas que muitas mulheres da classe trabalhadora de Solis usavam. Eu estava prendendo a faixa peitoral quando ergui o olhar e me deparei com Casteel me encarando.

Ele estava vestido como sempre, deslumbrante de calças pretas e túnica de mangas compridas. Misturar-se era muito mais fácil para os homens.

— O que foi?

Ele me inspecionou, se demorando nas curvas do corpete ao longo do meu peito.

— Gosto do que você está vestindo — disse ele. — Bastante.

Com as bochechas quentes, peguei uma adaga e a prendi na faixa peitoral e em seguida guardei a adaga de lupino na bainha da minha coxa.

— Agora gosto mais ainda do que você está vestindo. — Ele caminhou na minha direção.

— Tem alguma coisa muito errada com você.

— Só um pouco. — Ele jogou a minha trança por trás do ombro, abaixou a cabeça, me deu um beijo e depois endireitou o laço do corpete. — Mal posso esperar para desamarrar isso mais tarde.

Sorri quando senti uma vibração no meu baixo-ventre. O sorriso logo se dissipou enquanto o meu coração palpitava dentro do peito. Mais tarde não está garantido, sussurrou uma voz irritante e, se aquela voz tivesse um corpo que não fosse o meu, eu daria um soco nela.

Haveria mais tarde, sim. Nós nos certificaríamos disso.

Uma batida soou na porta assim que Casteel terminou de prender as espadas na lateral do corpo.

Perry entrou com uma boina na mão.

— Estamos prestes a atracar.

— Perfeito — respondeu Casteel enquanto eu sentia os músculos retesados. — Assim que descarregar as caixas de vinho, quero que você saia daqui e volte para Atlântia.

— Posso ficar aqui por perto — ofereceu Perry. — Você pode me mandar um sinal e eu venho para levar todos de volta para Atlântia.

— É muito arriscado — disse a ele. — E já estamos arriscando vidas demais.

Casteel me lançou um sorrisinho cúmplice.

— Além disso, Poppy não quer passar mais quatro dias dentro de um navio.

Eu não disse nada enquanto olhava para ele de cara feia. Casteel tinha razão.

Perry sorriu para mim.

— Pode levar mais tempo para que algumas pessoas se acostumem a viajar pelo mar.

— Acho que algumas pessoas não nasceram pra isso — respondi. — E quando digo algumas pessoas estou falando de mim mesma.

Ele deu uma risadinha. Um chamado veio lá de cima, uma saudação. Seu olhar voltou para nós dois.

— Posso pedir um favor a vocês?

— O que quiser — respondeu Casteel enquanto jogava a capa na minha direção.

Perry passou os dedos pela aba da boina.

— Fiquem de olho em Delano por mim — pediu ele, e eu olhei para Perry quando comecei a desabotoar a fileira de botões no peito da capa. — Às vezes ele é corajoso demais.

— Delano vai voltar pra você — garantiu Casteel enquanto colocava a capa, e eu assenti.

— Obrigado. — Ele nos deu um breve sorriso. — Vejo vocês lá em cima.

Quando ele se foi, eu me virei para Casteel.

— Perry e Delano estão juntos?

— De vez em quando. — Ele se aproximou de mim e passou a trança sob a parte de trás da minha capa antes de colocar uma boina na minha cabeça. — Estão indo e voltando nos últimos dois anos, acho.

Sorri, lembrando dos dois no leme, sorrindo e rindo de tudo o que o outro dizia.

— Eles são fofos juntos.

— Você é fofa. — Casteel puxou a aba da minha boina e então levantou o capuz da capa para cima do chapéu. — Embora eu prefira poder ver o seu rosto. — Ele puxou a própria boina para baixo e, de certa forma, as sombras que se formaram na metade inferior do seu rosto fizeram com que ele parecesse ainda mais misterioso. Assim que o capuz estava no lugar, ele falou: — Podemos fazer isso.

Meu coração disparou dentro do peito.

— Eu sei. Vamos conseguir.

— Quer dizer que você está pronta?

Eu sabia que ele não estava falando apenas sobre sair do navio.

— Estou pronta para fazer o que for necessário.

Casteel assentiu e então saímos da cabine, deixando nossos pertences para trás. Perry e a tripulação levariam o que havíamos trazido, inclusive aquele maldito diário, de volta para Atlântia. O grupo que viajou com Hisa tinha suprimentos extras.

Subimos as escadas e fomos até onde Kieran e Delano estavam perto das caixas de vinho. Eles e a tripulação estavam vestidos como nós, com capas e boinas escondendo o rosto. Olhei por cima do ombro e vi as rampas colocadas no convés do navio, conectando-o ao píer. Com uma boina sobre o rosto, Perry falou com dois homens vestidos de preto. Eram guardas da Colina. Atrás deles, o cais parecia um caos controlado. Homens corriam dos navios para os armazéns de tijolos e carroças. Os vendedores ambulantes vendiam comida e outras mercadorias. Ergui o olhar para a muralha cinza-escura da Colina, feita de calcário e ferro. Guardas patrulhavam a muralha, de pé nas ameias e empoleirados nas alcovas como aves de rapina. Não vi nenhum manto preto, mas havia... um monte de guardas. Mais do que o esperado em um dia normal na Trilha dos Carvalhos.

Só que hoje não era um dia normal.

A Coroa de Sangue estava dentro daquelas muralhas.

Capítulo Quarenta e Quatro

— Vamos logo, seus filhos da mãe preguiçosos — gritou Perry, e eu arqueei a sobrancelha conforme ele atravessava o convés, batendo as mãos. — Mexam-se.

— Ele está gostando demais disso — murmurou Delano baixinho, e eu reprimi uma risadinha.

Casteel e eu levantamos uma caixa e seguimos na direção do píer. A rampa de madeira balançou sob os nossos pés, me fazendo engasgar quando vi as águas turbulentas e sujas lá embaixo.

— Calma — murmurou Casteel.

Assenti enquanto Perry nos levava até uma carroça. Kieran e Delano estavam logo atrás de nós. Meu coração disparou quando passamos pelos guardas, só que os homens não estavam prestando atenção em nós, mas em algumas mulheres que assoviavam para os homens nos navios, com os rostos exageradamente maquiados.

Agradeci aos deuses pelo fato de certos homens serem incapazes de se concentrar em outra coisa caso haja um rosto bonito por perto.

— O que vocês estão fazendo? — indagou um homem ao contornar a lateral da carroça, com uma carranca severa nas bochechas caídas do rosto. — Não foi isso...

— Calado. — Casteel se virou na direção do homem, e o poder e a destreza naquela palavra me deixaram sem fôlego.

O homem permaneceu em silêncio conforme olhava fixamente para Casteel. Seu corpo inteiro ficou rígido enquanto ele era mantido ali, suspenso pelos fios invisíveis da persuasão. Também fiquei imóvel, pois era muito raro ver Casteel usar da persuasão.

— Você não vai dizer nada, nem sequer uma palavra, enquanto colocamos essas caixas na sua carroça. Não vai dar nem um pio — ordenou Casteel, com a voz suave e fluida. — Assim que as caixas forem carregadas, você vai levá-las para seja lá aonde estiver indo. Entendeu?

O homem fez que sim com a cabeça, piscando, e em seguida ficou ali enquanto a tripulação nos rodeava com outras caixas. Não pude deixar de olhar para a expressão vazia no rosto do homem.

— Vão logo — sussurrou Perry baixinho enquanto se inclinava entre nós. Garrafas sacudiram na caixa que Delano e Kieran colocaram dentro da carroça. — E que os deuses os protejam.

— Que os deuses protejam você — respondeu Casteel, contornando Perry.

Ele me cutucou no ombro enquanto passava por mim. Eu me virei e olhei de relance para Perry.

— Tome cuidado.

— Pode deixar, minha Rainha.

Dei meia-volta e acompanhei o ritmo de Casteel conforme nos misturávamos à massa de trabalhadores encapuzados que entravam e saíam do portão da Colina. Vasculhei a multidão, sabendo que seria melhor não olhar para trás em busca de Delano e Kieran. Eles nos encontrariam. Concentrei-me no caminho logo adiante.

Quanto mais perto eu chegava, pior o cheiro ficava. Suor e óleo misturados ao cheiro de peixe estragado. Sabia que só ficaria mais forte por causa da multidão forçada a morar nas pequenas casas ao redor da Colina, quase empilhadas umas em cima das outras, onde o sol parecia não entrar. Mas o cheiro nauseante não foi a única coisa que notei. A condição da Colina chamou a minha atenção. Havia pequenas... rachaduras por toda a estrutura maciça e grossa. Eu nunca tinha visto nada parecido e não conseguia nem pensar no que poderia ter causado tamanho dano.

— Olhe para a Colina — falei baixinho, e Casteel levantou a cabeça ligeiramente.

Ele não disse nada quando atravessamos o portão junto com a multidão de trabalhadores que entravam na cidade. Ele nos conduziu na direção das vielas estreitas do distrito comercial, onde os mercados lotavam as ruas cobertas com o refugo que os cavalos e mortais deixavam para trás. Às minhas costas senti a presença de Kieran e Delano e soube que eles tinham nos encontrado.

Uma carroça puxada por cavalos passou, com o condutor curvado e sem enxergar o menininho que corria ao longo da calçada de paralelepípedos, carregando uma pilha de jornais. O rosto de bochechas coradas estava sujo de fuligem e seus cabelos loiros estavam oleosos e despenteados enquanto ele corria para a rua. Casteel avançou rapidamente, pegando a criança pela nuca e puxando-a de volta para a calçada.

— Ei! Me solte, senhor! — gritou o menino, segurando os jornais com toda a força que possuía. — Eu não acabei... — Ele parou de falar assim que os cascos do cavalo e as rodas da carroça passaram a meros centímetros do seu rosto. — Caramba — sussurrou a criança.

— De nada — respondeu Casteel, colocando a criança na calçada.

O garoto se virou de olhos arregalados.

— Obrigado, senhor! Eu teria ficado tão achatado quanto o pão da minha mãe. — Ele virou os olhos arregalados na direção da rua.

— Achatado como o pão da mãe dele? — sussurrou Delano atrás de mim e eu reprimi uma risada.

— Você pode me agradecer me contando o que aconteceu com a Colina — pediu Casteel, colocando a mão para dentro da capa. — Para que ficasse cheia de rachaduras.

O menino franziu o cenho enquanto olhava para a área encoberta do rosto de Casteel.

— Foi o chão, senhor. O chão tremeu, e eu ouvi Telly, da barraca de peixes, dizer que foi daqui até a capital. Minha mãe me disse que foram os deuses. Que eles estavam com raiva.

Não fazia ideia do que poderia causar um terremoto daqueles, mas sabia que não tinham sido os deuses.

— Quando foi isso? — perguntou Casteel.

— Não sei. Há mais ou menos um mês. — O menino mudou o peso de um pé para o outro. — Como é que você não sabe que estava tudo tremendo?

— Acho que estava dormindo — respondeu Casteel, e eu revirei os olhos.

O menino olhou para ele sem acreditar, mas o olhar rapidamente se transformou em assombro quando Casteel tirou a mão da capa e jogou diversas moedas em cima da pilha de jornais. Os olhinhos da criança se arregalaram.

— Da próxima vez, tente olhar para os dois lados antes de atravessar a rua — ordenou Casteel, contornando o garoto.

— Obrigado! — gritou o menino e então saiu em disparada.

— Só pra você saber — disse Kieran alguns segundos depois —, ele não olhou para os dois lados.

— É óbvio que não — respondeu Casteel, caminhando de forma que o seu corpo ficasse entre o meu e a rua.

— O que você acha que causou o terremoto? — perguntei enquanto entrávamos cada vez mais na cidade, pegando um atalho por um beco cheio de lixo. Tentei prender a respiração.

— Não faço ideia. — Casteel olhou pra mim. — Nunca ouvi falar de um terremoto que se estendesse daqui até a Carsodônia.

— Bem, se os deuses estivessem despertos e sentissem o cheiro desse beco — começou Kieran —, entendo por que fariam o chão tremer.

— Não é assim por toda parte — eu os relembrei. — As pessoas que moram aqui não têm nenhuma escolha que não seja se contentar com o que têm.

— Sabemos disso — emendou Casteel baixinho, nos levando para outra rua imunda e lotada de gente.

Nosso ritmo era rápido conforme passávamos pelas ruas e bairros movimentados, contornando vendedores, pessoas apressadas em meio às tarefas diárias e outras, de roupas esfarrapadas, rosto abatido e a pele de uma palidez fantasmagórica, que pareciam vagar sem rumo. Elas me lembravam tanto dos Vorazes que senti um embrulho no estômago. Fiquei pensando sobre isso e então temi que estivessem sofrendo de uma doença debilitante que costumava chegar durante a noite para roubar a vida daqueles que dormiam.

Uma doença que agora eu sabia que se originava da sede de sangue dos Ascendidos.

Não fui a única a olhar para aquelas pobres almas. Elas também chamaram a atenção de Kieran e Delano. A consternação e desconfiança dos lupinos nublaram as ruas já sufocantes.

Casteel e eu tiramos as boinas, mas continuamos de capuz conforme chegávamos à área interna da cidade, enquanto Delano e Kieran largaram suas capas para quem quer que fosse precisar delas. Vestidos de preto e equipados com espadas curtas de pedra de sangue, eles se pareciam com qualquer guarda do Reino de Solis.

A diferença entre o bairro perto da Colina e a área situada abaixo do Castelo Pedra Vermelha era impressionante. Ali, o ar fluía entre as casas espaçadas e as vielas davam lugar a pátios e jardins sinuosos. A eletricidade abastecia os restaurantes e as casas em vez do óleo, e menos carroças e mais carruagens ocupavam as ruas pavimentadas, livres de refugo e lixo. O ar era mais limpo, as calçadas e gramados bem-cuidados. Fomos forçados a diminuir o ritmo para não atrair a atenção dos guardas que faziam a patrulha, mantendo aqueles que não precisavam de proteção a salvo daqueles que precisavam. Casais com capas forradas de pele e vestidos de brocados entravam nas lojas e subiam nas carruagens, e então Casteel passou o braço em volta da minha cintura enquanto eu encolhia os ombros. Imaginei que devia parecer que ele estava tentando me manter aquecida conforme dávamos um passeio sob a copa das samambaias e passarelas lá em cima.

Logo adiante, o castelo se parecia com sangue seco endurecido sob a luz do dia enquanto atravessávamos a estrada larga e ladeada por árvores, entrando em um parque densamente arborizado ao pé da muralha interna que cercava o Castelo Pedra Vermelha. Assim que ficamos protegidos pela floresta, Casteel e Kieran nos conduziram pelo labirinto de árvores e arbustos de frutas silvestres. Em cerca de meia hora, o muro externo do castelo surgiu diante de nós.

— Vamos escalar o muro? — perguntei.

Casteel deu uma risadinha.

— Não será necessário, minha Rainha. Vamos entrar por uma abertura aqui embaixo.

Olhei para ele e depois para Kieran, lembrando do muro interno ao redor do Castelo Teerman e na área perto dos jacarandás. Voltei-me para Casteel.

— Você está me dizendo que uma parte do muro caiu aqui também?

Casteel sorriu e puxou a gola da minha capa enquanto passava por mim na direção de alguns galhos baixos.

— Os Ascendidos são conhecidos por gastar somas extravagantes em vestidos suntuosos e pedras preciosas. Mas sabe pelo que mais são conhecidos? — Ele levantou um dos galhos e, através dos galhos finos e desprovidos de folhas, vi um monte de pedras cinza ao pé de uma abertura estreita no muro. — Pela relutância em gastar dinheiro na manutenção básica das cidades, e até mesmo dos castelos.

— Deuses — murmurei, sacudindo a cabeça.

Casteel deu uma piscadela.

— É uma vergonha. — Delano afastou várias mechas loiras do rosto e repuxou um canto dos lábios. — Mas muito proveitoso para nós.

Casteel seguiu na frente, levantando os galhos enquanto passava por baixo e os segurava para mim. O cheiro de terra e mofo que nos saudou quando passamos pelo vão do muro e adentramos em um espaço escuro me lembrou imensamente dos túneis que levavam até o Iliseu. Forcei-me a me concentrar no nosso plano. De acordo com Casteel e Kieran, o pátio podia ser acessado através de passagens e câmaras subterrâneas. Dali poderíamos descobrir com que tipo de forças estávamos lidando.

E depois disso? Bem, nós iríamos entrar no coração do Castelo Pedra Vermelha, ir até o Salão Principal e anunciar que tínhamos chegado mais cedo do que o esperado. Nós os pegaríamos desprevenidos, e isso certamente confundiria os guardas e a Coroa de Sangue assim que soubessem que tínhamos conseguido entrar bem debaixo do seu nariz. Ser pego desprevenido costumava ser uma fraqueza fatal.

— Cuidado. — Casteel encontrou a minha mão no meio da penumbra. — O terreno é inclinado aqui.

— Para que os Ascendidos construíram isso? — perguntei enquanto tentava entender a área em que estávamos.

— Já estava aqui antes dos Ascendidos — explicou Casteel conforme se movia como uma sombra no meio do nada. Ele parou, empurrando uma porta que rangeu baixinho. Havia um túnel de terra iluminado por tochas ali atrás. — A floresta tem uma trilha que leva direto para as falésias. Imagino que era usada para algum tipo de contrabando.

— E posso lhe dizer com toda a certeza que os Ascendidos que ficaram aqui usavam a passagem para outro tipo de contrabando — comentou Kieran atrás de mim.

De pessoas.

Eles poderiam usá-la para contrabandear mortais para dentro e para fora do castelo sem que ninguém soubesse que tinham entrado ali.

Estremeci conforme caminhávamos entre as paredes de pedra úmida da passagem, com a mão no cabo da adaga de lupino. Chegamos a um curto lance de degraus, onde o corredor se dividia em dois. Casteel foi para a direita.

— No papel de conselheiro — começou Kieran em voz baixa enquanto passávamos por salas, algumas com velhas portas de madeira trancadas e outras abertas para revelar prateleiras de garrafas empoeiradas do que eu imaginava, ou esperava, que fosse vinho —, gostaria de formalmente ressaltar um possível posicionamento de guardas na entrada de todos os túneis de qualquer residência que alcancem.

Casteel sufocou uma risada.

— Acho que é uma sugestão excelente.

Uma sensação de cautela irradiou de Delano, chamando a minha atenção.

— O que foi?

Seus olhos claros eram penetrantes e alertas conforme ele examinava as salas por onde passávamos.

— Eles sabem que estamos chegando. É razoável assumir que alguém da Guarda Real teria pensado em destacar guardas para os túneis só por precaução, ainda mais quando o castelo já foi invadido antes.

— Pode ser, mas eles não sabem que entraríamos por aqui — replicou Kieran.

Delano tinha razão, mas até onde eu sabia, a Coroa de Sangue raramente saía da capital. Será que eles tinham conhecimento daqueles túneis? Será que seja lá quem fosse que estivesse respondendo pela coroa descobrira a respeito deles? Imagino que sim, pela facilidade de trazer pessoas para dentro, ou de se desfazer dos cadáveres por ali.

A inquietação me deixou toda arrepiada conforme seguíamos em frente, subindo mais um lance de degraus. Inspecionei outro corredor estreito pelo qual Casteel e Kieran passaram, com a atenção focada adiante. Havia uma câmara ao lado, iluminada por inúmeras tochas. Parei de supetão, quase fazendo com que Delano esbarrasse em mim.

— O que...? — A surpresa o abalou quando ele viu o que eu vi. — Puta merda.

— O que foi? — Casteel se virou quando eu parti na direção da câmara. — O que você está fazendo?

— A jaula! Veja só o que está na jaula daquela sala. — Saí em disparada, sem conseguir acreditar no que estava vendo.

No centro da pequena sala, um imenso felino cinza se esforçava para ficar de pé atrás das grades esbranquiçadas. Uma sensação intensa de déjà-vu se apoderou de mim.

— Veja só — repeti, sacudindo a cabeça. Não podia ser o mesmo, mas... — Ele se parece com o gato das cavernas que vi quando era criança.

— Que porra é essa? — murmurou Kieran enquanto parava na entrada da câmara e Casteel caminhava na minha direção.

— Ele... se parece mesmo com um gato das cavernas — murmurou Casteel. O imenso felino vagava inquieto, com os músculos tensos e contraídos sob a pelagem brilhante conforme ele espiava por entre as grades com os olhos de um tom vivo de verde. Olhos inteligentes. Perspicazes. — Por que eles o manteriam preso aqui?

— Ou o trariam até aqui? — acrescentou Delano baixinho, estudando a criatura. — O pobre animal parece desnutrido.

Parecia mesmo.

Avancei na direção dele. O gato parou e ficou me observando.

— Poppy — sussurrou Casteel. — Temos que nos apressar.

— Eu sei. É só que... — Eu não sabia como explicar o que estava sentindo. Nem por que o éter zumbia no meu peito tão violentamente naquele momento.

— Certo. Você tinha razão. Eles têm um gato das cavernas. — A tensão tomou conta da voz de Kieran. — Mas não temos tempo para libertar os animais de estimação do castelo.

Eu sabia que não tínhamos tempo, e também duvidava muito que um gato das cavernas ou qualquer animal selvagem pudesse ser mantido vivo por tanto tempo em uma jaula. Mas... não consegui me conter. Ajoelhei-me diante da jaula, com o olhar fixo do gato atraindo o meu. Estendi a mão por entre as grades...

— Poppy! Não se atreva a enfiar a mão... — Casteel disparou para a frente.

Tarde demais.

As pontas dos meus dedos roçaram no pelo macio quando Casteel me pegou pelo braço. Ele puxou a minha mão para trás e o gato estremeceu e... e não parou mais.

— O que está acontecendo? — O pânico tomou conta de mim quando Casteel me pôs de pé. — Eu o machuquei? Não tive a intenção...

Congelei.

Todos encaramos o animal, imóveis. Até mesmo Kieran.

O pelo do felino se arrepiou inteiro quando ele se sentou sobre as patas traseiras, tremendo violentamente. Uma luz prateada irradiou dos seus olhos, faiscando e crepitante. Sob a pelagem brilhosa, a pele do gato começou a cintilar.

— Ah, deuses — gemeu Delano. — Você realmente tem que parar de tocar nas coisas, Poppy.

O pelo se retraiu até se transformar em uma pele lisa do tom dourado do trigo. Cabelos compridos e castanho-avermelhados se soltaram até o chão da jaula, ocultando a maior parte do homem nu ajoelhado dentro da jaula, com a metade superior do corpo dobrada perto da inferior. A definição dos ossos e músculos nos ombros e pernas mostrava como ele estava debilitado, mas, atrás dos cabelos emaranhados, seus olhos verdes se fixaram nos meus outra vez.

O homem estremeceu de novo e, tão rapidamente quanto pareceu humano, voltou a ser um imenso felino. O gato ficou deitado de barriga no chão, tremendo sem parar, de cabeça baixa.

— Vou perguntar de novo — anunciou Kieran. — Que porra é essa?

— Talvez ele seja um felídeo — murmurou Delano, se referindo a uma linhagem que todos acreditavam estar extinta. — Ou quem sabe um metamorfo? Os metamorfos mais antigos eram capazes de assumir a forma de um animal.

— Não sei. — Casteel engoliu em seco, abalado, enquanto olhava para a criatura. — Mas... temos que seguir em frente.

— O quê? — Virei-me na direção dele. — Não podemos deixá-lo aqui.

— Precisamos, Poppy. — Ele me segurou pelos braços. — Está vendo do que são feitas essas grades? — perguntou ele, e eu olhei de novo, com o estômago embrulhado. — De ossos. E duvido muito que sejam os ossos humanos. Suas habilidades não vão funcionar contra elas e não conseguiremos arrancá-las sem causar um barulho dos infernos.

— Mas...

— E, mesmo se conseguíssemos, o que vamos fazer com ele? — perguntou Casteel, me encarando. Ele respirou fundo e segurou meu rosto. — Preste atenção. Sei que você não quer deixá-lo aqui. Nem eu. Mas não há nada que possamos fazer agora.

— Ele tem razão — ecoou Kieran, olhando para o corredor. — Nós não vamos abandoná-lo.

— Ah, não? — questionei.

— Nós sabemos que ele está aqui. Vamos solicitar a sua liberdade — explicou Casteel. — Será parte do nosso acordo.

— É... é uma ideia sagaz — concordei, olhando para o gato. Ele estava de olhos fechados e seus flancos subiam e desciam rapidamente.

— Porque eu sou sagaz. — Casteel abaixou a cabeça e deu um beijo na minha testa. — Eu adoro a sua compaixão, Poppy — sussurrou ele. — De verdade. Mas temos que seguir em frente.

Com o coração apertado, assenti enquanto olhava para a criatura.

— Nós vamos voltar — prometi a ele, sem saber se ele conseguia me entender ou se sabia que ainda estávamos ali.

Tive de me esforçar ao máximo para sair daquela sala, sem conseguir parar de pensar no olhar penetrante do homem. Não achava que ele fosse um felídeo ou um metamorfo, já que os ossos de uma divindade não seriam necessários para enjaular um deles, certo?

Será que ele não era...

— Malec era capaz de mudar de forma? — perguntei quando subimos uma escada estreita.

— Não — respondeu Casteel na minha frente. — Sei o que você está pensando. Não é ele. Ele não era uma divindade capaz de mudar de forma.

De certo modo, aquilo não me tranquilizou. Fizemos uma curva na escada e Casteel abriu a porta lentamente.

— Está vazio — murmurou ele.

Saímos em um corredor nos fundos do primeiro andar do castelo. Levando em conta as paredes nuas e a iluminação precária, eu podia apostar que apenas os criados o usassem. Andamos silenciosamente até o final do corredor, onde havia uma flâmula vermelha com o Brasão Real em dourado. Estávamos a poucos metros da abertura quando Casteel praguejou baixinho e pegou a minha mão, me puxando para trás conforme avançava, desembainhando a espada.

Alguém entrou ali e parou na frente da flâmula — uma jovem de cabelos escuros como a noite presos para trás em uma trança grossa. Um tecido preto rendado cobria seus braços, a parte de cima do peito e o pescoço. O pano era transparente, exceto pela parte mais grossa que percorria a renda na forma de vinhas. A túnica era ajustada ao peito e abdômen e se alargava nos quadris arredondados. Havia fendas de cada lado, revelando calças e botas pretas amarradas até os joelhos.

Ela não era uma empregada. Não somente por causa das roupas, mas pelas lâminas em forma de meia-lua que empunhava ao lado do corpo, lâminas do tom de preto reluzente da pedra das sombras.

E também pela máscara pintada — ou estampada — com tinta preta-avermelhada. Um disfarce que ocultava a maior parte das suas feições, subindo por cima das sobrancelhas até chegar aos cabelos e descendo até abaixo dos olhos — de um tom tão claro de azul-acinzentado que quase pareciam sem cor — antes de se estender até o maxilar em ambos os lados. Asas. A máscara se parecia com as asas de uma ave de rapina sobre a pele marrom do seu rosto.

Será que ela era uma... uma Aia? Eu não tinha certeza, mas sabia que não era uma vampira. Ela tinha emoções. Podia senti-las por trás das espessas barreiras mentais.

— Olá — cumprimentou ela de modo educado. — Nós estávamos esperando por vocês.

Peguei a adaga de lupino enquanto Delano avançava, brandindo a espada de pedra de sangue.

A jovem foi incrivelmente rápida. Um borrão de preto rendado e vermelho-escuro se esquivou sob o braço de Delano e se levantou do outro, prendendo o braço do lupino entre o dela e o seu corpo conforme se contorcia, enganchando a perna em volta da cintura de Delano. Ela girou o corpo outra vez, forçando-o a se afastar dela. Em questão de segundos, ela tinha uma lâmina sob o queixo de Delano e a outra pressionada contra o seu abdômen.

Nenhum de nós se mexeu.

Acho que estávamos atordoados com o que tínhamos acabado de testemunhar.

— Solte-o — ordenou Casteel com aquela voz poderosa e autoritária, que persuadia a pessoa a reagir. — Agora.

Ela olhou para ele.

— Vou soltá-lo assim que estiver pronta para isso.

O choque tomou conta de Casteel e de mim. Aquela mulher não era suscetível à persuasão. Meu coração deu um salto dentro do peito.

— Recebi ordens para não derramar sangue à toa, algo que admito ter o péssimo hábito de fazer — avisou ela, olhando para os traços contraídos do rosto de Delano conforme ele se retesava contra a mulher, incapaz de se desvencilhar dela, de uma mulher pintada que parecia ser muito mais baixa do que eu. Ela prendeu Delano ali enquanto se equilibrava na ponta dos pés. — Então, por favor, nem pense em se mexer e me forçar a tornar o derramamento de sangue uma coisa infelizmente necessária.

— O que diabos você é? — rosnou Delano.

— Uma Aia? — arrisquei, pensando na mulher que conhecia como mãe. E que poderia muito bem ser a minha mãe biológica.

— Sim. Isso e muito mais. — Ela repuxou os lábios sem batom em um sorriso tenso e olhou de esguelha para nós. — Mas, no momento, sou apenas a sua escolta amistosa. — Seu olhar não se abalou quando o som de passos ecoou dos dois lados do corredor. — Uma entre muitas, quero dizer.

Em um piscar de olhos, os Guardas Reais apinharam o corredor sem janelas, espadas em punho. Entre eles, havia cavaleiros de armadura. Dezenas deles, vestidos como quando apareceram no Pontal de Spessa. O penacho no topo dos capacetes era tingido de carmesim e eles usavam máscaras pintadas de vermelho cobrindo a parte superior do rosto.

Soltei o ar de modo entrecortado.

— Solte-o — exigiu Casteel, abaixando o queixo. — Vamos nos comportar se você se comportar.

Aqueles olhos sinistros se fixaram nele, e eu senti uma explosão de acidez e uma grande inquietação emanou da mulher. Mas apenas por um instante, e então ela abriu um sorriso largo, exibindo duas fileiras de... dentes sem presas.

— Certamente — respondeu ela bastante animada. — Eu me comporto muito bem. — Tive a impressão de que era mentira.

Esperamos, com o coração disparado e o éter pressionando a pele do meu peito. Eu poderia acabar com todos eles, assim como fiz com os Invisíveis na estrada para Evaemon.

— Você vai me soltar? — perguntou Delano, e a mulher fez que sim com a cabeça. — Então tem que fazer isso logo.

— Vou soltá-lo — informou, se virando para mim. — Mas, sabe, vocês já se comportaram mal, invadindo o castelo pelo subsolo. — Ela estalou a língua baixinho, e a energia pulsou sob a minha pele. — Passando por onde não deveriam. — Ela fixou os olhos vazios nos meus. — Vendo o que não deveriam ter visto.

— O homem na jaula?

O sorriso sumiu do rosto dela.

— A Rainha não vai ficar muito satisfeita com isso, mas estou disposta a lhes dar o benefício da dúvida. Principalmente a você — ela me disse. — Não tente fazer nada. Caso contrário, não será a própria vida que perderão, mas a daqueles que cavalgavam na direção dos portões ao leste.

Fiquei tensa quando a incredulidade se apoderou de mim. Vonetta e os demais não deveriam ter chegado até os portões ainda.

— Como?

— Nós os avistamos e antecipamos sua chegada — respondeu ela, com as lâminas firmes na garganta e abdômen de Delano. — Hoje de manhã, para ser mais exata.

Deuses.

— Onde eles estão? — indagou Casteel com os dentes cerrados.

— Eles estão seguros e esperando por vocês.

— E devemos acreditar em você? — acusou Kieran.

— Ela está falando a verdade — soou uma voz familiar à direita.

Perdi o fôlego assim que me virei, e Casteel se retesou como se estivesse preparado para se jogar em cima de mim. Ian entrou no corredor, olhando de nós para a mulher e Delano. Ele parecia... tenso, com o rosto contraído e a pele mais pálida do que o normal.

— Você recebeu ordens de não derramar sangue à toa — observou Ian baixinho.

— Viram só? — A mulher arqueou as sobrancelhas na nossa direção. — E não derramei sangue nenhum. Nem sequer uma gota. — Do nada, ela soltou Delano e deu um passo para trás, abaixando as lâminas.

Delano se virou, com o peito ofegante enquanto olhava de cara feia para a jovem. Ela deu uma piscadela para ele.

— Ela disse a verdade. Seus amigos estão bem. — Ian me entreolhou. — Posso levá-los até eles, e a Rainha vai nos encontrar lá. Podem ficar com as suas armas.

Olhei para Casteel. Ele flexionou o maxilar e assentiu bruscamente.

— Bem, devemos ir. Viemos aqui para nos reunir com a Coroa de Sangue.

Além disso, não tínhamos escolha.

Deuses, era por isso que não havia guardas lá embaixo. E também porque fora tão fácil entrar na cidade. Eles já sabiam que chegaríamos por um caminho diferente e antes do esperado. Perdemos a vantagem antes mesmo de nos dar conta e fomos pegos de surpresa.

Os guardas ficaram esperando até que começássemos a andar, guiados por aquela mulher estranha. Casteel permaneceu perto de mim enquanto Ian caminhava ao meu lado. Ele manteve os olhos adiante enquanto seguíamos pelo corredor sem janelas.

— Espero que esteja bem, irmã — especulou Ian, e eu olhei para ele em silêncio. — E que a viagem depois do nosso último encontro tenha sido tranquila.

Eu o encarei e ele olhou de relance para mim. Não consegui ler nada naqueles olhos insondáveis, mas será que ele estava tentando me perguntar sobre os guardas de Nyktos sem entregar o assunto?

— Sim, foi — menti.

Suas feições se suavizaram um pouco, e eu podia jurar que era de alívio.

— Que bom.

— Você está... — Eu me contive antes de perguntar o que já suspeitava. A mulher na nossa frente olhou por cima do ombro. — Você está sozinho? Onde está a sua esposa?

— Lady Claudeya ficou na capital.

Casteel roçou a mão na minha quando entramos no Salão Principal. Assim como no corredor, a luz do sol não entrava ali. Pesadas cortinas vermelho-escuras cobriam as janelas, com um cavaleiro a postos na frente de cada uma delas. Havia diversas mesinhas com comidas e bebidas intocadas entre as cadeiras e sofás colocados diante de um palanque elevado. As cadeiras estavam ocupadas. Vonetta se levantou, seguida por Emil, Lyra e Hisa. Naill já estava parado atrás deles. Ninguém parecia muito animado, mas eu pude sentir o alívio emanando deles e de nós. Outra pessoa continuou sentada em uma das cadeiras, bem atrás de...

Vonetta notou o meu olhar e deu um passo para o lado.

O ar escapou dos meus pulmões quando Tawny se levantou, uma bela visão de vestido cor-de-rosa com mangas compridas e esvoaçantes.

— Poppy? — sussurrou ela, avançando enquanto olhava para Vonetta e Emil. — É você mesmo...?

— É a minha irmã — interrompeu Ian, que lançou um olhar a ela que poderia ser de advertência, mas eu senti um nó na garganta porque Tawny não era...

Ela não tinha Ascendido.

Fiz menção de ir até ela, mas Casteel me segurou pela mão.

— Está tudo bem — tranquilizou Ian calmamente, e o olhar que Casteel lançou a ele lhe dizia que não acreditava em nada que o meu irmão falava.

Mas Emil acenou com a cabeça.

— Está, sim — confirmou.

Casteel flexionou o maxilar, mas soltou a minha mão e eu saí em disparada no exato instante em que Tawny passou por Emil, com os cachos castanho-dourados tão selvagens e bonitos como sempre. Passei os braços em volta dela assim que a alcancei e, quando senti a pele quente sob o seu vestido, estremeci. Tremi mais ainda quando ela me enlaçou, me abraçando tão forte quanto eu a abraçava, e senti que ela estava tremendo tanto quanto eu. Também senti suas emoções. A surpresa borbulhante e açucarada. O alívio terroso e amadeirado e o gosto amargo do...

— A Rainha não é o que parece — sussurrou Tawny no meu ouvido quando senti o medo dela no fundo da garganta. — Você tem que...

— Poppy está tão diferente — interrompeu Ian, se aproximando de nós —, não está?

Eu me afastei, estudando Tawny conforme ela acenava com a cabeça. Lancei um rápido olhar para Ian e vi que uma Aia estava nos observando enquanto andava bem devagar atrás de Casteel e Kieran. Os dois tinham se aproximado de nós. Tawny... ela sabia a verdade sobre a Rainha e os Ascendidos, e Ian estava tentando protegê-la.

— Eu sei — falei, retribuindo o olhar de Tawny. — Fico muito diferente sem o véu.

Os lábios de Tawny tremeram, mas ela forçou um sorriso enquanto olhava de Ian para mim.

— Você fica linda sem o véu.

Desci as mãos até os braços dela.

— Eu estou tão feliz em vê-la. Senti tanto a sua falta. E estava muito preocupada.

— E eu senti a sua falta — respondeu Tawny, ciente dos guardas que rondavam pela sala. — Mas não há motivo para preocupação. — Ela engoliu em seco quando olhou para Casteel, que tinha vindo até o meu lado. — Olá. — Ela fez uma pausa, estreitando os olhos ligeiramente. — Hawke.

O modo como ela pronunciou o nome dele e o olhar que lhe lançou eram tão típicos de Tawny que quase comecei a chorar.

— Olá, Tawny. — Casteel abaixou a cabeça. — Fico aliviado em ver que você está bem. Embora preferisse ter descoberto isso em outras circunstâncias.

— Assim como todos nós — murmurou Ian baixinho.

A jovem se aproximou, com o olhar parado atento a tudo. Tawny começou a olhar para ela, mas então a Aia voltou o olhar para a entrada do Salão Principal.

A percepção pressionou minha nuca e costas, me causando um calafrio. Ian recuou e afastou Tawny com o braço. Eu já sabia o que encontraria antes mesmo de me virar, mas me movi como se estivesse presa em uma lama espessa e fria. Espiei por trás da fileira de guardas de manto preto.

Saias de seda vermelha e preta fluíam como água pelo assoalho de pedra. O decote profundo do vestido descia por entre a curva dos seios, chegando até a cintura incrivelmente estreita envolta por fileiras de rubis presos em uma corrente. Dedos com unhas pintadas de vermelho entrelaçados. Pulseiras de granadas presas firmemente ao redor dos pulsos delgados e um colar da mesma pedra no pescoço pálido. Lábios vermelhos exuberantes e repuxados em um ligeiro sorriso. Um nariz arrebitado perfurado por uma pedra de ônix. Maçãs do rosto salientes maquiadas com blush. Olhos pretos que cintilavam sob os lustres dourados, delineados com lápis preto. Sobrancelhas castanho-escuras arqueadas. Cabelos de um tom brilhoso de castanho-avermelhado penteados para cima e para trás de modo que caíssem sobre os ombros elegantes em ondas soltas que desciam até os rubis na cintura. Esculpida em rubi polido, com 12 aros conectados por peças ovais de ônix e coberta por diamantes trabalhados na forma de torres, a Coroa de Sangue era uma das obras de arte mais belas e horrendas já criadas.

Assim como a mulher que a usava.

A Rainha Ileana estava exatamente como eu me lembrava: linda de uma forma sensual que poucos conseguiam possuir e com uma expressão calorosa no rosto que ainda menos Ascendidos eram capazes de dominar. Nós nos entreolhamos, e eu não consegui desviar os olhos conforme as lembranças dela, afastando os cabelos do lado destruído do meu rosto, lendo para mim quando eu não conseguia dormir e me abraçando quando eu chorava por causa da minha mãe e do meu pai, vieram à minha mente.

E talvez seja por isso que não vi quem estava atrás dela, à sua direita. Talvez seja por isso que demorei para captar a súbita explosão de choque que irradiava de Casteel, que deu um passo para trás. Voltei-me para o homem que estava ali. Não era o Rei Jalara.

Os cabelos daquele homem chegavam quase à altura dos ombros e eram de um tom de castanho-claro entremeado de loiro, mas as maçãs do rosto angulosas, o nariz reto e o contorno orgulhoso do seu maxilar me eram estranhamente familiares. Em seguida, ele repuxou a boca volumosa para cima e olhou para nós. E uma... uma covinha apareceu na sua bochecha esquerda. No entanto, o seu sorriso era estranho, desprovido de calor ou de qualquer traço de humanidade.

— Irmão — cumprimentou o estranho, e eu senti um calafrio por todo o corpo ao ouvir o som grave e áspero da sua voz. — Já faz muito tempo.

Casteel se retesou ao meu lado.

— Malik.

Capítulo Quarenta e Cinco

— Que reencontro mais feliz — anunciou a Rainha Ileana, com um sorriso tenso no rosto ao ver os dois irmãos se encarando.

Eu mal a ouvi, sequer notei a Aia passando entre nós como um fantasma até ficar ao lado da Rainha.

O que eu via não fazia o menor sentido.

E não era a única que parecia estar em choque conforme olhávamos para o Príncipe Malik Da'Neer. Como ele estava livre? De pé ao lado da Rainha de Sangue, aparentemente são e salvo? Ele não se parecia em nada com o homem emaciado e debilitado que tínhamos visto na jaula lá embaixo. Sua pele marrom-clara carecia da magreza da fome. Seus cabelos reluziam e o brilho polido das botas, o corte das calças e a camisa e colete cinza-escuros feitos sob medida que ele usava destilavam riqueza e privilégio.

Não fazia o menor sentido.

Ou não podia fazer, pois a única razão pela qual ele estaria ali era inimaginável.

— Deuses — exclamou Kieran, levantando a mão e então hesitando.

— Malik. — A voz de Casteel soou rouca, e a agonia que ele sentiu me deixou sem fôlego. Peguei a sua mão. Ele olhou do irmão para a Rainha de Sangue. Seu choque, assim como o dos outros, caiu sobre mim como uma chuva gélida. — Não.

Seu irmão inclinou a cabeça enquanto olhava para a minha mão em torno da de Casteel.

— Vejo que você se casou, Cas — observou ele, e Casteel se encolheu conforme o ar escapava dos seus pulmões. — Gostaria de ter estado presente. — Os olhos brilhantes e dourados dele encontraram os meus, e eu senti Kieran estremecer ao meu lado. — Meus parabéns.

— O que foi que ela fez com você? — indagou Casteel, completamente abalado.

— Abriu os meus olhos — respondeu Malik.

— Para quê? — perguntou Casteel, ofegante.

— Para a verdade. — Ele endireitou a cabeça e eu agucei os sentidos, encontrando uma barreira espessa que ocultava as suas emoções. — Assim como vai abrir os olhos de todos vocês.

Casteel deu um passo para trás, tão incrédulo quanto angustiado.

— Não pode ser verdade. — Ele se virou para a Rainha e fez menção de ir até ela, mas eu apertei a sua mão quando os cavaleiros começaram a avançar. Não estava preocupada com eles. Mas com a Aia, que fixou o olhar em Casteel. — O que foi que você fez com ele?

— Casteel. — A voz dela chegou até nós como uma cobra deslizando pela grama.

O corpo dele ficou rígido ao lado do meu, e ela repuxou os lábios vermelhos para cima e estendeu a mão na direção de Casteel.

Reagi sem pensar e segurei o braço dela. A manga de seda amassou dentro da minha mão.

— Você nunca mais vai encostar um dedo sequer nele.

A Aia deu um passo à frente, mas a Rainha Ileana levantou a mão e me encarou com os seus olhos escuros.

— Penellaphe. — Ela estudou o meu rosto, passando rapidamente pelas cicatrizes e seguindo em frente. E achei... deuses, achei que suas feições tinham ficado mais suaves e afetuosas. — Não tenho o menor interesse de tocar no seu marido. Seria bastante desrespeitoso.

— Como se você se importasse com o que é respeitoso — disparei.

Ele arqueou as sobrancelhas e riu baixinho.

— Ian — chamou ela, e eu vi o meu irmão se retesar com o canto do olho. — Você não me avisou que a nossa querida Penellaphe não apenas encontrou a própria língua, como também a afiou.

Ian não respondeu.

A Rainha Ileana puxou o braço, mas eu a segurei por mais um tempo. Não sei por quê. Talvez para provar que podia, que a minha língua não era a única coisa afiada a meu respeito. Eu a soltei bem devagar, levantando um dedo de cada vez.

Ela arqueou a sobrancelha e me encarou. Em seguida, inclinou a cabeça na minha direção e eu senti um cheiro de rosa e de baunilha.

— Poppy — falou suavemente, sustentando o meu olhar. Com aquela proximidade, achei que seus olhos... não eram tão escuros quanto os de um Ascendido. Consegui ver as pupilas. Aguцei os sentidos mas não senti nada emanando dela, o que não foi nenhuma surpresa. — Como você se voltou contra mim tão rápido depois de todos os anos em que a protegi, cuidei de você e a mantive em segurança.

As palavras dela não tiveram nenhum impacto no meu coração.

— Você quer dizer depois de passar anos mentindo para mim e me mantendo em uma gaiola?

— Você não estava enjaulada, minha criança. Tenho certeza de que o seu querido Príncipe pode lhe dizer isso.

Casteel virou a cabeça na direção dela e a sua fúria explodiu contra a minha pele.

— Um quarto e uma vida repleta de mentiras ainda são uma gaiola — vociferei, me recusando a desviar o olhar. — Além disso, eu não sou uma criança e ele não é um Príncipe.

A Rainha Ileana franziu o cenho e então suavizou a expressão conforme olhava para Casteel. Deu mais uma risadinha e se afastou.

— Ora, isso explica muita coisa. — Ela olhou por cima do ombro para Malik. — O irmão mais novo superou o mais velho. — A Rainha se voltou para nós. — E a Donzela se tornou a Rainha. — Ela repuxou os cantos dos lábios de novo. — Assim como sempre esperei que você fizesse.

Fiquei alerta, mas já estava assim desde que ela entrou na sala com o Príncipe Malik ao lado, como se ele fosse o seu Consorte.

— Onde está o Rei? — perguntei.

— Na capital — respondeu Ileana, olhando para Kieran. Ela estendeu a mão para endireitar a gola da túnica dele, mas percebeu a minha movimentação. — Possessiva, não? Jamais imaginei. Eu tenho uma pergunta para você, querida. Uma pergunta que pode deixar Ian constrangido. — Sua coroa reluziu quando ela inclinou a cabeça para trás. — Você se uniu a esse lupino? Ou ao loiro bonito? Ou a uma dessas mulheres tão lindas?

O fato de que ela tinha conhecimento a respeito da União não escapou a nenhum de nós.

— Eu estou vinculada a eles — respondi, esperando que ela olhasse para mim. — A todos eles.

Ela arregalou os olhos ligeiramente e então bateu palmas, me surpreendendo. Casteel me lançou um olhar rápido enquanto a Rainha olhava por cima do ombro para Malik.

— Veja só o que você perdeu.

— Estou vendo — respondeu ele secamente. — Muito bem.

— O que você quer dizer com isso? — rosnou Casteel, o choque dando lugar a uma fúria que tinha gosto de sangue em vez de raiva enquanto fitava o irmão, enquanto via a traição dele.

— Sabe, eu sempre imaginei a minha querida Penellaphe como a futura Rainha de Atlântia. — A Rainha Ileana se virou para Delano e voltou a sorrir quando ele franziu os lábios de desgosto. Ela levantou a mão e estalou os dedos. Fiquei tensa, mas uma pequena horda de empregados atendeu ao seu chamado, entrando na sala com bandejas cheias de taças. — Só que casada com o irmão errado.

Perdi o fôlego e Casteel olhou fixamente para ela.

— O quê? — Eu não podia ter ouvido direito.

— Alguém aceita uma bebida? — ofereceu a Rainha Ileana, mas nenhum de nós aceitou, nem mesmo Emil e Naill, que pareciam precisar beber uma garrafa inteira naquele momento. Ela encolheu os ombros em resposta à recusa.

— O que você quer dizer com isso? — insistiu Casteel.

— Eu tinha planos de que a minha Penellaphe se casasse com Malik — respondeu ela, e, sim, eu tinha entendido direito na primeira vez.

— É verdade — confirmou Malik, pegando uma taça do que eu sinceramente esperava ser vinho tinto. Ele a ergueu na minha direção. — Eu era a sua Ascensão. — Ele repuxou os lábios em um sorriso malicioso. — Ou pelo menos era assim que seria chamada. — Ele piscou para mim e tomou um gole. — Mas suponho que poderia ser considerado uma Ascensão da... carne?

Casteel explodiu.

Ele avançou na direção do irmão, com os lábios repuxados para trás e as presas à mostra. Ele foi rápido, mas Kieran investiu contra Casteel, enlaçando-o pela cintura.

— É isso que eles querem — avisou Kieran. — Não dê esse gosto a eles, irmão. Não faça isso.

A risada da Rainha Ileana soou como sinos de vento enquanto ela se servia de uma taça.

— Por favor, faça isso — pediu ela, e eu vi os cavaleiros e guardas se afastando de Malik e Casteel. — Estou curiosa para saber quem venceria essa luta. Aposto em Casteel. Ele sempre foi um lutador. — Ileana sorriu e levantou uma das tranças de Vonetta ao passar por ela. Vonetta repuxou os lábios em um rosnado silencioso. — Mesmo quando estava prestes a ser completamente destruído.

Voltei-me para ela.

— Cale a porra da boca.

Sua risada morreu em um sussurro quando ela se virou para mim. A Aia deu um passo para trás e Malik tomou outro gole de vinho, com a sobrancelha arqueada. Ian se aproximou de mim, e Tawny ficou pálida. Casteel parou de lutar para chegar até o irmão e se virou com Kieran para onde eu estava, com o peito ofegante e zumbindo de éter e raiva.

— Estou sendo gentil, Rainha Penellaphe, e hospitaleira. Pois sempre terei um grande carinho por você, não importa o nosso lado — declarou ela friamente enquanto sorria para Naill. — Eu os convidei para virem conversar comigo, para que possamos chegar a um acordo sobre o que o futuro nos reserva. Suponho que seja por isso que vocês concordaram.

— Sim, foi — disparei.

— Eu até pedi bebidas e ofereci comida aos seus amigos, embora eles tenham tentado me fazer acreditar que ela era você. — A Rainha Ileana apontou para Lyra com a taça e a lupina rosnou para ela. — Mas não confunda o meu carinho com fraqueza ou com a permissão para falar comigo como se eu fosse um lixo. Eu sou a Rainha, então me trate com respeito.

Abri a boca para dizer a ela o que eu achava sobre tratá-la com respeito, mas então Casteel disse:

— Você está certa sobre o motivo de estarmos aqui. Viemos aqui para falar sobre o futuro. O seu.

Parada diante do palanque, ela nos encarou enquanto a Aia a seguia de um lado da sala e Malik, do outro.

— Então fale.

Casteel conseguiu manter a raiva sob controle enquanto eu estava rapidamente perdendo a paciência.

— Temos um...

— Um ultimato? Já sei disso — interrompeu ela, e Casteel calou a boca. — Libertar o seu irmão e permitir que Atlântia retome as terras a leste de Novo Paraíso, do contrário vocês vão revelar a verdade sobre os Ascendidos e Atlântia, usando a ex-Donzela como prova? Acabar conosco, derrubando o alicerce das nossas mentiras? Certo?

Fiquei paralisada.

Todos nós ficamos.

— Como? — rosnou Casteel. — Como você sabe disso?

— Você tem... ou tinha um conselheiro ávido para livrar Atlântia da herdeira legítima ao trono — respondeu ela. — Tão ávido que contou a muitos dos meus protegidos sobre os seus planos.

Alastir.

— Aquele filho da puta — murmurou Naill.

Eu mal conseguia respirar de tanta raiva.

— Tenho vontade de matá-lo de novo — sibilei.

— Ele está morto? — A Rainha Ileana sorriu. — Deuses, você não faz a menor ideia de como isso me deixa feliz. Muito obrigada.

— Sua gratidão não é desejada — vociferou Casteel.

Ela encolheu os ombros mais uma vez.

— De qualquer modo, o plano é inteligente. Se vocês dois entrassem dançando em Solis, cheios de amor e felicidade, acabariam abalando o nosso domínio. Poderiam até derrubar a... como é que vocês chamam mesmo? Coroa de Sangue? Afinal de contas, o povo realmente acredita que a Donzela foi Escolhida pelos deuses. Mas, vejam bem, isso só funcionaria se vocês achassem que abriríamos mão de Solis. Prefiro ver o maldito reino inteiro em chamas a permitir que Atlântia retome um único acre da nossa terra.

Puxei o ar bruscamente enquanto Ian fechava os olhos e abaixava o queixo.

— Então é isso? — Casteel deu um passo à frente. — Você quer mesmo entrar em guerra?

— Eu quero Atlântia — respondeu ela.

— Então é guerra — afirmei.

A coroa de rubi cintilou quando ela sacudiu a cabeça.

— Não necessariamente.

— Não vejo outra opção — replicou Casteel. — Você rejeitou a nossa proposta.

— Mas vocês não rejeitaram a minha.

Casteel deu uma risada sombria.

— Vamos dizer não.

— Vocês ainda não ouviram o que eu tenho a dizer. — A Rainha de Sangue segurou a taça com ambas as mãos. — Vocês vão reivindicar Atlântia em meu nome e passar a soberania para mim. Podem manter os títulos de Príncipe e Princesa se assegurarem que meus Duques e Duquesas possam atravessar as Montanhas Skotos em segurança para estabelecer Sedes Reais por toda Atlântia. Vão desmantelar o exército e convencer o povo de que é melhor assim. — Ela inclinou a cabeça para o lado. — Ah, e quero que o Rei e a Rainha anteriores sejam levados para a capital, onde serão julgados por traição.

Malik, parado ao lado da Aia, não demonstrou nenhuma reação. Nem sequer um pingo de emoção pelo que seria uma sentença de morte para os seus pais.

— Você perdeu a cabeça — arfou Casteel, e ele tinha razão. Não havia outra explicação para que ela achasse que fôssemos concordar com aquilo.

— Se recusarem, a guerra será inevitável — continuou ela como se Casteel não tivesse dito nada. — Mas antes creio que devam compreender o que enfrentarão se seu exército atravessar as Montanhas Skotos. Nós temos mais de cem mil guardas leais à Coroa Real. Eles podem até ser mortais, mas querem ser pagos e ter uma vida cheia de riqueza, algo que posso oferecer. Estão mais dispostos a lutar e morrer por Solis do que a acreditar que Atlântia seja diferente do que já conhecem — avisou ela. — Temos milhares de cavaleiros e eles não são tão fáceis de vencer em combate como vocês pensam. Mas não é só isso.

— Os Espectros? — concluí por ela.

A Rainha Ileana arqueou e depois abaixou as sobrancelhas.

— Que interessante — murmurou ela, e meu coração palpitou. Não me atrevi a olhar para Ian. — Mas vocês sabem o que é um Espectro? — Quando nenhum de nós respondeu, ela passou a taça para uma das mãos e fez sinal para que a Aia se aproximasse.

Malik retesou o maxilar quando a Aia se juntou à Rainha. O gesto foi breve, e eu não sabia muito bem se tinha algo a ver com a convocação. A Aia embainhou as espadas ao longo das coxas e ficou imóvel ao lado da Rainha.

— Um Espectro é uma coisa incrível. — A Rainha Ileana virou o corpo na direção da Aia. — Uma coisa muito antiga que caiu em desgraça quando os deuses ainda viviam entre os homens — declarou, pegando a trança da jovem e a passando sobre o ombro. — Eles são mais rápidos do que a maioria dos Atlantes. Talvez até mais rápidos do que os lupinos. E incrivelmente fortes, até mesmo aqueles com pouca altura, como essa aqui ao meu lado.

A jovem havia me dito que era muitas coisas quando perguntei se era uma Aia. Ela também era um Espectro, e já tínhamos visto como ela era rápida e forte.

E não parecia nem um pouco satisfeita com a menção à sua altura.

— Eles são lutadores muito bem treinados, com habilidades inatas. São especialmente bons em uma coisa. — A Rainha sorriu ao passar o polegar pela máscara de tinta vermelha. — Matar.

Os olhos estranhos da Espectro permaneceram abertos, fixos em um ponto atrás de nós.

— Qualquer mortal pode se tornar hábil em matar, não é? — perguntou a Rainha Ileana. — Mas Espectros não são mortais. Eles são uma coisa completamente diferente.

A Rainha Ileana acenou com a cabeça para um cavaleiro ali perto. Ele avançou, desembainhando uma faca de lâmina comprida. Eu me retesei quando uma súbita explosão de desespero faiscou por mim, deixando para trás a fumaça sufocante da desesperança. A emoção vinha dela — da Espectro —, que ficou parada ali, sem expressão e com o olhar vago. Ela não queria...

Malik estremeceu como se estivesse prestes a dar um passo à frente, mas se deteve um segundo antes que o cavaleiro enfiasse a faca no peito da mulher, bem no coração.

Tawny deu um grito, levando a mão à boca enquanto eu dava um passo para trás, chocada, e esbarrava em Casteel. Ele estava de olhos arregalados conforme observava o cavaleiro soltar a faca com um puxão. Ian virou a cabeça para o outro lado e o cavaleiro se afastou. A renda da túnica da Aia logo ficou úmida conforme ela cambaleava e caía de joelhos no chão.

O sangue escorria da sua boca enquanto ela esticava o pescoço para trás.

— Ai — balbuciou ela e então tombou de lado.

— Ela também é uma lutadora — comentou a Rainha conforme uma poça vermelha se espalhava sob o seu corpo caído. Ela olhou para Vonetta. — Você. Veja se ela ainda está viva para mim?

Vonetta olhou de relance para nós e começou a avançar. Ela se ajoelhou e pressionou os dedos no pescoço da jovem. Engoliu em seco e sacudiu a cabeça enquanto afastava a mão dali.

— Não há pulsação e... consigo sentir o cheiro. De morte.

Tive a impressão de que ela não estava falando do mesmo tipo de cheiro que captava de mim.

Vonetta se levantou e se juntou a Emil e aos demais.

— Ela está morta.

— Bons deuses — proferiu Kieran, olhando para a jovem no chão. O sangue dela preencheu os vãos entre os ladrilhos, se estendendo na nossa direção. — Para que fazer uma coisa dessas?

— Paciência — pediu Ileana, tomando um gole da taça.

Casteel espalmou a mão nas minhas costas conforme eu olhava da Espectro para a Rainha e depois para Malik, que não tinha parado de olhar para o corpo imóvel.

— Qual é...? — Puxei o ar bruscamente. — Qual é o seu problema? — perguntei à Rainha enquanto olhava para a mulher e para o sangue que se espalhava sob a sua mão...

Um dedo se contraiu.

Arfei e Casteel se inclinou para a frente, estreitando os olhos. Ela contraiu outro dedo e então o braço. Um segundo depois, a Aia remexeu o corpo inteiro, se curvou e abriu a boca. Ela respirou fundo, ofegante, e colocou a mão onde o ferimento deveria estar, onde o seu coração havia sido perfurado. Sentou-se, piscando, e então se levantou e olhou para nós com aqueles olhos sem vida.

— Tã-dã — exclamou a Rainha com um estalar de dedos.

Kieran deu um passo para trás.

— Que porra é essa?

— É a porra de um Espectro — respondeu a Rainha. — Não são fáceis de matar. Você pode apunhalá-los com uma pedra de sangue ou qualquer outra. Cortar suas gargantas. Botar fogo neles. Cortar os membros do seu corpo e deixá-los sangrando. E eles vão voltar. Inteiros. — Ela sorriu quase com carinho para o Espectro. — Eles sempre voltam.

Eles sempre voltam.

Estremeci ao olhar para a jovem, sem conseguir entender como aquilo era possível, pois não era a mesma coisa que curar alguém ou arrancar uma pessoa das garras da morte. Eu não achava que o meu toque fosse capaz de... regenerar membros decepados.

— E quanto à cabeça? — perguntou Casteel. — Ela volta a crescer? O sorriso da Rainha se alargou ainda mais conforme ela assentia.

— Isso é impossível — sussurrou Delano.

— Quer que eu faça uma demonstração? — ofereceu ela.

— Não — respondi rapidamente, ainda sentindo o desespero do Espectro na minha alma. — Não é necessário.

A Rainha pareceu um pouco desapontada enquanto Emil esfregava a mão no peito.

— Isso é... isso é uma abominação para os deuses.

A Espectro não disse nada, mas a Rainha confirmou:

— Para alguns, sim.

E eu me lembrei do que Nyktos havia me dito. Ele tinha razão. Os Espectros eram uma abominação da vida e da morte.

— Como? — consegui perguntar. — Como eles são criados?

— Eles não são criados. Apenas nascem, os terceiros filhos e filhas de dois pais mortais. Nem todos têm esse... traço, mas aqueles que o possuem continuam normais a menos que sejam descobertos — respondeu ela, e eu tive uma percepção doentia. As crianças entregues durante o Ritual. Era aquilo que acontecia com algumas delas. — O sangue de um Rei ou herdeiro é necessário para garantir que eles alcancem o seu potencial, mas pelo jeito... — Ela olhou para o Príncipe Malik. — Perdi essa vantagem.

Malik deu um sorriso constrangido.

— E, bem, o resto não é muito importante — afirmou ela. — Eu tenho muitos deles, o suficiente para formar um exército que vocês não têm a menor chance de derrotar.

Ian... ele não estava exagerando. Como alguém poderia lutar contra um exército que se levantaria logo depois de morrer? Será que até mesmo os guardas de Nyktos conseguiriam derrotá-los?

— Então... — A Rainha Ileana prolongou a palavra. — É isso que vocês enfrentariam. — Ela pousou os olhos escuros em mim. — A Guerra dos Dois Reis nunca acabou. Foi apenas uma trégua. Só isso. E agora devem perceber como vocês não têm nenhuma chance se decidirem lutar contra Solis.

— Então por que você não invadiu Atlântia? — indagou Casteel.

— Metade do meu exército morreria ou se perderia atravessando as Montanhas Skotos. Nem mesmo os Espectros se sairiam bem na névoa — explicou. — Além disso, não quero que o povo Atlante me odeie. Eu quero o respeito deles. Sua lealdade. Não o seu desprezo.

— Bem — começou Casteel. — Tarde demais.

— As pessoas podem mudar de opinião — afirmou a Rainha com desdém. — Ainda mais quando a sua Rainha é filha da Rainha de Solis.

— Mãe? — Dei uma risada áspera. — Pensei que você fosse a minha avó.

— Não sei por que aquela vadia tola te disse isso — replicou ela. — A Duquesa Teerman era leal, mas não muito inteligente.

Sacudi a cabeça, incrédula.

— Dizer que é a minha mãe é uma mentira tão ridícula que mal posso acreditar que você sequer pensaria que eu fosse aceitar uma declaração dessas.

— Ah, por favor, não me diga que ainda acredita que Coralena é a sua mãe. Aquela vadia traiçoeira não carregou você por nove meses e depois passou horas gritando de dor para trazê-la a esse mundo — disparou ela, subindo os curtos degraus que circundavam a câmara inteira e levavam até as janelas cobertas por cortinas.

— Nem você — rosnei.

— É mesmo? — retrucou ela.

— Você é uma vampira. — A mão de Casteel pressionou a minha lombar. — Não pode ter filhos.

— Ela não é uma vampira — interrompeu Ian, olhando para mim com o rosto abatido. — E está falando a verdade. Ileana é a sua mãe.

— Coralena era a mãe de Ian e Leopold, o pai — começou a Rainha Ileana, colocando a taça vazia em um pedestal de mármore. Foi então que percebi que não havia mais empregados na sala. — E Cora era minha Aia preferida. A mais confiável. Pedi que ela cuidasse de você para que aqueles que pretendiam obter o meu poder não pudessem usá-la, a minha própria filha, contra mim. E muitos poderiam ser tolos o bastante para tentar. Eu confiei em Cora, mas ela me traiu. Ela e o inútil do marido acharam que podiam roubá-la de mim. Parece que ela ficou sabendo do meu plano de casá-la com o Príncipe Malik para finalmente unir os dois reinos e não aprovou isso.

Meu coração martelava dentro do peito enquanto ela falava.

— Aliás, Coralena sobreviveu ao ataque. Afinal de contas, ela era uma Espectro. — Ela deslizou as mãos sobre a corrente de rubis na sua cintura. — Mas não sobreviveu à minha ira.

Estremeci, e Casteel passou o braço em volta da minha cintura.

— Eu não queria fazer isso. Matá-la me magoou mais do que você imagina. Ela era como uma filha para mim e me traiu. — A Rainha respirou fundo e, em seguida, fez um sinal para que o cavaleiro se afastasse da janela com cortinas. — Eu não sou uma vampira. E Ileana não é o meu nome. Meu primeiro nome, quero dizer. — Ela pegou a beirada da cortina e eu apertei o braço de Casteel. — Você já deve ter ouvido o meu primeiro nome antes. Isbeth.

Capítulo Quarenta e Seis

O choque que ecoou pela sala foi contagiante.

— Sim, aquela Isbeth — continuou ela, passando a mão pela cortina. — Eu era a amante do Rei Malec, sua confidente, sua amiga, sua... eu era tudo para ele. E sua mãe... — Ela olhou por cima do ombro para Casteel, segurando a cortina com força. — Ela tirou isso de mim, me envenenou com beladona. Dá para acreditar nisso? Tão cafona. — Sua boca se curvou. — Se Malec não tivesse me encontrado a tempo, eu não estaria aqui, mas ele me encontrou. E... percebeu que havia alguma coisa errada. — Ela colocou a mão no peito enquanto prendia a nossa atenção com um silêncio misterioso. — Nós éramos corações gêmeos. Ele faria qualquer coisa por mim.

A Rainha Ileana... Não, se o que ela estava dizendo fosse verdade, a Rainha Isbeth inclinou a cabeça para trás.

— Ele me deu seu sangue, sem saber o que poderia acontecer. Ele só estava desesperado e se recusou a deixar que eu morresse.

Pensei em Casteel, no que ele fez para me salvar.

— Mas ele não me transformou em vampira. Eu não fui a primeira. Sabe, as divindades não são como os Atlantes. Seu sangue é muito mais poderoso.

Olhei para Casteel.

— É verdade?

— Sim, é — respondeu seu irmão. — Quando as divindades Ascendem um mortal, ele não se torna em vampiro. Mas algo sem as limitações incômodas dos Ascendidos.

613

Casteel deu um suspiro áspero, e eu sabia que ele estava pensando a mesma coisa que eu. Que seus pais deviam saber o tempo todo que a Rainha Ileana era... que ela era Isbeth.

Foi só então que a Rainha de Sangue abriu a cortina, deixando que a luz do sol entrasse pela janela. Os cavaleiros se afastaram da luz que se derramava pelo chão. Ian se moveu rapidamente para evitar o contato, mas ela...

Ela ficou banhada pela luz do sol, com a coroa e as joias na garganta, pulsos e cintura cintilando. Não começou a gritar de dor, se contorcendo de agonia nem se decompôs.

Nada aconteceu.

Assim como nada aconteceu quando eu caminhei sob a luz do sol.

Eu a encarei, ofegante.

— O que... o que você é?

— Já fui muitas coisas na minha vida. Uma filha. Uma amiga. Uma vadia. Uma amante.

— É uma lista digna de orgulho — rosnou Casteel quando vi Naill segurar o encosto de uma cadeira e sacudir a cabeça. — A amante do Rei Malec. Parabéns.

— Malec? — Ela deu um sorriso malicioso para ele conforme os guardas se aproximavam, substituindo os cavaleiros que se abrigaram nas alcovas sombrias. — Eu era a amante dele. Eu o amava. E ainda amo. Não é mentira. E então a sua mãe teve de destruí-lo. Mas não. Não sou mais a amante de homem nenhum, seja mortal ou um deus.

— Deus? — tossi. — Malec era...

— Um deus — interrompeu Isbeth. — Ele era filho de Nyktos, e Nyktos não é um deus normal. Ele é um Primordial, algo muito mais antigo e poderoso — insinuou ela, e eu sabia que aquilo era verdade. — Qualquer um que tivesse o seu sangue nas veias seria um deus. Mas Eloana nunca soube disso, não é? Eu sabia. Sabia exatamente quem e o que ele era. Uma divindade não pode criar um vampiro nem um deus.

Casteel afastou a mão de mim.

— Você está mentindo.

— Por que eu mentiria a respeito disso? — Ela sacudiu a cabeça enquanto seguia a trilha de luz até os degraus. — Malec era um deus.

— Por que ele fingiria ser uma divindade se fosse um deus? — indagou Casteel.

— Porque Malec se cansou de ficar preso no Iliseu enquanto as divindades tinham permissão para ir além das Montanhas de Nyktos, e também porque ele simplesmente poderia fazê-lo. Os filhos de Nyktos nasceram no plano mortal, assim como a sua Consorte.

Estremeci, me lembrando do que Nyktos havia me dito sobre os poderes dos Primordiais no plano mortal. Somente aqueles nascidos nesse plano poderiam manter seus poderes aqui.

Lancei um breve olhar para Casteel quando a Rainha prosseguiu:

— Ora, você não conhece a história de seu próprio povo? Eu a vivi, Casteel. Como você acha que Malec conseguiu matar as outras divindades? Tomar o poder como fez? Uma divindade não seria capaz de fazer isso, nem se fosse descendente de Nyktos. E não havia nenhuma divindade dessa linhagem. Sempre houve apenas os dois filhos.

Um longo momento de silêncio se passou, durante o qual senti a incredulidade se dissipando até desaparecer conforme olhávamos para a Rainha de Sangue, que evidentemente não era uma vampira.

— Minha mãe sabia o que ele era? — Casteel se forçou a perguntar.

— Nisso pelo menos ela não mentiu. E, como disse antes, eu não sou uma vampira nem uma divindade. — Ela se voltou para mim. — Já que um deus me Ascendeu, eu me tornei uma deusa.

— Não é assim que funciona — rosnou Casteel, e, embora não soubesse muito a respeito dos deuses, eu acreditava que ele tinha razão. Uma pessoa não podia ser transformada em deusa.

Ileana arqueou a sobrancelha.

— Ah, não?

Vonetta e Lyra se aproximaram de Casteel e de mim, assim como Naill e os demais estavam tentando fazer há vários minutos. Delano e Kieran sentiam a mesma aversão e medo que eles, e isso devia significar alguma coisa. Se Isbeth fosse uma deusa, eles não seriam atraídos por ela como eram por mim?

— Mas, naquela época, a maioria dos Atlantes não sabia disso e, quando começaram a Ascender outras pessoas, presumiram que eu fosse como elas. — Ela fechou os olhos. — Malec me contou o seu plano. Ele fingiria estar do lado de Eloana e do Conselho para ajudar a erradicar os Ascendidos. Disse que era o único jeito. Não podia deixar que a Ascensão continuasse. Compreendia a sua ameaça melhor do que a maioria das pessoas. — Ela deu uma risada, sem o menor senso de humor. — Mesmo exilado, ele iria ficar e lutar porque era honrado. Mas aposto que ninguém fala sobre isso, não é?

Eloana tinha falado, de certo modo. Ela havia me dito que Malec era um bom homem e um bom Rei, na maior parte do tempo. Só não era um bom marido.

— Então ele me tirou de Atlântia assim que a guerra começou, mas tive que partir sozinha. Seria muito arriscado trazer alguém comigo, até mesmo o nosso filho.

Meu coração deu um salto dentro do peito quando Casteel perguntou com a voz rouca:

— Filho?

Ela fez que sim com a cabeça.

— Eu o tive antes de ser envenenada e ele era... ele era como você, Penellaphe. Uma bênção. O menino mais lindo que já existiu. E, mesmo quando criança, ele já tinha o toque. O dom. — Um ligeiro tremor percorreu o corpo dela. — Malec iria me encontrar. Ele me prometeu partir assim que pudesse. Ele manteria o nosso filho em segurança e o traria para mim e então passaríamos o resto da eternidade juntos, só nós três, sem Coroa e sem reino. Ele prometeu nos levar para o Iliseu.

Ela abriu os olhos... eles estavam cheios de lágrimas.

— Anos se passaram e a guerra tomou conta de todo o território. Tive que... que esconder o que eu era. Por causa dos meus olhos escuros, os outros Ascendidos nunca questionaram minha origem, então me escondi da luz do dia e permaneci entre eles, ainda acreditando que Malec viria me buscar. Nunca perdi a fé. Conheci muitos Ascendidos que me abrigaram e fiquei sabendo que Jalara, do Arquipélago de Vodina, estava reunindo um exército nos arredores de Pompeia, onde havia um exército Atlante de tamanho considerável. Percebi que era a minha chance de descobrir o que havia acontecido com Malec e meu filho. — Ela inflou as narinas. — Ele já seria quase um adolescente naquela época e provavelmente não me reconheceria, mas eu não me importava. Sabia que poderia ajudá-lo a se lembrar de mim.

Isbeth desceu um degrau.

— Então me juntei a Jalara em Pompeia e sabem o que vi? O recém--coroado Rei Valyn Da'Neer liderando o exército Atlante. Foi então que soube. — Ela fechou as mãos em punhos e a sua voz tremeu. — Soube que o meu filho tinha morrido. Que devia ter morrido assim que saí de Atlântia, e eles só conseguiriam chegar até ele se tivessem feito alguma coisa com Malec. Esperei por eles durante anos, sem jamais desistir, e eles tiraram isso de mim! Ele era tudo que eu sempre quis — gritou ela, e eu estremeci ao ouvir aquelas palavras. Seu peito esticou o vestido quando ela respirou fundo. — Eles tiraram tudo de mim. Meu filho. Meu Malec. E eu não fiz nada de errado além de amar e, deuses, nunca mais vou amar ninguém assim. Era isso. Acabou. — Ela passou a mão no ar. — Eles poderiam ter acabado com tudo a qualquer momento. Só tinham de contar a verdade sobre mim e Malec. Que eu não era uma vampira. Que ele foi exilado por engano. Mas, ao fazer isso, eles teriam de confessar o que fizeram. Contar todas as suas mentiras. Admitir que assassinaram crianças — sibilou ela, e eu estremeci por que... sabia que eles tinham feito isso. — E teriam de devolver a Coroa se Malec a quisesse. Então, eles obviamente não o fizeram. E aqui estamos nós — disse ela baixinho. — Tudo isso? — Ela levantou as mãos e abriu os braços. — Tudo isso aconteceu por causa deles. Eles acenderam o fogo e o alimentaram, e agora ele saiu de controle. Porque eu sou o fogo e vou tirar tudo deles.

Deles.

Não de Atlântia.

Na verdade, nem mesmo deles. Isbeth estava falando dela. De Eloana.

Minha respiração ficou presa na garganta. As mentiras... Tantas malditas mentiras encharcadas de sangue. Os dois reinos eram culpados daquela bagunça.

As duas Rainhas.

— Tudo isso por vingança? — sussurrei. — Você criou esse reino de sangue e mentiras por vingança?

— No começo, sim, mas ficou muito maior do que isso. Agora não sou só eu. — Os olhos de Isbeth encontraram os meus. Os olhos da minha mãe encontraram os meus. — Você ia tomar tudo de volta para mim. Você se casaria com Malik e, através de você, eu tomaria o controle de Atlântia.

Estremeci.

— Foi por isso que você me transformou na Donzela? Havia outra Donzela antes?

— Não importa — retrucou ela, unindo as mãos. — Você tinha de ser protegida. Foi por isso que a mantive em segurança até que chegasse a hora.

— Hora de me casar com um homem que você aprisionou por anos a fio? — exclamei.

— Ele parece um prisioneiro? — A Rainha Isbeth olhou para Malik, de pé ao lado da Espectro.

— Sei o que você fez com Casteel. Não sou tola nem ingênua para me convencer de que não fez a mesma coisa com Malik — falei com a voz baixa conforme me postava na frente de Casteel como se pudesse protegê-lo das palavras que tinha acabado de pronunciar. — Não importa o que vocês digam. E eu sinto muito... Deuses, não consigo nem acreditar que estou dizendo isso, mas sinto muito pelo que eles fizeram com você e o seu filho.

— Com o seu irmão — corrigiu ela, os olhos se arregalando.

— Ele é o meu irmão. — Apontei para Ian. — Ele é o meu irmão — repeti. — O que eles fizeram com você foi errado. O que eles fizeram com o seu filho foi horrível.

— Foi — murmurou ela. — Foi mesmo.

— Mas você não é melhor do que eles — afirmei. — O que você fez com as crianças? Com as crianças entregues aos Templos que não tinham esse traço dos Espectros? E quanto àquelas que morreram debilitadas, que serviram de alimento para os vampiros que você ajudou a criar? E o que dizer dos segundos filhos e filhas que você fez acreditar que a Ascensão era um ato concedido pelos deuses? E o povo de Solis, que vive com medo de deuses que não estão nem hibernando? Que mal consegue cuidar da família e ainda é forçado a entregar os próprios filhos? E quanto aos Vorazes, Isbeth? — exigi saber. — E quanto a mim? Eu sou a sua filha e você me mandou morar com um homem cujo passatempo preferido era me chicotear e humilhar.

Ela ergueu o queixo e puxou o ar bruscamente.

— Eu não sabia disso. Eu teria esfolado a sua pele e o deixado vivo para ser devorado por urubus se soubesse.

— Não importa! — berrei, com os olhos cheios de lágrimas porque aquilo era... tão complicado. Tão errado. — Você não pode culpar Eloana, Valyn e Atlântia por mais nada. Foi você. Só você. Foi você quem se tornou isso.

Casteel passou na minha frente e me forçou a recuar até que senti as mãos de Kieran nos ombros.

— Acho que podemos dizer que não concordamos com os seus termos.

— Você não tem essa autoridade, não é mesmo? — provocou a Rainha Isbeth, apertando os lábios. — Eu sei o que ela é. Ela é a governante legítima de Atlântia. Você é apenas um acessório bonito.

— Ah, eu sou bonito, sim. — Casteel abaixou o queixo. — E também um acessório letal. Não se esqueça disso.

A Rainha de Sangue abriu um sorriso malicioso.

— Eu não me esqueci. Pode confiar em mim.

Enojada com o conhecimento, as implicações e a realidade do que... do que a minha mãe fez com Casteel — e com tantas pessoas — quase vomitei.

— Não — me forcei a dizer. — Nós não concordamos e jamais concordaremos com as suas exigências.

— Você não vai gostar do que vai acontecer se recusar a minha proposta — avisou ela suavemente. — Não faça isso, Penellaphe. Dê-me o que eu quero e acabe logo com isso.

— Como é que entregar Atlântia a você vai acabar com isso? — perguntei, genuinamente curiosa. — Você vai impedir que os Ascendidos se alimentem de inocentes? Vai parar de realizar o Ritual? Como é que entregar Atlântia para você vai mudar o que fez com eles?

Os olhos escuros dela encontraram os meus.

— Não vai, mas você não está em posição de negociar. — Ela sacudiu a cabeça. — Não acredito que vai me obrigar a fazer isso.

— Não estou obrigando você a fazer nada.

— Está, sim. — A Rainha Isbeth puxou os ombros enquanto seu olhar permanecia fixo no meu. — Mate-o.

Meu corpo inteiro estremeceu quando estendi a mão para agarrar Casteel, pois ela só podia estar falando dele, mas nenhum guarda ou cavaleiro avançou na nossa direção. Nem a Espectro. Vasculhei a sala.

Casteel gritou:

— Não!

Fixei os olhos em Ian. Um cavaleiro surgiu atrás dele, com a espada desembainhada. Ele foi rápido, brandindo a lâmina no ar e cortando tecidos, músculos e ossos. Acabando com a vida dele.

Capítulo Quarenta e Sete

O tempo parou e eu não consegui entender o que estava vendo. Que Ian não estava mais inteiro. Que havia tanto sangue por toda parte — no chão, em cima de mim. Que o corpo dele caiu e a sua cabeça rolou pelo assoalho. Não fazia sentido.

Nem o modo como a Aia levantou a mão e entreabriu os lábios em um suspiro de choque.

Ou como o Príncipe Malik deu um passo para trás, perdendo a impassibilidade presunçosa do rosto bonito conforme a barreira ao redor das suas emoções rachava o suficiente para que eu sentisse a pontada de incredulidade que irradiava dele. Não entendi os gritos de Tawny enquanto ela se afastava, porque os olhos de Emil estavam tão arregalados, a rapidez com que o rosto de Kieran empalideceu e o grito silencioso que ficou estampado na expressão de Vonetta. Não entendi porque Naill fechou os olhos nem por que Casteel passou o braço em volta da minha cintura, tentando me afastar dali. Mas não deixei que ele me movesse. Eu me recusava a me mexer. A agonia destroçou o meu coração e abriu caminho até o meu crânio. Vislumbres de Ian e eu passaram pela minha mente, cada lembrança dele tomando forma rapidamente.

— Eu o amava. Eu o amava como se ele fosse meu filho! — gritou Isbeth e depois se acalmou. — Veja só o que você me obrigou a fazer.

Tudo parou conforme o reino parecia se fechar ao meu redor. Desviei o olhar de Ian.

Casteel me abraçou com força.

— Sua vadia vingativa — rosnou ele.

Seus olhos escuros ficaram cheios de lágrimas enquanto ela estremecia.

— Não é culpa minha. — Ela se virou para mim. — Eu te avisei. Você não me deu ouvidos.

E então... e então tudo acelerou.

O que saiu da minha garganta foi um som que eu nunca tinha feito antes. Meu peito se abriu e o que saiu dali foi uma fúria pura e inexplorada. Não havia pensamento. Não havia compreensão. Não haveria nenhum ultimato. Tudo o que importava era que ela tinha tirado Ian de mim — que ela o havia matado —, e eu deixei que aquele instinto ancestral assumisse o controle. Ele sabia o que fazer com toda a raiva e dor.

Estendi os braços, me desvencilhando de Casteel conforme uma explosão de energia pulsava de mim e se derramava pela câmara. Casteel tropeçou para trás e Kieran se virou. Guardas Reais e cavaleiros avançaram. Eles esbarraram em Tawny, que estava imóvel e boquiaberta, olhando para mim. Eu a perdi de vista no meio dos homens, escudos e espadas desembainhadas circundando a Rainha de Sangue. E vi um lampejo de surpresa no rosto de Isbeth, assim que as janelas cobertas por cortinas ao longo das paredes racharam e se estilhaçaram. Uma intensa luz prateada invadiu a minha visão e se formou na minha mente em uma teia espessa que se estendia de mim conforme eu dava um passo adiante. Acabei com os Guardas Reais primeiro, quebrando seus escudos e espadas, e, depois, os próprios.

Casteel desembainhou as espadas quando os guardas entraram na câmara, mas não havia ninguém entre mim e Isbeth. Captei a raiva e o medo que reverberava ao meu redor e intensifiquei o meu ódio, canalizando-o através dos cordões que estalavam e fluíam na direção dela. Eu destruiria a barreira ao redor da sua mente como queria fazer com o pai de Casteel. Não me conteria dessa vez. Eu despedaçaria sua mente, pedacinho por pedacinho, enquanto quebrava cada maldito osso do seu corpo. A luz prateada pulsou sobre ela e...

Isbeth riu.

Ela jogou a cabeça para trás e deu uma gargalhada. Perdi o controle da minha vontade quando Casteel se virou e olhou para a Rainha de Sangue.

— Você não acreditou no que eu disse, minha querida criança? — Ela estendeu a mão, passando uma unha pintada de vermelho sobre a barreira latejante de poder. A luz tremeluziu e virou um pó cintilante.

— Essa sempre foi uma das suas maiores fraquezas, Penellaphe. A dúvida sobre o que está vendo com os próprios olhos e o que sabe bem lá no fundo do coração. Se tivesse acreditado no que eu disse, você jamais se atreveria a fazer algo tão imprudente. Você saberia que nós somos deusas, e que não é assim que se luta contra uma deusa.

Ela levantou a mão. Dedos gelados me agarraram pela garganta, apertando a minha traqueia. Tentei afastar as mãos dela — mãos que não estavam ali. Um feixe de ar entrou na minha garganta enquanto eu arregalava os olhos e então... nada. Cambaleei para trás, esfregando o pescoço.

— Poppy! — gritou Casteel, soltando a espada conforme me agarrava pela cintura. Ergui o olhar para ele, mexendo a boca, mas sem fôlego para dar vidas às palavras. Ele virou a cabeça na direção da Rainha de Sangue. — O que você está fazendo com ela?

— Ensinando mais uma lição valiosa...

Com o canto do olho, vi Lyra se transformando, rasgando a roupa. Foi tão rápido. Ela era humana em um segundo e lupina no próximo, e...

Isbeth se voltou para ela.

Kieran deu um grito de alerta e então eu ouvi o uivo agudo de Lyra, seguido por um som áspero de estalo. Tentei virar a cabeça, mas não consegui. O aperto se intensificou ao redor da minha garganta.

— Uma lição que vai piorar se o outro lupino que está olhando para mim como se eu fosse o jantar der mais um passo na minha direção. O mesmo vale para os Atlantes — afirmou ela, e eu ofeguei, com o suor frio cobrindo a pele. — Eu vou quebrar o pescoço dela.

— Pare com isso! — berrou Casteel. — Solte-a. Agora!

Fechei as mãos em torno da garganta, em pânico. Não conseguia respirar. Senti uma dor no pescoço quando as minhas unhas arrancaram sangue da minha carne.

— Solte-a — exigiu Casteel, largando a outra espada enquanto segurava o meu pulso. — Porra, solte-a logo!

— Creio que não. Veja bem, ela precisa aprender a mesma lição à qual você resistiu tanto — avisou Isbeth. — Ela não tem escolha. Nunca teve, e estou vendo que ainda acredita que sim. Talvez ela seja igualzinha a você e nunca vá aprender. Seu irmão foi muito mais complacente.

Senti os pulmões ardendo quando alfinetadas agudas e penetrantes atacaram minhas mãos, braços e pernas. Minha visão escureceu. A pressão apertou o meu crânio. Aqueles dedos gelados afundaram na minha cabeça, na minha mente. A dor se apoderou de mim — assumindo o controle do meu corpo inteiro e — ah, deuses, era isso que eu pretendia fazer com ela, mas não fui rápida o bastante ou não soube como fazer. Parecia que ela estava me dilacerando por dentro, destroçando o meu cérebro. Estremeci, me contorcendo contra Casteel enquanto segurava a minha cabeça com ambas as mãos. Girei o corpo, me dando conta de que estava respirando só porque consegui gritar.

— Poppy! — Casteel me agarrou pelo braço enquanto eu segurava a cabeça e puxava os cabelos conforme aquelas garras continuavam cravadas em mim. O pânico tomou conta dos seus olhos quando um líquido quente jorrou do meu nariz e ouvidos. — Não. Não. Não. — Ele me puxou de encontro ao peito e se virou na direção dela. — Por favor. Eu te imploro. Pare com isso. Por favor, porra. Pare! Faço qualquer coisa. Você quer Atlântia? Ela é sua...

— Você não é o herdeiro legítimo — interrompeu ela. — Não pode me dar o que eu quero.

— Ela não pode te dar nada se você a matar — gritou ele enquanto os meus dentes sangravam. — Quer controlá-la? Então você quer a mim. Leve-me. Eu não vou lutar contra você. Juro que não. Apenas pare com isso. Por favor. — A voz dele falhou.

Eu estava perdendo a consciência conforme me afundava cada vez mais naquela dor avassaladora. Mal conseguia ouvir suas palavras ou compreendê-las. Estava perdendo a habilidade de formar... pensamentos, mas aquilo eu ouvi. Ouvi Casteel implorando e, apesar de toda a dor, sacudi a cabeça. Peguei aqueles gritos rugindo dentro de mim e todos os fragmentos de pensamento para formar uma única palavra.

— Não. Não. Não — sussurrei e gritei quando a luz se apagou ao meu redor porque eu preferia morrer. Eu preferia...

— Você a está matando. Por favor — implorou Casteel. — Por favor, pare com isso.

— Você. Ah, você sempre foi o meu bichinho de estimação preferido. E, quando acordar, ela vai descobrir como mantê-lo vivo — respondeu ela, com a voz se dissipando e sumindo até que eu não tivesse certeza se o que ouvi era verdade. — Malik. Pegue o seu irmão.

E, então, não havia mais nada.

*

Minha cabeça latejava sem parar e senti um gosto metálico na boca quando abri os olhos. Réstias de luz do sol penetravam os galhos frondosos de um olmo.

— Poppy? — O rosto de Kieran pairava sobre o meu. Minha cabeça... minha cabeça estava em seu colo. — Está acordada?

Engoli em seco, estremecendo de dor.

— Acho que sim. — Comecei a me sentar. — Onde nós estamos?

— Na floresta nos arredores da Trilha dos Carvalhos — respondeu Hisa enquanto Kieran me ajudava a levantar. Esfreguei a cabeça dolorida e apertei os olhos. Ela tinha uma expressão austera no rosto.

Continuei olhando conforme a minha mente aos poucos se livrava da confusão. Delano estava sentado ao lado de Naill, que tinha a mão sobre o peito. Emil e Vonetta estavam ajoelhados ao lado de... ao lado de um corpo prostado.

— Tawny?

— Ela está viva. — Emil ergueu os olhos rapidamente, com uma expressão de assombro. — Mas foi ferida. — Ele se afastou para o lado, e eu vi a mancha que tingia o cor-de-rosa do seu vestido na região do ombro. — O sangramento parou, mas...

Vonetta puxou a gola do vestido de Tawny para o lado e eu respirei fundo. As veias estavam inchadas sob a pele negra dela, grossas e escuras.

— Não sei o que é isso.

Eu me levantei, ainda tonta. Minha roupa estava endurecida pelo sangue. Um pouco dele era meu, mas a maior parte pertencia a Ian.

— Posso ajudá-la.

— Acho que você deveria ficar sentada aqui um pouco. — Kieran estava de pé ao meu lado.

Coloquei a mão na cabeça e continuei procurando e buscando os... fragmentos de lembranças. O som de ossos se quebrando voltou à minha mente.

— E Lyra?

Kieran sacudiu a cabeça.

Meu coração começou a martelar dentro do peito quando passei a mão sobre a garganta dolorida. Isbeth.

— Onde está Casteel?

Vonetta se voltou para Tawny, com os ombros retesados até demais. Silêncio.

Um arrepio percorreu o meu corpo. O zumbido se expandiu no meu peito e senti um aperto no coração — na minha alma — porque eu já sabia. Ah, deuses, lá no fundo, eu já sabia a resposta. Senti alguma coisa se romper dentro de mim enquanto dava um suspiro entrecortado.

Cambaleei em círculos. Meus olhos encontraram os de Kieran enquanto eu sentia o meu coração se partir mais ainda.

— Não — sussurrei, dando um passo para trás e depois na direção de Tawny. Eu tinha que ajudá-la, mas me curvei, dobrando o corpo. — Não. Ele não fez isso.

— Poppy — sussurrou Kieran. — Não havia nada que pudéssemos fazer. Cas... ele se entregou. Nós tivemos que partir. Isbeth nos disse que Tawny era um presente, um sinal de sua boa vontade. E que esperava que você retribuísse o favor.

— Não. — Meus olhos se encheram de lágrimas enquanto eu tentava me obrigar a ir até Tawny. Senti um nó no estômago quando me endireitei e olhei para a palma da mão esquerda. A marca ainda estava ali. Fechei a mão e os olhos e vi Ian... tombar. Eu a ouvi rindo. Eu o ouvi implorar. — Não. Não. — Segurei as mechas de cabelo que tinham se soltado e as puxei até sentir o couro cabeludo ardendo. Eu podia ouvir Casteel dizendo: "Eu não passava de uma coisa sem nome."

Foi isso que ela fez com ele. O que tentaria fazer outra vez. — Não. Isso não devia ter acontecido.

— Poppy — chamou Delano, e eu detestei o jeito suave como ele pronunciou o meu nome. Detestei a tristeza que se derramava no ar ao seu redor, encharcando a minha pele. Sacudi a cabeça, me virando na direção de Vonetta.

— Nós vamos trazê-lo de volta — prometeu Vonetta, mas ela não podia fazer uma promessa dessas. — Nós vamos, Poppy — repetiu.

Kieran se aproximou ainda mais de mim, com as mãos ao lado do corpo.

— Olhe para mim, Poppy.

Recuei, ainda sacudindo a cabeça. Não conseguia recuperar o fôlego. Não conseguia respirar enquanto o meu peito vibrava com o éter. A dor e o medo me devastaram porque Ian se foi e eu sabia o que aconteceria com Casteel. Sabia o que fariam com ele, o que ela faria porque já tinha feito antes com ele, Malik e Ian.

Ian.

Olhei para Tawny e...

Joguei a cabeça para trás, gritando quando a raiva explodiu de dentro de mim. Não parava de ver Ian desabando. Não parava de ouvir Casteel berrar, implorando para que ela parasse. Um raio rasgou o céu, aquecendo o ar. O estrondo ensurdecedor do trovão explodiu, sacudindo as árvores e fazendo com que os pássaros voassem para todo lado. Hisa e os guardas ficaram imóveis. Delano deu um passo para trás, esbarrando em Naill. Eles começaram a recuar para longe de mim conforme a minha fúria energizava o ar, criando uma tempestade. E lá no fundo eu me dei conta de que sempre fui eu. Não foram os deuses que causaram as tempestades. Não foi Nyktos. Eles provocaram a chuva de sangue, mas isso... isso era eu, a agitação violenta de energia colidindo com o mundo ao meu redor. Sempre fui eu, esse poder absoluto.

Só que... eu não era mais a mesma.

Eu não era a Rainha de Carne e Fogo.

Meu peito ofegava enquanto abria bem os dedos. Eu era a vingança e a ira em carne e osso e, naquele momento, exatamente o que Alastir e os Invisíveis temiam. Eu era a Mensageira da Morte e da Destruição e derrubaria as muralhas com as quais eles tentavam se proteger. Destruiria suas casas, incendiaria suas terras e encheria as ruas de sangue até que não houvesse mais nenhum lugar para fugir ou se esconder.

E então destruiria todos eles.

Faíscas de energia prateada estalaram na minha pele quando me voltei para os limites da floresta, na direção da cidade.

— Poppy. Por favor... — pediu Vonetta, saltando na minha frente.

Estendi a mão e ela derrapou na grama alta. Segui em frente, com o vento chicoteando lá em cima. As folhas estalaram e caíram dos galhos. As árvores se curvaram sob o peso da raiva que emanava de mim, com os galhos batendo no chão ao meu redor.

— Poppy! — O grito de Vonetta foi abafado pelo vento. — Não faça isso!

Continuei andando, com o chão tremendo sob os meus pés, sem parar de ver a imagem de Ian desabando e de Lyra sendo golpeada e de ouvir a voz de Casteel implorando, implorando a ela.

Kieran se esquivou de um dos galhos que caiu, levantando a terra do solo.

— Preste atenção — gritou ele, com a força da minha raiva rasgando suas roupas. — Você não...

Eu o afastei, fazendo com que ele escorregasse enquanto eu gritava. Outra pulsação de energia reverberou pela floresta. As árvores diante de mim se espatifaram e eu vi a muralha preta da Colina menor que cercava o vilarejo nos arredores da Trilha dos Carvalhos. Os guardas me viram avançando na direção deles. Várias espadas de pedra de sangue foram desembainhadas enquanto outros guardas corriam pelo portão. Visualizei a teia prateada cobrindo a muralha e se infiltrando nela, encontrando as rachaduras que eu tinha visto na Colina maior. Concentrei-me naqueles pontos fracos e destruí a muralha por dentro. As rochas explodiram, esmagando os guardas.

Uma nuvem de pó cinza cobriu o ar enquanto os gritos de pânico ecoavam, e eu sorri. Os berros rasgaram o ar, e eu senti algo horrível repuxando os cantos dos meus lábios. Segui em frente, com a luz prateada crepitando entre os meus dedos.

Em meio à poeira espessa, surgiu uma silhueta imóvel. Era ela. A Aia. Ela era a única coisa parada no meio da fumaça, dos berros e gritos de pânico, com os cabelos escuros presos em uma trança grossa sobre o ombro.

— Essas pessoas não têm nada a ver com o que aconteceu lá dentro. São inocentes. Pare com isso. — A jovem levantou o arco, sem se abalar nem um pouco com a energia acumulada e as faíscas de luz. Nem um único músculo tremia quando ela mirou em mim sem hesitação. — Ou vou fazê-la parar.

Inclinei a cabeça, vendo a luz prateada se estender na direção dela.

— Sinto muito — disse ela. — Mas isso não funciona comigo.

A energia recuou para longe da Espectro. Fiz mais força, mas o éter se encolheu, crepitando e faiscando.

— Pode tentar. — O brilho da luz prateada cintilou no rosto dela. — Enquanto isso, sabe o que funciona em você? Pedra das sombras, que é do que são feitas as pontas das minhas flechas. Se eu atingir a sua cabeça, você pode até se levantar de novo, mas não vai ser tão cedo.

Ofeguei conforme examinava a ponta da flecha. A tênue luz do sol refletia na superfície preta e brilhante.

— Então vou repetir — continuou ela, caminhando na minha direção enquanto levantava a voz. — Essas pessoas não têm nada a ver com o que foi feito. São inocentes. Pare com isso, ou eu vou fazê-la parar.

Inocentes.

Atrás dela, as pessoas se amontoavam pelas ruas sujas, correndo na direção da Colina. Não levavam nada além de si mesmas e de crianças chorando com o rosto vermelho. Não passavam de mortais no meio do caminho entre a Coroa de Sangue e eu, que podia ver que o portão da cidade estava fechado.

E eu sabia que os Ascendidos que ainda estavam lá dentro não iriam abri-lo. Já teriam feito isso se algum deles fosse como... como Ian. Dei um suspiro trêmulo conforme olhava para as pessoas que se aglomeravam nos portões da Colina maior, seu medo como uma massa pulsante.

Eu não era o que Alastir e os Invisíveis alegavam.

Não era nada parecida com as divindades que eles temiam.

E certamente não era como a minha mãe.

— Sinto muito — disse a Aia, e olhei de volta para ela quando um tremor sacudiu o meu corpo. — De verdade. Eu conhecia Ian. Gostava dele. Ele não era como... os outros.

Apesar da dor e da raiva que me devastavam, me concentrei nela, aguçando os sentidos. Essa habilidade ainda funcionava como antes, pois eu sabia que estava lendo as emoções dela. Senti o seu gosto, a acidez da incerteza e o amargo da tristeza.

— Mas você tem que ir embora. A Coroa de Sangue já saiu daqui. Ninguém que desempenhou um papel no que aconteceu continua na cidade.

— A não ser por você — retruquei.

Ela estremeceu ligeiramente.

— Você tinha escolha quando era a Donzela?

Eu encarei a Aia. Ela podia ter disparado uma das flechas de pedra das sombras a qualquer momento e duvido que não teria me acertado. Mas não o fez. Ela ficou entre mim e os habitantes do vilarejo nos arredores da cidade, os mais pobres entre aqueles que chamavam o Reino de Solis de lar. Não entre mim e os Ascendidos.

A minha... Coralena era diferente, não era? Ela era uma Aia — uma daqueles tais de Espectros —, mas tinha levado Ian e eu para longe de Isbeth. Ela amava Leopold. Eu me lembrava de como eles olhavam um para o outro. Lembrei-me da expressão no rosto daquela Aia quando ela foi convocada para provar o que era um Espectro, a onda de desespero e o sentimento de rendição. Emoções que eu infelizmente conhecia muito bem. E lembrei como o Príncipe Malik se comportou quando Isbeth a chamou. Ele deu um passo à frente e então pareceu se conter. Fiquei imaginando quantas vezes ela tinha sido usada como demonstração e depois decidi que não me importava.

Foi preciso todo o meu autocontrole, mas puxei a energia de volta para mim. A carga estática de poder se dissipou do ar ao meu redor. O vento diminuiu e as árvores pararam de rugir atrás de mim.

— Para onde ela vai levá-lo? — exigi saber, dando um passo adiante. A Aia estreitou os olhos. — Se está pensando em disparar essa flecha, é melhor ter uma mira certeira — alertei. — Não preciso do éter para lutar contra você. Imagino que recriar uma cabeça e membros decepados seja um processo bastante doloroso.

Ela repuxou os lábios em um sorriso tênue e estreito.

— Não se preocupe com isso. Minha mira é certeira.

Retribuí o sorriso dela.

— Diga-me para onde eles vão levá-lo. Caso contrário, é melhor me matar quando acertar a flecha, porque eu vou voltar. Para matá-la.

— Você acha mesmo que isso é uma ameaça? Que eu tenho medo de morrer? Depois de morrer todas as vezes que já morri? — Ela deu uma risada tão estranha quanto a sombra do sorriso em seu rosto. — Receberei a morte final de bom grado.

— E vai receber de bom grado a morte das pessoas que está tentando proteger? — eu a desafiei, ignorando a pontada de empatia que sentia por ela. — Pois, se não teme o seu fim, então talvez tema o delas.

A Espectro inflou as narinas.

— Vocês não são melhores do que eles.

— Você está errada. Eu me contive — respondi. — Será que algum deles teria feito isso? Será que a sua Rainha teria feito isso?

Ela não disse nada.

— Não tenho a menor intenção de matar inocentes. Quero ajudar o povo de Solis. Libertá-los da Coroa de Sangue. Era isso que queríamos fazer — afirmei. — Mas eles mataram o meu irmão e levaram a única pessoa que significa tudo para mim. Eu vou fazer qualquer coisa para trazê-lo de volta. Não importa o quanto isso manche a minha alma.

— Mas você sabe como trazê-lo de volta — devolveu ela. — Renda-se a ela e assuma o reinado de Atlântia em seu nome.

Fiz que não com a cabeça.

— Quer dizer que você não faria qualquer coisa por ele?

— Porque, assim que conseguir o que quer, ela vai matá-lo — acusei. — E me matar.

— Então acho que você está ferrada.

— Não, porque não vou deixar que nenhuma dessas duas coisas aconteça — prometi. — Vou dar o que ela quer, mas não da maneira que espera.

A curiosidade irradiou da Aia, mas então ela voltou a atenção ligeiramente para o meu ombro.

— Poppy — chamou Kieran baixinho conforme diversos arqueiros se posicionavam nas ameias da Colina.

Ela puxou o ar de modo superficial.

— Ela vai levá-lo até a capital. Não sei para onde. Ninguém sabe onde ela mantém os seus... bichinhos de estimação.

Um arrepio de fúria percorreu a minha pele, intensificando a vibração no meu peito, e ela repuxou os lábios em uma expressão de desgosto. Por um breve instante. Não sei se ela se deu conta disso, mas eu vi.

— Mas não importa — continuou ela. — Ela terá todos os Espectros à disposição para vigiá-lo. E vai deixar que ele cuide do seu Rei — revelou, e eu sabia que estava falando do Príncipe. — Você não vai chegar nem perto dele. — Ela abaixou o arco, relaxando os ombros. — A menos que tragam o fogo dos deuses, vocês não têm a menor chance.

Senti um calafrio enquanto olhava para ela. Fogo dos deuses? Ela me entreolhou e deu um passo para trás.

— Tenho certeza de que nos encontraremos novamente — disse ela.

— Ah, nós vamos.

*

Sentei-me na cadeira de madeira da cabana de caça para a qual Casteel me levou depois de salvar a minha vida, depois de arriscar tanto para isso, e olhei para a cama.

Tawny estava deitada ali, com o rosto pálido e a respiração superficial. Eu tinha tentado curá-la. Tentei assim que voltei para a floresta. Meu dom veio à tona e a ferida se fechou, mas ela não acordou. Tentei outra vez quando paramos no meio do caminho, depois de montarmos nos cavalos que Hisa havia trazido. Pousei as mãos na pele quente dela quando chegamos à cabana, mas ela não acordou, e aquelas veias escuras subiram pela sua garganta.

Nós tínhamos atravessado as Terras Devastadas e chegado até a cabana de caça ao cair da noite. Tivemos que parar. Todo mundo estava cansado, e Tawny... Eu não sabia o que havia de errado com ela nem o que tinha perfurado a sua carne para causar aquilo — para que o meu dom não conseguisse fazer nada além de fechar a pele.

Lembrei-me da flecha da Aia. Era feita de pedra das sombras. A mesma arma que a minha mãe empunhava na noite em que os Vorazes invadiram a estalagem. O mesmo tipo de arma com que as divindades foram contidas e que os soldados-esqueleto brandiam. Não conseguia me lembrar de ter visto o tipo de armas que os guardas empunhavam. Eu... eu tinha massacrado aqueles que estavam na minha frente, mas a Aia me dissera que a flecha me derrubaria por algum tempo. Olhei de relance para Tawny. Será que aquilo tinha sido uma pedra das sombras? Por isso os meus dons só funcionavam até certo ponto?

Baixei os olhos para a minha mão. Virei a palma para cima e, sob a luz da vela, vi a gravação de casamento tremeluzir. Fechei a mão, apertando os olhos com força para conter as lágrimas.

Não chorei.

Eu queria chorar. Queria chorar por Ian. Queria chorar por Lyra. Queria chorar por Tawny, pois temia que ela nunca mais abrisse os olhos. Queria chorar por Casteel, pois sabia o que ele enfrentaria, embora não pudesse nem imaginar o que ele deveria estar pensando ou sentindo ao descobrir que o irmão não apenas o havia traído, como também se tornaria um dos seus guardas no cativeiro.

Minha raiva aumentava a cada quilômetro que nos aproximávamos de Atlântia. Se soubéssemos a verdade sobre a identidade da Rainha, nós teríamos nos preparado melhor. Saberíamos que não era possível que ela fosse uma Ascendida. Saberíamos que qualquer coisa poderia acontecer. Em vez disso, fomos para a reunião apoiados em mentiras. Eu não acreditava nem por um segundo que Eloana não sabia a verdade. Até mesmo Valyn devia saber. O conhecimento que esconderam de nós poderia ter mudado tudo.

Porque já tinha mudado.

Uma batida suave me arrancou dos meus devaneios. Levantei-me e caminhei até a porta.

Kieran estava parado ali.

— Eu não consigo dormir. Ninguém consegue. — Atrás dele, vi diversas silhuetas sentadas ao redor de uma pequena fogueira. Ele olhou por cima do meu ombro. — Como ela está?

— Continua dormindo.

— Sei que você não dormiu nada.

Fiz que não com a cabeça enquanto saía para o ar frio da noite, fechando a porta atrás de mim. Olhei para as árvores tortas e curvadas enquanto caminhava com Kieran até onde os outros estavam.

Vonetta ergueu os olhos quando me sentei ao seu lado. Ela me ofereceu um frasco de bebida, mas recusei. Já tinha pedido desculpas a ela e a Kieran, mas senti que tinha de fazer isso de novo. Abri a boca.

— Não — interrompeu ela. — Sei o que você vai dizer. Não é necessário. Eu entendo. Todos entendemos.

Houve vários murmúrios de concordância ao redor do fogo. Olhei rapidamente para Hisa, depois para Delano e finalmente para Naill.

— Ele ainda está vivo — falei com a voz embargada. — Ela não vai matá-lo. Não enquanto achar que pode usá-lo para me controlar... e controlar Atlântia.

Todos assentiram, mas eu senti o alívio emanando deles. Precisavam ouvir aquilo. E eu precisava dizer.

— Alguém sabe alguma coisa sobre a pedra das sombras? Era o que tinha na flecha da Aia.

— Eu ouvi o que ela disse — comentou Kieran.

— Acha que pode ser a causa dos ferimentos de Tawny? — perguntei.

— Não sei. — Hisa passou a mão pela cabeça. — Ela é mortal. Nunca vi um mortal ferido por uma pedra das sombras antes. Os Curandeiros de Evaemon e os Anciões mais velhos talvez tenham visto algo assim.

Pensei em Willa e no seu diário e minha respiração seguinte doeu nos meus pulmões.

— Qual é o plano? — perguntou Emil quando Vonetta passou o frasco para ele, que tomou um gole.

Nós não tínhamos conversado durante a viagem para longe da Trilha dos Carvalhos a respeito de nada, mas eu havia refletido bastante — sobre o que Isbeth dissera, sobre o que a Duquesa afirmara no Pontal de Spessa e sobre o que a Aia me contara.

Embora eu tivesse recusado a proposta de Isbeth, ela acreditava que tudo estava se encaixando. Ela tinha o Príncipe e agora Rei de Atlântia. Tinha encontrado uma maneira de me controlar e, na sua cabeça, de controlar Atlântia. Como a Duquesa Teerman havia afirmado, eu seria capaz de fazer algo que a Rainha nunca conseguiu.

Só que elas estavam erradas.

Olhei para a minha mão — para a gravação de casamento. Você sempre teve o poder dentro de si. Também pensei nisso. Agora eu sabia onde tinha ouvido aquilo pela primeira vez. Da loira que vi quando estive prestes a morrer. Foi isso que ela me disse.

Você sempre teve o poder dentro de si.

E foi o que Nyktos me disse. Parte de mim se perguntava se a mulher que eu havia visto era a sua Consorte. Que, em meio à hibernação, ela veio até mim para me avisar ou me ajudar. Fazia sentido.

Afinal de contas, eu era a sua neta, se ela fosse quem eu acreditava que era.

Fechei os dedos sobre a palma da mão. Meu peito zumbia de poder, do éter do Rei dos Deuses. O tipo de poder que deveria ser poderoso o bastante para destruir seja lá o que fosse que Isbeth acreditava ser. Só que eu não estava preparada. Não tinha lutado como uma deusa porque não acreditava que fosse uma.

Mas Casteel acreditava, não é? Será que ele sequer chegara a acreditar que eu fosse uma divindade?

Soltei o ar bruscamente.

— Ela estava certa.

Vonetta olhou para mim.

— Quem?

— A Rainha. Eu sou uma deusa — declarei.

Ela arqueou as sobrancelhas e olhou para Emil e Naill.

— Hum...

— Não. Espere aí. — Kieran se levantou, tomado pela compreensão. — Se o que ela disse for verdade e Malec for um dos filhos de Nyktos e da sua Consorte, e você for neta deles, então você é uma deusa. — Ele reiterou exatamente o que eu estava pensando.

Delano assentiu lentamente.

— Não importa o que diabos Ileana... Isbeth... seja. Você é a neta de Nyktos. De um Deus Primordial. Por isso a sua linhagem é tão poderosa. Você é uma deusa, não uma divindade.

— Merda — murmurou Emil, tomando outro gole antes que Vonetta tirasse o frasco das mãos dele.

— Foi isso que Nyktos quis dizer — falei, engolindo em seco. — Eu nunca precisei da permissão dele.

— Para quê? — perguntou Naill.

— Para usar os seus guardas — respondi, me dando conta de que foi isso que a Aia quis dizer com o fogo dos deuses. — Para convocar os dragontinos.

636

Capítulo Quarenta e Oito

Espreitei pelos corredores do palácio em Evaemon, com as calças e túnica sujas de sangue e de poeira da estrada. Segui na direção do átrio ensolarado bem no centro, acompanhada de perto por Kieran e pela irmã ainda na forma de lupinos. Naill e Hisa seguiam logo atrás, com a mão nas espadas. Delano estava com Tawny, tendo a levado para um dos quartos acima do meu. Curandeiros e Anciões foram convocados.

Os Guardas da Coroa fizeram uma reverência quando passamos, os saltos das minhas botas batendo no piso de ladrilhos com a mesma intensidade das garras dos lupinos.

Vonetta era uma bola de tensão. Não sei se ela estava mais preocupada que eu acabasse com a mãe de Casteel ou com os planos que discutimos no caminho de volta para Evaemon. Por outro lado, eu estava estranhamente calma. Não estava preocupada com o que diria a Eloana nem com o que faria em seguida. Sentia apenas determinação e raiva, tanta raiva que vazava dos ossos e recobria a minha pele, mas estava calma. Não sabia que alguém podia sentir tanta fúria e tanto silêncio ao mesmo tempo.

As portas da sala de estar estavam abertas e o cheiro de café e pão recém-assado chegou até mim, revirando meu estômago em vez de incitar a fome.

Eloana não estava sozinha.

Estava sentada em frente ao Lorde Sven e ao Lorde Gregori. Havia vários Guardas da Coroa nos fundos da sala, mas me concentrei nela.

A mãe dele olhou para mim e, em seguida, passou o olhar por cima do meu ombro, procurando o que não iria encontrar. E então ela soube. No instante em que não viu Casteel, sua agonia foi intensa e pungente. Ela roçou a mão trêmula no peito quando estendeu o braço para o espaço vazio ao seu lado, parecendo se dar conta de que o marido não estava ali.

Os dois Anciões se levantaram apressadamente.

— Vossa Majestade — cumprimentou Sven, com uma reverência. A apreensão irradiou dele conforme olhava para os irmãos lupinos. — Você está bem, Vossa Majestade?

Não, não estava. Eu não ficaria bem até que Casteel voltasse para o meu lado e a Coroa de Sangue não passasse de um monte de cinzas. Mas a tristeza e o medo deram lugar à raiva quando olhei para a mãe de Casteel. Agarrei-me àquela emoção, deixando que ela envolvesse o zumbido no meu peito e preenchesse o vazio do meu coração.

Aquela raiva tinha gosto de poder e morte, como quando fui até a Trilha dos Carvalhos. Só que agora eu estava sob controle.

Por muito pouco.

— Você sabia. — Encarei a mãe dele. — Você sabia o que ela era e o que não era.

O rosto de Eloana perdeu toda a cor quando ela recuou.

— Penellaphe...

— Onde está o Rei? — indagou Gregori, dando um passo adiante.

Os lupinos deram um rosnado baixo de advertência quando me virei na direção dele. As palavras saíram dos meus lábios como adagas envenenadas.

— Onde está o Rei, Vossa Majestade? — eu o corrigi com um tom de voz assustadoramente parecido com o que Casteel usava quando estava prestes a arrancar o coração de alguém.

Gregori se retesou.

— Onde está o Rei, Vossa Majestade? — repetiu ele, e eu senti a acidez da sua irritação na língua e a antipatia por mim arderem na minha pele.

Inclinei a cabeça para o lado quando tudo veio à tona. Foi então que algo aconteceu, rasgando-se de dentro de mim. Aquilo havia estremecido com todas as mentiras e então se desprendeu quando Casteel salvou a minha vida. Ele se escancarou quando me postei diante de Nyktos e disse que ele não iria machucar os meus amigos. A fechadura que o prendia foi despedaçada quando vi Ian morrer e então acordei e descobri que Casteel tinha sido capturado. Era um novo despertar.

Eu não era a Donzela.

Eu não era uma Princesa nem uma Rainha.

Eu era uma deusa.

E estava muito cansada disso.

— Você não gosta de mim, não é? — perguntei suavemente.

Uma onda gelada de choque passou por Gregori, que rapidamente a mascarou. Em seguida, ele ergueu o queixo.

— Acho que você já sabe a resposta.

— Sim. E sabe de uma coisa? — perguntei, com a pele zumbindo conforme o ar ficava carregado de energia ao meu redor. Um brilho prateado saiu da minha pele e do canto dos meus olhos enquanto Sven se afastava de Gregori. — Nos dois reinos, eu não dou a mínima se você ou qualquer membro do Conselho gosta de mim. Não muda o fato de que eu seja a sua Rainha, e o tom e os modos que dirige a mim são incrivelmente inapropriados. — Vi as bochechas do homem ficarem coradas e dei um sorriso tenso. — Não somente porque sou a sua Rainha, mas também porque sou neta de Nyktos, e você se atreve a falar com uma deusa com tamanho desrespeito.

Eloana arfou quando deixei que a vibração incansável de dentro do meu peito viesse à tona. A luz prateada se espalhou pela sala, refletindo nas paredes e transformando os vidros em diamantes reluzentes. Sven tropeçou na beira do tapete listrado e se apoiou no encosto de uma cadeira. A mobília e as janelas tremeram quando dei um passo à frente. A prata pingou das pontas dos meus dedos, formando teias de luz iridescente que caíram no chão e sumiram sob as pedras. Aquela bela luz era capaz de dar a vida. E também de tirá-la.

Hisa foi a primeira a agir, se ajoelhando com uma mão no peito e a outra espalmada no chão. Os outros guardas a imitaram, assim como Sven. Gregori permaneceu de pé, de olhos arregalados.

— Ouse me desafiar — sussurrei, e essas três palavras ecoaram por toda a sala.

Um tremor percorreu o corpo de Gregori enquanto ele se ajoelhava lentamente, curvando a cabeça.

— Sinto muito — proferiu ele, colocando uma mão no peito e a outra no chão. — Por favor, me perdoe.

Nos confins mais sombrios e ocultos do meu ser, o ímpeto de extravasar era uma força tentadora. De liberar toda a tristeza e raiva que eu sentia, esfolando a pele de Gregori e arrancando cada osso do seu corpo. Eu podia fazer isso — apenas com a força do pensamento e da vontade. Ele deixaria de existir e teria sido a última pessoa a falar comigo daquele jeito.

Isbeth faria isso.

Mas eu não era Isbeth.

Domei o éter e puxei o poder de volta para mim. A iridescência diminuiu, voltando para a minha pele.

— Saia daqui — ordenei ao Ancião. — Agora.

Gregori se levantou, cambaleando entre mim e os lupinos. Ouvi a risada de desdém de Naill quando o Ancião passou correndo por ele. Meu olhar se voltou para Sven.

— Você também deveria ir embora — ordenei. — Assim como os guardas. Saiam.

Sven assentiu, saindo da sala com muito mais graça que o seu antecessor. Alguns Guardas da Coroa continuaram ali, visivelmente ainda leais a Eloana, ou temendo por ela. Virei-me para onde ela estava curvada no chão.

Reprimi um sorriso cruel, impedindo-o de chegar aos meus lábios quando ela olhou para mim.

— Acredito que você não vá querer que as pessoas ouçam o que tenho a dizer.

A pele ao redor dos seus olhos se enrugou assim que ela os fechou.

— Obedeçam a sua Rainha — sussurrou ela, com a voz rouca. — Saiam.

Vonetta e Kieran acompanharam a saída dos guardas. Só depois que Naill e Hisa fecharam a porta foi que eu disse:

— Pode se levantar.

Eloana se levantou e desabou no sofá, com os olhos de um tom de âmbar cintilante fixos em mim conforme eu avançava, segurando o encosto de uma cadeira. Suas pernas arranharam o chão enquanto eu a arrastava para que ficasse diante dela.

Sentei-me devagar na cadeira, encontrando os olhos dela enquanto Kieran e Vonetta se agachavam ao meu lado. Naill e Hisa ficaram perto da porta.

— Pergunte de quem é o sangue que mancha minha roupa.

Os lábios de Eloana tremeram.

— De quem...? — Sua voz falhou quando ela olhou para o lupino. — De quem é o sangue na sua roupa?

— Do meu irmão. — Espalmei a palma das mãos sobre os joelhos. — Ele foi massacrado quando me recusei a me juntar à Coroa de Sangue, unindo os dois reinos sob a soberania de Solis. Ele nem se deu conta do que ia acontecer. Eles cortaram a sua cabeça, e Ian não fez nada para merecer isso. Nada. Ela fez isso porque podia. — Fechei os dedos ao redor dos joelhos, onde o tecido estava endurecido pelo sangue seco. — Agora me pergunte onde o seu filho está.

Ela começou a fechar os olhos...

— Não. — Inclinei-me para a frente. — Não se atreva a fechar os olhos. Eu não fiz isso quando vi uma espada cortar a garganta do meu irmão. Não se atreva a fechar os olhos. Você é mais forte do que isso.

Eloana inflou o peito com uma respiração pesada e manteve os olhos abertos.

— Onde está meu filho?

— Ela o levou — forcei-me a dizer, as palavras cortando a minha pele. — E sabe por quê? Você sabe muito bem por que ela queria os seus filhos. Não era só para criar mais Ascendidos. Era algo pessoal.

Ela moveu os lábios, mas nenhum som saiu dali.

— Você sabia. O tempo todo. Você sabia quem era a Rainha Ileana. — A raiva aqueceu o meu sangue, incendiando a minha pele. Ela se recostou um pouco na cadeira. — Você sabia que ela era a Isbeth e que nunca foi uma vampira.

— Eu...

— Malec deu seu sangue a ela depois que você a envenenou. — Recuperei a distância entre nós duas. — Ele nunca poderia criar uma vampira com seu sangue. Isbeth não foi a primeira Ascendida.

— Eu não sabia disso no começo — começou Eloana. — Juro a você. Não fazia ideia de que ela não era vampira. Ela tinha os mesmos olhos escuros dos outros que foram criados depois...

— Porque os olhos dela são castanho-escuros, mas não como os dos Ascendidos — interrompi. — Eles sempre foram escuros.

— Eu não sabia — repetiu ela, fechando a mão em punho. — Eu não sabia disso até encontrar Malec e sepultá-lo. Foi então que descobri que Isbeth nunca foi vampira, que ela se transformou em outra coisa...

— Algo mais parecido com ele — eu a interrompi, sem me importar se ela estava falando a verdade naquele momento. — Não importa quando você descobriu a verdade. O que importa é que você sabia que Ileana era Isbeth e não nos contou. Você não nos preparou para o fato de que íamos enfrentar algo muito mais poderoso do que uma vampira. É por isso que o seu filho não está comigo.

— Eu... — Ela sacudiu a cabeça, com o rosto começando a desmoronar. — O meu filho está vivo?

— Qual deles?

Ela arregalou os olhos.

— O-o que você quer dizer com isso?

— Você está me perguntando sobre Malik ou Casteel? — perguntei. — Malik está vivo. Para falar a verdade, ele está muito bem, todo íntimo de Isbeth.

Eloana congelou. Acho que não estava sequer respirando. Eu poderia ter dado a notícia a ela de uma maneira muito mais gentil, mas ela também poderia ter nos contado toda a verdade.

— Não — sussurrou ela.

— Sim. — Assenti enquanto a voz de Isbeth assombrava os meus pensamentos. — Foi ele quem levou Casteel.

Uma lágrima caiu dos olhos dela, manchando a sua bochecha.

— Casteel está vivo?

Levantei a mão esquerda, mostrando a ela a gravação de casamento.

— Sim, ele está. — Engoli em seco. — Mas tenho certeza de que você compreende que isso significa muito pouco a essa altura.

Ela estremeceu, e eu não sabia se era de alívio ou de medo. Um bom tempo se passou.

— Ah, deuses — sussurrou ela com a respiração trêmula, colocando as mãos sobre o rosto. Seus ombros tremeram.

Forcei-me a me recostar na cadeira e esperei que Eloana se recompusesse, o que ela fez, como eu sabia que faria. Demorou alguns minutos, mas ela parou de sacudir os ombros e abaixou as mãos. Olhou para mim com os olhos inchados e vidrados por trás dos cílios encharcados de lágrimas.

— A culpa é minha.

— Não brinca — vociferei. Em parte, era. Porque eu... eu tinha perdido o controle. Dei a Isbeth a abertura de que ela precisava.

Ela se encolheu.

— Eu... eu não queria que as pessoas soubessem que ela tinha vencido.

Fiquei paralisada. Por completo.

— O quê?

— Foi... foi o meu ego. Não há outra maneira de dizer isso. Eu amava Malec. Achava que a lua e o sol nasciam e se punham com ele. E ela não era como as outras mulheres. Isbeth cravou as garras nele, e eu sabia... eu sabia que ele a amava. Mais do que a mim. Não queria que as pessoas soubessem que, no final das contas, mesmo com Malec sepultado, ela não tinha apenas vencido, tinha se tornado uma Rainha — admitiu ela com a voz rouca. — Isbeth se tornou a Coroa que nos forçou a ficar escondidos atrás das Montanhas Skotos, usou o nosso povo para criar monstros e levou... levou os meus filhos. Eu não queria que Casteel soubesse que a mesma mulher que roubou o meu primeiro marido o aprisionou e depois o irmão. Ela venceu e... ainda está conseguindo destruir a minha família e o reino.

Agora era eu quem não sabia o que dizer.

— Fiquei envergonhada — continuou ela. — E eu não... eu sei que não é desculpa. Isso simplesmente nunca era mencionado. Foi uma mentira que se tornou verdade depois de centenas de anos. Só Valyn e Alastir sabiam a verdade.

Alastir.

É claro.

— E o filho deles? — perguntei. — O que você fez com o filho de Isbeth e Malec? Você o matou? Foi Alastir quem o executou?

Ela apertou os lábios e olhou para o teto.

— Alastir o matou. Ele ficou sabendo sobre a criança antes de mim. Valyn não sabe nada a respeito disso.

Eu a encarei.

— É por isso que você não queria entrar em guerra? Porque a verdadeira identidade de Ileana seria revelada, junto com todo o resto?

— Em parte — admitiu ela enquanto enxugava os olhos com as costas das mãos. — Mas também porque não queria ver mais Atlantes e mortais mortos. — Ela abaixou as mãos trêmulas. — Malik está... está bem e... — Ela pigarreou. — Ele está com ela?

— Ele parecia estar bem e apoiar a Coroa de Sangue. É só o que sei — admiti, afundando ainda mais na cadeira. Não sabia o quanto do que ela dizia era verdade, mas sabia que a agonia que sentia emanando de Eloana não era apenas tristeza. Agora, reconheci que a agonia também era de vergonha, algo que ela carregou por centenas de anos. Para ser sincera, não sei o que eu teria feito se estivesse no lugar dela. A guerra entre ela e Isbeth tinha começado muito antes que o primeiro vampiro fosse criado e nunca terminou. — Malec não era uma divindade.

— Eu... eu entendo agora. — Ela fungou. — Quero dizer, entendi quando você mostrou a Gregori o que era. Mas não consigo entender. Malec...

— Ele mentiu pra você — falei, abrindo as mãos ao longo dos braços da cadeira. — Não sei por quê, mas ele é um dos filhos de Nyktos. Ele é um deus.

A surpresa dela não podia ser dissimulada e esfriou um pouco da minha raiva.

— Eu não sabia...

— Eu sei. — Fechei os dedos ao redor da beirada dos braços. — Malec confidenciou isso a Isbeth. Ela sabia.

Eloana estremeceu e deu um assobio baixo.

— Isso dói mais do que deveria.

— Talvez você nunca tenha deixado de amar Malec.

— Talvez não — sussurrou ela, olhando para o colo. — Eu amo Valyn. Eu o amo terna e profundamente. Também amava Malec, embora acredite que... que não soubesse nada a respeito dele. Mas acho que Malec sempre terá uma parte do meu coração.

E a parte que pertencia a Malec sempre seria dele, e isso era... isso era triste demais.

— Isbeth é a minha mãe — revelei, e seus olhos se fixaram nos meus. — Eu sou filha dela e de Malec. E me casei com o seu filho.

Eloana empalideceu mais uma vez.

— Fazia parte do plano dela — continuei enquanto Vonetta se apoiava contra minha perna. — Eu me casaria com Malik e assumiria a Coroa de Atlântia. Com a minha linhagem e um Príncipe ao meu lado, não haveria nada que pudesse ser feito. Mas, em uma reviravolta do destino, acabei me casando com Casteel.

— Então o plano dela deu certo — murmurou ela com a voz embargada.

— Não, não deu — repliquei. — Eu não vou assumir a Coroa de Atlântia em nome de Isbeth.

— Ela está com Malik e Casteel — retrucou ela, endurecendo o tom de voz. — Como pode me dizer que ela não venceu?

— Isbeth não vai matá-los. Malik a está ajudando, e ela pode usar Casteel contra mim do mesmo modo que usou os seus filhos contra Atlântia — afirmei.

Eloana franziu os lábios.

— Eu ainda não entendo como pode sugerir que ela não venceu.

— Porque eu não sou você. — Notei um ligeiro estremecimento nela e não me senti mal por causá-lo. — Fui usada durante a minha vida inteira de uma forma ou de outra, mas não serei usada de novo. Agora eu sei o que sou. Sei o que significa ter o poder dentro de mim esse tempo todo. A morte do meu irmão não foi em vão. Nem a de Lyra. Agora eu entendo.

Franzindo o cenho, ela perguntou:

— O que é que você está dizendo?

— Posso e vou convocar os guardas de Nyktos. Isbeth pode ter Espectros, cavaleiros, soldados e mortais que a apoiem. — Segurei os braços da cadeira com força. — Mas eu terei os dragontinos.

Visivelmente abalada, Eloana demorou alguns instantes para responder.

645

— Você pode mesmo...? Desculpe. Certamente pode. Você é uma deusa. — Ela alisou o vestido com as mãos, um gesto inconsciente de nervosismo, pelo que pude perceber. — Mas tem certeza disso? Os dragontinos são uma linhagem feroz. Eles foram hibernar com Nyktos por um bom motivo. Ele é o único que consegue controlá-los.

— Eu sou a neta dele — argumentei, mas não fazia a menor ideia de como os dragontinos reagiriam. Apenas presumia que, pelo que Nyktos me disse, eles fossem reagir de modo favorável. — E não pretendo controlá-los. Só preciso da ajuda deles.

A compreensão ficou estampada no rosto dela.

— Achei que você e Casteel quisessem evitar a guerra. Isso não será possível depois que os dragontinos forem despertos.

— Ao aprisionar Casteel, ela acredita que pode me deter. Mas, às vezes, a guerra não pode ser evitada — falei, ecoando as palavras de Eloana, aquelas que eu sabia que a Consorte tinha sussurrado para mim quando entrei pela primeira vez na Enseada de Saion.

E aquilo tinha sido algo de que me dei conta na viagem de volta para Atlântia. Não haveria mais conversas ou ultimatos. O que estava por vir não podia ser evitado. Nunca pôde. De certa forma, a Guerra dos Dois Reis não tinha acabado. Houve apenas uma trégua, como Isbeth havia dito. Os anos que Casteel passou movendo as peças nos bastidores para libertar o irmão e retomar as terras para Atlântia não foram em vão. Atlântia ganhou tempo para obter o que não tinha antes.

— Não — concordou Eloana baixinho, com tristeza. — Às vezes, não.

Olhei para Hisa, de pé ao lado de Naill.

— Você pode mandar uma mensagem para a Coroa de Sangue, comunicando que irei me encontrar com eles na floresta nos arredores da Trilha dos Carvalhos no final da semana que vem? — pedi a ela. — Certifique-se de que eles compreendam que precisam mandar alguém apto a receber uma Rainha. Que eu só falarei com ela ou com o Rei.

A comandante repuxou os cantos dos lábios para cima e fez uma reverência.

— Sim, Vossa Majestade.

— Uma mensagem? — perguntou Eloana. — O que você está planejando?

— Antes disso, eu trouxe a minha amiga de Solis. Aquela que eu achava que tinha Ascendido. Ela não Ascendeu, mas foi ferida com o que acredito ser pedra das sombras, e as minhas habilidades não estão funcionando com ela. — Passei as mãos pelos joelhos. — Delano levou Tawny até um dos quartos e chamou um Curandeiro. Peço que você cuide dela. Ela é... — Respirei fundo. — Ela foi a minha primeira amiga.

Eloana assentiu.

— Certamente. Farei tudo o que puder para ajudá-la.

— Obrigada. — Pigarreei. — Vou tomar um banho. — De banheira. Eu não conseguiria entrar em um chuveiro sem pensar em Casteel, e a única maneira de sobreviver no momento era não pensar nele. — Em seguida, vou até o Iliseu. Assim que voltar, vou mandar uma mensagem para a Rainha de Sangue da qual apenas Casteel ficaria orgulhoso.

— Sei muito bem o que deixaria o meu filho orgulhoso — disse ela, a voz embargando —, de modo que posso imaginar qual seja essa mensagem.

Senti meus lábios se repuxarem em um sorriso tenso e selvagem.

— E então vou terminar o que vocês começaram séculos atrás. Vou devolver as terras para Atlântia e voltar com o meu Rei ao meu lado.

Os olhos dourados dela se fixaram nos meus.

— E se você fracassar?

— Eu não vou.

Capítulo Quarenta e Nove

Dormi algumas horas e comi um pouco só porque era necessário. Em seguida, vesti calças e uma camisa branca simples de Casteel. Era grande demais, mas o corpete preto que usei por cima impedia que parecesse que eu estava me afogando no tecido.

Agora eu tinha várias túnicas e camisas dentro do armário, mas era bom sentir a camisa de Casteel na minha pele. E ele gostou quando usei o corpete daquele jeito na... na última vez em que o vi.

Parei ao lado da cama e olhei para o cavalo de madeira em cima da mesinha de cabeceira. Senti um aperto no peito. Corri até ele, pegando o brinquedo nas mãos. No baú perto da porta, encontrei uma bolsinha. Guardei o cavalo ali dentro e saí do quarto e dos nossos aposentos conforme prendia a bolsa na cintura.

Fui ver como Tawny estava e a encontrei do jeito que a havia deixado: adormecida e imóvel. As veias escuras subiam até o contorno do seu queixo. Eloana estava sentada ao lado dela.

— Chamei Willa — anunciou ela, e eu dei um suspiro doloroso. — Ela vai trazer um dos Curandeiros mais velhos. Ele vai saber como tratá-la.

— Obrigada — falei, puxando e soltando o ar lentamente.

Ela acenou com a cabeça.

— Tome cuidado, Penellaphe.

— Sempre — sussurrei e então saí do quarto, com uma dor no peito.

Kieran estava esperando por mim no saguão e, de lá, nos juntamos a Hisa no Templo de Nyktos. Só nós dois faríamos a viagem dessa vez.

Vonetta permaneceria no palácio, já que seus pais estavam a caminho de Evaemon com a irmã recém-nascida. Eu havia dito a Kieran que ele deveria ficar, mas aquilo entrou por um ouvido e saiu pelo outro, mesmo quando me aproveitei da vantagem de ser a Rainha e usei a vantagem eu-sou-uma-deusa-me-obedeça. Ele insistiu em me acompanhar, alegando que nenhum dos outros se lembraria do caminho que tomamos da última vez. Podia ser que ele tivesse razão. Ou talvez ele não conseguisse dormir nem ficar parado, com os pensamentos passando de uma possibilidade terrível para outra, assim como eu. E se o meu plano fracassasse? E se os dragontinos se recusassem? E se ela ferisse Casteel? E se ele precisasse se alimentar? E se eu precisasse... me alimentar? O que faria? Não conseguia nem pensar em beber o sangue de outra pessoa. E se eu o perdesse? E se ele se perdesse outra vez?

E eu sabia que não era fácil para Kieran. Antes ele conseguia saber se Casteel estava bem por causa do vínculo. Só que ele não tinha mais isso. Agora ele tinha apenas as mesmas suposições que eu.

— Kieran? — chamei conforme caminhávamos pelo túnel estreito.

— Poppy?

Engoli em seco, com a garganta apertada.

— Você... você está bem?

Ele não respondeu de imediato, e achei que a mão com que segurava a tocha estava tremendo.

— Não.

Fechei os olhos por um instante.

— E você?

— Não — sussurrei.

Percorremos os túneis subterrâneos praticamente em silêncio depois disso. Não houve piadas nem conversa. Alcançamos a área do desabamento parcial horas antes da primeira vez e passei na frente dele assim que avistamos a réstia de luz. Saí dos túneis e então atravessamos a terra árida. Seguimos caminho e me assegurei de pisar sob a sombra das mulheres aladas primeiro. O chão não tremeu. O que eu acreditava serem os guardas da Consorte permaneceu sob os nossos pés. A cidade de Dalos reluziu ao longe enquanto caminhávamos na direção do Templo feito de pedra das sombras.

A primeira coisa que notei foi que não havia nenhum dragontino de pedra adormecido ali.

— Onde está....?

— Ali. — Kieran diminuiu o ritmo conforme eu seguia o seu olhar até a escadaria do Templo. Havia um homem de cabelos pretos com mechas grisalhas no meio dos degraus, vestido somente com uma calça preta. — Você acha que é Nektas — perguntou ele, com a voz baixa — na forma mortal?

— Pode ser. — Fragmentos de diamantes estalaram sob as minhas botas.

— O lupino está certo — confirmou o homem, e eu arqueei as sobrancelhas. A audição do dragontino era extraordinária. — Você voltou com menos pessoas do que da última vez. Não é um bom presságio.

Eu me retesei e parei a vários metros de distância do Templo.

— Se está procurando por Nyktos, você não deu muita sorte — continuou Nektas. — Ele se juntou à Consorte mais uma vez para hibernar.

— Não vim aqui para ver Nyktos — anunciou, observando as cristas ao longo das suas costas. Elas se pareciam com... escamas.

— Entendo. — Houve um segundo de silêncio. — Será que agora você compreende o poder que possui?

Olhei para Kieran, querendo saber como o dragontino poderia saber da minha epifania. Ele me lançou um olhar que dizia que sabia que eu estava prestes a fazer uma pergunta irrelevante.

Lutei contra o ímpeto e venci.

— Sim, eu compreendo.

Nektas inclinou a cabeça, mas ainda não olhava para nós.

— Antes de falar qualquer coisa, é melhor ter certeza, pois não pode retirar o que disser. Assim que convocar a carne e o fogo dos deuses para protegê-la, servi-la e mantê-la em segurança, as palavras serão moldadas no fogo e entalhadas na carne.

Senti a boca seca.

— Eu tenho certeza.

— O que te dá tanta certeza assim?

— A Coroa de Sangue levou o que é meu. Eles tiraram tudo de mim e vão continuar fazendo isso.

— E então? — indagou ele baixinho. — Você pretende nos usar para tirar tudo da Coroa de Sangue? Para destruí-los, assim como as cidades em que se refugiam e as pessoas em seu caminho?

Pressionei a gravação de casamento contra a bolsinha que continha o cavalo de brinquedo.

— Eu estou pedindo a ajuda dos dragontinos para lutar contra os Espectros e os Ascendidos. Para lutar ao lado de Atlântia. Não pretendo destruir as cidades nem matar as pessoas no meio do caminho. A maioria do povo de Solis é inocente.

— Você está pedindo para lutar com os guardas dos deuses ao seu lado, mas não espera que as cidades sejam destruídas? — Ele deu uma risada curta. — Então não está preparada para a guerra.

— Você me entendeu mal — afirmei com cuidado. — Ou talvez eu não tenha me expressado corretamente. Não pretendo fazer nenhuma dessas coisas, mas entendo que possam ser necessárias. Estou preparada para a guerra. Não viria aqui se não estivesse. Mas não pretendo encharcar a terra de sangue e deixar apenas ruínas para trás.

Houve mais uma pausa.

— Então você pretende retomar o que lhe é devido e suportar o peso de duas Coroas?

Forcei-me a relaxar as mãos.

— Sim.

Ele abaixou a cabeça de leve.

— E vai nos ajudar a trazer de volta o que devíamos proteger? Vai permitir que a Consorte desperte?

Kieran me lançou um olhar de preocupação, e eu não fazia ideia do que Nektas estava falando nem do que aconteceria se a Consorte despertasse. Então perguntei:

— O que eu preciso ajudar a trazer de volta?

— Seu pai.

Abri a boca, mas levei alguns minutos para recuperar a capacidade de falar.

— Malec?

— Malec está perdido. Nós o perdemos muito antes que nos déssemos conta.

A confusão se apoderou de Kieran e de mim.

— Não estou entendendo — comecei a dizer. — Malec é...

— Malec não é o seu pai — interrompeu Nektas. — O sangue que corre nas suas veias é o de Ires, o irmão gêmeo dele.

O choque tomou conta de mim enquanto eu olhava para as costas do dragontino. Isbeth... ela não havia confirmado que Malec era o meu pai... e tinha falado dele no passado, como se acreditasse que ele tivesse morrido. Ah, meus deuses, Isbeth não sabia onde Malec estava e...

— Ires partiu do Iliseu há algum tempo — prosseguiu Nektas. — Foi atraído para o plano mortal junto com a minha filha enquanto estávamos hibernando. Nós não pudemos ir atrás dele. Não sem sermos convocados. E Ires... não nos chamou. Mas sabemos que ele ainda está vivo.

Meus pensamentos ficaram a mil e eu me lembrei do quadro que tinha visto no museu de Nyktos e dos dois... os dois gatos imensos.

— Ah, deuses...

— O que foi? — Kieran olhou para mim.

Engoli em seco, quase com medo de perguntar.

— Ires pode mudar de forma?

— Assim como o pai, ele pode assumir diversas formas. Enquanto Nyktos preferia a de um lobo branco, Ires gostava de assumir a forma de um grande gato cinza, do mesmo modo que Malec.

— Puta merda — sussurrou Kieran.

Eu... eu só consegui ficar parada ali enquanto parecia que o meu coração tinha saído do peito.

— Eu vi Ires — proferi. — Nós dois o vimos.

Os músculos das costas de Nektas se contraíram e flexionaram.

— Como?

— Ele está... ele está aprisionado em uma jaula pela mulher que capturou Casteel — respondi. Eu havia considerado que a criatura que vi na jaula fosse Malec, mas naquela época acreditávamos que ele fosse uma divindade. Não o filho de Nyktos. Não um dos gêmeos. — A Rainha de Sangue — murmurei, hesitante. — Ela... ela diz que é uma deusa porque Malec a Ascendeu.

— Uma deusa? — O dragontino deu uma risada áspera e sombria.

— Uma deusa nasce. Não é criada. O que ela é... Ela, assim como os Espectros, é uma abominação de tudo que é divino.

Casteel... ele tinha razão.

Nektas fechou as mãos em punhos.

— Então a sua inimiga também é nossa inimiga.

Abalada com a revelação, pressionei a palma da mão contra o peito. Como foi que Isbeth atraiu um deus? Será que Malec contou alguma coisa para ela?

— E a sua filha? Você sabe se ela ainda está viva?

Nektas não respondeu por um bom tempo.

— Não sei. Ela era jovem quando fomos hibernar. Mal havia chegado à idade adulta quando Ires a despertou.

— Qual é o nome dela? — perguntou Kieran.

— Jadis.

— É um nome bonito — elogiei, fechando os olhos por um instante. Gostaria de não ter feito isso. Vi o homem emaciado atrás das grades de ossos, com as feições refletindo o caos da sua mente. Vi os olhos inteligentes do gato. Do meu pai. E eu o tinha deixado ali. Estremeci.

Eu não podia... eu não podia pensar nisso.

A possibilidade de que Isbeth tivesse um dragontino trancado em algum lugar era algo que teria que deixar para depois, junto com o conhecimento de quem era o meu pai e as perguntas sobre como ele e Isbeth haviam se encontrado. Eu só conseguia pensar no que tinha acabado de descobrir.

Que o meu pai também havia sido uma vítima de Isbeth.

E me lembrei de Malec, sepultado sob a Floresta Sangrenta.

— Se um Deus Primordial for sepultado, o que vai acontecer com ele?

— Aprisionado pelos ossos das divindades? Ele vai definhar, dia após dia, ano após ano, mas não vai morrer — respondeu ele. — Ele existiria em um lugar entre a vida e a morte, vivo, mas preso.

Deuses.

Era um destino ainda mais terrível do que as divindades morrendo de fome lentamente, mas significava que Malec ainda estava vivo, e Isbeth ainda o amava.

A pele de Nektas endureceu até virar escamas.

— Você está pronta, filha de Ires, o filho de Nyktos e de sua Consorte?

Um calafrio percorreu o meu corpo.

— Sim.

— Então pronuncie as palavras e receba o que veio buscar.

Senti um formigamento na pele e uma vibração no peito. Kieran fechou a mão em torno da minha e a apertou. Uma brisa suave veio do nada, rodopiando pelos diamantes. Senti um cheiro de lilases e ouvi a voz dela na minha mente — ouvi a Consorte falando as palavras que Nektas estava esperando.

— Eu... eu convoco a carne e o fogo dos deuses para proteger a mim e àqueles com quem me importo. Para voar ao meu lado e ficar de guarda às minhas costas. Invoco a linhagem nascida de carne e fogo para despertar.

Nektas virou a cabeça para o lado, com o azul-vivo das íris contrastando com a pupila vertical escura como o breu.

O chão tremeu com um estrondo baixo. Kieran apertou a minha mão ainda mais conforme dávamos vários passos para trás. Terra e pequenos diamantes voaram pelos ares em volta da base do Templo. Pedaços de cristal explodiram para os lados. Garras brilhantes saíram do meio da terra, afundando na pedra escura. Uma enorme silhueta de couro atravessou a nuvem de destroços, voando alto enquanto dezenas de garras se cravavam na torre por todos os lados. Eles irromperam do solo, tirando os corpos alados e cheios de escamas da terra. Em seguida, escalaram a torre mais alta, um após o outro, balançando as caudas preto-acinzentadas no ar. O primeiro chegou ao topo, com as escamas preto-arroxeadas brilhando sob o sol conforme sacudia a sujeira do corpo. Ele esticou o pescoço comprido e as cristas se abriram ao redor da sua cabeça. Em seguida, escancarou a boca larga e um rugido ensurdecedor me abalou até os ossos.

Nektas me encarou.

— De agora até o fim, eles pertencem a você, Rainha de Carne e Fogo.

Minha respiração ficou presa, queimando a minha garganta conforme fiapos de fumaça saíam das narinas da criatura preto-arroxeada. Ele abriu as mandíbulas e soltou outro rugido estrondoso. As chamas saíram da sua boca em uma maré prateada. O dragontino alçou voo da torre de obsidiana, disparando para o céu e abrindo as asas, provocando uma rajada de vento sobre o chão lá embaixo. Os demais gritaram, seus berros se transformando em chamados lamentosos. Despertos da hibernação, dezenas de dragontinos o seguiram, saltando da torre e alçando voo, um após o outro. Eles voaram na direção das Montanhas de Nyktos, de onde partiriam para Solis.

Para a Carsodônia.

Capítulo Cinquenta

— Você tem que acordar logo. Há dragontinos aqui — disse a Tawny. — Dragontinos de verdade.

Ela não havia acordado, mas a escuridão tinha parado de se espalhar por suas veias. Seja lá o que fosse que o Curandeiro que Willa trouxe havia dado a Tawny estava funcionando. Mas também a estava mudando.

Seus cachos dourados agora estavam brancos como ossos. De certa forma, o cabelo da cor da neve a deixava ainda mais deslumbrante.

— Os dragontinos são lindos. — Afastei um cacho do rosto dela. — Só um pouco... temperamentais. Eles estavam hibernando há tanto tempo que acho que têm o direito de ficar mal-humorados.

— Mal-humorados? — bufou Kieran, me sobressaltando. Eu não o tinha ouvido entrar. Ele estava com Vonetta, passando um tempo com os pais e a irmã recém-nascida. Eu sabia o que significava a presença dele ali. — Mais para mordazes.

— Você mereceu — eu o lembrei enquanto ajeitava o cobertor em torno de Tawny. — Kieran chegou perto demais de um deles que estava descansando. Quase perdeu a mão.

— Ou o braço — corrigiu ele.

Olhei por cima do ombro.

— Aliás, não acho que mordaz seja a palavra certa.

— Ah, não? — murmurou Kieran, olhando para onde Tawny estava deitada. — Ela parece estar melhor.

— Sim, ela está. — Olhei de volta para ela. — Já está na hora?

— Sim.

Dei um último aperto na mão de Tawny e a repousei em cima da cama. Levantei e alisei uma roupa parecida com a que havia usado para ir até o Iliseu. Só que o corpete era de um tecido de lã mais grosso. O tempo frio havia chegado em grande parte de Solis.

— Volto... — Inclinei-me e dei um beijo na testa quente dela. — Bem, eu vou voltar. Prometo.

*

Levamos menos da metade de um dia para chegar ao extremo norte de Atlântia, à muralha que ia até os Pilares de Atlântia, nos arredores da Enseada de Saion. Lá, eu me reencontrei com Setti. Acariciei o focinho do animal e cocei a sua orelha. Esperava que ele pegasse leve comigo. Minha habilidade com montaria estava seriamente abalada e ele, bem, tinha um bom motivo para ter recebido o nome do cavalo do Deus da Guerra.

— Há alguém chegando — avisou Kieran.

Por cima do ombro, vi o pai de Casteel se aproximando, com o peito e ombros cobertos por uma armadura dourada e prateada e um elmo debaixo do braço. Senti um nó no estômago. Eu só o tinha visto uma vez desde que voltei para Evaemon e apenas por um instante, um encontro ao acaso pelos corredores. Ele havia partido imediatamente para o norte do reino.

Os lupinos se remexeram na grama, levantando as cabeças conforme ele se aproximava. Valyn fez uma reverência e eles voltaram a cochilar, sonhar acordados ou seja lá o que fosse que estivessem fazendo.

— Você ainda pretende enviar uma mensagem? — perguntou Valyn, olhando para a coroa na minha cabeça. Não sei o que havia me feito colocá-la, mas ela estava ali e parecia certo.

Fiz que sim com a cabeça.

— É o que Casteel faria. — E eu sabia que era verdade.

Valyn emitiu um som de concordância e um longo momento de silêncio se passou. Respirei fundo.

— Vou trazê-lo de volta — jurei. — Nós o traremos de volta. Prometo.

Valyn engoliu em seco e assentiu enquanto olhava para mim.

— Sei que vai. — Ele fez uma pausa. — Meu filho é um homem de sorte por tê-la encontrado e se unido a você.

As palavras dele confortaram o meu coração ferido e a aceitação por trás delas me deixou sem palavras. Levei um momento para conseguir falar.

— Fui eu quem tive a sorte de ser encontrada pelo seu filho e me unir a ele.

Valyn se aproximou e aninhou a minha bochecha com a mão enluvada.

— E Eloana e eu temos mais sorte ainda de tê-la como nora.

Meus olhos ficaram cheios de lágrimas. Eu ainda não tinha chorado e disse a mim mesma que não choraria agora. Se fizesse isso, não conseguiria mais parar.

— Obrigada.

Ele acenou com a cabeça e, em seguida, baixou a mão, com o olhar fixo na muralha.

— Quero pedir um favor a você.

Examinei o seu perfil e agucei os sentidos. Não precisei procurar muito para sentir a agonia que irradiava dele.

— O que é?

Ele contraiu os ombros sob a armadura de ouro e aço.

— Se vir o meu outro filho antes de mim, tudo o que peço é que faça com que a morte dele seja a mais rápida e indolor possível.

Dei um suspiro e senti um nó na garganta. As duas palavras que pronunciei doeram para sair.

— Farei isso.

— Obrigado. — Valyn assentiu e passou o elmo para a outra mão. — Vamos aguardar o seu retorno no sopé das Montanhas Skotos, da fronteira das Terras Devastadas até a muralha no Pontal de Spessa, Vossa Majestade. — Ele fez uma reverência e se despediu.

Observei conforme ele caminhava de volta até o cavalo. Eu o veria depois de enviar a mensagem.

— Foi muito difícil para ele pedir isso — afirmou Kieran, já montado no seu cavalo.

— Eu sei. — Segurei as rédeas de Setti e montei enquanto Vonetta avançava na forma de lupina ao lado de Delano.

Dezenas de lupinos se levantaram da grama fofa sob os raios quentes do sol da tarde quando os portões da muralha se abriram, um após o outro. Liderados por Valyn e as Guardiãs, os soldados cavalgavam em grupos enormes, com as armaduras de ouro e prata brilhando sob o sol. O som dos cascos dos cavalos ressoou nas pedras e ecoou ao redor conforme as flâmulas eram erguidas por toda a fileira. Perdi o fôlego assim que vi o Brasão Atlante. A flecha e a espada estavam cruzadas bem no meio.

Puxei o ar bruscamente, com os olhos cheios de lágrimas conforme as flâmulas ondulavam sob o sol de Atlântia. Fechei os olhos, dizendo a mim mesma que Casteel as veria depois.

Ouvi um ronco baixo, um som parecido com o trovão. Outro chamado agudo e lamentoso se seguiu. Abri os olhos e vi os lupinos pararem, levantando as cabeças para o alto, de orelhas em pé. Segurei as rédeas com força quando Setti trotou nervosamente debaixo de mim e pousei a mão sobre a bolsinha no meu quadril. Senti as curvas do cavalo de brinquedo. Então olhei para as flâmulas, para o brasão que representava Casteel e eu, conforme as imensas sombras aladas pairavam acima do exército de Atlântia, que cavalgava para o oeste.

*

Quatro dias depois, nós já estávamos aguardando na floresta que cercava a Trilha dos Carvalhos, no meio das árvores curvadas. Quando o último raio de sol nos deixou e as estrelas ganharam vida no céu noturno, guardei o cavalo de brinquedo na bolsinha e me levantei da superfície elevada e plana de uma rocha.

— Você devia ter dormido um pouco — murmurou Delano enquanto se aproximava de mim.

— Eu dormi.

A preocupação emanava dos poros dele. Eu não tinha mentido. Não de verdade. Dormi por cerca de uma hora e então acordei e passei o resto das horas como passava todos os momentos em que fazíamos pausas para descansar e comer.

Pratiquei lutar como uma deusa.

Peguei a espada curta e a embainhei conforme olhava ao redor com uma ligeira careta.

— Onde estão...?

— Os dragontinos? — Os olhos de Delano cintilaram de divertimento quando ele apontou com a cabeça para as árvores que continuavam eretas e orgulhosas. — Reaver está ali, engajado em uma batalha épica de olhares com Kieran.

Um débil sorriso repuxou os meus lábios enquanto eu apertava os olhos. Mal consegui distinguir a silhueta de Kieran, deitado de bruços. A vários metros dele, um dragontino relativamente grande cutucava os dentes da frente com as garras distraidamente. Ele não era tão imenso quanto Nektas, mas tinha o comprimento de cinco Settis e cerca de três vezes a largura do cavalo.

Foi Reaver quem quase mordeu Kieran.

Arqueei a sobrancelha. Sequer tinha visto Reaver na forma mortal. Nektas, que ficou no Iliseu, foi o único dragontino que vi por algum tempo na forma mortal. Só fiquei sabendo o nome de Reaver porque uma dragontina chamada Aurelia, que assumiu a forma mortal por um breve instante, me contou o nome de todos. Ela e mais uma foram as únicas mulheres que despertaram. Aparentemente dragontinas eram raras.

— Já está na hora — chamei, prendendo o gancho na minha capa. — Lembrem-se do plano.

Reaver emitiu um som bufante assim que se levantou, esticando o enorme corpo preto-arroxeado enquanto levantava as asas. Isso me deixou um pouco preocupada de que ele não pretendesse segui-lo. Kieran se levantou, e eu esperei que se afastasse rapidamente do dragontino, mas ele conseguiu caminhar bem devagar na minha direção.

Voltei-me para onde Vonetta e os demais lupinos esperavam junto de Naill e Emil.

— Fiquem a salvo.

Uma determinação férrea irradiou deles quando me virei e comecei a seguir na direção de cidade com Delano ao lado, na forma humana.

660

Se as coisas saíssem como eu esperava, não haveria nenhum risco para a maioria dos lupinos. O barulho das folhas secas me alertou sobre o progresso de Kieran e o farfalhar dos galhos me informou que Reaver tinha levantado voo.

Uma faixa de luar atravessou a copa das árvores curvadas quando olhei para a palma da mão esquerda. A gravação de casamento brilhava suavemente. Fechei a mão e levantei o capuz da capa o suficiente para que a coroa ficasse escondida. Deslizei a mão direita para dentro da capa quando vi uma fileira de tochas por entre os galhos arqueados.

— Já os vi — anunciou Delano baixinho. — São cerca de uma dúzia.

Menos do que tinha imaginado, o que era meio ofensivo.

Kieran ficou para trás enquanto Delano e eu nos aproximávamos da fronteira das árvores. Pude ver uma fileira de guardas, com os mantos se confundindo com a noite mesmo sob o luar. Cavaleiros. Meus sentidos confirmaram isso, mas havia alguém mais afastado, vestido de preto. Um homem jovem de cabelos escuros. Não senti... nada emanando dele, mas não era o vazio absoluto de um Ascendido. O homem de braços cruzados não era um vampiro, e eu estava disposta a apostar que fosse um Espectro.

Os cavaleiros se moveram ao mesmo tempo antes que Delano e eu saíssemos do meio das árvores, erguendo os escudos com o Brasão Real entalhado no metal e empunhando as espadas ao lado do corpo. Examinei o brasão — um círculo com uma flecha atravessada bem no meio. Simbolizava o infinito e o poder, mas me dei conta de que eu era a flecha no Brasão Atlante. Não a espada. Agora vi o Brasão Real de uma forma totalmente diferente. Abri um sorriso.

— Não sei por que você está sorrindo — debochou o Espectro. — Acho que as coisas não saíram muito bem para você na última vez em que esteve aqui.

Lancei um rápido olhar na direção dele.

— Espero que eles não tenham enviado você para falar comigo. Em caso afirmativo, garanto que essa noite não vai terminar bem para você.

O Espectro arqueou a sobrancelha escura.

— Ai, que medo.

— Afastem-se — soou uma voz atrás dos cavaleiros. Uma voz que eu não ouvia há anos.

Os cavaleiros abriram caminho, abaixando os escudos, e eu vi quem estava atrás deles.

Os cabelos dourados dele estavam mais compridos do que eu lembrava, roçando as pontas das orelhas, mas reconheci as feições de um homem bonito — a testa pesada, o nariz reto, o queixo quadrado e os lábios finos que raramente vi repuxados em um sorriso. A coroa de rubi tinha um brilho sombrio sob o luar.

Mal pude acreditar que estava olhando para o Rei de Sangue, vestido com uma capa branca com acabamento em vermelho e preto e uma faixa carmesim atravessando o peito. Isbeth atendeu o meu pedido e enviou o Rei para se encontrar comigo. Quase dei uma gargalhada, mas então me dei conta de que havia apenas um Espectro no meio de um punhado de cavaleiros para proteger o Rei de Solis. Era evidente que a Coroa de Sangue não me via como uma ameaça.

Bem, agora eu estava realmente ofendida.

— Donzela — cumprimentou o Rei Jalara, e eu me retesei. — Faz um bom tempo que não nos vemos, não é?

— É verdade — respondi, percebendo o aumento da raiva de Delano e Kieran de onde estavam escondidos sob a sombra das árvores. — Muita coisa mudou, começando com o fato de que não sou mais a Donzela. — Ergui a mão esquerda e puxei o capuz para baixo. — Mas você já sabe disso.

Ele arregalou os olhos ligeiramente.

— A coroa dourada — murmurou o Rei Jalara, parecendo tão admirado quanto eu já tinha visto um Ascendido parecer, o que era uma reação morna, na melhor das hipóteses. Sua mão cheia de joias reluziu sob o luar quando ele segurou a espada com firmeza. — Ora, ora, ora — murmurou ele, olhando para a coroa enquanto dava um passo à frente. — Olhe só para você, Penellaphe.

Delano desembainhou a espada, sua expressão mortalmente afiada.

— Dirija-se a ela como Rainha Penellaphe ou Vossa Majestade.

O Rei virou a cabeça lentamente na direção do lupino, parecendo uma serpente.

— E esse aí do seu lado? — Ele farejou o ar. — Não passa de um pagão. Um cachorro grande demais — zombou o Rei. — Nojento.

— Nojento? — repeti. — O homem ao meu lado vem da linhagem que recebeu a forma mortal das mãos do próprio Nyktos. O homem à sua esquerda tem cheiro de decomposição e coisa podre.

O Espectro franziu o cenho.

— Não tenho, não. — Ele puxou a frente da túnica. — Grossa.

— Ah, me desculpe. — Olhei para o Rei de Sangue. — É você que está empesteando o ar?

Senti uma onda açucarada de divertimento emanando do Espectro conforme o Rei Jalara flexionava um músculo do maxilar.

— Eu cuidaria da minha língua se fosse você, Donzela.

Ergui a mão esquerda quando Delano soltou um rosnado baixo.

Rei Jalara deu um sorriso irônico.

— Ou talvez não. Vou descontar cada palavra que me irritar naquele que você chama de marido.

Todo o meu ser berrou de raiva, clamando por sangue e dor, embora eu não demonstrasse nenhuma emoção enquanto olhava para o Rei de Sangue. O Ascendido que nunca foi cruel comigo quando eu era criança. Que simplesmente estava ali, em segundo plano.

— Você sabe muito bem que ele não achou a estadia conosco nada agradável. Minha querida Ileana quase o convenceu de que você havia sido capturada, apesar do seu sacrifício. Seus gritos de raiva foram uma serenata para os nossos ouvidos.

Cerrei o maxilar.

Jalara ficou com uma expressão presunçosa estampada no rosto.

— O quê? Você não tem nada a dizer? Não vai perguntar se ele está bem? Não vai implorar? — Ele inclinou a cabeça. — Não vai fazer ameaças? Eu esperava ouvir pelo menos uma ameaça de você depois de Ileana me contar em detalhes sobre...

— Chame-a pelo nome verdadeiro — interrompi. — Tenho certeza que você sabe que é Isbeth.

Ele estreitou os olhos.

— Ela não é mais Isbeth.

— E o que você acha que ela é? Ileana, a deusa?

— O que você acha? — desafiou ele.

— Eu sei que uma deusa não pode ser criada — respondi. — Ela não passa de uma mistura perversa de amargura e ganância manifestada.

— E o que isso faz de você?

— Uma deusa de verdade — respondi tão categoricamente quanto Casteel teria feito.

— E não conseguiu derrotá-la mesmo assim? — Ele riu friamente. — Você pode até ter o sangue de Nyktos nas veias, mas nós dois sabemos o que você é, e o que sempre será. A Donzela que é metade bela e metade desastre.

Não disse nada. Não senti nada.

O Rei abaixou o queixo e se aproximou.

— Você deveria fazer o que ela está pedindo. Ela é a sua mãe.

— E, no entanto, eu não dou a mínima pra isso. — Sustentei o olhar dele. — Acredite se quiser, mas não vim aqui para desperdiçar o meu tempo insultando a Rainha de Sangue.

O Rei Jalara respirou fundo.

— Você veio aqui para se render? Se entregar?

— Vim enviar uma mensagem para a Rainha de Sangue.

Ele arqueou as sobrancelhas tão rápido e tão alto na testa que fiquei surpresa por não derrubarem a preciosa coroa da sua cabeça.

— Uma mensagem? Vim até esse lugar esquecido por deus na fronteira das Terras Devastadas para entregar uma mensagem para você?

Fiz que sim com a cabeça enquanto colocava a mão direita sobre o abdômen debaixo da capa.

— Você só pode estar brincando. Você perdeu o juízo, é? — O Rei Jalara deu um sorriso grotesco, exibindo as presas. — A única mensagem que vou entregar para você é de submissão.

— Desculpe. Eu me expressei mal — corrigi, forçando uma risadinha boba. — Você é a mensagem.

— O quê...? — Seu sorriso perverso congelou no rosto. Jalara olhou por cima do meu ombro. Kieran saltou das sombras, colidindo com ele. Ele tropeçou, repuxando os lábios em um rosnado quando Kieran o agarrou pelo braço, impedindo-o de se afastar. Saquei a espada da capa e a brandi em um golpe abrangente.

Poucas coisas na minha vida foram tão satisfatórias quanto a sensação da lâmina encontrando a carne do Rei Jalara, a resistência dos ossos, e então a facilidade surpreendente com que ela cedeu. A espada cortou a garganta e a coluna vertebral dele, separando a sua cabeça do corpo.

Ergui o olhar para os cavaleiros, paralisados, e para o Espectro em estado de choque, imobilizado pela visão da cabeça do Rei voando na direção oposta ao corpo ou do resto dos lupinos que saíam das sombras.

E então lutei como uma deusa.

Não convoquei o éter. Não o visualizei. Não esperei que o poder crescesse dentro de mim. Eu não precisava fazer isso, pois ele sempre esteve ali. Eu simplesmente desejei que o poder se manifestasse.

Os escudos explodiram, seguidos pelas espadas. Os pescoços dos cavaleiros giraram para o lado, silenciando seus gritos ainda na garganta. Os braços se quebraram. Ossos racharam pelo corpo inteiro. As pernas dobraram para trás, e então eu as despedacei por dentro.

Em meio à névoa de sangue, o Espectro desembainhou duas espadas pretas em forma de meia-lua. Ele as empunhou enquanto os lupinos rosnavam e mordiam o ar.

— Isso não vai funcionar comigo.

— Não, não vai — concordei enquanto uma rajada de vento soprava lá do alto. A luz da lua ficou repentinamente oculta.

O Espectro olhou para cima.

— O quê...?

Reaver pousou diante de mim, sacudindo o chão e as árvores. Ele girou a cauda, deslizando-a entre os lupinos enquanto esticava a cabeça e abria a boca. Um rugido ensurdecedor irrompeu do fundo de sua garganta conforme um fio de fumaça pairava acima das cristas.

— Mas isso vai — concluí, embainhando a espada. — O fogo dos deuses é capaz de matá-lo, certo?

— Deuses do inferno, isso é...? — O Espectro cambaleou, tropeçando nos próprios pés. Ele se equilibrou no instante em que a cauda espetada de Reaver bateu no seu peito.

Bem, isso não fazia parte do plano, pensei enquanto observava o Espectro voar pelos ares, colidindo com uma rocha. Ele a atingiu com um baque de carne. Caiu de joelhos, se arrastando para a frente com a ajuda das mãos e soltando um gemido.

Olhei para Reaver.

— É sério?

Ele emitiu um som resfolegante enquanto balançava a cauda para trás, quase acertando Kieran. O lupino abaixou as orelhas e rosnou.

— Calma — eu o alertei enquanto passava por cima da cauda de Reaver. — Você não vai vencer essa batalha.

A postura de Kieran me dizia que ele gostaria de tentar conforme eu me aproximava do Espectro lamentoso. Ele se calou assim que me ajoelhei na sua frente, segurando o peito.

— Isso faz parte da mensagem que quero que você entregue à sua Rainha — avisei, e era o tipo de mensagem que Casteel enviaria.

O Espectro olhou para cima, com o sangue escorrendo da boca. Ele só parou de olhar para mim para ver o que Delano havia atirado aos seus pés.

Era a cabeça do Rei Jalara.

— Cacete — gemeu o Espectro.

Peguei a coroa de rubi que Delano me entregou.

— Quero que você entregue essa mensagem a ela. Diga que estou com a coroa dele. Agora pertence a mim. Quero que você agradeça a ela por me ensinar a lutar como uma deusa. Diga que fiz isso por Ian.

Os olhos vazios do Espectro encontraram os meus.

— Essa é a parte mais importante. Você precisa garantir que a sua Rainha entenda que vou atrás dela. Que vou queimar todos os Espectros que ficarem no caminho. Que vou massacrar todos os Ascendidos que a defenderem. Derrubar todos os castelos em que ela tentar se esconder. Garanta que ela entenda que a sua sobrevivência depende da de Casteel. Ou ela o liberta, ou todas as cidades do reino serão destruídas. Se ela tocar nele mais uma vez, eu posso e irei destruir seu precioso Malec. Sei onde encontrá-lo. Ele ainda está vivo. Por enquanto. E se ela matar Casteel? Se alguém o matar? — Inclinei a cabeça, captando o seu olhar enquanto ele tentava descobrir para onde o dragontino tinha voado. — Vou me certificar de que a sua morte seja lenta e que leve centenas de anos para ser concluída. Ou milhares. Entendeu?

— Sim — ofegou ele.

— Ótimo. — Eu me levantei, segurando a coroa de rubi na ponta dos dedos. — Faça com que ela saiba que eu sou a Escolhida, Aquela que é Abençoada, e que tenho o sangue do Rei dos Deuses nas veias. Eu sou a Liessa dos lupinos, a segunda filha, a herdeira legítima das Coroas de Atlântia e de Solis. Eu sou a Rainha de Carne e Fogo, e os guardas dos deuses voam comigo. Diga à Rainha de Sangue que se prepare para a guerra.

Agradecimentos

Agradeço à Liz Berry, Jillian Stein e MJ Rose, que se apaixonaram por estes personagens e por este mundo tanto quanto eu. Agradeço tambem à minha agente Kevan Lyon, e Chelle Olson, Kim Guidroz, à equipe da Blue Box Press, Jenn Watson, e à minha assistente Stephanie Brown, pelo trabalho duro e apoio. Obrigada, Hang Le, por criar capas tão lindas.

Um grande agradecimento a Jen Fisher, Malissa Coy, Stacey Morgan, Lesa, JR Ward, Laura Kaye, Andrea Joan, Sarah J. Maas, Brigid Kemmerer, KA Tucker, Tijan, Vonetta Young, Mona Awad e muitos outros que ajudaram a me manter sã e a continuar rindo.

Obrigada à equipe ARC pelo apoio e críticas sinceras. Um grande agradecimento ao JLAnders por ser o melhor grupo de leitores que um autor pode ter, e ao Blood and Ash Spoiler Group, por fazer o processo de rascunho ser tão divertido e absolutamente incrível.

Nada disso seria possível sem você, leitor. Obrigada.

Leia o primeiro capítulo de

A guerra das duas rainhas,

continuação de

A coroa de ossos dourados.

Casteel

O estalido e o arrastar das garras se aproximaram quando a chama fraca da vela solitária crepitou e depois se apagou, lançando a cela na escuridão.

Uma massa espessa de sombras surgiu sob a arcada, uma silhueta disforme rastejando com mãos e joelhos no chão. Ela parou, farejando tão alto quanto um maldito jarrato, sentindo o cheiro de sangue.

O meu sangue.

Os aros lisos feitos de pedra das sombras se apertaram ao redor da do meu pescoço e tornozelos quando mudei de posição, me preparando. A maldita pedra era inquebrável, mas veio bem a calhar.

A criatura soltou um gemido grave.

— Filho... — A coisa saiu em disparada de baixo da arcada e avançou, com o lamento se tornando um guincho ensurdecedor. — ... da *puta*.

Esperei até que o fedor de decomposição chegasse até mim e então pressionei as costas contra a parede e levantei as pernas. O comprimento da corrente entre os meus tornozelos era de uns 15 centímetros e as algemas não cediam, mas era o suficiente. Coloquei os pés descalços sobre os ombros da criatura e dei uma boa e infeliz olhada na coisa quando seu hálito fétido me atingiu no rosto.

Cara, esse Voraz era bem velho.

Havia pedaços de carne cinzenta grudadas no crânio sem cabelos e metade do nariz tinha desaparecido. Um osso malar estava completamente exposto e seus olhos ardiam como brasas. Os lábios estavam rasgados e mutilados...

O Voraz virou a cabeça para baixo e cravou as presas na minha panturrilha. Seus dentes rasgaram as minhas calças até alcançarem carne e músculos. Sibilei quando uma dor lancinante subiu pela minha perna.

Vale a pena.

A dor valia muito a pena.

Eu passaria a eternidade recebendo aquelas mordidas se isso significasse que *ela* estava segura. Que *ela* não estava naquela cela. Que *ela* não estava sentindo dor.

Desvencilhei-me do Voraz e passei a corrente curta sobre o pescoço da coisa enquanto cruzava os pés. Girei o corpo na altura da cintura, puxando a corrente de ossos ao redor da sua garganta e silenciando os gritos do Voraz. O aro apertou meu pescoço conforme eu girava, impedindo a minha respiração enquanto a corrente afundava no pescoço do Voraz. Seus braços se debateram no chão quando virei as pernas na direção oposta, quebrando a coluna da criatura. O espasmo se tornou uma contração quando eu o puxei para o alcance das minhas mãos algemadas. A corrente entre os meus pulsos, conectada ao aro ao redor da minha garganta, era muito mais curta, mas suficientemente comprida.

Agarrei as mandíbulas frias e pegajosas do Voraz e puxei sua cabeça com força, batendo-a contra o chão de pedra ao lado dos meus joelhos. A carne cedeu, espirrando sangue podre sobre o meu abdômen e tórax. Osso se quebrou com um estalo úmido. O Voraz amoleceu. Eu sabia que ele não continuaria caído ali, mas isso me dava algum tempo.

Com os pulmões ardendo, desenrolei a corrente e chutei a criatura para longe de mim. Ele caiu sob o arco em um emaranhado de membros enquanto eu relaxava os músculos. O aro em volta do meu pescoço demorou a afrouxar, mas finalmente permitiu que o ar entrasse nos meus pulmões em brasas.

Olhei para o corpo do Voraz. Em outro momento, eu teria chutado o maldito para o corredor como de costume, mas estava ficando fraco.

Estava perdendo muito sangue.

Já.

Não era um bom sinal.

Respirei pesadamente e olhei para baixo. Logo abaixo dos aros de pedra das sombras, cortes superficiais subiam pelo interior dos meus braços, passando por ambos os cotovelos e sobre as veias. Eu os contei. De novo. Só para ter certeza.

Treze.

Treze dias se passaram desde a primeira vez que as Aias invadiram aquela cela, vestidas de preto e silenciosas como um túmulo. Elas vinham uma vez por dia para rasgar a minha carne, tirando o meu sangue como se eu fosse um maldito barril de vinho.

Retorci a boca em um sorriso tenso e selvagem. Consegui acabar com três delas no começo. Rasguei suas gargantas assim que elas chegaram perto de mim, e foi por isso que encurtaram a corrente entre os meus pulsos. No entanto, apenas uma *continuou* morta. As malditas gargantas das outras duas se fecharam em questão de minutos, algo impressionante e revoltante de testemunhar, mas que me fez descobrir uma informação valiosa: nem todas as Aias da Rainha de Sangue eram Espectros.

Ainda não sabia muito bem como poderia usar essa informação, mas imaginei que estivessem usando o meu sangue para criar novos Espectros. Ou como sobremesa para os sortudos.

Encostei a cabeça na parede e tentei não respirar fundo. Se o fedor do Voraz derrotado não me sufocasse, a maldita pedra das sombras em volta do meu pescoço o faria.

Fechei os olhos. Passaram-se alguns dias antes que as Aias aparecessem pela primeira vez. Quantos? Eu não tinha certeza. Dois dias? Uma semana? Ou...?

Foi nesse momento que me contive. *Pare com isso, porra.*

Não podia seguir por esse caminho. Não faria isso. Tinha feito da última vez, tentado contar os dias e semanas até que chegou um ponto em que o tempo simplesmente parou de passar. Horas viraram dias. Semanas viraram anos. E a minha mente ficou tão podre quanto o sangue que escorria da cabeça destroçada do Voraz.

Mas as coisas eram diferentes agora.

A cela era maior, e a entrada, desbloqueada. Não que precisasse, com a pedra das sombras e as correntes. Eram uma mistura de ferro e ossos de divindades, presas a um gancho na parede e a um sistema de polias para alongar ou encurtá-las. Eu conseguia me sentar e me mexer um pouco, mas só isso. Contudo, a cela não tinha janelas, como antes, e o cheiro de umidade e mofo me dizia que eu estava preso no subsolo outra vez. Os Vorazes que iam e vinham livremente também eram uma novidade.

Entreabri os olhos. O cretino sob a arcada devia ser o sexto ou sétimo a entrar na cela atraído pelo cheiro de sangue. A aparência deles me fazia pensar que havia um problema sério de Vorazes lá em cima.

Já tinha ouvido falar dos ataques de Vorazes dentro da Colina que cercava a Carsodônia. A Coroa de Sangue culpava Atlântia e a irritação dos deuses por isso. Sempre pensei que isso acontecesse porque os Ascendidos tinham ficado gulosos e deixado que os mortais dos quais se alimentavam se transformassem. Agora estava começando a achar que os Vorazes eram mantidos ali, onde quer que *ali* fosse. E se fosse isso mesmo e eles conseguiam fugir e chegar até a superfície, então eu também conseguiria.

Se ao menos eu conseguisse afrouxar essas malditas correntes. Perdi um tempo precioso puxando o gancho. Depois de todas as tentativas, a corrente deve ter deslizado um centímetro da parede, se tanto.

Mas essa não era a única diferença. Além dos Vorazes, eu só tinha visto as Aias. Não sabia o que pensar a respeito disso. Imaginei que seria como da última vez. Com visitas frequentes da Coroa de Sangue e seus acólitos que passavam o tempo provocando e infligindo dor, se alimentando e fazendo tudo o que quisessem.

Certamente a minha última incursão naquela merda de cativeiro não tinha começado assim. A Rainha de Sangue tentou *abrir os meus olhos* primeiro, me persuadir a ficar ao seu lado. Me virar contra a minha família e o meu reino. Depois que não deu certo, a diversão começou.

Será que foi isso que aconteceu com Malik? Meu irmão se recusou a colaborar, e então eles o destruíram como quase conseguiram fazer comigo? Engoli em seco. Não sabia. Tampouco tinha visto o meu irmão, mas eles devem ter feito alguma coisa com ele. Malik fora mantido preso por muito mais tempo, e eu sabia do que eram capazes. Conhecia o desespero e o desamparo. Sabia como era respirar e saborear a percepção de que você não tinha controle nem senso de si próprio. Mesmo que eles nunca o tenham tocado, ser mantido em cativeiro assim, ainda mais em isolamento, destruía a sua mente depois de um período. E um *período* era um espaço de tempo mais curto do que se poderia imaginar. Fazia você pensar em certas coisas.

Acreditar em certas coisas.

Puxei a perna dolorida para cima o máximo que pude e olhei para as mãos sobre o meu colo. Em meio à escuridão, eu quase não conseguia ver o brilho do redemoinho dourado na palma esquerda.

Poppy.

Fechei os dedos sobre a marca, apertando a mão com força como se pudesse, de algum modo, conjurar qualquer coisa que não fosse o som dos gritos dela. Apagar a imagem do seu lindo rosto contorcido de dor. Não queria ver isso. Queria vê-la como ela estava no navio, com o rosto corado e os olhos verdes deslumbrantes com o ligeiro brilho prateado atrás das pupilas ávidas e desejosas. Queria me lembrar de bochechas vermelhas de luxúria ou aborrecimento, esse último quando ela estava silenciosa ou verbalmente decidindo se me apunhalar seria considerado inapropriado. Queria ver seus lábios carnudos entreabertos e a pele brilhando enquanto me tocava e me curava de um jeito que jamais seria capaz de saber ou compreender. Fechei os olhos mais uma vez. E, merda, tudo o que vi foi o sangue escorrendo de suas orelhas e nariz enquanto ela se contorcia nos meus braços.

Deuses, eu vou deixar aquela maldita Rainha em pedacinhos assim que me libertar. E eu vou me libertar.

De um jeito ou de outro, vou me libertar e garantir que ela sinta toda a dor que *já* infligiu a Poppy. Dez vezes mais.

Abri os olhos de repente ao ouvir o som fraco de passos. Os músculos do meu pescoço se retesaram enquanto eu abaixava a perna lentamente. Isso não era normal. Poucas horas se passaram desde a última vez que as Aias fizeram a sangria. A menos que eu já estivesse começando a perder a noção do tempo.

Senti uma palpitação no peito enquanto me concentrava no som dos passos. Havia muitos, mas um deles era mais pesado. Botas. Cerrei o maxilar assim que olhei para a entrada.

Uma Aia entrou primeiro, quase se fundindo à escuridão. Ela não disse nada quando suas saias pairaram sobre o Voraz caído no chão. Com um golpe de aço contra a pederneira, uma faísca acendeu o pavio da vela na parede onde a outra havia queimado por inteiro. Outras quatro Aias entraram enquanto a primeira acendia mais velas, com os rostos ocultos atrás da tinta preta.

Fiquei imaginando a mesma coisa que imaginava toda vez que as via: qual era a história por trás da pintura facial?

Já tinha perguntado dezenas de vezes. Nunca obtive uma resposta.

As Aias ficaram paradas em volta da arcada, junto com aquela primeira, e eu logo soube quem estava vindo. Fixei o olhar na entrada entre elas. O aroma de rosas e baunilha me alcançou e uma fúria, ardente e infinita, tomou conta do meu peito.

Em seguida, ela entrou, surgindo como o completo oposto das suas Aias.

De branco. O monstro usava um vestido justo de um tom de branco imaculado, quase transparente, que deixava muito pouco para a imaginação. Repuxei o lábio de nojo. Além dos cabelos castanho-avermelhados que chegavam até a cintura fina e marcada, ela não se parecia em nada com Poppy.

Ao menos é o que eu continuava dizendo a mim mesmo.

Que não havia nenhum vestígio de similaridade no conjunto das suas feições — o formato dos olhos, a linha reta do nariz com piercing de rubi ou a boca carnuda e expressiva.

Não importava. Poppy não se parecia em *nada* com ela.

A Rainha de Sangue. Ileana. *Isbeth*. Mais conhecida como a vadia prestes a morrer.

Isbeth se aproximou, e eu ainda não fazia ideia de como não tinha percebido que ela não era uma Ascendida. Seus olhos eram escuros e insondáveis, mas não tão opacos quanto os de um vampiro. Seu toque... Inferno! Ele tinha se misturado aos outros com o passar dos anos. Mas, apesar de frio, não era gélido nem exangue. Por outro lado, por que eu ou qualquer pessoa consideraria a possibilidade de que ela fosse algo diferente do que dizia ser?

Qualquer pessoa, menos os meus pais.

Eles deviam saber a verdade sobre a Rainha de Sangue, sobre quem ela realmente era. E não nos contaram. Não nos avisaram.

Uma raiva mordaz e pungente corroeu as minhas entranhas. A informação talvez não tivesse mudado o resultado, mas teria alterado completamente a maneira de enfrentá-la. Deuses, nós estaríamos mais bem preparados se soubéssemos que uma vingança de séculos guiava o tipo peculiar de delírio da Rainha de Sangue. Isso nos teria feito refletir. Teríamos percebido que ela seria capaz de fazer *qualquer coisa*.

Mas não havia nada que pudéssemos fazer a respeito disso agora, não quando eles me acorrentaram a uma maldita parede e Poppy estava lá fora, lidando com o fato de que aquela mulher era a sua mãe.

Ela está com Kieran, eu me lembrei. *Ela não está sozinha.*

A falsa Rainha também não. Um homem alto entrou atrás dela, parecendo uma vela acesa ambulante. Era um filho da puta todo dourado, do cabelo até a pintura no rosto. Os olhos eram de um tom de azul tão claro que pareciam quase sem cor. Eram parecidos com os das Aias. Outro Espectro, eu podia apostar. Mas uma das Aias cuja garganta não continuou aberta tinha olhos castanhos. Nem todos os Espectros tinham as íris claras.

Ele permaneceu na entrada, com as armas não tão escondidas quanto as das Aias. Uma adaga preta estava presa ao peito e duas espadas estavam nas suas costas, com os punhos curvos visíveis acima dos quadris. *Que se foda.* Voltei a atenção para a Rainha de Sangue.

A luz das velas reluziu nas torres de diamantes da coroa de rubis conforme Isbeth olhava para o Voraz.

— Não sei se você já percebeu — comentei casualmente —, mas está com uma infestação de pragas.

A Rainha de Sangue arqueou uma sobrancelha escura e estalou os dedos pintados de vermelho duas vezes. Duas Aias se moveram como uma só e recolheram o que sobrou do Voraz. Elas carregaram a criatura para fora da cela enquanto Isbeth se voltava para mim.

— Você está com uma aparência de merda.

— Sim, mas eu posso me limpar. E você? — Abri um sorriso quando notei a pele se retesando ao redor da sua boca. — Você não pode se livrar desse fedor nem com água, nem com alimento. Essa merda está *dentro* de você.

A risada de Isbeth parecia vidro tilintando, irritando cada um dos meus nervos.

— Ah, meu caro Casteel, eu tinha me esquecido como você é encantador. Não é à toa que a minha filha parece estar tão apaixonada por você.

— Não a chame assim — rosnei.

A Rainha arqueou ambas as sobrancelhas enquanto brincava com um anel no dedo indicador. Um aro dourado com um diamante cor-

-de-rosa. Aquele ouro era lustroso, brilhando mesmo na penumbra — brilhando de uma forma que só o ouro de Atlântia era capaz.

— Por favor, não me diga que você duvida que eu seja a mãe dela. Sei que não sou um exemplo de honestidade, mas só falei a verdade a respeito de Penellaphe.

— Não dou a mínima se você a carregou no ventre por nove meses e deu à luz com as próprias mãos. — Fechei as mãos em punhos. — Você não é nada para ela.

Isbeth ficou estranhamente imóvel e calada. Alguns segundos se passaram antes que ela prosseguisse:

— Eu fui uma mãe para ela. Penellaphe não se lembra disso pois era apenas um bebezinho, perfeita e adorável em todos os sentidos. Eu dormia e acordava com ela ao meu lado todos os dias até saber que não podia mais correr esse risco. — A bainha do seu vestido se arrastou pela poça de sangue do Voraz quando ela deu um passo à frente. — E fui uma mãe para Penellaphe quando ela achava que eu era apenas a Rainha, cuidando dos seus machucados quando foi gravemente ferida. Eu teria dado qualquer coisa para impedir aquilo. — Sua voz ficou mais aguda, e eu quase acreditei que ela estivesse falando a verdade. — Teria feito qualquer coisa para que ela não tivesse sentido sequer um segundo de dor. Para que não tivesse uma lembrança daquele pesadelo toda vez que olhasse para si mesma.

— Quando olha para si mesma, ela não vê nada além de beleza e coragem — vociferei.

Ela ergueu o queixo.

— Você acredita mesmo nisso?

— Eu *sei* disso.

— Quando criança, Poppy costumava chorar quando via o próprio reflexo — revelou, e eu senti um aperto no peito. — Ela me implorava para consertá-la.

— Poppy não precisa ser consertada — espumei, odiando, absolutamente *detestando*, que ela já tivesse se sentido assim, mesmo quando criança.

Isbeth permaneceu calada por um momento.

— Ainda assim, eu teria feito qualquer coisa para impedir o que aconteceu com ela.

— E você acha que não fez parte disso? — desafiei.

— Não fui eu quem saiu da segurança da capital e de Wayfair. Não fui eu quem a sequestrou. — A Rainha cerrou o maxilar, que se projetou de um jeito malditamente familiar. — Se Coralena não tivesse me traído, traído *ela*, Penellaphe nunca teria conhecido esse tipo de dor.

Minha incredulidade lutou contra a repulsa.

— E ainda assim você a traiu, mandando-a para a Masadônia? Para o Duque Teerman, que...

— Não — interrompeu, se retesando novamente.

Ela não queria ouvir isso? Que pena.

— Teerman abusava dela regularmente. E deixava que outros fizessem o mesmo. Fez disso um passatempo.

Isbeth se encolheu.

Ela realmente se encolheu.

Repuxei os lábios sobre as presas.

— Isso é culpa sua. Você não pode culpar mais ninguém e se eximir disso. Toda vez que tocava nela, ele a machucava. Isso é culpa sua.

Ela respirou fundo e endireitou o corpo.

— Eu não sabia disso. Se soubesse, teria aberto seu estômago e dado as próprias entranhas para ele comer até que se engasgasse com elas.

Não duvidava nem um pouco pois já a tinha visto fazer isso com um mortal antes.

Seus lábios firmemente fechados tremeram quando me encarou.

— *Você* o matou?

Senti uma onda selvagem de satisfação.

— Sim, matei.

— Você o fez sofrer?

— O que você acha?

— Sim, você fez. — Ela se virou e caminhou na direção da parede quando as duas Aias voltaram e, em silêncio, assumiram seus postos ao lado da porta. — Ótimo.

Dei uma risada seca.

— E vou fazer a mesma coisa com você.

Isbeth me lançou um sorrisinho por cima do ombro.

— Sempre fiquei impressionada com a sua resiliência, Casteel. Imagino que tenha herdado isso da sua mãe.

Senti um gosto ácido na boca.

— Você saberia disso, não é?

— Só para você saber... — começou ela com um encolher de ombros. Um momento se passou antes que continuasse: — Eu não odiava a sua mãe no começo. Eloana amava Malec, mas ele me amava. Eu não a invejava, eu tinha pena dela.

— Tenho certeza de que ela vai ficar feliz ao saber disso.

— Duvido muito — murmurou ela, endireitando uma vela que estava inclinada. Seus dedos deslizaram pela chama, fazendo-a ondular intensamente. — Mas eu realmente a odeio agora.

Não me importava nem um pouco com isso.

— Com todo o meu ser. — Fumaça surgiu da chama que ela tinha tocado, assumindo um tom intenso de preto que roçou na pedra úmida, manchando-a.

Aquilo não era nada normal.

— Mas que porra é essa? O *que* é você?

— Eu não passo de um mito. Uma fábula moral que era contada às crianças de Atlântia para garantir que elas não roubassem o que não mereciam — respondeu ela, olhando por cima do ombro para mim.

— Você é uma *lamaea*?

Isbeth deu uma risada.

— Que resposta fofa, mas pensei que você fosse mais inteligente. — A Rainha passou para outra vela e a endireitou também. — Posso não ser uma deusa pelos seus padrões e crenças, mas não sou menos poderosa. Então por que não sou apenas isso? Uma deusa?

Uma lembrança me veio à mente, algo que eu tinha certeza de que o pai de Kieran havia nos dito quando éramos jovens. Quando a lupina que Kieran amava estava morrendo e ele rezava para que os deuses que sabia estarem hibernando a salvassem. Quando rezava para qualquer coisa que pudesse estar ouvindo. Jasper o alertou de que... algo que não era um deus poderia responder.

De que um falso deus pudesse responder.

— Demis — sussurrei com a voz rouca, arregalando os olhos. — Você é uma demis. Uma falsa deusa.

Isbeth repuxou um canto dos lábios, mas foi o Espectro dourado que falou:

— Bem, parece que ele *é* bastante inteligente.

— Às vezes — corrigiu Isbeth com um encolher de ombros.

Puta merda. Achei que os demis fossem um mito, assim como as *lamaea*.

— É isso que você sempre foi? Uma imitação barata, determinada a destruir a vida dos desesperados?

— Essa é uma suposição bastante ofensiva. Mas não. Um demis não nasce, ele é criado quando um deus comete o ato proibido de Ascender um mortal que não foi Escolhido.

Não fazia ideia do que ela queria dizer com um mortal que foi Escolhido, mas não tive a chance de perguntar porque ela continuou:

— O que você sabe sobre Malec?

Com o canto do olho, vi o Espectro dourado inclinar a cabeça.

— Onde está o meu irmão? — interpelei em vez de responder.

— Por aí. — Isbeth me encarou, entrelaçando as mãos. Elas não tinham outras joias além do anel Atlante.

— Quero vê-lo.

Um sorriso rápido surgiu em seus lábios.

— Acho que isso não seria sensato.

— Por que não?

Isbeth avançou em minha direção.

— Você não fez por merecer, Casteel.

Ácido se espalhou pelas minhas veias.

— Detesto desapontá-la, mas não vamos fazer esse joguinho outra vez.

Ela fez um beicinho.

— Mas eu adorava aquele jogo. Malik também. Se bem que ele era muito melhor do que você.

A fúria assolou cada centímetro do meu corpo. Saltei do chão quando a raiva me dominou. Não fui muito longe. O aro no meu pescoço puxou a minha cabeça para trás enquanto as algemas nos tornozelos e pulsos se fechavam, me sacudindo contra a parede. As Aias deram um passo à frente.

Isbeth ergueu a mão, gesticulando para que se afastassem.

— Está melhor agora?

— Por que você não chega mais perto? — rosnei, com o peito ofegante conforme o aro afrouxava aos poucos. — Eu me sentiria bem melhor.

— Aposto que sim. Mas, sabe, tenho planos que exigem que eu mantenha a garganta intacta e a cabeça sobre os ombros — respondeu ela, alisando o peitoral do vestido.

— Os planos sempre podem mudar.

A Rainha deu um sorriso irônico.

— Mas esse plano também exige que você permaneça vivo. — Ela me observou. — Você não acredita nisso, acredita? Se eu quisesse matá-lo, você já estaria morto.

Estreitei os olhos para ela quando Isbeth inclinou o queixo em um aceno rápido. O Espectro dourado saiu para o corredor, voltando rapidamente com um saco de estopa. O fedor de morte e decomposição me alcançou de imediato. Todo o meu ser se concentrou na bolsa que o Espectro carregava. Não sabia o que havia ali dentro, mas sabia que era algo que estivera vivo antes. Meu coração começou a martelar dentro do peito.

— Parece que a minha filha, que costumava ser amigável e encantadora, se tornou bastante... violenta, e com um talento especial para a teatralidade — comentou Isbeth quando o Espectro se ajoelhou, desamarrando o saco. — Penellaphe me enviou uma mensagem.

Entreabri os lábios quando o Espectro dourado inclinou o saco com cuidado e uma... maldita cabeça rolou para fora dali. Reconheci imediatamente os cabelos loiros e o queixo quadrado.

Rei Jalara.

Puta merda.

— Como pode ver, foi uma mensagem muito interessante — observou Isbeth com a voz sem expressão.

Não podia acreditar que estava olhando para a cabeça do Rei de Sangue. Um sorriso lento tomou conta do meu rosto. Dei uma gargalhada, profunda e alta. Deuses, Poppy era... Cacete, ela era cruel da maneira mais *magnífica*, e eu mal podia *esperar* para mostrar a ela o quanto eu aprovava isso.

— Isso é... Deuses, essa é a minha Rainha.

O Espectro arregalou os olhos dourados em surpresa, mas eu ri até sentir dor no estômago vazio. Até sentir as lágrimas brotarem nos meus olhos.

— Fico feliz que você ache isso divertido — comentou Isbeth friamente.

Inclinei a cabeça contra a parede, sacudindo os ombros.

— Para falar a verdade, essa é a melhor coisa que eu vi em um bom tempo.

— Eu diria que você precisa sair mais, porém... — Ela apontou com desdém para as correntes. — Essa foi só uma parte da mensagem que ela enviou.

— Havia algo mais?

Isbeth assentiu.

— Muitas ameaças.

— Aposto que sim. — Dei uma risadinha, desejando estar lá para ver isso. Não duvidava nem um pouco que Poppy tivesse acabado com a vida de Jalara com as próprias mãos.

A Rainha de Sangue inflou as narinas.

— Mas uma advertência em particular me deixou interessada. — Ela se ajoelhou com um movimento lento que me lembrou das serpentes de sangue frio encontradas no sopé das Montanhas de Nyktos. Cobras vermelhas e corais de duas cabeças eram tão venenosas quanto a víbora na minha frente. — Ao contrário de você e da minha filha, Malec e eu não recebemos o privilégio da gravação de casamento, uma prova de que estávamos vivos ou mortos. E você sabe que nem mesmo o vínculo compartilhado entre os corações gêmeos é capaz de alertar o outro sobre a morte. Passei os últimos cem anos acreditando que Malec estava morto.

Perdi completamente o senso de humor.

— Mas parece que me enganei. Penellaphe afirma que Malec está vivo e que sabe onde ele está. — O Espectro inclinou a cabeça outra vez e se concentrou nela. Isbeth não pareceu notar. — Disse que iria matá-lo e, quando começar a acreditar no próprio poder, poderá fazer isso facilmente. — Ela fixou os olhos escuros nos meus. — É verdade? Ele está vivo?

Cacete, Poppy não estava brincando mesmo.

— É verdade — confirmei suavemente. — Malec está vivo. Por enquanto.

O corpo esguio dela quase vibrou.

— Onde ele está, Casteel?

— Ora, *Isbruxa* — sussurrei, me inclinando para a frente o máximo que podia. — Você sabe muito bem que não há literalmente nada que possa fazer para me obrigar a lhe contar isso. Nem mesmo se você trouxesse o meu irmão aqui e começasse a cortar pedaços da pele dele.

Isbeth me estudou em silêncio por um bom tempo.

— Você está falando a verdade.

Dei um sorriso largo. Estava mesmo. Isbeth achou que poderia controlar Poppy através de mim, mas a minha esposa impressionante e cruel tinha dado um xeque-mate nela, e eu não colocaria isso em risco de jeito nenhum. Nem mesmo por Malik.

— Lembro-me de uma época em que você faria qualquer coisa pela sua família — observou Isbeth.

— Era outra época.

— Agora você faria qualquer coisa por Penellaphe?

— Qualquer coisa — assegurei.

— Pelo que ela representa? — arriscou Isbeth. — É isso que o consome? Afinal de contas, através da minha filha você usurpou o trono do seu irmão e dos seus pais. Você é um Rei agora. E, por causa de sua linhagem, ela é *a* Rainha, o que faz de você *o* Rei.

Balancei a cabeça, nem um pouco surpreso. É óbvio que ela acharia que o que eu sentia tinha a ver com poder.

— Por quanto tempo você planejou reivindicá-la? — continuou ela. — Talvez nunca tenha pretendido usá-la para libertar Malik. Talvez você nem a ame de verdade.

Sustentei o olhar dela.

— Se reinasse sobre todas as terras e mares ou fosse a Rainha de nada além de uma pilha de cinzas e ossos, ela seria, *será*, sempre a *minha* Rainha. Amor é uma emoção muito fraca para descrever o que ela significa para mim e o que sinto por ela. Poppy é tudo para mim.

Isbeth ficou em silêncio por um bom tempo.

— Minha filha merece alguém que se importe com ela com a igual ferocidade. — Um leve brilho prateado cintilou nos olhos de Isbeth, embora não tão vívido quanto o que eu via nos olhos de Poppy. Ela olhou para o aro em volta do meu pescoço. — Nunca quis isso, sabe? Entrar em guerra com a minha filha.

— É mesmo? — Dei uma risada seca. — O que você esperava? Que ela concordasse com os seus planos?

— E se casasse com o seu irmão? — A luz nos olhos dela se intensificou quando eu rosnei. — Minha nossa, só de pensar nisso você já fica irritado, não é? Se eu tivesse te matado quando o mantive em cativeiro da última vez, então ele teria contribuído para a Ascensão dela.

Tive de me conter para não reagir, para não tentar arrancar o coração dela do peito.

— Ainda assim, você não conseguiria ter o que queria. Poppy descobriria a verdade sobre você, sobre os Ascendidos. Ela já suspeitava, mesmo antes que eu entrasse em sua vida, e jamais deixaria que você assumisse o trono de Atlântia.

O sorriso de Isbeth voltou ao rosto, embora de lábios fechados.

— Você acha que eu só quero Atlântia? Como se a minha filha só estivesse destinada a isso? O destino dela é muito maior. Assim como era o de Malik. Como é o seu agora. Todos nós fazemos parte de um plano maior e juntos restauraremos o plano ao que sempre deveria ter sido. Já começou.

Fiquei imóvel.

— Do que você está falando?

— Você vai entender com o passar do tempo. — Isbeth se levantou. — Se a minha filha realmente o ama, isso vai doer em mim de um jeito que duvido que você vá acreditar. — Ela virou a cabeça ligeiramente. — Callum?

O Espectro dourado contornou a cabeça de Jalara, tomando cuidado para não esbarrar nela.

Ergui o olhar para ele.

— Eu não o conheço, mas vou matá-lo também, de um jeito ou de outro. Só achei que você deveria saber — anunciei casualmente.

Callum hesitou, inclinando a cabeça para o lado.

— Se você soubesse quantas vezes eu já ouvi isso antes — debochou ele, abrindo um ligeiro sorriso enquanto tirava uma lâmina de pedra das sombras da faixa no peito. — Mas você é o primeiro que acho que pode conseguir.

Em seguida, o Espectro avançou, e o meu mundo explodiu de dor.

Este livro foi composto na tipografia Adobe
Caslon Pro, em corpo 11/14,3, e impresso em
papel off-white no Sistema Cameron da
Divisão Gráfica da Distribuidora Record.